大香师

【双生卷】

沐水游·著

重庆出版集团
重庆出版社

图书在版编目（CIP）数据

大香师/沐水游著. — 重庆：重庆出版社, 2015.7

ISBN 978-7-229-09397-6

Ⅰ.①大… Ⅱ.①沐… Ⅲ.①言情小说-中国-当代 Ⅳ.①I247.5

中国版本图书馆CIP数据核字(2015)第014410号

大香师
DAXIANGSHI
沐水游 著

出 版 人：罗小卫
责任编辑：郭莹莹
责任校对：何建云
封面设计：艾瑞斯数字工作室 clark1943@qq.com

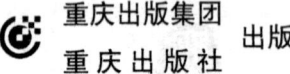
重庆出版集团
重庆出版社 出版

重庆市南岸区南滨路162号1幢 邮政编码：400061 http://www.cqph.com
重庆升光电力印务有限公司印刷
重庆出版集团图书发行有限公司发行
E-MAIL:fxchu@cqph.com 邮购电话：023-61520646

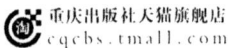
重庆出版社天猫旗舰店
cqcbs.tmall.com

全国新华书店经销

开本：700mm×1000mm 1/16 印张：38.75 字数：801千
2015年7月第1版 2015年7月第1版第1次印刷
ISBN 978-7-229-09397-6
定价：58.00元

如有印装质量问题，请向本集团图书发行有限公司调换：023-61520678

版权所有 侵权必究

目 录

第001章	命运・回来・欲望	1
第002章	打听・偷香・紧逼	11
第003章	指认・再见・押走	20
第004章	艳羡・转折・身世	29
第005章	主动・暗诱・机会	38
第006章	闻香・璞玉・下药	45
第007章	嫁祸・偷情・请求	53
第008章	忐忑・换香・指引	60
第009章	香杀・心愿・狠心	69
第010章	送礼・撕信・香殿	76
第011章	突变・机会・命绝	82
第012章	考试・毒手・嫌疑	89
第013章	警告・辨香・真假	100
第014章	抢先・天枢・面见	109
第015章	出题・选香・应答	118
第016章	拒绝・入魔・香使	129
第017章	丹阳・游园・惊梦	138
第018章	冷酷・争艳・香名	145
第019章	甜头・事发・蛇蝎	153
第020章	连环・时机・反咬	161

第 021 章	报应・设计・圈套	170
第 022 章	香境・刺心・低泣	179
第 023 章	祝寿・争锋・相对	189
第 024 章	名单・香炉・挑选	199
第 025 章	规则・问借・求佛	208
第 026 章	抬首・请柬・狐狸	218
第 027 章	花露・寻香・误入	228
第 028 章	传酒・身亡・怀疑	236
第 029 章	安之・恶意・配合	244
第 030 章	自救・晋级・良才	253
第 031 章	心事・抽签・便车	263
第 032 章	出气・压力・穿越	273
第 033 章	结盟・条件・相似	283
第 034 章	被咬・合作・披衣	293
第 035 章	窖香・出窖・差距	302
第 036 章	抱负・破茧・不见	311

第001章　命运·回来·欲望

日落时分，长安城上的天空，残阳似血，云层瑰丽，美得惊心动魄。

太阳将下山，天一黑，源香院的院门就会锁上，到时定有人发现她不在源香院。偷盗香药是死，盗取香牌是死，她两样都犯了，再加上入夜不归，明日她就会被定为逃奴。

她见过逃奴的下场，她绝不想落到那个地步。

安岚看着眼前的男人，额上冒出细微的汗。

这是赌命的一刻。

今日她若不拿回那张香方，不仅她，安婆婆，还有金雀，都得死！

可现在她最多只有一刻钟时间，一刻钟后，被她敲晕的陈香使会被人发现，接着定会有人找到这边，她的身份也会跟着被揭穿。

马贵闲仔细瞧了瞧安岚手里的香牌，又斜着眼上下打量着对方，眼前的女子并非倾城之色，五官甚至还没完全长开，但胜在肌肤如玉，颇为动人。片刻后，他才笑眯眯地道："陈姑娘想跟在下谈买卖？不知姑娘拿出来的香品，是不是也如姑娘的人品这般？"

他的言辞语气乃至眼神都带着轻浮，安岚却未理会他，垂下眼，将桌上的香炉移到自己跟前，然后拿出之前准备好的香品。

巨大的沉香树下，夕阳的金辉在寤寐林的亭台水榭间浮动，东边挂着栈香木的次等精舍内，一缕青烟从镂空的八宝吉祥青瓷炉内缓缓逸出，初始聚，进而散，再而拢，非烟若云，纤柔婉转，却，杀机重重。

马贵闲顿觉心旷神怡，随后眼前那双白皙柔嫩的手渐渐模糊，模糊成他及冠那年对奶娘孙女做的荒唐事，以及后来奶娘儿子拿着刀红着眼来找他……

安岚见马贵闲的眼神开始变得空洞，是香的药力起作用了，她耐心等了片刻，见马贵闲依旧没有任何反应，似丢了魂，才大胆站起身。

而此时，有人在寤寐林的花园一角发现倒在地上的陈香使。

另一边，离栈香木精舍不远的一角小亭内，一位正独自煮茶的锦袍公子忽然停下手里的动作，看着壶里氤氲而起的水雾，既惊讶，又不解。

安岚在马贵闲的床上翻找时，醒过来的陈香使已带着人一间房屋一间房屋地查找，眼见离栈香木精舍不远了。

马贵闲的眼神开始散乱，面上露出惊恐之色，牙齿咬得咯吱咯吱作响，喉咙里发出怪异的声音。安岚正好找到马贵闲藏在暗格里的香盒，忽听到这样的反应，吓一跳，慌忙回头，便见马贵闲面上的表情有些扭曲，似恐惧，又似得意，但很明显，他此时并未清醒。

安岚怔怔地看着那缕时浓时薄、乍聚还分的香烟，只觉得有种说不出的妖异，幽冷的香浸透每个毛孔，她打了个激灵，猛然回神，便见马贵闲的眼珠开始转动，是香的药效要过去了。她再顾不得多想，打开手里的锦盒，将底部那层丝绸揭开。

丝绸下面果真放着一张写了各种香材的观音纸。她松了口气，小心拿出来。

半个月前，她和金雀被诬陷偷香，虽没有确实证据，又有安婆婆苦苦求情，但两人还是为此各挨了十大板，接着又被关进柴房饿了两天。当时金雀含着泪对她道："安岚，你去考香使吧，那些考题定难不住你，你成了香使，就没人敢这么随便欺负我们了。"

"……"

"安岚，你不想吗？"

"考香使的名额在王掌事手里。"

"桂枝那小贱人认了徐掌事做干爹，她也盯着那个香使的位置，正想着怎么整死我们呢，这个名额是不好拿，可是……"

"你别冲动，如今婆婆的病还得靠王掌事开恩。"

"我知道，要不是为了婆婆，今日我即便是再吃一顿打，也要撕了那小贱人的脸！"

"别糊涂，香奴的命不值钱，咱若动手了，被直接打死谁都不会过问的。"

"我……"金雀擦了擦眼泪，不甘心道，"难道我们以后要一直这么活着？在这里，谁要想过得好些，就得认王掌事做干爹！还有他身边那些小子，个个一肚子坏水，他明知不合规矩，却还是睁一只眼闭一只眼由着。不就是想逼着我们自己低头找他去呢，我呸，那老家伙，一定不得好死！"

"……"

"对了，上次我听桂枝跟荔枝她们炫耀，说王掌事那有一张什么古方，是白香师给的。"

"嗯。"

"白香师和李香师不和已久，你说王掌事那张古方若是到了李香师手里，那他这掌事的位置还能不能继续坐下去？"

"怕是不能。"

"那我把那张香方偷出来！"

"你别冲动。"

……

走廊传来急促的脚步声，陈香使带人走到马贵闲的房间前，跟在她身边的香奴立即往前一步，在房门上轻轻敲了一下，客气地道明来意，却等了一会儿，还是不见里面有应答。陈香使正要叫人撞门，不想那门是虚掩的，一阵晚风吹来，房门就轻轻开了一条缝。

陈香使立即抬手，砰地将那门撞出好大一声响，惊得跟在她身边的香奴不由得缩了一下身子。

安岚躲在墙角后面，看着陈香使进了房间后，才顺着旁边的小路，悄悄离开那里。

她的香没有毒，马贵闲不会有事，待他醒过神后，只当自己是恍了一下神，至于接下来的事，她顾不上了。马贵闲本就不认得她，陈露之前也未曾见过她，眼下她只要顺利回到源香院，就算安全了。

安岚加快脚步，寤寐林跟源香院相距不远，眼下只要再穿过东面那个月洞门，便能出去。可她终是低估了陈露，就在她离那月洞门仅几步远时，忽然看到陈露竟带着人从另一边找了过来，差点儿就看到她了。她一惊，忙往后一退，随后听到陈露往旁吩咐："但凡是从这里出入的香奴，年纪大约在十三到十五岁之间的，都给我扣下。"

安岚心里隐隐焦急，寤寐林有三个门，南边的大门是专为贵客准备的，香奴无召是不能走南门；西门离得远，并且一般都上锁，想走也走不了；只有眼前的北门是她唯一的出路，可现在却被人看住了！

怎么办？

正为难的时候，陈露却往她这个方向走过来，她无奈，只得转身，换了一条小道悄悄避开。

怎么办？再耗下去，就真赶不及在院门上锁前回去，桂枝一定会趁这个机会，将她和金雀往死里整。就在她心焦之际，后面突然传来脚步声，她还不及加快脚步，身后那人就叫住她。

安岚惊出一身冷汗，僵硬地转回身，便见叫住她的是个小厮模样的少年。

"姑娘，我家公子请你过去。"小厮说着就往亭子的方向示意了一下。

安岚不解地往那看去，那边花木繁深，枝叶遮挡下，只隐约瞧着一个修长的身影。她一怔，随后意识到刚刚慌忙之中，竟走到怡心园这边。

能在这里煮茶赏花的，不是长香殿的香师，就是身份极尊贵的客人。无论是哪个身份，她都不能拒绝，不得已，只得硬着头皮随那小厮走向亭子。

可安岚万万没想到，亭子里坐的，竟是那个人！

夕阳的余晖穿过浓密的繁花，落在他身上，泛出一层似梦似幻的光晕。时光倏地倒流，一下子回到七年前的那个傍晚，她在杖下奄奄一息时，看到一人沐光而来，在她旁边停下，道了一句："不过是个孩子，何必下如此狠手？"

落在她身上的板子遂停下，杖罚她的嬷嬷战战兢兢地跑过去解释。

随后那人简简单单三字"放了吧"就让她捡回一条命。

此后七年，她只听过他的名，再未见过他，不曾想，今日竟会在此遇上。

"广，广寒先生？"

看着那张脸，安岚只觉脑袋轰鸣，足足怔了好一会儿，才意识到自己此刻有多么不敬，于是慌忙跪下，伏地磕头："见过大香师。"

长香殿最负盛名的大香师白广寒，当年在杖下救了她一命的人，对方或许早已不记得了，但这个人，自那起，就成了她心里的明灯。

景炎微微讶异地看着跪伏在自己跟前的小姑娘，片刻后洒脱一笑："有这么像吗？我不是白广寒。"

什么？

安岚愣了一愣，有些茫然地抬起脸。

晚风穿林而过，亭外落花如雨，夕阳的金辉勾勒出他面上的轮廓。

是那张脸没错，可是，似乎又……她小心打量着眼前的人，七年的光阴，没有在他脸上留下丝毫痕迹，确实是跟记忆中的那张脸一模一样。但仔细看，眼前的人眉眼含笑，气质温和，初见就令人不由生出亲切之感。

而记忆中的那个人，孤高清冷，遥不可及，宛若天上星辰，美丽得不真实，遥远得像个梦。

少有人敢这么直勾勾地盯着他看，而且表情还这么呆傻，景炎不由呵呵一笑，随后道："起来吧，这么跪在地上不觉得凉吗？"

真不是白广寒大香师吗？可……长得一模一样！

安岚心里愈发不解，虽极想问他是谁，却还是在话将出口时忍住了。

不说对方这身气派，单论他能独占怡心园品茶赏花，便知其身份定不简单。她虽只是源香院的香奴，却也知道，有些贵人的身份，不是她们这等人可以打听的。

起身后，安岚垂下眼，惴惴不安地道："不知公子叫奴婢过来，有何吩咐？"

景炎打量了她一眼："你叫什么？"

安岚回道："奴婢叫安岚。"

"安岚。"景炎品了一下这个名字，然后示意她在自己对面坐下，"会煮茶吗？"

安岚略迟疑地摇头，景炎却已将羽扇放在她面前："看着火，这已是第二沸。"

很是温和的语气，却带着不容置疑之意。

安岚看着放在自己跟前的羽扇，心里不由想着，这会儿陈露应该已将马贵闲带到北门，现在她过去，等于是自投罗网，还不如就在此先等片刻。而且眼前这人，她有太多不解和疑惑，于是迟疑了一下，就微微欠身告罪，然后才在对面坐下。

焚香烹茶煮酒赏花都是雅事，长香殿的香使各有所长，源香院的王掌事亦是爱茶之人。每年春夏，殿中都会给王掌事送来新茶，故耳濡目染下，她虽不精，却也不是全然不会。

"这是……龙脑茶！"

茶香扑鼻，安岚心里生出几分紧张，龙脑价比黄金，能以龙脑窨出的茶叶，自不会是凡品，她从未烹煮过如此珍贵的香茶，生怕被自己糟蹋了，于是抬起眼，迟疑地看了景炎一眼。却见对方并未让她停下的意思，她不敢多言，只得依顺序拿起旁边的茶具。

景炎的眼神里带着几分审视，片刻后就知道她说的是实话，果真是不精于茶道，顺序错了几次，动作亦不到位，但偏偏，自她手里出来的茶香，却是恰到好处。

对香味有天生的敏感吗？

景炎拿起放在自己跟前的那杯香茶，细酌小口，品其香味，一会儿后才问："姑娘可知这是什么茶？"

安岚回道："龙脑香茶，银毫。"银毫是王掌事常喝的，还赏了一些给桂枝，故而她认得。

景炎点头："可知此茶是用何种龙脑熏制？"

安岚不解地看了他一眼，默了一会儿才道："梅花龙脑。"

梅花龙脑产于三佛齐国，生于深山幽谷千年老杉树，枝干无损之木的木心才能结出此奇香，大成片者为圣品，称梅花龙脑，价逾黄金，是朝中贡品，民间有市无价。

除了皇宫，唯长香殿能汇聚天下奇香，而每逢大典，长香殿自是少不了要焚香祭祀。殿中的人闻过此香不稀奇，只是，龙脑按品级论，就有十数种之多，除去大香师和长年炮制龙脑的侍香人，其余的人极难只凭闻茶香，就断定是用何种龙脑熏制。更何况他今日取的茶，龙脑香并不浓，并未喧宾夺主。

景炎放下手里的茶杯，再问："姑娘是窣寐林里的香使？还是香殿里的侍香人？"

安岚微怔，随后想起今日出来之前，特意翻出嬷嬷为她缝制的及笄服换上，又找荔枝借了件蓝底缠枝莲纹比甲。这样的衣着，也就跟香使平日里的打扮差不多了，唯发上少了些珠钗。

"奴婢是源香院的香奴。"安岚默了默，还是老实道出自己的身份。

"香奴！"景炎心里又添几分讶异，面上却只是微微一笑，"这么说，姑娘今日是来这里办差的？"

安岚点点头："奴婢是来送香品器的。"

景炎看了看天色，便道："时候已不早，看来是耽误你回去的时间了。"

安岚抬起眼，看着眼前这张跟记忆中一模一样的脸，欲言又止。

景炎似知她心里想着什么，便问："姑娘认识白广寒？"

安岚忙摇头："没有，奴婢只是有幸见过大香师一面。"

景炎微微抬眉:"哦,是何时何地见的?"

"是七年前,奴婢去品香院办差的时候。"安岚看着那张脸,只觉这一问一答,有种说不出的奇怪。

"七年前,那么久了。"景炎眉眼低垂,嘴角边噙着一丝笑,如风过湖面,碧水微漪。并非是完美无缺的五官,却因他这样的表情,使得那张脸看起来无比俊秀,明明带着几分漫不经心,却又似乎什么都了然于胸。

安岚心头微窘,想问他跟白广寒大香师是什么关系,忽然有些问不出口,又觉时候当真不早,她再不回去,怕是真的就回不去了。今日出来本就是冒险,还是别再节外生枝才好,于是迟疑了一会儿,就收住心里的疑问站起身,屈膝道:"公子若没别的吩咐,容奴婢告退。"

"确实不早了。"景炎也站起身,抬眼往外看了一会儿,"我送姑娘一程,权当是弥补耽搁姑娘的时间。"他说完,也不待她应答,自顾出了亭子。

安岚一愣,随后心里一亮,忙跟上。

若跟着贵人出去,那走的必是南门,如此倒真省了她诸多麻烦。

坐上马车后,安岚悄悄掀开窗帘一角往外看了一眼,离马车不到两丈远的地方,马贵闲和陈露正并肩而行,两人似乎在讨论着什么。

刚刚只差那么一点,她就跟马贵闲迎面碰上了,真是万幸……

马车一路顺利地出了南门,在源香院前面那条小巷的路口停下时,安岚这才真正松了口气。

"多谢公子!"下了马车后,她又朝马车福了一福。

景炎掀开窗帘:"可赶得及回去?"

"多亏公子相送,赶得及。"安岚点头,再看那张脸一眼,终是忍不住问了一句,"奴婢觉得公子和白广寒大香师长得实在是相像,不知、不知应当如何称呼公子?"

"鄙姓景。"看着安岚那愣怔的表情,景炎嘴角往上一扬,又道,"在下只是一介商人,日后若有缘再见,姑娘无需拘谨。"

"不知公子可认得……"安岚还要问,景炎却只是笑了笑,就放下窗帘,令她的话停在口中,怔怔看着马车离去。

目送了一会儿,安岚再不敢耽搁,收起心里越来越多的疑问,转身朝源香院小跑过去,正好赶上院门关上之前递上外出的香牌。看门的嬷嬷上下打量了她一眼,暗讽了两句,便递还香牌,让她进去了。

源香院的角灯已亮起,烛火下,院中的花木植草愈显葱茏,院中的小路更显深幽,而两边的走廊尽头,因烛光照不过去,所以看起来黑洞洞的,像一张噬人的大嘴。

安岚暗暗握了握手里的香牌,去找陆香使交差,为今日能出去,她和金雀花了整整一年的积蓄。

"我还当你不回来了呢。"接回自己发出去的香牌,陆云仙哼了一声,瞥了安岚一眼,"被那里迷住眼了吧。"

安岚谦卑地垂下脸:"都是托陆姐姐的福。"

有不少香奴因外出办差,被客人看中,从而脱离奴籍。亦有好些香使被贵人看上,从而进入高门大户,享尽富贵荣华……这种种境遇,引得源香院内不少人欲要效仿,因此外出办差就成了香饽饽,很多不谙世事的小丫头宁愿倒贴银子,也要争抢着出去露脸。其实一步登天、翻身做主的事,哪里会这么轻易简单,但却没有人去制止这样的行为,因为这是很多香使的财路之一。

交完差后,刚从陆云仙那里出来,还不及回到自己的住处,就被从一旁蹿出的金雀给抓住手腕,安岚吓一跳,差点将陈露的香牌给掉出来。

"你——"金雀看着她,眼睛微红。

"回屋再说。"安岚往两边看了一眼,瞧见桂枝的身影,忙朝那边示意了一下。金雀即转头往那看了一看,遂翻了个白眼,然后一扭头,就拉着安岚离开那里。

桂枝被金雀的态度气到,自她认为王掌事做干爹后,香源居里的人即便不是紧着来巴结她,也不会当面给她摆脸色。唯这个金雀,每一个眼神,都像是挑衅。还有那个安岚,平日里倒是不言不语,但那态度,却更加令她不舒服。

什么根基都没有的香奴,也敢这么桀骜,不知死活!

桂枝咬着牙从廊柱后面走出来,沉着脸想了一会儿,也转身离开那里,朝王掌事住的地方走去。

"我还以为你赶不及回来了!"路上,金雀一边注意着周围一边道,"嬷嬷都有些怀疑出什么事了呢。"

安岚忙问:"你说了?"

"我哪里敢说!"金雀低声道,"但我都准备好了,你若真赶不及回来,我就找机会将门房那排屋给烧了。"

出去之前,两人就商议好,若真有个万一,只能金雀在里头冒险起火,唯如此才能给她回来的机会。门房东面的角灯旁的香屋里,存着两担已烘烤干燥的薰草,不难下手。

安岚松了口气,低声道:"幸好赶得及。"

"怎么样?拿回来了吗?"进了房间,将房门关上后,金雀即抓着安岚问。

这房间除了她和金雀,还有两个小香奴,只是因为那两人生病了,暂时搬到别处。因而这屋如今就她俩住着,不过安岚还是警觉地扫视了一下房间,然后才从袖中拿出那张观音纸:"是这个吗?"

金雀忙接过一看,随后点头:"就是这个。"

安岚便道:"快收起来吧,要不现在烧了得了,免得以后被人发现,又是一场祸事。"

这张香方是金雀从王掌事那偷来的，她当真没想到，金雀说偷就偷。只是她们住的房间，无论是房门还是屋里的箱笼，都不允许上锁，平日里桂枝还时不时过来她们这屋巡视。这样烫手的东西根本没地方可藏，后来金雀就想到藏在一个空的香盒里，日后再做打算，却不想今日那香盒就被陆云仙拿去用了！

陆云仙和马贵闲是表亲，那香盒是从金雀手里出去的，只要被发现，最后肯定会查到金雀这边，到时她和金雀定会没命，嬷嬷也会被牵连。

所以，今日无论要冒多大的风险，她都得去将这东西拿回来。

金雀长长地吁了口气，然后将那张香方放在安岚手里："不能烧，这是我留给你的。"

安岚沉默地看着金雀。

金雀语意坚决："有了它，你就能当上香使了！"

桂枝走到王掌事院子门口时，被院里的小厮拦住了。

她抬起漂亮的下巴，表情里带着几分傲然："让开！"

小厮微垂下眼，在她露出一抹雪色的胸口那扫了一扫，然后一本正经地道："掌事吩咐了，现在不许人进去打扰。"

桂枝注意到他的目光所向，嗤的一声冷笑，挺着胸上下打量了那小厮一眼："这会儿，是谁在里面呢？"

小厮垂着眼，不说话。

桂枝娇哼一声，往两边看了看，此时天已入夜，黄昏的角灯下，此处只有他们两个。晚风拂过，将她身上的香送到他鼻间，是甜蜜撩人的玫瑰香，香味浓烈且张扬，昭告天下，野心勃勃。

小厮睫毛颤了颤，桂枝上前两步，脸微微凑近，声音低哑："前天，在浴房外面偷看的人是你吧。"

小厮的脸色突地一变，慌忙抬眼看着桂枝："你，你胡说什么？"

桂枝有些轻蔑又有些骄傲地笑了笑："你怕什么，我又不会告诉干爹。你叫什么？"

小厮垂下眼："石，石竹。"

桂枝红唇微启："石竹，我知道，你从两个月前就开始偷看了。"

石竹表情大变："你，为什么不，不说？"

"嘘……"桂枝竖起食指放在石竹唇上，低声道，"现在，是谁在干爹房里呢？"

石竹额头上渗出汗："王，王媚娘王香使。"

"就知道是她。"桂枝嗤笑了一下，手指在石竹下巴上勾了一勾，"我不常能进入这里，以后，干爹这边若有什么事，还有都跟她们说了什么，你告诉我，好不好？"

长香殿，是除皇宫御苑之外，天下名流贵子最爱之所。

这里是最糜烂淫乱，最奢欲无度的天庭；又是最规矩严肃，最清贵高华的殿堂。

香院里男女住处是隔开的，殿内规矩森严，绝不允许男女私自往来，若是因此背上淫乱的罪名，即便最后能保住性命，这辈子也翻不得身。桂枝因认了王掌事做干爹，所以平日里可以名正言顺地进出王掌事这里，但若王掌事不让她过来，她是绝不敢恃宠硬闯的。

听到这样的话，石竹没有应声，也没有避开那勾人的手指。

桂枝又笑了一笑，声音柔腻：“你偷看我的事，我不会告诉干爹，就是以后，你想做什么，我也可以不告诉他。”

石竹红了脸，愣了一会儿，片刻后才垂下眼，微微点了点头。

……

将那张香方重新收好后，安岚便拿出陈露的香牌，低声道：“还得找个地方将这个藏好。”

"怎么带回来了！"金雀接过去看了两眼，不解道，"这要被发现了可不得了，你为何不直接扔在寤寐林，管他谁捡去。"

"我本也这般打算，只是一开始没顾得上，后来没找到机会。"安岚摇摇头，就将之前的事大致道了出来，但未说她小时曾被白广寒救过。那件事就好似她长久以来小心珍藏的宝贝，是隐于内心深处的欲望，不愿被人察觉，不愿让人触碰。除非有朝一日，她能踏上那条朝圣之路，否则这件事将永被埋藏。

"真长得一模一样？"金雀听完后，大为诧异，"还在怡心园煮茶赏花，我听说那地方可不是随便什么人都能进去的，若真只是个商人，哪有资格独享怡心园，不会就是白广寒大香师吧。"

安岚迟疑了一会儿，摇头：“虽长相一样，但感觉完全不同，穿着也有些不一样，而且他没必要骗我。再说，若真是大香师，身边必有侍香人，怎么可能允许我近前去，还让我替他煮茶。”

"白广寒大香师的名我倒是听过，但从未见过。"金雀说着叹一声，好奇道，"大香师真有那么好？"

安岚想了想，才道：“就像那天上的人，也说不出到底是好还是不好。”

"也是，大香师对我们来说可不就是天上的人。"金雀点点头，又道，"甭管他是谁，总归亏得你碰到他，不然今晚的事可就难说了。"

安岚点头，然后道：“不过我担心陈香使不会就这么算了，丢了这个，她是要受罚的。”刚刚从寤寐林那离开时，她看到陈露和马贵闲交谈时的阴沉表情，总觉得有些不安。她只知道陈露是寤寐林的香使，但陈露具体有多大的权力并不清楚，若真有心要查，很容易就能查到今日出入寤寐林的香奴都有谁，到时陈露再叫马贵闲过来一一认人……即便她给马贵闲点的那品香有混淆记忆的作用，但也保不准马贵闲不会认出她。

金雀垂下眼想了想，捏着香牌的手微紧，片刻后才抬起眼问："你说跟陈香使一块儿的那人，姓马？"

安岚点头："嗯，听说是百香堂的东家。"

金雀即道："百香堂！他是不是叫马贵闲！"

安岚疑惑："没错，是叫马贵闲，你怎么知道？"

"马家，马贵闲……"金雀沉默了好一会儿，才咬牙切齿地道，"真想不到，他竟跟香使私下做起买卖来，还能出入瘔寐林，想必这些年是赚了不少银子，老天爷可真不长眼！"

安岚诧异："你认识他？"

"我以前，是马家的家生子……"金雀抱着腿坐在床上，将脸埋在双膝里，好一会儿后，才抬起半张脸，接着道，"我奶奶是马贵闲的奶娘，我爹是马家的车夫，我娘生了我妹妹没两年就病死了。我比妹妹大两岁，小时候，一直都是我带着妹妹玩的，那会儿，我娘虽不在了，但爹对我们很好，奶奶只要有时间也都会过来照顾我们，所以日子过得也算不错。"

安岚坐在她旁边安静听着，金雀很少提起进源香院之前的生活，就好似她，很少跟金雀提起她遇到安婆婆之前的日子。在这种地方长大，若不一直往前看，若不存着希望追寻前路那不知是否存在的亮光，很容易就此沉沦迷失，然后慢慢变得跟桂枝一样，享受了眼前的便捷，却切断了日后的路。

"可少爷却对我妹妹做了禽兽不如的事，我爹想报仇，被他打了板子，后来死在牢里。我妹妹病了几天，死了；我奶奶疯了，后来也上吊走了。"

安岚道："那位少爷就是马贵闲？"

金雀点点头，似在回忆，又似在平复情绪，停了一会儿后，才接着道："就是他，我一辈子都记得。"

平淡的言语，道出了多年的悲伤和仇恨。

安岚没有说话，只是伸出胳膊，轻轻揽住金雀。

她们，都活得不易，不过她们都没有被打倒，她们都心存希望，她们都有自己的目标，虽道路难寻，却一直未曾放弃。

"我还没来得及给爹和奶奶收尸，就让马府的人叫来人牙子给领走了，一年后，才被卖进这里。"金雀说到这，慢慢抬起脸，擦了擦眼泪，看着安岚，眼里闪着仇恨的光，"我不会放过他的，安岚，我不会放过他的！"

"好。"安岚微微点头，平静地道，"既然老天爷不罚他，那就由我们来罚他！"

金雀愣了愣，胸口急剧地起伏着，一会儿后，终忍不住，抱住安岚呜呜哭出声。

安岚轻轻拍着她的肩膀，低声道："长香殿本就不允许香使牟私利，一直以来都没人揭布陈露，是因为她上下都打点得好好的，行事又隐蔽，所以才相安无事。我们只要找到他们的把柄就行，马家再富贵，也得罪不起长香殿。"

第002章 打听·偷香·紧逼

从石竹那得知了些王媚娘的事儿后,桂枝才满意地转身离开,只是回去的路上,想到安岚和金雀,她的心情即刻又变得糟糕。路上琢磨了一会儿,眼睛转了转,就转身往陆云仙的住处走去。

安岚和金雀那两小蹄子,以前对这外出的差事可不怎么热衷,今日却如此反常,定是藏着什么见不得人的心思。陆云仙又是个最爱财的,断不会将这等好差事白白给那两小蹄子,她得去打听打听究竟是怎么回事。

"陆姐姐,可吃了吗?"桂枝过来之前,特意自个儿花了几个钱去厨房拿了碟梅花酥饼,到陆云仙这后,敲了敲门,见没锁,就推开进去,正好瞧着有小香奴给陆云仙布菜,她便端着那碟点心笑吟吟地走过去,"今儿厨房那做了这个,我吃着还行,就给陆姐姐送些过来。"

"哟,这可是稀客啊。"陆云仙坐在榻上瞟了她一眼,"这会儿你不在王掌事那献殷勤,跑我这来做什么。"

"瞧姐姐说的,难道我就不能来看看你。"桂枝似没听出陆云仙话里的嘲讽,依旧是面带笑意地走过去,将那碟点心放在炕几上,"再说王掌事这会儿有王媚娘香使陪着呢,哪里轮得到我去伺候。"

一听王媚娘又去王掌事那献殷勤,陆云仙的脸色即沉了几分,眼里毫不掩饰地露出厌恶。源香院的香使长喜儿年底就要嫁人了,并且嫁人后从此相夫教子,到时香使长的位置自然就会空出来,照规矩,新任香使长是从现有的这几位香使里面选。陆云仙是几位香使里最年长的,亦是在源香院里待的时间最长的,照理喜儿走后,这香使长的位置应当就由她来坐才对。可如今王媚娘正跟王掌事打得火热,而且王媚娘一直觊觎香使长之位,因而喜儿走后,这香使长究竟由谁来当,如今还真说不好。

至少在陆云仙看来,因为王媚娘的存在,香使长的位置是离她原来越远了,由不得她不愤恨!

"原来是吃了闭门羹,所以才跑到我这,可惜你找错人了,依我看,你应该去王媚娘那屋里等着,待她回来后跟她好好请教怎么讨得王掌事欢心才对。"陆云仙心情不好,话就说得愈加不中听。

这么赤裸裸的讽刺,桂枝面上果真有些挂不住,只是一想陆云仙这人就是嘴贱,能指望她说出什么好话,活该她在源香院都这么多年了,还只是个小小的香使。

桂枝腹诽几句,忍住心里的不快,勉强笑了笑:"陆姐姐真爱说笑,其实跟王媚娘那种人有什么好学的,除了整日里将自个儿打扮得妖里妖气,真没什么本事。也不知她这香使的身份是怎么得来的,我看啊,她真不及陆姐姐你一半呢!可惜掌事被王媚娘那妖妇给迷了眼,没瞧着陆姐姐制香的本事,不然喜儿姐姐走后,这香使长可不妥妥是姐姐你的。"

这通话下来,陆云仙的脸色果真好了些,只是片刻后,她又琢磨出桂枝这话里似乎还藏着别的意思,即问:"难不成,已经有人能妥妥坐上香使长的位置了?"

桂枝迟疑了一下,就在陆云仙对面坐下,小声道:"我听说,那妖妇这几天往掌事那跑得很勤,今儿掌事好像是许了她这事儿,就不知道是不是真的,总归,陆姐姐你得好好准备一下了。"

陆云仙脸色微变,皱起眉头:"你怎么会知道?"

"我自然有我知道的法子。"桂枝抿着唇笑了笑,随后又道,"陆姐姐也不用怀疑我的用心,我会将这事儿告诉姐姐,不过是因为我瞧那妖妇不顺眼。日后她若真得意了,哪还有我的好日子,陆姐姐就不同了,我知道你一向是最公正的。"

陆云仙哼了一声,她跟桂枝没什么私交,不想在她面前透露太多不好的情绪,再说桂枝的私心她并非不清楚,于是拿手指在那点心碟子上轻轻弹了弹:"你过来,就是要告诉我这事?"

桂枝这才又道:"其实,还有一事想问问陆姐姐。"

陆云仙看了她一眼:"什么事?"

"今儿有个外出办差的活,我瞧着是安岚给领走了,心里着实委屈着呢。说来陆姐姐跟安岚还没跟我走得近呢,怎么就将这等好差事指派给她,没想着我呢,难不成这差事就非她不能办?"

陆云仙瞥了她一眼,不冷不热地道:"走不走得近另说,她们本就是归我管的香奴,我有好处不给她们,难道要便宜别人!你是归王媚娘管,想讨这等美差,只管找她去,她如今这么得意,还怕没有好差事吗,端看你舍不舍得了。"

桂枝笑了笑:"那妖妇实在太贪心,我一个小小香奴,能有多少东西给她的?姐姐就告诉我,安岚她是舍得多少,好让我心里有个谱,日后也不便宜那妖妇。"

陆云仙看了她一眼,才有些懒懒地道:"不过是孝敬了五两银子和一盒芸香饼,不值什么。"

桂枝大为诧异,脱口道:"她能有这么多钱?"

"少置办些胭脂水粉,存个一两年怎么就没有这么多钱!"陆云仙有些不耐烦,王媚娘也是认了王掌事做干爹,从早到晚勾搭在一块,明里暗里地排挤她,所以但凡是王掌事的干女儿,她都没什么好脸色。

她说着就又打量了桂枝一眼,因王掌事爱女色,所以源香院内从香使长到香使再到香奴,女子占了七成。并且这里头有好几位的相貌都是极出色,如王媚娘,桂枝,喜儿……就连年纪尚小的安岚和金雀,也已开始出落,用不了两年,想必又会是另一个桂枝。

那些相貌出色，无身家背景的，最后多半都会认王掌事做干爹，然后一下子草鸡变凤凰。桂枝如今不过是个香奴，却敢在她面前摆谱，靠的不就是那声"干爹"叫得甜。

当然，她也见过相貌出色，卖身为奴，但就不愿以色事人的女子，可结果，那些女子却被迫如此，并从此销声匿迹。

她家世一般，相貌平平，做事勤恳，所以这些年即便是熬了些资历，却也还只是个小香使。一想到这，陆云仙的心情就极糟糕，于是拿起桌上的筷子，瓮声瓮气地道："我用膳时，不喜有人在一旁。"

桂枝本还想再问安岚今儿出去到底是办的什么差，值得她下这等血本。只是瞧着陆云仙真的很不耐烦了，在这院里，对方的地位到底是比她高，眼下都明着下了逐客令，她倒不好再待下去。总归这差事，一会儿去问问陆云仙身边的几个小香奴，照样能问出来，于是笑了笑，就欠身道："陆姐姐慢用，我先失陪了。"

待桂枝出去，门关上后，陆云仙才啪地一声将筷子拍到桌上。

王媚娘那个贱人，日后若真被她骑到头上，她还能在源香院待下去吗？长香殿各院里的勾心斗角从未停歇过，年年都有许多不得已离开这里的人。有的人离开后日子过得更好了，也有的人离开后变得猪狗不如。

她九岁那年就被家里送到这，如今十三年过去了，她早习惯了这里，连要嫁的男人，她也在这里相好了，家里请的媒人特意来跟她说，只要她当上香使长，这亲事就是妥妥的！

可是，如果这一次她真的败给王媚娘，那么她在长香殿的日子怕是就到头了，而且到时王媚娘绝不会让她风风光光地出去。她见失败者离开时的光景，更何况陆家还指着她赚更多的银子呢，她若是这么被人赶回去，家里那些人会放过她？说好的那门亲事怕是也要黄了！

陆云仙越想脸色越沉，除非她现在就退出香使长之争，去王媚娘那低个头……只是这个念头刚一起，陆云仙就气得将几上的杯子扫到地上，冷不丁的一声脆响，吓得旁边的小香奴慌了神，好一会儿后才想起要收拾。

让她给那贱人低头，绝不可能！

不能败给王媚娘，一定要坐上这香使长的位置。

陆云仙接过小香奴重新倒过来的茶，喝了两口后，慢慢平静下来。王媚娘有王掌事给撑腰，但决定香使长的位置，却不单是由王掌事说了算，说到底，王掌事也得看香师的脸色。

……

桂枝打听了一圈，晓得今日安岚出去办的竟只是个送香品器的活儿后，更觉得蹊跷。这等送物件的活儿，那贱丫头怎么舍得拿出这么多银子去换？送东西过去，多半是跟寤寐林的管事对接，是极少能碰到贵人的。

她是因为认了王掌事做干爹后,手头才开始宽松起来,如今自是瞧不上五两银子,但五两银子对什么靠山都没有的香奴来说,相当于一年的月例。还有那盒芸香饼,若拿出去卖,品相好的话,多少也能卖个二两银子。

为什么?

桂枝想不明白,打算再去王掌事那看看,却从角门经过时,忽然看到有个面生的人在那打听什么,隐约听到那人提到陈露。陈露她认识,虽不算有交情,但也往来过几次,天都黑了寤寐林的人过来这边打听什么。

桂枝心里狐疑,便走过去问,结果这一问之下,她便想明白了安岚和金雀到底是打的什么主意。

桂枝两眼冒光,即跟那人低声道了几句,然后赶紧转身朝香房奔去。

而此时,安岚和金雀仔细商议一番后,就将身上的东西收拾妥当,一块去安婆婆那吃晚饭。只是走到半道上时,安岚又问:"香房里少的那点香,不会被发现吧?"

源香院的香材管得很严,身为香奴,除了每月院里定量给她们发一些普通草植外,她们若想要别的香,就只能自己掏钱买。她给马贵闲配的那款合香,需要一味略名贵的香,但她们的钱几乎都拿去打点陆云仙了,剩下的,是连香灰都买不到。

金雀摇头:"不会,我是趁陆香使切香之后,才偷偷进去切了一块,别人定看不出来,而且那些锁我开的时候没有破坏丝毫,不会有人起疑的。"

"陆香使每次去香房取香,所取的量都有做记录,万一有人查起……"

"要是查,不是明摆着要跟陆香使过不去,即便有这样的人,也只会当是陆香使自己贪了。其实那块香也没多少钱,只是咱们付不起,盘点的人,哪会将那点银子放在眼里,你就放心吧。"

安岚想了想,点点头,正好这会儿她们走到安婆婆这,温暖的烛光从虚掩的房门内透出来,照亮两张年轻稚嫩的脸。

明天,她们希望艳阳依旧!

第二日,安岚刚起来,即察觉整个院子的气氛有些不对劲。

金雀起得比她早一些,这会儿正好跟几个小香奴一块提水过来,瞧着她后,赶紧将她拉到一边低声道:"不好了,桂枝好像查到什么,王香使和陆香使一早就吵了起来,听说一会要审问整个院的香奴!"

安岚微惊:"怎么回事?"

"还不清楚。"金雀说着就往两边看了看,小声道,"听说,桂枝昨晚特意去找王掌事拿了香房的钥匙,然后在香房里一直待到大半夜。"

安岚尽量不让自己露出惊慌的表情,抿着唇沉默一会儿,悄悄握住金雀的手:"是不是咱们被发现了?"

金雀反握了握安岚的手:"应该不是,若是的话,那两位香使也不会吵,直接过来不就……"

见有别的香奴过来了,安岚便给金雀一个眼神,然后拿自个儿的脸盆去接水,随后低声问:"桂枝怎么会想到查香房?"

"不知道。"金雀蹲在她旁边,一边给她递牙粉,一边低声道,"就算真让她查出香房里少了东西,也没关系,她们……"金雀说着,就往周围扫视了一遍,将声音压得更低,"她们没人知道我会开锁。"

虽是如此,安岚心里却生出很大的不安,草草漱了口后,就转身回房里。

"怎么?"金雀跟着安岚进了房间,瞧着安岚小心掀开床板,将藏在下面那块香牌拿出来,便不解地问,"这会儿你拿这个做什么?"

安岚道:"总觉得今日之事不会善了,一会儿他们怕是会派人搜屋,这个不能放在咱屋里,得找别的地方藏。"

金雀想了想,就道:"要不拿去厨房悄悄扔进灶里烧了!"

安岚摇头:"这是栈香木,即便是下品,但烧起来还是会有香味的。"

金雀有些紧张,想了想,又道:"那扔井里,我去支开那几个提水的小丫头!"

"这不是水沉香,木头落在水里是会浮起来的。"安岚被金雀这表情给弄得一笑,只是到底心有所忧,故而笑得很浅,嘴角还不及上扬就已敛去。

"啊,我忘了……"金雀咬了咬唇,再道,"给我,我拿去院里,先寻个地方埋了它。"

可她这话刚说完,就有人在外敲了敲门,安岚吓一跳,赶紧将那香牌藏在袖子里,然后两人都机警地看着那扇门。

"都起来了还闩门做什么。"荔枝本想直接推门进去的,却发现房门从里闩上了,便奇怪地嘀咕一声,才接着喊了一句,"快出来,王香使和陆香使喊我们都去院里呢。"

安岚忙道:"我换衣服,这就去。"

荔枝又道:"快点啊,已经往这边过来了,还有几个凶神恶煞似的婆子,也不知道什么事!"

"知道了。"安岚整了整袖子,将面上的惊慌敛去,然后过去开门。

金雀抓住她的胳膊,认真地看着她低声道:"给我,你不能放身上,万一搜身……"

"没准是别的事,总归不管他们是因什么事过来,你我就都当什么都不知道。"安岚摇头,抽开门闩,走了出去。

两人走到院中时,那里已按排站好了三十多位香奴,廊上站着连喜儿、王媚娘和陆云仙,旁边守着六位腰圆膀粗的婆子和四位身体结实的院侍,几位香使的后面还站着两位王掌事身边的小厮。安岚注意到桂枝站在香奴最前头,她便示意金雀站走到后面,只是桂枝一直盯着她俩呢,瞧着她们往后排走去,便冷哼道:"是做了什么亏心事不敢见人呢,偷偷摸摸往后站!"

金雀即瞪了她一眼，低声讽刺回去："我们是见不得人，哪像有的人，恨不得脱光了去见人才好！"

桂枝即沉下脸："你说谁呢！"

金雀一脸诧异："你不会是以为我在说你吧，难道你真喜欢这么让人看？"

桂枝面色铁青："你——"

有人忍不住抿嘴偷笑，原本有些压抑的气氛，因两人这几句般针锋相对的话而松缓了几分，却也有人因此脸色骤然下沉。源香院内，干爹干女儿这勾当，早已是公开的秘密，只是从没人敢对此说什么。

安岚忙拉了拉金雀，示意她不能再往下说了，王媚娘也在场，这些话若让王媚娘听到，定会得罪王媚娘的。

桂枝憋了好一会儿，才从牙缝里吐出一句："我看你们能得意到几时！"

安岚心里微微一沉，看了桂枝一眼，正好桂枝也往她这看过来，遂看出桂枝的眼神里藏着几分抑制不住的兴奋，她心里即又添几分警觉。

难道今日这事真是针对她们来的？

安岚垂下眼，沉默地站在后排，藏着香牌的那只手悄悄握紧。

陆云仙因为金雀刚刚那几句挤对桂枝的话，心情好了几分，就似笑非笑地看着王媚娘道："人都到齐了，不过我话说在前头，要是搜不出什么来，可得给我个说法，这做贼的反喊捉贼这种事也不新鲜了！"

王媚娘嗤笑："这还没开始呢，你就紧张什么，我又没说你偷香，也没说你的香奴偷香，如今将她们都叫出来，不就是为找出真正的贼，省得冤枉了好人？这做贼反喊捉贼的事确实是有，但做了贼后拼命掩饰的人则更多，你说是不是？陆姐姐？"

陆云仙嘴皮子没王媚娘的利索，被王媚娘拐着弯地噎了这一句，面色顿时难看起来，旁边的连喜儿便道："行了，这个时候还不忘斗嘴，这事若查不出来，我们都得受罚！"

原来昨晚桂枝去香房查点时，没查出金雀偷偷切的那块香少了分量，反倒发现香房里的竟少了五斤多沉香饼。这不是小数目，桂枝异常兴奋，觉得终于抓到了安岚和金雀的把柄。半个月前，金雀和安岚就曾随陆云仙出入过几次香房，如今那两人突然出手这么大方，再对上陈露昨晚让人过来打听的事，她觉得安岚和金雀一定参与了偷香。

于是赶紧去王媚娘那说了这事，王媚娘却对那两小香奴没什么兴趣，在她看来，香奴还没这么大的胆，即便是真偷了，也不好出手。但香使就不同了，特别是像陆云仙这等有老资历的香使，要出手几斤沉香饼，简直太容易。于是她将这事的矛头指向了陆云仙，但陆云仙哪可能由着她来拿捏，两人即闹了起来，连喜儿只得出来打圆场，因此就有了今儿一早这事。

只是这其中内情，安岚和金雀皆不知，所以两人一听陆云仙和王媚娘的对话，心头皆是猛地一跳。金雀咬了咬牙，递给安岚一个安心的眼神，反正那点香已经用了，只要她死不承认，王媚娘她们也查不出她来。

香房一直是上锁，她进都进不去，怎么偷香！

安岚心里担忧的同时，又有些不解，金雀偷的那点香，分量真的很少，即便被发现，也不至于会弄出这么大动静，还能令王媚娘和陆云仙当众吵起来……

不待安岚想明白，连喜儿说完后，就命陆云仙和王媚娘去看着婆子搜屋，翻箱倒柜的声音从身后传来。香奴们都有些惊惧地垂下眼，她们还记得，去年有个香奴就是因为去香房打扫时，偷偷拿了两个香丸，查出来后，右手被直接废了！那件事后，有人说她投井死了，有人说她家人给接了出去，然后把她卖给了一个瘸子做老婆。

谁都不知道今日会出一个什么样的结果，即便从未做过亏心事的，也都心跳如擂。

冷酷藏在这温香软玉中，如一头不知潜在何处的猛兽，它总能在你最松懈的时候，突然跳出来咬你一口，提醒你，这里到底是什么地方，你又是什么身份。

约半个时辰后，搜屋的婆子才回到院中，如实告诉连喜儿什么赃物都没搜到。安岚和金雀都小小松了口气，连喜儿朝陆云仙和王媚娘这看过来，陆云仙有些嘲讽地看着王媚娘：“依我看，这事没这么简单，何必在她们身上白费功夫，这些小香奴屋里有能藏东西的地方吗，还不如去各个香使的屋里搜一搜，没准真能搜出什么来。”

陆云仙喜欢银子，手里的香基本都换了白银存在钱庄，所以真要搜的话，她屋里绝搜不出什么不该有的东西。但别的香使可就不一定了，特别是王媚娘，她这段时间跟王掌事打得火热，屋里肯定存了不少东西，到时被搜出来，可就有得看了。

王媚娘哪里会不知陆云仙打的什么算盘，自然不会答应这个提议，冷哼一声，就道："事情确实没有那么简单，刚刚我就是怕冤枉了好人，所以才提出搜屋。只照这搜完的结果看，这些香奴应当都是清白的，但是，香房里的香却是真的少了，到底那些香是怎么不见的？总不会是自个儿化成烟飞了吧！"

陆云仙冷笑："你以为呢？"

"偷了东西，谁也不会傻到放在自个儿屋里等别人来找，肯定是越早出手越好，毕竟换了银子，自己放着才叫安全，即便让人看见了，那也说不得什么。"王媚娘说着就打量了陆云仙一眼，不等陆云仙开口，又接着对连喜儿道，"所以，依我看，应当查一查这几天都有谁出去办差，都办的什么差，用了多长时间，如此，应该就能查出些端倪来。"

连喜儿想了想，也觉得这是个法子，便点点头。

陆云仙被王媚娘含讽带刺的话憋得一肚子火，偏连喜儿已经点头，她又想不出什么反对的理由，只得重重地哼了一声，沉着脸站在一旁。

无论是香奴还是香使，出院办差都是有记录的，连喜儿让人拿登记的册子过来一一念名字，没一会儿，安岚的名就被念了出来。她要走上前时，金雀要拉住她，想让她将那块香牌偷偷给自己。只是安岚见桂枝一直盯着她看，生怕弄巧成拙，就特意避开金雀的手，然后若无其事地走出去。

见安岚出来后，桂枝有些得意地勾起嘴角，再转头，往连喜儿身后看了一眼。片刻后，站在连喜儿身后的石竹跟旁边的小厮低声道了两句，就转身悄悄出去了。

香房是每三天一次大盘点，因上次盘点数目对，所以最近这三天外出办差的香奴都被叫了出来。人都齐后，婆子便一一上前询问，对照办差的时间和具体事项，没有出入者就点头放过。安岚是最后一个被喊出来的，自然是听到婆子的问话内容，从第一句问话开始，她就知道，这件事就是针对她来的。

桂枝要揪她的错，王媚娘想要除去陆云仙，她是归陆云仙管的，即便陆云仙待她并没有什么特别，更谈不上亲近，但在旁的人看来，她跟陆云仙就是一伙，她做的任何事，都跟陆云仙脱不开干系。于是她昨日的疏漏，正好能成全王媚娘和桂枝的心愿，眼下她跟陆云仙是被绑在一块了。

陆云仙自然也看到了这一点，因为被点出来的这些香奴，竟没有王媚娘的人，她当即就察觉到了危险，是专门针对她的危险。这个意识令她有些慌，但更多的是恼恨，今日之事，她是被王媚娘给算计了！

婆子继续往下问，还差一位就到安岚了，王媚娘特意看了陆云仙一眼，笑了一笑："陆姐姐不用这么紧张，最旁边那个长得挺水灵的香奴叫安岚是吧，我瞧她是个听话懂事的，断不会背着姐姐你做什么吃里扒外的事。"

这话说得极其阴毒，既然安岚断不会背着陆云仙做什么吃里扒外的事，那么安岚若真做了什么吃里扒外的事，就定是陆云仙的授意。这一句话，等于是断了陆云仙的后路，先一步将安岚的错完全归在陆云仙身上。连喜儿看了她俩一眼，没有说什么，一直以来，她都很少参与这两人之间的争斗，如今她快嫁人了，自然更不想掺和这些事。

今日她也没想闹得太大，似这等事，以往也不是没有发生过。其实只要过段时间，少的那些香自然会有人悄悄给补上，虽品质会比原来的低很多，但分量是不会少分毫，同时登记的册子也会被人悄悄改过。

而被偷的那些沉香饼，量并不多，品质也是一般。只是因王媚娘想借此机会除去陆云仙，所以这件事就变得极其严重起来，照长香殿的规矩，盗香者死。

"我有什么好紧张的？"陆云仙恨得肝直疼，面上却不得不露出毫不在意的表情，然后转头对连喜儿道，"依我看，即便是香奴办差出了差错，跟偷香也没多大关系。说到底，还是要查一查那些香到底是怎么不见的，香房一直都是上了锁的，每次有人进去，也都有人在一旁看着，没准……是那香房的管事受了什么人的蛊惑，做出监守自盗的事。"

她说着就看了王媚娘一眼，看管香房的人跟王媚娘有交情，这话自然是不言而喻了，连喜儿依旧没有开口，有种事不关己的样子。

"不急，慢慢来，顺藤摸下去，总会找到那个瓜的。"王媚娘毫不示弱，说着还笑了笑，"哦，问到安岚了。"

婆子走到她跟前，安岚才抬起脸，她昨日外出办差的事很简单，三两句就说完了。

婆子点点头，又问："你将香品器交给寤寐林的张管事后，从张管事那出来，是什么时候？"

安岚心里一沉，沉默了片刻，就摇了摇头道："具体什么时候并不清楚，只知道那会儿已是傍晚，太阳快下山了。"

婆子道："我问过张管事，张管事说你离开时，正好是他准备去主事那回话的时候，他每天都是酉时二刻去主事那回话，所以，你是酉时二刻就从张管事那出来了。"

安岚不语，那婆子接着道："从寤寐林回到源香院，最多花一刻来钟，但昨晚你回到源香院时已是戌时三刻，这中间隔了一个时辰，这么长时间，你去了哪？见了什么人？做了什么？"

面对婆子连番追问，安岚依旧沉默。

整个院子都安静下来，静得几乎能听到大家的呼吸声，金雀急得手心都出了汗，桂枝一脸得意地站在一旁看着，王媚娘微微勾起嘴角，陆云仙脸色沉了下去，连喜儿则蹙起眉头。

"问你话呢，哑巴了！"婆子提高了声音，余的香奴都觉得心头怦地一跳，有的甚至抖了一下，安岚却依旧平静，也不知是想掩饰惊慌还是在思索应对的法子。

婆子又道："明着是办差，实际上是趁着办差的机会，将从香房里偷来的沉香拿出去卖掉！真是好大的胆子！"

安岚终于开口："不是，我没有偷香。"

旁边的桂枝冷笑："不是？不是你那一个时辰的时间是做什么去了？难不成想说逛园子去了，可别笑死人，寤寐林是你能随便闲逛的地方吗！我看啊，不给你些苦头吃，你是不会说实话的。"

金雀气得差点冲出来跟桂枝对骂，却这会儿安岚又道一句："我是碰到一位贵人，他命我为他煮茶，所以才耽误了回来的时间。"

桂枝立马一声嗤笑："贵人啊，就知道你会找这么一个借口，寤寐林的贵人是不少，不过你以为你是谁，贵人放着里头那么多人不使唤，怎么偏偏就看上你了？以为随便搬出个贵人，就能将你盗香卖香的事掩饰过去？"

"我们都在这，什么时候轮到你来说话了！"陆云仙瞪了桂枝一眼，然后看向王媚娘，冷冷道，"不懂规矩的香奴，也需要好好管教了，免得日后爬上你头上耀武扬威。"

桂枝赶紧敛去面上的嘚瑟，垂下脸，王媚娘瞥了她一眼，才对陆云仙道："自然是要管教的，不过这事儿不急，还是先紧着将眼下这事弄清楚了，咱也好给王掌事个交代。"

陆云仙便道："安岚是不是盗香卖香，先让她将话说完再论。"

"那是自然，此事定得查清楚了再论。"连喜儿这才开口，就对那审问的婆子点点头。

那婆子沉着脸再问："那贵人姓什么叫什么？是在哪使唤你的，当时都有谁看到了？"

安岚默了默，才道："只知是位姓景的公子，并不知叫什么，那天他带了一名小厮在怡心园的角亭内煮茶赏花，当时亭子旁边并无旁人，所以，除了那位小厮，应该没别的人看到。"

王媚娘忽然开口："既然没别的人看到，那只能去找那位公子给你作证，证明你所说的不假？"

这怎么可能？陆云仙大怒，又恼安岚嘴拙，编个理由也编得这般漏洞百出。能出入怡心园的客人是何等身份，即便是查出那贵人是谁，那等身份的人怎么可能为一个香奴作证。但眼下这情况，对她越来越不利，王媚娘是步步紧逼，她不能坐以待毙，于是也开口道："怡心园不是普通客人能进去的地方，就是寤寐林里的香使，也是不能随意进去的，让那样的贵人为一个香奴作证太不现实，即便是找到那位客人，谁敢拿这等小事去说？"

王媚娘正要接话，连喜儿为着早点息事宁人，就对安岚道："若你所说不假，那你应该记得那客人的样子和衣着，你好好想想，只要你所说的能对得上，偷香一事就算与你无关。"

陆云仙即点头，王媚娘脸色微变，就看了桂枝一眼，桂枝则侧过脸往院门那看了看。随后就见一位婆子走进来说寤寐林的陈香使陈露过来了，并表示有极重要的事要见连喜儿。

连喜儿不解："什么要事？"

那婆子有些迟疑，陆云仙心里忽然生出不好的预感，正要开口阻止，王媚娘就已抢先道："这么大早就过来，想必真是很重要的事，你说吧。"

那婆子微微欠身，才道："陈香使说，昨儿傍晚她发现有香奴偷偷拿香品去寤寐林卖，还被一位客人给看到了。如今已查到那香奴是源香院的人，所以现在她领着那位客人过来认人，眼下已等在院外了。"

陆云仙大惊，连喜儿极为意外，王媚娘是早有准备，也不待连喜儿开口，就命桂枝去请人进来。

片刻后，安岚抬起眼，院门被急切地拉开，陈露掩饰着眼里的焦虑，面无表情地走进来，其身后跟着一位三十左右，脸庞有些虚胖的男人，正是马贵闲。

第003章　指认·再见·押走

陆云仙看到马贵闲，倒是真吃了一惊，这位表兄，自她当上了源香院的香使后，可没少过来找她。只是两人虽是亲戚，但当年马家亏欠她母女甚多，那些屈辱她一直都记在心里，因此她即便爱财，却也不想跟马贵闲打交道。只是马贵闲却借着她的关系，认识了好些香使，这几年赚了不少银子，因而如今也能出入寤寐林，日子越过越得意。

马贵闲偷偷跟香使往来私下做买卖的事，陆云仙是有所耳闻的，只是跟她无关，也就不去搭理。可她没想到的是，今日王媚娘算计自己的事，马贵闲竟也参与其中，帮着别人来算计她！

陆云仙惊诧之后更是愤怒，两眼死死盯着马贵闲，马贵闲一进来就瞧着陆云仙了，讪讪地笑了笑。他并不清楚陆云仙和王媚娘之间的关系，昨日他虽闹不清楚到底是怎么回事，但毕竟他自身没什么损失，因而今日来源香院认人，他其实是极不愿的。这等事不用琢磨都知道是个得罪人的活，只是他有把柄在陈露手里，拒绝不得，只得硬着头皮过来。

连喜儿心里很是不舒服，偷香怎么都不是件光彩的事，陈露即便是发现了，也应当私下告诉她，让她来处理。如今却连招呼都没打，就领着外人过来指出她院里有偷香的香奴，实在太不将她放在眼里。只是当看到领着陈露和马贵闲进来的是石竹，连喜儿怔了怔，只得收住将要出口的不满。石竹是王掌事身边的小厮，一般不会掺和香院里的事，眼下石竹这个动作，便是表明今日陈露过来是获得王掌事的同意，所以她纵有再大的不快，也不好表露。

王媚娘此时已经迎过去，对陈露微微颔首，然后道："我们也正查这胆大包天的贼儿是谁呢，想不到还有人亲眼看到了，你别客气，若真是我们这院里出了偷香的人，就当场给我们指出来。"

陈露正为自己丢失的香牌着急，也没什么心思跟她们寒暄客套，简单跟连喜儿打过招呼，又给连喜儿介绍了马贵闲的身份，再扫视了这院里的香奴一眼，随后就朝马贵闲点点头。

只是不及她开口，陆云仙就道："且慢！"她说着就走过去，打量了陈露两眼，又看了看王媚娘和桂枝，然后对连喜儿道，"这事来得太巧，为避免有人故意嫁祸，认人的时候，谁都不许出声，也不得给任何暗示！"

连喜儿心里正不痛快呢，此时自当是偏向陆云仙这边，就点头道："此话有理，一会若有人敢出声或是暗示什么，今日之事就另当别论。"

陆云仙即命刚刚被点名出来的那几位香奴都回原来的位置站好。

王媚娘有些嘲讽地笑了笑，自是没有反对。

她觉得陆云仙这次是失算了，她的确是想除去陆云仙，但今日陈露带人过来，却不是她安排的。她昨晚倒是让人去陈露那打听，却并未打听出什么更有用的消息，如此便证明，确实有香奴在寤寐林里做了吃里扒外的事，至于那个香奴是不是安岚，她完全不介意，但她会让这个结果照着她的意思来。

金雀自马贵闲进来的那一刻起，就不由握紧双拳，牙根咬得紧紧的。

这个人，即便化成灰她都认得！

安岚回到金雀旁边站好后，关心地看了她一眼，微微摇头，暗示她不要冲动。

金雀顿了顿，才给她一个放心的眼神，甚至勉强微微一笑，低声问："你没事吧？"

安岚摇头："没事。"然后示意她噤声，马贵闲已开始过来认人了，陈露则一直跟在马贵闲旁边，目含愠怒，脸色阴沉。

院中一共三十八位香奴，站了五排，衣着打扮差不多都一样，年纪也相差不大，但马贵闲分辨得很快，一个一个看过，一直是摇头，不多会，就来到最后一排。

金雀不由又悄悄握紧拳头，安岚也提起心，昨日她给马贵闲点的那款香，确实起了作用，不然她也拿不回那张观音纸。但是……到底能不能完全混淆马贵闲的记忆，让他再见自己时也认不出来，她却没有把握。

最后一排的香奴有八个，马贵闲又从第一个看起，陈露依旧跟在他旁边。

气氛紧张得让人觉得呼吸都有些困难，就连被筛选出去的香奴也一样觉得不安。

第一个不是，第二个不是……三四五六都不是，最后，马贵闲来到安岚和金雀身边，然后迟疑地站住了，这是最后两个香奴。

看到这一幕的桂枝兴奋得呼吸急促，王媚娘也微微挑起嘴角，陆云仙沉下脸。连喜儿蹙起眉头，再怎么说，她都不愿她离开之前，香院里出这般不光彩的事，并且还是由院外的人给指出来。

相貌水灵细皮嫩肉的小姑娘都是马贵闲喜欢的款，前面那些香奴虽也有生得不错的，但跟安岚和金雀一比，明显就有差距出来。故马贵闲初看到安岚和金雀，就觉得眼前一亮。只是当他再一眼打量安岚的时候，脑子里突地就闪现出一些模糊的画面，先是一双点香的手，随后是一缕醉人的幽香……

马贵闲只是停了几息的时间，但就这几息的时间，对在场的所有人来说，都是无比漫长！

陈露先是忍不住，上前一步问："认出来了？是她们中的哪一个？"

马贵闲突地一个激灵，被陈露的声音震得从恍惚中回过神，然后下意识地转头，有些茫然地"啊？"了一声。

陈露不耐烦："到底是谁？"

"是……"马贵闲抬起手，指向安岚，金雀正要出声，结果那手指又指向她。安岚刚抬起的眼睑又微微垂下，金雀则是怔住，前面的连喜儿和陆云仙等人也是愣了一愣，陈露因着急而愤怒，咬着牙再道："到底是谁？"

马贵闲觉得自己的脑子整个都混乱了，刚刚，他似乎又闻到昨日的那缕幽香，令他兴奋莫名又恐惧莫名。他觉得安岚有些眼熟，但又觉得金雀更加熟悉，那眉眼轮廓，就跟他昨日才见过的一般，很像，实在是像，越看越像！

当年他在花园里欺辱小丫头的那件事本是早已丢到脑后了，结果昨儿不知怎么回事，突然就想了起来，小丫头的眉眼轮廓都回忆得无比清晰。此时看到金雀，那一幕幕就在他脑海里跳出来，于是怔怔地看着金雀，并每看一眼，就觉得更像一分。

"是……是，是她！"马贵闲在安岚和金雀两人之间来回指了几次后，终于完全忽略安岚，指向金雀。

陆云仙悄悄松了口气，有些嘲讽地看了王媚娘一眼，王媚娘极是意外，她以为陈露这般大喇喇地领着人过来，定是有所准备的，怎么却闹出这么个乌龙？

桂枝也急了，金雀这几日就不曾出过源香院，马贵闲怎么可能在寤寐林看到金雀，这究竟是怎么回事？陈露怎么领着这么不靠谱的人过来添乱，真是蠢死了！

"确定真的是她？"到底是源香院的人，陈露虽恨不得马上就将金雀揪出来，但还是先问一句。

马贵闲似又恍惚了一下，才道："确，确定。"

陈露正要管连喜儿要人，陆云仙这会儿却笑了，来回看了她们几位，然后对连喜儿道："我还不知道，我身边的人竟还会分身的本事。"

陈露皱眉，不知陆云仙这话是何意，连喜儿心里也隐隐有些痛快，便道："看来陈香使要找的人并不在我这，马老板刚刚指出的那位香奴，这几天就没出过源香院，想必是认错了。"

陈露一愣，即看向马贵闲，马贵闲也有些发蒙，只觉得脑子更加混乱，一时间连个解释的话都说不出来。陈露心里甚是着急，恼羞成怒，就指向安岚道："那这个呢，她昨日有没有去过寤寐林。"

桂枝赶紧开口："昨日就是她去了寤寐林，而且回来的时候天都暗了！"

陆云仙要阻止桂枝已来不及，陈露听了桂枝这话，即对马贵闲道："你刚刚指来指去的，定是一时紧张搞混了，应该是她！"

"胡闹！"陆云仙提高声音呵斥，"简直是儿戏，我源香院里的香奴能由得你这般随意冤枉？莫说源香院不归寤寐林管，即便是归寤寐林管，香院里的事也远轮不到你来指手画脚！连香使长，这样的人，我看还是请出去为好！"

陈露也觉得自己刚刚那句话是得罪人了，只是她今日若不找回自己的香牌，她在寤寐林的日子就不好过，源香院终究不是自己待的地方，得罪就得罪了，于是咬咬牙，就道："源香院失窃是事实，源香院的香奴在寤寐林偷卖香也是事实，时间又对得上，各位若是觉得我说的有误，大可搜一搜这几位香奴的房间，说不准就搜出不该有的东西。"

陆云仙冷笑："东西可以乱吃，话可不能乱说，你来之前就已经搜过了，可惜，没搜出什么不该有的。"

陈露一怔，又问："她们身上也搜过了？"

"原来陈香使今日来源香院，是打着抄家的目的，却不知凭的是什么？"陆云仙怒极反笑，走至陈露跟前，看着她道，"源香院可不归寤寐林管，你呢，也不过只是个小小的香使，身份可不比我们高贵，你凭什么呢，陈香使？"

陈露脸色有些难看，只是见连喜儿也沉下脸，这才解释道："今日确实是失礼了，不过我今日过来，王掌事是知道并应允了的，不然我也进不来。连香使长若不信，可以再问一问王掌事身边的小厮。"

连喜儿不咸不淡地道："如此说来，掌事也答应让陈香使搜查源香院？"

陈露顿了顿，才道："王掌事答应让我指认偷香的香奴，眼下马老板既已将人指认出来了，为进一步确认，唯有搜身，也免得冤枉了好人！"

"笑话！"陆云仙看了看安岚，然后又打量陈露一眼，忽地一声冷笑，"到底是马老板指认，还是你自个儿在那胡指呢？说到底，源香院的事与你何干？你紧张什么？还死乞白赖地要插手，我怎么觉得，像是你丢了什么东西，生怕别人捡了去，所以使劲寻个借口过来找。"

陆云仙一语道破，陈露脸色微变，跟陆云仙对视了好一会儿，又往连喜儿那看了看，才略抬了抬下巴道："没错，我确实是丢了样东西，后查出是被那个进寤寐林偷卖香的香奴捡去了。眼下只要从她身上搜出我丢的东西，自然就能证明她就是偷香的人，到时怎么处理，便是你们源香院的事。"

王媚娘微微蹙起眉头，她虽也怀疑过陈露是另有目的，却没想到是这个原因。只是眼下这情况，若一会儿陈露没能从安岚身上搜出东西，陈露就再没什么用了，等于是成了废棋。但，若真从安岚身上搜出什么来的话……

王媚娘正犹豫着要不要添一把火时，陆云仙已经开口下逐客令："黑的白的都由得你来说了，真是荒唐！你哪丢的东西哪找去，跟我源香院无关，请吧！"

已经闹出矛盾了，她的事却还没弄清楚，陈露哪可能就这么离开，于是咬了咬牙，突然抓住安岚的胳膊道："今日我是定要搜她的身，若有得罪连香使长的地方，改日我必定亲自登门道谢！"

安岚心里暗惊，金雀再忍不住，上前就掰开陈露的手，并使劲推了她一下怒骂："你又不是源香院的人，有什么资格搜我们的身，不过是个香使，款儿却摆得比香师还要高！你当我们源香院是好欺负的？陆香使已经请你出去了，你还不快滚！"

陈露不料一个香奴胆敢对自己动手，没留心，差点被推倒在地上，趔趄了两步站稳后大怒："你，你们这院里还有没有规矩了？一个小小的香奴就敢在这撒野，你们——"

"没有规矩的人是你！"陆云仙觉得金雀骂得解气，心里甚是痛快，就道，"一进来就大呼小叫，还妄想插手源香院的事，刚刚跟你好好说话是给你面子，别给脸不要脸！"

陈露顿住，一时说不出来话，王媚娘这会儿却过来打圆场："何必弄得这么僵，陈香使的脾气虽是急了些，但刚刚说的也没错，若搜出东西来，那就是人赃俱获，该打该罚自有规矩来；若搜不出东西，安岚也没亏什么，还能洗了嫌疑岂不是两全其美的事。"

原本王媚娘还迟疑要不要插手，因为不确定安岚是不是真偷藏了陈露的东西，只是当看到金雀突然跳出来后，她即下了决定。

陆云仙转脸怒瞪王媚娘："如今你这胳膊肘都往外拐得，连香院的脸面都不顾了。"

王媚娘笑了笑："我正是为源香院的面子着想所以才觉得应该弄个明白，也免得日后有人在外头乱说，诋毁源香院的名声。不过安岚到底是源香院的人，这搜身的事自然是不能劳烦陈香使，不如让我来。总归刚刚搜了房间，也没搜出什么，若安岚真是捡了陈香使的东西，这会儿多半就是放在身上！"

安岚是她的香奴，真要让王媚娘动了安岚，岂不是明着打她的脸？于是不待王媚娘动手，陆云仙就挡在她前面，上下打量了她一眼，冷笑道："你？真是谱儿比天还大，你又凭什么？"

"你若不乐意我来，请连香使长来搜身也可以，只是……就你不行。"王媚娘挑衅地道，"陆香使要知道避嫌啊，不然人还以为你是心虚呢。"

连喜儿听她们这么吵来吵去，只觉得头都疼了，便道："行了，安岚你上前来。"

还是避不开搜身吗？

安岚微微蹙眉，犹豫着要不要捏破荷包里那粒香丸，自去年她差点被一位院侍玷污后，安婆婆就给她了她这粒东西。婆婆没说从哪来，只告诉她，迫不得已时，闭气捏破香丸外面的蜡衣，不出三息时间，方圆三丈以内的人便全部晕迷。但婆婆也再三告诫她，绝不能在香师面前使用，更不能让香师知道，否则，她也难逃死罪。今日正好没有香师在，应该不会被发现……

金雀知道她的打算，不愿她冒险，就赶紧拉住她，然后委屈地朝连喜儿喊道："安岚又不是贼，而且还是香院的人，在香院里当了七年差，就算没有功劳也有苦劳，如今有人欺上门来，香使长不帮安岚说句话就算了，为什么还要帮着外人欺负安岚！"

连喜儿一怔，没料到会有人敢驳斥她的意思。陆云仙此时也顾不得琢磨金雀怎么突然这么大胆放肆，因眼下连喜儿又偏向王媚娘那边了，她是绝不能答应的，于是亦坚决表示反对，并示意连喜儿请陈露出去，香院的事香院关起门来解决，不能让别的人看了笑话。

只是事情都到了这一步，陈露哪可能就这么被打发掉？她趁陆云仙和王媚娘对峙时，给马贵闲打了个眼色，让他帮忙抓住安岚，她来搜身。只是金雀和安岚可一直留心他们的动静呢，不等马贵闲动手，金雀就先悄悄朝马贵闲靠近两步，然后突然一声惊叫："啊！不要脸的下流坏子，你摸我！想干什么！"

马贵闲被那一声惊叫震得蒙了，未等反应过来，就被金雀猛推了个趔趄，竟撞到陈露身上。陈露没留神，歪到一边碰到王媚娘，王媚娘也没留神，趔趄的时候下意识的就往前推了陆云仙一把，陆云仙正怒火中烧呢，被王媚娘这么一推，顿时气不打一处来，也用力推了回去。

　　场面一时大乱，连喜儿一时间也怔住，安岚赶紧往旁一退，同时滑出袖子里的香牌握在手里藏在身后，她需趁着这股混乱将香牌偷偷交到金雀手里。可不待金雀走到她身边，一直注意着她们这边的桂枝却往她这过来了。安岚心头一惊，不得已又将手缩回背后。桂枝在盯着她，她无法出手，一出手定会被看到！

　　桂枝似乎也察觉出什么，并没有停下脚步的意思，安岚忙看了金雀一眼。金雀正打算去拦住桂枝给安岚争取机会的时候，院门那忽然传来一声低喝："住手！"

　　那声音并不高，但沉浑有力，带着一股不可力抗的威压，震得人心头隐隐发慌。于是院里无论是推搡扭打，还是逼近退避的，全都停了下来，往院门那看去。

　　不知什么时候，这院里进来了两位衣着华贵的男人，一位年约二十七八，身材挺拔，相貌俊秀，气质不凡。只见他眼睛往这院中一扫，唇边便带起几分漫不经心的笑，那笑容似藏着魔力，几乎令所有看到他的女子都不由垂下脸，心里无端生出羞涩和窘迫。

　　另外一位则四十上下，身材威猛，神情严肃眼神冰冷，令人不敢直视。

　　连喜儿脸色微白，慌忙走过去欠身道："杨殿侍怎么过来了。"

　　来人中的年长者是长香殿的殿侍杨奇，此等身份，就是王掌事见了，也得毕恭毕敬，更不用说院中的香使等人。此时就连最爱拿款的王媚娘，也都惴惴不安地垂下脸，乖顺得像只无害的兔子。

　　杨奇和连喜儿的父母曾是同乡，若非这点渊源，连喜儿也当不上源香院的香使长，但这份交情并不足以令杨奇无视连喜儿的失职，并且还是在景炎也看到这一幕的情况下。

　　经营数年，他总算能跟这位景公子称上一声朋友，今日又是景炎来特意请他带路随意走走，哪想到走至这边后，会看到如此荒唐的一幕。

　　长香殿是什么地方，那是文人士子天潢贵胄都神往的高雅之地，不是泼妇撒野打架的菜市场，更不是拈酸吃醋的勾栏院。

　　即便源香院只是长香殿的一隅之地，代表不了长香殿，但也不能跟外头的地方相提并论。偏偏，刚刚走到附近时，他还特意告诉景炎，此香院也归天权殿管……真是话才说完，就自打了嘴巴。

　　杨奇冷冷地瞥了连喜儿一眼，再又往陆云仙和王媚娘那看了看。

　　沉默，极其漫长的沉默，令人越发忐忑不安。

　　陆云仙不由抻了抻衣袖，随后发现袖口上的花纹，竟在刚刚推搡拉扯的时候，不知被谁勾出一条长长的丝线。月白色的兰花，丝线看起来像一缕浅浅的白烟，在衣袖边上飘忽不定。她想将那丝线抚平，却几次都是徒劳，手指只要一放开，那缕丝线就在她眼下飘忽，如似在嘲笑她。

　　在香院十三年，她还不曾这么丢人过，心里又恼又恨，就瞪了旁边的王媚娘一眼。

王媚娘一直微微垂着脸，两手轻轻交握在一起放在小腹处。她左手的中指戴了枚镶石榴石的戒指，戒面足有龙眼大，火红的颜色同她涂得鲜红的指甲相映成辉，衬着那双白嫩的手，是一种入骨的妖娆。

旁边的桂枝，也跟王媚娘一样的站姿，但她手指上并无戒指，不过手腕上却戴了一圈珊瑚珠手串，粒粒滚圆饱满，颜色虽不如王媚娘的石榴石艳，却也是件难得的饰物。而且桂枝自戴了这串珊瑚珠子后，她的袖子似乎就比原来短了一点儿，只要稍稍抬手，就露出一小截圆润白腻的手腕，衬着那圈珊瑚珠子，丝毫不比王媚娘逊色。

似因王媚娘和桂枝的花枝妖娆，珠饰堆奇，杨奇不免又多看了她们两眼，只是面上的神色却不见缓下分毫。

曾见过大香师风采的他，这几个女人在他眼里，就是俗物。

空有容貌，全无灵气。

美则美矣，但气污质浊，不能令人敬畏，只令人想侵犯。

连喜儿本就有些惧杨奇，眼下这等情况，她只觉得脑子有些转不过来，干巴巴地张了张口，好一会儿后才道："是，是香房里丢了些东西，刚刚正查这事。"

"丢了什么？"

"一些沉香饼。"

"为何不见王掌事？"

"白香师有事，王掌事一早就出去了，命我好好查此事。"

杨奇又往院中看了一眼："可查出来了？"

"正查着，只是……又出了一事。"连喜儿顿了顿，不敢隐瞒，转头往陈露那示意了一下，接着道，"那位是寤寐林的陈露陈香使，据说昨日丢的东西，被去寤寐林办差的香奴给捡了去，今儿过来找，刚刚她们因言语不和，所以有了争执，是，是我素日里管教不当，请杨殿侍责罚。"

事已至此，陈露当即上前来，欠身行了一礼，将刚刚自己在这里说的话都重复一遍，然后请杨奇做主彻查此事。陈露是寤寐林二掌事的侄女，跟长香殿的几位香师多多少少都有些关系，所以源香院的王掌事才会卖她面子。

杨奇虽不认得陈露，但他在长香殿二十来年了，并且是三年前才从院侍长升了殿侍，因而底下这些关系，他凭几个名字也能猜出个七七八八。

只是杨奇听完后，却先问一句："丢了什么？"

陈露顿了顿，终是道了出来："是我的香牌，昨儿傍晚，我在寤寐林里行走时，忽然被人从后面敲击了一下，当时就晕过去，再醒来香牌便丢了。事后才知道，是有个年约十三四的姑娘偷了我的香牌，并假冒我的名去找马老板谈买卖，只是因我被人发现得早，醒来后当即一通排查过去，却还是迟了一步。"

香牌居然丢了，连喜儿等人都有些诧异，这等事对香使来说，可大可小。若有靠山，添点银子补办一块便是，若无靠山，为这个丢了差事都是有可能的。

"马贵闲？"杨奇又念了一个名字。

马贵闲只觉得腿肚子发软，陈露这是将他卖了啊，虽没有明说，但刚刚那些话跟明着说有什么区别？他现在是悔得肠子都青了，今日就不该答应陈露这茬，但眼下后悔也没什么用了，杨奇已经喊了他的名，他只得讪笑着小跑过去，弯着腰道："见，见过杨，杨殿侍，在下昨儿并未同那位香奴做买卖，在下当时一听就断言拒绝了。"

杨奇瞥了他一眼，问向陈露："哪个香奴？"

"是她，昨儿她才去寤寐林办差，今日源香院就查出香房失窃，时间又正好对上，所以定是她！"陈露转身往安岚这一指，站起前面的香奴都赶紧往两旁让开，于是那中间就剩下安岚，以及她旁边的金雀。

都是豆蔻年华，都是简衣素颜，清透干净得似花叶上的一滴晨露。

好相貌，这是杨奇的第一印象。

一个看着安静，一个面露不忿，但竟都不慌，这是杨奇的第二印象。

于是他抬了抬眉，开口道："上前来。"

安岚转头给了金雀一个放心的眼神，金雀咬了咬唇，终于是忍住没说什么。一直看着她们的桂枝心里冷哼，随后生出几分得意，总算能除去这个眼中钉了。

安岚走到杨奇面前停下行了礼后，微微垂着脸，腰背却挺得很直，但并不显僵硬。景炎唇边依旧噙着几分笑，又打量了安岚几眼，这丫头还真是个香奴。

杨奇直接吩咐："搜。"

陆云仙脸色微白，有杨殿侍在，若安真是被搜出什么来，她今日必定跟着一块陪葬。即便最后没能被搜出什么，今日之事，也是王媚娘稳稳压了她一头，这口气日后想要讨回，怕是更加不易。

此时王媚娘得意地看了她一眼，她冷眼瞪回去，手指拈住袖口上的那条丝线缠了两圈，下意识地拽了一下，丝线没有断，倒是将平整的袖口抽得起了皱褶。王媚娘没有放过她这个动作，特意往她袖口那看了一眼，然后抿嘴一笑，陆云仙恨不得直接给她一个嘴巴。

连喜儿没想到杨奇这么干脆，愣了一下后才反应过来，也不敢多嘴，更不敢让旁的人帮忙，自己亲自走到安岚身边。

安岚主动抬起手，连喜儿有些复杂地看了她一眼，源香院三十八个香奴她都认得。安岚在她眼里是个没多少存在感的人，平日里极是安静，指派什么就做什么，偶尔被人刁难了也不会多事。倒是总跟她走在一块的金雀更引人注意，她们俩有什么事，也多是金雀先出头。但时间长后，连喜儿又发现，这么一个没什么存在感的香奴，却让她一直留意着，本身就是件不简单的事。

连喜儿搜身的时候仔细打量了安岚几眼，心里暗道，确实是难得的好相貌，再过两年怕是会更加出色。难怪王掌事早就中意，只是安岚却一直没有顺了王掌事的心意，她也摸不清安岚到底是真不愿，还是在拿乔给自己抬价。

香牌是个约一指厚，半个手掌大的一块木牌，这东西硬邦邦的，要放在身上，无非就是藏在袖子里，或是别在腰带内。但连喜儿在安岚身上摸了个遍，最后甚至让她把鞋都脱了，也没瞧见什么香牌。

陆云仙总算是舒了口气，王媚娘目露失望，桂枝不敢相信地往前一步，陈露的脸色变了，不甘道："一定是她藏起来了！"

杨奇面无表情地吩咐："带去刑院。"

院外即走进来两院侍，所有人都以为那两院侍是要拿下安岚，不想却是走到陈露跟前将她擒住，金雀赶紧收住脚，悄悄退了回去。

陈露大惊："杨殿侍，你这是何意！"

杨奇道："你犯了殿规，自当要受罚。"

有杨殿侍看着，院侍不敢有丝毫拖泥带水，拿住陈露后就往外押去。陈露挣扎不得，只得一边跟着往外走一边回头喊道："我是寤寐林的香使，香牌丢失，自有寤寐林的掌事责罚，我今日进香院追查香牌之事，也是获得王掌事的许可，杨殿侍，你不能罚我，我，我是陈平掌事的侄女，我认识白香师，杨殿侍……"

直到这会儿，王媚娘等人才知道害怕，有胆小一些的香使已禁不住瑟瑟发抖，进了刑院，不脱一层皮，别想出来。刚刚陈露进来时多么嚣张，多么趾高气扬，甚至敢跟陆云仙动手，结果，只杨奇一句话，就被送进那里！

马贵闲已吓得两腿直发抖，惨白着脸，有些茫然地站在那，不知该如何是好。他并非长香殿的人，即便他跟香使私下做买卖了，照理长香殿也是不能拿他如何，但眼下这阵势，他实在不敢肯定自己今日真能顺利出去。

陈露的声音消失后，杨奇又吩咐连喜儿："香房失窃一事，天黑之前查出结果。"

连喜儿惴惴应下，却这会儿，王媚娘忽然道："连香使长，昨日下午，就安岚一人去了寤寐林办差，并且回来晚了，时间这般巧，是不是应该当着杨殿侍的面解释清楚。"

第004章　艳羡·转折·身世

王媚娘是个机会主义者，此刻她即便再忐忑，也觉得是个能直接扳倒陆云仙的机会。只要安岚拿不出一个实在的证据，这偷香的嫌疑在杨殿侍面前是坐定了，到时陆云仙也跑不了。

　　如此恶毒的心思，非要置她于死地的手段，陆云仙是将王媚娘恨到骨子里，偏此时她不能反驳王媚娘的话。眼下只要一句不当，就极有可能弄巧成拙，于是只得生生忍着，焦急地看向连喜儿。

　　连喜儿迟疑地看了杨奇一眼，她拿不定主意，亦猜不出杨奇对这事持什么态度。

　　若杨奇想借香房失窃一事发威，那别说是安岚和陆云仙了，就是她也免不了一通责罚；若是杨奇只是摆摆样子，那事的处理只要面上过得去就行了，余地很大，她也不必临到走时，还闹得不好看。

　　杨奇这才又打量了安岚一眼，这小姑娘，从刚刚才现在，都极安静。旁的人或许会以为她是害怕，怕到不敢说话，但他活了这把年纪，之前亦执掌过刑院，他知道一个人真正害怕时是什么样。

　　如此安静，看起来倒像是有恃无恐，杨奇心里不解，正要开口，却此时，从进来到现在，一直没有开口说话的景炎忽然笑了一笑。

　　杨奇下意识地转头看了一眼，就见景炎的目光落在安岚身上。他怔了怔，再转过脸，仔细打量安岚，虽还未长开，但五官已足够秀美，颇有几分灵气。

　　难不成景公子是看上这小香奴了？

　　杨奇猜不透景炎的心思，迟疑了一下，干脆开口试探："在下疏忽了，景公子需不需要找个熟悉这附近的人陪着走走？"

　　景炎摇头："不用，你先把事情处理了。"

　　杨奇又不解了，只是他却不知道，刚刚他那声"景公子"令多少人心头猛地一怔。连喜儿先是看向安岚，王媚娘忙和桂枝交换了一下眼神，陆云仙则再次看向景炎，随后脸色一变。她在源香院十三年，这么长时间，总会比别的人见得多一些，也知道得多一些。所以，当她仔细打量了景炎几眼后，遂想起曾在祭祀大典上远远见过的那人，以及曾听过的事。于是，她比所有人都更加急切地看向安岚。

　　"安岚？"这回不用杨奇吩咐，连喜儿已经会意，便询问地开口。

　　安岚这才抬起脸，在那些或期待或怀疑的目光中，朝景炎福了一福："见过景公子。"

　　景炎点头："原来你是在这当差，难得还会煮茶。"

　　安岚道："我茶艺不精，昨日怕是糟蹋了公子一壶好茶。"

　　"品茶在乎心境，昨日我倒是品了一道今年最好的茶，不过却因此耽搁了你回来的时间……"景炎说着就是一笑，然后看向杨奇，"幸好今日过来了，不然这孩子怕是要因我受了委屈。"

　　杨奇即哈哈一笑："哪里的话，哪里的话，能为景公子你煮一壶茶，这可是她的福气，就是受点委屈算什么。"

　　景炎呵呵一笑，眼睛一眯，优雅得像只狐狸："那怎么行？"

杨奇心头莫名的一个激灵，传闻中，这可是个阴晴不定的主。好的时候让人如沐春风，但要是惹怒了他，那翻脸比翻书还快，发起火来说是阎王转世也不为过！于是他立马点头，就对连喜儿道："仅一次敲击就能将人打晕，唯习武之人才可办到，这小姑娘身子单薄，想悄无声息地做到这一点断无可能，昨日之事皆与她无关，无需再审查她了。"

"是！"连喜儿松了口气，有些复杂地看了安岚一眼。王媚娘和桂枝这才真的变了脸色，她们怎么都没想到，事情会是这样，巧得不可思议，也幸运得令人嫉妒。

陆云仙激动得两手不由紧紧握住一起，她真想不到，这丫头竟有这般造化！

因景炎心情好，杨奇也觉得气顺了不少，随意交代连喜儿几句后，又打量了安岚几眼，才同景炎出了源香院。

……

虽接下来还要继续查香药失窃一事，但因杨殿侍发了话，此时已无人敢对安岚如何，连喜儿随意说了几句后，就让院中的香奴散了。

"那个安岚怎么会有这般好运！"连喜儿亲自领人去香房后，王媚娘在外面皱着眉头道，"还真让她攀上权贵了！"

桂枝站在她旁边，压住心里的嫉恨，小声打听："也不知道那位景公子到底是什么身份，竟让杨殿侍这般客气。"

"何止是客气！年纪轻轻就有那身气派，不管是什么身份，那都是非富即贵，更何况还生得那般好。"王媚娘撇了撇嘴，就瞟了桂枝一眼，"你瞧着眼红了吧。"

桂枝垂下眼，低声提醒："安岚那小贱人如今得意了，陆云仙可不会放过这个机会。"

王媚娘轻哼一声："连喜儿要嫁人了，香使长的位置会空出来，香使的位置也会跟着空出一个。你说得没错，陆云仙不会放过这么个机会，出了今日这事，日后陆云仙若能坐上香使长的位置，安岚也必能当上香使。"王媚娘说到这，忽地一声冷笑，"果真是贵人一句话，这小麻雀眼见就要化为凤凰了，可不比我们，那么尽心费力地上下伺候，到现在，也顶多是只羽毛鲜亮的野鸡！"

桂枝眼里闪过怨毒："事情还远没到定论的时候呢，难道姐姐甘心将香使长的位置拱手相让？"

王媚娘往香房那看了一会儿，陆云仙刚刚跟连喜儿进去了，她们没有跟着一块儿，一是昨晚就已经查看过，二是，只有她们知道，香房里真正失窃的不是那点儿沉香饼，而是一张香方，是白香师交给王掌事的香方。为了不将这消息走漏给王掌事添麻烦，她们昨晚故意偷拿了一些沉香饼，如此才有了今日上下搜查的借口。

桂枝原是想顺便借着这事除去安岚，却不料事情几个峰回路转，这祸不仅没能嫁出去，香方的下落也没找到，还反招了麻烦。

王媚娘看了一会儿，就收回目光，瞥向桂枝："我身边那几个香奴，机灵的有几个，但也就你得了王掌事的青眼。"

桂枝心里一跳，垂下眼，等着王媚娘下面的话。

王媚娘挑着眉微微一笑："不过陆云仙手底下的香奴，王掌事也是一早就瞧上安岚了，只是那丫头一直就吊着王掌事的胃口呢。依我看啊，王掌事那样的人，盯了这么久的一块肉，不叼进嘴里是决不罢休的。更何况安岚那小丫头跟在安婆婆身边好几年，早就能读会写了，说来只要她跟王掌事一点头，就能将你给挤到一边去，也难怪你这么紧张她。"

桂枝咬了咬牙，垂着脸道："我待姐姐一向是忠心耿耿，既然姐姐看得这般明白，求姐姐给我指条明路。"

"忠心耿耿？"王媚娘嗤笑着摇了摇头，"在这个地方，谁敢说谁对谁是忠心耿耿，倒是对面谈笑背后插刀子的事不少见。"

桂枝额上冒出冷汗，慌忙抬起脸道："姐姐莫要误会，我之前去陆云仙那边，也是为着给姐姐打听消息，我……"

"行了，你也别急着跟我表忠心，说得再好听，也比不上做得漂亮。"

"是。"桂枝又垂下脸，眼里的怨恨更深了，"姐姐尽管吩咐。"

"盯着安岚和金雀那两丫头，我总觉得这事跟她们有关。"王媚娘想了想，又道，"安岚那丫头，太安静，太沉得住气，有点让人摸不透，如今杨殿侍又刚刚替她说了话，你暂时别招惹她。倒是总跟她一起的金雀，瞧着是个冲脾气，是个好下手的。"

桂枝即点头："我明白，我跟姐姐想的一样，她们俩定是藏着见不得人的事，我不信揪不出她们的把柄！"

王媚娘道："你放心，你帮了我，待我当上香使长，那香使的位置自当是给你留着。"

桂枝赶紧行了一礼："多谢姐姐。"

……

安岚和金雀回了自个儿的房间，关上门后，两人都长舒了口气，然后相互看一眼，不由都笑了起来。

金雀一屁股坐在床上，拍着胸口道："亏你沉得住气，刚刚好几次我的心脏都差点从嘴里跳出来了！"

"我也害怕，我后背都汗湿了呢。"安岚走到衣箱旁，一边找衣服换上，一边道，"你也别坐着了，赶紧收拾收拾，一堆活儿呢，做不完的话午饭又没得吃了！"

"这个怎么办？"金雀站起身，从袖子里拿出那块香牌。刚刚安岚就是趁着杨殿侍进来时，大家愣神的片刻，将香牌交给她，如此才在搜身的时候躲过一劫。

安岚换好衣服后，接过来，藏在里衣的口袋里。

金雀忙道："你怎么还放在身上，万一……"

"杨殿侍刚走，连香使长看着，今天她们不会对我做什么的，这个东西不能放咱屋里，得想法子藏到别的地方。"安岚仔细别好腰带后，又道，"你也小心些，我看今天香房失窃的事没那么简单。"

"我晓得。"金雀点点头，然后就站起身，"原来那位就是景公子，白广寒大香师就长他那模样？"

安岚点点头，金雀也跟着点了点头："是生得挺好的，不过我觉得没你说的那么可亲，总觉得有些……嗯，也说不上来是什么感觉，可能是那种人跟咱差得太远……不过他到底是什么身份？连杨殿侍都要顺着他的意思行事？"

长安城外有座巍峨雄伟的大雁山，山腰之上，终年白雾缭绕，绿意不绝，长香殿就坐落在大雁山山腰之中，亭台楼阁隐于千年古树怪石奇峰间，与长安城遥遥相望。

大雁山下有香田千顷，大雁山外还有香庄不知几何，每年每季每月，各处香农就将收上来的香材送至长香殿下面的各个香院。源香院是专负责草木之香的，香院的香奴们在香使的分配下，将各种香材仔细筛选分出优劣，然后再根据香殿的安排送到各处。

香使们会留下一小部分香材自己炮制合香，而名贵的香材则是直接送上香殿或是某一香师手中，随后再由香殿或香师送入寤寐林给予客人赏评，定出品级后的香才大量送到城中各大香铺内，再由香铺送往唐国各地，进入百姓万家。

安岚和金雀来到拣香场时，大半香奴已经开始干活了。虽掌刑婆子不时在场间巡视，但小香奴们还是趁着掌刑婆子没留心，偷偷为一早的事窃窃私语。正打听那位景公子究竟是何人时，正好瞧着安岚和金雀进来了，于是无论男女，就都相互打了个眼色，然后朝她们看过来。更多目光是落在安岚身上，有羡慕的，也有嫉妒的，还有不屑的。

金雀有些担心地看了安岚一眼，安岚坦然自若地走到自己的位置，点了名字，然后取出香篮两手快速地将必栗香上枯败的叶子分摘出来。金雀瞪了那些目光不怀好意的人两眼后才走过来，也拿一个香篮，因怕自己忍不住提马贵闲的事被人听到露了马脚，就随口问："这个香做什么用？"

"必栗香，制成香饼后，许多人家买去放在书房里保护书籍。"

"芸香也是护书的，跟芸香作用一样？"

"芸香价高，芸香除防虫外还可做美食，这个也能吃，但主要是祛病用，而且这种叶子若是落在水里，水里的鱼不出片刻就会死亡。"

"这般厉害。"金雀惊叹，低声道，"那就是有毒了？"

安岚摇头："必栗味道辛温，无毒。"

"这可真怪。"金雀拈起一片必栗叶，仔细看了两眼，"还能治什么病？"

"治鬼疰，心气痛……"

安岚说到这，忽然停了下来，往一边看去，金雀抬眼，顺着她的目光看过去，遂见桂枝从外头进来，桂枝往里扫视一圈后，就朝她们这过来了。

金雀皱了皱眉头:"她来做什么?自从当了王掌事的干女儿后,怕手变粗,怕皮肤晒黑,就再不过来这干活了。"

"不知道,许是想盯着我们。"

"就知道没安好心。"

才说着,桂枝就走到她们旁边,安岚和金雀垂下眼,未搭理她。

不过她们没搭理,场间眼尖的婆子已经给桂枝拿个凳子过来,讨好地笑道:"这么个大热天,桂枝姑娘怎么过来了,可是王掌事那有什么吩咐?"

金雀悄悄嘀咕一句:"马屁精!"

安岚看了她一眼,轻轻摇头,小鬼难缠,特别是有资历的小鬼。依她们现在这等身份,香院内这种熬了大半辈子的婆子,能不得罪就千万别得罪。

"王掌事还未回来,我就是过来看看,看看咱香院如今的大红人。"桂枝说着就走到安岚身边,上下打量了一眼,"还在这当差,那位景公子怎么舍得,万一晒伤了可怎么办!"

金雀正要回她一句,却这会儿又一位小香奴从外头进来,并直接走到安岚身边道:"安岚,陆香使让你过去一趟。"

桂枝恨恨地咬了咬唇,陆云仙这就开始了,还真是一点儿时间都不愿耽搁!

安岚停下手里的活儿,金雀就将她手里的必栗香枝接过去:"陆香使叫你,你快去吧,这些我来弄就行。"

过来的小香奴已将陆云仙的香牌给掌刑的婆子看过,掌刑的婆子打量了安岚一眼,道一句:"快去快回。"

安岚擦了擦手,朝金雀道:"我一会儿回来。"

桂枝有些不甘心地看着安岚出去后,才回过头,眼睛转了转,就有些惋惜地对金雀叹了口气:"你们天天那么要好,日日形影不离的,可如今她马上就要飞上枝头变凤凰了,单剩下你,这可怎么办?"

金雀一边忙着手里的活儿,一边嘲笑地道:"你这挑拨离间的段数太低,我们跟你不一样,你的想法对我们没有用。"

桂枝冷笑:"真到了她走向高处,单留你在这里的时候,我看你还会不会像现在这么自信。"

金雀停下手里的活儿,抬起眼,看了她好一会儿。

桂枝被看得莫名,便道:"你看什么!"

金雀嗤笑:"难怪安岚根本不将你当一回事。"

桂枝一怔之后,遂大怒:"你说什么?"

金雀依旧是嘲弄的表情:"听不懂人话还是怎么回事。"

"你——"桂枝瞪了她一眼,随后咬了咬牙,终是忍不住问,"你刚刚那句话是什么意思？"

"意思就是……"金雀摘下一片枯败的必栗香叶扔在脚下的破篓子里，然后看着她，认真道，"不是谁都跟你一样！"

桂枝微愣，依旧不明白金雀这话是什么意思，金雀却不再搭理她了。

安岚来到陆云仙屋门口，正要敲门，里头就传出陆云仙的话："进来吧。"

"您找我？"安岚进去后，见屋里就陆云仙一人，便走过去垂着脸站在一旁。

陆云仙打量了她好一会儿，才开口："知道我找你过来什么事吗？"

安岚摇头。

陆云仙笑了笑："你不用这么防着我，虽说如今你得了贵人的青眼，但终究还是在这香院里当差，眼下能帮你的也只有我。"

安岚安静不语，陆云仙又道："既然杨殿侍已那么吩咐了，陈露那件事在我这里就过去了。"

安岚抬眼，陆云仙看着她道："不过在王媚娘那边，可不一定，你可明白？"

安岚微怔，既不言谢，也不辩解，只是轻轻点了点头。

陆云仙又打量了她几眼，心里再次感到讶异，这丫头，平日里总闷不吭声的，心思却灵活得很，一点就透。

片刻后，陆云仙又道："你可知道那位景公子是何人？"

安岚抬起眼，摇了摇头，难道陆云仙知道？是了，陆云仙在长香殿有十多年了，若是知道什么，也是有可能的，于是迟疑了一下，终是忍不住开口："陆姐姐知道他是谁？"

陆云仙呵地笑了一声，又沉默了一会儿，才叹道："你可真是撞上大运了，若我没看错的话。"

此时天已近中午，山腰上的白雾散去大半，大雁山一日之中，就这么一小段时间可以看得清长香殿的原貌。站在源香院内，抬头，就能看到古树间的飞檐殿角，阳光下的熠熠清泉。

没有皇宫御苑的金碧辉煌，但有巧夺天工的古朴恢弘，令每一位抬头往上看的人，都不禁心驰神往。

只是天上人间，多少人，穷其一生，也只能仰头遥望。

陆云仙站起身，推开窗，看向前方白雾散去的山腰之处："长香殿最负盛名的大香师是哪一位，你可知？"

安岚心头一跳，也从那窗户往外看去，片刻后才道："是白广寒大香师。"

陆云仙回头："你可知道白广寒大香师，原先姓什么叫什么？"

安岚一怔，摇头，陆云仙问这句话，自当不会以为安岚会知道，所以接着就道："白广寒大香师本名我也不清楚，不过我却知道他原是姓景，长安城首富景公的景。"

安岚又是一怔，如此说来，那位景公子便是……

"不过，景公这一辈子虽享尽了富贵荣华，但却有个遗憾，前前后后总共娶了十八房姨太太，却没一个女人能为景公生出个一儿半女。所以景公从四十大寿后，就开始收养孩子，男的女的都有，虽说是养子养女，但在景公面前，也只能算是个奴才。直到景公五十那年，从外头领回一对孪生兄弟。从那以后，景公才对外宣称，景家有后了，据说当年大摆筵席宴请全族，十几个养子养女，就那对孪生兄弟入了族谱。"陆云仙说到这，停了一停，看向安岚，"今日那位景公子，如果我没有看错，应该就是我所说的这位景公子。"

安岚怔然片刻，心中有答案呼之欲出，便问："那这位景公子，跟长香殿是什么关系？"

"什么关系？"陆云仙笑了，叹道，"这干系可大着呢，寤寐林那片地是景家的私产，大雁山下超过一半的香田是景家的田产，而如今，这些东西景公都交给其子打理，你说那位景公子跟长香殿是什么关系。但是，这还不算什么，据说早在二十年前，景公就将那对孪生兄弟的其中一位送到长香殿。十年不闻其名，直到广寒香出，仙娥下凡，一夜之间，白广寒大香师名扬天下。"

安岚喃喃道："广寒香出，仙娥下凡？"

陆云仙道："这句话是一位王爷给广寒香的批语，据说只有品过广寒香的人，才能悟这句批语的深意。总归，自那后，大家便以白广寒大香师称之。"

安岚不解："不是……姓景吗？"

陆云仙摇头："这我就不清楚了，或许是名扬之后，就恢复了原本的姓氏。"

原来如此，难怪两人生得那般像。

安岚怔忪间，陆云仙又道："这是千载难逢的机会，你心里可明白？"

安岚回过神："什么？"

"你是真不懂还是装糊涂！"陆云仙翻了翻白眼，"且不论你昨儿特意去寤寐林办差是什么目的，总归如今看来，你确实是得了贵人的青眼。你要明白，那位景公子即便不是长香殿的人，但对长香殿来说又称得上是举足轻重。我知道你也看着香使那个位置，在这个地方，没有个靠山，你以为凭你那点小聪明，就能爬得上去？即便你侥幸爬上去了，你能保证站得稳？"

安岚沉默片刻，才开口："那位景公子，也只是为我说了句话。"

陆云仙笑了："有的人花上千金，都难买那等人一句话，难不成你还觉得那句话分量轻了！"

安岚不语，陆云仙又道："不过你眼下的情况也确实不容乐观，王掌事什么心思，这里没几个人是不清楚的，原本我是不愿管你的事，不过……"

王掌事，一想到那个男人，安岚就觉得脊背微微发凉。说起来王掌事从不曾为难过她，亦不曾强迫过她，甚至每次她为给安婆婆请医看药时，不得已去求王掌事开恩，他都很爽快地应允她的请求。但是，每一次，他都会让她知道，他给她的这些东西，将来有一日，是需要她还的。

　　去年，一位被王掌事看上的香奴就是不愿顺王掌事的心，私下让家里寻了好人家，并托人直接求到白香师跟前，求得白香师开口让王掌事把那香奴的身契还给那家人。王掌事倒无异议，极是爽快地给了，并且连赎身的银子都没收。她记得，当时那香奴特别高兴，以为自己终于脱离魔掌，走的那天还来跟她告别。

　　谁知数日后，王掌事特意找了她过去问安婆婆的身体，就顺便告诉她，那香奴当日刚离开源香院，就被人劫走了，三日后才被人找到，但找到时人已经疯了。

　　王掌事说完后，直道可惜，她当时浑身寒凉，她知道，王掌事是在警告她，他从不做亏本的买卖。

　　安岚攥了攥拳，抬起眼，看着陆云仙道："陆姐姐的意思是？"

　　陆云仙打量了她一眼："王掌事什么脾性我很了解，所以有几个事我得跟你说明白了，你也得把意思老老实实跟我说个明白，否则我可不愿白忙活一场，最后反还惹一身腥臊。"

　　安岚道："姐姐请说。"

　　陆云仙直接道："王掌事早两年就看中你了，只是那会儿你还太小，反正人在他眼皮底下，他也不怕跑了，就没太着急。现在两年过去了，你又一日比一日出落，他的胃口被吊了这么久，哪还有放弃的道理？你这些年估摸也识了不少字，怎么都能读会写了，单这一点就不知把多少香奴给比下去。所以如今你若是顺了王掌事的心，那香使的位置，用不着我帮忙，也该是你的，日后你将他伺候得舒服了，那香使长的位置多半也是你的。"

　　安岚脸色微白："既然陆姐姐有这个担心，那我今儿也将自己的意思明明白白放在这。这香院里，所有人都看得明白，我自然不是在装糊涂，亦不是在拿乔自抬身价。安婆婆待我恩重如山，如今卧病在床，我宁日日自责，事事小心，也未曾想要拿自己的身体去换半日安稳。不是我自诩清高，而我想要的，凭他王掌事，还给不起！"

　　陆云仙愣住，怔怔看着安岚，她没想到，这丫头竟有这般大的野心。

　　安岚说出那番话后，又垂下眼，平静得似自己什么都没说过一般。

　　陆云仙这才真的被惊住，难怪早上在院子里，面对那番审查，这丫头一点不见惊慌。有这等深沉的心，又藏得那么深，平日里一点不显，怎么会轻易表露自己情绪。

　　如今，这丫头也是看到了机会，所以才会对她说出这样一番话。

　　陆云仙怔然许久，安岚丝毫不见焦急不安，陆云仙终于笑了，这么多年，总算是等到了机会，让她找对了人。

陆云仙走到安岚身边，低声道："日后，王掌事那边，能帮你挡的我会帮你挡住，不过你自己也该明白接下来要怎么做。"

安岚点头，见陆云仙再没什么要说了，便欠身退了出去，源香院的结盟初成。

第005章　主动·暗诱·机会

安岚回到拣香场时，已是午饭时间，桂枝自然是离开了，金雀则被掌刑婆子喊去马厩干活。安岚脸色有些苍白，找到马厩那时，便瞧见金雀正有些愣怔地站在马厩前，阳光直直照在她身上，她却似浑然无觉。此时马夫们都去用中饭了，夏日的空气里夹杂着青草和马粪的味道，炙热的阳光晃得人眼晕。

见金雀安然无恙，安岚松了口气，她不知道金雀站在这多久了，直到她走近时，金雀才回过神，然后转过脸，先关心地问了她一句："没事吧？"

安岚摇头，将金雀拉到屋檐下："脸都晒红了，怎么不知道躲一躲，那婆子罚你了？"

金雀摇头，目光又投向马厩里那几匹马身上："只是忽然想起我爹，他做了二十多年的车夫，特别爱马。我还记得有一匹老马因岁数太大，拉不了车了，马府的管家便将那匹马卖给屠夫。当时我爹本想买下的，但凑不够银子，只得眼睁睁得看着那匹老马被牵走，那天我爹回家后，还在屋里哭了。"

夏日的风卷着干草和马粪的腥臊味拂来，不难闻，但也不好闻。安岚的脸色依旧有些苍白，却没有说什么，只是沉默地陪在金雀身边，如之前许多次，金雀这么陪着她一样。

片刻后，金雀才从回忆里出来，然后有些歉意地道："又让你想到那件事了吧。"

"没事。"安岚淡淡道，去年，她就是在这里，差点被一个院侍给强暴了。

生活给了她们许多磨难和坎坷，但她们现在还是好端端地站在这，这就足够了。既然无法避免，那就一一踏过去，踏过了，再回头看，自然不再觉得可怕。

金雀深呼吸了一下，面上重新焕出活力："走吧，耽搁了这么些时间，厨房那怕是没剩下什么了。"

安岚同她一块转身，一边走，一边低声道："机会来了，我们会让他得到报应的。"

金雀明白她说的是谁，却不怎么明白这句话的底气何在："嗯？"

安岚道："日后，陆香使应该会经常让我外出办差，总有碰上马贵闲的时候，你拿的那张香方，如今有更好的用处。"

金雀转头看了她一眼："怎么说？"

安岚往两边看了看，才道："你说，今日香房被搜查了那么多次，都查出丢了沉香饼，怎么却没有人说那张香方不见了？"

金雀一愣，随后道："你的意思是……王媚娘和桂枝故意瞒着这事？"

安岚微点头："多半是这样，既然是白香师给的，如今丢了，王掌事为免责罚，自然是不愿声张的，但私底下却非查个水落石出不可！"

金雀想了想，低声道："你想……把这事弄到马贵闲头上？"

"有了今儿一早这事，现在谁都知道马贵闲跟陈露私下做买卖，而陈露今日能领着马贵闲进来香院，虽是得了王掌事的首肯，但实际上还是从王媚娘那得了方便。"安岚略显稚嫩的脸上，隐隐透着几分坚毅和决绝，"王媚娘和桂枝已经盯上咱们了，我们不能一直这么被动。香房里存放香方的那几把钥匙，除了王掌事外，就王媚娘有，昨晚桂枝却从王掌事那取了钥匙进了香房。这事王掌事要真追究起来，她们谁都脱不开关系。"

金雀心头直跳，好一会儿后才抑住怦然而起的激动情绪，悄声道："王掌事会怀疑到她们身上吗？"

安岚道："不管会不会，若是惹恼了白香师，王掌事是定要给白香师一个说法的。"

"这倒是。"金雀还是有些激动，因激动而有些紧张，因紧张而使得声音微有不稳，"你打算怎么做？"

安岚看了一下周围，然后附在金雀耳边低声道了几句，末了又交代一声："这事儿千万别跟婆婆说漏一个字。"

金雀点头："我明白，只是你可千万要小心。"

安岚低低应声："嗯，你也是。"

金雀想了想，又道："但是那张香方，我原是留给你的……"

"我已记住那上面的内容。"

"你能合出来吗？需要的香材我想法子给你准备，香房里应该都有。"

"有一味龙脑，源香院的香房里没有。"安岚想了想，就道，"这个慢慢想法子，先把能拿的都拿了，你要小心，定要先保证自己的安全。"

"你放心，我知道的。"

……

傍晚，王掌事从外归来，整个源香院即罩在一层紧张压抑的气氛当中。

此时安岚正给安婆婆揉腿，金雀则坐在一边给安婆婆缝补衣衫，外头不知谁走路不小心，摔了一跤，叫了一声。金雀被惊了一下，针就刺到手上，安岚抬起头看了她一眼。

金雀即吮了一下指尖，然后笑着道："好些日子不弄这针线活，手都生了。"

安婆婆本觉得精神不济，只是这会儿似察觉出点什么，就看了她俩一眼，然后轻轻叹了口气，对金雀道："凡事都要小心，要沉得住气，别人家只是虚张声势，就把你给吓到了。"

安岚一愣，只觉安婆婆似乎是话里有话，金雀也察觉出来了，于是询问地看向安岚。安岚迟疑了一下，便问："婆婆……怎么忽然说起这样的话来？"

安婆婆坐起身，将金雀也叫过来："出了那么大的事，你们却一个字都不说，真当我腿脚不便就真的什么都不知道了。"

安岚怔了怔，才道："是荔枝她们告诉婆婆的？总归也没出什么事，便不想让您替我担心。"

安婆婆摇了摇头："我一个老婆子，也没多少年头可活了，你们一日比一日大了，能多替你们着想一些就多替你们着想一些。以后这等事不可再瞒着我，说到底，只要我不死，那王掌事多少也要卖我几分薄面。"

以前安婆婆可从未说过这等话，安岚和金雀对看了一眼，都有些不解，正待要问，却这会儿有人在外头敲门："安岚可在里头？"

"在呢，谁找我？"安岚起身去开门，见敲门的是同院的一个小香奴。

那小香奴往里看了一眼，才道："王掌事叫你过去呢。"

安岚一怔："现在？"

小香奴点点头："是现在，你快过去吧，还是王掌事身边的石竹过来喊人的，都等在外头了。"

金雀忙站起身："天都黑了，有什么事不能明天再吩咐！"

"我就是过来传话的，你去不去自己找石竹说吧。"那小香奴撇了撇嘴，跟着又嘀咕一句，"谁教你喜欢招人的。"

金雀耳尖，听到这句话听，即扔下手里的衣服要去撕她的脸："你说什么！"

安岚忙拉住金雀："行了，你跟这陪着婆婆。"

金雀拦住她道："你不能去，这个时候叫你过去定是不安好心！"

"他是掌事，咱们只是香奴。"安岚低声道，"迟早会有这一日，我会小心的。"

"婆婆……"金雀顿了顿脚，就坐到安婆婆床上。

"你去吧，他既然这般正经的让小厮过来叫人，多半是有什么事要吩咐。安岚说得没错，他是掌事，你们只是香奴，若是不从，反会让他拿了错。"安婆婆轻轻拍了拍金雀的手，一脸慈祥地对安岚道，"别害怕，若是耽搁的时间太久，我让金雀去看你。"

安岚点点头，又笑了笑，就出去了。

从香奴的住所到掌事的院舍，需穿过两个月洞门，走过两条青石板路，距离不短。所过之路，两边皆植草木，入夜后，草木的清香徐徐散出，较之白天多了几分寒凉。

静，静得只听到前后两人的脚步声，偶尔有几声虫鸣，却愈显清幽。

安岚看着越来越近的院舍，看着挂在院舍前面那两盏银盖雕花琉璃灯，晚风拂过，琉璃灯下的水晶坠儿闪着点点星光，流彩样的烛火将门口的台阶镀上一层暧昧的暖色。

快到院门口了，石竹放慢了脚步，安岚悄悄吁了口气，照常跟着。

要说一点都不担心，是假的，只是这些年，她就这么小心翼翼跌跌撞撞地过来的。一直以来，虽心里战战兢兢，但面上也定要装得从容淡定，装着装着，也就成了习惯。因她自小就明白，在这个地方，越是表现得胆怯，就越会受到欺负。关心友爱的情意，或是在亲人挚友之间，或是在没有利益相争的情况下，才会出现。

石竹领着她进了院舍，顺着回廊走到王掌事的房间前，轻轻敲了敲门："掌事，安岚过来了。"

安岚见石竹是领她到东厢房，心里又添几分不安，便问："王掌事只叫我过来吗？"

不待石竹回答她的问题，屋里就传出王掌事的声音："进来吧。"

石竹朝安岚颔了颔首，然后转身顺着那回廊往来时的方向出去。安岚看着石竹越走越远的身影，再瞧这附近竟一个丫鬟小厮也看不到，只院门口那候着几个婆子，偶尔有院侍经过，但也离得远远的。

夏夜的风忽添了几分寒意，屋内的有幽香逸出，浅淡若无，却令人精神舒缓。

"怎么还不进来？"片刻后，里头又传出一句，声音里带着几分不耐烦。

安岚即打起精神，敛去面上的不安，轻轻应了声"是"，就推开门，走了进去。

跟香奴的住处比起来，这里正称得上是极尽奢华了。

镶玳瑁酸枝木罗汉床上放着的是秋香色的闪金蟒纹大引枕，三足雕花朱漆高几上搁着的是青花缠枝花卉纹八角烛台，月洞门式的博古架上摆着的是天女散花彩釉春瓶，还有那鎏金镶嵌神兽博山炉……每一样，都在煌煌烛火下熠熠生辉，极容易让人看得失神。

安岚进去后，只往里看了一眼，就微垂下脸，走过去欠身行礼："见过掌事，不知您这个时候直接叫我过来，是有何事吩咐？"

照理，香院的掌事若有什么事，是不会直接吩咐香奴的，而是先吩咐香使，然后再由香使指定香奴来办差。但是，在源香院，王掌事喜欢直接跟香奴打交道，是众所周知之事。

刚刚安岚随石竹进来时，院门口那两婆子还故意在她身上上下打量好几眼，眼神赤裸裸得令人厌烦。

王掌事抬起眼，打量安岚好一会儿，然后才笑了笑："怎么站那么远，我又不是老虎，能吃了你不成，过来，给你看个点东西，这是我这次出去收回来的香。"

温和的声音，端正的五官，一本正经的表情，加上已过不惑之年，两鬓已见银丝，两人看起来明显是差着辈分。若是不了解其为人及嗜好，定会觉得他是个可亲可敬的长者。但此时，安岚听了这话后，也只是往前两步，在离他约三步远的地方停下。

王掌事遂有些不满，便看着安岚微微眯了眯眼，这小丫头，真是越大越狡猾，最近这段日子，他明示暗示那么多次，她却依旧是在他面前装傻充愣。以前还觉得有些意思，这等事慢慢磨着，时不时挑逗一下对他来说也是个乐趣，可如今他却发现，原来这小狐狸早就藏了外心，想必是偷偷准备了许久。

"怎么，让你过来一下，还得我三请四请！"

安岚心里一惊，抬起眼，便见王掌事看着她的眼神里隐隐带着几分不耐烦，但脸上并无怒色，她心中稍定，就又往前一步。

王掌事手指在桌上轻轻敲着："我是看着你长大的，这么些年，我对你的照顾还不够，你到底怕我什么？"

安岚道："我是敬重您。"

王掌事笑了："既是敬重我，那让你喊我一声干爹怎么就不愿。"

安岚垂下眼道："上下有别，安岚不敢逾越。"

"我瞧你没什么是不敢的。"王掌事身体往后一靠，打量着她道，"是不是觉得跟瘠寐林的贵人说上几句话，就以为自己能从这里飞出去了？"

"安岚不敢这么想。"

"那你敢怎么想？"王掌事说着就站起身，走到她跟前，居高临下地看着她。片刻后伸手要抬起她的下巴，不想安岚却忽然往后一退，并朝他欠身道："掌事若没什么要吩咐，请容安岚告退。"

王掌事看了看自己落空的手，再瞧了瞧眼前这个全身都写着戒备的小丫头，心里生出几分恼怒，只是皱了皱眉，他终是忍住了，背着手坐回榻上："今天的事我听说了，你是不是觉得自己受了委屈？"

"没有。"

"若有委屈，随时都可以过来告诉我，我若不在，也可以让连喜儿给你做主。"

安岚不语，王掌事又道："怎么，你不愿？"

"安岚并无委屈。"

王掌事在桌上敲了敲："这么说，安婆婆的药，香使的位置，你都不想要了？"

安岚抬眼，顿了顿，又垂下脸，没有说什么。

"安岚啊……"王掌事语重心长地道，"我如今这是疼你，你心里要明白，你到底是在我这香院里当差呢，有什么事能绕得过我去？"

安岚头垂得更低，却这会儿，外头传来石竹的声音："王香使和桂枝到了。"

安岚紧绷的神经顿时一松，生出逃过一劫的庆幸，但随之心里又一沉，原来王掌事今夜找她过来，是给她下最后的警告，她若还不识相，以后就再不会给她行方便了。

"你回去吧，好好想想，你跟她们都不一样，我是看着你长大的，比谁都疼你。"王掌事眼睛在安岚身上扫了扫，然后往外道，"让她们进来。"

安岚欠身退了出去，桂枝和王媚娘正要往里进时，就看到她从里头出来。桂枝一惊，没想到这个时候，安岚竟会在王掌事这里，即质问："你怎么在这？"

安岚没搭理她的话，朝王媚娘行了一礼，就转身走了。

王媚娘看着安岚离开的背影一会儿，心里哼了一声，就收回目光，进了屋。桂枝跟在王媚娘身后，手指悄悄在石竹的衣袖上勾了一下，再瞟了他一眼，然后才抬步跨过门槛。

安岚回去后，只说王掌事叫她过去，就是问白天事发生的那件事，随后因王媚娘和桂枝也过去了，便就放了她回来。

"没事就好。"安婆婆安慰地拍了拍她的手，"总会有脱离这里的机会，只是记得不可太心急，凡事都要沉住气。王掌事那人，只要你不表现着急离开的意思，他也不会强逼你。还有，不到万不得已，不能用我给你的东西。"

"我记得的。"安岚点头，又宽慰了安婆婆几句，再服侍安婆婆躺下后，才同金雀回了她们的房间。

"那老色坏真的就只是问你那些事？"回了房间后，金雀这才不放心地问了一句。安岚有些乏力地往床上一坐，回想了一下，便将王掌事跟她说的那些话都道了出来。

金雀听完后，又急又气："我就知道，他不会安什么好心，这下可怎么好，他这意思就是要动真格了！"

安岚沉默了一会儿才道："他是着急了，但也不一定就是坏事，只是婆婆以后请医问药就麻烦了。"

金雀道："婆婆惯吃的就那几服药，药方咱都存着呢，以后只要咱们手里有银子，总能买得到的。倒是你说他着急了却不一定是坏事，这话怎么说？"

"刚刚王媚娘和桂枝过来找他时，他面上隐隐露出几分急色，并轻易就放我回来了，多半是因为那张香方的关系。"安岚一边想，一边道，"香方失窃一事只要透露出去，白香师定不会轻易饶过他，而眼下他又查不出那张香方的下落，单这件事就够他烦恼了。而这个时候，他虽是恼了我，但是杨殿侍刚刚替我说了话，他即便再怎么恼我，也不会在这个节骨眼上再给自己添麻烦。"

金雀想了想，才慢慢点头道："没错，现在他就算再怎么着急，也不敢对你下手，而且仅不会对你下手，很有可能还要用你去拉拢杨殿侍，或是那位贵人。"金雀说到这，就站起身走了两步，然后接着道，"因为他要防止万一香方失窃的事被白香师知道了，白香师怪罪他的时候，他还有别的靠山可依。"

安岚点头，只是随后又道："不过这也说不准，总归，咱们眼下虽是处于危险中，但同时也面临着机会。像婆婆说的那般，定要沉住气，已经到了这个地步了，绝不能自乱阵脚。"

"我明白。"金雀点头，于是两人又悄悄商议一番，然后一同洗漱，便上床歇下了。

……

翌日一早，安岚和金雀梳洗好后，刚走出房门，正准备去拣香场，陆云仙就派小香奴找她过去。旁边的香奴都投来或是羡慕或是嫉妒的眼神，她们都隐隐感觉到，安岚马上就要脱离这些枯燥乏味又劳苦的活儿，往高枝上飞去了。

有个香奴忍不住含酸带刺地道了一句："有的人就是命好啊，一大早的偷懒也没事，看来今儿咱们又得多干些活儿了。"

金雀冷笑："酸死了，这话你怎么不去桂枝跟前也说上一遍！"

那香奴哼了一声："我爱在哪说在哪说，你管得着吗！"

"谁有时间管你。"金雀撇撇嘴，就对安岚道："你快去吧。"

安岚点头，便往陆云仙那去了，之前说话的那香奴便睃了金雀一眼："你这么向着她，到她飞上枝头的时候，指不定能不能记得你。"

"这就不劳你惦记了。"金雀白了她一眼，就转身往拣香场走去，从桂枝房间门前经过时，特意往那看了一眼。昨晚桂枝自被王掌事叫过去后，这一晚都没回来，这里的香奴都自以为知道是怎么回事，唯她和安岚清楚，昨晚，不同于之前的任何一晚。

"你昨晚被王掌事叫过去了？"安岚一到陆云仙这，陆云仙就先问了她这一句。

这香院里，任何风吹草动，不知有多少双眼睛盯着，所以若有什么事想瞒着别人，是半点都不能掉以轻心。

安岚点头："是，问了我白天的事，后来王媚娘和桂枝也过来了。"

陆云仙打量了她一眼，才道："那两人极少一块过去找王掌事，你昨晚既然在，可听到她们说什么了？"

安岚摇头："她们一过来，王掌事便让我出去了。"

陆云仙想了想，就站起身，走到窗户边，看着远处白雾缭绕的青山："总觉得要出什么事了。"她说着，就回头看了安岚一眼，"你可有这种感觉？"

安岚迟疑了一下，才道："香房失窃，昨日才大查特查，今日又突然什么都不查了，确实让人感觉有些不对劲。"

陆云仙微微点头："没错，是很反常，所以我怀疑，那香房里可能还丢了更重要的东西。"

安岚垂下眼，不做任何表示。

陆云仙倒不在意，片刻后又道："算了，先不说这个，今天我要去一趟窸寐林，你随我一块出去吧。"

安岚点头应下，然后问："可需准备什么？"

陆云仙道："是惯例的品香会，香师们会做一些讲解，你带着纸笔过去，替我记下些要点。"

安岚应下，陆云仙屋里的小香奴便将已经准备好的纸和笔交给她，安岚收好后又问：

"今日品的是哪几种香？"

"是栈香和黄熟香，不是什么名品，估计没多少勋贵会去，多半是些商人。"陆云仙说着就看了她一眼，"不过你去碰碰运气吧。"

安岚明白她话中所指，但依旧是眼观鼻鼻观心地候在一旁。

陆云仙心下满意，便又道："说来，陈露丢的那块香牌正是栈香木做的，也不知今儿找到了没。"

提起陈露，安岚这才抬起眼，问了一句："那位陈香使，已经从刑院里出来了？"

"出来了，不过听说昨晚在刑院里着着实实吃了一番苦头。"陆云仙说着就是一声冷笑，"如今这么回寤寐林，我看她还怎么嚣张，今日的品香会，怕是也没脸出来了。"

安岚听了这个消息后，心里想的却是另外一件事。

陈露眼下算是赔了夫人又折兵，日后能不能保得住香使的位置，尚且难说，而这件事，跟马贵闲是脱不开关系的。昨日，马贵闲倒是安然无恙地出去了，杨殿侍并没有为难他，王掌事因香方失窃的事，应该也没那闲心去过问一个商人。至于寤寐林那边，商人和香使私下做买卖的事，本来就是寤寐林的灰色收入之一，明面上禁止，私底下却是给其开方便之门。而陈露的叔叔，也只是寤寐林的一个小管事，其上头还有好几位大管事压着呢。陈露被杨殿侍拿去刑院，这件事所代表的风向，明眼人都看得出来。所以，寤寐林那边多半不会因为陈露的事而找马贵闲的麻烦，他眼下应当是还滋润着。

事情跟马贵闲有关，受罪的却只有陈露，陈露会甘心吗？

安岚回想了一下那日陈露进源香院的模样，真称得上是嚣张跋扈，目中无人。似这等性情的人，怎么可能会允许自己落难了，合作的伙伴却还在岸上吃香喝辣？

那两人，定是已经决裂。

安岚如此断定，待进了寤寐林后，再见马贵闲和陈露时，便知自己的判断没有错。她心里稍安，唯有他们这些人，相互之间有了矛盾，她才能有脱困的机会。

第006章　闻香·璞玉·下药

栈香与沉香是同树所出，以其肌理有无黑脉来区别，栈香可算沉香，其味与沉香相似，但带有木质，入水不沉，品质远不如沉香，属沉香之次品；黄熟香亦属栈香一类，品质更为轻虚，气味模糊……

寤寐林的品香房内，因今日来的都是商人和香使，故香座上的香师例行让前来的客人品过一圈后，漫不经心地说了几句，就离开了。

安岚收拾好笔墨，陆云仙因有意打听景炎的行踪，便让她先留在这里等着，然后起身出去了。

陆云仙一走，之前坐在她对面，一直留意她的马贵闲立马起身，带着一脸讨好的笑走过来，朝安岚拱手行了一礼："想不到今日会在这里见到安岚姑娘，不知安岚姑娘可还记得在下？"

安岚未起身，依旧跪坐在香案前，微微抬脸，看了他一眼："马老板。"

马贵闲立马笑成一朵花："难得安岚姑娘还记得在下，在下荣幸之至，荣幸之至！"

安岚神色冷漠："昨日差点受刑院之罚，我如何能忘。"

马贵闲忙又深深一揖，然后主动跪坐在安岚旁边，面上带着满满的歉意："在下就是过来跟安岚姑娘解释这件事，说来昨日那事，都是陈露逼迫在下这么做的。在下只是个小商人，无权无势，家中又有老母要养，不得不听她的，实非在下所愿。昨日回去后，在下心里着实悔恨万分，悔不该让安岚姑娘平白受了那么多委屈，又恨陈露那女人心思歹毒，明明是自己的过错，却想嫁祸他人，幸好杨殿侍目光如炬公正严明，未让安岚姑娘蒙冤，实在是万幸万幸！"

安岚待他说完后，才抬眼，往他身后看去。

刚刚，马贵闲才坐下，陈露就从外面进来了，就站在他身后，将他这些话一字不漏地听了进去。安岚看到陈露了，但并未提醒马贵闲，等马贵闲把话说完后，她才站起身，朝陈露欠身行了一礼："陈香使。"

马贵闲一惊，慌忙转头，就看到陈露铁青着脸站在他身后，他脑子一蒙，一时间傻在那儿。

陈露往前一步，垂下眼看着马贵闲，目露凶光。

安岚悄悄往后退了两步，将地方留给他们。马贵闲一惊之后即回过神，生怕陈露在这发作，赶紧站起身，往两边看了一眼，然后压低声音对陈露道："陈香使，如今咱们井水不犯河水，你如今的处境，你自己最清楚不过，可别闹得大家脸上都不好看。"

昨日杨殿侍将陈露押去刑院后，马贵闲便知道，陈露日后再难有作为。故而从源香院那出来后，他立马就来到窈寐林，狠心花了一笔钱，给另一位管事送了份厚礼，又请了位熟识的同行拉线，如此顺利同那位管事攀上了关系。那位管事在窈寐林的地位同陈露的叔父一样，因而马贵闲如今在陈露面前，可算得上是扬眉吐气了。

陈露定定地看了他一会，直到马贵闲眼神开始左右闪躲的时候，她才道："姓马的，风水轮流转，三十年河东三十年河西，你记住了，有你不得不回过头求我的那日。"

此时品香房内还有十数人散坐着，已经有人往这边看过来，因安岚早早退开，所以他们也只将疑惑的目光落在陈露和马贵闲身上，马贵闲愈加不自在。陈露说完这句话后，再看了安岚一眼，眼神不善，但倒没说什么，就转身出去了。

马贵闲这才松了口气，然后转过脸对安岚讪讪一笑。安岚只是冷眼看着，正好这会儿陆云仙回来了，马贵闲可不敢惹陆云仙，转身悄悄回了自己的座位，跟几位同行打了声招呼，就出了品香房。

"走吧。"陆云仙进来后，没有多做解释，只让安岚随她出去走走。

整个寤寐林是长安城富贵风流的一个缩影，文人才子一句"月色灯光满帝都，香车宝辇隘通衢"，描写的就是天潢贵胄，侯门富户香生活的一面。

长安夜，醉。

寤寐林，生。

销金鼎，梦。

不思归，死。

人世一梦，寤寐生死，都在这林里轮番上演。

不知不觉，又行到怡心园这边，过眼之处，皆是似锦繁花。陆云仙加快脚步，身影即没入繁花丛中，须臾间便消失不见。安岚顺着那条小路往前寻去，片刻后，果真看到一角雨亭，亭中设有香案，香案后座有公子一人，香案上放有炉瓶三事。

似因大香师的衣着喜好，寤寐林里的香师亦多着素衣，如她记忆中的那人，清冷高雅，每一个动作都蕴含着华贵的气韵，似那极易让人沉醉又令人难以捉摸的炉中香。

但亭中之人，却是一袭红衣，长发如墨，衬着背后肆意盛开的繁花，张扬无忌到令人有瞬间失神。

景炎用银叶夹夹起银叶片，轻轻放在香灰中的火窗上，再稍压银叶片，使之固定，然后才抬眼看向安岚，唇往上一扬，遂有笑意在他眼角眉梢处荡开："又是你，我记得，昨日你欠我一个人情。"

安岚于亭外欠身行礼："见过景公子。"

景炎颔首："上来吧。"

安岚垂首入了雨亭，景炎拿香勺取一粒约半颗花生仁大小的香放置银叶片上，然后才又看了她一眼，眼里藏着几分戏谑："是特意来还我人情的？"

安岚有些愣怔，片刻后才垂下脸微窘道："公子是君子，君子之自行也，敬人而不必见敬，爱人而不必见爱。"

景炎目中微异，随后呵呵一笑："你倒是会给我戴高帽子，还念这么文绉绉的一句话，你读过书？"

安岚面上一热："只是跟院里曾读过书的婆婆认过一些字。"

"也是难得。"景炎笑了，然后执起自己手里的香炉，示意她过来，"你来闻一闻。"

安岚小心上前，跪坐在前，双臂抬起，接过递过来的香炉，执于鼻前，右手挡于前，轻呼，慢吸，幽幽冷香从鼻间闯入，神思遂有瞬间恍惚。

安岚心头大惊，执香炉的手差点一抖，这，这个香！

"如何？"景炎依旧眉眼含笑，却让人分不清他此时究竟是何意。

安岚慢慢放下手里的香炉，不敢再闻，她知道这个香闻多了会起什么样的作用，因为那天她给马贵闲点的，就是这个香。她第一次见识到此香，是十岁那年，安婆婆因伤风，头晕目眩而拿错了香，因而让她闻到了。她还记得，当时人明明是醒着的，但却如坠梦中，并对自己周身所发生的一切浑然无觉，且过后思绪极其混乱。

当然，景炎此时给她品的这款香，较之她给马贵闲点的那款香，味道更为精纯。只是此处四面通风，非是品香的场所，而且他刚刚取的量极少，故效果甚微。而她，对于这些芬芳的味道，除了拥有一种近乎本能的敏锐感外，还有一种连她自己也说不清的感觉。

好似能在那个芬芳的，幽远的，难以琢磨的广袤世界里，隐约触摸到其规则。

"很好……"景炎还在等着她的回答，安岚因心里太过震惊，一时间想不出要如何评价这款香，于是愣怔了许久，竟就干巴巴地道出这两个字。只是话一出口，就看到景炎目中的戏谑，她即恨不得咬断自己的舌头。

然而，比起这些窘迫和羞赧，她更想知道，景炎特意给她闻这款香，是什么意思，他又是从哪得来的这款香？

景炎没有点破她，接着问："知道这款香是怎么合出来的吗？"

安岚又是一惊，面上从容的神色终于褪去。

他，那天，真的知道她在做什么？

安岚内心翻腾许久，终于是不敢轻易张口，于是垂下眼，小心翼翼地道："奴婢只是个香奴，无缘知此。"

景炎未就她的话表示信或不信，重新拿起银叶夹，一边将银叶片上未烧尽的香夹起放在一边，一边问："喜欢香？"

安岚抬起眼，迟疑地看着他。景炎也在看她，嘴角含笑，但目中却无笑意，而是蕴含着一种更为深沉的探究。

很明显，他对她有几分好奇与不解，她亦如是。

安岚垂下眼："院中无人不喜香。"

景炎放下手里的银叶夹："平日里可常有制香？"

安岚沉默片刻，才模棱两可地回道："偶尔会跟在香使身边学习一二。"

无论是香院里的香奴还是香殿内的香奴，都没有制香的资格。不过即便香殿未明言禁止香奴制香，实际情况也是不允许香奴有这个喜好，因为香奴根本没有足够的银钱去支撑这样烧银子的喜好。

制出一款成功的合香，需要的是大量的经验；而经验，是大量的时间和金钱堆积出来的。即便成功制出一款合香，但无论是烧香，焚香，点香，还是试香，品香，斗香，皆是一种由实化虚的过程。

而最终，无论成败，都是将原本白花花的银子化为一缕青烟散于天地间。

所以玩香一事，多是有银钱，有闲情，有才情的名媛雅士之爱。

这丫头，像只狡猾的小狐狸。

景炎唇边的笑意更深了，又问："可观看过斗香？"

安岚点头："每年长香殿祭祀大典之后的斗香会，香奴皆可在殿外观看。"

"长香殿常用的斗香规则是猜香。"景炎说着便将案边朱漆匣子打开，取出四个精致小巧的香盛放在香案上，在安岚面前一一打开，"这里有四种名香，沉檀龙麝，刚刚那款合香，其君臣佐铺，只需说对任意两样，你便可从这里挑走其中一种香作为的奖励；全说对，可以挑走任意两种香；若能说出完整的香方，这几种名香，便都赠予你。"

沉檀龙麝，四大名香，上品难求，名媛雅士皆以拥有为荣。

眼前四个香盛，每个香盛内的香都约有一两的量，而随便一个香盛里的香，都远远超过一个香奴的正常身价。

安岚惊诧抬眼："景公子，我——"

景炎笑了，狡猾得像只老狐狸："别怕，猜错了我不罚你。"

安岚看着那四个香盛，其中一个香盛里盛放的正是龙脑，她几乎有些抑制不住心里的激动。她需要这个，但是源香院的存香房内没有此香，整个源香院或许就王掌事那里有。可王掌事的院舍，香奴无召是不得进入的，金雀小从未进过王掌事的房间，根本不知道王掌事把香都放在哪个地方。

最后她若寻不到龙脑，金雀必会偷偷进王掌事那里找，危险太大……被发现的后果谁都承受不起。

面对这个诱惑，安岚非常心动，可是，她无法确定景炎的目的到底是什么。她只是个身份卑下的香奴，按理他根本无法从她身上图些什么，可是，眼下他却拿出如此名贵的香，只为探清她的底。

为什么？

安岚抑住心头的激动，没有马上开口，而是不解地看了他一眼。

景炎也不着急，看着她，又道出一个消息："下个月，寤寐林有个斗香会，会有数位香师携香过来，同时也允许长安城里的商人请香师为自家店抬一抬名气。"

安岚不解："抬名气？"

"每家店铺都会有招牌香，或是要推出的新品香。寤寐林的斗香会在长安城里名气不小，商家若将香品在这斗香会上露一露脸，自然可以抬高名气。这对商家来说，是个极其难得的机会，场面较之一般的斗香会热闹不少，到了那日，你可以过来看看。"景炎解释完后，又道，"若是香院不让你出来，我提前给你打个招呼。"

他说最后一句话时，还特意朝安岚眨了眨眼，这动作有点儿坏，却又不会令人反感，倒是让人倍觉亲切。真的，同记忆中那人不一样，眼前的红衣公子，真真切切是俗世中人。

安岚垂下眼，心头微微一动，放在案下的手指不由在腰带上触了一触，刚刚随陆云仙出门时，她特意将陈露的香牌带上。本是打算到了寤寐林后，寻个机会，将这块香牌扔了。只是……从景炎这听到斗香会的消息后，她突然想到，马贵闲应该不会放过这个机会，到时他一定会参加。

若真如此，那这个香牌就还有作用，不能白白扔了。

只是，她需要龙脑，并且时间很迫切。

如他这等身份之人，若真想为难她，何须绕这么大的弯子？

多半，是福非祸。

即便目的不明，但若能得他相助，除去这条命，她再无值钱的东西，说来，她是无论如何都不会亏。

想明白了这一点，安岚便道："玄参为君，甘松为臣，玄参半斤切薄片，洗净尘土于瓷器中，水煮令熟，慢火炒令微烟出，甘松四两，拣去杂草尘土，拌以蜜。"

景炎笑了："还有呢？"

安岚垂首道："奴婢愚钝，只能猜出这两样。"

果真是个小狐狸，才露了一点儿尾巴，就又赶紧藏起来，真当他抓不住呢。

景炎笑眯眯地道："若是说全了，这些香就全是你的了。"

安岚依旧垂首，安静跪坐在香案前，看都不多看一眼。

景炎又是一笑："算了，不为难你，说说，刚刚闻了后，感觉如何？可知这款香有何作用？"

安岚迟疑了一下才开口："初闻之下便觉神思微恍，奴婢猜，此香应当是有迷幻神志的效果，故刚刚不敢多闻。"

景炎看了她一会，又问："你可知此香是何人所制？"

安岚摇头："难道不是公子？"

"这是十二年前，白广寒所制的香。"景炎淡淡道，"不过他那个时候还不是白广寒，但我知道，他终有名扬天下的时候。"

安岚心中一震，遂看着景炎，欲言又止。

如此说来，当年婆婆的香，是从白广寒大香师那里得来的？

她想问白广寒大香师之前叫什么，对于那个人，她总有抑制不住的冲动，想要打听关于他的一切。特别是七年后，碰到同他长得一模一样的人，并且还是他的双生兄弟后，每次面对这张脸，这样的冲动就愈发明显。

可是，她每次要问出口时，又莫名地感到胆怯。

命运，当真莫测得令她既激动，又敬畏。

"挑吧。"景炎朝她示意了一下那四个香盛。

安岚收起有些纷乱的思绪，没有客气，将那装着龙脑的香盛拿到手里，然后跪下磕头："多谢公子。"

安岚退出亭子，离开怡心园后，雨亭附近的花木后面才走出一人，自安岚消失的方向收回目光，看向景炎："这就是你说的那小姑娘？"

景炎点头："没错，天赋难得，确实是个万中无一的。"

"你没看错？"

"错不了，不过她现在还只是块璞玉，需要慢慢雕琢。"

"那位景公子，跟你说什么了？"回去的路上，陆云仙忍不住问了安岚一句。

安岚想了想，便拿出那个香盛："也没说什么，他在亭内试香，我奉承了几句，便赠了我这个。"

陆云仙接过那个香盛，小心打开，目中微异，就看了安岚一眼。

安岚垂下眼道："不敢藏私，今日是陆姐姐带我过来的，得了赏也是托您的福，这个，理应是陆姐姐收着。"

她在长香殿这么些年，可从不曾受过这等金贵的东西，陆云仙本还有点儿羡慕和几分嫉妒的，只是听了安岚这话，反倒生出些骨气。于是白了安岚一眼，就将那香盛合上，放回到安岚手里："还真当我是那雁过拔毛的，既然是给你的，你收好便是。"

安岚抬起眼，有些迟疑地看着陆云仙，陆云仙即佯装生气地道："怎么，难不成我在你眼里，就是个连香奴的东西都要贪的人！"

安岚笑了笑："我哪敢这么想？"

陆云仙扬了扬眉毛："这么说，只是不敢这么想，但实际上就这么认为的？"

安岚忙道："陆姐姐误会我了，真没有这个意思。"

陆云仙瞧她着急的样儿，倒是笑了，又瞧了一眼她手里的香盛，便道："你说的也没错，几位香使当中，我确实是既爱财又吝啬，平日里也没少克扣你们，你们私底下怕是不知咒我死多少回了。"

"没有的事。"安岚收起笑，垂下眼，低声道。香奴的日子难挨，就是基于此。除了每日超负荷的劳作外，每月的月例还要挪出一些孝敬香使，其实别的香使那也这样，只不过她们将克扣的银钱说成是替香奴们存着，当然，这存着存着，自然是存进了她们自己的荷包。

陆云仙这人，确实是吝啬又爱财，但倒也坦荡，并且不会贪得无厌。而且，相对别的香使，她算是很少打骂香奴，并且院中的掌刑婆子若是对她手下的香奴罚得太过分，她也会站出来替香奴说话。

"行了，有也没关系，我在香院这么多年，还不知道上上下下是怎么回事？"陆云仙说着就又瞟了安岚手里的香盛一眼，再道，"还不赶紧收起来，你这么搁在我眼前晃悠，万一我反悔了，可就真的收了去啊！"

安岚笑了笑，赶紧放好。

"你的运气还真是好得让人嫉妒，这么个东西，别说里头那些龙脑了，就单是那个香盛，也值个十几二十两。"陆云仙叹了一句，随后又嘱咐道，"拿回去后长点心眼，别让人瞧着了，那院里的女人眼红起来，可是什么事都能做得出来的。"

安岚点头："多谢陆姐姐关心，我晓得的。"

陆云仙便打量了她一眼，笑道："也是，你向来是个有心眼的，以前我还真看走了眼。"

安岚默了默，就问："听说，下个月寤寐林这有个斗香会。"

陆云仙点头："那位景公子告诉你的？"

安岚点头："是，但却没有说具体是哪日。"

"应当是想挑个微雨的天气，好品香，现在自然不好定日子。"陆云仙算了算，就道，"不过也就半个月时间了，长安城马上要入秋了，入秋之前还会下几场雨。"

安岚又问："那天陆姐姐会过来吧？"

"自然是不能错过的。"陆云仙心情很好，今日出来这一趟，事情极为顺利。她本还担心那位景公子对安岚会只是一时兴起，今日一看，远不是如此。至于景炎如此青睐安岚，到底是什么目的，她虽不敢确定，但心里也琢磨出个答案来。

长香殿内，几乎所有的香师，都是有派系的，利益和权力分得很清楚。而且同时每个人又都想尽法子，在不属于自己的地方安插眼线，或是悄悄培养人手，试图日后收拢过来。

景炎是白广寒大香师的亲兄弟，那么景炎要为白广寒处理些长香殿的庶务，就再正常不过了。更何况，景炎跟长香殿之间，本身就存着买卖关系，商场上，也一样讲究知己知彼百战百胜。

今日出门之前，陆云仙还想，景炎若是单单看中了安岚，今日她带安岚过来，对方应该就使人前来跟她开口要人了，到时自然也是少不了她的好处。但是，她过来后，对方却根本没有跟她开这个口，反送了安岚如此名贵的香，又让安岚观看下个月的斗香会。

很显然，对方的目的，并不在女色上。

于是陆云仙想来想去，都觉得那位景公子应当是瞧中的是源香院。她有极强烈的感觉，源香院里的人马，很快要更换了，这对她来说，真真是个千载难逢的机会！

……

回了源香院后，安岚即将今日之事跟金雀说了，然后将那个香牌掏出来，低声道："这个，得找个机会放在王媚娘那儿。"

"王媚娘？"金雀不解，"怎么不放在桂枝那，王香使极少跟咱们打交道，倒是桂枝整日在我跟前晃来晃去，机会很多。"

安岚摇头："桂枝是跟咱们一块住在香奴的房舍里，王掌事是不可能过来这边找她的。倒是王香使那边，因为是单独住一个屋，王掌事有时候就喜欢去她那里。"

金雀微怔："你的意思是——"

"陈露跟马贵闲私下做买卖谋私利，王媚娘给陈露行方便之门，陈露的香牌被源香院的人给偷了去，然后用来掩饰身份跟马贵闲私下做买卖，存香房里的香方正好又不见了……"安岚悄声道，"这种时候，王掌事若是在王香使那看到这个，你说他会怎么想？"

"王掌事定会怀疑上王媚娘。"金雀眼睛一亮，只是跟着又微微皱了皱眉头，"不过，这也不能肯定……王媚娘要是说是她这两天捡到的，那也说得过去。"

"不着急，只要王掌事心里起疑了就行。"安岚说着就拿出那个香盛，"龙脑咱们有了，正好下个月窸寐林有个斗香会，听说马贵闲到时也会参加。"

一听到马贵闲的名字，金雀的脸色就是一变。好一会儿后，她才稳住起伏的情绪，从安岚手里接过那个香盛，仔细看了好几眼，才小心打开，又闻了闻，然后一阵儿地惊叹："原来这就是龙脑！"

安岚道："别用手碰，龙脑的香味很浓，沾到身上不易散。"

金雀忙合上香盛，然后一脸郑重地道："香牌给我，我知道王媚娘大概什么时候会出去，我找准机会就给她放进去。"

"别着急，这事儿须得确保万无一失，不可过早也不可过晚。"安岚想了想，又道，"我记得，再过两天就是王媚娘的生日，前两年，王媚娘生日那晚，王掌事都会去她屋里过夜，今年想必也是这样。"

……

两天时间眨眼就过去了，这就到了王媚娘的生辰。

傍晚，香奴忙完一天的活计后，金雀同安岚并肩回来的路上，两人一直注意着桂枝的动静。因有些紧张，金雀便悄声道："听说王掌事给王媚娘送了好大一支金钗，桂枝的脸都黑了一天了，有时候我真不知她是图什么。"

安岚道："她的心比王媚娘大多了。"

"本事却不怎么样，不过是以色事人。"金雀撇撇嘴，正说着，就瞧着桂枝忽然捂住肚子，然后赶忙加快脚步往茅厕那走去。安岚和金雀即对视了一眼，两人都松了口气，今晚，桂枝可没有能耐盯着她们了。

第007章　嫁祸·偷情·请求

太阳很快就落山了，笼罩在余晖下的源香院，似被穿上的一层薄薄的灰纱，所有景物看起来都显得黯淡迷蒙。院中的风灯还不到点亮的时候,所以走廊下更加昏暗,若是不留心,隔得远一些,就不会注意到前面有人经过。

入夜后的源香院,不可随意乱走,否则被抓住了,将是极重的惩罚。

但是香使对手底下的香奴有着绝对的权力,香使可以随时唤香奴前来交办差事。因此,香使若想整人,根本不用动刑,只需半夜三更叫香奴起来干活儿,用了几日,就能将香奴折磨掉半条命。

"这会儿连香使长正跟别的香使训话,起码要半个时辰。"两人趁人不备走到王媚娘房屋后,安岚就低声道,"王媚娘晚上要请王掌事来她房间喝酒,这会人在厨房盯着厨娘,一时半刻回不来。"

金雀点点头,往两边看了看,就朝王媚娘的房间走去。只是她刚抬步,安岚又抓住她,她疑惑回头。

安岚低声道:"小心点。"

金雀笑了笑:"知道了,帮我看好风,我手脚很快的。"

安岚点点头,放开手,然后走到陆云仙房间前的廊柱后面。陆云仙的房间正好在王媚娘房间对面,而她现在挑的这个位置,既不容易让人看到,又能极好地观察附近的情况。

这种普通的房门锁,在金雀面前如若无物,不过眨眼的时间,那把锁就在金雀手里顺利打开,然后,她推开门进去了。安岚看到那扇门又被关上,微微松了口气。

太阳一落山,天就暗得很快,刚刚还能看到一点儿金光呢,这会就只剩下薄雾一样的微光了。片刻后,安岚又看向王媚娘的房间,金雀应该将东西藏好了吧?

再过一会儿,王媚娘怕是就回来了。

正有些着急的时候,就看到王媚娘的房门从里悄悄推开一条缝,安岚心中一喜,可就在这会,她忽然听到有脚步声往这过来。她头皮一麻,即朝那边看过去,结果发现过来的人竟是王掌事!

王掌事怎么这么早就过来了,王媚娘现在还在厨房那呢。

金雀并不知王掌事正往王媚娘的房间走过来,正要开房门出去,可这只要一出去,定会马上被王掌事看到。安岚只觉紧张得全身血液都要逆流了,当下就从廊柱后面走出一步,然后用力打了一个喷嚏。

金雀即将王媚娘的房门掩上,而王掌事本是往王媚娘的房间走过去的,忽然听到喷嚏声,便转头往这边看过来。瞧着是安岚后,王掌事心里微诧,这丫头怎么跑这边来了。

见王掌事果真转身朝自己这走了过来,安岚才算是松了口气,然后站定,待王掌事走到自己跟前后,就微微欠身行礼。

王掌事本是对安岚还有些恼意,只是这会儿,瞧她一个人站在这暮色下,身量虽还未完全长好,但已有风流之态,加上那张小脸,精致得让人心头直发痒,于是语气不由就柔了几分："怎么这个时候跑到这边了？"

"回掌事，白天陆香使吩咐了差事，我这会儿是过来回话的，只是陆香使此时未在屋里，我就在这等着。"安岚一边说着，一边悄悄注意金雀那边。金雀知道不能在王媚娘屋里耽搁太久，再过一会儿，王媚娘回来了，到时她可就真出不去了。于是趁着王掌事背对着她跟安岚说话时，她悄悄拉开房门，轻手轻脚地从房间里出来。

安岚觉得自己的心脏都要跳到嗓子眼了，幸好此时暮色已降，周围光线暗淡，她面上的异色不易被人察觉。王掌事也确实没有怀疑她什么，听她这么一说，就笑道："那就别在这干等，省得吹了冷风着了凉，我又心疼你，随我去屋里坐一会儿。"

王掌事说着就要伸手拉她，并有要转身之意，安岚大惊，他这一转身，可就将金雀看了个正着。而且金雀此时正要重新锁上门锁，到时定会有轻微的声响，正等着她给个能掩盖这个声音的机会。

两人心有灵犀，安岚再次用力打了个喷嚏，金雀咔嚓一下重新锁上房门，然后闪到廊后面，轻手轻脚地离开了。

王掌事站住，看着安岚摇了摇头："看，你这不是着凉了！"他说着就朝她额头这抬手，安岚赶紧往后一退，欠身道："多谢掌事关心，安岚无碍，只是鼻子有些不舒服而已。"

王掌事微微眯着眼睛，打量她一会儿，然后也上前一步，看着她道："安岚啊，你这是在考验我的耐心呢。"

"安岚不敢。"

"你今天跟陆云仙去了寤寐林，见到贵人了？"

安岚没有回话，只是沉默地垂着脸，王掌事瞧着她副表面乖巧的模样，心里又爱又恨。都怪自己之前心太软，怜她年纪尚小，想着让她先养养再说，哪想到养到现在，竟养出一条白眼狼来！

"怎么不说话了。"王掌事说着就伸手捏住她的下巴，硬抬起她的脸，"还真是个会勾人的小妖精，我以前怎么就没看出来，你原来这么有能耐！"

安岚大惊，用力挣扎了两下，挣脱那只手后，赶紧又往后连退两步："请掌事息怒。"

王掌事负手站在那看着她道："息怒？小安岚，你给我记好了，无论你是得了谁的青睐，也逃不出我王新墨的手掌心。"

安岚喘了几口气，要离开这，只是她刚一转身，就看到陆云仙回来了，而且同时回来的还有王媚娘。

陆云仙看到安岚和王掌事都在这，很是讶异，正要询问，安岚却先一步走到她身边欠身道："陆香使，我来问您白天交代的差事。"

陆云仙抬了抬眉，便道："进屋说吧。"说着就朝王掌事欠身行礼，然后领着安岚进了她的房间。躲在拐角处的金雀长吁了口气，转身悄悄离开那里。

王媚娘嗤笑一声，就走到王掌事身边，柔声道："干爹，人家巴巴请你过来，你却在这跟你的心肝儿眉来眼去，打情骂俏的，真是叫我伤心呢。"

王掌事转过头看了她一眼，面上的恼色退去，换上一副慈爱的模样："做什么去了，喊我过来，人却不在，我不找个人说说话，难道要站在这吹冷风？"

"瞧干爹说的，这还成了我的不是。"王媚娘将身子靠过去，"您不是有我屋的钥匙，直接进去不就行了。我今儿特意将那几个小香奴打发了，屋里也早早备好了酒，我刚刚是去厨房看着厨娘做干爹你最爱吃的几个菜。这不是担心干爹早早过来一个人坐着无聊，我便先回来看一眼，谁知干爹找自个儿找了乐趣儿，倒是我多事了呢。"

王掌事进了王媚娘的房间后，就直接走到床边坐下，然后道："今日你是寿星，你用不着那么费心准备，随便吃点就行。"

王媚娘笑着给王掌事倒了杯酒："那怎么行，干爹请，无论什么时候，我都忘不了干爹的恩情。"

王掌事满意地接过那杯酒："还是你最懂事。"

一杯酒刚下肚，外头就传来敲门声，王媚娘道："想是饭菜送过来了。"她说着就起身开门去，王掌事点点头，就将手里的酒杯放下，往床上一靠，却忽然触到一个硬邦邦的东西。

香牌？陈露的香牌！

王掌事看着手里的东西，面色微沉。

"干爹……"王媚娘亲自拎着食盒进来，王掌事将那块香牌放进自己的袖子里。

"回什么差事？"进了屋后，陆云仙就狐疑地看了安岚一眼。

"其实是想跟陆姐姐讨一点白茅香，婆婆这两日总不时会腹中冷痛，偏婆婆那的白茅香前几日就已经用完了。"安岚看了陆云仙一眼，就又垂下脸，有些嗫嗫地道，"只是我如今还凑不出银子，陆姐姐能不能先记下，待下个月的月例发了，再……"

陆云仙摆了摆手，就起身打开身后的立柜，取出一个匣子，拿到案几这边，然后一边提香匙，一边问："你什么时候过来的？"

安岚道："过来有半刻钟了。"

陆云仙找了个清漆香盛装了约二两的白茅香，接着问："你不知道我这会儿在连香使长那边？"

"婆婆忽然不舒服，我着急，就先赶过来。"安岚说到这，顿了顿，又道，"也没想王掌事会这个时候过来，幸好陆姐姐提前回来了。"

"今日那边要做寿，他当然会过来。"陆云仙说着就往王媚娘的房屋那抬了抬下巴，然后将案几上的香盛推到安岚跟前，"拿去吧，这个我会直接在你的月例里扣，你也别怪我小气，我不比她们，银子的来处多。"

安岚忙接过那个香盛，一脸感激地道："多谢陆姐姐，我感激陆姐姐都来不及，如何敢怪？"

陆云仙点点头，安岚又道："婆婆那还等着，陆姐姐若没别的吩咐……"

陆云仙打量了她一眼，点头："回去吧。"

安岚从陆云仙那出来后，往对面看了一眼，只见那边灯火明亮，但却安静得有些诡异。她看了两眼，正要离开，那里突然传来一些微响，似什么掉到地上了。正好一阵晚风拂过，带着丝丝凉意，安岚不由打个哆嗦，赶紧抬步离开那。

陆云仙去浴房时，也往对面看了一眼，有些厌恶地皱了皱眉头，这地方真脏！

……

那一晚，王掌事没有在王媚娘屋里留夜，只草草用了晚饭，又略坐了一会就走了，所有留意这边的人，都嗅出不寻常的味道。

而王掌事从王媚娘那走没多久，桂枝就拿着上茅厕的借口，悄悄去了王掌事的院舍，但却没有进王掌事的房间，而是偷偷入了旁边的一个杂物间。

石竹早在这等着，一瞧她进来了，就搂着要亲热。桂枝却担心动静大了，被王掌事发现，连声叫道："停夫妻俩，停，会被听到的。"石竹只得作罢，胡乱亲了几口了事。

月亮又躲到云里，王掌事的院舍暗了几分，走廊的风灯未照到的地方，看起来无比神秘。婆子们都开始打盹，院侍们也瞅着空子偷懒，没有人听到在那没人用的房间里，一对男女正抱在一起，一边相互爱抚一边低声交谈。

"他今晚为什么没在那边过夜？"

"不知道，只瞧着他回来时，脸色很不好。"

"有没有跟你说什么？"

"让我打听王香使最近在寤寐林那，都跟谁往来。"

"打听这个做什么？"桂枝不解，王媚娘跟寤寐林的人往来，都是王掌事授意，难道……王掌事怀疑王媚娘背着他弄些什么事？想到这，桂枝即有些兴奋，忙问："还有什么？"

"只交代了我这事，不过听说他还让别的人去查那个叫马贵闲的。"

"马贵闲？就是那天陈露带过来的那个商人？"

"是他。"

听到这个消息后，桂枝越发觉得自己的猜测很有可能，只要王掌事怀疑上王媚娘，那就代表王媚娘要失宠了，到时，可不就是她的机会！

"好人，日后你需替我多多留意打听。"

"你明晚再过来。"

"你别着急，如今人都是你的，还怕我会跑了不成。"

三日后，金雀将安岚需要的香都凑齐了。

"来得及吗？"金雀有些担心地问。

安岚点头："配好后，只窖藏十天就可以。"

金雀松了口气，随后又悄声道："不过，我都把香牌放到她那里了，可这几天怎么什么动静都没有，是不是王掌事没发现？"

安岚想了想，就道："应该是发现了，那天王掌事就没在王香使屋里留夜，那晚桂枝也是快下半夜才回来，而且这几日明明没什么事，她却显得比往日还要得意。桂枝跟王媚娘走得近，王媚娘那出什么事，她定也会知道一二。动静都有，不过都是被他们小心藏起来了，咱们别慌，到时他们会自己闹出事情来的。"

白香师白书馆是个跟王掌事年纪相仿的男人，其家中富裕，年轻时曾中过举，只不过官路不顺，又不愿同官场上那些人同流合污，于是不到四十就辞了官，赋闲家中。不过因年轻时一直自诩风流才子，倒也由此结交了好些同样喜欢玩香弄玉的志同道合之人，其中有几位还是长香殿里的香师，于是辞官后不久，他就进了长香殿。

因身份在那，腹中亦有几分真才实学，于是不出几年，白书馆也成了长香殿的香师，日子过得越发顺意，面子也一日比一日大了起来。

寤寐林的斗香会定在七月十五，七月十四那日，白书馆便将王掌事叫过去，吩咐道："明日是寤寐林的斗香会，我有几个知交好友会过去，你到时准备一桌宴席。"

王掌事笑道："可是王铮、李琪两位公子，有段时间没见到他们二位了。"

白书馆一边检查自己的乱香①，一边淡淡道："还有一位刘茹大人，刘大人下个月就升鸿胪寺少卿了。"

刘茹和白书馆是同窗，两人当年同朝为官时，闹出了点不愉快，后来白书馆辞官似乎也跟这刘茹有点关系。这些事王掌事都略有耳闻，故而这会即听出白书馆话里的复杂之意，于是肚子里的话在脑子里过了一遍，才道："刘大人比白香师要年长六七岁吧，眼看就快六十，熬到这个年纪才升到从五品，怕是这辈子也就到顶了。"

白书馆这才看了王掌事一眼，然后摇头失笑："当年他是最受先生看重的学生，科考时又顺利高中，仕途也算顺利，如今将致仕前还往上升了一级，不知有多得意。你这话若是被他听到，可要说你是什么都不懂只知道眼红。"

王掌事忙笑道："我说的是实话，若说风光，在我眼里区区一个从五品的官儿，哪有咱长香殿的香师风光。长安城那些一二品的大官见着长香殿的香师，不都客客气气的，还有那些个皇亲贵胄，不都想跟咱长香殿的香师结交。"

白书馆笑道："为官是利国利民之事，不能跟玩香弄玉比。"

王掌事道："如今不说长安城，就是整个唐国，哪家哪户不用香。还有那些藩国，也都是极仰慕咱长香殿的大名，在我看来，香师一样是为民造福。"

---

① 乱香：装香道工具的箱子，其实并不乱，箱子里各种香道工具都有固定的位置。

王掌事这几句马屁拍得极其到位，白书馆的心情好了几分，检查妥当乱香后，就提笔写了一张菜单交给王掌事："这几样菜，你明日须亲自看着厨子做。"

"是。"王掌事恭恭敬敬地接过去，然后问，"只是这宴席，是设在香院这边，还是设在寤寐林？"

白书馆想了想，便道："就设在寤寐林的琴榭里，离寤寐林的斗香院比较近。"

王掌事欠身："那我就去安排了。"

白书馆点头，只是王掌事将转身时，他忽想起一事，又道："源香院里是不是有个叫安岚的香奴？"

王掌事一怔，仔细看了白书馆一眼："是有个叫安岚的，白香师怎么忽然问起个香奴来？"

"前两日杨殿侍跟我提了一下这个香奴。"白书馆将手中的笔放下，又问，"你可知道那个香奴怎么引起杨殿侍的注意？"

王掌事顿了顿，随后就呵呵一笑："也没什么，不过是前几日，寤寐林有个香使丢了香牌，怀疑是源香院的香奴捡了去，就气冲冲地找过来，揪着个小香奴不放，正好被经过的杨殿侍看到。"

白书馆微诧："还有这等事。"

王掌事便解释道："正好那天您没在香院，此事经查已证明跟源香院无关，当时杨殿侍也惩罚了寤寐林那位香使，此事便就过去了，香院没出什么事，所以我就没跟您说。"

"原来如此。"白书馆点点头，只是随后又道，"我还当杨殿侍是看中了哪个香奴，只是这两天又不见他着人过来说这事，正纳闷着。"

王掌事便呵呵一笑："说来那小香奴是我看着长大的，在我眼里倒是有几分特别，不过怕是还入不了杨殿侍的眼，杨殿侍应该也是随口一提。"

"哦？"白书馆微微扬眉，有些意外王掌事会在他面前提这个，他知道王掌事好女色，也清楚王掌事在香院里有几个干女儿。虽长香殿明白定下的规矩，严禁淫乱，但却不反对这认干亲之事。

再一个，对白书馆来说，他终是需要王掌事替他办事，王掌事这点嗜好也犯不到他的利益，所以他一直就睁一只眼闭一只眼。只是一直以来，王掌事从未在他面前提过，要对哪个香奴另眼相看，现在突然这么说，言外之意，就是想收了那香奴的意思。

长香殿里倒是有规矩，掌事以上地位之人，若是有看中底下的香使或香奴，只要获得上峰的同意，并且被看中的人又不反对的情况下，便可以正式收为身边人。

这就等于是给了个名分，而有了名分，也就等于是有了一定的约束力。

比如王掌事如今跟几个干女儿在香院里厮混，他心情好时便哄着她们一些，若心情不好也可以随意惩罚打骂。而王掌事在做这些行为的时候，干女儿们即便是死在王掌事手里，长香殿也不会过问。

但若是有了名分，无论是香使还是香奴，其生命和地位在长香殿里就有了一定的保障。

王掌事接着道："是个贴心的丫头，倒真让我有几分心疼的，本是想过段时间再跟您提这事的。不过今日您既然问起了，我就顺便将这事说与您听。"

"这么多年，我还是第一次听你跟我说这等事。"白书馆说着就哈哈一笑，然后道，"照理我是不该拦你的，只是那个香奴到底是杨殿侍先跟我提了一句，杨殿侍那边……"

王掌事忙道："白书师不必为难，我都活了这把年纪，早是个什么事都能看得开的人。若杨殿侍真瞧中了那丫头，我便将她送过去伺候杨殿侍一段时间，待杨殿侍腻了，再让她回来源香院也行。"

白书馆一愣，随后又是一笑："还真瞧不出来，你竟是个痴心的。"

王掌事微微欠身："让您笑话了。"

白书馆摆摆手："既然如此，我倒不好做这棒打鸳鸯的事，杨殿侍那边若是真有此意，我便替你回了他，就说那香奴早就定了人了。"

"多谢白香师。"王掌事先是深深鞠了一躬，然后才又道，"不过若是杨殿侍真开口提了这事，还请白香师不要拒绝，只是请白香师跟杨殿侍说，那香奴终究是香院的人，日后还送她回来就行。"

若景炎公子是真看中安岚，那他需要安岚来拉拢杨殿侍，但他又不想白白放过那小狐狸，盯了这么多年的肉，不叼进嘴里尝一尝，死都不会甘心。如今正好白香师提出来，他便借着白香师的口给自己找了个台阶，好让他将安岚送出去之前，能先睡上一晚。到时无论是杨殿侍还是景炎，都不能有什么不满，或许还会对他有几分愧疚，因为是他割了爱的。再一个，他这么先跟白香师提了，那么就算将人送出去，最后还是能收得回来，那小丫头逃不出他的手掌心。

第008章　忐忑·换香·指引

次日，王掌事早早就去了寤寐林安排白书馆的宴席，他跟在白书馆身边近十年了，极了解白书馆是个什么样的人。若是别的事他做不到位，白香师多半不会为难他，但今日这宴请朋友一事，却是丝毫马虎不得的，特别是其中一位客人还是白香师当年的同窗刘大人。

当年白香师为何辞官，他虽不清楚内情，但也知道这是白香师一直以来最在意的事情。今日那位刘大人过来，虽说是朋友小聚，但双方又何尝不是抱着相互比较高低的心思。白书馆是个极爱面子的人，特别是这些年随着名气的抬高，对面子就越加在意，在面对故友时，这份在意已达到苛刻的地步。

因而，今日这宴席，不用白香师再三交代，王掌事也知道，定要办得尽善尽美。

只是当参与斗香的香师和客人纷纷到来后，王掌事突然想起，他忽略了一件非常重要的事。

白香师，今日会不会参与斗香？

若是参与斗香，白香师会选哪一款香？

昨日因跟白香师提了安岚，竟忘了问白香师今日斗香之事，这是他从不曾有过的疏忽。虽说白香师只吩咐他安排好今日的宴席，斗香一事，与他无关，可是王掌事此时却莫名地觉得有些心神不宁。

那张香方，迟迟查不出下落，而依王媚娘的说法，那香方简直就像是不翼而飞了。他当然是不信的，没有任何东西能够凭空消失，他早就怀疑香院内有人背着他干些偷鸡摸狗的事，只是他从未怀疑到王媚娘头上。

可是，王媚娘是最有机会接近那张香方的，一张长香殿的香方，在外面价值几何，他再清楚不过了。

但即便如此，他还是觉得王媚娘不会做这种事，不是因为他相信王媚娘，而是他相信自己的判断。他知道王媚娘没有那个胆子，也不会去做这种蠢事，可是……或许是因为此时心神不宁的关系，他对自己的判断，开始动摇起来。

若真不是王媚娘，那她藏在屋里的那块香牌是怎么回事？

他知道王媚娘的习惯，只要她不在房间内，就会将房门锁上，连身边的香奴都不让进去。她还曾带着几分得意地跟他说过，她屋里的东西，就连梳子摆放的位置，床上的褶皱，她都能记得一清二楚。而那晚，他是同王媚娘一块进屋的，那房门明明是上了锁，所以不可能是有人栽赃。

还有，陈露过来源香院那天，他后来得知，也是王媚娘暗中给了陈露许多方便，并提前暗示陈露，安岚的嫌疑最大。如今越想，越觉得那是王媚娘要给自己找个替死鬼，王掌事面色渐沉，对王媚娘的信任一点一点流失。

……

安岚随陆云仙进了窸寂林后，就直接往斗香院走去。

今日是个微雨天，空气湿润，极适宜品香。两人进了斗香院后，便见这院子的长廊下，已经三三两两站了好些客人，个个衣着不俗，谈吐文雅。

安岚一边往里走，一边仔细寻找，不一会，就瞧着马贵闲果真也在这里，她心里松了口气。

此时离斗香正式开始还有段时间，为保持房间的气味干净，院中的斗香室还未开，香使只准备了几间厢房供客人休息用。不过因为寤寐林的景致迷人，夏末微雨又是一番难得的景象，所以大部分客人都没有待在屋里，而是走到屋外的廊下，一边赏雨景，一边闲谈。

安岚随陆云仙进了专供香使们休息的房间后，便见陆云仙极娴熟地同寤寐林的香使寒暄，然后不知谁提了一句，于是她们的谈话就转到陈露身上。没一会，安岚从她们的对话中了解到，陈露如今虽还未被革去香使一职，但手里的权力已经一点都不剩，怕是用不了多久，就没脸再在寤寐林待下去。

有人感慨，有人唏嘘，有人幸灾乐祸，安岚却无心听她们说这些，便走过去跟陆云仙悄声说了句想出去走走。陆云仙看了她一眼，没有多问，道了句早些回来，就放她出去了。

而安岚刚一出房间，就瞧着马贵闲正在对面的朱廊下跟旁人套近乎。他今日看起来，明显比前段时间得意多了，锦衣绣袍衬出好一副人模狗样，依葫芦画瓢的举止也显现出几分风流倜傥。

香，往往是跟美人分不开的。

譬如红袖添香，衣香鬓影，怜香惜玉，软玉温香……这些文人墨客喜欢用的词字里，总藏着一缕袅袅动人的香魂，引人无限遐想。

但凡来这里的男人，多半是既爱香，亦爱美人。

豆蔻年华的安岚，已开始出落，刚刚她推门出来时，就有人注意到她了。此时再看她静静立于廊下，虽隔着细雨，脸上的五官看得不够真切，但那纤楚动人的姿态，还是令不少人忍不住多看好几眼，这其中，自然包括马贵闲。

安岚知道马贵闲看到她了，便撑开油纸伞，下了台阶，转身往斗香院外走去。

她希望马贵闲能跟过来，因为这里人太多，她没有机会。

可是，她却不能确定马贵闲会不会跟过来，所以，心里有些着急。

她知道马贵闲好女色，亦看得出，马贵闲对她有些意思，但她不知道，这点意思到底是多少，究竟能不能引起这个男人足够的兴趣。

她对自己没有什么信心，她一直觉得她相貌普通，特别是每次一想起藏在心中数年的那个影子，就总会生出自惭形秽之感，然后越发觉得自己平凡无奇。

"安岚姑娘。"正忐忑的时候，身后就传来马贵闲讨好的声音，安岚心里绷着的那根弦微微一松，便停下脚步，转过身。

微雨下的女子，宛若从古画中走出来的美人，马贵闲只觉得心肝都颤了一颤，整个人瞬间魂飞。

"马老板。"安岚微微欠身。

马贵闲回个神，赶紧也回了一礼："想不到今日又在这碰到安岚姑娘，真是有缘。"

安岚走到另一处相对静僻的回廊下,然后明知故问:"马老板今日是前来参加斗香,还是只是观看?"

马贵闲的事,她已经从陆云仙那打听了些许,知道这个人不会放过任何机会。

马贵闲讨好地一笑:"在下的香铺里倒是有几款好香,今日便挑了其中一款拿来献丑。"

安岚面上露出几分艳羡,两眼直勾勾地看着马贵闲:"不知是什么名香,可否让我一观。"

马贵闲只觉魂儿在头顶上荡来荡去,正巴不得能跟小美人多说几句,哪有拒绝的道理?于是立马从袖子里掏出一个巴掌大的香盛,亲自打开,递给安岚。

马贵闲将香盛递过来的时候,安岚为表示对客人的尊敬,以品香之礼抬起双臂。马贵闲受宠若惊,忙微微垂下脸,随即,他在这浓郁的水汽里,闻到一缕幽香,熟悉莫名。

安岚抬眼,紧张地看着眼前的男人,只是腕上的味道,让她有种可以把控的感觉,令她忐忑的心慢慢平静下去。之前曾给马贵闲点过的那款香,香方她稍作改变,然后研磨成香粉,抹于手腕上。

有的香,遇火而味出,遇水则味浓,炮制的方法不一样,所得的药性亦不同。

不及则功效难求,太过则性味反失。

没有人系统地教过她这些东西,她只是在香院内,断断续续地,零星散碎地接触有关于香的一切,然后凭着内心的指引去做一次又一次的尝试。在这个过程中,她经历过无数次由香引化出来的,似梦似幻,非虚非实的世界。她不知该如何解释这些事情,在这个普通人无法触及的世界里,她还未遇到能给她指引方向的良师。她只是凭着本能去做,她总以为,她制出来的只是一种迷香,她并不知道,这是上天赐予她的能力。

有的人天生有神力,有的人可过目不忘,有的人能与鸟兽交流……而有的人,则可以借由一些表象,触其根源,重定规则。

同样的东西,在一般人手里,只能展现其表象。但在有的人手里,则可以借此引出万千变化。

香是什么?

聚天地纯阳之气而生者为香。

世人皆爱香,更有人对香如痴似醉。

佛前求愿,总少不了一炷香。

为何?

因为香是天上人间之桥梁。

香是天地之灵。

灵是缥缈不定之物,生于虚空,穿梭于过去和未来。

唯聚之才能显其妙。

谁来聚？

如何聚？

又，何妙之有？

能勾动七情六欲，让人癫，诱人狂。

能请动诸天神佛，赐人生，定人死。

此表象之外，此虚实之变，是属大香师的境界，大香师和香师，仅一字之差，唯一道门槛，境界却是天壤之别。

这就是长香殿历经千年，地位长盛不衰的真正原因。

这些，安岚当然不知道，即便她曾有幸窥见天颜，但一眼七年，她依旧还是那个在凡尘俗世的底层里，挣扎求生的小香奴。

……

安岚知道王掌事今日也会过来寤寐林这边，却不知王掌事进了寤寐林后并未去斗香院，而是一直在斗香院旁边的琴榭里为白香师准备宴席。为今日之事，她已竭尽所能地做了该做的准备，但是，意外之所以是意外，就是即便慎之又慎，却还是会发生无法预料的情况。

微雨的天，香味停留在空气里的时间，要数倍于晴朗和风时。

景炎刚走到斗香院附近，忽然就停下脚步，然后转身，换了方向。

细雨前，香樟树下，琴榭附近的朱红回廊内，他又看到那个总藏着尾巴的小狐狸。

景炎兀自笑了，撑着伞，隔着花木，将那里所发生的一切，一点不漏地收进眼里。

只是安岚刚将马贵闲香盛里的香换好，放回他手上，王掌事就出了琴榭，往斗香院这走来，他心中不安，需过来打听白香师今日是否会参与斗香。从琴榭到斗香院，必经过此时安岚所处的回廊，所以王掌事这一过来，定会看到马贵闲和安岚单独站在一块的这一幕。

而这一幕，只要被王掌事看到了，那安岚之前所有的努力，都有可能付之东流。

景炎并不清楚王掌事和安岚之间的事情，但他此时不想让任何人打扰这一幕，于是便往旁示意了一下，跟在他身边的随侍会意，即转身过去拦住王掌事。

马贵闲有些恍恍惚惚地离开那里，一路回了斗香院。

安岚站在回廊下等了片刻，然后长吁了口气，就走到檐下，打算就着从屋檐上滴落的雨水洗去手腕上的香粉。只是还不等她伸出手，就看到前面走来一人，此时漫天细雨，水雾迷蒙，那人撑着一把乌骨油纸伞，眉眼含笑，闲庭散步般地走来。

那日繁花似锦，他一袭红衣，浓烈张扬。

今日细雨绵绵，他一身白袍，清雅出尘。

繁花换了绿树，阳光化了细雨，无论红衣还是白袍，此人的衣着打扮，都能同周围的景致契合得天衣无缝，若眼前的美景是一幅画，那他才是真正的画中人。

安岚有些恍惚地看着他含笑的、熟悉的眉眼，忽然明白，有些人的亲切随和，其实本身就带着距离，那不是他想，亦非是她愿，而是地位悬殊所带来的客观存在。

她想要避开，却避不开，只能怔怔地看着他走过来，然后悄悄将手藏在身后。

刚刚，他都看到了吗？还是，只是这会儿恰巧碰上？

她不及细想，景炎就已经走进回廊，收了伞，然后看着她道："安岚姑娘，你在这做什么呢？"

安岚悄悄往后退半步，欠身行礼："见过景公子，我只是出来走走。"

景炎呵呵一笑，上前半步，伸手，就抓住她的手腕。

安岚一惊，就要挣扎，只是她这点儿力道哪是景炎的对手，他轻易就将她的手拉到自己跟前，然后垂下眼，看了看她的手腕。

有香，自她手腕上散出，幽幽扑向鼻间，遂有雾袭来，但雾气不稳，时聚时散。景炎目光微异，看了安岚一眼，便见她脸色苍白，透着丝丝凉意的雨天，她额上却冒出细微的汗。

景炎轻轻摇头，修长的手指在她手腕上一抹，那香味遂淡去，白雾亦跟着消散。

安岚收回自己的手，有些不安，又有些不解地看着眼前的男人。

她不知道刚刚到底发生了什么事，只知道，作用在马贵闲身上的香，对他却一点儿效果都没有。面对这样的一张脸，在那一瞬，她几乎要将眼前的人当成是白广寒大香师！

景炎看着她："你可知，猜香猜错了，我不会罚你，但若是故意骗我，可是要重罚的。"

安岚握着自己的手腕，有些茫然，又有些惊惧。

他刚刚定是看到了，之前陈露丢了香牌一事，他就已知道是怎么回事，但他放过她一马。可现在，他又看到她刚刚换了马贵闲的香，他会怎么办？会揭穿她吗？会让人通知马贵闲吗？

见她迟迟不说话，景炎似有些不忍，便笑道："怕了？"

安岚惴惴地垂下脸，硬着头皮道："我，我未曾骗景公子。"

小狐狸，还想狡辩呢，景炎扬了扬眉，就道："手上的香粉怎么回事，那日既猜不出香方，这香粉是如何配出来的？"

安岚抬眼看他，一会后，怔怔地开口："景，景公子，也是香师吗？"

景炎好整以暇地看着她，直看到她又惴惴地垂下眼，他才开口道："我虽不是香师，但也一直跟香打交道，所以辨香的本事还是有几分的。"

安岚抬眼，他是白广寒大香师的孪生兄弟，又常进出长香殿，当然不可能对香一无所知，即便不是香师，对香的了解应该也不会逊色于香师。

面对景炎的询问，安岚只得嗫嗫地道："香粉只是我随意配的……"

景炎嘴角噙着笑，狭长的凤目微眯，像只优雅又老谋深算的狐狸："安岚姑娘又想糊弄我。"

安岚垂下脸，面对这样的人，她毫无胜算。她那点小心思在他面前，简直就是个笑话，于是干脆沉默以对，有种听之任之的意思。

景炎问："是不是改了香方？"

安岚迟疑一会，乖乖点头。

"改了哪部分？"

"只是将甘松的量减半，又添了少许茅香。"

"一次就调配成功了？"

"没有，试了三次，才定了这个量。"

景炎点点头，然后伸出手，安岚一时不解，有些茫然地抬起脸。

景炎面上依旧带着浅笑，但语气却是不容置疑："刚刚换了什么？"

他果真什么都看到了，安岚脸色微白，咬了咬唇，只得认命地将从马贵闲那偷换的香拿出来，放在他手里。景炎接过那个香盛，打开看了一眼，认出是百香堂里的雪中春信，便合上香盛，然后问："给换了什么？"

安岚沉默好一会，才低声道："玉堂软香。"

景炎扬眉："哪来的？"

安岚的声音越来越低："照着香方自己和的。"

景炎再问："哪来的香方？"

安岚面色微白，垂头不语。景炎目中似含笑，又似带着探究，没有继续这个问题，而是接着问："这款合香需要用到龙脑，你那天特意挑走龙脑，就是为了和这款香？"

安岚咬了咬唇，点点头。

"为什么这么做？"景炎再问，这次他指的是换香一事。

安岚再不说话了，唇抿得紧紧的，这件事她不能再往下说，再说下去，就会将金雀也扯进来。

景炎等了一会，见她还是一声不吭，颇有种硬着头皮抗到底的意思，不由失笑。天赋难得，心思奇巧，亦懂得谋算之道，只是还太嫩了。但的确是一块内蕴奇彩的宝石，若得仔细雕琢，必将绽放光华。

片刻后，景炎又道，声音依旧不温不火："不愿说？"

安岚赶紧跪下，垂着脑袋道："求公子饶了我这一回，我……"

景炎叹了口气，摇摇头："起来，地上又湿又凉的，你跪着做什么。"

安岚迟疑地抬起脸，景炎道："我这还没罚你，你就急着下跪求饶了。"

安岚一脸惴惴，景炎只得又道："行了，这么不禁吓，起来吧，只要你不是在斗香会上胡闹，我就不追究你此事。"

"多谢公子！"安岚小心翼翼地站起身，像只斗败的公鸡，垂头耷耳地站在那。

景炎瞧她这副模样，不由低笑出声，然后问："喜欢香？"

这句话，是他第二次问，并且一个字都没有变，但意思明显有些不一样。

安岚抬眼，迟疑了一会，点点头。

景炎又问："想学吗？"

安岚怔住，一时间竟不知该如何回答。

景炎再问："想拜白广寒为师，跟在他身边学习吗？"

安岚有点儿傻住，下意识地觉得对方是在跟她开玩笑，逗她玩的。可是，她却控制不住心脏的跳动和急促的呼吸，全身血液直往上涌，不过片刻，就已激动得双颊潮红，于是愈加说不出话。

安岚这在一刻，目中陡然现出的渴望，使得那双眼睛黑得发亮，真像两颗熠熠生辉的宝石，有种无法形容的美丽。那一瞬，景炎也有些怔住，这个孩子……

"公，公子是在跟我开玩笑的？我——"安岚张了张口，却说不出一句完整的话。刚刚才担心他会去揭穿她换了马贵闲的香，却不过几句话的工夫，他就跟她提这事。这个人，说话行事都极随兴，令她有点儿转不过来。

"不是开玩笑。"景炎看着她道，"不过想拜白广寒为师，即便是由我去说情，也不是件容易的事。而且就凭你现在这点儿本事，加上白广寒那不理俗事的死性子，你即便是到了那里，也迟早被人欺负死。"

安岚怔了怔，随后慢慢冷静下来，然后面上的潮红一点一点退去。

却这会儿，跟前的人又道出一句："靠自己的本事，上两个台阶，我就给你一个机会。"

攀爬的过程，便是历练的过程，若连自保的本事都没有，即便拥有再高的天赋，也会夭折在途中。

安岚又是一怔，有些不敢相信。

"你现在是源香院的香奴，在当上香使长之前，我不会给你任何帮助，愿意吗？"景炎看着她道，"或者，我直接把你从源香院那要过来，随意给你找个香师，直接入门，十年八年后，你在长香殿也能有一席之位，但就不能拜白广寒为师了。"

安岚急切道："我，我我愿意！"

景炎挑眉，安岚稳住心头的激动，顺了口气，然后一脸认真地道："公子若说的是真的，我想拜白广寒大香师为师！"

景炎道："那只是一个机会，到时白广寒愿不愿收你，却还是要看你自己。"

安岚点头，表情认真而虔诚："我愿意争取这个机会。"

景炎嘴角微扬，将手里的香盛还给她，安岚接过后，迟疑了一下，还是忍不住问了一句:"公子,为何要如此帮我?"

她直视他,乌黑的眼睛里写满了认真和疑惑,豆蔻年华的少女,总是最美的。

景炎指着她手里的香盛道:"百香堂的雪中春信,一两要十金,贵不贵?"

安岚吓一跳,点头,忽觉得手里的东西有些烫。

景炎接着道:"虽是贵,但还是有很多人去买,为何?"

安岚怔了一会,才道:"因为买的人喜欢此香。"

"买的人不一定是自用,不是自用就不一定是喜欢。买它,是因为它值得这个价。"景炎微笑地看着她,缓缓道,"安岚姑娘,我还没有准备帮你,所以你现在需要做的事情是,让我觉得你值得这个价。"

安岚怔然,随后往后退一步,深鞠拜谢。

人生最大的幸事,便是跌跌撞撞走在路上,环顾四野,茫然无依时,遇到一位能给你指引方向的良师。

当时的安岚还不知道,这个幸运,其实是需要她付出所有去换取。

但是,她知道,无论重来多少次,她都会做出同样的选择。

即便付出所有,她也要走上这条路。

虽身处地狱,我们的心,依旧向往天堂。

……

待安岚回到斗香院时,斗香会已经开始了,房门早已关上。幸得陆云仙给她留个小香奴在外头等她,她才随那小香奴从后面的一个侧门绕了进去。室内的位置当然都是留给客人的,位置是围成四方形,以便传递品香炉。香使们都是远远候在一边,安岚进入斗香室时,正好轮到百香堂的香师试香,这位香师姓李,是马贵闲特意从长香殿那请来长脸的。

安岚悄悄走到陆云仙身后,陆云仙瞥了她一眼,倒没说什么。安岚站定后,就抬起脸,在那些客人当中寻找,果真瞧着白香师也在其中,而王掌事则立在白香师身后不远处。

李香师和白书馆私下里曾有些过节,所以当李香师捧着百香堂的香入座时,白书馆微蹙了蹙眉。

李香师跪姿坐定后,就将香使送上来的物品依次摆好,然后拿出马贵闲给他的香盛,轻轻打开。香盛打开的同时,本是要说出这款香的香名,只是就在李香师将开口时,不由一顿。随后便见他似仔细看了一下手中的香,又微微底下头,似闻了一闻,然后才抬起脸,看着室中的客人,开口:"此香出自百香堂,名为,玉堂软香。"他说出香名的时候,目光故意投向白书馆。

这款香是白书馆年初时制出来的,只在香院内试过,因此款香用了龙脑,味道较易分辨,故而刚一打开香盛,李香师就认出来了。虽不明白马贵闲为何临时换香,但恰巧他知道白书馆今日参与斗香的香品,正是玉堂软香,而且白书馆还特意请了几位好友前来观看，因此他很愿意拆白书馆的台。

李香师的话一出，白书馆的脸色就是一变，王掌事的脸色则是刷的一白。马贵闲却是一脸茫然，他带来的明明是雪中春信，怎么变成玉堂软香了，哪来的玉堂软香？

第009章　香杀·心愿·狠心

李香师道出香名后，坐在白书馆旁边的刘茹和李琪等人，都诧异地相互看了一眼，然后纷纷询问地看向白书馆。

王铮同白书馆的私交较好，也知道白书馆跟这位李香师有些过节，便侧过头，低声问："玉堂软香不是你的香品，怎么到了他手上？还是你将香方卖给百香堂了？上次馥香居的东家又问我这张香方，我才同他说你不愿割爱，怎么如今……"

白书馆面色沉沉，好一会才稳住心头的愤怒和疑惑，勉强恢复正常的神色，但也不做解释，只是抿着唇，看着主座那的李香师。

王铮虽不解，但看白书馆这脸色，便知此事定有内情，而眼下这等场合，自是不好多问。于是便朝李琪轻轻摇了摇头，李琪亦是不解，却也识趣地没有开口。倒是刘茹，看了白书馆两眼后，一样什么都没说，却故意叹了一声，那叹声里明显带着几分可惜和怜悯。

越是爱面子的人，越接受不了旁人是怜悯和同情，因为会给予怜悯和同情的，本身是建立在一种难以名状的优越感之上。因为我比你强，所以我才会可怜你的遭遇，同情你的不顺。

白书馆本是已经忍下了，却因刘茹这声叹息，脸色又是一变。

今日本应是他的风光，却莫名地被人抢了风头！

而此前他却一无所知，此刻亦不明白百香堂为何会有他的香方，并且还特意请了李香师前来试香，无疑，这是针对他来的。

到底是谁做的好事？是谁泄露了他的香方！

白书馆侧过脸，看了站在他身后的王掌事一眼，那眼神再不复平日的温和，而是透着几分阴霾和斥责。王掌事此时的脸色，丝毫不比白书馆好多少，可是他没想到，真没想到，百香堂的马贵闲会有这款香，今日还特意请了李香师过来！

查了那么多天，一直查不出下落的香方，原来，竟早就到了百香堂的马贵闲手里。而且还在今日这等场合，让李香师拿出来跟白香师打擂台。王掌事已不管在这件事上，到底是马贵闲利用了李香师，还是李香师利用了马贵闲，总归对他来说，结果都一样。

接下来，他将要面对的是白香师的怒火！

这件事，难以善了，王掌事脸色苍白，冷汗涔涔。

他必须想办法渡过这个难关，待白书馆收回目光后，王掌事才僵硬地抬起眼，往香使那边看了一眼，随后，他看到了安岚。

那小丫头，并非倾城倾国之色，但就这么站在一众衣香鬓影中，却总能轻易就让人注意到。

他知道，这段时间，陆云仙常会带安岚过来这边。虽说香使有权力指定手下的香奴跟在身边办差，但他身为香院的掌事，对于香奴外出办差之事，同样有权过问并直接插手，不过对于陆云仙的行为，他这段时间一直是持默许的态度。

而安岚不知道的是，每一次陆云仙从瘖寐林回来，王掌事都会将陆云仙叫过去，仔细问事情的经过。陆云仙虽不知道香方的事，但却清楚王掌事的心思，那天陈露过来找香牌，安岚得了景炎的另眼相待，只要知晓景炎身份的人，都不会小看此事，因此，她每次都会挑王掌事愿意听的说。王掌事自以为清楚陆云仙的心思，却不知陆云仙已经跟安岚暗中结盟，所以并没有怀疑陆云仙的话。

看到安岚后，王掌事目中闪过几分阴寒，本是想慢慢来的，但眼下事情的转变已开始脱离他的掌控，杨殿侍那边，需要他主动去表个态了。

就在王掌事为自己的以后做打算，白书馆强硬忍住心头怒气的时候，香使已开始给每位来宾发一套笔墨纸砚。李香师亦已经点好香炭，然后照隔火熏香的顺序，埋好香灰，设好灰形，放上银叶片，待火温合适后，用银叶夹夹起香盛内的香轻轻放上去。

安静，优雅，令人迷醉。

沁人心脾的暗香逸出，恬淡飘忽，若闭上眼，便会让人察觉不出来源。

香师执起品香炉，先自己闻过之后，开始向右依次传递。

玉堂软香，除却王掌事和白书馆及李香师外，今日过来的宾客都不曾品过。就是刘茹李琪等人，也只是听白书馆说过，而今日他们本就是慕名来品香的，哪知，这香是品到了，但却不是出自白书馆之手。

刘茹已经开始怀疑之前白书馆所说的一切，这款香，最初究竟是谁和的，如今这么一看，还真难下定论。刘茹品过香后，点点头，就递给坐在自己右边的白书馆，颇有些意味深长地低声道："确实是好香，较之以往的还要好。"

王铮和李琪听到这句话，心里皆是一跳，面上隐隐露出几分不赞同，然后有些担心的对视了一眼，再小心看向白书馆。

以往，白书馆每次和出新的香品，都会请刘茹等人过来品香。

此时，刘茹这话，明着是赞，实则是贬。

白书馆面无表情地接过品香炉，礼仪丝毫不差，动作依旧优雅。但是，仔细看，便会发觉他此时跪坐的姿势，笔直得僵硬，似在强硬忍着什么一般。

水汽氤氲的室外，暗香浮动的室内，有人神思犹如飘浮云端，有人心肺宛若火上煎熬……

最终，白书馆没有等此次斗香会的结果出来，也没有参与斗香，中途就以身体不适为由，退出斗香室。

香师试香，除去手法娴熟外，心境最为重要。

他的心已乱，正被愤怒之火焚烧着，在这种情况下，他若还为争一口气而继续参与斗香，便正中了李香师的下怀。

同样的香，在不同心境下经由香师的手展现出来，效果定会有差别。斗香，斗的不仅仅是香，香师在这个过程中的一切言行举止，甚至表情的变化，说话的语气，都会对结果有影响。

他的心已乱，言行举止就不可能跟心态平和的时候比，到时，高下立分，他就彻底败给李香师了。

白书馆出去后，王掌事哪还有心思再待下去，也悄悄退了出去。

陆云仙本就不是为看着斗香的结果来的，见王掌事出去，便看了安岚一眼，然后趁着宾客交流的时候，也不动声色地出去了，安岚自然是跟在其后。

源香院的天将变了。

安岚随陆云仙离开寤寐林的时候，景炎站在寤寐林最高的香阁上，看着下面那个小小的身影，唇边带起一抹浅笑。

"李香师怎么会有玉堂软香？"回去源香院的路上，陆云仙忽然开口，随意地问了一句，并有些意味深长地看了安岚一眼。

安岚若无其事地摇头，片刻后才道："据说李香师和白香师原先就有过节。"

言下之意，这是李香师和白香师之间的矛盾，眼下出这等事，也不奇怪。

"我记得白香师的这张香方，还未传出去，但百香堂今日却拿出这款香，这事……真有些蹊跷。"陆云仙似说给自己听，也似说给安岚听，兀自道，"之前王媚娘背着连喜儿搜查了好几次存香房，王掌事也暗中让人查找些什么，还总是遮遮掩掩的，似怕人知道，桂枝也总一副鬼鬼祟祟的模样，我还觉得奇怪，今日才算是明白了。"

安岚不语，微微垂着脸，一声不吭地跟在她身边。

陆云仙又看了她一眼："那天陈露过来找香牌的时候，王媚娘说沉香饼失窃，还大张旗鼓地翻屋搜查，如今看来，那其实就是个借口，真正失窃的是那张玉堂软香的香方。"

安岚微微抬眼，低声道："如此说来，王媚娘要倒霉了，王掌事在白香师那边，也不好交代了。"

陆云仙打量了安岚一眼，见她虽还是那副谨小慎微的样子，但神色中却带着一种成竹在胸的沉静。这丫头，接触的时间越长，越觉得不可小看。若是换了旁的人，知道自己得了景公子的青睐，真不知得意成什么样了，就她，还这么沉得住气。

陆云仙迟疑了一下，终是没有刨根问底，追问的话在嘴里转了转，便改口道："王掌事这一关能不能过得去，就看白香师的态度了。不过王掌事在长香殿的时间比白香师要长，虽一直就只在香院里打转，但到底有二十多年的根基在。"

安岚默了默，就点点头："香院的大小事，都是王掌事管着的，月底连香使长就要走了，源香院的人事调换，牵扯的杂事甚多，白香师从未经手，也不会费时间去接管这些杂事。"

陆云仙沉吟一会，轻轻一叹："这种时候，王掌事绝不敢再有任何马虎，不过……今日他触怒了白香师，接下来必是要开始准备自己的后路了，你心里可有准备？"

安岚轻轻点头，之前陆云仙就提点过她，王掌事正在探听杨殿侍那边是什么意思。

陆云仙便问："景公子可有交代过你什么？"

安岚心里叹了口气，她知道陆云仙此时是想从她这里听到什么，但是，那位景公子刚刚已经明白告诉她，他不会给予任何帮助。此时若将这个意思明明白白道出来，陆云仙定会大失所望，可是，现在她不能失去陆云仙的配合。

于是，仔细斟酌了片刻，安岚才道："他希望我能坐上香使的位置，别的，倒没有特别交代……"

听了这句话，陆云仙心头一喜，如此，真跟她之前所想的不谋而合。

若真只是为博红颜一笑，大可直接给安岚安排个更好的位置，甚至直接讨回自家，都是不无不可的，何需似现在这般，绕这样的大弯子。

那位景炎公子，或者说白广寒大香师确实是看上了源香院，眼下是在培养自己的人手。从香院的香奴里挑合适的，无论是隐蔽性还是日后的忠诚度，都比从外头挑好人安排进去强。

陆云仙难掩心里的激动，她本以为，自己这辈子，差不多就止步于香使之位了。如今看来，眼下不过只是个起点，日后很可能还有更大的造化。

安岚担心陆云仙没想明白，又小心道了一句："只是个香使的位置，或许，那位不会给予什么方便。"

"这是自然。"陆云仙倒没有多想，认真道，"你若是连这个位置都争不来，他日后就是给你再多帮助，你也起不了大用。"

安岚心中顿开，她没有看错人，能想明白这一点，陆云仙也不是个短视的。

"这段时间，你需多留心，王掌事那边若有什么变化，我会提前通知你。"回了源香院后，陆云仙又交代一句，"还有，再过三天就是源香院的香使试考，你回去准备一下。"

安岚点头，只是迟疑了一会，终是有些不放心地道："考香使的名额，都由王掌事决定，万一……"

陆云仙道："眼下香使的名额只有一个，但考香使的名额可以增加，你放心，这个我会给你提上去的，但是能不能通过考试，却是完全靠你自己了。"

安岚宽了心，欠身道："我明白，多谢陆姐姐！"

……

回到香奴的院舍时，金雀还未回来，安岚草草收拾了一下，正打算去拣香场那看看，正巧金雀就推开门进来了。

金雀没想到安岚这么早就回来了，即回头往外看了一眼，然后赶紧进屋关上门，走过去问："怎么样？"

安岚也问："王掌事回来了吗？"

金雀摇头："还没有。"

安岚又问："白香师呢？"

金雀又摇头："这……不知道，香师的行踪我不好去查探，到底如何了，你今天的事情顺利吗？快跟我说说！"

安岚便将在瘖寐林的事大致说了一遍，金雀听完后，琢磨了一会，便道："这么说，那位景公子是想先考考你？"

安岚点点头，金雀撇撇嘴："真没意思，一点都不愿吃亏的。"

安岚轻轻一笑："这样倒好，若横竖都只能依仗别人，日后会过得更是如履薄冰，到时事事需看别人的脸色行事，好坏皆由别人说了算，又有什么意思。"

金雀怔了怔，便道："其实，你为何不选他许你的第二选择，那样你便可以直接脱离这里了，也不用每日这么担心那个老色坯会起什么坏心思。"

安岚沉默一会儿，微微垂下脸，低声道："因为我想去那里，因为我想像他一样。"

似心之所向，每次抬头，看着那云雾缭绕的青山，她心里都有一个声音在呐喊。她想去那里，那么那么地想，这个渴望日夜焚烧着她的五脏六腑。

那么多年了，这份渴望始终无法熄灭，那么她只有想办法去满足。

如今，终于有这么一个机会摆在眼前，她怎么可能会放过。

佛前一炷香，叩首千年愿，不死，不休。

金雀回香奴院舍不久，王掌事也回来了，并且一回来，就让石竹去将王媚娘叫过来。

"想必是在瘖寐林那得了白香师的赏，就是不知都赏了些什么，白香师向来大方，那几位大人也都是慷慨的。"王媚娘当时正跟桂枝走一块，听着王掌事一回来就要见自己，而且只见自己，心里难免有几分得意，就摇头笑了一句。

每次王掌事得意之时，但凡唤谁过去，都会有重赏，王媚娘已经沾了好几次这种光了，每次得的东西都让桂枝眼红不已。因此此时听了这话，她心里即哼了一声，就道："今日回来得这么早，分明不是宴席该结束的时间，指不定有什么事呢。"

王媚娘笑了笑，没将这句话当回事，走之前还吩咐桂枝将手里活尽快干完。

桂枝恨得咬着唇，瞪着王媚娘的背影，再看向石竹，只是石竹这会儿根本没看她，待王媚娘转身后，他也跟着转身。桂枝气不过，就弯腰捡起一个小石子往石竹身上扔过去，石竹这才回头，桂枝即跟他打了个手势，让他晚上等她。石竹没有任何表示，看了她一眼后，就又转回头，跟在王媚娘身后走了。

王媚娘满面春光地进了王掌事的房间，本以为会看到一张志得意满的脸，却不想，当看到王掌事后，即感觉到一种风雨欲来的肃杀和阴沉。特别是当王掌事朝她看过来时，她莫名地就是一阵心慌，脸上的笑意不觉就退去，忐忑着心，走过去，小心问道："干爹，出什么事了？"

王掌事定定地看了她一会，王媚娘正想露出个体贴的微笑，只是还不及她扯开嘴角，一个巴掌就朝她脸上甩了过来。王掌事的力气不小，又是憋了一肚子的火，正处于盛怒当中，王媚娘又没有任何准备，当即被那巴掌给打得旋了身子，一下子撞到旁边的炕上。

王媚娘脑子一片空白，整个蒙了，好一会后才回过神，赶紧跪下，眼泪瞬间涌出，战战兢兢地道："干爹，是，是我做错了什么？"

石竹将这一幕收到眼里后，就悄悄退了出去。

王掌事将手里的香牌扔到王媚娘跟前，寒着声道："我真不知道，你还有这装模作样的本事，这是什么！"

王媚娘捡起那块香牌看了一眼，随后愣住，怔怔地抬起脸道："这，这不是陈露的香牌？干爹怎么会有这个……"

王掌事只看着她，眼里的暴虐越来越盛。王媚娘话说到一半，就再说不下去了。虽心里有极大的不解和疑惑，可是她直觉，今日王掌事的怒火，必是跟这块香牌有关。可是，这究竟跟她有什么关系？难道今日王掌事去寤寐林时，陈露跟王掌事说了什么不利于她的话？不过她未曾得罪过陈露，王掌事也不可能只听一面之词就对她失了信任！

"这是从你房间里找出来的。"王掌事看着王媚娘，走到她跟前，捏住她的下巴，冷声道，"你和陈露是什么时候开始私下往来的？今日你若老老实实将这些事都交代了，我念着往日的情分上，或许不会多为难你。但你若是还敢瞒我，你是知道我的手段的，我能让你站着笑，就能让你跪着哭！"

"干，干爹，我，我我不知道你在说什么！"王媚娘眼泪淌了满脸，浑身发抖地摇着头道，"陈露，和我怎么会有私交，我若跟她有私交，也，也没必要瞒着干爹啊，你是不是听陈露说什么了？"

王媚娘是个美人坯子，即便此时这般狼狈，但美人泪下，梨花带雨，自是惹人怜。但此时王掌事眼里只有阴霾，不见半点温情，往日情意绵绵的样子就像一张画皮，此时那张皮被撕开，便露出画皮下狰狞无情的一面。

王掌事问："那张香方是不是你偷出去，然后借着陈露的名头卖给百香堂的？"

王媚娘蒙了，好一会才道："干爹，你，你怎么会怀疑我，我怎么可能会去偷香方，我怎么可能……"

"为了怕我查到，还故意给陈露暗示，偷她香牌的人是安岚。"王掌事微微眯着眼，"你知道我早就看中那丫头了，于是就想让陈露替你除去安岚，如此，你不仅有了替死鬼，还能一举除去了日后的劲敌。我知道你有些心眼，却没想到，你竟敢将心眼用到我身上！"

"不，不不不，干爹，干爹我冤枉啊。"王媚娘反握住王掌事的手，一边哭一边道，"我没有做过这些事，真的没有，干爹你是知道的，我一心在你身上，干爹，你不能听信了别人的逸言啊干爹！"

王掌事甩开她的手，整了整衣袖，然后看着她，冷冷道："今日在寤寐林，百香堂的马贵闲请了李香师过来，当着白香师的面，拿出玉堂软香参与斗香，当时斗香室内，还坐着白香师的几位好友。"

王媚娘本还要继续哭喊冤枉的，却听了这些话后，声音一下子卡在喉咙里了。

她不笨，不仅不笨，而且还有几分聪明。

听了这个事后，她即明白王掌事此时面临的是什么样的局面，也隐隐猜出王掌事的打算。于是，她的脸色越加苍白，心里的恐惧让她甚至连哭都忘了。

王掌事渐渐收了面上的怒气，但眼神依旧阴霾，甚至是冷漠，毫无感情，只剩算计的冷漠。

王媚娘止不住身上的颤抖，怔怔地看着王掌事，泪流满面地摇头："干爹，真的不是我，不是我……我从十四岁就跟了干爹你，已经整整五年了，你知道我是一心向着你的，你知道的，不是我，干爹，不是我，别这样对我……"

她猜到了，王掌事想将她推出去顶罪，他不会在意这件事究竟是不是她做的。眼下，他只是需要一个人挡在他面前，唯有如此，他才能在白香师面前留一线希望，为了这个目的，他真的可以将她推出去！

王掌事没有说话，依旧只那样看着她，丝毫没有被她的泪水和往日的情分打动。

王媚娘突然大哭，她是被王掌事带进源香院的，她总觉得自己跟别人是不一样的。五年来，王掌事待她也有几分真心，她是真的将这个男人当成依靠，虽也曾恼恨他见一个爱一个，可终究是恋慕他的。

她也曾见过他狠心无情的时候，却不曾想过，这份狠心无情，会有用到自己身上的一天！

……

午后，阴暗狭小的房间里，石竹抱着桂枝，断断续续将白天王掌事屋里的事道给她听。桂枝兴奋得浑身颤抖，狠狠地亲了石竹几下。

第010章　送礼·撕信·香殿

　　桂枝和石竹在房间里颠鸾倒凤的时候，白香师身边的随侍就寻到王掌事这，不多会儿，王掌事从屋里出来，同那随侍往白香师的香阁匆匆行去。
　　桂枝趴在那张方桌上，从窗户的细缝往外看去，只看到王掌事凝重的脸从视线里一闪而过。
　　"你打算做什么？"石竹系好腰带后，看了窗前的桂枝一眼。
　　桂枝想了想，就道："还是先等等，看看白香师什么态度再说。"
　　石竹整好衣服后，又道："要是王掌事失了势，你还要巴着上去？"
　　桂枝瞟了石竹一眼："所以还是先等等看，你跟在他身边的时间较多，你帮我多多留意。他要真的失了势，你得提前打听会是谁来替他，咱需早些做准备。"
　　石竹突然道："若是王掌事失了势，到时我就跟白香师讨了你，我家中也有几亩良田……"
　　桂枝一愣，不由抬高声音打断他的话："你疯了吧！"
　　石竹便收了声，有些讪讪地拉开门出去了，过了一会，桂枝也趁人不注意，悄悄离开那里，神清气爽地回去了。
　　只是石竹和桂枝都没发现，他们刚走，王媚娘从那房间外头的角落处走出来，此时她脸上的泪还未干。刚刚王掌事一走，王媚娘也跟着出来了，因哭得花了脸，便想先洗把脸再回去好好想想。只是她不愿让人看到自己这狼狈的模样，便一个人悄悄出来，却不料走到这后，就听到这房间里似乎有动静，便下意识地过来看看。
　　若是今天之前，她发现这个秘密，定会很兴奋，但凡是王掌事身边的女人，她都不喜欢，都觉得恼恨！可现在，王掌事马上就要将她送上绝路了，她还会在乎他身边有多少女人吗？还会在乎有谁会跟她争宠？
　　……
　　下午，安岚正跟金雀在拣香场内干活，王掌事身边的小厮就找了过来，说是王掌事找她。
　　安岚停下手里的活，迟疑地问道："是有什么事吩咐？"
　　"你去了不就知道。"那小厮有些不客气地道了一句，又打量安岚一眼，"快点，掌事今儿的火气可不小,你去晚了,也会连累我受责。"

安岚只得趁着擦手的时间,给金雀打了个眼色,然后才出了拣香场。

安岚一走,金雀马上借口出恭,出了拣香场后,趁人没注意,跑去找陆云仙。

"王掌事这个时候找她?"陆云仙听了金雀的话,就看了看门外,只见外头阳光正盛,便道,"知道了,你赶紧回去吧,就为这么一句话丢下活跑出来,我念你是第一次犯就不罚你了,但下不为例。"

金雀着急地直顿脚:"陆香使,他,他哪次突然叫安岚过去,是有好事的?"

陆云仙即看了外头一眼,然后冷着脸沉下声道:"这是你能说的话,不知死活的东西,若是被人传到掌事耳里,看不掀了你的皮!"

金雀咬了咬牙,恳求道:"您过去看看吧,都这个时候了,您就多跑一趟,安岚若真出什么事,您也落不着好啊不是!"

陆云仙这才又打量了金雀一眼:"你们俩,还真是无话不谈。"

金雀没有否认,只是急切地看着她。陆云仙想了想,便站起身道:"你回去吧。"

陆云仙也在等着如今白香师对王掌事会是什么态度,风会朝哪边吹,眼下既然王掌事已经从白香师那回来了,那她这会儿倒是真该去打听打听。

金雀站在台阶上,看着陆云仙出门后,确实是往王掌事院舍的方向走去,才收回目光,有些忐忑地回了拣香场。

安岚过来的这一路,都在琢磨王掌事到底想做什么。眼下这等情况,他这么快就想起她来,到底是又起色心,想在他还能在这香院里叱咤风云的时候,逼自己就范,还是……另有谋算?

进了王掌事的房间后,便见王掌事面上不仅完全没有颜色,反还带着几分笑。安岚欠身行礼后,就小心站在一旁等着吩咐,同时心里及是纳罕。听说刚刚白香师一回来,就将王掌事叫过去了,照理,瘠寐林发生了那样的事,王掌事不可能还能得白香师的信任,并且很可能要承受白香师的雷霆之怒。可是眼下看王掌事的神色,却完全不是那么回事。

是又出什么事了吗?还是她忽略掉哪一点了?

"你把这个送到天玑殿的杨殿侍那。"安岚走过去欠身行礼时,王掌事先是上下打量了她一眼,然后才指了指放在桌上的一个镶着玳瑁的小匣子道。

安岚怔了怔,就抬起眼:"我送去?"

王掌事点头:"你现在就送过去,一定要亲手交给杨殿侍。"

果真是要从杨殿侍那打主意吗?安岚默了一默,就欠身应下,然后走过去抱起那个匣子。

她这一趟,是去长香殿的,想到这个,抱着匣子的手不由得就紧了几分。

七年了,她将再次踏足那里。

陆云仙赶到王掌事院舍门口时,正好瞧见安岚抱着个小匣子从里头出来,身后还跟着个小厮。

陆云仙心中奇怪，便走过去问："这是要去哪？"

安岚道："王掌事给杨殿侍送东西。"

陆云仙遂看了安岚一眼："送去长香殿那？"

安岚点头，陆云仙想了想，便道："那就去吧。"

天天看到那座山那座殿，总觉得近在眼前，似乎一抬脚就能走过去。但实际上，光从源香院走到通往长香殿的石阶，就走了整整半个时辰，并且走的还是山道近路，若是走那条能通行马车的宽敞大道，这时间就得翻倍了。

源香院本是归属天玑殿管，因而执王掌事的手牌可以在此通行。石阶并不陡，并且每隔一段就修一个平台，平台上或有桌椅或有凉亭供歇脚休憩，加上两边如画的风景，所以这一路上去，走得并不累。

"石松，你可知王掌事让我送给杨殿侍的是什么？"上了石阶后，安岚就问了那跟着她过来的小厮一句。石松和石竹都是王掌事身边的小厮，近来颇得王掌事信任，因而王掌事这一趟指派安岚办差，特意让石松跟过去盯着。

只是王掌事却不知道，石竹已被女色迷住，并且越陷越深，早没了当初的忠心。而石松曾承过安岚一份情，虽过后两人谁都没再提过这事，但他们之间，到底是不同于别人。

三年前，石松刚进源香院当差，什么根基都没有，当时不仅常被香院的院侍欺负，每月的月钱也几乎都被王掌事院里那些年长的小厮扣下，有时候甚至连饭都吃不饱。

他和石竹不一样，石竹是活契，而且父母健在，家中的光景也一日比一日好；他签的是死契，父母也早不在了，如今是赤条条一个人，跟香奴一样，进了香院后，是生是死，都不会有人过问。

进源香院第三个月，石松就生了场大病，有天傍晚，突然倒在马厩里，正好让安岚给看到了。那个时候，安婆婆也是头昏脑热，因而那药罐里还存着些药渣。许是同病相怜，也许是举手之劳，总之安岚将安婆婆的药渣又煎了一碗药，偷偷给石松送过去，让他服下。

本就是贱命一条，而且正当年轻，就这么喝了三天药渣煎的药，石松的病就好了。

后来，石松没有特意过来找安岚道谢，安岚也不曾提起这件事。

那时候，石松还不知道安岚会被王掌事盯上，安岚也不知道日后石松会到王掌事身边当差，并颇得信任。在那被香掩盖的污秽之地，当年凭着本心送出的善念，宛若一株莲花，出淤泥而不染，日后，终会得到回报。

"是王掌事私存的名贵香料。"石松跟在安岚身边，看了那镶玳瑁的匣子一眼，"那些香料的价值不菲，除香料外，还有一封亲笔信。"

安岚有些不安，再问："信里写了什么？"

石松看了她一眼，摇头。王掌事不可能让他看信里的内容，就算让他看也没用，因为他不识字。香院里的人，除了掌事和几位香使，几乎都是目不识丁。所以，香使之位，本身就带了门槛。当然，若有香奴得了掌事的青睐，那在考香使之前，掌事会特意让人给自己看中的香奴恶补一番。临时抱佛脚，多少能认得几个字，如此在掌事的照拂下，通过考核也不是太难，总归日后再慢慢学，几年后，自当跟以前不一样了。

安岚迟疑了一下，试探地看了石松一样，再试着打开手里的匣子，石松将目光移开，什么都没说。

匣子有两层，上一层果真放着一封信，下一层放着的是奇楠香，沉香中极品，才打开匣子，就能闻到氤氲的香气。这等一片值万钱的名贵香材，她自是不敢私动的，只看一眼就赶紧合上，然后将目光落到那封信上。

只是那封信是封上的，并且还点了蜡油，盖了印章。

她若想看信中的内容，定会破坏蜡印，可是，眼下事情已到了关键之步，很可能一步之差，其结果就完全不一样。而且再过几天，就是考香使的日子了。安岚看着那封信，越发觉得不安，争得香使之位，是她通向那条路的唯一机会。她不想出现任何意外，更不能接受有些事就在眼前发生，她却一无所知。

捏着那封，心里挣扎了一会，终是咬着牙，豁出去。

此时两人已经走到石阶的平台上，附近有石桌石椅，安岚便走过去，将手里的匣子往石桌上一放，然后撕开那封信。石松看着她，张了张口，终是没有阻止。

王掌事的信不长，不过片刻，安岚就看完了，只是看完后，她的脸色也白了。

"上面写什么了？"石松见她神色有变，便忍不住问了一句。

安岚捏紧那封信，默了一会，才道："信中说我手巧又伶俐听话，听闻杨殿侍这几日杂事甚多，特意将我送过来帮忙……"

信中还言安岚最得他心，是个极体贴的人儿，句句都带着暧昧的暗示。

这种送礼又送人的事，在哪都不少见。

王掌事这次当真是下了血本，她虽不清楚这一匣的极品沉香到底价值几何，但之前她曾听陆云仙说过，有位香师，只用了不足两斤的奇楠香，就换了一间坐落在长安城内的四进大宅。

手里这一匣子的奇楠香，不会少于两斤。

安岚脸色微白，只是片刻后，面上又浮出几分不大正常的潮红，因此时心中的愤怒和不甘。她不知道杨殿侍会不会留下她，无论杨殿侍对她有没有意思，王掌事送这么大一份礼过去，又这般诚意十足，在她看来，杨殿侍全部收下的可能性很大。

可是，香使的考试就在三天后，她若是被留在这边，当然就没有办法参加香使的考试。到时就算陆云仙有意要帮她，但面对这等情况，也是无能为力。杨殿侍若真留下她，陆云仙一个小小的香使能有什么办法。而那位景公子也已明言，这个时候不会给予她任何帮助，她必须靠自己的力量站到那个位置才行。

无论王掌事出于何种目的，此事定是他有意为之。在已经得罪白书馆的情况下，他还想着不仅要讨好杨殿侍，还要阻断她所有的机会，如此贪婪阴狠，让她又惊又惧又愤怒。她不能，就这么乖乖地认命。

安岚捏着那封信，胸口起伏了一会，眼中忽露出一抹狠光，遂抬手，将那封信撕成碎片。

她不允许有丝毫意外，不允许任何人任何事阻拦她！

石松一惊，抬手要阻止，只是跟着又放下。

待安岚将那些碎片扔到山涧里，看着那些碎片被山风吹散，转眼间没入郁郁葱葱的山林，彻底消失后，石松才道："回去你怎么跟王掌事交代？"

"你不说，我不说，他不会知道，他也不可能去问杨殿侍看没看这封信。反正，一会我将匣子送过去，杨殿侍收不收这些香，就是给他的回信。"安岚面对山涧，站在石阶平台边上，平静地道出这句话。山风猎猎，扬起她的裙摆，卷起她的长发，清晰了她的眉眼。

将近傍晚时，两人才总算走到天玑殿大门，石松之前常为王掌事跑腿，对这里已不陌生，让安岚将手牌交给门子查看后，就领着安岚进去了。

长香殿有七大主殿，安岚虽也不是第一次入长香殿，但却是第一次进天玑殿。

天玑殿内的树木极多，入眼处几乎全是参天古树，屋宇反倒成了陪衬。并且此处树木的清香不同于别处，风过处，树叶沙沙作响，异香幽幽袭来，深吸一口，明明是身处红尘，却令人有种悠然世外的畅快之感，似乎连心中的那些焦躁烦闷都跟着淡了几分。

附近不时有殿中的侍香人经过，个个衣饰简单，妆容干净，见到他们时，皆会轻轻点头微笑，令人如沐春风。

这里，跟她之前曾见过的地方极不同，她记得，当年差点丧命的地方，有很多奇花异草，殿中下人奴仆也极多，个个神态倨傲……

"前面是主殿，无召不能过去，殿侍一般都在副殿当差。"安岚微微出神时，石松就道了一句，然后领着她往副殿那走去。一路上所见，安岚都暗暗惊叹，如果说寤寐林是长安城富贵风流的缩影，那这里，当真是人间的仙境，销金的殿堂。

之前还不解这林木中异香的源头在哪，直到入了那通向各处的长廊后，才发现，这长廊内，差不多每隔十丈，就设一个铜质兽形香炉，香炉质朴，未见香烟袅袅，但闻暗香幽幽……

她辨出，那香里含有大量的沉香和檀香，这些香都是价比千金，却就这么放在焚香炉内，搁于室外。就是天潢贵胄常出入的寤寐林，都没有这般大的手笔，她无法想象，这究竟需要多大的财力，才能支撑得起这日复一日的焚烧。

她之前所来之处，一个香奴的身价，燃不起一缕青烟。

她此时所立之地，随便一个香炉，都是整日香烟不绝。

这便是长香殿，长安城内无数人神往之地。

他们来得巧，刚找到杨殿侍这，正好碰到杨殿侍从外回来。

忽然看到安岚，杨殿侍甚是意外，听闻她过来的缘由后，又打量了她一眼，就领她去了另外一间茶室。茶室里无旁人，室内的陈设亦简单，不见奢华，只是案上那一炉香，使人心思清净。

"王掌事让你送过来的？"杨殿侍在椅子上坐下后，打开安岚放在桌上的那个匣子，看了一眼，就合上，问了一句。

安岚点头："是。"

杨殿侍想了想，再问："王掌事可有说了什么？"

安岚摇头："王掌事没有交代过别的话，只让我将这个送过来，亲手交给杨殿侍。"

杨殿侍有些意外，王掌事送这么一份厚礼，还特意派了这丫头送过来，却什么话都没说，是什么意思？他手指在桌子上轻轻敲了敲，又打量了安岚一会，他记得半个多月前在源香院内看到这小姑娘，当时只觉得这丫头颇有几分灵秀，倒也没太在意。后来因景炎的态度，他便留了心，只是刚跟源香院的白书馆打听了几句，就因丹阳郡主来长安的事而将这事暂时搁下了。

如今倒不知景公子那边是什么意思，这么些年，白广寒大香师愈发不理俗事，虽说大香师殿内的庶务都有殿侍长打理，但天枢殿的情况却是有些特别。白广寒大香师和景炎公子是双胞兄弟，景炎公子又是景公唯一的继承人，而天枢殿的殿侍长曾是景公的养子，其手下的殿侍，也有几位是从景府出来的。

所以说，即便景炎公子不是长香殿的人，但白广寒大香师的天枢殿，如今说是由景炎公子管着，却也不为过。

有如此双重身份，有谁不想巴结景炎公子呢？

这小姑娘，可是他自认识景炎以来，第一次看到景炎显露出另眼相看的人。

杨殿侍沉吟片刻后，再打量安岚一眼，见她并没因自己刚刚的沉默而显露出半分惴惴不安，不由就想起半个月前，这小香奴面对香使的污蔑时，也是像现在一样。明明不显山不露水，却偏偏就能引起旁人的注意，杨殿侍倒真生出几分兴趣，便问："第一次来这里？"

安岚轻轻点头。

杨殿侍笑了笑："难得能上来一趟，王掌事又这么有诚意，就让你留几日，在这好好看看。"

先留下这小姑娘，过两日再请景炎来一趟天玑殿，到时也好看清楚景炎是何意，若是能借此送出一份人情，自当是皆大欢喜。若景炎对这小香奴并无他意，到时再将这丫头打发回去便是。

安岚心里一惊，她没想到，少了那封信，事情竟还是照着王掌事的意思发展。

杨殿侍见安岚迟迟不出声，只当她是太过激动，正打算唤人进来领她出去，给她安排个歇脚的房间，却不想安岚突然在他面前跪了下去，并开口道："杨殿侍如此厚待，奴婢本不该拒绝，实在是因为再过几日就是源香院的香使考试之日，奴婢为此已准备多时，实不愿错过。"

杨殿侍一怔："你想考香使？"

安岚点点头。

杨殿侍有几分意外："你识字？"

安岚垂脸道："曾跟在识字的婆婆身边学过几年字，所以认得一些。"

这丫头……倒是个懂得往上爬的，而且这份心思，沉稳得不像个小丫头。若是别的香奴，听到他刚刚那句话，哪可能还能保持住这等心态。不为眼前之利所感，更难得的是还有如此品貌，年纪又尚小，这样的人，若掌控得好了，日后便是一大助力。

无论香奴还是香使，这些身份对他来说，都差不多，不过送出去的话，香使的身份确实能抬高身价。景炎公子那边，倒也不用急着去试探。

因而杨殿侍沉思了半晌，便道："既如此，你便先回去吧。"

安岚松了口气，磕头叩谢。

石松在门外等了许久才看到安岚从里头出来，便问："为难你了？"

"没有。"安岚摇头，低声道，"可以回去了。"

石松同她并肩往走了一会，待瞧不见旁边有人后，才又问："香他收下了？没发现什么？"

安岚摇头，石松便再不说话，二人出了天玑殿后，瞧着天色已不早，便都加快脚步。只是将走到石阶那时，忽然碰上一众香车宝马从另一边的大道缓缓行来。

石松即拉住她站定，便示意她垂脸："别乱看，能乘车上来的人，身份都极高，有的脾气古怪，不喜被人盯着看。"

第011章　突变·机会·命绝

安岚和石松站定一会后，前来的宝盖华车也在离他们不远处停了下来，有风过，馥郁甜香从重重纱帘内绵绵逸出，似初开的花朵，令人心驰神醉。

安岚微微抬眼，正好看到马车的纱帘被撩起，先有一位粉衣婢女从车上下来，接过车仆递过来的猩红地毯，弯下腰，小心铺在地上，又仔细拉了一拉后，才直起腰，抬手放在车前。

随后便见一只宛若羊脂白玉雕琢而成的纤纤玉手从车内伸出，轻轻放在那婢女的手上，接着一只缀着龙眼大小的珍珠绣花鞋从车厢口探出。虽天色已晚，但太阳还挂在树梢处，阳光恰到好处。

除珍珠的宝光外，小巧的绣花鞋上还有金辉银烁，鞋子上面是月白色的软烟罗长裙，层层叠叠，被风一吹，竟似起了雾般，若隐若现地露出一小截纤细的脚腕。只是很快，那裙子就将那双宝光璀璨的绣花鞋给盖住，一个仪态万千的妙龄女子从车内下来，站到铺好的地毯上，抬脸往长香殿望去。

安岚只看了她的侧脸一眼，就悄悄垂下眼睑，随后听到那女子叹息般地道："这个时候过来，不知能不能见着白广寒大香师。"

扶着她的婢女道："郡主早有才名在外，如今带着满满诚意屈尊前来，那位大香师想必不会拒绝。"

"大香师的身份岂是我能比？进去吧，长香殿的人出来了，我是来拜师的，这般兴师动众反倒不好。"那女子说着就往前去了，一众人马即亦步亦趋地跟上。

待他们走远后，安岚才抬起脸，往那看去，片刻后低声问："她是谁？"

"以前未曾见过，想必是哪位身份尊贵的皇亲国戚。"石松摇了摇头，然后道，"快回去吧，路上还得花些时间，再晚院门就关了。"

安岚点点头，只是她将收回目光时，丹阳郡主正好踏上长香殿的台阶，而就在这会，丹阳郡主不知为何，忽然回头往身后看了一眼，正好就看到了安岚。

虽隔得很远，但两人都感觉到，那一瞬，对方的目光跟自己碰到一起。

丹阳郡主便随口问了一句："那位是谁？看衣着不像是殿里的人。"

前来迎接的殿侍也往安岚这看了一眼，便有些不以为意地道："回郡主，那是下面香院的香奴。"

"香院的香奴？怎么会在这里？"

"想必是交什么差事，郡主里面请。"

……

"安岚？"石松已经下石阶了，发现安岚落在后面，便回头喊了她一声。

安岚这才收回目光，转身下了石阶。

石松看了她一眼："你没事吧？"

安岚摇头，随后问："你知道白广寒大香师要收徒的事吗？"

石松一怔，想了想才道："没听说过，不过早之前随土掌事去香师那办差时，曾听香师们提过，长香殿的大香师确实会收徒，不过这拜师可极不容易。"

安岚忙问："大香师一般都收几个徒弟？"

"这我怎么会清楚？"石松摇头，又看了她一眼，迟疑道，"怎么问起这个了？"

安岚沉默一会，才道："刚刚不是听那位郡主说，是来拜师的吗。"

石松点头："想必也只有那样的人，才能拜入大香师门下。"

安岚觉得有点儿闷，此时鼻间似乎还留有那女子用的甜香，那香味一闻就知不凡，似花开不败之景，是真正的，天之骄女的味道。

难怪景炎公子说，只能给她一个机会。

……

两人回到源香院时，太阳已落山。安岚正要进去，却将抬脚时，突然发现院门的石阶那似乎滴了几滴什么东西，她即拉了拉石松，悄悄指了指那里。

石松一怔，弯下腰仔细看了看，然后低声道："像是血。"

安岚心头一惊，低声道："难道是院子里的人？"

石松没说什么，两人对视了一眼，就都赶紧进去，随后便听说他们下午出去没多久，王掌事就领着王媚娘出去了，似乎是去了白书馆那儿。结果不到一个时辰，王媚娘就被人抬了回来，据说是被打了几十大板，下身的衣裙都渗出血来，当时就吓坏了好几个香奴。

"王掌事没一块回来？"因王掌事此时不在香院内，安岚便直接回了自己的房间找金雀了解情况。此时整个香院都透着一股人心惶惶的气氛，好些个香奴都三五成群地站在一块悄声嘀咕，安岚回来了，他们也都没怎么注意。

"之前回来一趟，又出去了。"金雀低声道，随后又问，"你呢？我听说你去了长香殿，是怎么回事？他让你过去的？有没有出什么事？"

安岚便将那封信的事给说了一下，金雀听后即咬牙道："果真没安好心，你撕得没错，别担心，眼下王媚娘都遭了殃，我看他现在也快自身难保了。"

安岚便问："他之前回来时，没什么事吗？"

金雀有些不甘道："没什么事，只是脸色有些难看而已，不过我就奇怪，白香师就那么好糊弄？他找了个替罪羊，白香师就真一点都不怪他了？"

"估计是忍着呢，这个时候白香师若真撤了他，香院里非乱套了不可。"安岚想了想，又问，"王媚娘怎么样？"

"听说被结结实实打了三十大板，那血都染透了衣衫，送回来时就剩一口气了。"金雀脸色有些发白，不自觉地搓着两边胳膊道，"这是真把人活活打死！"

"那她现在在哪？"

"好像是抬到她屋里去了，大家都不知道她犯了什么事，昨儿还跟王掌事卿卿我我呢，今儿就被拿去大半条命。而且王掌事刚刚回来后，也没说让人给去请大夫或是让人给她上药。"金雀摇摇头，"她平日里爱拿乔，跟谁都不亲，香奴胆子又小，都躲得远远的。桂枝虽跟她一伙的,但也一直视她为眼中钉,据说自送回来后,都没人敢去看她。"

安岚想了想,便站起身,金雀一愣,忙拉住她道:"你去哪,不是想去看她吧,你别傻了,你这个时候充好人有什么用。"

"不是,我去陆香使那。"安岚说着就出去了,但她刚推开门出去,就听说王掌事回来了,并让石松来喊她过去。

金雀不放心地⋯⋯岚悄声道:"没事的,天晚了,你去陪着婆婆。"

⋯⋯目送安岚离开后,才转身回去。

⋯⋯事屋里,似刚刚回完话。安岚一进去就看到他了,但面无⋯⋯⋯⋯神都没有交流,垂着脸小心走过去欠身行礼。

王⋯⋯面上有躁色,就连声音也比往日急了些:"东西你亲自送到杨殿侍手里了?"

安岚点头:"是。"

"说什么没有?"

"没有,只是打开匣子看了一眼,就收下了。"

王掌事皱眉:"什么都没说?"

安岚摇头,王掌事面上的躁色又重了几分,想了一会后,就站起身在屋里来回踱了几步,然后站在安岚跟前,一脸阴郁地打量着她道:"杨殿侍也没跟你说什么?"

安岚将脸垂得更低了,小心翼翼地道:"杨殿侍确实没有跟奴婢说别的,只是收了东西后,沉默了好一会,然后就让奴婢回来了。当时……杨殿侍许是真想说什么,但杨殿侍未开口,掌事也未曾交代过什么话,奴婢也不敢多嘴。"

王掌事一脸狐疑地看着她,片刻后,就问向石松:"她说的可是真的?"

石松回道:"当时杨殿侍只让奴才候在屋外,奴才无法亲眼所见,不过安岚随杨殿侍进了茶室后,茶室里确实没有交谈的声音,并且不足半刻钟,安岚就从茶室里出来了。"

王掌事看了看他们俩,又在屋里走了几步,杨殿侍之前明明已跟白书馆打听这丫头了,如今却只收了东西却没有收人,是什么意思?他在信里甚至还没提所求之事,难道杨殿侍已提前收到风声了?不可能,这等小事,谁会往上传。难道是白书馆……也不可能,白书馆那么要面子,不可能自己去传这事。而且,若真是白书馆跟杨殿侍打了招呼,杨殿侍就不会只收他一半的礼……

王掌事正琢磨的时候,石竹敲门进来了,说是白香师的人过来了,请王掌事过去一趟。王掌事面上一凛,也顾不上安岚,摆摆手让她回去,然后就理了理衣袖,负手出去了。

安岚从王掌事那出来后,没有马上回香奴的院舍,而是去了香使的住处。

陆云仙此时正倚着引枕靠在软榻上，手里拿着一把紫竹缎面绣花的扇子，却也不扇风，而是拿扇骨轻轻拍着膝盖，显得有些烦躁。王媚娘被抬回来的时候，她正好撞见，那惨样，即便现在闭上眼，都还是能看得见。

按说，她应该觉得高兴才对，只是不知为何，此时她心里并没有想象中的兴奋，反而有种兔死狐悲物伤其类的悲凉。

五年了，从王媚娘进入源香院开始，一直就跟她不和。

两人明争暗斗了这么些年，好几次都差点将对方置于死地，如今，终于有个结果了。

陆云仙轻轻叹了口气的时候，正好安岚进来。

"你回来了。"陆云仙看到安岚，有些诧异，便招呼她过来，"他就只是让你去那边跑腿？"

安岚点头："给杨殿侍送了份厚礼，杨殿侍收下了。"

陆云仙微微皱眉，沉吟一会才道："杨殿侍想插手这事？"

安岚没有回答她这句话，而是问了一句："陆香使刚刚为何叹气？"

陆云仙回过神，便往对面那示意了一下："你应该已经知道了，你一走，她也被带走了，回来后就只剩一口气，依我看，她怕是熬不过今晚。"

安岚便道："既如此，您不过去看看？"

陆云仙看了她一眼："难得你是个心软的，倒是忘了之前她纵容陈露陷害你那事。"

安岚道："我不是这个意思。"

陆云仙摇摇头："人之将死，无论生前如何，终究是朝夕相处了这么些年，照理我是应该过去送她最后一程的。实际上，你过来之前，我也犹豫着要不要过去看看。只是，如今上下都盯着这边呢，王掌事未开口给她请大夫，大家都明白风往哪吹了，全避之不及，我又何必去做这滥好人，再说我去看一眼，也留不住她的命，多此一举。"

"王掌事刚刚出去了。"安岚看着陆云仙道，"陆香使现在过去，绝非多此一举。王香使跟了王掌事好几年，如今说舍了就舍了，一点儿情分都不留。而您虽一直以来虽跟王香使不亲，但这会儿若能过去看一眼，送一程，大家看在眼里，嘴上虽不会说什么，心里多半会觉得您是个宽厚的，日后，大家心里便都会向着您。"

陆云仙一愣，安岚接着道："再说，王媚娘如今落得这个下场，心里定是怨着王掌事。而之前，就王掌事就领着王媚娘一个去了白香师那，眼下白香师究竟是个什么态度，想必王媚娘会比我们清楚许多。您这会儿过去看一看她，她若不想就这么带着怨离开，多半会将她知道的都告诉您。虽说如今王媚娘不能跟您争香使长的位置了，但源香院里的香使除了您以外，还有好几位，有这份心的也不少，王掌事完全可以提拔她们。"

陆云仙坐直起身，琢磨一会后，即从榻上下来，然后打量了安岚一眼，情绪有些复杂地道："你这心思，当真是……"

后半句她没说出来，这段时日，她已隐隐察觉出来，这丫头的野心不小。

之前，若说是她选中安岚，如今，反倒像是安岚在推着她往前。

若是景公子教这丫头这些弯弯绕绕，便不足为奇，若是她自己盘算出来的，那当真是让人心惊。

……

陆云仙出去的时候，安岚也想知道王媚娘临终前会说什么，便默不作声地跟着。陆云仙看了她一眼，没说什么，两人来到王媚娘门前，便发现门是虚掩的，平日在里头伺候的香奴不知跑哪去了，屋里就点着一盏将灭未灭的油灯。

陆云仙推开门进去，入了里屋后，才看到王媚娘就卧趴在榻上，一动不动，也不知死了没有。

陆云仙一时有些腿软，竟不敢靠近。安岚却没陆云仙那么惧怕，她见陆云仙迟迟不迈腿，就直接上前去，走到王媚娘身边，伸手在她鼻子前探了探，见还有微弱的鼻息，便在王媚娘耳边轻轻喊道："王香使，陆香使来看你呢。"

安岚连喊了三声后，王媚娘才微微恢复点意识，脖子动了动，出声道："水……"

安岚忙给王媚娘倒了杯水，小心喂了她后，又替她将房间里的灯点上，然后等她再缓缓，才又道："王香使，陆香使来看您了。"

王媚娘抬起脸，看向陆云仙，两人谁都不说话，良久，王媚娘才垂下眼，无声地笑了，笑如泣。

虽说她自被抬回来后，是时而清醒时而昏迷，但还是知道，一直，就没有人来看她一眼。刚刚她喃喃地求一杯水，求得都晕死过去了，也没谁给她送上一滴。想不到，想不到，最终来看她的，竟是陆云仙。

真是可笑啊，以为不会抛弃自己的人，最后要了她的命；一直以来针锋相对，不置对方于死地不罢休的人，却给她雪中送炭！

如今才知道，她这几年，原来就是个笑话。

王媚娘收回目光，有些自嘲地道："你来，做什么，看……我笑话？"

陆云仙没有安慰，沉默了一会，才开口道："送你一程，看看……你有没有什么未了的心愿。"

"原来，是为这个……"王媚娘又抬起眼，看向陆云仙，"我还以为，你是，发了善心。"

陆云仙眉头微蹙，看了安岚一眼，安岚没有任何表示。

这里，谁都不是傻子，陆云仙若一过来，就痛哭流涕说些肉麻话，那才叫糟。

实话实说，有时候就是对对方的尊重。尊重和报复，应该是此时的王媚娘最想要的东西。

王媚娘又道："再给我杯水。"

安岚依言又倒了一杯，只是喂她时，轻轻劝道："伤太重，此时不宜喝太多水。"

王媚娘抬眼看了看她，没说话，将那杯水一点一点喝光后，又歇了一会，才对陆云仙道："白香师想除去王掌事，但，眼下，白香师还没有合适的，替换人选。而且，白香师还没有最后下决心，所以……暂时不会动，王掌事。"

陆云仙心里微惊，即跟安岚交流了一下眼神，她们猜得果然没错。

许是回光返照，许是拼着最后一口气，王媚娘说完那句话后，就抬起手，指向屋里的箱笼："第三个箱子里面，有个石青色的引枕，你，你拿出来。"

安岚一句不问，即走过去打开箱子，找出王媚娘说的那个引枕交给陆云仙。

王媚娘又道："拆开。"

安岚找来剪刀，跟陆云仙一块儿将那引枕给拆了，手伸进去探了探，就摸出一本小册子。陆云仙翻了翻，随后脸色一变，安岚也探过去看了几眼，目中了然。

那是一张张票据集成的小册子，都是白香师这些年中饱私囊的证据，能收集得这么详细，非王掌事不能，因为香院里的事，基本都是王掌事替白香师做的。这是王掌事暗中留了一手，就是为防以后万一白书馆要跟他翻脸，他好拿出来要挟白书馆。

或许，白书馆也是有这方面的顾忌，所以在这件事上，终是对王掌事网开一面，顺水推舟，将所有怒火发泄到王媚娘身上。

"王掌事还不知，我已给他，换了。"王媚娘看着陆云仙道，"这便是，你给白香师的投名状，你，将这个送到白香师面前，白香师，绝不会，再犹豫。"

陆云仙只觉呼吸急促，她没想到，这一趟过来，竟会得到如此有分量的东西。

陆云仙怔怔地看着王媚娘，心里五味杂陈，两人争了这么久，没想到，最后竟是王媚娘给了她这样的机会。

片刻后，她才郑重地道："你放心，我不会白拿你的东西。"

王媚娘扯了扯嘴角，然后看向安岚："你——"

安岚对上她的眼睛，等着她的话。

王媚娘吃力地道："桂枝和石竹，有私情，王掌事还……还不知道。我告诉你，算我，谢你两杯水。"

安岚一惊，桂枝竟在王掌事的眼皮底下做这等事！

"机会难得，就看你们，敢不敢了。"说到最后，王媚娘慢慢垂下眼，声音越来越低，"他无情无义，我会在下面，等着他的……"

外屋那盏孤灯，油尽，灯熄，源香院一缕香魂散去，无人哭泣。

那一晚，王掌事没有回来，陆云仙将王媚娘殁了的消息告诉连喜儿。翌日，连喜儿待王掌事回来后，报给他一声，得王掌事的允许，连喜儿便从公账上划了几两银子，为王媚娘草草办了后事，当天就下了葬。

王媚娘留下的东西，连喜儿领着人去清点一番，便都收入库房。

自始至终，王掌事都不曾去看一眼。那天，几乎所有香使和香奴都感到惶惶不安，只有桂枝，眼里盛着藏不住的兴奋和跃跃欲试。

金雀冷眼看着，悄悄跟安岚道了一句："她竟还不知死活。"

安岚摇头，原以为王媚娘是个死心眼的，谁知她早就拿了王掌事的把柄；至于桂枝，谁想到她在攀附王掌事的同时，还敢跟王掌事身边的小厮私下勾搭；还有她呢，金雀呢，谁又会了解她们的过去。这里，几乎每个人，都藏着不为人知的一面。

王媚娘的后事办妥后，再过一天，就是考香使的日子。

陆云仙已提前送了安岚的名单去王掌事那，王掌事倒没在这事上卡她，只是今年也跟往年有所不同，因王媚娘的死，源香院一下子空出两个香使的位置，所以除了源香院报考的香奴外，王掌事还从外头举荐了一男一女两人进来一同参与香使的考核。

虽那两人都是王掌事的侄女和侄儿，但因香院的掌事本就有权力举荐自己认为合适的人进香院，所以，对于王掌事的这个决定，就是白书馆也不会有异议。

但是，白书馆自然不会乐意看到，源香院成为王掌事的家天下。

香使考试的前一天，陆云仙将安岚叫过去，嘱咐了些惯例的话后，就让屋里的人都出去，然后问："那东西，你觉得，什么时候送过去合适？"

安岚知道陆云仙指的是什么，便道："现在还不是时候，得先让白香师看到，有人能顶替得了掌事之位，然后再将这本册子交给白香师，时机就正好。如今您也看出来了，王掌事已开始准备要架空白香师的权力，将这香院都换成自家人，白香师不可能看不出来。依我看，眼下的情形稳不了多长时间的，咱们时机找好了，王掌事必无回头路！"

陆云仙迟疑道："你的意思是……"

"这源香院内，没有人比您更合适那个位置。"安岚看着陆云仙道，"经王媚娘一事，别的香使心里也会向着你，不会向着他。"

陆云仙心里突地一跳，良久，才道："怕是，没有人敢。"

安岚道："有了白香师的支持，就没人不敢了。"

第 012 章　考试·毒手·嫌疑

香院里的香奴，十个里头，几乎找不出一个能认得自个儿名字的。而要是想找个除了会认自个儿名字外，还能读会写的，起码要从一百个人头里找。

所以，源香院算是出奇了，不到五十个香奴，竟就出了四个能读会写的，并且都是女子。当然，这字能认得了多少，写得了几个另说，但起码不是睁眼瞎。平日里香使常用的字，她们四个，即便不是每个人都能全部默写出来，但只要看到了，基本都能认得。

这四人分别是安岚，金雀，桂枝，还有一个荔枝。

金雀和安岚是跟安婆婆学的；桂枝是后来在王掌事的安排下，请了别人教的；荔枝是因为他父亲是个秀才，所以进源香院之前，多多少少也认了些字。

但是，眼下要争香使之位的，除了她们四个外，还有两位，是王掌事特意从外头找过来的。一个叫王玉娘，二八年华，生得白白净净，虽衣着打扮略显简朴，但一双手嫩得像豆腐，明显是娇生惯养出来的。另外一个叫王华，是王玉娘的堂兄，比王玉娘长一岁，个子已经开始拔高，也是一脸白净的皮相，一身简单的直裰穿在身上，斯斯文文的，倒有几分书生气。

所以，是六个人，争两个香使之位。

表面上看，似乎每个人都有三成左右的机会，但实际上，他们心里都清楚，这两个位置的人选，已经被王掌事定下了。

但是，安岚并没有因此退出这场考试，桂枝也没有。

金雀的目的不在香使之位，纯是去助威的。荔枝则是稀里糊涂地被自个儿顶头的香使给推过去凑热闹，打量着能不能捡个便宜，若不成，也没什么损失。

照往年的惯例，考试分三场，第一场是默写香品名；第二场是辨香；第三场是由负责这次监考的香使临场出题，三场都顺利通过，便是最终胜出者。

考试的地方设在源香院前院正堂左侧的香室内，这间香室是源香院专门用来品香之所，故室内摆设不见奢华，但处处都透着高雅之意。

安岚和金雀不敢耽搁，天一亮，就已经在这香室门口候着了，桂枝和荔枝跟她们是前后脚到。这等考核，谁都不敢耽搁。没一会，连喜儿也领着王玉娘和王华过来了，跟在连喜儿身后的，则是陆云仙和另外几位香使。

除连喜儿和陆云仙，还有荔枝上头的那位香使禾姑外，跟着过来的另外两名香使都是男的。这几人当中，就数禾姑的年岁最大，已有三十出头了，但若论在源香院的资历，却谁都越不过陆云仙。

因此连喜儿开口让人开门后，陆云仙就跟着问了一句："连香使长，香品可都准备好了？怎么这会儿了，还没看到有人送过来？"

"这次的香品是王掌事亲自准备。"连喜儿说到这，就看了陆云仙和禾姑一眼，接着道，"此次参与考试的香奴，都跟你们有点关系，所以王掌事命另外两位香使助我，你们一会不能进香室。"

陆云仙一怔，遂看了已开始准备进入香室的安岚一眼，旁边的禾姑已经开口道："自当如此。"

陆云仙收回目光，也跟着点了点头。

连喜儿领着他们进了香室后,陆云仙才道:"这几个丫头,不知是谁能有最终的好运。"

禾姑看着跟在连喜儿身后的王华和王玉娘一眼,就嗤笑地摇了摇头:"依我看,这运气早被定下了,还是别妄想了。"

陆云仙看了禾姑一眼:"那你还让荔枝过来。"

禾姑也看了陆云仙一眼:"你不也一样,这些天,我看那安岚跟你是越走越近了。"

陆云仙卷着手里的丝绢,叹息般地道:"我是看那丫头能识文断字,又是个上进的,还难得不跟旁的人学那些乌七八糟的下流事。她在我手下当差,也一直是不急不躁,不争不抢,这么些年没有功劳也有苦劳,我为她打算几分也是应当。再说,这地方如今是越来越不像样了,那王媚娘,当日多威风。虽说路走歪了,可谁想到这好好的人,竟说没了就没了。得意了那么些年,最后得到的却是三十杖罚,一副薄棺。说白了都是苦命人,真说不准什么时候就倒了霉,如今能帮着她们一把是一把,至于能不能成,就看她们的运气了。"

禾姑有些诧异陆云仙会跟她说这番话,而提起王媚娘的死,似乎也勾起她心里的寒意,于是愈发觉得陆云仙说得有理,再思及陆云仙最后还送了王媚娘一程,心里不免有些戚戚,便道:"以往我真没想到你是这样的人,可见日久见人心,难为你是个重情重义的。"

"人心都是肉长的,又有几个人真是冷情冷血?"陆云仙笑了笑,无奈道,"有句话叫上行下效,上面的人都没有这份心,你我又怎敢表露出不同来?说到底,咱也不过都是看人眼色行事的奴才罢了。"

禾姑甚是赞同,连连点头:"可不是,难为你也是这般想的,若是……"只是禾姑说到这,忽然就停下了。陆云仙看了她一眼,也不追问,心里却是有了底。禾姑在源香院的时间虽比她短,但禾姑在进源香院之前,就在别的香院当过差,加上禾姑比她们年长许多。所以论起来,这当差的资历也不见得就比她浅,因而源香院内有好些个香使都听禾姑的,而眼下她得了禾姑的好感,日后行事就方便多了。

去送王媚娘最后一程,所得到的益处,比她想象的还要多,而这些,可以说都是安岚给她的。那晚若不是安岚过来让她去看王媚娘,她也不会得到这样的机会,亦不可能有如今的人心所向。

想到这些,陆云仙便有些担心地往香室那看了一眼,王掌事特意从外头挑了两人进来,连考题都亲自准备,如此不公的情况下,安岚能顺利胜出吗?

眼下香使的位置,王掌事都要换自己的人,香使长之位,他更不可能让一个不听他话的人坐上去。

陆云仙正为此沉思担忧的时候,香室内,安岚等人都已各自入座。里头早设好案几和笔墨纸砚,每人一案,到时提笔于纸上落字便可。

桂枝跪坐好后，微皱了皱眉。她虽临时抱了佛脚，但对这些文人之物，心里还是有些敬畏，并且没有底气。于是就抬眼往门口那去，正好就看到石松和石竹两人，各自捧着一个长条匣子从外走进来。

连喜儿接过他们手里的匣子，打开，检查了一遍后，就在旁边点起一炷香，然后道："这两个匣子里，共有二十种香品，一炷香时间给你们辨认。待这炷香烧完后，香材便收回，你们开始写出这二十种香材分别是什么，同样是一炷香的时间。"

二十种香品被一一取出，轮流放在每一位的案几上供观察片刻，然后往下传。

如此回传了三轮，那炷香正好燃尽，连喜儿命两位监考的香使将所有香品收回，重新放入匣子内，再次点上一炷香，并道："开始写吧，记住，一个字都错不得，错了一个字，就不用参加第二场了。"

六人先后提笔，蘸墨。

安岚看了金雀一眼，两人面上都很平静，这二十种香品，基本都是源香院有的。她们日日去拣香场干活，数年下来，早就认得这些香品了，一一写出这些香品的名字，自是不难。

王玉娘和王华面上隐隐露出几分喜色，刚刚进来时，他们还是有些紧张。直到看过那些香品后，才知道叔叔昨晚让他们背的那些香品名没有假，看来这源香院果真是他们叔叔说一不二，这所谓的考试，也不过是摆个样子而已。

荔枝提笔后，微微皱眉，回想了好一会，才开始落笔。

只有桂枝，开始写了几个名后，就停下了，然后悄悄抬起脸看向石竹。随后，她待那两位监考的香使都走到前面去，便从案几下面捡起一支风干的茅香花，举起来，对石竹示意了一下。

连喜儿看见了，应该是刚刚传递香品时落下的，正要开口让监考的香使去拿，石竹已经抬步往桂枝走去，连喜儿便又闭上嘴。

桂枝左侧是王玉娘，王玉娘前面是安岚。

若没有之前王媚娘告知的那件事，对于石竹的一举一动，安岚不会多在意。

所以，此时石竹一动，安岚立即察觉到不对劲，手微顿，眼角的余光开始追着石竹的身影，并借着蘸墨的动作，微微侧过脸。

王玉娘是突然看到有人往这边过来，下意识地转过脸看过去。

当然，此时的香室内，除了安岚，没有任何人会怀疑桂枝和石竹。因此也没有人特意对他留心，包括连喜儿。

但是，王玉娘看到了，虽看得不太真切，但她还是看到石竹在接过那支茅香花时，似乎将手里的什么东西放在桂枝手里。

安岚收回目光，面不改色，继续写后面的香品名。

王玉娘则有些愣住，因为突然发现一个秘密，而使得脸色明显发白。

她自小娇生惯养，这些年还不曾经历过什么事，和王华初进源香院时，是石竹先接待他们。她自然知道石竹是叔叔身边的人，所以，突然看到这一幕，又不太敢确定的情况下，脑子顿时有些发蒙。

桂枝注意到王玉娘的异样，心里一惊，只是随即就狠狠瞪了王玉娘一眼。

王玉娘有些慌张地转过脸，只是想了想，就抬起脸，欲要张口。

石竹差不多是跟桂枝同时注意到王玉娘的异色，他脸色当即一变，若王玉娘在这个时候喊出来，那他和桂枝私底下的事，定会被王掌事知道。

石竹慌忙看了桂枝一眼，两人都想到这个，皆感到头皮发麻，恐惧从心底透出，手脚瞬间冰凉。桂枝跟前的案几上，已写了几个香品名的纸张上即多了一道多余的笔画，这张纸废了，需再重新写。

香室内极安静，眼看王玉娘就要出声了，石竹突然用力咳了一下。

声音来得如此突兀，使得所有人都不由往他那看了一眼，王玉娘鼓足的勇气也被这一声咳给击散了。只见她的脸由白变红，唇嗫嚅了几下，在桂枝杀气腾腾的目光中，终是合上了。

反正叔叔是这香院里的掌事，她过后再私下告诉叔叔也一样，不用这个时候就跟人结仇。王玉娘心里这么想着，又悄悄看了石竹一眼，却见石竹已经垂下眼，所有人也都再次将注意力投到自己桌案前。

香室内又恢复安静，似什么都没发生过一般，王玉娘却莫名生出几分心慌，但她又不知这等感觉究竟从何而来。

安岚将那二十个香品名写完，然后放下笔，安静地跪坐在案前，垂目，神情恬静。

桂枝换了一张白纸，借着阔袖的遮掩，打开石竹给她的纸条，迅速看了几眼，找到那几个她忘了如何写的字，然后再次提笔。

石竹不认得字，对香品也知之不多，为了弄到这张桂枝需要的小纸条，不知费了多大的心思，甚至冒着被王掌事发现他有二心的危险。

初涉情欲的少年，或许还不知道什么是爱，也或许他如今所做的一切，都只能算是年少时的热血和冲动。但如果所谓的成熟，就是我已无法再为你做疯狂的事，当生活的磨练让冷静分析，权衡利弊变成一种本能后，曾经不顾一切的疯狂行为，谁又敢断言，那不是爱？

但这些，此时的桂枝都没兴趣去了解，她只关心那个香使之位的最终归属。

而且，更重要的是，现在她面前出现了一个意外，或者说，一个极大的危机。

桂枝冷冷地瞥了王玉娘一眼，她看得出来，刚刚王玉娘没有说，却不代表过后也不会说。她知道，今天之内，王玉娘定会将所有看到的事情告诉王掌事，到时……她定会落得跟王媚娘一样的下场！

桂枝暗暗咬牙，垂下脸，眼底露出疯狂之色。

那炷香燃尽的时候，所有人都停笔，监考的香使过来收卷。

连喜儿当场批阅，没有意外，所有人都通过了这场考核。随后连喜儿就扫了他们一眼，然后道："从下午的辨香开始，你们六人分两组，每组里最终通过者就是新一任的香使。"

安岚和金雀对看了一眼，金雀有些意外，以往的香使考试可没有这种规矩。安岚心里却了然，其实只要通过第一场考试，就证明有能力胜任香使一位，后面的两场考试，不过是优中选优。

而以往第三场考试一般是临时抽签，两人成组分较高下，万一王华和王玉娘抽到一起，那到时必有一个落选。王掌事目的就是要让他们俩都中选，所以为防止这个万一，王掌事自然要重定规则。

果真，接下来连喜儿未让他们抽签，而是直接念分组名单。

安岚、金雀、王玉娘是一组；桂枝、荔枝、王华是一组。

金雀有些不屑地撇撇嘴，心里哼一声，安岚没任何表示，平静地接受了这个安排。倒是桂枝，听到分组名单后，眼睛猛地一亮，即往安岚那看了一眼，随后将目光停留在王玉娘身上片刻，心里顿时有了主意。

……

走出香室时，安岚注意到桂枝不时盯着王玉娘的背影，眼神里隐隐透出几分藏不住的阴狠，她顿了顿，便拉住金雀，待桂枝她们走远后，才低声道："一会我们去拣香场。"

金雀一愣，不解道："今日咱可以不用干活儿的，好容易可以歇一歇，还去受那个累做什么，而且这大太阳晒的。"

"去吧。"安岚给她打了个眼色，见荔枝正往她们这过来，又低声道，"但别跟荔枝说，只告诉她咱们要回去休息，哪都不去。"

金雀越发不解，却见安岚悄悄往桂枝那示意一下，她一怔，见桂枝正往她们这看过来，便识趣地不再多问。

荔枝走到她们跟前后，就问："你们这会儿回去吗？我问连香使长了，今儿咱们可以出去在附近随意走走。我想去荷塘那边采点儿荷花和荷叶，做点儿荷花露，还有荷花饼，你们要不要一起去？"

安岚微笑摇头："太晒了，下午还有一场辨香，我想回去好好歇歇。"

金雀也打了个呵欠道："你去吧，我等着吃午饭呢，吃完就睡个午觉，这几天我都没睡好。"

荔枝有些失望地嘟了嘟嘴："没意思，咱们好容易今儿能出去转转。"

金雀笑道："就你贪玩，我看你也别去摘什么荷花了，免得误了下午的考试。"

荔枝往王玉娘和王华那看了一眼，然后低声嘟囔道："你们也知道我就认得几个字，别的真不行，再说王媚娘香使不是才刚刚，怪让人心慌的……总归这差事我如今不觉得有多好，也不指望了，只盼再过几年，我家里能把我赎出去。"

金雀有些羡慕地叹道："你还有家人可指望，我和安岚早没这个指望了。"

荔枝面上的笑容淡了几分："其实也就是个奢想，我弟弟还没娶亲呢，家里就算真能凑出银子，也轮不到用在我身上。"

安岚轻声道："到底还有个希望，总是好的。"

"也是。"荔枝又笑了，然后道，"不跟你们说了，我看看谁要去摘荷叶。"

桂枝站在不远处，听到安岚她们的谈话，知道安岚和金雀下午考试之前，哪都不会去，更加安心了。

不多时，大家便都各自回去。

香奴的院舍这边，因里头的香奴都去了拣香场，所以这个时候就她们三个在。桂枝盯着安岚和金雀进了房间后，也回了自己的房间，只是过了片刻，她又悄悄出来，然后轻手轻脚地走到安岚的房门前偷听了一下。

安岚和金雀一直在屋里聊天，一点儿都没有要出去的意思，桂枝放了心，就悄悄离开那里。

此时，距香奴从拣香场回来，还有一个来时辰。

足够发生很多意外。

金雀从窗缝那看到桂枝出了香奴的院舍后，才转过头问："鬼鬼祟祟的，还偷听咱说话，她这是要做什么？"

"不知道。"安岚开门往外看了看，然后让金雀出来，"我们去拣香场。"

"究竟是怎么回事？"金雀跟着安岚出去后，一边走，一边问，"桂枝刚刚是去拣香场吗？"

"我不知道。"安岚摇头，"我不清楚她想做什么，可能下午就知道了。"

"那咱们去拣香场做什么，在屋里待着不就好了。"金雀愈加不解，随后又道，"要不，我找她去，偷偷跟着看她究竟要做什么？一肚子坏水的贱人，不防着不行！"

"不用！"安岚赶紧拉住金雀，"别管她，万一被她拖累了就糟了。我们去拣香场，跟大家在一块，做什么都有人看着，别的事赖不到咱们身上。"

金雀迟疑地看了安岚一眼，低声问："安岚，你是不是知道了？"

这等事，现在知道了也是个负担，安岚想了想，便道："我也不确定，你别问了，下午我再告诉你。"

"神神秘秘的。"金雀嘟囔了一句，只是跟着又道，"下午的辨香，我看那分组明显是不安好心，若是公平竞争，我看他们谁都比不过你的！就是不知那老色坯要玩什么把戏，陆香使有没有让你注意什么？"

对这个，安岚也没法，无奈摇头："只能见机行事了。"

……

王掌事去白书馆那办差，王玉娘回到歇息的客舍后，自个儿琢磨了一会，就站起身打算去找王华商量刚刚的事，只是她刚刚打开房门，就看到石竹站在门外。

王玉娘吓一跳，脸色微白，即有些惊慌地问："你，你要干什么？"

石竹看了她一眼，才道："掌事回来了，让你过去。"

"叔叔回来了！"王玉娘眼睛心里一喜，面上的惧色即退去，"叔叔让你来叫我的？"

"是，请随我来。"石竹点头，就转身。

王玉娘赶紧跟上，只是走了几步，忽想起王华，就问："叔叔怎么没叫我堂兄？"

石竹道："石松去请他了，男客住的地方离掌事那近，估计这会儿都等着你呢，请走快些。"

"好，你快点带路，别让我叔叔等急了！"王玉娘放了心，只是走着走着，她忽觉得有些不对劲，不由放慢脚步，"这里，好像不是往我叔叔那去的，你要带我去哪？"

石竹转过脸，有些冷漠地道："天气热，王掌事白天一般会在凉亭那边休息，王华现在已经到那了，你若不愿去，我就去回了王掌事说你不去了。"

王玉娘听了这话，立马道："谁说我不去的，我就是没走过这里，而且一直没看到什么人，才问一问。"

"你才进源香院，没走过的地方多着呢。香奴都去干活了，这里没有闲人，不会乱走。"石竹瞥了她一眼，解释了一句，才收回目光，继续往前走。

王玉娘咬了咬唇，迟疑片刻，又问："你难道不怕我，一会儿告诉叔叔？"

石竹没说话，也没有回头，所以王玉娘没瞧着他的脸色已微微发白。

绕过好几条小路，并且一直没看到人影，王玉娘又开始不安起来，正要再问，却这会儿石竹忽然停下，转过身："到了。"

王玉娘愣住，到了？可还不等她看清这是什么地方，后脑突然一阵剧痛，她还不及叫出声，后面又是狠狠地一击，她不敢相信地看着石竹，张着嘴，想转身看是谁，可是身子摇摇晃晃了几下，终是没能转过去，就倒下了。

桂枝扔下手里的大石头，拽起王玉娘的身体往旁边那口废弃的水井那拖去。一会后，她颇觉吃力，就瞪着石竹低喝："愣着做什么，还不快过来帮忙，快点，万一有人往这边过来看到了怎么办！"

石竹如梦初醒，却无法思考，只是机械地过去，照着桂枝说的合力托起王玉娘，然后往井里一扔。"扑通"的水声，惊得他浑身一个激灵，却不及他喘口气，桂枝就跑回去，捡起刚刚那块石头，也往井里一扔。

又是"扑通"的一声，终于将石竹惊得回过神，他僵硬地往井里看了一眼，然后一脸惨白地看着桂枝："你，你杀了她！"

桂枝一边喘着气，一边恶狠狠地道："我不杀她，她就要杀了我们了！"

石竹只觉脑子一片空茫，不知该怎么接受眼前的一切，干巴巴地道："可你，你跟我说，只是要警告她一下，你——你怎么杀人！"

"不是我杀人，是我们杀人！"桂枝盯着石竹冷笑道，"别傻了，你以为她能听我们的警告，我们拿什么威胁她？！"她说着就指着那口井，"这女的，可是王掌事的侄女，那声叔叔可比我这声干爹有分量多了，她要不死，死的就是你我！"

石竹呆站在那，说不出话，桂枝一步一步走过去，石竹下意识地后退一步。

桂枝逼进，抓住他的衣服，盯着他发白的脸道："难道你敢让王掌事知道我们的事？敢吗？"

石竹怔怔地摇头，桂枝便道："所以她必须死！"

石竹艰难地开口："万一……"

"没有万一，这事谁都不知道，你不知道，我也不知道。"桂枝看着他，缓缓开口，"而且，我跟她无冤无仇，更没任何理由要置她于死地，因为她跟我不是一组的。只有安岚和金雀，才会想让她死，你明白吗？"

一整个上午都很是平静地过去了，午饭时，金雀瞧见桂枝也过来厨房这边，便低声对安岚道："好像没什么事。"

安岚往桂枝那看了一眼，还不及开口，就看见连喜儿领着几个香奴进来了，身边还跟着王华。

一众正吃饭的香奴不由都停下手里的筷子，往连喜儿那看了几眼，然后面面相觑，不知出什么事了。平日里香使长可从不来这里，若有什么事，也只是让身边的香奴前来传话，可今日，竟亲自过来了，并且还带着一个陌生男人。

连喜儿扫了屋里一眼后，找不到王玉娘，便问："你们有没有谁看到王玉娘？"

"谁？"

"王玉娘是谁？"

"谁是王玉娘？"

……

大部分香奴都是一脸茫然，然后悄悄问旁边的人，王玉娘是今天才进源香院，自然没几个人见过她。连喜儿也反应过来这个问题，便直接看向安岚和金雀："你们有见过她吗？"

安岚摇头，金雀则问："她怎么了？不见了吗？"

王华站在连喜儿身边，看着安岚和金雀，面色有些难看。王玉娘是他堂妹，人有些天真，他本就有几分担心，但先前想着进来这里后，有叔叔和他看着，应该吃不了什么大亏。可谁想，这还不到一天，竟就出事了！

王华的眼睛一直盯在安岚和金雀身上，由不得他不怀疑这两香奴。依叔叔的意思，源香院空缺的那两个香使之位，就是为他和王玉娘准备的，这等于是抢了这里有些人的饭碗，自当会遭人恨。

上午第一场考试后，连香使长公布下午分组名单时，他心里有些兴奋，却也有些不安。因为分组名单一公布，就等于是明确了他和王玉娘的敌对者具体是谁。他们初来乍到，虽是依靠叔叔，但到底根基还未立，对这里的一切可以说是两眼一抹黑，眼下若有人因不忿生出什么歹心，王玉娘多半会吃大亏。

安岚坦然自若地对上王华怀疑的眼神，片刻后，王华终觉得有些不自在，微皱着眉头移开目光。

连喜儿没有回答金雀的问题，沉吟了片刻，又跟王华低语了几句，然后就吩咐所有人都去找王玉娘。王掌事马上就回来了，王玉娘若出了什么事，她实在没法交代。而且王媚娘前两天才没了，此时她心里有种非常不祥的预感，不得不着急。

源香院占地不小，除去各处的房舍和拣香场晾晒场外，还有很大一片专门用来培育各种植物的林地，若是走到那边，一时半会迷了路也是有可能的。

于是午饭才吃了一半的香奴，就在连喜儿的指使下，没头没脑地出去找人了。

安岚和金雀是认得王玉娘，自然也要跟着去找，而没一会，陆云仙也闻着风声过来找她们。

"怎么偏就她不见了？"陆云仙脸色有些凝重，王玉娘不出事还好，若是出了事，旁人多半就怀疑到安岚和金雀身上。而安岚和金雀又是她手下的香奴，这真是牵一发而动全身。

安岚摇头："不知道，上午从品香室回来后，就没见过她。"

"当真跟你没关系？"陆云仙往两边看了看，压低声音悄悄问。

金雀一愣，正要开口，安岚拉住她，随后也低声道："您放心，我没有那么蠢笨，看似利实是弊的事不会做的。我和金雀回房间后，只歇了半刻钟，就去拣香场了，拣香场的名册上都记有我们出入的时间，里头的嬷嬷和香奴也都可以作证。"

陆云仙稍稍放了心，随后又道："那她是去了哪？也不可能自己跑出去……"

安岚便道："不管怎么说，源香院是要出事了，而且这事看起来也是出乎王掌事的意料。依我看，这等意外，王掌事定会先瞒着白香师，您快想办法通知白香师这件事，然后您再配合好连香使长寻人。"

陆云仙一时不解，便问："这等小事，白香师不会感兴趣的，让人去告知，很可能反会打扰到白香师。"

"此一时彼一时，眼下白香师定是非常愿意了解源香院内的一切，若能赶在王掌事知道之前，让白香师一点一点掌控源香院的大小事，白香师是求之不得。"安岚一边走，一边低声解释，"王玉娘的事白香师愿不愿插手管，与咱们无关，重要的是，您需趁着这个机会，让白香师知道你的存在。而且您还要让白香师知道，除了王掌事外，您对这源香院里的一切，也一样是了如指掌。你要让他知道，除了王掌事，你也可以帮到他！"

陆云仙顿时醒悟，遂看了安岚一眼，这丫头，任何危机，竟都能转化成机会！

香奴香使加上院侍，统共五六十人，在源香院内找了近一个时辰，连林地那都派人去看了，却都看不到王玉娘的影。不安的情绪传递到每个人身上，但连喜儿焦心的同时却也稍稍有些放心，她觉得，此等情况，很可能是王玉娘自己悄悄溜出去了，或许一会儿后王玉娘就自己回来了。

而这些人当中，只有桂枝和石竹清楚王玉娘在何处，于是他们跟着找人的时候，都不约而同地避开那里。

那个地方，其实就在晾晒场旁边的一堵墙后面，那里原是个洗衣房，只是因房子年久失修，便渐渐废弃了。几个香奴走到晾晒场这边后，有两个香奴想偷懒歇一会，便绕到那堵墙后面。

桂枝虽特意避开那个地方，但同时又一直往那边留心，安岚和金雀则悄悄留心桂枝的一举一动。

因而，片刻后，她们便听到惊叫声从晾晒场那传来。

桂枝的脸色当即一白，安岚和金雀对视了一眼，就随大家往那边走过去。

正好这个时候，王掌事回来了。

水井里的尸体被院侍捞出来后，恐惧的气氛再次笼罩源香院。

王媚娘刚死没两天，源香院竟又出了一条人命，而且还是这么恐怖的死法。

为什么会被杀？

什么时候杀的？

谁下的毒手？

所有人心里都存着这些疑问，香奴们战战兢兢地站在一旁，相互往后躲的同时，又相互推着要往前去看，惊惧的眼神里未尝没有兴奋之色。

王掌事面布阴云，当即命锁上院门，没他许可，谁都不许外出。

只是陆云仙已在他回来之前，就将消息传出去了。

而王掌事暗中让人去请件作时，陆云仙派出去的那位婆子，也终于等到了白书馆。

"陆香使，陆云仙？"听完婆子的口述后，白书馆沉吟一会，就问，"她在源香院多长时间了，她让你过来，王新墨知道吗？"

婆子跪在地上，小心翼翼地回道："陆香使在源香院当差有十二个年头了，论起来，源香院内，除去王掌事外，就数陆香使的资历最深。只是陆香使是个老实人，不似别的香使那么能说会道，因而一直不得王掌事的重用。但，但陆香使对源香院，对白香师一直都是忠心耿耿。刚刚王掌事未在院里，无人主持，陆香使便想着应该让人通知白香师一声，所以就派老奴过来了，陆香使还说……"

白书馆见那婆子说了一半，就停下了，便问："还说什么？"

婆子悄悄看了一眼，见白香师没有不耐烦的神色，这才放了心，接着道："陆香使还说，一会还有一场香使的考试，陆香使觉得，源香院里的人，无论是掌事还是香使，终归都是替白香师办事的。只是香院里的人良莠不齐，眼下挑出认真为白香师办事的香使，才是重中之重。"

婆子说完后，白书馆定定地看了那婆子许久，才缓缓开口："陆云仙，不受王掌事重用？"

婆子只觉跪得腿麻难挨，却也不敢随便乱动，听着白书馆的问话后，再不敢多说，只是点头。

白书馆又问："不见的那姑娘，是今日王掌事特意从外头找来的？"

婆子又点头，小心翼翼地道："因听说是王掌事的侄女，所以香院里的人都很担心，生怕出什么事，怕是……下午那场香使的考试要因此挪后了。"

"胡闹！"白书馆突然一声低喝，"既不是香院的人，如何要因她而耽搁香院里的事！王新墨简直不分轻重！"

婆子慌忙跪伏下去，头磕着地板。

不到半个时辰，仵作就过来了，只花了一刻钟，王玉娘的死因和被害的时间就被查了出来。桂枝脸色有些发白，不过从开始找王玉娘到现在，香奴们差不多都在太阳底下晒了一个来时辰，因而此时大家的脸色都不怎么好，所以倒也没人特别注意她。

尸检过后，王玉娘的尸体被白布盖上，王华双目赤红，突然转过脸，久久瞪着安岚和金雀。金雀极是气愤，就要张口时，王华却突然跪在王掌事面前，哑声道："玉娘是被人杀死的，叔叔，求叔叔为玉娘找出凶手！"

刚刚王华瞪着安岚和金雀时，周围的人也都看向她们俩。

此时，大家多多少少都听说香使考试的事，很明显，王玉娘的死，直接受益人就是安岚和金雀，所以，眼下，她们的嫌疑自当是最大。

第013章　警告·辨香·真假

"你先起来。"王掌事满脸阴沉，可此时更阴沉的是他的心情，他千算万算，都没算到玉娘刚一进来，连过场都没走完，竟就惨遭毒手。

不同于王华的悲痛和愤恨，此时的王掌事，心里除了愤怒外，还感觉到一丝丝的恐惧。因为位置不同，所以考虑事情的方向也会不一样。对王玉娘的死，王掌事首先想到的，不是香奴们因不忿而下毒手，而是，这是白香师给他的警告！

他知道白香师如今对他已有很大的不满，却没想到，这个警告来得如此迅猛。

白香师是知道他和王媚娘之间关系的，也清楚他对那个女人确实有几分喜爱，但是，当他将王媚娘送过去领罪时，白香师竟毫不犹豫就命人当着他的面，狠狠打了王媚娘三十大板。并且，故意留着一口气，看他将人带回去后，是救还是不救。

他当然没有救，救了，便是他对白香师的责罚有不满。

他狠心舍了王媚娘，以为如此白香师多少会消些气，却没想，他下一步准备才刚开始，白香师竟马上又给了他一个警告！

两条人命，已足够证明白香师的决心。

王掌事的脸色越来越阴沉，王华只当王掌事是为王玉娘的死而这般，依言站起身后，就接着道：“叔叔，玉娘才刚进这里，不可能就跟人结仇，除非，除非是有人觉得玉娘挡了她的路，心里生怨恨而对玉娘下了毒手！”

桂枝垂下眼，藏住眼里的喜色，事情果然如她所想，王玉娘的死，别人不但不会怀疑到她头上，反会将矛头对准安岚。这对她来说，简直是一箭双雕的好事！

陆云仙微微皱眉，王华这话已明显是在针对安岚了，而香使的考试，是她举荐的安岚，不管出了任何事，她都有一定责任。因此王华的话一落，她便道：“刚刚仵作已推算出王媚娘遭毒手的时间，想查出凶手究竟是谁，只需问一问，那个时间里，每个人都在何处，做什么。”

王华顿了顿，没有异议，就看向王掌事。

王掌事阴着脸沉默久许，才点点头，许可了陆云仙的提议。既然白香师已经下了决心，那他就更不能不为自己着想。

拣香场干活的香奴，首先被排除出去，只是当名单念到安岚和金雀时，王华怔了一下，桂枝亦是不敢相信地抬起眼。

怎么可能！

"今天参与香使考试的香奴，皆可休息一日。"连喜儿也有些不解地看向安岚和金雀，"你们俩怎么，是不知道这个事？"

安岚道："今日去拣香场干活可以计分。"

连喜儿一怔，这才想起香院里规矩。香奴们每个月都有一天的轮休日，但凡这种日子，有还愿意去干活的，拣香场的嬷嬷们便会给香奴另外计分。当分数达到一定量后，便可以用来换香品，虽都是极普通的香品，但还是有不少香奴觊觎着这点东西。

陆云仙瞥了连喜儿一眼，将拣香场的日常册子拿过来，翻出安岚和金雀今日进出的时间指给连喜儿和王华看，连喜儿便不再说什么了，王华虽不愿相信，但在事实面前，他说不出别的，只得转头看向王掌事。

王掌事本就没有怀疑安岚，但他很想知道，究竟是谁下的毒手，是谁被白香师收买了，暗中对付他。他一定要找出这个人，不然他就得每日都过着如芒在背的生活。

王掌事没有理会王华的眼神，今日去拣香场干活的香奴都被排除后，余下还有五个香奴是外出办差。其中三个已经回来了，连喜儿一一叫出来仔细盘问，时间上都没什么可疑的，而另外还未回来的那两位，暂时搁下。

除此外，还有荔枝和桂枝未被问到。

荔枝的脸色早已苍白，瞧着连喜儿看向自己，忙结结巴巴地道："我，我我一直在荷塘那边，禾香使可以为我作证的！我跟禾香使说过，还有，还有安岚和金雀也是知道的！"

连喜儿问："就你自己去了荷塘那边？"

"她，她们都不愿去。"荔枝着急得快哭了，求救地看向禾姑，禾姑不敢惹上这事，便看向别处，别的香使也都是沉默地站在一旁，冷眼看着这一幕。虽不是每个人都铁石心肠，但谁都知道明哲保身。

安岚即悄悄看了陆云仙一眼，陆云仙迟疑了一会，便道："荷塘那一直就有两个婆子看管，你过去时，她们可有看见你？"

荔枝被陆云仙提醒，即想了起来，赶紧点头："有，有的，张嬷嬷还叫我别摘那些莲蓬，对，就是张嬷嬷，可以去问张嬷嬷！"

吩咐人去找张嬷嬷过来的时候，连喜儿看向桂枝："你呢？"

桂枝瞟了王掌事一眼，才道："我回去休息了一会，是跟安岚和金雀一起回的。只是才歇了片刻，想起掌事前些日子跟我说，喜欢吃我做的玫瑰花糕，我便又起身采玫瑰花去了。"

王掌事瞥了她一眼，面色依旧难看。

连喜儿悄悄看了王掌事一眼，见王掌事没说什么，便又问："是去花圃那采的？"

"不是。"桂枝摇头，将目光从王掌事身上收回，"花圃那有人看着，不让采，掌事院舍后面也种了几丛玫瑰，开得正好，我便去了那里。"

"可有人看到？"

"有，石竹。"桂枝看向石竹，"一开始石竹还不让我摘，听说我是给掌事做花糕后，才没再拦着。"

连喜儿看向石竹，石竹面无表情地点点头。

至此，所有人都有不在场证明。

连喜儿有些为难地看向王掌事，王掌事的脸色愈加难看，事情肯定没有这么简单。但他身边并无有断案之才的人，若想查出这个人究竟是谁，只能交给刑院的人去查。可是，将这事交给刑院，也就等于是交给了白香师。

这就是白香师给他的警告，他只能认了这个哑巴亏！

而就在这时，看门的婆子匆匆过来说，白香师派人过来了，因有白香师的手牌，她们不敢拦着，已经开了院门让人进来了。

王掌事沉着脸冷哼一声，就甩袖转身离开。

王华顿时蒙住，有些无措地左右看了看，再瞧了瞧王玉娘的尸体，咬了咬牙，就转身跟上王掌事。

陆云仙若有所思地看着王掌事离去的背影，直到看不见后，她才收回目光，看向安岚。

连喜儿摸不准王掌事究竟是什么意思，迟疑了一会，只得开口让香奴们先回去，只是跟着又寒着脸道："今日之事，谁都不许乱嚼舌根，否则——"

香奴们慌忙诺诺应声，两个院侍抬起王玉娘的尸体，从安岚跟前经过时，盖在王玉娘身上的白布忽然滑落，露出那张发白肿胀，死不瞑目的脸！

似有阴风袭来，安岚只觉浑身寒毛直竖，金雀吓得一声惊叫，赶紧转过脸。

跟在她们身边的香奴也都惊惧地连连往后退，有些年纪小的，甚至吓哭了。

……

半个时辰后，连喜儿派人通知她们，下午的辨香考试照常进行。

此时，安岚已经将上午她所看到的一切，包括桂枝和石竹的私情都道了出来，金雀听完后，震惊得许久都没回过神。

传话的人走后，时间也差不多了，安岚和金雀便起身收拾，然后出了香舍，往前院的品香室走去。

路上，安岚一直没有说话，金雀则因看到王玉娘死后的那张脸，令她想起已过世的亲人，当时她父亲也是这般死不瞑目，沉默的气氛令人有些难过和压抑。

行到一株香樟树下时，安岚忽然站住，转头道："你是不是觉得我挺冷血的？"

"什么？"金雀一愣，随后才反应过来安岚指的是什么，即摇头，"没有，这跟你有什么关系，再说咱跟她又没什么交情。"

"其实我知道桂枝一定会对王玉娘不利，我是故意没有去提醒王玉娘，我甚至等着桂枝去做这件事。"安岚垂下眼，纤长浓密的睫毛掩住眼里的情绪，声音平静得有些冷，似说给金雀听，也似说给自己听，"愿赌服输，日后，或许我也会落得这样的下场，但我不会怪任何人……"

金雀怔怔地看着安岚好一会，眼圈慢慢红了，随后握住安岚冰冷的手："你别这么想，这不是你的错，真的，不是你的错，你别这么自责！"

安岚依旧垂着脸，默默站着，阳光从她身后落下，令她的整张脸藏在阴影里。

金雀紧紧抓着那只冰冷的手，声音开始哽咽，一边低泣一边道："我们自顾都来不及，哪有本事去救别人？那王玉娘是死得挺惨的，可谁叫她要进来争夺这个位置呢，还一进来就招惹了桂枝那贱人！若是，若是在别的地方，她不小心落水了，咱瞧见了自是二话不说就下去救人，可在这里，在这里，谁救得了谁……当年我小妹和我爹也没招谁惹谁，却死得那般惨，又有谁管了！"

安岚这才抬起脸，面上是一如既往的平静，嘴角边还露出一抹浅笑："你哭什么，有什么好哭的。"

金雀愣愣地看着安岚，因安岚抬起脸的关系，使得她整张脸都跟着亮了起来。午后的阳光穿过头顶的枝叶，浮动的光斑落在她的睫毛上，隐隐反射出一点微光，似未干的泪。

其实她没有哭，可是金雀知道她在哭，她只是没有流泪而已。

这么些年，她一直就是这样，就连之前差点被院侍玷污，她也没有掉过一滴泪。所以金雀代她流出泪，似自己受了多大的委屈，止不住地抽噎："安岚，我们一定会好起来的，我们不用再害怕被赶出去，不用怕病了没钱医，不用怕明天没有饭吃，不用怕晚上没有地方睡，不用怕会有人对我们图谋不轨，也不会再挨嬷嬷们的打……安岚，我们会每天都能吃得饱穿得暖，还能让婆婆安享晚年，欺负过我们的人，我们都能叫他们好看！"

听她含含糊糊絮絮叨叨地说完后，安岚才抬手替金雀擦去脸上的泪，微笑着道："我知道，你不用担心，我们不会死，我们会好好活着！"

金雀点点头，掏出自己的手绢擦了擦脸，然后有些不好意思地问："眼睛肿不肿？一会要让她们瞧出来就不好了。"

"一会去洗把脸再过去。"安岚拿出自己的手绢递给她，接着道，"你放心，依我看，马贵闲现在绝不好过，白香师连王掌事都不放过，怎么可能会放过他。"

再次来到品香室时，这里的气氛明显跟上午有很大的不同，即便已洗清嫌疑，但安岚和金雀一过去，王华即冷冷地盯着她们看，丝毫没有掩饰眼里的敌意。

金雀毫不客气地瞪回去，没好气地道："看什么看，登徒子！"

王华脸色微变，一阵气结："你，你你——"

金雀打断他的话："你什么你，说的就是你，登徒子，你就是看得眼睛掉出来了，也没谁瞧得上你！"

王华脸上一阵红一阵白，瞪着金雀，气得说不出话来。

正好这会儿连喜儿领着监考的香使进来了，王华憋了好一会，也不知该怎么跟一个陌生姑娘对骂，只得生生咽下那口气，甩袖走到自己案几前黑着脸坐下。桂枝一声嗤笑，安岚轻轻拉了金雀一下，随后她们几个也都分别入座。

只是，上午分组的时候，原本是六个人，如今却少了一个。

于是事情一下变得有些微妙起来，五个人分两组，每组最终胜出者便是香使人选。

桂枝特意往安岚那看了一看，一丝嫉恨从眼里闪过。她本以为王玉娘的死能将安岚和金雀拖下水的，到时她只需要再对付荔枝一个，便能如愿了。谁想到安岚和金雀竟去了拣香场，并且是在她出了院舍后就马上过去，究竟是有意，还是无意呢？

无论桂枝心里怎么想，金雀此时也觉得少了王玉娘，安岚入选香使几乎等于是板上钉钉的事了，因而倒真有几分欢喜。

只是安岚心里不这样认为，反还有些隐隐的担忧。

刚刚在洗衣房那，王掌事面上的表情变化，她可是看得一清二楚。那谨慎中藏着狠戾眼神，令她倍觉不安，王玉娘的死，可以说是直接打乱了王掌事的安排，所以，很可能是真正惹恼了他。

王掌事如今心里究竟是怎么想这件事的？是怀疑她们之中有人下毒手，还是……会怀疑到白香师身上？她希望是后者，只有王掌事和白香师之间的矛盾越来越大，如此，她才能寻到机会。

几个人正各怀心思的时候，石竹和石松也从外头进来了，和上午时候一样，两人各自捧着一个匣子。只是他们进来后，跟着又有一个面生的男人从外进来，连喜儿忙朝他微微欠身，一副不敢怠慢的表情。那人只是略点头，并不说话，安岚仔细辨了一下他的穿着，瞧着他腰上挂着一个鱼形的香囊后，心里微讶，竟是白香师身边的侍香人。

如此，白香师果真是重视了陆云仙的话，亲自点派身边的人来监考。

看来她和陆云仙的这步棋，是走对了！

安岚心里有些激动，而此时，连喜儿也道出这场辨香的具体内容。

石竹和石松分别从匣子里取出三份香品，各自摆放在铺着丝缎的漆盘上。

连喜儿命人将一个青花大瓷碗放在自己前面的桌案上，然后道："那两个漆盘里各放了三份香品，此三样香品中，有一样是水沉香，你们辨出来后，记于纸上。答对者，便能通过辨香考试。"

连喜儿说完，就命人往清花大瓷碗里倒入清水，然后又往侍香人那询问地看了一眼，见对方并没有要补充什么的意思，就收回目光，表示辨香开始。依旧是一炷香时间，其间不能发出任何声音，相互之间不能做任何交流，违者直接失去考试资格。

沉香初始只是朝廷的贡品，后来逐渐变为商品，因此需求量大增，故过度开采之势愈演愈烈。如今极品沉香已达到"一片万钱"的程度，就是次一等的沉香，也早不是普通人家能享用得起了。只是人们对沉香的喜爱却一直是有增无减，甚至有那爱香成痴的人，宁愿缩衣节食数年，也要买上一串沉香佩戴在身。于是便有许多商人抓此机会，绞尽脑汁在沉香上动手脚，或是以次充好，或是以假乱真，鱼目混珠扰乱市场，因而总不乏有人会上当受骗。

所以，身为香院的香使，日后很可能将出入瘴寐林，故而懂得如何辨真假沉香，是很必要的。

只是，这等辨香的本事，基本都是待成为香使后，在香院的安排下，另外学习一段时间，才能真正学得到。如今，她们不过只是香奴，平日里别说是辨香了，就是摸一下沉香的机会也没有，又如何知道哪个是真，哪个是假呢！

往年，辨香的考试可从未出过这么难的。

王掌事这是故意设了门槛，连喜儿心里也明白这一点，又悄悄往白香师的侍香人那看了看，见他依旧没有任何表示，她才稍稍放心地收回目光。

荔枝一听要辨真假沉香，就彻底放弃了，她顶多就闻过沉香饼子的味道，真正的沉香究竟长什么样，见都没见过。桂枝倒是在王掌事那见过真正的极品沉香，其中就有水沉，可是要让她光凭外表和气味，从这三份香品里找出真正的水沉香，那可是要了她的命了。

至于金雀，她当然也没有这等本事，但她一点都不担心，因为她知道安岚一定晓得真正的水沉香是哪一个。所以，她跟荔枝一样，直接提笔，毫无压力地随便选了一个，就记在纸上。

王华落笔的时间，也只比荔枝慢了片刻，并且落笔时自信满满。

桂枝知道王华的答案必是对的，只是她看不到王华到底写了什么，而且眼下监考的人太多，她绝不敢轻举妄动。于是提笔蘸墨时，她偷偷往石竹那看去，看到石竹两手握在一起，右手用两根手指稍稍提着左手的衣袖，她心里即有了答案，于是蘸好墨后，也跟着下笔。

最后，只剩下安岚没有写出答案，她甚至连笔都没有提。

可眼下，那炷香马上要烧完了。金雀是坐在安岚身后的，自然看到安岚一直没有动笔，心里不由有些着急。她不知道安岚怎么了，难不成没能辨出哪个才是水沉香？只是这个念头一起，她即觉得不可能，她觉得在识香和辨香这上面，没人能比得上安岚。

可是，为何安岚不提笔写下答案呢，若是等到那炷香烧完了，再提笔可就晚了！

金雀没有辨香的本事，所以不知道，香使给她和安岚这一组送来的那三份香品，里面根本没有水沉香。其中一份确实跟水沉香很像，黑褐色，香味温醇，质地细腻，油脂重，但摸着不脏手，也感觉不到油，完全符合了水沉香的特点，但那是动过手脚的，是两种香品巧妙地贴合在一起，并且只有表皮部分是水沉香，剩下的九成全是经过染色上油的活沉。活沉是从活香树上砍伐，采下来的结香，含油量少，熏燃时香味高亢，并且会带有原木的味道。此等香，在行内就是以次充好的香品，是沉香，但绝不能称之为水沉。

可是，考试的规则是，必须写出水沉香是哪一份，写对了，才算通过考试。

她这里没有答案，没有答案，自然就不能通过考试。

这就是王掌事要的结果，香使的人选，必须由他来定。没有得到他许可的人，谁都不能坐上那个位置。

金雀看着那炷越烧越短的香，急得恨不能上前去代替安岚提笔蘸墨，可是她不能，此时她若一动，便会让安岚直接失去资格，于是只能干着急。

桂枝也看向安岚，她虽不明白怎么回事，但看得出安岚明显是遇到难题了，于是面上露出幸灾乐祸的神色。看来，根本不用她费心，安岚自己就过不了这一关，倒真是省事了。

依她跟掌事的关系，如今王玉娘空出来位置，自然是由她给补上。

桂枝极高兴，金雀则急得如热锅上的蚂蚁，眼看那香已烧到最后，马上要灭了，安岚却还是没有提笔！

连喜儿看了一眼香炉内的线香，那最后一点红光，眼看着仅须臾之刻，便可熄灭，于是她开口，准备让监考的香使开始收卷，可就在这会，安岚提笔了。连喜儿一怔，再往香炉那看了一看，线香末处的那点红光还未熄，她便收住将出口的话，但心里却生出几分诧异，以及按捺不住的好奇。

两个漆盘里的香品，她之前都看过，一开始还没瞧出什么端倪。直到瞧着安岚迟迟没有动笔后，她才又将那几份香品拿来细细看了好一会，随后才明白安岚为何没有动笔。

王掌事果真是准备将源香院上上下下都添上自己人，而安岚，竟能撑到现在都还未屈从王掌事。两件事，都令她很是惊异，因而连喜儿站起身，走到安岚身边。这会儿安岚正好写好最终答案，她放下笔时，线香的最后一点红光无声湮灭，化成一缕青烟。

金雀一直盯着安岚的动作，待安岚放下笔后，她才轻轻地，长长地吁了口气，感觉比干了一天重活还要累。

连喜儿拿起安岚的考卷，看到上面的答案后，又是一怔。

监考的香使已将另外四份考卷收上来，交至她手中，连喜儿接过后，迟疑了一下，将安岚的考卷放在最末。

依旧是当场阅卷，以示公正。

白香师的侍香人刘玥走了过来，连喜儿忙起身让位，刘玥颔首致意。

无人敢拖延，第一份考卷是王华的，答案毫无疑问是正确的，连喜儿看了一眼后，正要开口表示认可。刘玥却突然问了王华一句："为何认为此香品是水沉？"

连喜儿忙收住话，心里顿时有些惴惴，刘玥果真不只是过来看看。

王华一怔，下意识地就看向连喜儿，他不认得刘玥，也不知道刘玥是什么身份，所以不知道此时，自己是应该回答，还是无需理会。

连喜儿此时却比王华还要为难，眼下刘玥的意思就是白香师的意思，而现在，刘玥开口了，就代表白香师跟王掌事之间的矛盾要开始往明面上摆了。所以这个时候，她无论说什么，都必将要得罪一方。

幸好这个时候，王掌事进来了，并且刚好听到刘玥问出的这句话。

连喜儿即生出一种劫后余生般的庆幸，忙站起身，退到一边，避开这令她左右为难的情况。

刘玥看到王掌事进来后，就站起身道："既是辨香，自当重在一个辨，而不是碰运气，王掌事以为呢？"

"刘侍香所言极是。"王掌事当即点头表示认可，然后转头对王华道，"那就说说，你为何认为此香品为水沉？"

瞧见王掌事后，王华定了心，恭恭敬敬行了一礼，回想了一下，才道："其一，此香表面呈朽木状，但质硬而重；其二，此香为深色，油脂重，但摸之手上未有油渍；其三，此香未熏燃，就已有香气，并且香气如线般钻鼻。基此三点，学生判定此香为水沉。"

王掌事满意地点点头，就看向刘玥，刘玥却未看他，而是又接着问："那另外两种为何不是水沉？一样是表面不规整，有油质，深褐色，嗅之亦有香味。"

王华一愣，顿时有些发蒙，这个叔叔之前并未与他细说。

王掌事微微皱眉，王华更是紧张，只是久久等不到王掌事为他解围，只得结结巴巴地道："因，因为另外两种香品表面虽不规整，但并，并无朽木感，有油质，但只是少许，香味也不明显，所以不是水沉。"

这个回答不能说是错的，但很是笼统，只是比照这他一开始时说的标准答案，反着套用而已。

王掌事微微点头："如此年纪能晓得这么多，也算难得，刘侍香以为呢？"

刘玥沉默片刻，淡淡点头，连喜儿长松了口气。

于是，王华顺利通过辨香之试。

接下来是荔枝的答案，她是蒙的，但运气明显不行，蒙不到那三成的机会，面对提问，也是一问三不知，自当是没有通过。

随后，就是桂枝了。

她的答案跟王华的一样，刚刚王华的回答，她用心记下了。因而面对刘玥的提问，她多多少少也应付了过去，于是当连喜儿道出她通过考试时，王掌事不禁上下打量了她一眼。桂枝面露喜色，心头雀跃，不自觉地就朝王掌事欠身行了一礼，然后在转身退到一边。

王掌事微微眯眼，他倒真有段时间没有找她了，这香使的位置原本没想留给她，却没想她竟有此等运气。王掌事想了想，便觉得这香使的位置，交给桂枝，也不无不可，终归是他的人。

桂枝之后，就是金雀了。

同荔枝一样，金雀也没蒙到那三成的机会，而她也爽快，直接说自己对此一窍不通，然后就主动退到一边。

最后，轮到安岚。

听到连喜儿念出安岚的名字，王掌事便从桂枝那收回目光，看向安岚，目中露出几分可惜，随后心里摇头。这丫头，倘若愿意听他的话，这香使的位置，他怎么会留给别人。

只是，他等了一会，却没有等到连喜儿道出安岚的答案。

而他不解地转过脸时，刘玥已经从连喜儿手里接过安岚的答卷，并看了之后，道了一声："有趣！"

王掌事诧异，不禁蹙了蹙眉，就从刘玥手里接过那张答卷，看了一看，随后他面上也露出诧异。

第三款香品，表面附着水沉约一寸，入温水浸泡，能使之分离。

这便是安岚深思之后，最后决定写下的话。刚刚她之所以会犹豫那么久，并不是不知应该如何解此难题，而是她明白，有刘玥在场，她写下答案的同时，也等于是在刘玥面前，明明白白地指出了王掌事的私心。

果真，王掌事诧异之后，面色当即一沉，看着安岚的眼神也多了几分阴霾。

刘玥将那块香品拿来仔细看了看，然后上下打量了安岚好几眼，问道："这以次充好的技术可谓是天衣无缝了，你是如何看出来的？"

安岚迟疑了一会，才道："因觉得香味略杂。"

刘玥一怔，便将那块香品拿至鼻子前仔细闻了一下，却也只能闻到水沉温醇的香味。白木未熏燃时是无香的，所以不可能会有两种香味混合在一起，这也是此等以次充好的香品往往能瞒天过海的原因。

刘玥明显不信安岚的话，于是看着安岚沉思，是因为蒙对了，所以随便找了个解释？

第014章　抢先·天枢·面见

片刻后，刘玥才又问："只是从香味的辨别上就能判断？"

"还有手感。"安岚声音平缓，"水沉香是香树倒地，没入水泽中，历经千百年而结出的香，绝非仅十年树龄的香树结出的香所能比。真正的水沉香入手沉，而这块香品体积不小，表面看与水沉无异，但拿在手中，却少了一分应有的沉甸感。两香贴合的工艺确实称得上是巧夺天工，其色看起来亦几乎是一样，但水沉香表面幽光沉静，旧气浓郁。而另一边露出白木的部分，虽也特意做旧了，但色泽浮躁，肌理干涩，细看便能辨出不是一树所出。"

这番话，较之刚刚王华所说，不知高出几何。品香室内但凡懂香的人，无一不感到惊异，一个普通的香奴，如何懂得这些？这样的眼力，定是需要时间和无数经验才能得来的。

"这些，都是谁教你的？"刘玥问出大家都想问的话。

"安婆婆平日里会跟我说些香品的差异，说得多了，也就记下一二。"安岚迟疑了一下，就垂下眼道。安婆婆确实都跟她说出这些，但刚刚她能看出这块香品是经过加工，却并非是因为安婆婆，而是她心有所感。

但是，她不知该如何解释，也不想多说。她只知道，那些缥缈的，难以捉摸的感觉，对她来说都是真实的存在，可对旁人来说，却是虚幻的，和无法理解的。

"安婆婆？"刘玥询问地看向一旁，连喜儿便道："安婆婆曾是香殿内的侍香人，据说十多年前，因犯了错，惹恼了殿侍长，所以被贬降到香院这当差。"

刘玥遂了解地点点头，侍香人犯错被罚被贬这等事不算新鲜，于是便将注意力重新落回到安岚身上。

虽说他还觉得安岚这个解释有些牵强，但毕竟安岚说的这些分析没有错，因为没有错，所以更显其眼力不俗。而且，更重要的事，王掌事竟挑了一块这样的香品……刘玥想到这，就看了王掌事一眼，特意问道："由此看来，这个漆盘里的香品，并无一块是真正的水沉香，如此便与考题不符，不知王掌事是何意？"

这话问得看似稀松平常，但实际上却是极刁钻。

因源香院内，收进来的名贵的香品，都需经王掌事的手。眼下这块沉香，单就这大小体积来论，价值不菲。王掌事若说他并不知道这块沉香是以次充好，所以拿过来用于辨香，那就等于是承认了自己的眼力不行，承认了眼力不行，也就等于是承认他能力不足，如此，简直是给白香师送去一个剔除他的理由；而王掌事若说他知道这就是以次充好的沉香，那也等于是承认他在香使考核的事情上，存在私心，违背了香院的香使考试要公平公正，优中选优的最高原则，如此，一样是给白香师送去一个除去他的理由。

安岚正是因为想得明白，所以刚刚一直犹豫，她不愿由自己去做这个导火索。或者说，她不愿当着王掌事的面，去引出这个矛盾，因为这样，王掌事事后必会将怒火发泄到她身上。

可是，她当时思来想去，都没有别的选择，除非她放弃香使的考试。

面对刘玥不怀好意的疑问，王掌事只犹豫了片刻，就呵呵一笑："刘侍香有所不知，正如安岚刚刚所说，她自小有安婆婆教她如何辨香识香，所以她对香的认识，已经高出一般的香奴。因而这场辨香的考试，我有意要考她一考，就特意挑了这块动过手脚的沉香。"王掌事说到这，就转过脸，看着安岚摆出一副长者的派头，赞许地点头道："果真没让我失望，不过不可骄傲，后面还有一场考试，只有三场考试都顺利通过，香使之位才算是你的。"

果真，王掌事没那么容易就被人拿住把柄，几句话，竟就将这个危机轻描淡写地化去了。

安岚有些失望，面上却不露丝毫，垂下眼，受教地应声。

刘玥看着王掌事微微皱眉，此刻他心里才明白，难怪白香师心里会忌惮这个人。

第二场考试，通过者只有三人，分别是王华，桂枝，安岚。

最后一场考试，将从他们三人当中选出两位。

每个人的机会都很大，但终将会有一个会被淘汰，却不知究竟会是谁。

他们也不知道最后一场考试，将会考什么，他们只知道，考试的时间定在明天上午。

出了品香室后，金雀即兴奋地握住安岚的手，她觉得胜利已在望。

安岚面上却不见喜色，刚刚出来时，她注意到王掌事盯着她看了好几眼，就是连喜儿等人，看她的眼神也带着几分怪异。

王华出去后，面带不甘和愤怒地看着她们，刚刚安岚和刘玥的那番对答，令他隐隐感到恐慌和不安。他没想到，一个小小的香奴，竟能对香了解得那么透彻。

桂枝的心情比王华还要糟糕，原以为是胜券在握的事，结果又是安岚挡在她面前！如果刚刚安岚只是运气好蒙对，她倒不担心，凭她跟王掌事的关系，在这事上，她的赢面还是很大的。可是，刚刚安岚在刘侍香面前出了那么大的风头，她心里开始有些不确定了。

……

刚回到香奴的院舍，陆云仙就派人来找安岚。

安岚起身，金雀拉住她关心道："要不要我跟你一块过去？"

王玉娘刚遭意外，不安的气氛还未散去，眼下谁要出去，总要拽上一个人陪自己壮胆。

安岚摇头："不用，天还早呢。"

金雀看了看天色，便问："陆香使这会儿找你什么事？"

安岚想了想，才道："多半是问王玉娘的事。"

说到这个，金雀即压低了声音，悄悄问："是不是桂枝做的？"刚刚安岚并没有明确告诉她下手的那个人就是桂枝，只是说桂枝盯上了王玉娘，随后王玉娘就出事了。这两件事联系在一块，要让人不往那边想都难。

安岚道："谁也没看到，是不是她下手不清楚，不过应该跟她脱不开干系。"

"我觉得也是，当时石竹还帮着她呢，他们俩还是那等关系，依我看，这事跟石竹也脱不开干系！"金雀点点头，随后又道，"是不是要告诉王掌事，这样她可就……"

"不！"安岚忙打断她的话，认真道，"咱们千万别沾这事，更不能由咱们的嘴说出来。"

"多好的机会！"金雀有些不解，"而且这样，正好将她从香使的竞争当中剔除出去，甚至连第三场考试都不用考了，你便能直接当上香使，这可是一箭双雕呢！"

"没有直接证据，弄不好会惹上一身腥骚的，桂枝既然能对王玉娘下手，将她逼急了，她没准硬拽着你我一起陪葬。"安岚冷静地摇头，沉吟一会后才道，"而且，留着她还有更大的用处。"

后面这话，金雀不解，陆云仙更是不解。

"你这话是何意？"安岚到了陆云仙这边后，陆云仙果真是问她关于王玉娘的事，待知道很可能是桂枝所为后，其反应和当下所想的，都跟金雀差不多，而安岚对此一样表示反对，因而陆云仙便皱着眉头问了一句。

"刚刚在品香室内，刘侍香本是要抓王掌事的错，却没想还是让王掌事给躲了过去。"安岚没有直接回答陆云仙的疑问，而是先将之前香室内发生的事情简单道了一遍。

陆云仙听后，叹一声："王掌事执掌香院近二十年，经历过不少事，自是有些手段，哪里会被几句话就拿捏住。白香师必是也忌惮他，所以想先拿住他的错再发作，看来现在就是将王媚娘交给我的东西送到白香师跟前，也只是能让白香师多下几分决心，少几分忌惮，但到底能不能马上动得了王掌事，还真不好说。"

安岚赞同地点头："不过今日，白香师已知道您的存在，并且也重视了您的话。"

陆云仙心里终是有些没底，沉吟一会，便道："却不知这份重视能维持多久，而且眼下还不能让王掌事对我起疑，到底不是件妥当的事。"

安岚便道："所以您需给白香师再送一份礼过去。"

陆云仙一怔："你是说，现在将那册子送过去？"

安岚摇头："不是，现在白香师最想要的，是王掌事的把柄，若是由您送过去，定能事半功倍。"

陆云仙微微皱眉，安岚迟疑了一会，似下定了决心，就接着道："若可以，我希望先留着桂枝，并且除我之外，最好她也能坐上香使之位。"

陆云仙怔住，愈发不解了，打量着安岚道："这是为何？"

"淫秽二字，在这长香殿内，能定人前程和生死。"安岚道出这句话时，只觉自己手心都出了汗。她知道，迈出这一步后，就真的，再不能回头了，这条路上，她只能一直往前走。

陆云仙怔然许久，琢磨了好一会，才恍悟过来，随后看着安岚道："你这丫头，当真是大胆！"

桂枝跟石竹有私情，同时跟王掌事也不清不楚，三人之间的关系，不可能一直这么稳。若是等桂枝当上香使后，再将他们这些事给捅到白香师跟前，那白香师还愁拿不住王掌事的短吗？再接着，她又将王媚娘留下的那本册子交到白香师手中，到时，白香师就是想放过王掌事也不可能了！

安岚微垂着脸，未做声，陆云仙不禁一声长叹："你才如此年纪，这些心眼都是哪学来的？"

为了好好活着，也为了，去那里，她不得不变成这样。

安岚抬起脸，看向窗外的青山，只见那里依旧云雾缭绕，妩媚多情。

……

白书馆从刘玥那听说了今日辨香考试的经过后，即一声喝骂："他王新墨想做什么，难道他还想只手遮天！"

刘玥低声道："怕是，他就有那意思，如今那香院里，没有不听他的。"

"那也看他的手有没有那么大！"白书馆冷笑，"既然他想在考题上做手脚，那最后一场试题，我亲自出，我看他还怎么动手脚！"

刘玥迟疑了一下，才低声道："只怕，是来不及了。"

白书馆皱眉："什么来不及？"

刘玥小心道："我听说，王掌事已经将第三场考试的试题，直接跟杨殿侍那边报备了，杨殿侍也已批准照着他的意思来，所以，您现在……"

"岂有此理！"白书馆未听刘玥把话说完，就气得一拍桌子，猛地站起身。

当天下午，白书馆就去了天玑殿找杨殿侍，只是却扑了个空，杨殿侍出去了。白书馆在天玑殿一直等到天黑，都不见杨殿侍回来，最后只得黑着一张脸回了源香院。

这事，没多久就传到王掌事这，王掌事甚是快慰。晚上躺在床上时，他笑呵呵地问桂枝："你也想要那个香使的位置？"

桂枝讨好地笑着，撒娇地道："干爹明知道人家想着这个许久了，却还是那么偏心，好叫人难过的。"

"难过什么，两场考试你不也都通过了。"王掌事语气不禁又柔了几分，"明儿你好好表现，我会替你想着的。"

桂枝趁机道："干爹就告诉我明儿要考什么，好让我做些准备嘛。"

王掌事捏了她一把："你这是要让我假公济私！"

"干爹就当疼疼我。"桂枝微微起身，娇嗔道，"还是干爹心里已经有合适的人选了，觉得我不配坐那个位置？"

王掌事就是喜欢她偶尔跟他发小脾气的模样，笑呵呵地道："怎么会，你这么聪明，你不配还有谁配？"

"那干，干爹……你，到底要挑谁嘛？"桂枝声音酥酥软软的。

"谁听话，就挑谁……"

"干，干爹，我，我还不听话吗？"

"呵呵呵……听话，现在别，说话！"

石竹候在屋外，如往常一般，如院里所有当值的小厮一样，面无表情地站着。他看起来如此普通，普通到没有人会觉得他跟别的小厮有什么不同，也没有人注意到，此时他袖中的手，已经随着屋里断断续续传出来的声音慢慢握紧。

……

第二天一早，白香师交代了刘玥几句，让他去源香院先拖住王掌事，务必等他回来，再开始第三场考试，然后又一次前往天玑殿。

照惯例，香院里的庶务，都是由掌事打理。香师的职责在调香和结交权贵，以及拓展人脉，为长香殿争取更多的利益，因而香院里的香使人选，香师一般都不会过问。

原本白书馆对香院里的这些杂事也从不关心，但此一时彼一时，之前王新墨暗中出卖他的香方一事，他已经忍下了，却没想王新墨事后不仅不知悔过，反还要得寸进尺，妄想在香院内只手遮天。如此行为，已经严重挑战了他的权威，让他动了要除去王新墨的心，所以这件事，他非插手不可。

只是，约半个时辰后，当白书馆再次来到天玑殿时，却听说杨殿侍又出去了，并且跟他就是前后脚的事，若他只早上半刻钟，兴许就碰上了。

白书馆知道现在着急也没用，只得客气地问道："我有急事，不知杨殿侍是往哪去了，可否告知？"

"似乎是去了天枢殿。"

"天枢殿？"白书馆一怔，那不是白广寒大香师的地方吗，听说白广寒大香师一般是不喜人过去打扰的。

"今儿一早，百里大香师去了天枢殿，说是想找白广寒大香师一块品茶，只是百里大香师到了那边后，才想起忘了将新得的茶叶带过去，便命人回来取。正好杨殿侍有空，杨殿侍便接了这差事，白香师若是着急，去天枢殿那等一会，兴许就看到杨殿侍了。"

"多谢。"白书馆打听清楚后，行了一礼，即转身快步往天枢殿走去。

长香殿共有七大主殿，每一殿的殿主都是大香师，故长香殿共有七位大香师。一直以来，七位大香师在长香殿的地位并无高下之分，但长香殿还有一个不成文的规矩，那就是，七殿皆以天枢殿为首。

源香院是在天玑殿的管辖之下，所以七大香殿，白书馆进出最多的就是天玑殿，别的香殿他只有特殊的日子，才有幸受邀前往一观。因而除去天玑殿外，别的香殿，他多多少少进去过一两次，唯天枢殿，他不曾踏进半步。

故，当白书馆站到天枢殿殿门口，想起传闻中那位冷漠的大香师，心里不禁生出几分怯意。

而此时，天枢殿里头，百里翎正有些不满地对白广寒身边的侍香人道："怎么，他还在调香房内？"

赤芍欠身道："白大香师两天前就进了调香房，并嘱咐过我们，不得进去打扰，请百里大香师见谅。"

百里翎在厅内走了几步，然后眯着眼打量着赤芍道："他进去几天了？"

赤芍回道："今儿已是第三天。"

"也该出来了。"百里翎说着就走到赤芍身边，"你这么一位大美人进去看一眼，想必他怎么也不好怪罪你，快去给我催催。"

赤芍为难地欠身："请百里大香师见谅，奴婢实在不敢违背白大香师的话。"

赤芍是位美人无疑，即便是在七大香殿内，她的容貌也属上乘。

但是，站在百里翎面前，旁人第一眼，却绝不会落在她身上。

而百里翎，却是个男人，还是个喜欢在道观里修行的男人。

听赤芍这么说，百里翎便笑了，这一笑，宛若繁花盛开，满室生香。

"前几日丹阳郡主求见那厮，结果令你们受罚了？"

赤芍不敢应这话，那天她倒没有受罚，但去通报的赤箭却被罚跪了一天一夜，起来后，两个膝盖全都肿了，在床上躺了整整一天才能动。

"还真是个没意思的男人！"百里翎有些无聊地往椅子上一坐，拿起桌上一串葡萄往嘴里送，只是他刚仰起脑袋，露出修长的脖颈，眼角的余光就看到殿外走进来一个男子。百里翎先是眯了眯眼，随后眼睛一亮，便将手里的葡萄扔到桌上，赶紧起身走过去。

景炎没想到会在这里看到百里翎，怔了怔才抱拳微微一笑："百里大香师今日怎么有空过来？"

"你来得正好，我都在这等半天了，那厮却连脸都不舍得露一下，你去给我喊他出来。"百里翎一把握住景炎的手，一边拉着他往里走，一边道。

景炎看了看握住自己的那只手，白皙漂亮得让人无法想象，这样的一双手竟是生在男人身上。景炎随他走过去后，就拍开他的手，然后询问地看向旁边的赤芍："他又去调香房了？"

"是。"赤芍欠身，神色恭敬，"景公子要的七魂香已出窖，白大香师交代了，景公子若过来，可以直接去存香楼取。"

"七魂香？"百里翎诧异地抬了抬眉，"那不是十五六年前，白广寒和出的第一款异香，据说闻之能使人魂迷神乱，景随心变，境随心移，怎么，景兄忽然要这个？"百里翎说到这，就瞄了瞄景炎，目中含着谑笑，"不知景兄想迷惑谁？白广寒那厮知不知道？"

景炎曲指弹开他不安分的手："这是我费了许多口舌才讨来的，你别打主意。"

那一弹指的力量毫不客气，百里翎庆幸自己躲得快，回身重新往椅子上一坐，手支着脑袋，微微眯着眼打量着景炎，神态懒散轻慢且浮浪："我从不打香的主意，景兄若喜欢，我那存香楼里的香随你去拿。"

景炎微微一笑，既不接受，也不拒绝。

赤芍垂眼候在一旁，眼观鼻鼻观心，看起来像个木头美人，似根本没听见这几句含沙射影的对话。

景炎示意赤芍领他去存香楼，百里翎正要说他也去，只是不及开口，候在正厅外侍女进来道："百里大香师，杨殿侍过来了。"

景炎听了这话遂停下，百里翎见他没走，便依旧坐着，一边拈起一粒葡萄，一边懒洋洋地道："让他进来吧。"

侍女应声退出去后，景炎才看向百里翎，似笑非笑地道："这次又送什么好东西？"

白广寒性子冷漠，即便是面对香殿的大香师，也一样表现得不近人情。而大香师皆有傲气，再者相互之间本就存在竞争关系，白广寒如此清高孤傲，故香殿里的大香师，除了白广寒曾提携过的那两位外，愿意主动过来表示亲近的，只有百里翎。

几乎每隔一两个月，百里翎就会送点新鲜稀奇的玩意儿过来，初始，还有人对此耿耿于怀，生怕白广寒要结党营私。后来发现，白广寒待百里翎跟对别人没什么不同，如此那些人才稍稍放了心。

"大红袍，从采摘到熏炒，都是云山道长亲自盯着，据说是宫里的太后开口要的东西。"百里翎接过杨奇小心捧上的茶罐，随手摆在自己旁边的茶几上，"今年只有六斤，我看太后那么大年纪了，也喝不了那么多，就只给她留一半。"

景炎走过去，揭开茶罐，遂有茶香如云似雾袭来，沁人心脾。他捏起一小撮茶叶看了看："从崖后那株母树上摘采的？"

"没错，我看那株老树快成精了，好的茶叶都故意长到陡岩下面。"

"不错。"景炎将手中的茶叶丢回茶罐中，转头对赤芍道，"一会让人送到我那去。"赤芍悄悄看了百里翎一眼，却不敢迟疑，即应声："是。"

百里翎一怔，随后气得一笑："就这点破茶叶，你跟我开口不就得了，还巴巴抢他的。"

"去年的茶他还没喝完，你这些送过来也是白放着。"景炎面上没有丝毫不好意思，交代完后，就要去存香楼。只是他刚一转身，候在外头的侍女又进来，小声道："殿外有位白香师求见百里大香师。"

其实白书馆到了天枢殿门口，本是请人传话给杨殿侍的，只是殿外传话的人听说白书馆是源香院的香师后，再见白书馆面上带着几分急色，就误以为白书馆是有急事见百里大香师，因此便传错了话。

"白香师？哪位白香师？"百里翎不解地扫过去一眼，许是因为都是白姓，所以此时他听到这话，就显得比往日还要和颜悦色，于是那一眼的风情，遂令传话的侍女不禁恍了一下神。赤芍蹙眉看过去，侍女即回过神，赶紧垂下脸道："是，是源香院的白书馆香师。"

候在一旁还未退出去的杨奇一怔，他昨晚回来后就听说昨日下午，白书馆曾来殿里找他，今日他本是打算派人去源香院问问何事。只是要吩咐下去的时候，刚好百里大香师这边让人送茶叶过去，他便暂时搁下了。却没想就这么一会儿，白书馆竟找到这天枢殿这边，而且还是来找百里大香师！杨奇心里微惊，难不成真的出了什么事，竟令白书馆顾不上跟他说，而直接找到百里大香师？

若真如此，他在百里大香师面前，定会留下一个失职的印象。

杨殿侍的神色变化落入景炎眼里，景炎便看了百里翎一眼："难得碰到有香院的香师直接过来找你，还寻到这边。"

百里翎也有几分讶异，便问杨殿侍："下面的香院出什么事了吗？"

杨殿侍慌忙欠身："不曾听说出什么事。"此时他不敢道出白书馆昨日就来找他，他却没有及时去问询事由，所以现在弄得一问三不知。

百里翎往椅背上一靠，一边拈起一粒葡萄丢进嘴里，一边道："让他进来吧。"

景炎似也来了兴致，走到百里翎旁边坐下。

殿外，白书馆完全没想到百里大香师会见自己，心里又惊又喜，一时间脑子竟一片空白，只怔怔地跟在侍女身后。直到进了大厅，看到候在厅内的杨殿侍后，他才想起自己是因何事而过来。

而此时，杨殿侍心里的不安比白书馆更甚，白书馆一进来，他就看过去。只是眼下有百里翎在，而且白书馆本就是香师，真论起来，白书馆的身份比他高。只不过因各自的职责不一样，他又是在香殿里当差，所以一直以来，两人都以平级相处。

百里翎手里拈的葡萄是西域的赤龙珠，串串饱满，粒粒滚圆，果农在天还未亮时将一串串成熟的葡萄剪下，挑出最好的，放入搁着冰块铺着丝缎的果箱里，然后一刻都不耽误，快马加鞭送到港口，包着厚厚干草的果箱一上船，货船即扬帆起航。船上备了足够的冰块，保证果箱的温度一直不变，十余天后，这些葡萄送到长香殿，取出来时，还如刚摘下时般新鲜，连露水的清香都还未散尽。

红蜜一样的葡萄汁沾到唇上，如似上了胭脂，使得百里翎那张脸平添几分妖艳。白书馆进来，就看到这一幕，那形象极其散漫，甚至有些放荡形骸，但却反令人更加不敢直视。

"不是找我吗？怎么不说话？"百里翎见白书馆原来是个上了年纪的普通男人，便没什么兴致了，只是又不耐烦瞧他一直在那杵着，于是吃了半串葡萄，弄了自己一手黏黏的汁水后，才有些兴致缺缺地问了一句。

白书馆本以为是百里翎找他问话的，忽听到这句话，就一惊，遂不解地抬起脸，好一会后才道："学，学生，是来找杨殿侍的。"

"嗯？"百里翎看了杨殿侍一眼。

杨奇心里一惊，遂知道自己刚刚猜想的果真没错，白书馆确实是来找他的，于是赶紧道："属下也不知白香师何事，不敢叨扰大香师，属下……"

见他要退出去的意思，百里翎便漫不经心地道："就在这说吧，正好我闲着。"

他一边说着，一边将手随意往自己身上擦了擦，遂见那身琥珀蚕丝织就，绣着园林山水的阔袖袍上即多了几处斑斑红渍，一身好衣裳就这么毁了。偏这样的行为举止，放在他身上，竟不会让人觉得有一丁点的突兀和粗俗。

赤芍忙转身命人去备水，片刻后，百里翎才将手放在盥洗盆里随便洗了洗，然后故意往旁边甩了甩。景炎不悦地瞥了他一眼，旁边即有侍女上前替他拭去被溅到衣服上的水珠，百里翎顿时嗤笑。

杨奇收住要离开的脚步，垂目站在一旁，不敢有异议，白书馆却有些为难了。

香使的考试，由他过问本就显得有些小题大做，可现在，竟让他当着大香师的面，道出这件事，他一时间真不知该如何开口。

"怎么回事？"百里翎对别人向来没有那么多耐心，见自己都开口了，还是没人说话，擦干手后，目中遂露出几分不悦。

杨奇心里一慌，忙看向白书馆，欠身道："白香师找我，可是为香院的事？"

白书馆自当看出百里翎的不耐烦，不敢再迟疑，再说，这件事同他的前程息息相关，若不除去王掌事，他日后在香院怕是再难站稳。于是杨奇开口给了他台阶后，他即将昨日香使考试之事道了出来，提到了王玉娘的死，同时特别详细道出第二场考试的经过，言语不偏不倚，但语气里隐隐露出几分担忧。至于担忧什么，白书馆没有明说，但各人听到耳朵里，自会有各自的解答。

百里翎听完后，眼睛在白书馆和杨奇身上来回看了几眼，然后落到白书馆身上："那小香奴叫什么？最后辨香的那位。"

白书馆微松了口气，百里大香师愿意问，就证明他过来说此事并没有触怒大香师。于是恭敬回道："那香奴叫安岚。"

百里翎再问："多大年纪了？"

白书馆一怔，他没见过安岚，并不清楚到底多大，不由转头看了杨奇一眼，杨奇忙道："那香奴约莫十三四岁，据闻在香院当差六七年了。"

百里翎微微眯眼，杨奇虽不明白具体情况，但已察觉到白书馆和王掌事之间的矛盾，准备送白书馆一个人情，就接着道："以前也有香师亲自出题的，此事我……"

"慢。"只是未等他说完，百里翎就打断他的话。

第015章　出题·选香·应答

与此同时，源香院内，安岚等人已穿戴好，随后出了院舍，往品香院行去。桂枝与她同行，金雀在陆云仙那求了半天假，陪安岚一块过去。

桂枝瞥了金雀一眼，嗤笑道："今儿的考试又没你的份，你还巴巴跟着。"

"怎么，你怕了！"金雀瞄了瞄桂枝，"自个儿肚子里没墨，只能靠学些勾栏院的活儿来跟人比，所以心里还是发虚的吧！"

桂枝脸色一变："你说什么！"

"又不是聋子，我说什么你没听到，还想让我再说一遍？"金雀撇了撇嘴，"大家又不是瞎子，昨儿晚上谁回来谁没回来，心里都明白着呢。"

桂枝死死瞪了金雀，见安岚拉了金雀一下后，才冷笑道："小浪蹄子，自个儿心里发春，所以眼红了吧。"

"我呸！"金雀即朝她啐了一口，幸好安岚拽了她一下，所以没啐到桂枝身上。但这却将桂枝给惹恼了，只见她上来就要给金雀一个耳光，安岚忙抓住她的手，盯着她问："你干什么？"

"怎么，你也忍不住，想跟我动手了！"桂枝上下打量着安岚，她比安岚略高，身材也比安岚丰腴许多，所以两人站一起，若动手的话，明显她比较有优势。

安岚紧紧抓住她的手腕，声音平静："现在动手对谁都没好处。"

"我们还怕她不成！"金雀站在一旁盯着桂枝冷嘲，"平日里你总巴不得跟我们动手，今日我们就遂了你的愿，看你敢不敢！"

桂枝死死瞪了她们几眼，然后用力一甩胳膊，挣脱安岚的手，然后抬起下巴道："是不用着急这一会，我有的是时间让你们吃苦头。"

金雀不甘示弱地回嘴："说得好像这整个源香院都是由你说了算一样！"

安岚对金雀摇摇头："别说了。"

"我劝你还是主动放弃比较好。"桂枝比她先行一步，然后回头嗤笑，"免得一会你想哭都哭不出来。"

金雀咬着唇看着桂枝的背影，一会后，才有些担忧地道："看来她真是跟那老色坯勾结好了，怎么办？干脆我们告发他们吧！"

"你别自乱阵脚，现在告发他们我们有什么证据？"安岚轻轻摇头，"以下告上，即便最后告成功了，你我也一样要受罚。"

金雀气得顿脚："真是，什么破规矩！"

两人说着，就已经走到品香室这边，王华比她们还要早，已经在门口等着了，他瞧见安岚后，目中即露出恨意。在王家，虽王新墨只是他叔叔，但家里很多事都是由王新墨说了算。王玉娘的死都没弄个明白，尸体竟就被送出去了，他甚至不知道该找谁说理去。而王新墨的沉默则愈发令他觉得，王玉娘的死跟安岚有关，只是苦于没有证据，但这并不妨碍他记恨她。

君子报仇十年不晚，待他当上源香院的香使，总有机会为玉娘讨回公道的，王华心里如是想着。

三人默不作声地分开站着，一会后，连喜儿也过来了，见人都已到齐，便命人开门。

昨日五人，今日只剩下三人。

进去后，遂觉得品香室更加空旷。

今日，他们当中，最终谁会被淘汰？

三人分别落座后，都不约而同想着这个问题。

王华心里已有底，桂枝亦清楚自己胜算很大，只有安岚，似乎什么依仗都没有。

片刻后，王掌事过来了，身后依旧跟着石竹和石松两人。连喜儿忙走过去，王掌事没多说，目光在案几后面那三人身上扫了扫，正要开口说那就开始吧，正好刘玥从外头进来了，并请王掌事出去，说是有事询问。

安岚抬眼，看向刘玥，袖中的双手微微握紧。

王掌事似早料到会这样，给连喜儿递了个眼神，就同刘玥一块出了品香室。

连喜儿这下却是有些为难了，她知道王掌事刚刚递给她的那个眼神是什么意思，之前王掌事也已经示意过她了，无论发生什么事，第三场考试都照常进行。可是，今儿一早，王掌事刚交代完她，刘玥也暗中给她传了话，白香师现身之前，不得考试。

她马上要离开这里了，真不想在这个时候得罪任何人，可是眼下的情况，却让她不得不做出一个选择。

从未觉得时间如此难熬，连喜儿感觉自己接过石竹递过来的，封了口的大信封时，手都在发抖。拆开信封，到将里面的题拿出来，一字一字，慢慢看完后，还不见刘玥进来。

连喜儿知道再耽搁不得了，只得闭了闭眼，轻轻叹了口气，然后睁开眼睛道："开始吧。"

于是监考的香使将考卷发下去。

王华接过，看了一眼，自信满满地提笔；桂枝看清楚考题后，面上也露出喜色，亦拿笔蘸墨；只有安岚，接过考卷后，依旧同昨日一眼，迟迟没有动笔。

王新墨，果真是下了决心。

他是个最会权衡利弊的男人，即便心里再怎么垂涎安岚，但安岚在他眼里，终究是个物件儿。只有安岚屈服在他脚下后，他才会施舍一点儿甜头，在这之前，他不可能拿实际利益去讨一个物件儿的欢心。

香使的位置，就是要留给愿意听他话的人，至于不听话的，他自有手段对付。

王新墨在品香室外同刘玥说话的时候，也在留心香室内的考试，他知道，这场考试，安岚只会交白卷。他的考题很简单，就是某年某月某日，寤寐林内曾进行过一场斗香，参与斗香的香品有六种，问最终胜出是哪种香。

香使需要清楚各种关于香的讯息，这甚至比对香的了解更加重要，所以王掌事的这个题，也不算超出范围。

桂枝写完，放下笔后，转头看着安岚，无声地冷笑。

……

天枢殿内，杨殿侍忽听到百里翎打断他的话，心里一惊，忙收住口，欠身询问地看向百里翎。

百里翎想了想，就问道："王掌事出的是什么题？"

白书馆一蒙，这个他还真不清楚，王新墨是直接报到杨殿侍那边。杨殿侍心里也有些发蒙，他因之前收了王新墨一匣子好香，因此对这等小事自然没有为难，直接就答应了。谁会想到，百里大香师竟会在这个时候问起这个，两人冷汗涔涔，相互看着，都不敢开口。

"都不知道？"百里翎眯着眼，笑了。

"大香师，我这……"杨殿侍想要解释几句，只是百里翎却摆摆手："我也不用知道他的题。"他说着就从桌上拎起一串葡萄，让赤芍拿个碟子盛着，然后才道，"将这个带回去给那几个孩子看一看，然后让他们就着这个挑一款香。"

杨殿侍和白书馆都有些蒙了，这是百里大香师亲自出题吗？

待那两人捧着那串葡萄毕恭毕敬地出去后，百里翎才打了个呵欠，看着从刚刚到现在一直一言不发的景炎道："你就不好奇我为什么会出这样的题？"

景炎微微浅笑，慢条斯理地道："大香师的心思，我如何能猜得到。"

百里翎扬眉："白广寒那厮的心，你也猜不准？"

"他我就更不会猜了，我只管照着他的吩咐行事就行。"景炎摇头，随后才问，"只是你怎么有兴趣插手下面的事？"

"随便唬他们玩。"百里翎说着就又摘了粒葡萄丢进嘴里，却这会儿忽然看到白广寒从厅外经过，他一怔，不慎将那粒葡萄整个吞下，差点卡在喉咙里。咳了几声后，他赶紧起身往外走，景炎只得也跟着起身出去。

殿外已候着一辆马车，车厢古朴，殿中侍者将脚凳放下，躬身垂脸候在一旁。

百里翎出了殿中大厅，正好白广寒走到车旁。

长香殿七大主殿，每殿各有其特色。

天玑殿古树盘踞，绿荫成林；天枢殿山瀑飞溅，聚水成池。

阳光照在粼粼碧波上，反射出耀眼的雪光，雪光穿过腾升的水雾，落在那一袭白衣上，霎时模糊了他的容颜。

九天之下，有君一人，白衣胜雪，遗世独立。

百里翎和景炎出来时，他只是偏过脸看了他们一眼，然后就收回目光，转身上了马车，旋即马车跑起，往殿外去。百里翎下了台阶后，看着已经离去的马车，有些不甘地微微眯起眼："他是要做什么去，走得这么急，连一句话的功夫都不耽搁！"

景炎摇头，百里翎遂看了他一眼，景炎无奈一笑："他是大香师，某只是一介商人，凡夫俗子而已。"

　　百里翎打量了景炎一眼，一样是玉树临风，风姿卓绝，只是眼前的人笑容和煦，眉眼清晰，明显比刚刚那人多了几分人情味。

　　"你比他可爱多了。"百里翎哼了一声，从鼻子里道出一句。

　　景炎嘴角边噙着两分笑意，微微欠身："多谢大香师夸赞。"

　　……

　　斗香，名义上比试的是香，实际上比试的是人。

　　只不过以香为媒介来比较个人本事，及地位的高低。

　　因而，长香殿的香师，绝不仅仅是会和香，除了会和香外，还要会品香，会咏香。单这一个品字，就已包罗万象，再一个咏字，则更能展现一个人的才情文采与心境。

　　所以，长香殿大部分人，耳濡目染多年，即便已学会和香，但多数也只能止步于香使，无法融入那自诩风流的勋贵圈，登不上那香师之位。

　　当然，大香师不在此规则中。

　　香师必须遵从规则，大香师则可以无视规则。

　　所以白书馆在瘩寐林的斗香会上，因心境被打乱，生怕在众人面前出现过激表现，于是只得咬牙压制怒气退出斗香，如此才能保持好形象。

　　而百里翎无论在哪，都不会收敛自己举止和喜好，即便放荡形骸，也不会让人生厌，只会让人心生膜拜；白广寒无论对谁，都一副清高孤傲，不可一世的模样，对此，一样无人敢生出一丝不满。

　　安岚看着考卷上的那几个香品名，心里生出浓浓的无力感。

　　她虽不曾亲自参与过斗香，但这些年，已从安婆婆那了解到，斗香斗的，不仅仅是香。眼前的这几种香品，她并非全然不知，但是，她对当时的情况却是一无所知。这几种香品，任何一种香都有可能最终获胜，端看放在什么人手里。

　　所以，她现在，写出的答案，只能完全凭运气。

　　可是，运气这种东西，如此虚幻，无迹可寻。

　　好运让人如此嫉妒，无需任何付出，上天就将你的所求送至面前。

　　当年，在杖下奄奄一息时，遇见那个人，已用尽了她此生的好运。

　　在香院这些年，她一步一步走至今，每件事的结果，都是她竭尽努力才换得的。

　　刘玥没有再进来，白香师也迟迟不见出现，炉中那炷香越烧越短，这场考试顺利得让人绝望。

　　当真，要止步于此吗？

　　真不甘心啊！

　　安岚提笔蘸墨，却久久无法落笔，努力了这么久，竭尽所能，费尽心思，甚至……

见死不救，却也只能让她走到这里！

婆婆曾说过，运气，也是实力的一种。

所以，她终究，只能到此为止吗？

真不甘心啊！

这些年，在香院的一幕幕从眼前晃过，视线慢慢模糊，雪白的蜜香纸晕开一滴水渍。她回神，咬牙落笔，既已入局，愿赌服输。黑墨压过那滴水渍，一笔一画，如用刀写在心上。

……

白书馆和杨殿侍匆匆赶到源香院的时候，监考的香使已经开始收卷了，王掌事亦准备进品香室，可是，不及转身，他就看到前面急急行来的那两人。

刘玥长舒口气，面露愧色，他知道第三场考试早就开始了，他无法阻止，但是，今日只要白香师能过来，这场考试无论结果如何，都能当场作废。

王掌事原本轻松的神色慢慢变得凝重，他看到白书馆不算意外，但杨殿侍跟着白书馆一块过来，并且来得这么快，却完全出乎他的意料。

"白香师，杨殿侍，不知……"只是王掌事也仅是片刻的愣神，随即面上就露出笑容，大步迎上前去，抱拳谦卑地道。然而不等他说完，杨殿侍就打断他的话："香使的第三场考试已经开始了？"

王掌事微怔，随后点头："现在已经考完，杨殿侍是否要亲自阅卷？"

"不用了，此次考试作废，让他们准备重考。"杨殿侍一边说，一边往香室走去。王掌事心里一惊，遂看了白书馆一眼，见白书馆手里拿着一串红葡萄，也不知是何意，但眼下不是琢磨这个时候，王掌事忙跟上杨殿侍，不解道："这是为何？今日的考试在下不是早就……"

"百里大香师亲自出题。"走到品香室门口后，杨殿侍才停下，转头瞥了王掌事一眼，然后对白书馆一脸客气地道，"就麻烦白香师宣读考题了，百里大香师必是还等着结果，咱不好多耽搁时间。"

百里大香师亲自出题！

王掌事被这个消息震得呆在当场，一时间竟无法回过神。

香院里香使的考试，照惯例，多是由香使长主持，身为院中掌事，也不过是过问几句而已，因为这个结果，一般在考试之前，就已经定下。今年其实也不例外，源香院空出那两个香使的位置，早有适合的人选，虽过程中出了意外，但也并没有完全脱离王掌事指定的范围。

可是，现在，就这个一件不起眼的事，不仅白书馆硬要插手，甚至不惜除去王玉娘给他警告。面对香师的怒火，他只能忍下，毫不犹豫地将手里弃子丢掉，然后不动声色地抢先一步。

原以为这一战，最终是他获胜。

可是，为什么结果都已经出来了，大香师却突然插手？

白书馆究竟用了什么法子，去请动百里大香师？那等云端之上的人，为什么会对下面的事感兴趣？

王掌事百思不得其解，心里由此生出莫名恐惧时，白书馆已将百里翎的考题宣读完毕，然后将那串红葡萄恭恭敬敬地摆在案几上。

安岚在听到杨殿侍那句"此次考试作废"时，遂抬起脸往外看去，那一刻，她觉得自己的心脏几乎要从胸口跳出来，不敢相信，竟，真的盼来了！

只是，当白书馆将新的考题宣读完后，她的心也跟着慢慢冷静下来。

山穷水尽时，再现转机，并非就是柳暗花明。

三个人瞪着那串诱人的红葡萄，直接傻了眼。

其实不仅安岚等人，此时凡是在香室内的人，无一不是一头雾水。若非此题是百里大香师所出，怕是被人笑话甚至斥骂。可是，因此题是出自百里大香师，所以，无人不摆出恭敬之态，即便参不透此题究竟何意，也要端正神色，潜心思考。

百里翎没有规定时间，但无人敢让大香师久等，白书馆命连喜儿再点一炷香。

王华愣怔地看着那串葡萄，有些发蒙，说实在的，他连题目都听不懂，想问，又不敢。

桂枝只看了那串葡萄一眼，就赶紧抬起脸，求救地寻找王掌事。

王掌事此时整个心思，已被百里大香师亲自出题的事给弄蒙了，他不知道这个变化到底意味着什么。

白书馆究竟使了什么法子？王掌事看向白书馆，白书馆此时是背对着他，故他看不到白书馆面上的表情，于是心里更加忐忑，而忐忑的同时，他心里甚至隐隐有些后悔，但随后又翻出怒意。想了又想，遂觉得白书馆欺人太甚！

炉中那炷香已烧到一半了，却还是没有人动笔，其实眼下不说安岚、王华和桂枝三人，就是杨殿侍和白书馆心里也有些忐忑。一会他们俩总不能拿着三张白卷交给百里大香师吧，丢人不算，万一百里大香师误会他们这是不重视，到时可没法解释了。

所以，无论什么，好歹写点什么啊！蒙也蒙一个交差啊！

杨殿侍自然是不懂这葡萄的深意，于是询问地看向白书馆，白书馆也不知百里大香师究竟是何意。但时下唐人虽多爱合香，却也有专爱瓜果清香者，故很多人家室中常摆盛放新鲜水果的果盘，果盘中还常放着芝兰和杜衡一类的香草。

那炷香将烧尽时，王华终于想到果盘，于是琢磨了一下，就提笔写下芝兰。

桂枝一直就盯着王华，见他动笔后，拼命坐直了，伸长脖子，终于隐约看到一个兰字，随后琢磨了一会，遂恍悟，也提笔写下芝兰。

安岚的目光从葡萄移到那个碟子上，然后抬眼问了一句："那个碟子，可否一观。"

白书馆一怔，就同杨殿侍对看了一眼。

百里大香师倒没交代过不许看碟子，而且，当时百里大香师特意问了这小香奴的名字。

于是白书馆点头，连喜儿即上前，将那串葡萄连着碟子一起拿到安岚跟前。

葡萄被连喜儿捧在手中后，便看到那个盛着葡萄的是个椭圆的白瓷碟子，造型古朴，质地清透，即便是不懂瓷器的人，也会不由一声赞叹。

但是，真正吸引安岚的，却不是这个白瓷碟子如何精致，而是，当她拿起那个碟子时，看到碟子下面刻着一个"枢"字！

天枢殿的枢！

白广寒大香师在天枢殿，百里大香师在天玑殿，碟子是天枢殿的碟子，葡萄却是百里大香师让白香师和杨殿侍送来的。

安岚沉吟片刻，遂提笔蘸墨，将落笔时，又迟疑了片刻，然后凝神敛气，写下香品名。

连喜儿看到那个香品名，诧异地看了安岚一眼。

白书馆和杨殿侍接过他们的考卷，看到安岚的答案后，也是怔了一怔，然后同时看向安岚。白书馆想问安岚为何写这个香，只是要张口时，又觉眼下似乎不是他该问的。杨殿侍怕让百里大香师等久了，就催了白书馆一声，然后两人一个捧着葡萄，一个捧着考卷，再次急匆匆往香殿赶去。

……

景炎从天枢殿的存香楼出来，迟疑了一下，又往前殿大厅行去。刚走到殿门口，就看到白书馆和杨殿侍两人气喘吁吁地从前面走来，他笑了笑，抬步进了厅内，百里翎果真还在。

白书馆将考卷呈上时，百里翎随手接过，兴致缺缺地翻了翻。待翻到第三张考卷时，他怔了怔，随后眼睛微眯，就将那张考卷递给景炎，笑道："你看这个，有点意思！"

景炎接过一看，也是一笑，然后抬眼看向百里翎："如何，符合你的答案吗？"

百里翎往椅背上一靠，跷起二郎腿，右手放在膝盖上，意态闲散："答案？哪有什么答案，本就是逗他们玩的。"

景炎抬了抬眉，嘴角边依旧噙着一丝笑意，对百里翎这不负责任的话不做任何表态。边上候着的白书馆和杨奇，两人额上却都冒出冷汗，同时心里一阵茫然。

他们分不清百里大香师这话，究竟是开玩笑呢，还是认真的。

但，这事，终究会有个结果吧。

百里大香师都插手了，谁还敢随意下结论，眼下那三人，到底由哪两个坐上香使的位置？好歹给个意思，他们也好回去安排啊。

"不过这个答案很有意思。"百里翎又接过景炎手里那张考卷，春水般的笑意从飞扬的眼角一点一点溢出，融入殿中的意可香，使那不同凡俗的气息也添了几分艳色。

景炎接过殿中侍女新沏的大红袍，轻轻拨动茶碗盖，百里翎瞄了他一眼，修长的手指在那考卷上弹了弹："一个小香奴写出这样的答案，是有意还是无心呢？"

景炎托起茶盏，细看色泽，闭眼，品其香。

"这个叫安岚的，将她带过来我看看。"百里翎说着就将那张考卷往几上一放。

白书馆和杨奇先是一怔，然后忙应下，领命退出去，继续跑腿。

百里翎又看了景炎一眼，见他还是那副波澜不兴的模样，便道："你就不好奇？"

"你不是已吩咐下去了，我等着就是。"景炎将茶盏放下，慢条斯理地道，"再说，这是你殿里的事。"

百里翎斜了他一眼："有时候你跟白广寒那厮一样，让人讨厌。"

景炎浅笑："我是沾了他的光，虽令人生厌，却也无人敢表露不满。"

"是景公手段了得。"百里翎身子往旁一歪，手支着脑袋，半阖着眼道，"也是你和景公爱惯着他，让他越来越目中无人，据说如今脾气怪得，连赤芍和赤箭都不能近身伺候了。"

景炎眉眼含笑，抬手给百里翎倒茶："大香师本就高处不胜寒，岂是凡夫俗子能随意揣度的。"

百里翎半阖着眼看着那杯中的金波，嘴里轻轻咀嚼着那几个字："高处不胜寒。"随后抬眼看着景炎，眯了眯眼："也就你敢在我面前说这句话。"

景炎轻轻放下茶具，将那杯茶放置百里翎面前，然后朝他做了一个请的手势。

动作不卑不亢，姿态优雅从容。

……

白书馆和杨殿侍再次回到源香院时，王掌事等人以为他们是带回百里大香师定下的香使人选。却不想，人选并没有定出来，但百里大香师点名要见安岚。

这话一出，王掌事愣了一愣，随即眼中露出极其复杂的神色。那丫头究竟是怎么回事，之前杨殿侍和景炎公子的意思还没弄明白，如今竟到了百里大香师……这些人，没一个是他能得罪得起的。

安岚听到这消息后，也是怔了怔，然后有些忐忑地站起身。

"别磨蹭。"杨殿侍打量了她一眼，目中神色也有些复杂，当日他同景炎公子进源香院时，就觉得这小香奴生得清秀可人，只是那当时，他无论如何都没想到，这小香奴能有这么大的造化。

这一趟，若真入了百里大香师的眼，那可真是名副其实的飞上枝头变凤凰。

桂枝看着安岚随白书馆和杨殿侍起身离开的背影，心里的嫉恨几乎要从目中倾泻出去，她死死握着拳头，修得尖尖的指尖几乎陷入掌心。

这装模作样的小贱人，怎么就那么好运！

整日里什么都不做，就有王掌事惦记着，杨殿侍也另眼相看，如今就连百里大香师也点名见她!

而她,仅为了这个香使的位置,就早早在王掌事面前曲意承欢,后为了多打听些消息,甚至不得不去讨好一个小厮,就这样了,却还是不能保证这个位置就是她的。

可安岚,什么都不用付出,只需在那里坐着,就有各种各样的好运找上她!这天底下的事,真不公平,真可恨!

候在王掌事旁边,一直垂着脸的石竹,这个时候忽然悄悄抬起脸,看向桂枝。

她在他眼里,一直就是个极具吸引力的女人,他知道她不是个好女人,既狡诈又贪心,并且心狠手辣,野心勃勃,跟他在一起,只是为了打听王掌事这边的消息。每次看到她毫不避着他去讨好王掌事,和王掌事在屋里颠鸾倒凤,他都很恼火,恼火到甚至几次想将她那点事告诉王掌事。

但是,即便如此,这一刻,当看到她那双因嫉恨和失落而微微泛红的眼睛时,他忽然觉得她有些可怜。

……

一路上,白书馆和杨殿侍都没说话,因为不知道该说什么,也因为实在是没有多余的力气开口了。仅半天时间,他们俩就已经来回跑了四五趟,眼下已是下午,但他们连午饭都还没吃上。

安岚自然也一样,之前交了考卷,就差不多中午了,但因要等着百里大香师的结果,所以他们一直留在品香室内,直到白香师和杨殿侍再次返回源香院,但结果没有出来,她却要马上前去香殿。

此时,景炎和百里翎已用完午膳,随后两人去了茶厅。

"你也想看看那小香奴。"百里翎嫌茶水太烫,抿了一口后,就让侍女给他换上梨花冰。

"能让百里大香师生出兴趣的,我又怎么会错过?"景炎轻轻吹着茶水,然后放下,"会写出那个香品名,自然也想听一听是为何。"

百里翎大笑:"果然也是为这个,可惜白广寒出去了,不然也叫他过来。"

"他不会有兴趣。"景炎说着就往外看了看,虽已是初秋,但正好赶上秋老虎,所以阳光依旧炽烈。天枢殿的古树没有天玑殿那么多,特别是前殿这边,绿意更疏,因此从窗外吹进来的风,便带着几分燥意。

殿中侍女将百里翎要的梨花冰送过来,原来是银耳百合汤,银耳炖得糯糯的,用莲花玉碗盛着,再加上碎冰。送过来时,碗内的冰块已经融了些许,晶莹剔透,冒着幽幽冷雾,仅观之,便似有凉意沁心。

景炎又看了一眼厅外的阳光,然后让侍女再去准备一份。

"不喝茶了?"百里翎笑,却就在这会,白书馆和杨殿侍领着安岚过来了。

因走得急,三人进来时,都有些喘,额上也都出了汗。

白书馆略缓了口气，就将安岚送到百里翎面前。安岚没想到景炎也在，只是此刻她没时间琢磨，就慌忙朝百里翎跪下，俯身磕头："见，见过大香师。"

百里翎轻轻拨着碗里的勺子，刚刚安岚进来时他不及细看，便道："起来吧。"

"是。"安岚起身后，就微垂着脸站着。她一路急走过来，脸被晒得红扑扑的，额上和鼻尖都冒出细细的汗珠，因气喘得有些急，睫毛也一颤一颤的，所以看起来似乎很紧张。

"还是个孩子呢……"百里翎笑了，又打量了几眼，然后才问，"为什么是广寒香？"

此香名，直接点到他心坎上，让他不得不对安岚生出几分好奇。

他出的考题，为什么会有人以广寒香作答？

安岚有些忐忑地抬眼，大着胆子小心翼翼地看了一眼眼前的人。原来这就是百里大香师，竟是个美艳到令人不敢直视的男人，而且气质跟白广寒大香师完全不同。

原来，那串葡萄果真是从天枢殿送出去的，当时景公子是不是也在场？

"怎么不说话？"百里翎见安岚只抬了抬眼，即又垂下，似受惊的小鹿，便又道，"说吧，不会责罚你。"

安岚眼角的余光看向景炎那边，此时她说不清自己是什么感觉，似乎有些紧张，也有些激动，还有些茫然，所以，会不由自主地想从相对熟悉的人那里寻找安全感。

百里翎将手里的勺子轻轻磕着玉碗，发出细微的，不耐烦的声音。

安岚心里一惊，醒过神，咬了咬唇，就道："因为葡萄是从天枢殿送出来的。"

"嗯？"有些牛头不对马嘴的回答，却令百里翎生出几分兴趣，遂停下手里的动作，"你如何知道那葡萄是从天枢殿送出去的？杨殿侍说的？"

候在一旁的白书馆和杨奇慌忙摇头，然后表示当时只宣读百里大香师的题目，余的一句都没有多说。

"因为盛着葡萄的碟子上刻着一个'枢'字。"安岚依旧垂着脸，"所以奴婢猜那葡萄是从天枢殿送出去的。"

百里翎点点头，又问："那你为何选广寒香？"

"广寒香令白广寒大香师名扬天下，白广寒大香师是天枢殿的殿主，能进天枢殿的东西，怎么能不适合广寒香。"安岚说完，就又跪了下去，"这，这只是奴婢的愚见……"

只是她话还没说完，座上之人就已哈哈大笑，白书馆和杨殿侍面面相觑，不知百里翎究竟在笑什么，只有景炎也跟着微笑。

"别跪着，起来，抬起脸。"百里翎笑完后，就让安岚起身，然后仔细打量了一会，随后身体往椅背上一靠，微微眯着眼道，"倒真有些奇巧的心思，以后你就进我殿里当差如何？"

这话一出，安岚怔住，白书馆和杨殿侍也一同愣住。

景炎握着茶杯的手微顿，转眼看向那怔在当场的孩子，金麟岂是池中物，一遇风云便化龙。

只是，真正的风云还未到，化龙也还不到时候。

茶厅内一时陷入安静，安岚从愣怔到茫然，任她有再多算计，也分不清此时此刻，自己心里究竟是何种滋味。

白书馆震惊之后，回过神，看着前面那个身量尚小的香奴，心里禁不住生出几分妒意。遂又感叹自己时运不济，当年，他若早些进长香殿，兴许也能被大香师看中，那如今，他的名望和地位绝非今日可比。

杨殿侍则马上在心里盘算天玑殿内能空出的位置有哪些，百里大香师打算将这小香奴安排在何处，他是不是要提前准备点什么。

安岚迟迟没有开口，如此态度似乎有些不敬，百里翎却并不恼，靠着椅背，手支着脑袋，眯着眼看着安岚，好整以暇地等着。

正巧就在这会，殿中侍女端着景炎刚刚要的梨花冰走了进来。

百里翎瞥了一眼，就收回目光，只是，当侍女将那碗梨花冰送到景炎跟前时，景炎却忽然一笑："这等养颜圣品，更适合女子。"

他说着就示意侍女将梨花冰端给安岚，并接着道："天枢殿的东西怎能不适合广寒香，此言值得赏。"

百里翎微怔，侧过脸，目中讶异："难不成景兄也瞧中这孩子了？"

第016章　拒绝·入魔·香使

景炎没有回答，倒是那侍女怔了怔，转头诧异地看向安岚。

简衫布裙，发上无丁点装饰，连耳钉都未戴。因简素到了极致，所以在这香殿内反更加引人注目，她就像是一个突然闯入者，明明格格不入，却偏偏让人莫名地在意。

说是个孩子，其实也不小了，说是女人，又还远够不上，但是，五官确实生得好，再过几年，定会更好，兴许比赤芍还要好上几分。

倒真叫人羡慕，能让百里大香师看中，景公子也另眼相看。

只是这么一个小丫头，突然从下面的香院上来，天玑殿里的人怕是不会轻易接受，百里大香师又不常在天玑殿内，这殿中的人，哪个不是人精……

侍女将那碗梨花冰端到安岚跟前时，安岚回过神，有些茫然地看向景炎。

景炎对那侍女道:"先给她放在几上。"

"是。"侍女应声,将梨花冰搁在旁边的茶几上后,又打量了安岚一眼,然后才退了出去。却刚出去,就看到赤芍从前面过来,侍女遂走过去笑道:"赤芍姐姐刚刚没在茶厅内,不知道里头出了件事呢!"

"出事?"赤芍即担心地往茶厅门口看了一眼,"何事?"

白广寒大香师出去了,难道是百里大香师和景炎公子之间出了什么事?她心里顿时有些慌,白广寒大香师最不喜殿中有争执之事,她正要进去看个究竟,却就听那侍女低声道:"杨殿侍和一位香院的香师带了个小香奴过来,百里大香师给瞧上了,这会儿百里大香师要让那小香奴进天玑殿当差呢。"

赤芍一怔,遂站住,看了侍女一样,目中带着几分斥责:"既是百里大香师的事,何须你多嘴!"

侍女一愣,即收起面上的笑,有些惴惴地垂下脸。

"去吧。"赤芍收了面上的愠怒,恢复木头美人的表情,"多做事少说话。"

"是。"侍女即应声,虽有心想站在这听茶厅里的动静,但眼下哪还敢留,只得不甘地转身。她怎么忘了,这赤芍早已古板到不近人情,将天枢殿的规矩和白广寒大香师的话看得比自个儿命还重,她却巴巴凑上去讨个没趣。

赤芍走到茶厅门口后,并没有进去,只是候门外,然后往里看了一眼。

厅内是有个衣着简素的小姑娘,因背对着门,她看不见那姑娘的脸,但光那背影,看着就有几分亭亭玉立的味道。那站立的姿势,不像个小香奴,倒像是自小被教出来的,赤芍看了一眼后,本想收回目光的,但却忍不住又看了一眼。

百里翎清楚景炎的行事风格,若是无意,绝不会多嘴一句。

今日之事,景炎一开始也是只在一旁看着,完全没有要插手的意思,直到刚刚,他开口要这小香奴进他殿里当差。

一直作壁上观的景公子居然开了金口。

再看那小香奴,对他的话,竟还迟迟没有应声。

这事,不太正常!

百里翎顿时来了兴趣,就打量着安岚道:"怎么,难道你不愿进香殿当差?"

安岚从景炎那收回目光,迟疑了一下,就硬着头皮重新跪下,俯身,额头贴着地板:"奴婢只是个小香奴,又生性愚钝,担,担不起大香师如此看重。"

诱惑来得如此之快,或许,这真是个千载难逢的机会,可是,她跋涉数年,在泥地里打滚着过来,即便眼睛一时看不清,心里也明白,这只是百里大香师一时兴起的决定,并非是真的看重她。

她若答应了,定会就此永失心中所愿。

已经走到这里了,没什么不能承受的,即便会惹恼大香师,她也不能违背心愿。

白书馆愣住，几乎怀疑自己是不是听错了，杨殿侍也有些不相信地张开嘴，一个香奴，居然会拒绝大香师的好意！这，这怎么可能！可事情就发生在他面前，他不信都不行。

厅外的赤芍也愣了一愣，随后赶紧将目光投向百里翎，只是她看过去的时候，却注意到此时景炎面上露出几分浅笑。那张脸跟白广寒大香师一模一样，但是，却又跟白广寒大香师完全不同。白广寒大香师也有笑的时候，但从来不会像景炎公子这样笑。

赤芍微微恍神的时候，百里翎已经开口："你不愿？"

他的声音里没有怒意，只是有几分诧异，以及不解。

安岚不敢抬头，额头依旧贴在地上："是奴婢不配。"

百里翎哈哈一笑："真是妙了，那你说说，你愿意去哪？起来起来，别没说上两句就把脸埋起来！我吃不了你！"

景炎看着安岚站起身后，遂在一旁低笑，小狐狸，姿态做得不错，面上瞧着惶恐，实则心里明镜似的。

安岚站起身后，想了好一会，才道："奴婢在香院当差七年，会的只是香院里的事，认识的也只是香院里的人。"

百里翎扬了扬眉："你的意思是，你舍不得那香院里的人，所以不愿离开？"

"是……"安岚垂下眼，是，但不全是。

百里翎侧过脸看向景炎："还真是个有趣的孩子，倒真叫我舍不得了，不过你若愿开口，我也能割爱。"

景炎一边倒茶，一边道："既只是个孩子，她不愿，你又何必强求？"

百里翎微微眯着眼打量景炎，却见对方依旧是那副波澜不兴的表情，他便歪着身子靠在椅子上，琢磨了一会，才转头对安岚道："那就回去吧。"

安岚垂脸欠身，再飞快地看了景炎一眼，然后往外退出去。

白书馆和杨殿侍则是有些茫然地站在那，一时间竟不是要何去何从，他们本是等着百里大香师定香使人选的，可眼下这么个情况，究竟是什么意思？那两个香使的位置，应该选谁？

两人面面相觑，正迟疑着是不是要问一问的时候，百里翎就对他们道："那道题她答得不错。"

总算给个明白意思了，白书馆和杨殿侍即松了口气，忙应声。随后，白书馆才又小心翼翼地道："如此，还剩下一个香使的空缺。"

百里翎动了动玉碗里的勺子，漫不尽心地道："香院的事，香院自己决定。"

"是是是……"白书馆反应过来自己多嘴了，慌忙应声，然后躬着身退了出去。

"你欠我一次。"百里翎喝完那碗梨花冰后，就看着景炎道，"怎么回事？"

景炎却没回答他的话，而是看向搁在旁边茶几上，那碗被遗忘的梨花冰。

那孩子的心，比他以为的还要坚定，是他多虑了。

当天，安岚拒绝百里大香师一事，就在源香院里传开了。

同时，桂枝和王华也将开始最后一轮的竞争。

"那么好的机会，别人求都求不来，你居然会拒绝！"陆云仙甚是不解地看着安岚，"为什么？"

安岚沉默了一会，不答反问："王媚娘还在的时候，那些年王媚娘一直有王掌事撑腰，却还是斗不过陆香使，却是为何？"

陆云仙一怔，微微皱眉："怎么提起这事……"只是她话刚说到一半，就忽然明白过来安岚为何这么说。她虽不得王掌事看重，但也并不遭王掌事的厌，再者，她在源香院十余年，已有自己的根基，上上下下都有利益的牵扯，只要她不阻碍到王掌事，王掌事就不会动她。而王媚娘，资历本来就比她浅，一直以来都依靠王掌事，表面上看起来风光，但实际上那些风光是犯了许多人的利益，在别人眼里属不劳而获，是最容易遭人眼红嫉恨的。

因而，这些年，王媚娘一直没能除去陆云仙，并且最终还因王掌事而丢了自个儿的性命。

没有自己的根基，只凭别人的宠爱，要想在一个陌生，甚至是充满敌意的地方站稳脚跟，比自己一步一个脚印，打下坚实的基础，慢慢往上爬，要困难得多了。因为别人给你的东西，随时都有可能收回去，旁人对你的阿谀奉承，其实都是因另外一个人。倘若在你还未站稳脚跟的时候，就失去那个人的依托，那身后的万丈悬崖，就是你的墓地！

有无数人在等着你掉下来，曾经你有多风光，到时你就会多凄惨。

只是这一点，却不是每个人都能看得明白的。

而道理虽是这么个道理，但是，陆云仙觉得，若那么大的诱惑摆在她面前，她一定没有办法拒绝。

不过，安岚仅是因为这个原因才拒绝的吗？

也不全是，更重要的一点，是因为她所求甚大，所以，她需要接受的考验必然会更多，她的心，必须要更加坚定。

成功路上，跋涉途中，鲜花远比陷阱要可怕。

后者只会让你警醒，而前者，则会令你迷失目标。

金雀没有想得那么深，但她却能明白安岚的决定。得了百里大香师的喜爱，也不过是进入香殿做个体面点的奴才，跟拜白广寒大香师为师比起来，自当不值一提。

所以当安岚从香殿回来后，她只为安岚感到高兴，而没有丝毫的惋惜。

桂枝自然不能明白安岚为何会拒绝那样的机会，所以当她听到这个消息，嫉恨的情绪几乎令她不能自持。而当她再听说，因为安岚的拒绝，使得她不得不跟王华去争剩下的那个香使之位时，她对安岚的恨意，终于达到了顶点。

因明天还有一场考试，王华当晚便留在香院内，但那晚王掌事却未宿在香院内。月亮出来后，桂枝找到石竹解闷，抱怨了几句就忍不住哭喊发泄情绪。石竹大惊，连声道："你叫什么，不要命了！"

桂枝眼里含着泪，恨恨地瞪着他，忽然张嘴在他手掌上狠狠咬了一口。

石竹吃痛，却忍住没有叫出声。

桂枝这才痴痴笑了起来，看起来有些疯癫，又有些可怜。

一会儿后，桂枝才慢慢平静下来，只是盯着石竹道："我是不要命了，你若不帮我，干脆跟我一块去死得了！"

她今日穿了一身石榴红的裙子，艳丽的颜色像心里焚烧的炉火。因技不如人，谋算不够，所以面对一次又一次突变的情况，她显得有些束手无策。但她不甘，不甘就此认输，不甘以后要一直低安岚一头。

石竹看着那双眼睛里的欲望，因流了泪而显得更加咄咄逼人，再看她因情绪激动，胸口一直剧烈地起伏，于是挂在她耳朵上那对红玛瑙坠子也跟着一颤一颤的。

他记得，这对红玛瑙坠子是王掌事之前给她的，这几天，她为了讨好王掌事，一直就戴在耳朵上。石竹定定看了她一会，忽然伸手，将她那对耳坠给摘下来。

桂枝一怔，就要抢过来，石竹却一把抓住她挠过来的手："你想要我怎么帮你？"

"你拿我的耳坠做什么？"桂枝先是怒了一句，随后打量了石竹一眼，目光一转，就痴痴一笑，遂收起之前的疯癫之色，凑过去软声道，"如今只剩下一个香使的位置了，不是我，就是那姓王的。所以，明天的考试，你让他永远也别出现！"

石竹攥着那对耳坠的手紧了紧，桂枝的话令他忽然想起王玉娘死时的情景，不由皱着眉头看了看桂枝。桂枝却毫无惧意地对上他的眼睛："反正，你也不是第一次做这种事了，你知道该怎么做最安全。"

石竹还是没有说话，桂枝腻声说："你不喜欢我戴那个，我便不戴了，以后就放你那。你放心，有了这些事，以后我是离不得你的，你也离不得我，所以你得帮我，这样我们才能长长久久……"

翌日，天才灰蒙蒙亮，一夜无眠的王华刚从屋里出来，就看见他家附近一个帮闲的小子找过来。他一怔，诧异地问何事，那帮闲的小子行色匆匆，走过来后就告诉他，他家里走水，他母亲受了重伤，怕是不好了。幸好王掌事为王玉娘的后事，一早又去了他家，瞧着这么个情况后，就找了人过来叫他回去，这会儿马车都等在外头了。

王华大惊，也不多问，即跟那帮闲的小子往外去。

因他并不是源香院的人，又是王掌事的侄儿，所以这一大早要外出，也无人拦着，极其顺利就出去了，果真有辆马车在外头的巷子那等着。王华慌里慌张地上了马车后，那帮闲的小子却没有跟他一块上车，只说让王华一个人坐车，马车能跑得快些，不然怕是见不到他娘最后一面了。

王华出去的时候，并不知道，在他看不见的地方，有很多双眼睛都在盯着他。他亦不知道，源香院并没有那么容易进出，即便他想要出去没人拦着，但那个帮闲的小子想要进来，却不是那么容易的事。就连石竹都不知道，今日他能将事情安排得这么顺利，并非是因为运气好，而是有人偷偷帮了他的忙。

常在巷子里巡视的院侍被石松给支开了，马车顺利进来，给石竹没有人看到的错觉。看门的那几个难缠的婆子也被陆云仙给支开了，让那帮闲的小子顺利进源香院，将王华给骗了出来。

安岚知道，桂枝不可能就此认命，又正巧王掌事没在香院内，因而在第二天的考试之前，桂枝一定会有所动作。所以，当石竹开始行动时，石松和陆云仙都极其默契地暗中配合，所以才促成了今日之事。

颠簸的马车令王华越发感到心慌，仅仅两天时间，就发生了这么多事，并且是一件连着一件，让他根本就没有时间去反应。直到马车载着他跑了很久后，他才稍稍回过点神，然后觉得似乎已过去很久了，但马车外怎么还那么安静。

长香殿虽是在长安城外，但只要出了长香殿，就是官道。通往长安城的官道，不可能会这么安静，于是王华疑惑地掀开车帘往外看了一眼。可就在这会，马车突然停下了，他即砰的一下撞到车厢上，差点给摔出去。

王华按着被撞到的地方，蒙头蒙脑地问："出，出什么事了？"

车夫嗡着嗓子道："车轮坏了，请公子先下来，车轮要修一下。"

"什么！"王华急了，赶紧掀开帘子下车，"你这是到哪了？车轮怎么就坏了，我着急回去，这，这怎么办！"

车夫已经先他一步下了车，正背着他弯腰在车轮旁边查看，见他下车后，就微起身，也不转头，只是给王华指了指车轮："你看，已经坏成这样了。"

这究竟是到哪了？怎么觉得比长香殿那边还要冷清。王华左右看了看后，心急得不知道该如何是好，听车夫这么一说，便下意识地过去瞧一眼。只是他刚走到车轮前，那车夫就往后一退，他则瞧见那车轮好好的，看不出是哪坏了，正要转头问，却就在这会，车夫突然从后面勒住他的脖子！

王华大惊，下意识地就挣扎，可是车夫的力气不小，又是有备而来，他甚至不及喊出救命，就失去了意识。

晨光洒下，石竹摘掉斗笠，靠着车厢喘着粗气，许久后，他才站起身，有些惊恐地看着倒在地上不省人事的王华。他刚刚只是用了迷药，并没有下杀手，王华应该没有认出他，这些迷药，足够一个成年男子睡上两个时辰。

他该回去了，可是刚转身，不禁又回头看了一眼。

只要王华醒过来，就保不住王掌事查不出实情，或者，让王华永远都醒不过来，才更安全？反正，之前已经杀了一个王玉娘，现在还乎多杀一个吗？石竹怔怔地站在那，觉得自己似入了魔！

石竹回到源香院时，王掌事还未回来，香奴们也还未用完早饭，整个香院看起来如往常一般，井然有序。

桂枝一早就出来坐在院门附近的廊下，手里揪着几片草叶自个儿在那数着，谁也不爱搭理。有香奴从她身边经过，多数都会打量她几眼，桂枝心里很恼火，她知道，这些人现在都等着看她的笑话呢。

安岚马上就是香使了，她却还要继续加考一场，并且对手还是王掌事的侄儿。

她们定以为她不可能胜得了那王华，一个个都在等着看她倒霉。

桂枝恨恨地扯着手里的草叶，暗暗咬着牙，你们且等着，这笔账我会加倍讨回来的！到时候叫你们知道我的厉害！

安岚和金雀用完早饭，从附近经过时，正好石竹也从院门外经过。

一直注意着外头的桂枝站起身，走到院门口，一边抬手去摘玫瑰，一边朝石竹那瞟过去。石竹看了她一眼，抬手摸了一下自己的衣襟，微微点了点头，然后就走过去了。

桂枝眼睛一亮，即摘下一朵玫瑰，有些得意地嗅了嗅，然后回身，正好瞧见安岚和金雀。

金雀还是如往常一样，不屑地瞥了她一眼，从鼻子里发出一声嗤笑。

桂枝顿时冷下脸，就拿着那朵玫瑰走到安岚身边，打量着她道："你是不是以为，从今往后，你就能将我踩到脚下了？"

"你还真当自己是棵葱！"金雀撇了撇嘴，瞪着她道，"只要你不犯贱，安岚有那闲工夫搭理你？你赶紧哪凉快哪待着去。"

"你也就嘴巴厉害，我看你能厉害到几时，你当她能护着你，别做梦了！"桂枝看着金雀冷笑，然后又转向安岚，阴沉沉地道，"阳关大道你不走，偏要来跟我抢这独木桥，你可真能耐啊！"

安岚往院门口那看了一眼，才开口："时候不早了，你不准备去前院吗。"

"不用你提醒。"桂枝冷笑，转身前，忽然抬手，手指在安岚肩膀上点了点，"我一定会让你后悔的！"

金雀瞪着桂枝得意离去的背影，气得朝她呸了一声，然后才低声道："看她那么嚣张，应该是得手了。"

"嗯……"安岚目送桂枝离去后，就道，"我这香使的差事可能要等连香使长卸任后，才正式受领，估摸着也就这几天的事。"

"陆香使若顺利接替连香使长的位置，你便接替陆香使现在的差事，而桂枝则多半是接王媚娘的差事。"金雀想了想，便有些担忧地道，"这样一来，似乎跟以前一样了，桂枝和之前的王媚娘一样，有王掌事撑腰，然后她还想对付你。"

"不一样，如今王掌事已是泥菩萨过河自身难保，而且桂枝对王掌事也不似王媚娘对王掌事那么死心塌地，这些都在咱们的预料当中。"安岚说着就看向金雀，迟疑了一下才道，"只是我当了香使后，就不能同你一块儿做活了。"

金雀立即一笑："这有什么，你且放心，我脾气虽急了些，却也不是傻子。再说，眼下这情况，我也只适合在后面看着。"

安岚点头，随后一笑："你可别犯懒。"

金雀也笑，然后嘿嘿道："你放心，我才不会输给你。"

……

石竹回了自己的房间后，生怕衣服上会沾到什么，便赶紧从箱子里拿出一件干净的外衣。只是当他将脱下身上的外衣时，伸手往身上掏了掏，遂皱了皱眉，随即脱下外衣，拿在手中使劲抖了抖，还是什么都没有。

另外一只玛瑙耳坠不见了！

石竹看着手里那只玛瑙耳坠，心里生出浓浓的不安，是昨晚弄丢的，还是刚刚弄丢的？而正好这会，石松忽然推开门走进来，石竹赶紧握住手心里的耳坠，并将手里的衣服扔进箱柜里。

石松似什么都没有察觉，进来后就随口道了一句："怎么还没穿衣服，王掌事要回来了，今天还有一场考试。"

石竹一边重新穿上衣服，一边悄悄看着石松问："你去哪了？"

"去王华那看看，奇怪，他不在屋里，这一大早不知去哪了。"

"没问问别人？"

"没问。"石松说着就转头，"你刚刚出去了吧，有看到他？"

石竹即收回目光，垂下眼系衣带："没有，我是去茅厕。"

……

王华自己离开源香院，是有个小子过来找他，不知说了什么，他走的时候很匆忙，谁都没告诉。

王掌事回来后，就听到这么一个消息，但他根本不信王华会自己离开，当即派人去找。找了半天，却也没找着人，就连王华的家都去找了，却发现他也没回家。王掌事既不安，又愤怒，他觉得这事太过蹊跷。一开始也怀疑是桂枝搞的鬼，只是认真一想，即觉得不太可能，即便桂枝有这份心，也没这本事。更何况是有人从外头进来找王华，桂枝还没那么大的能耐，可以让一个外人顺利进来又出去。

有王玉娘的前车之鉴，王掌事直觉此事凶多吉少，就要加派人手出去寻。只是他还不及安排人手，刘玥就领着白香师的话过来，直接驳回他的决定。理由很简单，也很合理，王华不是长香殿的人，长香殿没有义务出动人手去寻他，若王掌事想去寻人，可以自己去寻。

又是白书馆！

王掌事看着过来传话的刘玥，沉着脸，慢慢握紧拳头。

刘玥却不看他的脸色，随后又道，香使的人选王掌事需尽快定下，若是王掌事不能定，那就由白香师亲自过来选定。

"自当……是有合适人选，既然王华自主退出，那这香使的位置，便由桂枝担任。"王掌事几乎是咬牙切齿地道出这句话，仅是香使一事，白香师就请动了杨殿侍，甚至请动了百里大香师，活活将他逼到这分上。前天王玉娘明明白白一条命才交待出去，今日王华又在这当口忽然失踪，生死不知。当真是一点颜面都不留，也丝毫不念他这些年的汗马功劳！若没有他，白书馆今日的荷包能有这么丰足？如今不仅不念着他的情，竟还想过河拆桥！欺人太甚！

刘玥似极满意看到王掌事这样的脸色，面上即添了几分笑意，接着道："白香师说了，香院里的庶务一日都不能乱，听闻连香使长也将卸任，那这香使长的接替人选，王掌事需心中有数，挑好了才行。"

王掌事沉默了好一会，才压住心里的怒气，沉着声道："不知白香师心里可有合适的人选，不如现在就说出来，王某好直接安排。"

"这源香院向来是王掌事一手打理，香使们如何，还是王掌事心中有数，就往年来说，当然是由王掌事来定夺。"刘玥先客气地笑了一句，然后才将语气一转，"不过，白香师也体恤王掌事这两日突然失去亲人的痛苦，此事白香师已经上报香殿。杨殿侍同样体恤王掌事的不易，因此接受了白香师的提议，这次源香院接替香使长的人选，白香师就亲自选定，王掌事暂且不用费心了。"

刘玥说着，就拿出杨殿侍的手书交给王掌事。

之前王掌事送给杨殿侍的那一匣沉香，在百里大香师插手后，彻底失去作用。

王掌事铁青着脸接过刘玥递过来的手书，打开扫了一眼，然后啪一下合上，咬牙切齿地道："那就有劳白香师了！"

刘玥微笑："如此，就请王掌事将香使们的情况都与我说一说。"

两人之间的刀光剑影，令候在一旁的人全都低头噤声，看都不敢多看。连喜儿心惊之余，只觉万分庆幸，她离开得太是时候了。今后的源香院，必将不得安宁，一直到其中一人退出，或是倒下。这香师和掌事之间的争斗，真不知会殃及多少人。

三日后，连喜儿正式卸任，她所掌管的钥匙香牌和名册等物，当着刘玥和王掌事面交给陆云仙。

白书馆根据所有香使的情况，挑选资历最深，同时又没有被王掌事染指的陆云仙接任连喜儿的香使长之位，如此决定，就是王掌事也挑不出什么来。

新旧的交接完成得很顺利，下午，安岚和桂枝便被叫到陆云仙的新居所。

"这是你们的新衣服，每季两套，以后但凡外出，都需穿整齐了。"陆云仙给她们两指了指搁在桌上的那几套衣服，接着道，"住的地方……安岚搬去我原先那屋，桂枝搬到对面那屋。"

对面那屋就是王媚娘的房间，王媚娘就是在那屋里断气的，并且这事也才过去几天，怕是里头还存着阴气，故桂枝一听这样的安排，即不乐意了，遂不满地道："我不想住那屋。"

陆云仙抬眼："你不想住那屋。"

桂枝咬了咬唇，旋即软下态度，有些可怜兮兮地道："陆姐姐又不是不知道，王媚娘死才几天呢，听说那屋还一直没人去打扫过，我一个人住着实在是害怕。"

陆云仙看着桂枝道："你原就是王媚娘手里的香奴，如今当上香使了，照惯例就是用她的房间，每个香使都有两个贴身伺候的香奴。再说，现在也没有多余的空房给你调换。"

桂枝委屈地看着陆云仙道："如今我们都是在陆姐姐手底下当差，陆姐姐向来公正，以后是不是对我们一视同仁。"

陆云仙扬了扬眉："那是当然。"

桂枝即道："那让我跟安岚换房间吧。"

第017章 丹阳·游园·惊梦

安岚没有说话，桂枝又接着道："王媚娘死的时候，安岚不特意去看过吗，有这份情谊在，想必更适合住那屋。"

陆云仙看向安岚："你愿意跟她换吗？"

安岚摇头，桂枝心里暗恨，就嘟哝一句："只会装模作样装巧卖乖。"

安岚便瞥了她一眼："当时是陆香使长去送王香使最后一程，我不过是跟着陆香使长一块进去的，你这话，是在说陆香使长在装模作样装巧卖乖？"

"我哪句话有这个意思！"桂枝心里一惊，随即对陆云仙道，"陆姐姐，我人笨不会说话，不像安岚，肚子里头不知存了多少个心眼，她当着您的面就想污蔑我，挑拨离间，我……"

"好了！"陆云仙皱了皱眉，"都少说两句，房间的事就这么定了，你现在领着人去那屋里收拾一下,明日就给你们安排差事了。都别偷懒,香院里大大小小的事每日都有几十上百件,王媚娘走得突然,如今已经压下许多差事。"

源香院的香使,专门和香农打交道的有四位;负责每月送新香品去寤寐林的也有四位;还有负责库房的两位;管理香品器的两位;以及负责炮制香品的八位。

统的算起来,一个香院光香使就有二十位,而每位香使手里都分有八到十二位香奴。除去两位是贴身伺候,专门做些丫鬟的杂活外,其余的都是负责有关香的活儿。除此外,还有粗使的婆子,厨房的厨娘,小厮院侍等,故源香院从上到下,统共有两百余人,而每个香殿下面,都分有数个这样的香院。

从香殿高处往下看,撇开望之不尽的香田,那一个一个连接起来的香院,其实就是坐落在长安城外,大雁山下的一个万余人的大村庄,而安岚,便是那成千上万人当中的一员。

桂枝一听陆云仙给自己安排的是跟香农打交道的差事,给安岚安排的却是专门外出,去寤寐林办差的活儿,心里又有些不乐意了。

其实,跟香农打交道的差事,私下能捞的油水更多,不然当时王媚娘也不会跟王掌事要这个差事。而能进出寤寐林的差事,则是表面上看起来风光,但没什么油水可捞。不过,因寤寐林的客人都是非富即贵,香使常在贵人面前露脸,也说不准什么时候就能飞上枝头变凤凰。

在桂枝看来,安岚完全是因为之前从陆云仙这讨了个去寤寐林办差的活儿,并顺利勾上那位景公子,然后才有了如今的好运。她不希望安岚再继续这样的好运,但是在差事的安排上,她没有权力提任何意见,更何况陆云仙的安排看起来,明显是更加照顾她。

桂枝抱着衣服离开后,安岚才道:"房间的事,她多半还是会跟王掌事提的。"

陆云仙抬眼:"怎么,难道你想跟她换?"

安岚摇头:"我记得东边还有一间屋子是空着的,只不过那房间比香使长的房间还要好,不是香使应该住的规格,所以桂枝刚刚没有提,但她心里定是惦记着。"

陆云仙皱眉,随后冷笑:"她倒有自知之明,让她住那屋,岂不乱套了。"

安岚却道:"其实,给她住那个房间,也没什么不好。"

陆云仙一怔,安岚往窗外看了一眼,沉吟片刻,才道:"陆香使长难道不觉得,王掌事认输认得太快了。王玉娘和王华,这两人不仅是王掌事的晚辈,更是他想要培植的亲信,结果一个一进来就死了,一个现在生死未卜。"

陆云仙面色凝重了几分:"你这话,是什么意思?"

"王掌事掌管香院这么多年,若真想查什么事,即便不能被他查个明明白白,也迟早会被他抓到些蛛丝马迹。"安岚看着陆云仙道,"眼下看着,是白香师在对付王掌事,与旁人无关,可是,白香师总得有帮手,才能办成这些事。除去王玉娘的事不论,单论王华的失踪,以及,白香师亲自点了陆姐姐你坐上香使长的位置,难道王掌事真就这么认了？"

陆云仙迟疑着道："你的意思……这两件事，王掌事会怀疑到我身上。"

"眼下白香师还不能将王掌事掰倒。"安岚走到陆云仙身边，低声道，"所以，定要在王掌事查到之前，转移王掌事的注意力，不能让他怀疑到你我身上。"

陆云仙沉默许久，明白安岚的担忧不无道理，便问："你打算怎么做？"

"白香师成功打压了王掌事的气焰，心里出了口气，现在很容易松懈。只要白香师松懈了，陆香使长和我，就会被王掌事发现。"

"你说得没错！"陆云仙脸色微变，"王掌事眼下识趣地认了输，目的就是为了——"

"所以，可以将王媚娘留下的册子交给白香师了。"安岚说着又抬眼往外看了一眼，"桂枝既然喜欢出风头，那便遂了她的意吧。"

……

翌日一早，王掌事就备了一份厚礼，亲自送去白书馆那，片刻后白书馆的香阁内就传出两人其乐融融的交谈声。最后，白书馆还命刘玥送王掌事出去，王掌事忙道不用，态度极其恭顺谦和。

只是王掌事刚刚离开没多久，刘玥就领着一位婆子进来了，随后那婆子从怀里拿出一本册子呈给白书馆，又跪下低声说了几句。白书馆接过那册子翻了翻，面上的表情极速从晴转阴，猛地站起身，一下子打翻了几上那杯还冒着热气的茶。

与此同时，安岚已领了新的差事，收拾好后，就将寤寐林那边点名要的香品准备妥当，往外去了。因之前安岚和金雀都是归陆云仙管的，所以安岚接了陆云仙原来的位置后，金雀自当也归到安岚这边。

"这地方还真不错！"金雀随安岚进了寤寐林，溜达了一圈后，由衷赞叹，"之前我还觉得王掌事住的那小院够气派，可跟这儿一比，他那简直是个茅草屋！"

安岚笑道："据说寤寐林这地方，就是皇家御院也不见得能比得上。"

"我看也是，虽说我没去过……"金雀赞同地点头，只是不及说完，旁边花架后面突然急匆匆走出一个身影，差点撞上金雀。

遂有甜香袭来，安岚慌忙伸手将金雀拉到一边，寤寐林的香使走路绝不会这么冒失，而能进出这里的都是贵客，她们若不慎冲撞了不该冲撞的人，那可就有得受了。

可是，这个忽然冲出来的人，竟是丹阳郡主！

安岚拉开金雀后，抬眼，就认出对方。或者说，比起那张脸，她首先记住的是对方身上用的那款甜香。

丹阳郡主今日并未着盛装，但仅看她系在腰上的那条八宝缂丝腰带，金雀就知对方身份不低，即收声，同安岚退到一旁，神态小心恭敬。

随即，又有一人快步追上来，满脸忐忑地道："郡主请稍候，容小的去禀报大掌事，小的实在不知郡主会过来，有失远迎，请郡主莫怪。"

金雀微惊，郡主？

她小心抬眼，悄悄打量那女子。

正好那女子转过脸，遂见她发上的紫水晶簪子在阳光下反射出绚丽的彩光，比金钗清透，比宝石高雅。当真是花容月貌，端庄大气，就是面上的微笑也带着几分与生俱来的矜贵。

"不可兴师动众。"丹阳郡主对那人摇头，然后往两边看了看，"我在清河时就已听闻窅寐林之名，如今来长安……"只是她说到这，忽然注意到旁边立着两个陌生的女子，不由就停住嘴里的话。

按说，她本不该在意的，如她这等身份，自小无论去哪，身边自当是跟着一众丫鬟仆妇，而那两女子，瞧着也是丫鬟的装扮。但不知为何，她的目光从安岚身上扫过后，莫名又转了回来。

月白裙子，草绿比甲，身上干干净净，耳朵上未戴珠儿坠儿，唯见乌黑的发上一支生机勃勃的翡翠簪，似收进了整个盛夏的绿意。

丹阳郡主看了两眼后，便移步走到安岚跟前："我好像在哪见过你？我们见过吗？"

金雀诧异，安岚迟疑了一下，欠身道："奴婢曾在天玑殿门口见过郡主一面。"

跟在丹阳郡主身边的丫鬟倍觉诧异，丹阳郡主去长香殿那日，她就跟在一旁，可不曾见过眼前这丫鬟，郡主是什么时候碰到的？

丹阳郡主闻言后恍悟，又打量了安岚两眼，笑道："难怪我瞧着眼熟，果真是见过。"

安岚垂脸道："不曾想郡主会记得奴婢，奴婢失礼了。"

"你陪我走走吧，窅寐林我以前还不曾来过。"丹阳郡主说着就看向刚刚追过来的那管事，"你无需跟着了，由她给我带路便可。"

金雀微微蹙眉，虽说她们是奴婢，却也只是源香院的奴婢，而不是专门伺候这什么郡主的下人，偏对方将这指使人的话说得这般理所应当。

不等那管事应声，丹阳郡主似也觉得自己说这话有些不妥，便又对安岚笑道："对了，还不知道你叫什么。"

安岚道："奴婢安岚。"

丹阳郡主就看着她道："安岚，你能否陪我在这走走。"

金雀再次皱眉，她不喜欢眼前的这个郡主，明明跟她们不是一路人，却硬是要凑过来表示亲近，打的什么主意呐。

丹阳郡主身边的丫鬟亦是愈加诧异，她不明白郡主怎么瞧中这丫鬟了，正等着瞧安岚露出激动欢喜的神色，却不想那丫鬟神色依旧淡淡，并且不卑不亢地回了一句："奴婢有差事在身，怕是不能陪郡主游园，请郡主见谅。"

丹阳郡主面上露出几分失望,遂看向旁边那管事,那管事便打量了安岚和金雀一眼,随后问安岚:"你是哪个香院的?"

安岚道:"奴婢是源香院的,来送这个月的香品。"

"是来找李管事的吧。"那管事点点头,就指着金雀道,"香品你一个人送过起就行了。"随后又指着安岚道,"你就先陪郡主。"

金雀心里有些火大,不过倒没有发出来,而是笑着道:"奴婢是第一次跟着安岚香使进寤寐林,没了安岚香使,奴婢一个人也不认得路呢。"

"我领你过去,我也是那香阁的管事。"那管事随口应了金雀一声,然后就又转向丹阳郡主,讨好地道,"既然郡主不喜太多人跟着,那小的就失陪了。"

"喂,我——"金雀真有些恼了,遂见那管事面上露出几分不悦。安岚心知,即便她们不归寤寐林管,但以后是要常进出这里的,她们到底是在人家的地盘上。而且她刚当上香使,日后的差事能不能办得顺利,主要还得靠寤寐林这些小管事给行方便,于是就及时拉了金雀一下,然后对那管事微笑道:"如此就劳烦这位管事大哥了。"

那管事也笑着道:"不麻烦,安香使能陪郡主游园,某自当给安香使行个方便。"

丹阳郡主身边的丫鬟上前,从荷包里拿出几粒金瓜子放在那管事手里,并道一声辛苦。那管事忙连声道不辛苦,接着又朝丹阳郡主欠了欠身,然后示意金雀随他走。安岚对金雀点了点头,金雀只得应下,又飞快地看了丹阳一眼,只见对方依旧面带笑容,脸上并无高傲跋扈之色。于是她迟疑了一下,也朝丹阳郡主微微欠身,然后才跟着那管事走了。

安岚陪丹阳郡主走了一小段后,丹阳郡主才开口:"是不是陪我游园,让你为难了?"

安岚道:"郡主言重了,奴婢不敢这么想。"

丹阳郡主笑了一笑,转头打量着她道:"恭喜你了!"

安岚抬眼,不解道:"郡主恭喜我什么?"

"你不是升了香使。"丹阳郡主看着她道,"之前在天玑殿门口看到你时,那会儿你似乎还只是香奴。"

安岚点头,随后道:"多谢郡主。"

两人在附近绕了两圈后,安岚便道:"寤寐林的美景不少,但奴婢并非寤寐林的人,故熟悉的地方也不多,郡主若还想看看别的地方,奴婢可以去请别的香使给郡主领路。"

"不用了。"丹阳郡主摇头,"你可知半月亭在哪?"

安岚点头,心里却微微有些诧异,半月亭在怡心园里,她就是在那碰到景公子的。

"那就去半月亭。"丹阳郡主说着就请她领路。

安岚心里着实诧异,这位郡主究竟是什么意思,但她面对如此身份的人,向来不会贸然提问。于是依旧如刚刚一般,默不作声地在旁边领路,只有丹阳郡主问她什么时,她才斟酌地回上一句。态度虽不算失礼,但确实有些冷淡了,丹阳郡主身边的丫鬟略有些不满地看了安岚几眼，丹阳郡主何曾这么主动去亲近别人，还是这么一位不起眼的香使。

不多会，安岚便将丹阳郡主领到半月亭附近，随后抬眼往那望去，便见那亭内已有人，还是景炎。

"景哥哥果然在此。"丹阳郡主也看到景炎，面上即焕出笑意，脚步轻快地走进去，"景哥哥若再避而不见，丹阳只好求太后下旨请景哥哥进宫一见了。"

景炎还是和往常一样，在此间品茶，丹阳郡主进来后，他遂起身，浅笑道："郡主就放过在下吧，那皇宫岂是能随便进出的？"

"旁人是不能随便进出，但旁人岂能跟景哥哥比。"丹阳郡主进去后，往茶几上看了一眼，又道，"景哥哥好雅兴！"

景炎往丹阳郡主身后看了一眼，目中露出笑："怎么跟着郡主过来了？"

安岚欠身行礼："见过景公子。"

丹阳郡主一愣，转头看向安岚，随后又看了看景炎，诧异道："景哥哥认识安岚？"

"我是寤寐林的常客，她是长香殿的香使，常进出这里，我认识有什么奇怪。"景炎淡淡一笑，眉眼溢出风流，"倒是郡主，怎么这才过来，就拐到一位小香使了。"

"景哥哥这话说的，好像我是个人贩子。"丹阳郡主扑哧一笑，就对安岚道，"你进来吧，我不知道，原来你也认识景哥哥。"

安岚迟疑了一下，就欠身道："奴婢还有差事要办，奴婢今日带过来的那位香奴是初次进寤寐林，刚刚让她一个人去办差，奴婢实在有些不放心，怕是不能多陪郡主，请郡主恕罪。"

丹阳郡主顿了顿，随后微微叹气笑道："是我疏忽了，那你就去吧。"

她说着从袖子里掏出一串香珠，交给旁边的丫鬟。那丫鬟会意，接过后就走到安岚跟前，递给她道："这是郡主赏你的。"

安岚一愣，随即推却，不愿受。

丹阳郡主便走过去，温和地笑道："也不是什么赏，难得我跟你投缘，这就是个小小的见面礼，你且放心收着。"

安岚不解地抬起脸，丹阳郡主为何待她这么客气？她从来不是个有好人缘的人，更何况丹阳郡主和她，一个在天上，一个在泥里，刚刚一路过来，她们也没说过几句话，哪来的投缘？

这会儿，景炎开口了："既是郡主的一片心意，你收下也无妨。"

安岚看向景炎，见景炎依旧眉眼含笑，目中带着鼓励。她迟疑了一下，便抬起双手，恭恭敬敬地接过那串香珠："多谢郡主。"

只是当她将那串香珠收好后，丹阳等人就见她从袖子里拿出一个小巧的香包递给丹阳郡主："奴婢没别的好东西，这是奴婢亲手做的香包，望郡主不要嫌弃。"

这，是她的回礼。

丹阳郡主微怔，旁边的丫鬟更是诧异地张圆了嘴巴，景炎眼中的笑意更深了。

刚刚那串香珠，丹阳郡主说是见面礼，实际上就是上对下的赏赐。

但现在，安岚当面送上回礼，其意自明。

丹阳郡主这才又打量了安岚一眼，她注意到，在这之前，安岚同她说话时，一直是微垂着眼，此刻，却是直视她。

这小香使，果真有些不一样，难怪刚刚看到她时，心里莫名的有些介意。

究竟介意什么，丹阳也说不清。就如那天在天玑殿门口，她回头，只是随意看了一眼，当时明明有那么多人，可她的目光却偏偏就落到不远处那个小香奴身上。

母亲跟她说过，她们崔氏嫡系女子，自小就有一种能力：只要遇见，就能找到，或是敌人，或是挚友，或是能携手之人，总归都是将在她生命中扮演重要角色的人。

片刻后，丹阳郡主认真而高兴地收下那个香包："谢谢，我会好好珍藏的。"

安岚微怔，也打量了丹阳郡主一眼。

原来，天底下真有这样明媚的人，丹阳郡主身上，几乎汇集了世间女子向往的所有美好之物。

一眼之后，安岚欠身告退，出了亭子后，她摸了摸身上那串香珠，心里有些茫然。只是，当她回头时，忽然听到亭子里的人传出几句对话，令她不得不停下脚步。

"郡主请坐。"亭内，景炎做了个请的动作。

丹阳郡主叹道："景哥哥还是这样一副云淡风轻的样子，却不知这几日我为了能见上景哥哥一面，费了多少心思。"

景炎一边为她倒茶，一边笑道："郡主言重了，郡主若有事吩咐在下，让人去景府传句话，只要在下能办得到的，在下自当不敢不为。"

丹阳郡主看了一眼那氤氲的水雾，然后不满地摇头："景哥哥总是把话说得这般好听，偏对我的困境又视而不见，甚至避之不及。"

景炎放下茶具："郡主何出此言？"

"四次求见，白广寒大香师却依旧闭门不见，丹阳真不知到底是何处做得不够好，令白广寒大香师厌烦了，连见一面都不愿。"丹阳郡主说着，就起身朝景炎郑重行了一礼，"求景哥哥替我引见。"

旁边的丫鬟诧异地张了张嘴，丹阳郡主出身清河崔氏，其身份几乎等同于公主，这一礼，即便是王侯也不便受。可是，眼前这位景公子，竟就坐在那，连侧身都不曾，极其坦然，或者说毫不在意地受了这一礼。

就算景公和崔老太爷是挚友，两家是世交，但这位景公子到底没有爵位在身……只是，丹阳郡主既然已经郑重行礼，身为下人，即便觉得不妥，眼下也不敢多言。

景炎请她重新坐下，然后问："你为何要见白广寒？"

"景哥哥真是明知故问。"丹阳郡主微微一笑，"若非听说白广寒大香师有收徒之意，我又怎么会千里迢迢，从清河到长安。"

清河崔氏，无论在野在朝，一直都有目的地去培植家族力量，故千年不倒。

长香殿，同样已经传承了千年，虽是在野，但其影响力早已渗透唐国上下。

一直以来，长香殿的大香师，在世人眼中，是属游走红尘，能请动诸天神佛的世外之人。他们向来不理俗事，但只要他们愿意，世间的俗事就能被他们的意愿左右。

每个家族都会有其继承人，那些继承人必须是家族血脉的延续。

长香殿的大香师也一样有继承人，但大香师的继承人，却不一定是自己的子嗣，因为天赋，决定了凡俗之别。

所以，当白广寒大香师要收徒的消息传出来时，几乎所有世家大族都开始蠢蠢欲动。没有站在那样的高度，就不会明白，长香殿的大香师对于一个家族的影响力有多大。景公当年只是一介商人，即便早有长安首富之名，但在知府面前，也得赔着小心。而今，景公俨然成了王公勋贵的座上之宾，就连圣上也不时召见。景公膝下的数名养子，亦是颇有建树，据闻，景公获封爵位，是迟早之事。

听到丹阳郡主的话，安岚怔在当场，转头，目光透过繁茂的花叶，看向那个明媚矜贵的女子。随后，她听到景炎开口："郡主之才，在下早有耳闻，只要郡主愿意，应该随时能拜到崔文君大香师门下，为何一定要白广寒不可？"

丹阳郡主道："姑姑并不反对我拜入白广寒大香师门下。"

崔文君是丹阳郡主的亲姑姑，亦是七殿大香师之一，早在丹阳郡主七岁之时，崔文君就明言丹阳有制香的天赋，只是当时因种种原因，崔文君没有将丹阳郡主带来长安。

如今，天枢殿门开，丹阳郡主若能抓住机会，拜入白广寒门下，那除去崔文君的玉衡殿，崔氏的人脉也能借着丹阳郡主渗入天枢殿，故崔文君自当希望丹阳郡主能进天枢殿。

景炎一样明白这个道理，按说，景家和崔家是世交，此事若能成，对双方来说，都是好事，于是他微笑道："所以，郡主这是来找我说情的。"

第018章　冷酷·争艳·香名

丹阳郡主跪坐欠身，这一礼，认真而郑重，满含敬意："是的，希望景哥哥能帮丹阳这个忙。"

景炎沉默一会，才问："只是因为崔文君大香师不反对，所以郡主才想要拜入天枢殿？"

丹阳郡主抬首，展眉微笑："三年前，白广寒大香师被卷入广济寺的斗香会，丹阳曾有幸一观，自那后，丹阳就心生向往，盼能跟在白广寒大香师身边学习。"

"广济寺斗香会。"景炎回想了一下，随后浅浅一笑，"我记得那次白广寒是扫了崔老太爷的面子，崔老太爷气得差点说出从此不许白广寒再踏入清河的话来，不想郡主竟没有介意。"

丹阳郡主正要品茶，听闻这话，举茶的手微顿，随后就抬眼，略有些歉意地道："确实是那几位外来的香师技不如人，偏又孤陋寡闻，竟不知我唐国白广寒大香师之名，是他们失礼在先，被人当场羞辱，也是应当。祖父事后得知真相，心中亦有悔意，此次我来长安，祖父特别让我问候景公，我长兄也让我问候景哥哥，长兄还希望景哥哥什么时候能去清河做客，他必诚心招待。"

景炎摇头浅笑："崔兄客气了，崔老太爷的问候信函，家父半月前已收到。"

听到这话，丹阳郡主的笑容里遂露出几分调皮："那景哥哥是答应帮我这个忙了！"

景炎为她斟茶："我答应帮你没用，郡主应当清楚，大香师选徒，需大香师自己看中才可，此事，莫说是我，就是圣上说情都没用。"

丹阳郡主闻此言，顿了顿，一脸真诚地道："我不会让景哥哥为难的。"她说着就转头，旁边的丫鬟即上前，将一直抱在手中的匣子轻轻放在案几上。

景炎询问地看了丹阳郡主一眼，丹阳郡主微笑，打开那个匣子，将里面一个小巧的香盛拿出来放在景炎跟前："这是丹阳来长安之前和好的香，希望能入得了白广寒大香师的眼。"

景炎放下茶杯，将那香盛拿过来，打开看了一眼，沉默片刻，但未作评价，然后合上："看来郡主是志在必得。"

丹阳郡主接过香盛，重新放进匣子里，推到景炎跟前："丹阳绝不敢如此狂妄。"

亭外，安岚听到这，不好再听下去了，因为丹阳郡主身边的丫鬟似已注意到她，于是她收回目光，抬步离开那里。

果然，她的所求，前路必有千难万阻。

于她来说，但凡好的，都是难得。

而安岚离去不久，丹阳也起身告辞，景炎送出亭外时，忽然道了一句："郡主还是如以前一般，平易近人。"

这本是称赞的话，但景炎说得有些突兀，所以丹阳郡主愣了一下，不过很快她就恍悟过来，于是拿出刚得的那个小香包放在鼻子前嗅了嗅，然后笑了笑："景哥哥认识安岚，才叫我意外呢。"

景炎微笑不语，丹阳郡主再次告别，然后转身，只是她才往前走两步，忽然又回过身看着景炎问了一句："她是不是也会和香？"

……

安岚找到金雀时，意外看到了马贵闲，并且两人正在说话。

只是马贵闲似乎有急事，不待安岚走过去就离开了，但他走之前，却朝金雀作了个深揖，那态度，是既激动，又感激。安岚疑惑，走过去，看了一眼那匆匆离去的背影，然后问："怎么碰到他了？"

金雀盯着马贵闲的背影，嘴角边的笑一点一点从脸上退去，好一会后才道："他要倒霉了！"

金雀的声音有些发颤，嘴唇甚至有些抖，安岚即上前握住她的手。

"安岚，他要倒霉了！马上！"金雀看着安岚，再次强调这句话。

安岚握紧她的手，低声道："你慢慢说，需要我做什么？"

"他，他得罪了白香师，白香师果真拿他开刀了！"金雀深呼吸了一下，稳住情绪后，才有些急切地接着道，"刚刚，我听陈露说，这段时间马贵闲的好些债主纷纷上门找他逼债，马贵闲一时还不上，那些债主便将他店里的香都搬走抵债。而眼下，他之前谈下的一笔大单，马上到交货的时间了，但是他手里哪还有香，所以今天他厚着脸皮来窨寐林找人救急。但是，他得罪白香师的事，大家都传开了，没有人帮他。刚刚，他竟求到我面前了，可见他真的是走投无路了！"

安岚遂问："他求你什么？"

金雀道："当然是求我能不能给他寻到货源，到时他必有重谢！"

安岚又问："你答应了？"

金雀瞪圆了眼睛："我疯了，我怎么可能会答应他！"

安岚沉吟一会，开口道："其实，可以答应他。"

金雀一愣，随后看着安岚，等着她的解释。安岚知道她在意什么，如同她明白安岚在意什么，所以她知道，眼下安岚这句话，定有别的意思在里头。

果然，安岚随后就接着道："据我所知，马家还是有些家底的，马贵闲还有一兄一弟。且不论他们兄弟关系如何，出了这样的事情，即便百香堂真被马贵闲弄垮了，但那店铺还在，他那两兄弟兴许就凑钱盘了去，到时马贵闲顶多是落得两袖清风。而只要他爹娘还在，谁说得准，几年后，他不能从头再来？"

金雀又是一愣，随后抓紧安岚的手："怎，怎么会这样！"

"白香师只恨马贵闲，应当还不至于迁怒到他那两兄弟身上，而且，白香师的怒气怕是也出得差不多了。"安岚说这些话时，眼神平静得有些冷酷，"他如今交不出货，顶多就是没有信誉，但失去信誉，对现在的他来说已无关痛痒。总归对他来说，最倒霉的情况，就是百香堂倒闭关门，但他依旧有家可回，有饭可吃，有衣可穿。"

金雀脸上因激动而浮现出来的潮红慢慢退去，是的，马贵闲最倒霉的情况，其实，在她们眼里，根本不算什么。他的倒霉，比起她曾受过的那些痛苦，算得了什么？什么都不算！他的店铺关门了，还可以再开，他的银子没了，还可以再赚，可是，她的阿爹，她的小妹，她的祖母，当他们一个一个的死去，就再也活不过来了。

安岚握着金雀的手，缓缓开口："答应他，让他万劫不复。"

马贵闲出了窳寐林后，又回头看了一看，踌躇许久，终是叹口气，上了马车。他真不知道自己到底怎么得罪了白香师，这半个多月来，几乎每天都去求见，礼也送了，人情也花了，却就是见不上。后来，受了他重礼的人悄悄提点了他一句，他才知道竟是那天斗香会上，李香师给他换的那款合香惹的祸，只是他知道这个原因时，李香师已经离开长安了，他让人去寻了数次都无果，简直是天要绝他的路！

怎么就让他给摊上这样的事，马贵闲恨得捶了一下车厢，外头的车夫以为是什么事，赶紧拉了一下缰绳。于是正奔跑中的马车猛地一滞，马贵闲差点就从车上滚了下去，不由大怒："混账东西，拿了爷的银子，就是这么给爷赶车！"

"马，马二爷，小的听到你捶了一下车厢，以为是有什么事。"车夫被骂得一慌，赶紧问，"二爷没摔着吧？"

"爷捶车厢与，与你何干！"马贵闲重新坐稳后，继续怒骂，"爷要是伤了，看爷不打断你的腿，行了，停着做什么，还不快走！"

车夫诺诺应声，只是马车重新跑了一段路后，马贵闲就掀开车帘往外看了一眼，然后问："等等，你这是要去哪？"

车夫道："二爷不是说，去，去百香堂吗？"

马贵闲一听百香堂这三字，就觉得心里凭空冒出一团火，烧得他又是痛又是怒，于是咬了咬牙，就道："去什么去，光顾的鬼都没一个，去了干吗！"

车夫便问："那二爷想去哪？"

去哪？多么正常的一句话，却将他给问住了。若是以前，他会说，去玉香楼，去红袖招，或是去许大爷那喝酒，去陆三爷那听曲儿……但是，这些地方，无论哪一处，都是要银子，他已赊了好几回账，再去怕是吃不着什么便宜了。

马贵闲忽然觉得有些意兴阑珊，悲从中来。往日，他春风得意时，那些人哪一个不是管他哥哥哥哥地叫着，他只要两天不过去，马上就有人找上门来，可劲儿地给他说好话，又是捶胸又是捏背的，跟他好得就似亲兄弟一般。

而今，他百香堂还没真正关门呢，那些人就跟躲瘟神似的避着他，就连玉香楼的姚姐儿也跟换了张脸似的。

"回家！"马贵闲想了一圈，都想不出能去的地方，便没好气地道了一声，然后愤愤地放下车帘。

只是他的马车刚到家门口，才掀帘，还不及下车，就瞧着自家兄弟朝他走来。

马大爷走到他车旁，就熟络地道："正等你呢。"

马贵闲谨慎地看了他们一眼："什么事？"

马三爷笑道："明儿是大哥的生日，说来咱兄弟几个好些日子没出去喝一杯了。正好今日我和大哥都没什么事，便合计了一下，由我做东，叫上二哥你，咱兄弟几个一块去玉香楼听曲儿。听说那姚姐儿的妹子如今也开始出来接客了，生得那叫一个水灵，二哥可不能错过。"

姚姐儿的妹子，马贵闲见过一次，那确实是个水做的人儿，当时他就惦记上了，于是这会儿一听，心头禁不住一动。只是他这两兄弟，之前还怕他管他们借钱呢，这会儿却忽然凑上来……

马贵闲到底是跟着一块去了玉香楼，不说他垂涎姚姐儿的妹子已久，仅说在这等时候，有人能上来跟他卖好，还是自家兄弟，他也没有推拒的道理。

……

傍晚，天枢殿内，景炎将丹阳郡主托他送过来的那个匣子放置案几上。

赤芍将一应香品器送过来，一一摆好后，抬首见白广寒再没别的盼咐，就欠身轻轻退了出去。

景炎打开匣子，取出匣子里的香盛，推过去："丹阳郡主……"

"特意找上你了？"白广寒接过香盛，打开看了看，"你竟接了。"

"我接了，并不代表白广寒也接了。"景炎笑了笑，"再说丹阳郡主，瞧着也比三年前长进了许多。"

白广寒不语，取来双耳香炉，烧炭填灰，景炎则有些懒散地往后一靠，若有所思。

殿外，赤芍面无表情地守在门前，来往的侍女们，连走路也小心放轻脚步。

不知过了多会，有香从殿内袅袅逸出，一直板着脸的赤芍，面上的神色不知不觉柔和了几分。世上女子，面对竞相盛放的百花，很难还表现得无动于衷。

人的味觉是有记忆的，并且记忆存留的时间，远比自己以为的还要长久。生命当中，很多时候，不经意的一眼，或许转头就忘了。但日后的某一天，忽然闻到当时看那一眼时的味道，或许尘封的记忆就会被唤醒。

赤芍想起当年她是从三十余位侍香人当中，被选中进入天枢殿，那时候的喜悦和激动，此生都难忘，如永不败的繁花盛景。

殿内，景炎看着那炉香，叹道："果真是长进了，难怪崔文君对她的评价那么高。"

"比起那小香奴如何？"

景炎呵呵一笑："不是小香奴了，已是香使了。"

"嗯！"

景炎沉吟一会，才道："丹阳郡主眼下无论哪点，都比她优秀很多。"

"你……更看好丹阳郡主？"

景炎没有马上回答这个问题，而是伸手将匣子里的花笺拿出来，上面写着这款香的香名——争艳。

"许久没有这样的心情了。"景炎把玩着手里的花笺，微笑着道，"丹阳郡主确实优秀，可以看出日后的成长，但安岚……"他说到这，顿了顿，随后似想到什么好玩的事情般，忽地一笑，才接着道，"即便如此，那只小狐狸，却还是更令我期待。"

安岚当上香使后，又是专门进出寤寐林的香使，她便有一定的权限，可以查阅部分出入寤寐林的香商的交易记录，同时也能知道他们的具体需求。

"这样真的可以？"两人从寤寐林出来，回去源香院的路上，金雀有些不放心地道。

"小心一些就没事。"安岚点头，又道，"再说，他如今已是穷途末路，绝不会放过一丁点儿机会的。"

金雀想了想，又问："若有万一……我们会不会出什么事？"

"不会！"安岚斩钉截铁地道。

金雀咬了咬唇，便道："要不，算了，反正他如今也没落得好。"

安岚却道："你怕会连累我？"

她们之间，很少有事情能真正瞒得了对方，金雀迟疑了一下，叹道："你好容易才当上香使，若是因为这种人被拿了错，那才叫不值。"

安岚沉默一会，便道："你为我去存香房偷香品时，不一样冒着极大的危险？可我当时一点儿都没阻止你，如今想来，我当真是过分了。"

金雀忙道："那不一样，我是有把握所以才去偷的，你没说什么不也是信任我，我还能不明白吗？"

安岚便道："所以你不相信我有把握？"

金雀一愣，安岚遂笑了："那种人，你相信老天爷会惩罚他？瞻前顾后，婆妈！"

金雀眼圈有些热，扭头哼道："你才婆妈！"

却这会儿，前面行来一辆气派的马车，两人即走到路边。只是那辆马车走到她们跟前时，就停下了，随后车窗帘被掀起，露出车内那人如花的容颜。

"真巧又碰上了。"丹阳郡主笑着往外看，"你这是要回去了？是回香院吗？"

安岚微微欠身："是。"

丹阳郡主打量了她一眼，然后拿出那个小香包："刚刚忘了问你，这里头装的是什么香？挺好闻的，似乎有丁香在里头。"

"是有晒干的丁香花，除此外还有雏菊和枣花，奴婢因觉得好闻，就都装了一点儿。"安岚说到这，便又道，"郡主若是不喜欢这个香，可以将里头的香饼换了。"

"不是，我很喜欢。"丹阳郡主又看了看那个香包，"此香可有香名？"

安岚道："棘薪。"

"棘薪。"丹阳郡主品了一下这个香名，然后道，"可是出自，凯风自南，吹彼棘薪。"

安岚迟疑了一下，点头道："奴婢不会取香名，让郡主见笑了。"

"凯风自南，吹彼棘薪。"丹阳郡主低吟一句，又闻了闻那香包，然后微微一笑，"很贴切的香名，很温暖的味道，你读过书？"

安岚道："长香殿的香使，多少是要识得几个字的。"

"原来如此。"丹阳郡主笑着道，"希望我们日后还有相见的时候。"

她说完，就放下车帘，随后马车缓缓离去。

只是马车走了一段路后，陪在丹阳郡主身边的丫鬟就迟疑地道："郡主，这东西还是收起来吧，这等香如何配得上郡主。"

丹阳郡主看了那丫鬟一眼，眼神颇有些严厉，那丫鬟惴惴垂下眼："不就是个下人配的香，也不知她懂不懂君臣佐辅，万一相冲了，到底不好。"

"你懂什么。"丹阳郡主收回目光，重新落到手里的香包上，沉默一会后才自言自语般地低声道，"棘薪……不是个简单的人呢。"

马车离开后，金雀才开口问安岚："那香包你怎么给她了，里头的香饼你可是费了不少功夫才和出来。瞧她那派头，又是个郡主，定是什么好东西都见过了，刚刚面上笑得客气，心里多半是瞧不上。而且刚刚问东问西的，多半还是个不识货的，棘薪香给她可真是糟蹋了。"

安岚拿出那串香珠："她赠了这个，我白拿总不好，而且我觉得，她也不会是个不识货的。"

金雀接过那串香珠，看了两眼，又嗅了嗅，随后诧异道："这是沉香串珠？"

安岚点头："嗯，是土沉香。"

金雀不解："非亲非故的，她……为什么送你这个？"

"我也不清楚，只是这份礼，也着实太大方了。"安岚摇头，沉默一会，便将刚刚在半月亭那听到的事告诉金雀。金雀听完后，怔了一怔，然后跺脚道："果真是个没安好心的，她好好的郡主不当，千里迢迢来这争什么！莫不是就针对你来的？"

"胡说什么。"安岚笑道，"她又不认识我，哪还能针对我，况且我跟她是天壤之别。"

"她之前是不认识你，但现在认识你了啊，你还给了她那香包。"金雀说着，又掂了掂那串沉香珠，"她若真有那本事，还能瞧不出你的香有多好？你看，她刚刚特意问你那几句，一定是试探你的！哎呀，真是坏了，你不该给她棘薪香的！"

瞧金雀立马变得着急上火的模样，安岚不禁扑哧一笑，金雀便瞪着她道："你还笑得出来，连我都觉得不对劲，你难道一点都不察觉。"

风吹过，安岚抬手拨了拨额前的发丝，看着前面的大雁山，平静地道："即便让她知道我会和香，那又如何，长香殿的香使，多半都会和香。"

金雀道:"但,但是,你跟她们不一样。"

安岚道:"那只是你觉得,郡主那等身份的人,怎么可能会这么想?"

金雀皱了皱眉,又掂了掂手里的沉香珠串:"若她就是觉得你不同了呢,不然她怎么会给你这个?"

"那又如何。"安岚拿过那串香珠,摇头,"若白广寒大香师真的公开选徒,凭白广寒大香师的名望,有意的人不知几何,再说,丹阳郡主并不知我也中意那个地方。"

"也是呢……"金雀想了想,放下心,只是片刻后,她又是一声怪叫,"等等,那要跟你竞争的人,不也是一样更多了!"

"可不是嘛。"安岚叹气,很欣慰金雀终于注意到事情的重点了。

……

夜里,桂枝缠住王掌事抱怨房间的事,越说越觉得委屈。原本,她是想着自己成了香使后,有了单独的房间,王掌事便会常过来找她,到时她求什么事,会更加方便。可现在,她是单独住一屋了没错,却偏住的是之前王媚娘住过的地方,王掌事许是心里对那屋多少有些不舒坦,所以完全没想着要过去。而且那房间,王媚娘住的时候,里头可是摆了不少好东西,但到了她住进去时,除了原本那张酸枝木拔步床外,别的好物件是一件都瞅不着了。

这叫她怎么甘心,费了这么多心思,屈意承欢了那么久,可不是就为了住进那间破房子!

王掌事有些奈何不得桂枝的缠功,便道:"原本就没有多余的房间,你不喜欢那屋,难不成你还愿意跟别人挤一个房间?香奴那边倒也有一些空房,还是你还想着搬回那边?"

"谁说要跟别人挤一屋了,好容易从香奴那搬出来,干爹竟还想着让我回去,好没良心!"桂枝不满道。

王掌事瞧她这又痴又嗔的小模样,便笑道:"那你说要如何,我总不能给你变一个空房间出来。"

桂枝眯了眯眼:"安岚那房间挺不错的,总归她占着那屋也是白占,不如跟我换了,如此,日后干爹也能过去尝尝鲜儿不是。"

王掌事没有说话,半阖着眼,似在考虑。

桂枝便趁热打铁,接着道:"我知道王媚娘令干爹恼了,所以如今干爹连去我那屋都不愿,若是我跟安岚换了房间,干爹偶尔过来看我的时候,我也将安岚请到我屋里热闹热闹,岂不更好!"

王掌事这才看了她一眼,笑道:"就你鬼心眼多。"

桂枝坐起身道:"那干爹是答应了!"

王掌事抬手在她肩膀上轻轻抚着:"这事不用这么着急,陆香使长才定下的事,多少也要给她点儿面子。"

桂枝立即收起面上的笑，有些不屑地撇了撇嘴："她算什么香使长，依我看，白香师忽然抬举她，定是有什么见不得人的勾当！"

王掌事当即皱了皱眉，桂枝以为王掌事是为自己这句话不快，赶忙赔着笑道："我也不是说陆香使长做了什么勾当，主要是这事儿太突然了，她都当了那么多年的香使，也不见有什么过人之处，如今却突然跃上枝头，一下子压了旁人一大截，由不得别人不这么想嘛。"

王掌事还是没有说话，面上依旧一副沉思的表情，桂枝便接着有些惴惴地道："干爹别恼我，我是有口无心……"

"没事。"王掌事在她背上拍了拍，"这事以后别再说了。"

桂枝有些困惑地看了王掌事一眼，虽不明白，但还是乖巧地点点头。

王掌事示意她下去吹灯，然后就躺下闭上眼睛。他也一直在找那个人，当然也有怀疑陆云仙，但是，目前还没有找到什么证据证明陆云仙就是内奸。而且，如今陆云仙到底是白书馆亲自抬举的人，他也得防着白书馆是不是故意给他设的圈套，看他是不是真的服了。若是被白书馆察觉到，他其实心里还存有不满，那日后想翻身，怕是更难。

桂枝努力一晚，都没能如愿，心里颇有些不快，王掌事也只是敷衍几句后就睡了。

却不想，第二日上午，陆云仙就顺了桂枝的意，将她换到西边那间屋。

傍晚，王掌事回来后，听到这个事，先是愣了一下，随后心里隐隐生出怒意。

第 019 章　甜头・事发・蛇蝎

且说上午那会儿，桂枝从陆云仙那听到这个消息时，先是有些不敢相信，好一会后，才做梦似的问："这，这是真的？"

"什么真的假的。"陆云仙面上露出微愠，"你若还不愿，那便算了，你就照样住现在那屋。"

"没没没……"桂枝慌忙赔着笑道，"我怎么会不愿，就是太惊讶了。"

陆云仙微微皱眉，面上露出不耐烦之色："行了，赶紧回去吧，只给你半天时间收拾，别耽误院里的差事。"

桂枝赶紧应声，谢了又谢，也不再问为什么忽然给她换这么好的房间，只当是昨晚她伺候王掌事的功夫到家了，所以王掌事今儿换了别的法子，应允了她的要求。也难怪陆云仙的脸色这般难看，如今给她换的那屋，可一点都不比香使长住的地方差。

桂枝乐滋滋地出去，迫不及待地去新房间巡视一圈后，就很是得意地道："这才叫人住的地方！"

……

傍晚，王掌事听说此事后，沉默许久，便唤了陆云仙过来问怎么回事。虽说香使们的房间安排，香院的掌事一般不会过问，但是，若违背了惯例，掌事还是要得问清楚事情的缘由。

"我也觉得此事不妥，本是想问掌事后再做定夺的，只是上午掌事未在香院，香阁那边的意思，我实不敢违背。"陆云仙过来后，就道了这么一句，且面上分明带着不满，"桂枝终究也是个香使，却住进那样的房间，到底是乱了规矩。而且别的香使看在眼里，心里定也会有不平。"

王掌事皱眉："你说，这是白香师的意思？白香师怎么会注意到这等小事？"

"我也不清楚。"陆云仙摇头，"今儿一早，我去香阁那边拿香单的时候，白香师问起香院中的人事，我如实说了。白香师因还记得王媚娘，便道了一句，死过人的房间确实不宜马上住人，随后就命我好好处理院中的人事。"

王掌事的眉头越皱越深，陆云仙接着道："接着刘玥就问起香院里的房屋和院落都是怎么安排的，还特意问了空房间有哪些。"她说到这，就偷偷看了王掌事一眼，然后问，"是不是，让桂枝再搬回去？"

王掌事想了想，就摇头："不用，既然是那边的意思，那就先这么办。"

不过是换个房间，与他无害，他没必要在这上头计较落了白香师的脸面，更何况桂枝也缠着他给换房间的事。只是这件事背后的意思，值得他好好琢磨，一直以来，他是不是把桂枝想得太简单了。

片刻后，陆云仙从王掌事那出来，长吁了口气，这才觉得自己的手心和后背都出了汗，凉风一吹，不禁打了个寒战。出了院门，她回头看了一眼，然后一声感叹，那个安岚，真不知是哪修来的这份心思，竟能将那几个人的利害关系分析得如此准确，还能面不改色地编出这样一通话，并且说得让人不得不信，不得不跟着她的意思走。

今日，她去香阁拿香单的时候，白香师确实问及香院中的人事安排，如今白香师想掌控香院，对香院中的事情不可能不问。王媚娘是白香师亲自吩咐杖罚至死的，白香师当然不会这么快就忘了，而王掌事，在如今这个时候，不可能为这点儿小事去跟白香师一句一句地确认。所以，王掌事定会默许此事，并且，从今起，必将把更多的注意力转到桂枝那边。

陆云仙抬手抚平被风吹乱的发丝，稳住有些慌有些激动的心绪，抬步继续往前走。

因为换房间的事，许多不明内情的香使和香奴们，都以为桂枝才是除王掌事外，在香院里能说了算的人，于是纷纷过去巴结，一时间，桂枝在香院里的风光无人能及。

王掌事一直默不作声，任由他们在底下闹腾，陆云仙也识趣地退让，并且不时暗中推波助澜。安岚和金雀也只在一旁冷眼旁观，只做好自己手里的差事，并尽量避开跟桂枝之间的冲突。

于是，在众人的奉承之下，桂枝越来越得意忘形，几次从香农那收香的时候，都私自扣下一部分，然后再偷偷卖出去。陆云仙不动声色地故意放水，并且自己丝毫不沾便宜，也不去过问，只当做不知道。

桂枝越来越大胆，胃口也越来越大，偏她又没有王媚娘的细心，因此不到半个月，就被王掌事看出账目不对。但是，王掌事依旧隐而不动，既没有警告桂枝，也没有去阻止，反而对桂枝宠爱有加，但已在暗中留意桂枝经手的每一件事。他相信桂枝一定还有别的帮手，不将这些人都揪出来，他晚上都睡不着。一直跟在王掌事身边的石竹察觉出不对劲，当即寻了个机会，悄悄去寻桂枝提醒她别做得太过火，王掌事已经怀疑她了。

"我就捞这点儿油水算什么，跟王媚娘比起来，那是九牛一毛。"桂枝有些不屑地看了石竹一眼，"再说，这等事干爹心里当然是清楚的，不然当时王媚娘屋里摆的，身上戴的那些东西，难不成都是天上掉下来的？"

石竹微微皱眉，面上带着显而易见的不赞同："你跟王媚娘到底不一样，她是自打进来就跟着王掌事，并由王掌事一手扶持起来的，很多事情，她做之前，都提前跟王掌事说一声，王掌事没有反对，她才去做，而你……"

"我怎么了！"桂枝不耐烦地打断石竹的话，"我比她差在哪了？干爹若真对她那么好，能将她送到白香师那白打一顿？我看她就是蠢，结果丢了性命。我是没有事事都跟干爹说，但我也没件件都瞒着啊，该说什么不该说什么我还能不明白的？你看，如今干爹对我是越来越好，就连陆云仙对我都是忌惮三分！"

石竹说不过她，只得气闷地道："我是担心你……"

桂枝瞧他神色微恼，只当他是嫉妒吃醋，心里不屑地哼了一声，人却走过去，抬手抚着他的胳膊柔声道："我知道你是担心我，其实我这么做，不也是为着我们吗？我不多准备些银子，我们将来怎么办，干爹那性子，也就是尝个新鲜，等过些日子冷了我，我想再捞点油水，可就不像现在这么方便了，你说是不是？"

石竹依旧皱着眉头，他心里清楚自己说服不了她，有时候也挺厌恶她这贪得无厌的性子，但心里偏又放不下她。

桂枝知道不给他点甜头尝，他是不会甘心的，再说她现在还离不得他的帮忙，于是轻声道："现在是白天，不太方便，天黑后你来找我，我给你留门。"

入夜后，石竹在床上翻来覆去地睡不着，他一直惦着桂枝，偏这些日子，因王掌事时常传唤桂枝的关系，两人都没怎么见面，今日桂枝主动提及，他自是激动。况且，他如今也实在是不放心，还是希望能多提醒她几句，让她知道收敛，别到时惹祸上身。

于是，又等了一会，石竹便起身出了屋，往外看了一眼，瞧着外头没人后，就悄悄离开那，往香使的住处走去。他却不知，这几天，一直有人守在桂枝那屋附近，待他进了桂枝的房间后，那人即轻手轻脚地离开那，往陆云仙那行去。

片刻后，陆云仙就领着两个婆子，拿着这些日子整理出来的事务明细，往王掌事的院子走去。

绣帐华床，锦被瓷枕，虽无红烛萤火，但有暗香幽幽，以及一男一女缠绵后逐渐平复的呼吸声。

石竹闭着眼睛歇了好一会后，才睁开眼道："你难道就打算一直这么下去？"

好好的，又说这个，桂枝心里有些不快，但想了想，就放柔了声音："那你让我如何？你若能跟白香师一样有本事，能让老家伙吃了亏还叫不出一声苦，我就全都听你的。你又不是不清楚，咱们终究都是奴婢，如今瞧着是有些风光了，但若哪天惹恼了他，他一句话，咱这点风光马上就没了，你我现在到底没成什么事呢，先哄着他开心不是对大家都好的事？"

石竹不说话，桂枝接着道："我知道你不愿我去伺候他，其实我心里也不愿，但我不是没办法，他是什么样的人你不清楚？我哪敢违抗他的话！"

石竹依旧不说话，他本来就是个笨口拙舌的人，本来要说的事，白天就已经跟桂枝说明白了，如今，再叫他说，也不过是将白天的话重复一遍。

"咱俩都是一条船上的人了，这些天，我，我心里也一直是挂念着你的。"桂枝抱着他道，"不然我怎么会求他给我换这房间，换到这儿后，日后你我来往也方便些，不易被人发现。你放心，我也不蠢，之前考香使那些事，谁还能看不明白，他跟白香师之间迟早会有个结果，咱就先安心等着。我哄着他开心，你再时时替我留意他的动作，没准儿哪天，咱就能在白香师跟前露一会脸，到时，还怕摆脱不了他吗……"

桂枝可劲儿地捡着好听的话哄石竹，却不知，屋外的人早已将她和石竹的勾当听得一清二楚，也将她说的那些话听得明明白白。

王掌事紧紧咬着牙齿，忍了好几忍，才控制自己没有破门而入，将里头那对狗男女给宰了解恨。

此时，他终于确定，桂枝和石竹，都是投靠了白香师的人，难怪之前那些事，能办得那么神不知鬼不觉。因石竹口风紧，人老实，心也细，所以这两年甚得他的信任，他的许多差事不是交给石松就是交给石竹去办。

本以为是条看家犬，却不想竟是条白眼狼！

白书馆真会挑人，直接就找他身边的人下手，果真是让他防不胜防。王掌事握紧双拳，面色阴沉地盯着那扇紧闭的门，待里头的声音渐渐低下，石竹起来穿衣服打算离开的时候，他才转身，沉着脸，悄悄走了。从始至终，他都没有弄出一点儿动静，没有让屋里的人察觉他来过，已知道了一切。

既然白书馆想用他的人来对付他，他干脆将计就计，看到时候，死的会是谁！

只是螳螂捕蝉黄雀在后，王掌事怎么也想不到，他才刚离开那里，又一个人从屋子的拐角后面轻轻走出来，小心翼翼地走到他之前站着的那个地方，然后将一个东西丢到地上，随后，那人也悄悄离开那里。

月亮从云层后面露出脸，皎洁的月华洒下，照清被扔到地上那东西。

原来那是个石青色的小香袋，颜色已经不鲜艳了，但看着依旧精致，月光下，那香袋还泛着丝缎的光泽。不是香奴能用得起的东西，也不是香使们常用的款式，但是，也有许多人对这个香袋不会觉得陌生，因为这是王掌事常挂在身上的东西。

石竹穿好衣服，桂枝便打开门往外瞧了一眼，确认外头没人后，才回头道："快回去吧，日后有机会，我再让你过来。"

石竹点点头，把门拉开一些，轻手轻脚地走出去。

桂枝本是要关上门的，却见石竹将下台阶时，突然停住，整个人似僵了一下，然后弯下腰，捡起地上的一个东西。

桂枝不解，小声问："怎么了？"

石竹认出那东西时，只觉得浑身血液都冻住，脑子有片刻的空白。

桂枝愈发不安，又担心他一直站在那让人看到了，便也出去将他拉到角落处："你怎么还不走？这是你掉的？"

即便是在昏暗的光线下，也依旧可见石竹的脸色苍白得吓人，他将手里的香包递给桂枝："你不认得这个？"

桂枝狐疑地接过，借着月光看了两眼，随后脸色也是一变。王掌事的东西怎么会掉在这里？难道他来过，什么时候来的？是不是刚刚？

"这——"桂枝抬起眼，却从石竹眼里看到跟她一样的惊恐。

被发现了！

接下来，王掌事会怎么对付他们？若是刚刚发现的，那为什么什么都不说，就悄悄走了？此时，两人脑子里就来回盘旋着这几句话。

"怎，怎么办？"桂枝一时间整个人都慌了，声音里即带着哭腔。

"我回去，好好想想。"石竹却机械地说出这句话，然后就走了，走时的动作似行尸走肉一般。其实，他也不知道自己到底是怎么回去的，他只觉得，当他躺回到自己床上时，还觉得像是在做梦，只是这个梦令他手脚冰凉。

他了解王掌事是什么样的人，被王掌事发现了他和桂枝之间的事，他以后绝不可能会有好日子过。但，这还不是最糟的，若因此被王掌事查出王玉娘的死，以及王华的失踪，他和桂枝绝不可能还能保住性命！

石竹越想，越觉得可怕，前半夜他僵直地躺在床上，后半夜辗转反侧，最终，他得出的结论是，在这里，他和桂枝已经走到绝境。为今之计，只有马上走，但是走之前，必须让王掌事答应放他们一马！

一夜无眠，翌日，天灰蒙蒙亮的时候，石竹就从床上起身，开始翻箱倒柜。

差不多与此同时，陆云仙也将安岚叫了过去，低声道："昨晚，王掌事没有任何动静，怎么回事？"

安岚平静地道："别急，不可能没有动静，他不动，石竹和桂枝也会动，你准备好在白香师那添一把火。"

"石竹和桂枝？眼下王掌事不动，他们怎么会动？"桂枝一怔，随后狐疑地道，"难道，难道他们已经知道被王掌事发现了？"

安岚微微点头，香袋，是她让石松去扔的，就是防王掌事不动，石竹和桂枝也不动，使得事情陷入僵局，局面被王掌事重新掌控。所以，那个香袋就是一个导火索，让他们双方，必将有一方不得不动。

石竹找到这些年香农告王掌事拖欠银款，强占香使的一些证据，这些东西，他当时也是抱着以防万一偷偷存了一些，不想真有用上的时候。石竹将那些东西折好，放入怀中，然后推开门往外看了一眼。此时天才刚刚亮，还没多少人起来，除了厨房和香奴那边，香院别的地方还是静悄悄的。

石竹摸了摸胸口，就朝桂枝那走去，他要带她走，用这些东西当筹码，王掌事不会不答应。他和桂枝在王掌事眼里，只是两个不起眼的奴婢，王掌事不至于要为了他们跟自己过不去。

只是，石竹才离开自己的房间，隔壁的房门也跟着打开了，便见石松从里走出来。

她绝不能让干爹知道这个事，她好容易才摆脱香奴的身份，好容易才住进这样的房间，穿上这样的衣服，还有了这么多的银子！日后，她还会更好，定还会比现在更好，只要，只要渡过这个难关……桂枝同样是一夜无眠，同样是天还未亮就从床上起来，同样也做了一些准备。

此时，她坐在梳妆台前，看着镜子里的自己，整整一晚，她脑子里来回想着都是那些话。

片刻后，她站起身，去屏风后面就着盆里的冷水洗了脸，在冷水的刺激下，她的脑子又清醒了几分，心肠也跟着硬了几分。随后，她擦干脸，重新坐到妆台前，放下头发，拿起梳子，重新梳了一个高高的灵蛇髻。

很多香奴都知道，她是个手极巧的人，她会梳几十种不同的发髻。但是，香奴们不能梳这样的发髻，一是太招摇，会招人眼红，二是香奴没有配得上这等发髻的首饰，也没有相称的衣裳。若是费了半天功夫，梳了这样一个发髻，却只能戴两朵纱花，穿一身布裙，还不够寒碜人的。

如今，她终于可以梳这样高贵的发髻了，也有好几支镶嵌宝石的金钗和样式精巧的珠花，还有几套能穿得出去的衣裳。她的好日子还在后头呢，怎么可以在这个时候倒下！

梳好发髻，带好珠钗后，她便将前几日才买的脂粉盒打开，先在脸上拍了一层香粉，再拿出那个玉盒子，拿手指轻轻挑出一点玫瑰膏子，用玫瑰露化开，抹在唇上。一次之后，她觉得不够鲜亮，便又挑出一点，再滴两滴玫瑰露化开，这一次就抹在下唇，花瓣一样的嘴唇愈加诱人了。

涂好后，她轻轻抿了一下唇，便见镜子里的女人看起来，既华贵又妖娆。她满意了，便将手里剩下的那点玫瑰膏子轻轻匀在两颊。她的动作很仔细，比任何时候都要认真，似乎这预示着她的成败，令她重之又重。

最后，她挑了件玫瑰红地缠枝花纹的八幅裙，换好后，她再次走到镜子前，看着镜子里盛装的自己，目中露出疯狂。这才是她要过的日子，这才是她想要留住的东西，谁也不能破坏！

桂枝轻轻抚绣着团花的衣缘，心里想着：昨晚，干爹没有破门而入，定是要给她一次机会的意思，不然不可能就这么当做没事般离开，她须做出一个正确的态度，让干爹看明白。如此，只能让石竹离开香院，反正他也说过，他过两年就想回家娶妻生子去，既然早晚都要走，那不如早点儿走。

桂枝很自信，她觉得，眼下这情况，石竹定会听她的。即便他不愿走，也不得不走了，大不了，她假意答应他，过后她寻了机会，也离开香院寻他去，两人做长长久久的夫妻。

这般想着，桂枝深呼吸了一下，就走到门边。却刚拉开门，就看到石竹正在她门前，她吓一大跳，慌忙往外看了一眼，然后将他拉进来。

"你怎么过来了！"关上门后，桂枝转身，恼怒地看着他。

石竹打量了她一眼，怔了怔，才道："我想出法子了。"

桂枝一愣："什么法子？"

石竹便将藏在怀里的东西拿出来递给桂枝："你看这个。"

"什么东西？"桂枝狐疑地接过，却瞧了几眼后，就惊讶地抬起脸，"你，你怎么会有这些东西，你想拿来做什么？"

"我们一起走！"石竹两手握住她的肩膀，目光炯炯地看着她，"王掌事已经发现咱们的事，以后你和我都很难在这里过得好，不如就此离开。就拿这个逼他放我们走，反正我们在王掌事眼里都不算什么，他是个最会衡量利害的人，定会答应的。"

桂枝只觉得一头冷水从头上浇下来，怔怔地看着石竹，她没想到，石竹竟准备了这些东西。若石竹真拿这些东西去王掌事那说，那她就算不想走，也得跟着走了！她好容易才过上的好日子，凭什么，凭什么要为这个男人放弃！

"我就是先来告诉你一声，让你别担心，等一会我就跟王掌事说去。"石竹瞧她脸色不好，想了想，又道，"回去我就让我爹娘给咱们办喜事，我家虽不是多富裕，但如今的收成越来越好了，定能让你吃上饱饭，我这几年也有一些积蓄，或许还能做点小买卖。"

谁说要跟你走，谁说要跟你过那种苦日子！

桂枝心里在呐喊，咬紧牙根，愤怒地呐喊，可是，她面上却露出笑，扬了扬手里的东西，问："你就这么将这些东西拿到王掌事面前说，不怕他当场就让人抢走烧了？"

见她笑了，石竹放下心，就道："我还留了一些放在别的地方，只要他答应让我带你出去，等咱们安全离开后，我再将剩下那些让人送回去。"

桂枝心里的寒意却又添了几分，此时，就算她将这些东西都撕毁也没用。

但是，她绝不能跟他走，更不能让他到王掌事那说去，这事只要一说，她就真的没有挽回的余地了。

桂枝垂下眼，看着手里的东西，目中露出阴狠和决绝。只是她抬起眼时，面上又露出微笑，并将那些东西交回到石竹手里，柔声道："那你快收起来吧，不过这会儿天还没全亮，王掌事多半还没起来，你且在我这坐一会，喝杯茶再走。"

石竹道："再等，一会出去或许会让人看到。"

"我害怕了一夜，你就陪我喝杯茶压压惊。"桂枝面带可怜，"你放心，你这个时候出去，反倒会碰到别的香使，还不如再等一会，待她们都去陆云仙那领差后，你再出去更妥当。"

石竹想了想，就在椅子上坐下。

桂枝便转身给他倒茶去，茶是普通的绿茶，只是已经冷了，茶香还在，但口感却变得苦涩了些。

桂枝给石竹倒了一杯，也给自己倒了一杯，放在托盘里，拿到桌子旁，将石竹的那杯放在他跟前，然后她在他对面坐下。石竹其实也觉得心慌，这事他说得有把握，实际上心里一点底气都没有，因此觉得口干舌燥，于是桂枝将那杯茶放在他面前的时候，他拿起就直接仰头喝光了。

桂枝愣了愣，她的心脏止不住地怦怦跳起来，自己手里的那杯茶差点落到地上。石竹放下杯子，拿袖子擦了擦嘴边的水渍，然后看着桂枝，一脸认真，如下承诺地道："你放心，无论如何，我一定不会不管你的，以后我也不会让你吃苦的！"

桂枝似根本没听他在说什么，只看着他湿润的唇，对着她一开一合。

其实，他的五官生得挺好，不然王掌事也不会常让他去香殿那边跑腿，特别那双眼睛，虽不大，但很有神，鼻子也很挺，腰身又那么有力，胳膊像铁一样……真是可惜了。

见桂枝只看着他不说话，石竹以为她还在担心，便想着再安慰几句，只是开口时，他忽然觉得头有些晕，他便皱着眉甩了甩头。桂枝即放下茶杯，走过去扶着他道："你昨晚是不是也一夜没睡，就先在我这躺一会吧，我不让人进来。你好好歇，歇好了，才能为我们以后打算。"

"我怎么……"石竹顺着桂枝的搀扶站起身,心里却有些不解,但此时他的脑子越来越昏沉,根本无法想事情,只能随着桂枝走到她床边,然后砰的一下倒在她床上,这辈子再不会起来了。

桂枝只觉得浑身都软了,差点一下子坐到地上,她安全了,谁也夺不走她的荣华富贵,她终于安全了。

片刻后,她再次看着躺在她床上的石竹,怔了许久,就重新走过去,想将他拉起来藏在床底下,却就在这会儿,外面忽然传来敲门声。

第020章 连环·时机·反咬

就在石竹再次来到桂枝这的时候,也有人敲开了源香院的门,看门的管事开门瞧清来人后,不禁愣了一下。

"我要见我叔叔!"王华面带疲惫,衣服也有些不整齐,瞧着有点儿狼狈,但整个人看起来却比以前凌厉许多,那双通红的眼里似藏着一团火,令看门的管事一时说不出话来。

"您这是……"一会后,那管事才回过神,一脸狐疑地打量着王华,"这一大早的,王掌事怕是还没起来,您过来之前,可有通知王掌事?"

看门的管事之前就认得王华,所以倒没有给他脸色看,但是前段时间,王华在最后一轮香使考试之前突然不告而别,他是略有耳闻,据说王掌事还为此生了好大的气,所以这会儿突然看到王华,难免吃惊。

"麻烦你去通报一声。"王华抹了抹脸,提高声音道,"叔叔不会不见我的!"

"那您稍等。"看门的管事迟疑了一下,就点点头。

只是不等他转身,他身后就传来一个疑惑的声音:"是谁?"

看门的管事回头,见来人是石松,便知道自己可以省去跑腿的工夫了,遂让开身道:"是王郎君,说是要见王掌事。"

石松看到王华后,也是一诧,这么多天没有消息,他没想到王华竟还活着。

是王华自己脱逃,还是石竹最后手下留情了?

石松沉吟片刻,就走过去,打量了王华两眼,然后道:"随我来吧。"

源香院这把火,是要越烧越旺了。

"你……怎么回来的?"往王掌事的院舍走去的路上,石松迟疑地问了一句。

王华垂着眼，咬着牙没吭声，那天，他醒过来时，已是中午了，太阳当头晒着，他一醒过来就觉得口干舌燥，并且根本站不起来，也辨不清自己究竟是在哪儿。一直到傍晚的时候，才碰到一个老妪从那路过，给了他一口水喝。但是老妪说的乡话他听不懂，两人比划了半天都不得要领，加上天要黑了，荒山野岭的，他又已饥肠辘辘，不敢乱走，只得跟着那老妪回家。几天后，老妪的儿子回来了，才给他指了路，结果他却走错了路，越走越远，待再返回来，不知白费了多少时间。后来身上的银钱又被偷了，他差点沦为乞丐，幸好碰到个以前认识的人，借了点银子，如此才顺利回到家。

但这就已经过去半个来月了，其中的艰辛和不易，真不是一两句话就能说得清的。如今，他只知道，自己是被源香院里的人给害了，玉娘定也是因为那人而丧命的。他本想报官的，但又觉得，此事还是先通知叔叔一声，于是连夜从家里赶了过来。

王掌事忽看到王华，也是愣了一下，不过到底几十岁的人了，心里虽是诧异，面上也不显，只是怔了怔后，就询问地看向石松。不待石松开口，王华就红着眼走过去，却只喊出一声"叔叔"，声音就已哽咽，疲惫的脸上尽是憔悴。

王掌事便拍了拍他的肩膀："不急，先洗把脸，再慢慢说。"

王华洗脸擦手时，王掌事又命人传早膳，然后才让石松出去守着门，只是石松将退出去时，他又问一句："石竹呢？"

石松道："出来时没看到他，掌事要找他吗？"

王掌事面色如常："不是，你出去吧，别让任何人进来。"

"是。"石松应声退了出去。

屋内，王华休息了一会，稳住情绪后，才将这些天自己身上发生的一切都道了出来，随后就拿出一只耳坠递给王掌事："叔叔，这是当时那人不慎落下的。"

王掌事接过一看，面色微沉，这是他送给桂枝的东西，他自然认得。

王华急切地问："叔叔，你能查出这是谁的东西吗？我猜那车夫多半是这院里的人，这耳坠又是女人的东西，定是那车夫跟这里的女人暗中勾结！"

王掌事问："那车夫的脸，你没有看到？"

王华摇头，愤恨地道："他当时戴着一顶斗笠，遮住大半张脸，又特意背对着我。"

是石竹？还是，还有别的人？石松会不会也跟石竹一样？桂枝究竟跟几个人勾搭在一块？

王掌事握着那只耳坠沉思，许久之后，就握紧手心，将石松唤进来。

"你去将桂枝给我叫过来。"王掌事吩咐这句话时，特意打量了石松一眼，目光沉沉。

"是。"石松应下，然后不动声色地退了出去，刚刚他候在外头，里面的话虽听得不是很清楚，但也听了个大概。王掌事看他的那一眼，他并没有忽略，昨晚出了石竹这样的事，今早又添了王华这番话，他清楚王掌事如今是对谁都不再信任了。

……

桂枝还不及给石竹的尸体挪个地方，外头就传来敲门的声音，她当即惊出一身冷汗，差点瘫软倒地。

片刻后，外头又传来敲门的声音。

桂枝咽了咽口水，好一会后，才勉强稳住颤抖的声音："谁啊？"

石松在门外道："王掌事叫你现在过去。"

桂枝又是一惊，有些慌地走到镜子前，看了看自己的妆容，然后道："好，容，容我换身衣服，我才刚起。"

石松道："请快点。"

桂枝整了整身上的衣服，有些庆幸刚刚没有弄乱，只是……她又转头看了石竹一眼，随后咬了咬唇，就走过去，拉开被子将石竹盖住，然后再放下帐幔。

要走你自己走就行，偏想着拖上我，都是你的错！

桂枝这么想着，目中的慌乱退去，直起腰的时候，她的面容已经沉静。再次走到镜子前看了看，瞧着没什么不妥后，才走到门边，开门出去，然后马上转身将房门上了锁。

石松在一旁看着，什么都没说，待她锁好门后，就转身在前面领路。

桂枝本想给石松一个笑容，然后向他打听王掌事到底什么事，却不料石松连看都不看她一眼，态度冷漠得可恶，她只得恨恨地瞪了他的背影一眼。

此时，香使们大都去香使长那领差了，香奴们不住在这边，所以一路上倒没碰到什么人，不多会，就到了王掌事的院舍。

桂枝走到门口的时候，又仔细理了理自己身上的衣裳，然后面上露出笑容，跟着石松进了屋。却当她进去，正要喊一声干爹时，却看到坐在王掌事身边的王华，她脸色的笑容即僵在脸上，声音也卡在喉咙里。

石松将人带到后，见王掌事没别的吩咐，就轻轻退了出去。

不用偷听，他都能猜到房间里接下来会发生什么事，所以他退出来后，就直接转身出了院舍。

不多会，石松再次来到桂枝的房间这，房门是上了锁的，但是他却从身上掏出一把钥匙，轻易就将那把锁给打开了。这房间是陆云仙给安排的，房门的钥匙自然早有备份。

石松进去后，往屋里看了一眼，然后走到床边。

当他拨开帐幔，掀开被子，果真看到石竹时，他怔了一下，随后觉得不大对劲，伸出手一探，随后就被吓得往后退了两步。

片刻后，石松才再次走过去，在石竹身上摸了摸，找到那些证据收好，然后才看着石竹，似想说什么，却最终也只是叹了口气，将被子重新盖上。石松出去后，又将门给锁上，然后匆匆离开那里，走到一个转角处，发出两声鸟鸣。一会后，安岚从另一边过来，石松便将那些东西交给安岚，并低声道了一句："石竹死在桂枝房里，王华和桂枝此时在王掌事那。"

安岚一怔，随后点头，石松遂转身离开。

陆云仙将前来领差的香使们草草打发后，就在屋里来回踱步，并不时往门外看一眼。已是八月了，早晚的天都有些凉，她却不时拿着帕子扇着风，似乎这样做，就能将心里的不安扇走。

已经多少年不曾这么焦虑紧张过，几乎都要忘了这种感觉，陆云仙干脆倚在门口，看着外面。莫名地，她想起进源香院之前的日子，那时家中光景不好，家里是靠着亲戚的接济过日子的。她还记得，逢年过节时，娘带着她们几个去叔叔家拜年，被几位亲戚的孩子当面奚落的情形。一位大伯家的孩子给她递白糖糕时，故意将糕点掉在地上，当时很多客人都在，大伯母就说另外给她一块，那孩子却一脸无辜地看着她笑，说了一句她这辈子都忘不了的话：不用，她喜欢捡东西吃，我都看到她偷偷去捡王二家的猪杂碎呢。

周围的亲戚都笑了，说不上是有意还是无意，她只记得，当时她既无措又恐慌，呆愣愣地不敢说话，觉得自己似浑身赤裸地站在那让人打量……

如今，每次一回家，当年那些奚落的笑，全变成了讨好和巴结。前几天，她回家时，特意备了些白糖糕给那几位叔叔和大伯家送过去，然后，故意不小心打翻了其中一盒白糖糕，她只道了一声可惜，马上就有人过来一边捡起，一边涎着笑说还能吃。

这些变化，都是因为她在香院里身份的改变而生的。

她其实并不想跟王掌事对抗，她向来谨慎胆小，愿意固守原地，但是，这么多年下来，多少心有不甘，加上王媚娘步步逼紧，她不得不为保住自己的位置而另求他法。

于是，她找上了安岚。

一开始，本以为事情是在她的掌控中，但没多久，她才发现，主控权不知何时已经易手。

无论如何，已经上了那条船，即便再怎么紧张不安，也不可能下去了。

而且她也尝到这步步高升的甜美滋味，如果，她失去现在的身份，那当年的奚落和嘲笑定会再次扑来！

陆云仙兀自出神时，安岚自走廊那头匆匆走过来，她遂回过神，即站直起身，有些紧张地看着安岚。

"马上将这个送到白香师那。"安岚示意她进屋后，就将袖子里的东西拿出来，递给她。

"这是……"陆云仙不解地接过，却翻了几翻后，脸色当即一变，"这是！"

安岚道："你亲自送去，除了这些，还在白香师跟前告王掌事一条色欲熏心导致院中规矩混乱！"

陆云仙只觉得手有点抖，怔了好一会后才道："我昨儿忽然过去找王掌事，王掌事已经对我起了疑心，今早我忽然又出去，说不准他会叫人拦下我！"

"不会，现在他决计顾不上你这边。"安岚握着陆云仙的手道，"王华过来了，正在他屋里。"

"什么？"陆云仙一愣，遂压低声音，"他，他难道没死？"

安岚接着道："石竹死了，在桂枝房里。"

"啊！"陆云仙蒙了一下，抬手捂住唇，一脸不敢相信。

"桂枝刚刚被叫到王掌事那边。"安岚继续道，她说出这几句话时，声音里不带任何感情，只是冷静地陈述一件件已经发生的事，"这些证据太繁杂，要查起来需要不少时间，容易夜长梦多。但眼下除了这些证据外，还有了一个千载难逢的机会，今日王华多半是有了什么凭证才回来找王掌事的，王掌事即便再怎么想以静制动，面对这等情况，也要问个明白。石竹的尸体还在桂枝房里，绝瞒不了多久，我们必须在王掌事发现并将这些事处理掉之前，让白香师过来。到时即便王掌事将这两条人命都推到桂枝身上，以桂枝的狠性，为了自救，一定会咬王掌事一口！"

陆云仙深呼吸了一下，就将手里的东西贴身放好，然后道："这事，若不能成，王掌事定会发觉你我，到时……"

安岚看着她道："我们若不努力，谁给我们机会？"

陆云仙脸色有些发白，随后咬牙道了一句："我去！"

她说罢，就出去了，安岚目送她离开后，就转身往王掌事那边过去。

此时，王掌事这边，桂枝已经从忽然看到王华的震惊中回过神，暗中握紧手心，修得尖尖的指甲陷进肉里，疼痛令她清醒，让她挤出笑容，于是百媚千娇地走过去，欠身行礼："掌事这一早叫我过来，不知有何事吩咐？"

王掌事没用急着开口说话，而是先打量了她几眼。

桂枝是去年才跟了他，虽跟王媚娘比桂枝少了几分痴，但胜就胜在她是个很有情趣的女人，又有一副好身段。并且为了讨好他，她什么事都能答应，所以颇得他欢心，因此她偶尔有什么小心思，他也睁一只眼闭一只眼。但他却怎么都没料到，这个女人，竟有这么大的胆子，竟想着来对付他！

王华一直以为，王掌事会将安岚也叫过来，故当只看到桂枝进来时，愣了一愣，然后询问地看向王掌事。王掌事却没有看他，依旧看着桂枝，一会后，才开口："我待你不薄。"

桂枝虽不明白王华怎么还活着，但她进来后，王华没有马上就对她如何，她遂断定，石竹虽是瞒了她什么事，但这个王华此时也定是什么都不知道，所以她放心了。故此时只当王掌事是为昨晚的事生她的气，于是讨好地上前一步，柔声道："掌事待我恩重如山，我从来不敢忘的，若是我做了什么让掌事您生气的事，你一定要相信我，我绝不是有意的，并，并且是有苦衷的。"

刚刚她心里转了几转，想起石竹给她看的那些东西，她心头忽地闪过一个念头，随即不怎么害怕，并隐隐有些兴奋起来。那些，可都是王掌事的把柄，既然石竹能用那些东西来要挟王掌事，她为什么不可以？她完全可以拿那些东西帮她渡过这次危机，并且，还能谋得一个更风光的未来。

"王玉娘是不是你杀的？"就在桂枝还在畅想的时候，王掌事忽然问出这句话。

桂枝愣住，脸色瞬时大变，震惊地看着王掌事。只是不待她出言反驳，一旁的王华已经从椅子上站起身，不敢相信地道："原来是你！"

"不！"桂枝几乎是反射性地就否认了这句话，然后有些惊恐地看着王掌事道，"干，干爹，你怎么会认为那是我做的，我为什么要，要杀她……那天我根本没跟她走一块，我怎么可能……干爹，你要相信我！"

她下手是一回事，但让人知道却是另外一回事。

对她来说，只要别人不知道，那她就没有做过。

可是，现在，她一直坚信的事突然变了，她以为神不知鬼不觉，甚至连石竹都死了，更不可能有人知道那件事，但却被王掌事给道了出来。她瞬间觉得恐慌，甚至觉得，这是不是石竹在报复她，不然王掌事怎么会知道？

"竟然是你！"王华走到桂枝跟前，布满血丝的眼睛直直地瞪着她，"是你杀了玉娘！"

"不是我！"桂枝大叫，往后退两步，"你有什么证据，你不能冤枉我！"

"证据？"王掌事又开口，"桂枝，你要明白，你如今这吃好穿好的日子是怎么来的，我既然能给你这些，自然也能收得回去！"

"干爹！"桂枝赶紧走过去，再顾不得王华就在一旁，当即跪在王掌事身边，抱着他的腿哭道，"干爹，你相信我，我害她对我有什么好？干爹，你不能只听他胡言乱语，就怀疑我啊。"

王掌事任她抱着，一会后，才慢悠悠地问："我给你那对玛瑙耳坠还在吗？"

桂枝一愣，有些小心看了王掌事一眼，然后才道："我，我收起来了。"

王掌事又问："是收起来了，还是当做定情信物送人了？"

桂枝脸色苍白，怔怔地看了王掌事一会，才摇头道："没，没有，我怎么会……"

"那这是什么？"王掌事说着，就在她面前摊开手心，一只颜色鲜艳的红玛瑙坠儿就跳入桂枝的眼帘。

桂枝傻了，但是在这危急的时刻，她的脑子也转得很快，几乎是眨眼的时间，她就开口道："干爹，是，是我撒了谎，这对耳坠我之前不小心弄丢了一只，生怕干爹知道责怪我粗心大意，就一直没敢说。"

王掌事面色阴沉："粗心大意，还能丢到外头，还让王华给捡到了？"

桂枝嗫嚅道："许是别人捡到，要拿出去换银子，结果却不慎弄丢了也不一定。"

"我竟不知，你这么会狡辩！"王掌事有些不耐烦了，捏住桂枝的下巴，阴沉沉地看着她道，"你不是笨女人，知道我想做什么，将你知道的都说出来，否则……"

桂枝有些惊恐地看着王掌事，然后转了转眼睛，看了王华一眼，才对王掌事道："能，能不能让我单独跟干爹说？"

她知道，糊弄不过去了，但王玉娘的事她绝不会承认。眼下她只能借用石竹的事为自己开脱，因为石竹要威胁王掌事，她担心王掌事，一时冲动就下了药。王掌事知道那些东西在她手上，定不会轻易对她如何。

"叔叔！"王华又急又怒，"叔叔，这，这个蛇蝎女人，我们应该马上报官！"

桂枝微微瑟缩了一下，遂睃了王华一眼，目中带着几分冷嘲和不屑。她有点想不通，石竹为什么要放过这个蠢蛋，这分明是给自己留了后患。做都做了，却最后手下留情，真是一个比一个蠢！但是，现在琢磨那些已经没什么用了，眼下最重要的是要过了干爹这关。

王掌事看着桂枝沉吟片刻，就抬眼，打算让王华先出去，只是不待他开口，外面突然跑进一个院侍。

桂枝一惊，王华也吓一跳，王掌事即皱起眉头，面露恼怒："何事这样慌张！石松呢？"

那院侍有些紧张地道："掌，掌事，白香师带人过来了？石松拖不住他们，已经都进来了！"

"白香师带人进来？"王掌事当即从这句话里嗅到不寻常的意思，遂起身，"出什么事了？"

他和白香师之间的关系才刚刚松缓，这个时候不应该还过来找他的麻烦。

"不知道。"那院侍摇头，面上带着不安，"但是白香师是带了两名刑院的人过来的。"

王掌事一惊，刑院的人轻易不出面，只要一出面，必将是大事。他心里顿生出不祥的预感，此时也顾不上跟桂枝扯，一边往外走，一边问："他们是往哪去？"

院侍忙跟在王掌事身边道："好像是往香使住处的方向过去。"

香使的住处？王掌事皱了皱眉，回头看了桂枝一眼，而桂枝在听到院侍这个回答时，脸色顿时变得惨白，才刚站起来，差点又倒下去。

"他们去那边做什么？出什么事了？"王掌事心里起疑，直觉这事跟桂枝有关。

桂枝只觉脑子嗡嗡作响，甚至还觉得呼吸有些困难，心脏狂跳。

不，不会吧？她锁着门的，就连那两伺候她的香奴都进不去。

应该不会，定是别的事，不可能这么快就有人知道！

于是她摇头，苍白着脸，故作镇定地摇头道："不，不知道。"

王掌事的眼神更冷了，自是看得出桂枝的神色不对，但此时他没时间跟桂枝多说。

白香师这次是带着刑院的人过来的，事情非同小可，他必须马上过去问清楚究竟是为何事而来。

王掌事大跨步出去，桂枝自当紧跟在后，并且走得比王掌事还要急，王华先是愣了一下，也赶紧跟上，并追到桂枝身边怒道："你别走，是你杀了玉娘！"

"闭嘴！"桂枝转头恶狠狠地瞪着他，"无凭无据就想诬蔑我，真当我是软柿子任你拿捏！"

"你——"王华气得脖子粗红，"叔叔他已经……"

就两句话的工夫，王掌事已经走远，桂枝也没有再听王华说什么，赶紧提着裙子跟上。她比王掌事还要紧张还要关心，白香师为何偏偏挑这个时候过来，为何偏偏是去香使的住处，甚至还带了刑院的人。这一路上，她都很恐慌，想知道答案，又不敢知道答案，有时候往深了想，就觉得自己头顶的天似马上要塌下来了！

可是，她要怎么办？怎么办？

桂枝一边跟在王掌事后面，一边盯着王掌事的背影，心里恶狠狠地想着，他既然自以为是她的天，那她若出什么事，他就要给她顶起来！

香院的占地不小，但王掌事熟门熟路，又如此着急，自当走得很快，但是，白香师也不慢，并且，时机掌握终是比王掌事快了一分。

于是当王掌事找过去时，便看到桂枝的房门被打开，并且房里已经站了数人，只有石松站在门口，脸色惨淡。

桂枝看到这一幕，脑子瞬间一片空白，差点瘫软在地。

怎，怎么可能？！一定是哪弄错了！

他们为什么会知道，为什么？

还这么快就带了这么多人过来，她不信这是真的，这一定是个梦，是个噩梦！

石松看到王掌事后，即快步走过来低声道："石竹死在房里，刑院的人正在查死因。"

王掌事大惊，即回头看了桂枝一眼："你竟敢——"

桂枝脸色惨白，摇头后退，想说什么，但张了张口，却发觉自己出不了声，似有什么卡住喉咙，加上她腿脚发软，后退时没走稳，即往地上一摔，就瘫了下去。

而这个时候，白书馆从桂枝房里出来了，寒着脸对王掌事道："香院内竟出了如此丧心病狂的谋杀之事！你身为掌事，难逃其咎！"

王掌事先是命院侍将桂枝擒住，然后快步走到白香师跟前，一脸沉重地道："此事王某一点不知，王某这就将此女交给刑院！"

桂枝被院侍擒住后，本是已经恐惧到不行了，但忽然听到王掌事这句话，心头莫名地就生出一股火。果真，果真，他果真连犹豫一下都不曾，就要将她丢出去！真当她是王媚娘吗？该死的男人，杀千刀的东西，以为她会跟王媚娘一样，什么都不说就乖乖听他摆布吗！

"冤枉，白香师，奴婢冤枉！"桂枝挣扎地直起身，大声喊道，"是他，是王掌事让奴婢下手的，白香师，奴婢冤枉啊，奴婢都是听王掌事的话！"

王掌事又惊又怒，无论如何也料不到桂枝竟会说出这样的话，赶紧喝道："住口，死到临头竟敢胡言乱语，堵住她的嘴！"

两位院侍正要动手，白书馆却道了一句："慢，让她说，此时不说，去了刑院一样要说。"

王掌事脸色有些难看，便道："白香师，此女的话绝不能信，她这是垂死挣扎，为了活命，什么胡话都能说，王某……"

白书馆冷声道："王掌事无需担忧，她说的是真是假，自有我和刑院的人断定，绝不会冤枉王掌事你。"

王掌事握紧拳头，牙根咬得紧紧的，转头看向桂枝，眼里全是警告。但此时桂枝却不似往常那般对他感到惊惧，不，惊惧和恐慌还是有的，但是因为不甘和恨，因为想要活着，于是全转化成对王掌事的愤怒，所以，但王掌事看向她的时候，她也恶狠狠地瞪回去。

院侍一直按着她，让她跪在地上，她用力地挣扎，表情狰狞。

特意梳的灵蛇髻已经散乱，特意换上的绸缎衣服也被扯得歪歪扭扭，狼狈不堪。

陆云仙和安岚等人过来时，就看到这剑拔弩张的一幕。

桂枝开口："因为石竹手里握着王掌事的把柄，所以他就叫我勾引石竹，想让我由此从石竹手里骗出那些把柄，为了让我答应，他对我一直是威逼利诱，求白香师为我做主！"

"荒唐至极！"王掌事气得脸色一阵青一阵白，"空口白牙，这些话你可有凭证！"

"有！"桂枝大声道，"你说，只要我答应，就让我坐上香使的位置，日后，也会正经把我收到身边！"

"你——"王掌事气得眼睛一晕，差点站不住。

白香师未理王掌事，看着桂枝问："那你为何要下杀手？"

"因为骗不出石竹手里握着的东西，王掌事担心夜长梦多，让白香师抓到把柄，就让我杀了石竹！"桂枝说着说着，就哭了起来，"我不敢，我说我不会杀人，掌事就威胁我，若我不听他的话，就让我先死。我害怕，不得不应下，于是掌事就给了我一些药，让我找机会给石竹下药就行！"

陆云仙在一旁听得目瞪口呆，安岚也非常惊讶，她当真没想到，桂枝能做得这么好。这个女人，够狠够绝，还够聪明，面对这样的绝境都能随机应变，当真是可怕！

桂枝的这些话一落，刑院的人就出来，确认了桂枝说的没错，石竹确实是被毒死的。

王掌事气得脸色发黑："贱人，你竟敢含血喷人！"

桂枝却不管他，继续对白香师道："香院里毒药一类的东西，都管制得非常严格，奴婢这等人是决计不可能拿得到手的。奴婢又不能随意外出，所以那毒药若非掌事给奴婢，奴婢如何拿得到那东西？再说，再说石竹与我无冤无仇，我为何要杀他，我杀他对我又有什么好处？"

"贱人，你，你——"桂枝这一番话，分明是假的，但听起来却如此合情合理，所以王掌事即便气得两眼发晕，一时间却无法反驳。因为，此时他也想不明白，桂枝为何要杀石竹，昨晚他听他们在屋里偷欢时，简直是浓情蜜意如胶似漆。为何过了一晚，桂枝就突然要了石竹的命？他想不明白，所以，他无法反驳桂枝的话。

螳螂捕蝉黄雀在后，谁都不知道，那只黄雀此时就站在这里，并且只有她，才真正清楚这事情的来龙去脉。

桂枝的话合情合理到连王掌事都无法反驳，白书馆自然是信了大半。而最主要是，桂枝口中所说的"把柄"，白书馆已经拿到手，有这个铁证，又有了桂枝这个人证，所以，此时他对这一幕感到非常满意。

第021章　报应·设计·圈套

"一派胡言！"王掌事怒喝，一脸正气，"我王新墨为香院鞠躬尽瘁，从来是行得端坐得正，石竹能握着我的什么把柄？如今死无对证，就由得你这贱人含血喷人！且不论你在香院做出这通奸的下作之事，就以下犯上这条，我也能马上将你治罪！"

桂枝冷笑地看着他："你也配说行得端做得正这句话，别的不说，就说这香院里的女人，还剩下几个不是在你的威逼利诱下跟你勾搭成双的！通奸？我呸！这香院里最大的贱人就是你！也就王媚娘那蠢女人才会对你死心塌地，你当每个女人都会像王媚娘一样，被你拿捏得死死的？你以为这么多年，或是被害死或是被迫走的那些人，就没谁留下点什么？还有外头那些香农，有哪个不吃过你的亏，有哪个要想跟香院做买卖不得先喂饱你的胃口……"桂枝说到这，就看着王掌事铁青的脸呵呵笑起来，阴恻恻地接着道，"以下犯上？在我以下犯上之前，你早就将欺下瞒上这手段玩得炉火纯青了。你这会儿想叫我给你顶罪，不可能！我桂枝贱命一条，大不了我跟你鱼死网破！"

院中的空气似一下子凝固了，所有人都怔住，陆云仙紧张得两手的手心都出了汗，安岚站在陆云仙后面，安静地看着这一幕。

"你这个疯女人！"王掌事被桂枝这一句一句听得心惊，想堵住她的嘴又不能，于是就摆出一副不屑与她纠缠的样子，转头看向白香师，面色黯然，"我执掌香院二十余年，不敢言有何功劳，但无一日不是战战兢兢，生怕疏于职责，行事难免有些刚愎自用。却不想此毒妇会如此记恨于我，今日竟想借此胡搅蛮缠为她自己脱罪，还请白香师能明察，不可信她一面之词。"

白香师看了王掌事一眼，因为知道此一战，自己是占了绝对优势，所以此时白书馆面色温和，眼神里甚至还带着几分安抚之意，十余年的香师生涯，让他将这等姿态做得十足："王掌事请放心，这等事情，自然是不能只听她一面之词，定是要有凭有据才行。"

王掌事心头略安，便转过身，看着桂枝道："证据呢？"

桂枝正想说证据就在石竹身上，只是话将出口时，忽然想起刚刚自己说的是因为拿不到石竹手里的那些证据，所以才听了王掌事的话下药的。若这个时候她说证据就在石竹身上，岂不是自相矛盾，桂枝额上顿时冒出冷汗，张着口，却僵在那。

王掌事一声冷哼："果然是含血喷人一派胡言！"

"不，我，我说的都是真的！"桂枝恨恨地盯着王掌事，她不能就这么认命，此时若认了命，就真的会没命的，于是看向白香师，"去，去石竹屋里找，或，或是在他身上仔细找找，没准就能找到那些证据。"

王掌事笑了，微微有些得意地冷笑："要真这么简单就能找到的东西，你之前还能找不到？有谁会信你这样错漏百出的话！"

"我信。"王掌事的话音刚落，白书馆就将他这句话接了过去，"她说的证据可是这个？"白书馆说着就拿出一小沓有些皱巴巴的纸张，一页一页翻着念出几个名字："徐三富，王二，杨二妞，张生，莫九娘莫香使，杨寿儿杨香使，还有文小妹，文小花，马大妹，来福儿……"

王掌事脸色煞白，震惊地看着白书馆手里那些东西，下意识地想上前去夺，却被刑院的人拦住。

白书馆念完那一个个盖了手印的名字后，然后抬起眼看着王掌事道："不知王掌事对这些人可还有印象？"

王掌事震惊道："白，白香师，你……"

白书馆将手里的东西收好，然后负手道："香殿早就说香院的收入一年不如一年，我还当是天公不作美，人力有限，为此忧郁多时，不想今日王掌事终于解开我心中烦恼。"

"你怎么会有这些东西？"震惊之后，王掌事瞬间明白过来，原来这从始至终都是白书馆给他设的局，要置他于死地的局，于是马上故作镇定地道，"白香师，那定是那女人伪造的，这是诬赖！是嫁祸！我决不认！"

"你还没看就断定是伪造的。"白书馆冷笑，随后喝道，"给我拿下，此事我要正式上交刑院彻查。"

"慢！"刑院的那两人要擒住他时，王掌事即一声呵斥，然后看着白书馆道，"你当真要置我于死地！"

白香师摇摇头："王掌事此言差矣，非是我要置你于死地，而是你置你自己于死地，那些事，你做没做过，你心里最清楚。若是做过，自当你逃不了，若是没做过，香殿也绝不会冤枉你。"

王掌事怒极反笑，忽然上前两步，却马上被刑院的人按住肩膀，他也不挣扎，而是看着白书馆低声道："你以为，你什么都没做过？你以为我手里什么都没有吗？白香师，我若不好了，你当你还能似现在这般顺意？"

白香师脸色当即沉下，但马上，他又微微一笑，然后朝那按住王掌事的人摆摆手，让他们先退开。王掌事得了自由，心里正有些得意，以为是他的威胁起了作用，却不想他刚要给自己揉一揉肩膀，白书馆就走到他跟前，在他耳边低声道了一句。他听后，脸色瞬时大变。白书馆拍了拍他的肩膀，有些语重心长地道："你应该先去仔细检查检查，你手里握着的东西，能不能拿住我。"

王掌事正在当场，只觉浑身发寒，随后白书馆往后一退，同时一声令下："带走！"

刑院的人再次按住王掌事的时候，桂枝赶紧跪着往前爬过来哭求道："奴婢所做的一切都是不得已，都是掌事逼着做的，求白香师为奴婢做主，奴婢，奴婢还知道掌事的很多秘密……"

"贱人！你害我！"王掌事怒火攻心，忽抬脚狠狠踹向桂枝，桂枝一声惊叫，随后倒在一边哭，一边哭，一边指控王掌事的种种行事。王掌事脸色铁青，气得说不出话，恨不能直接一刀杀了这个女人。

白书馆看够了，才又往旁吩咐一句："将这女人也带上。"随后，就命陆云仙过来，让她管好香院的一切，绝不能因此事而乱了院中的差事。

陆云仙毕恭毕敬地应下，白书馆这才领着人离开源香院，直接往刑院走去。

王华已经整个傻了，从始至终，他都是呆愣愣地站在那。

他完全看不明白这里究竟藏着多少不可告人之事，他只是直觉，这香院，远远没有自己想的那么简单，他叔叔王新墨，也远远没有他所以为的那么强大。他忽然觉得很恐惧，恐惧到脑子一片空白，只是眼睁睁看着王掌事被人押着从他跟前走过去。

而王掌事出去之前，一直就往两边打眼色，无论他的心腹会不会依着他的眼色行事，他都不信自己就这么倒下。桂枝不时转头，看着他冷笑："呵，死到临头了还不自知！"

王掌事大怒，却又觉得这个时候跟桂枝对骂着实太难看，于是一声冷哼，就移开目光。

执掌源香院二十余年的王新墨，被他弄死，被他玩残的女人不知有多少，因他身败名裂的女人更不知几何。在他心里，女人就是玩物，只要被他看上，就永远都不可能逃得出他的手掌心。

那些年，他定不会想到，最终，他会死在女人手里。

天道循环，终有报的一日，谁都逃不过！

……

五日后，安岚从陆云仙那知道，石竹虽是死在桂枝手里，但因她是被王掌事逼迫这么做的，到底是情有可原。并且因为她的关系，白书馆才能彻底除去王掌事，所以，白书馆有意留她一命。但是，就在桂枝走出刑院的当天，甚至还不及回到源香院，就又被人给擒了回去。

因为，王玉娘的事被王掌事给揭了出来，白书馆为给香殿留一个公正严明的印象，自当不会放过此事。于是刑院的掌事根据王华带回来的耳坠，派人一通彻查，没用多久，王玉娘的真正死因也得水落石出。

桂枝死的那天，正好是石竹的头七。

石松给石竹烧纸的时候，低声道："我以前就说过，那女人不好，你偏不听。其实那天，无论是你要自己走，还是她答应跟你一块走，我都会给你留一条路……你在下面，好好过吧。"

最后一张纸钱烧成灰后，正好有阵风过，卷起地上的新灰，打着旋往天上飞。石松便抬起脸，看着秋日碧澄如洗的天，有些怅然地道："如今她也死了，在我看来那是活该，总归你应该能瞑目了。下次投胎，记得擦亮眼睛，别再被那种女人给迷住了。"

安岚从他身后走过来，陪他站了一会，才道："谢谢你。"

八月初九，石松将王新墨私藏的账册，以及一些大香农大香商的名单等物都整理好，交给陆云仙。陆云仙在安岚的提点下，誊写的一份，又私下抽出一小部分留下，然后瞒着杨殿侍，悄悄交到白书馆手里。

白书馆看着这些年王新墨的每一笔进账，以及王新墨在这当中玩的手段，又是愤怒，又是得意。愤怒是自己竟不知王新墨竟如此大胆，一直在自己眼皮底下玩弄这些把戏，并丝毫没让他察觉；得意的是，任他王新墨有多大本事，最终还是败在自己手里，并且多年心血，最终也落到他手中。

而这件事，陆云仙自当是立头等功的，并且陆云仙的资历就摆在那里，能力也从这件事上体现出来了。加上找出王新墨的私账本和名单后，并直接交出到他手里，而不是送到杨殿侍手中，也说明了她的忠心。

王新墨没了，源香院的掌事之位出现空缺，一个香院两百来人，一天的大小事有几十上百件，不可能全由白香师理着。就算是暂理一段时间也很难，所以杨殿侍那边很快就推荐了几位经验丰富的人过来，但都被白香师想法子一一推了回去。

经过王新墨这一事，白书馆清楚地知道，香院中的掌事，必须是他的人才行。并且这掌事的人选，也不能太过有本事，更不能有背景，否则，迟早会成为第二个王新墨。所以，陆云仙这个在香殿没有丝毫背景，但又有些能力，并且原本就是源香院的人，就成了他心目当中，最适合的掌事人选。

八月十一日，陆云仙正式坐上源香院掌事之位，白书馆亲自过来给她授牌。

八月十二日，安岚在陆云仙的提拔下，成为源香院有史以来，年纪最小的香使长，而金雀则接替安岚原先的香使之位。如此安排，自然有人不满，有人眼红。但是，陆云仙在做这个决定之前，是已经报给白香师了的。

白香师对安岚的印象极深，那丫头是能被百里大香师亲自开口要提到香殿当差的人，并且那件事就是当着他的面发生的，他怎么可能会忘。因此，当陆云仙跟他说这个事的时候，他想也不想就答应了，能被大香师认可的人，他有什么理由去反对？更何况，日后若百里大香师再想起这个小香使，让这小香使有飞黄腾达的一日，那他此举，多少也算是先结个善缘。

所以，源香院里，即便有人对安岚和金雀的好运气感到眼红和不满，却也无人敢出言反对。

"这才不到一个月，你就又要换房间了！"金雀帮安岚收拾的时候，笑着叹道，"这可真是从未有过的事，从香奴到香使，走了整整七年，但从香使到香使长，却只用了不到一个月时间！安岚，你真了不起！"

安岚轻轻一笑，笑容并不算轻松，语气里带着几分淡淡的感慨："三分运气七分努力，若没那三分运气，莫说七年，就是再走七十年，怕是也到不了现在这里。"

金雀倒没她想得那么多，听了这话后就点头道："没错，咱们以前是没有运气，所以一直过得战战兢兢的，就怕出点什么事担当不起，但现在不同了！你看，你现在是香使长了，我也是香使了，那老色坯也死了，掌事也换了，以后这源香院，就再没人敢欺负我们的，安婆婆如今也可以安享晚年了，是不是很好！这是我以前想都不敢想的事呢！"

安岚沉默一会，就笑了笑："我想过呢，想过很多次。"

金雀将手里的衣服叠好后，就走过去，一手亲密地挽住她的胳膊，一手指着窗外嘿嘿道："我知道，我还知道你的心不在这里，你的心在那里！"

大雁山，终年云雾缭绕的大雁山，那里才是长香殿的真正所在，那里才是她的野心所在。她不知道，还要走多久，才能走到那里，还要走多远，才能再次看到那个人。

金雀握着她的手，同她一起看着那个高远的地方，坚定地道："安岚，我知道，你一定会站在那里的！"

或许会，也或许永远不会，但无论如何，她都不会后悔，不会停下，不会回头。

片刻后，安岚收回目光，又沉吟一会，忽然道："早上那会，马贵闲那边传来消息了。"

金雀一怔，随即面上的笑容退去，握着安岚的手微微一紧："怎么样？"

"他答应我们的条件了，并且知道我即将担任香使长之职后，更是一点都不怀疑了，催着我们尽快定时间。"安岚反握住金雀的手，"我查过了，他和陈大录的交易就是明天，地址是在百味楼。我也将跟他交易的时间定在明天,也是那个地方,到时你跟我出去。"

提及此事,就不得不说到半个月前,金雀无意中在寤寐林碰到走投无路的马贵闲。当时安岚因着马贵闲的困境,让金雀去应下马贵闲的所求,不过条件是,先付银子,并且交易的时间地点都由她这方来安排,前来交易的人数也得由她说了算。

后面那两个条件马贵闲当场就答应了,但是先付银子这个条件,他却是无能为力。他如今最缺的就是银子,若是有银子,他大可跑远了去进货,又何需四处求人?于是,安岚便给他说了个折中的法子,让他拿铺子的房契来做抵押,待他将卖香的银子收到后,再拿银子来赎回房契。

初始马贵闲很是犹豫,但琢磨了一下安岚这边的条件,又觉得其实也是可行的。房契虽说是交到别人手里,但是印章在他手里,他也没有按手印,安岚即便是拿着他的房契也没什么用。再说,他要的那些香,价格算下来,也差不多顶那间铺子了。再说,到时安岚送来的香,他若觉得不行,他大可不用答应。

唯一的翻身机会,即便是险一些,他思来想去,也无法拒绝,于是便答应下来。

听了安岚这么说,金雀有些不解:"为什么这时间和地点都定得一样?"

"到时行事方便。"安岚说着,就跟金雀大致解释一通。

金雀听闻后,怔了怔才有些担心的道:"这,可行吗?而且我听说那陈大录可是最精明的一个人,对香也是有些了解的,万一他到时察觉出点什么,岂不……"

安岚摇头:"他其实是混混出身,身边总跟着一班兄弟,早些年出海贩货赚了一笔钱,由此起家的。后来认了景公的干儿子做老大,所以才开始进入香这一行,只能算是半道出家,对香了解不过是自我吹捧罢了。"

金雀在屋里走了几个来回,然后才道:"反正,能骗过去自然是好的,但是到时陈大录知道自己吃了亏,回来找马贵闲时,马贵闲会不会将咱们给供出来?我倒不要紧,大不了又回去当香奴,可你好容易才……"

"不会。"安岚摇头,平静地道,"而且咱们跟马贵闲这笔交易本就没有留任何字据,到时就算他说出来,但口说无凭,无论陈大录信或不信,都不会来香院找麻烦,他只会在马贵闲身上将损失连本带利地收回去。"

金雀沉默许久,才道:"你真的决定这么做?"

安岚笑:"你不是早决定了吗。"

金雀看了她一会,然后点头:"我相信你。"

……

源香院的掌事换了,并且这短时间内又发生了那么多事,院中之事难免就有些混乱,而这个混乱也给了金雀机会。当天下午,她就寻得个机会潜入香房,将一盒刚从王掌事院舍内搜出来,已记册,但还不及上缴的名贵香品给"借"了出来。

八月十三,安岚让人备了辆马车,领着金雀进寤寐林送香品,金雀的差事一办完,两人就直接离开窨寐林，往长安城的百味楼行去。

相对安岚，金雀对长安城更加熟悉，因为她九岁之前，都是生活在这座城内。如今即便已经过去五年，但那些街景基本没什么改变，油铺子依旧是油铺子，米店依旧是米店，就是绸缎庄的招牌上了新漆，街边的摊贩又添了好些……

百味楼听着像是酒楼饭庄，其实是个喝茶的地方，在茶中品人生百味，所以叫百味楼。

安岚让马贵闲订的是楼上的雅间，金雀随安岚一块下车时，抬起脸往上看了看，然后叹道："我小时候就见过这家茶楼，听说这里头的茶，最便宜的，一壶也得一两银子。"

"没事的。"安岚看了金雀一眼，低声道，她知道金雀在紧张。

"嗯。"金雀深呼吸了一下，就点点头。

安岚也轻轻吐了口气，然后抬步，进了百味楼。

今天的事情，其实并没有谁非让她们这么做不可，更不是形势逼着她们不得不这么做，她们只是，都想给自己的过去一个交代，无论对错，至少对得起无数深夜里流下的泪水。

马贵闲早就到了，依照约定，他只带了一位香师过来，此时他正在茶室坐立不安。再过一会，陈大录就该过来了，若是安岚她们忽然反悔，那他真不知自己该怎么交代，那陈大录可不是个善茬。

又过了一刻钟，马贵闲正打算出去看看，正巧，安岚就推门进来了。

"两位可算是来了！"马贵闲眼睛一亮，慌忙起身，讨好地走过去，而茶室内的那位香师却是一怔。他没想到，过来跟马贵闲谈交易的，竟是两位这般年轻的小姑娘，而且还如此貌美，衣着打扮亦是极讲究，瞧着倒像是哪个大户人家的姑娘。但是，一般大户人家的姑娘，又怎么会私自出来卖香？那香师心里纳罕，暗暗猜测安岚和金雀的身份，却这会马贵闲已经请安岚过来，他便也收起神思。

马贵闲赶紧给安岚介绍："这位是一品香里的柳言香师。"

一品香是长安城最大的香铺，八成以上的香都是从长香殿那进，因此，一品香里的香师，对长香殿的香最熟悉，真假一辨就知。

柳言略点了点头，马贵闲又道："这位是安姑娘。"

安岚微微一福，让后就将手里的香匣放在桌上："马老板，验香吧。"

马贵闲连道了几个好，然后转身朝柳言抱歉道："就麻烦柳香师了。"

柳言眉点点头，也不多问，看了安岚一眼，才伸手将那个香匣子拿过来，打开，却看了两眼后，即拿起嗅了嗅，再轻轻切下一点，放置品香炉内，然后拿起品香炉闭上眼睛，仔细品闻。

片刻后，柳言放下香炉，诧异地看向安岚："姑娘这香，是从何处来的？"

这话，可是违反了之前的约定。

安岚没有回答，而是看向马贵闲，之前就说好，他带人过来验香，只说好与不好，不能多问一句，更不能打听她和香的来处，毕竟这笔交易，她要担的风险比马贵闲更大。

马贵闲面上露出几分尴尬，其实他也不想节外生枝，于是笑着问："柳香师，不知这香品如何？"

柳言这才想起马贵闲请他过来时，特别跟他说过的那几句话，他时常替人验香，自然也会碰到有些客人不愿别人多问，而他也从不是多嘴之人。只不过今日这盒香的品质实在太好了，唯长香殿才能出的香品，并且是极其难得的香品，价值不菲，所以惊诧之下，才脱口而出问了那么一句。

回过神后，柳言便意识到自己失言了，但他还是忍不住又打量了安岚一眼，然后才点头道："此款香品，唯长香殿所出才能比，马老板可以放心购买。"

马贵闲终于放下心，面上的笑容又深了几分，赶紧对安岚抱拳作揖："真是辛苦姑娘了！"

"马老板客气。"安岚一边说着，一边合上香匣，然后两手放在匣子上，看着马贵闲微笑。

马贵闲这才恍惚，忙笑着道："瞧我这记性，一高兴，差点就忘了。"他说着就从怀里拿出一个信封，递给安岚，安岚接过，却没有急着打开看，因为柳言还在这。

马贵闲心里明白，他也不愿太多人知道这笔交易的详细情况，于是又瞅着柳言笑了一笑，然后从袖子里拿出一个钱袋放在柳言手里。柳言不是第一次接触这等事，自然是识趣的，跟马贵闲寒暄两句后，便告辞离开。

待柳言出去后，安岚才打开信封，拿出里面的东西仔细看了看，确认无误后，才将那匣香推到马贵闲跟前。

正在这会儿，一个小厮模样的人敲门进来。

安岚只是看了马贵闲一眼，倒没说什么，马贵闲讪讪地笑了笑，然后问那小厮："什么事？"

小厮道："陈老板来了。"

小厮的话才落，外头就传来一个中气十足的男声："怎么不见人啊，那姓马的还没来吗？可别让老子等他！"

随后就见茶室的房门被推开，一个穿着蓝缎长袍，四方脸，卧蚕眉，瞧着有三十多的男人就从外头走了进来，身后跟着一位年纪比他稍大的香师。马贵闲赶紧儿站起身，安岚这会要出去，也有些不妥了，便也跟着起身，默不作声地站在一旁。但金雀却轻轻退了出去，马贵闲因注意力都放在陈大录身上，所以也没怎么留意。

"哦！"陈大录有些意外，眼睛在安岚身上瞄了几眼，然后才看向马贵闲道，"马老板这是吹的什么风？找了个这般貌美的小娘子过来！"

虽说安岚这模样儿确实对他的胃口，但马贵闲如今可不敢得罪安岚，之前得罪了一个陈露，后来又莫名得罪了白香师，已经让他切身体会到得罪长香殿的人会有什么后果，所以赶紧笑道："陈老板误会了，这位安姑娘其实是……"

安岚却打断马贵闲的话，开口道了一句："我是替马老板试香的。"

马贵闲忙顺着安岚的话点头笑道："是，安姑娘是此道中人。"

陈大彔便又打量了安岚一眼，收起刚刚的轻浮之色。名贵香品，不是随便什么人都能接触得到的，因此，能接触到这等名贵香品的人，不是身份不一般，就是师从某位香师。如此，他自然不好唐突得罪了。

于是，两人客套一番后，马贵闲便将那盒香送到陈大彔跟前，陈大彔先打开看了一眼，又拿起来闻了闻，然后看了马贵闲一眼。

马贵闲笑道："这绝对是极品，陈老板只管放一百个心。"

安岚在一旁默不作声地看着两个男人在那你一言我一语地假意寒暄，随后，过程也跟刚刚一样，陈大彔带过来的那位香师品闻过后，就朝陈大彔点头。陈大彔遂问："送给景公的礼，这够不够分量？"

那香师点头道："足够了。"

安岚却是吃了一惊，不由看了陈大彔一眼，虽之前就知道此人是认了景公的干儿子做老大，却没想到他要的这香，是要送给景公的。

此事，若是被景炎公子得知……

只是不及她深想，陈大彔就已经抽出银票拍到桌上，马贵闲大喜，赶紧接过点了点，随后小心放好，然后才满脸笑的跟陈大彔抱拳。陈大彔草草回了一礼，就要拿着那匣香品告辞，只是不等他起身，安岚就走过去道："我这还有一款新香品，名为富贵成双，两位要不要也品闻一下？"

"富贵成双，这名字……"陈大彔咂吧了一下嘴唇，这名字很俗，但是很合他的心意。但更主要的是，这试香的人生得美，能一观美人试香，也是番难得的享受，于是陈大彔自当是有兴趣的。

而陈大彔都有兴趣了，那马贵闲就更没理由要拒绝这等美事。

只是这会儿金雀却忽然进来道："下面有辆车的马不听使唤，要撞我们的马车呢！"

陈大彔坐的地方离窗户近，便站起身往外看了一眼，随后皱了皱眉，那是他的马车，拉车的马瞧着确实有些不对劲。金雀此时已经来到那位香师旁边，拉住他的袖子道："我听茶博士说这马车是你的，你快下去看看吧，可别撞了我家的马车！"

那香师愣了一下，不由看向陈大彔，陈大彔便点头道："你下去看看怎么回事，今天怎么套了这样一匹马。"他带来的这一位虽也是香师，但却也是他的雇员，所以态度也就没那么客气。

而此时，安岚已经坐在案前，开始焚香。
　　旧技重施。
　　香，自然是好香。
　　和白广寒的七魂香同源之香，怎会不好。
　　只是，安岚没有想到的是，她在这边以香摄魂之时，隔壁就坐着此香的原创者，长香殿的大香师白广寒。
　　长安城的人都知道百味楼是最风雅的品茶之地，却没几个人知道，此处，也是景公的产业之一。

第022章　香境·刺心·低泣

　　长香殿一直流传着这么一句话，香师可以培养，但长香殿的大香师却只能由上天选定。
　　因为香师和大香师之间，有一道无法逾越的凡俗之界。
　　以香摄魂，那是安岚在触及那个境界，触摸到那些规则时，蒙蒙懂懂间，自定的一个说法。
　　第一次，在门窗紧闭的室内，她以一缕香让马贵闲入香境，令马贵闲感觉自己似梦非梦，似醒非醒，宛如瞬间回到过去，由此对身边发生的事情一无所知，醒来后，也再想不起安岚的容貌。
　　第二次，在雨雾迷蒙的庭院，她仅以腕上香粉摄住马贵闲之魂，令马贵闲坠入迷雾中，瞬间忘了自己的目的，任她换走他身上的香品，然后茫然地回去。
　　第三次，也就是这一次，安岚需要同时面对两个人，并同时摄住他们的神魂。
　　无疑，这一次相对前面的两次而言，难度是最大的。
　　不同的人，不同的生活习性，不同的诉求和欲望，自然会产生不同的想法。
　　到底是什么时候就已闻到了那缕香，那天之后，马贵闲和陈大录都想不起来。他们只记得，丝带一样的轻烟在那双柔荑的调试下腾起，灵动缥缈，仿佛离得很近，近到往身上贴，又仿佛离得很远，远得稍纵即逝，抓不住，扑不着，总能从脸旁滑过，从指缝间溜走，然后又飘回来，在眼前摇摆，如似潜藏在心底的欲望，灭不了，也得不到……
　　马贵闲凭着和陈大录的这笔交易，顺利翻了身，买卖做得比以前还要红火，生意节节高。之前对他避之唯恐不及的酒肉朋友又都凑了过来，亲爹亲哥地叫着，心肝肉儿地哄着。他新店开张那日，就连长香殿的香师白书馆都备了厚礼前去祝贺。众人都说马老板的面子大，估计长安城的香师都过来捧场了。马贵闲得意极了，再回想以前他被白书馆逼得差点走投无路，而今，白书馆却亲自过来祝贺他买卖红火，这般一对比，心里更是快意，于是就亲自迎出去，哈哈大笑地抱拳："难得白香师大驾光临，小的惶恐惶恐啊，白香师莫不是问罪来的？"

白书馆面带愧色，当众作揖道："以前是在下有眼无珠，错怪了马老板，今日特意过来赔罪，望能冰释前嫌。"

众人皆惊，随后纷纷露出艳羡之色，那些前来祝贺的同行则愈加高看马贵闲。

马贵闲哈哈大笑："白香师言重了，我马贵闲不是那么小心眼的人，以前的事过去就过去了，来来来，里面请！"

白书馆却道："在下还有一份礼要送给马老板。"

马贵闲忙道："白香师太客气，白香师今日能过来，就已是给了我马某人面子，无需再另外破费。"

白书馆却笑了笑，然后回头道一声："你们进来吧。"

马贵闲不解地往那一看，随后眼睛顿时一亮，只见顺着白书馆的声音走出来的，是两个极其娇俏秀美，灵气逼人的女子，那容貌，那眉眼，不是安岚和金雀还能是谁？马贵闲狂喜之下，竟不知该说什么好："这，这……"

白香师微笑着道："这两丫头还算有几分颜色，希望马老板不要嫌弃，留她们在身边伺候。"

"这，这这怎么好意思！"马贵闲有些紧张，不由自主地搓着手，"两位姑娘不是香院里的香使长和香使吗？怎么能这般委屈她们。"

白香师笑道："马老板要喜欢，都纳了也行，若是不满意，那就让她们当个伺候人的丫鬟，总归她们以后就都是马老板的人了。"

马贵闲觍着脸笑："自然不能委屈了的，那就，那就都纳了。"

众人顿时欢腾起来，一个个嚷嚷着择日不如撞日，就今天办喜事。

顿时有喜娘上门帮忙张罗，新房很快布置妥当，一对如花的新娘也打扮好了。马贵闲急不可耐，心头直痒痒，想马上就洞房，却被贺喜的客人强拉着去喝酒。好容易敬了一圈酒后，马贵闲才总算得解脱，然后醉醺醺得摸到新房门口，推开门，摇摇晃晃地走进去。

"宝贝儿……"

屋里坐着两个如花似的美人儿，那眉眼，那身段，无一不是他喜爱的模样。马贵闲简直不敢相信，真会有这样的一天，果真……他的好运，就是老天爷也挡不住！长香殿的香师亲自给他送香使和香使长来伺候他，整个长安城，有几个人能有这样的面子，有几个人能比得上他马贵闲!

马贵闲一边呵呵笑着，一边左右看着安岚和金雀，然后摇摇晃晃地朝安岚走过去。只是不等他走到安岚身边，金雀却忽然站起身，面带恼色。他一怔，随后就笑了，转到金雀这边道："小金雀儿，别着急，你们两个爷都疼……"

金雀看着他冷笑："马贵闲，你不认得我了？"

马贵闲笑呵呵地道："怎么会不认得，你是金雀儿，是我马贵闲今日抬进门的第五房爱妾。"

金雀面上依旧带着冷笑，只是那张脸却变了，变成一张男人的脸，饱经风霜的男人脸！马贵闲大骇，顿时往后退，大张着嘴巴却说不出话来。那男人死死瞪着他，双目赤红，像地狱里爬出来的恶鬼！

那男人愤怒地低吼："马贵闲，你害死我闺女，我要你偿命！"

马贵闲一屁股坐在床上，惊恐地摇头："没，没没没，你你找错人了，我不不不认得你，我没，没害过你闺女！救，救命，救命啊，有，有鬼有鬼——"

金雀一步一步逼近，但是那张男人的脸却又变了，变成一个玉雪可爱的小女娃，粉嘟嘟的小脸蛋，一双圆溜溜湿漉漉的大眼睛，让人一看就想捏一把。

许是这张脸蛋太可爱了，马贵闲便没之前那么害怕，但还是不敢说话。

那小女娃忽然哭了，一边哭，一边喊："姐姐，姐姐救我，金鸽疼……"

马贵闲愣住，似忽然想起了什么，面上的惊恐又重了几分，牙齿开始打战。

金雀慢慢走近，那张脸又变了，变成一位面色慈善的妇人，那妇人眼里含着泪，伤心欲绝的神色里带着深深的恨意："你小的时候，我怎么没掐死你，让你长大了害我儿害我孙女儿！不长眼的贼老天，怎么会有这样的畜生，怎么会有这样的畜生……"

这会儿，马贵闲终于认出这妇人，不敢相信地叫了一声："你，你是奶，奶奶娘！"

那妇人的脸又退去，慢慢变回金雀的脸，金雀目中的恨意更重了。

马贵闲又惊又惧地看着她："你，你你到底是谁，你跟他们？"

"你想起来了。"金雀阴恻恻地看着他，"我知道你想起那一家人了，我是谁？我是来要你偿命的！"

这话一落，她右手拔出一把闪着寒光的匕首，对准马贵闲的心脏，猛地刺进去："去死吧！"

"啊——"马贵闲吓得心胆俱裂，一声大叫，就嘭的一下撞到额头，随后，醒了。

马车遂停下，车夫有些惊慌地问："三爷，怎么了？"

"啊？"马贵闲茫然转了转脸，发现自己竟在马车上，旁边还坐着他的小厮。那小厮有些担心地看着他："三爷，是不是碰伤了？"

"我？我什么时候出来的。"马贵闲掀开车帘往外看了看，发现百味楼就在后面不远处，说明他才刚刚从那里出来，于是又问，"我睡着了？"

小厮道:"三爷一上车就打起瞌睡。"

马贵闲又问:"那个……陈老板呢?"

"陈老板是跟三爷一块出来的,已经走了。"小厮瞅了马贵闲一眼,小心问了一句,"三爷是不是做噩梦了,脸色不怎么好?"

"噩梦?"马贵闲一边揉着额头,一边回想,似乎是梦见几年前被他不小心玩死的那小丫头,还有他的奶娘。奇怪,好好的,怎么就梦到这个?而且怎么会觉得那么可怕?似乎还梦到谁要找他偿命?嘁,死都死了!

随后,他忽然想起和陈大渌的那笔买卖,心里一慌,赶紧往身上一摸。

银票还在,数额没少,和陈大渌签下的交易文书也在,马贵闲这才松了口气,将那些东西重新放好,然后往后一靠。只是,他总觉得自己似乎是忘了什么,但却总想不起来,究竟忘了什么。

他忘了今日这场交易的最后,安岚还给他和陈大渌试了一款新的香品,忘了刚刚那场梦,就是由试香开始的,亦忘了金雀曾出现在他梦中。

其实,那不是梦,那是安岚的香境。

陈大渌也如马贵闲一般,入了安岚的香境,并出了香境后,只当是做了一场富贵双全的梦。

隔壁的雅间内,白广寒轻轻转着手里茶杯,面上依旧是带着几分漠然,但似乎又多了几分专注。旁边与他说话的人并不知此时他心里所思所想,便摇头笑道:"丹阳郡主怕是有什么事耽搁了,应该马上就能过来。"

白广寒微微抬眼,不见喜怒,也未有表示。

安岚和金雀收拾好后,两人同时松了口气,就点点头,打算离去。

隔壁,白广寒放下杯子,也打算起身。

却这会儿,外头传来丹阳郡主不安的声音:"让白广寒大香师等了这么久,这可怎么好!"

茶室内,安岚要拉开门的手猛地顿住,脸色瞬间惨白。

金雀也是大吃一惊,转头看向安岚,安岚慢慢放开放在房门上的手,僵直地站在那。

白广寒大香师,在此处?

听到外头那句话,意识到这一点时,她脑子有瞬间的空白。

他,他在这里?

那刚刚,她的所作所为,他是不是都已经知道?

连她,对香都能那么敏感,身为大香师,怎么可能会不知道!

而且,她所用的香,还是源自他的香!

已近中秋,天气早已转凉,安岚此时却出了一身的冷汗。

金雀担心地看着安岚，想说点什么，却要开口时，外面又传来轻微的敲门声，不是敲她们的门，而是敲隔壁的门。

片刻后，又传来门开的声音，随后丹阳郡主进去了。但那门并没有关上，虽说唐国的风气并没有那么保守，但一个女子外出与男人见面，为闺誉着想，还是需要将房门打开，让外人看到这并非是男女单独幽会。

金雀想了想，就对安岚道："我们听听他们在里头谈些什么。"

她说着就轻轻打开门，然后拉着安岚出去，悄悄走到隔壁房门附近。

站在这，里头的话听得很清楚，连里头挪动椅子的声音都能听得到。

丹阳郡主进去后，先是对那位坐在窗户旁的男子盈盈一拜："丹阳见过大香师。"

白广寒看过来，未开口，只是略点了点头。

此时，这屋里，除了白广寒外，还有两位男子，年轻的那位是镇远公的次子甄承运，年纪略长的那位是靖文伯的长子李砚。丹阳郡主进来后，甄承运就站起身，李砚虽没有起身，但也面露笑容微微欠身。唯白广寒依旧那么坐着，连表情都没有变，依旧带着几分冷漠，甚至丹阳郡主给他行礼时，他也只是略略颔首。

如此无礼，甚至是轻视的态度，在场的这几个人却都视为理所当然，似乎大香师就该如此。

"怎么过来得这么晚？"李砚先是呵呵一笑，缓和一下气氛，他是丹阳郡主的表亲，自是知道丹阳郡主此行来长安的目的。今日好容易才请了白广寒大香师出来品茶，于是赶紧让人去通知丹阳郡主，却不想，丹阳郡主却耽搁到这么晚才过来。实在让他不知该怎么解释，于是只得先问一句，并给丹阳郡主打了个眼色，让她说出个过得去的理由，不然今日她在白广寒面前怕是要留下不好的印象。

"是丹阳的不是。"丹阳郡主面露愧色，没有辩解，先就认了错。

跟在丹阳郡主身边的丫鬟忍不住低声道："郡主是看到有人用香行骗，下去阻止，所以才……"

丹阳郡主即看了她一眼："多嘴！"

"哦，竟有这等事！"甄承运听了那丫鬟的话，即来了兴致，遂追问，"是怎么回事，郡主快请坐，说来听听。"

丹阳郡主先是看了白广寒一眼，见他并不反对，面上亦无不耐烦之色，便放了心，小心坐下后才道："其实也是我逞能了，只是我看到有人竟用香行如此下作之事，就忍不住想管一管，所幸最后得以顺利解决。"

甄承运笑道："究竟是何事，郡主就别卖关子了。"

丹阳郡主笑了笑，这才将刚刚路上发生的事情道了出来。原来，她往百味楼这过来的路上，经过一家香铺时，忽然想起前几日想要买的一种香品一直没找到，当时因时候还早，便下车去那香铺里问一声。结果那香铺里还真有她要的香，只是放在库房，那掌柜去里面取的时候，丹阳郡主发现铺子隔壁是个品香室，并且当时正有一位香师在里头试香，因为是刚刚开始，还可以允许人参加。

丹阳郡主好奇之下，便也走了进去，那香师见丹阳郡主如此容貌如此衣着，自当没有不欢迎的。

只是接下来的事，却让丹阳郡主大吃一惊。

那香师拿出香品时，就说这香品是照长香殿大香师的香方和出来的，品之，能让人有神魂飞天的美好体会，玄妙之处，绝非一般香品可比。

丹阳郡主当时就想质问，长香殿大香师的香方怎么可能会传到外面，只是因想看他到底拿出来的是什么香品，便暂时忍住了。可是紧跟着发生的一切，却令丹阳郡主更加怒不可遏，因为那位香师给她们品的香里面，是混了一种具有迷幻效果的香草。

一般人不清楚，丹阳郡主却再明白不过。混入这等香草的香品，初闻时会感觉极好，但品到第三次时，人的神思就会出现轻微的混乱，警惕性也会跟着降低，随后，在香师有意的暗示下，基本就是任那香师摆布了。

甄承运忍不住道："竟有如此可恶之人！此事后来如何了？"

"因我没有上他的当，并当场揭发他，他恼羞成怒，幸得我身边跟了护卫。"丹阳郡主说着就轻轻叹了口气，"其实那位香师确实是有些本事，只是却将那样难得的本事行如此下作之事，我让人去报了官，官府的人过来审问几句后，才知他已数次用这等法子，或偷或骗，之前不知有多少人受其害……这等人，当真是香师中的败类。"

"可不是！"甄承运点头道，"品香本是高雅之事，却被他用来行坑蒙拐骗之事，简直是龌龊至极！"

李砚见白广寒一直未开口，便呵呵一笑，一边为他斟茶，一边道："广寒先生似乎不怎么愿听这样的事？"

丹阳郡主面上不禁露出几分忐忑，甄承运也停住了嘴里的话。刚刚一激动就忘了，今日他们出来，就是要为丹阳郡主在白广寒面前争取个好印象。于是他想了想，就跟着道："我还听说，有的香师虽没有以迷香行骗，但却会用来故弄玄虚迷惑人，由此抬高自己的身价。"

白广寒拿起那杯茶，淡淡道了一句："以迷香惑人行骗，属不入流行径。"

声音平静而冷漠，宛若天上寒星，果真是他！

门外，安岚手脚冰寒，面上不见一丝血色。

金雀有些慌乱地握住她的手，张了张嘴，安岚僵硬地摇头，然后转身。

金雀从未见过她这样的神色，生怕她下楼时走不稳，更担心她出去后吹了冷风更加不好，于是又将她拉进刚刚的茶室，然后有些慌地给她倒一杯热茶。

安岚却没有接那杯茶，只是怔怔地站着，脑子里一直回想那句话。

他，知道！

刚刚，她的所作所为，他都知道！

"安岚。"金雀快哭了，她知道她在难过什么，她想对她说没关系的，她想告诉她，那些人都在胡说八道，她们不是败类，她们没有行下作之事，没有耍手段，没有骗人，可是，可是她说不出口。

她们有偷过有骗过，耍心思玩手段，排除异己争抢上位更是家常便饭，她们本就是在泥地里打滚的人，她们本就不是那云端之上的人。那些行为，都是她们生存的本能，在她们看来，那是理所当然的事情，可是，在不同世界的人眼里，她们的那些行为就是不入流。

她知道她对那个人一直有感激之情，她知道她对他一直有钦慕之思。

所以，最后她只得抱住安岚，一边哭，一边低声说"对不起"。

若非为了她，安岚今日就不会出来，不会用香，不会遇到那些人，不会听到那些话。

"没事，没事的。"一会后，安岚垂下眼，抬手，也抱住金雀，并轻轻拍着她的肩膀低声道，"你怎么又哭了，没事的，没事的……"

是说给金雀听，还是说给自己听？

不知过了多久，金雀终于收住眼泪，然后一边吸着鼻子，一边看着安岚道："你可别难过，你一难过，我就想哭。"

安岚笑了，拿出自己的手绢给她擦了擦脸，然后道："走吧，该回去了。"

金雀点头，只是两人要出去时，正好隔壁的人也从屋里出来。安岚便又在房门前停住，待那些脚步声走远，下了楼后，她才拉开门。

安岚和金雀下了楼，走出茶楼门口时，丹阳郡主的马车刚刚离开，白广寒却还未上车。

并且她出来时，不知是有意，还是无意，白广寒往她这转过脸，看了她一眼。

七年了，他果真没有丝毫变化，时间没有在他脸上留下丁点痕迹。

她很想谢谢他，谢他当日救她一命。

她还想告诉他，是他让她有了希望，让她从此有了想要去的地方。

她还想说，她也想拜他为师。

还有，还有……

可是，她一句话也说不出口，只是站在那，怔怔地看着，脸色惨白。

七年前，她第一次见到他，是她最为凄惨的时候。

七年后，她终于再次见到他，却给他留下最不堪的印象。

而此时，他看过来的那一眼，平静，冷漠，不带丝毫情绪，令她望而生怯。

"丹阳郡主应该能被选中吧？"回去路上，甄承运问了一句。

李砚摇摇头："得看白广寒的意思。"

甄承运扬了扬眉，有些不以为意地道："有意入长香殿的那几位世家子弟，无论是身份还是名声，都比不上郡主，就是论品性和才情，怕是也没有能比得过郡主的，连崔姨都说郡主的天资极高，白广寒若不选郡主，还能选谁？"

"每次大香师亲自挑选侍香人，都是长安城的大事。"李砚说着就掀开车窗帘往外看了一眼，然后往某个方向示意了一下，"就像那里一样，位置上的人心念一动，当真是八方云动，所以事情不会那么轻易就下定论。而且，白广寒大香师还那么年轻，就已开始准备选继承人了，此事亦令人有些不解。"

此时，马车正走在朱雀大街上，而朱雀大街的北边便是唐国的权力中心。

甄承运一怔，随后不解道："不是选徒吗，怎么是侍香人？我听说长香殿年年都有进新的侍香人。"

"即便是侍香人，由大香师亲自挑选的，自当不一样。年年进的那些，不过是由香殿的殿侍长挑的。"李砚放下帘，解释道，"大香师钦点的侍香人，日后便是大香师的继承人，那一路都需过关斩将。有时候，即便最初被选中，也不一定就能笑到最后，就如那里一般。不到最后，谁都说不准那个位置会是谁的。"

李砚说完，又往窗外示意了一下，甄承运自当知道此时马车行到何处了，遂讶异地掀开车帘，往外看了一眼。

这是唐国俗世的权力中心，而与这遥遥相望的，正是云雾缭绕，宛若仙境的大雁山。

……

安岚和金雀回到源香院后，安岚遂去找陆云仙打听，才知道原来十五那天，是景公的寿辰日，难怪陈大录指定要长香殿的好香。

"那天你也去一趟。"提到这个，陆云仙便指了指早就备好的寿礼道，"原该是我亲自去祝贺，只是我刚刚接手香院的事，脱不开身，幸得你跟景炎公子有交情，让你去更为妥当。"

安岚微诧，随后就问："每个香院都会准备贺礼送去吗？"

"这是自然的。"陆云仙说着就合上手里的账本，"景公可是白广寒大香师的父亲，就凭这份关系，景公的寿辰日，长香殿的人哪敢忽视。"

……

从陆云仙那出来后，金雀就道："我去找陈大录，把原来的香品换回去吧！"

"说什么瞎话。"安岚瞥了她一眼，"好容易才顺利办成这件事，你如何又反悔了？"

"陈大录那是要送给景公的寿礼，我之前要知道是这样，就，就不会怎么做了！"金雀有些着急地看着安岚，"而且，要命的是，偏偏被白广寒大香师给碰上了，景公寿辰那日，他定会到场，万一，万一他当场给揭出来……你可就……"

"你想太多了。"安岚摇头一笑，"当时白广寒大香师是在隔壁，什么都没看到，也什么都没听到，如何就知道咱们做了什么。你别自己吓唬自己了，什么事都没有，咱只需安心等着就行。"

金雀咬了咬唇:"可是——"

"我说的是真的。"安岚微笑,"行了,你快去忙吧,我也有好些事要处理。"

金雀走之前,忍不住又回头:"安岚,你,你没骗我?"

"我骗你做什么。"安岚说着就故意沉下脸,"还不快去忙你的事,耽搁了差事,我也不会轻易饶你的!"

"知道了,果然是有些官威了!"金雀嘿嘿一乐,这才转身走开,只是她转身时,脸上的笑却消失了,眼圈微红,咬着唇加快脚步。

安岚亦是在金雀转身时,目中一黯,只是片刻后,她就让人去门房那交代一句,晚上都警醒着些,不得偷懒打瞌睡。随后又去找石松,让他交代院侍晚上需仔细巡视,不能有任何疏漏。

"怎么了?"石松有些不解,这种事安岚竟特意过来交代,"出什么事了?"

"没有。"安岚摇头,她只是觉得金雀有可能要背着她偷偷溜出去,金雀会开锁,只要没人看着,那几道锁根本就拦不住她。

石松有些狐疑地看着她,安岚便道:"我已经跟陆掌事说了,日后请先生过来给香使们上课时,你可以去旁听,待先生闲时,你也可以上前请教。"

石松对香倒没什么兴趣,但他想认字,不求能做锦绣文章,但求能听说读写。

石松点头,低声道:"多谢。"

他们不算是好朋友,但她知道他心里的渴望,她很愿意帮他一把,之前若不是有他暗中帮助,她办不成那些事。他说是报恩,但其实,她觉得自己受不起这样的回报,于是,她给他打开另外一扇门。

晚上,金雀去洗澡时,安岚过来给安婆婆捏腿,安婆婆忽然问:"今天事情没办顺利?"

安岚正低着头,听到这句话时,心里大吃一惊。只是片刻后,她抬起脸时,面上却带着几分浅笑:"是有些不大顺利,香使长这个位置确实不是那么容易坐的。"

"你啊——"安婆婆有些无奈,又有些怜惜地看着她,"你就是太聪明了,什么都看得明白,却什么都藏在心里不说。"

"婆婆……"安岚怔怔地看着安婆婆,有些不确定安婆婆这话,到底指的是什么。她今日做的事情,并没有告诉安婆婆,但是安婆婆这会儿说的这话,却又好像已经知道了。

安婆婆看着她叹道:"我都知道了。"

安岚震惊地张了张嘴,一会后才道:"是金雀……"

"她跟你不一样,她在我跟前,面上是藏不住事的,我多问几句,她就说漏了。"安婆婆说着就摇了摇头,"你们这两丫头啊,还真是胆大包天,什么都敢去做!"

难怪刚刚她一过来,金雀立马就溜了出去,说是要洗澡。

安岚慢慢垂下脸："让婆婆担心了。"

安婆婆轻轻抚摸着她的头发："婆婆知道你自小就想去那边，你也有那个天赋，可是婆婆跟你说过，那条路不是那么容易走的，越往上，越难！"

"嗯……我知道。"安岚似小时候一样，跪坐在安婆婆跟前，把头枕在安婆婆的大腿上，"我知道……"

安婆婆叹气："今天你看到他了？"

安岚点头，想起白天的那一幕，又想起那句话，于是转过脸，将额头放在安婆婆的大腿上。

安婆婆又问："你确定他知道你们当时在做什么？"

安岚再次点头，动作很轻，却很沉重。

屋内陷入沉默，片刻后，安婆婆感觉大腿上传来湿意，她心里叹了口气，七年了，这孩子还是没有学会怎么哭。

安婆婆轻轻抚摸着她的头发，"安岚，后悔今天的事情吗？"

今日之事，或许会阻碍她往前走，因为她们没有任何背景，承担不起丁点的意外。

好一会，安岚才开口，声音有些含糊："婆婆，我不后悔，我只是，有点难过。"

但过了一会，她又低声道："我不会难过太久的，一会，就好。"

还是那么倔强，安婆婆摇了摇头，沙哑的声音轻轻念道："天将降大任于斯人也，必先苦其心志，劳其筋骨，饿其体肤，空乏其身，行拂乱其所为，所以动心忍性，曾益其所不能……"

安岚声音含糊地跟着一起念："人恒过，然后能改；困于心，衡于虑，而后作；征于色，发于声，而后喻。"

"婆婆不是要阻止你，但是那条路不好走，路还很长很长，你现在连开始都算不上。"

"嗯。"

"还记得你答应过婆婆什么？"

安岚抬起脸，眼睛还有些红，声音却已经平静下去："不违背良心，不伤天害理，不沉迷享乐，不迷失心志。"

安婆婆点头，然后让安岚坐在自己旁边，看着她道："婆婆能帮你的不多，而且好些事情都想不太起来了，只知道要想在香殿那过得好，更不容易，但若想站得高，就不能违背这四句话。"

安岚点头，安婆婆又想了一会，就叹了口气："人老了，真的不行了，一想点什么头就疼。"

安岚即道："婆婆别想了，休息吧，不早了。"

安婆婆躺下时，嘟哝了一句："金雀那丫头，怎么洗个澡都那么长时间，她的香牌还落在我这。"

安岚一怔，转头看了一下时间，心头猛地一惊，就接过那个香牌道："估计是犯困，直接回屋睡了，我给她送去。"

从安婆婆屋里出来后，安岚用力握紧手里的香牌，然后快步往香院的侧门走去。

她大意了，即便金雀心里面再怎么藏不住事，也不应该忽然就将这些事都告诉婆婆，必是想让婆婆拖住她，然后自己偷溜出去。

安岚沉着脸，走了几步后，干脆小跑起来。

夜里私自外出，被抓到，绝非小事，万一被冠上逃奴的罪名，那可就……

第023章　祝寿·争锋·相对

安岚赶到侧门那的时候，发现那里没什么人，冷冷清清的，连门房这的管事都没在，难道，金雀当真是已经出去了？

她不好打听，打算去金雀的房间看看，却刚转身，后面就传来一个讶异的声音："安，安香使长？"

安岚回头，见是个看门小厮，便站住。

那小厮看清楚是安岚后，赶紧走过来问："安香使长是来找金香使的吗？"

安岚心里又是一惊，面上却未有表露，亦不好多说，只是模糊地"嗯"了一声。

看门的小厮低声道："金香使刚刚要出去，结果被院侍拿下了，已送到掌事那去，石松交代我，若是看到香使长，就让香使长尽快去掌事那。"

安岚脸色微变，即转身往陆云仙那走去。

果真如她所料，金雀要铤而走险，真是个傻瓜……她皱着眉头叹了口气。满心忐忑地赶到陆云仙这边时，本做好准备会看到一大拨人，却到了那后，发现屋里就陆云仙和金雀两人，连外头守夜的香奴和婆子等，都站得离这屋子远远的。

金雀瞧着安岚进来，不大敢看她，头垂得低低的，也不说话。

安岚直接走到金雀身边，看着陆云仙道："是我吩咐她出去的。"

金雀霍地抬起脸，就要开口，安岚抓住她的手腕紧紧握了一下：交给我。

陆云仙打量了她俩一会，寒着脸道："夜里私自外出，被抓到是什么后果，你们难道不清楚？"

安岚垂下眼，心里却松了一口气。陆云仙就留金雀一个人在这，说明此事已压下去了，但这并不代表陆云仙不再追究此事，若她给不出一个合理的交代，这事马上就能往大了处理。

"我才刚坐上这个位置，不知有多少人红着眼盯着！"见两人都不吭声，陆云仙火气越大，"整个香院上上下下加起来两百多号人，里头不知还有多少个桂枝，你真以为你帮了我一些忙，我以后就会任你在这里兴风作浪？"

金雀忍不住要开口，安岚即道："这几日是我有些得意忘形了，未将掌事的话听到心里，也疏忽了本职，请掌事责罚。我保证，日后再不会出这样的事！"

陆云仙一顿，定定看了她一会，然后才道："你认错倒是快，但该说的还是一句都没有说！"

"金雀今儿出去，忽然见到以前的家人，只是当时没敢确认，回来后她心里一直就放不下。"安岚终于开口解释，面上带着几分怅然，"看到的是她娘，那妇人似乎过得不太好，只是院里的差事多，特别是这段时间，白天难有空闲的时候。她刚坐上香使的位置，我不好待她太特殊，免得落人口实。我想着，她也就夜里有时间能出去看一眼，总归无论见不见得到，子时之前能赶回来就行。只是夜里外出到底不怎么妥当，所以没有先告诉掌事我就自己做主让她出去。"安岚说到这，就深深低下头，欠身道，"此事，都是因我思虑不周，又仗着掌事待我好才如此胆大妄为，请掌事责罚！"

金雀愣住，然后也如安岚一般，悄悄垂下脸。

陆云仙也沉默了好一会，才道："你说的，都是真的？"

安岚道："千真万确，掌事若不信，明日我去带那妇人过来让掌事问话。"

金雀心里一跳，却不敢多嘴。

安岚这认错的态度极其诚恳，又将自己的位置摆得很端正，陆云仙心里的火气便去了大半，于是就哼一声，依旧冷着脸道："带人过来就不用了，不过你们确实是犯了院规，不能不罚。"

安岚应声，态度恭敬："是。"

陆云仙道："金雀扣三个月的月例，安岚扣一个月的月例，行了，回去好好思过。"

听到这话，安岚和金雀都觉得很是肉疼，但也都松了口气，两人一同谢过，才毕恭毕敬地退了出去。

"我娘早就过世了。"出了院舍后，金雀才悄悄道，"刚刚，若是陆掌事真让你找那什么妇人过来对质怎么办？"

"陆云仙不会对你娘感兴趣的，她只是需要我们给她一个合理解释。"安岚说着，就回头看了一眼，目中露出几分自嘲。她果真是什么瞎话都能张口就来，为达目的，不计手段，正直高尚的品格，早就丢到烂泥里了，她原就是这样的人。

"可是，她罚我是应当，只是怎么连你也一块罚了？"金雀咬了咬唇，有些不忿地开口道，"她能坐上这个位置，多是靠你的关系，如今怎么变脸变得这么快。"

"摆态度而已，到底她是掌事现在。"安岚倒不在意，淡淡一笑，"她也是担心我会以功臣自居，日后不将她放在眼里，今日她正好借着此事看看我的态度。"

"咱好容易才涨了月例……"金雀有些心虚地看了安岚一眼，不敢再说下去，她好心办了坏事，弄巧成拙了。

安岚瞥了她一眼，叹了口气："去我那坐一会吧。"

金雀乖乖跟着："嗯。"

……

"他们知道你会开锁了？"进了自己的房间后，安岚先是关心地问了一句。

金雀这手艺若被人知道的话，必将麻烦不断，除非金雀的地位再往上升几级，否则日后院里只要出现丢东西的事情，旁人定会第一个怀疑到金雀身上。

安岚问这话的意思，金雀自然也明白，顿时感动得眼圈一红，随后就有些不好意思地揉了揉鼻子道："没有，我才在摆弄那锁，就被院侍按住了。"

安岚松了口气，然后又看了她一会，本是要说几句责怪的话的，但想了想，最终还是摇了摇头道："你也太鲁莽了，即便真让你顺利出去，你能做什么？咱做这等事情，最忌的就是反反复复，打草惊蛇，到时事情败露不说，还有可能会引火上身。"

金雀咬着唇道："我知道是莽撞了，可是我一想万一你因这事失了机会，我就坐不住，再说长安城我也熟悉，我总不能什么都不做……"

安岚顿住，看了她一会，就有些无力地往榻上一坐："算了，总归没出什么事就好。"

金雀走过去："你生我气了？"

"没有。"安岚说着就往自己旁边拍了拍，让金雀坐在那。

两人似小时候那般，静静靠在一起，片刻后，安岚才又道："你放心，比这更难的时候，咱们都过来了，现在就这么点事，算得了什么。既不是饿得走不了路，也不是病得下不来床，更不是活儿多得几个通宵都做不完！"

金雀看着她道："那你真的有把握？"

"有把握什么？"安岚沉默一会，淡淡道，"有把握能让白广寒大香师看中吗？没有，一点都没有！"

金雀有些着急，正要说话，安岚却又接着道："跟今日的事无关，之前我本就没有把握，那样的人，叫我如何有把握，连见上一面都那么难。"

总算见到了，却偏是那样尴尬的局面，那一眼，可真冷漠啊。

当年，他也是那样的孤高清冷，而她当时即便是趴在地上，也无法抑制住想要仰头看的欲望。

金雀慢慢闭上嘴，靠着安岚的肩膀，一会后才道："那怎么办，咱们能做的都做了，现在就有一个丹阳郡主了，后面不知道还会有几个丹阳郡主。"

安岚偏过脑袋，跟金雀靠在一起："咱们把能做的都做了。"

金雀一怔："嗯？"

安岚冷静地道:"不能半途而废,还得查验结果。"
……

八月十五转眼就到了,陆云仙探清安岚的态度后,心里放松了不少,于是这一天依旧让安岚带着贺礼去景府祝寿。并且安岚走之前,她又特意将安岚叫过来嘱咐几句,随后打量了安岚一眼,就摇了摇头:"你这一身太素了,不像个香使长该有的派头,到时别的香院的人往你跟前一站,定会将你给比下去。"

"新衣裳还没做好,这身其实也不差,我是年纪略小些,怎么都会让人看轻几分。"安岚笑了笑,"其实这样也没什么不好,源香院才刚刚安定下来,还是低调些比较妥当。"

陆云仙想了想,觉得这般说也有理,便点点头:"那你就去吧。"只是陆云仙说到这,顿了顿,又加一句,"若是碰到景炎公子,记得别失了礼数,没准儿百里大香师也会前去祝寿。"

安岚明白她是什么意思,微笑应下,然后让金雀抱上贺礼,退了出去。

再次入长安城,明显觉得跟前天不一样,特别是当马车走到景府所在的那条清华街时,安岚甚至没有掀车帘,也没下车,就已经闻到人间富贵风流的百态,当真是宝马雕车香满路。

虽是已经瞧过寤寐林的富贵繁华,但景府的气派和尊荣,还是让安岚和金雀暗暗吃惊。

因不时会有长安城的勋贵前来祝寿,所以这一日景炎自然站在门口迎客。

安岚下车时,一抬眼,就看到那个锦绣朱袍男人站在半人高的台阶上,满脸笑意,光彩耀人。

在各大香殿的殿侍长,多位名满长安的香师,以及从唐国各处赶来的权贵面前,一个香院的香使长自然是没有资格让景炎公子亲自招待的。

安岚看过去的时候,景炎也往她这看了一眼,只是很快,他就转身下台阶去迎一位从双驾华车上下来,身着蟒袍,腰束玉带,头戴紫金冠的男人。

金雀咋舌,悄声道:"好多贵人!你看那位,你猜是公侯还是王爷?会不会连公主娘娘也都过来了?"

安岚没去注意那些贵人,在人群扫视了一圈,忽然道:"陈大录进去了。"

金雀一惊,忙收回目光,低声问:"在哪?"

"走。"安岚往前示意了一下,就领着金雀往景府大门走去。

接待他们的是一位管事,虽说安岚的身份低,但到底是代表源香院过来的,所以也有资格入席,管事记了安岚送上的贺礼后,就命一位小厮领着她和另外几位客人一同进去。

因前来祝寿的客人称得上是络绎不绝,并且没有一位是空着手过来的,所以贺礼很快就堆积起来了。故有好几位小厮是专门负责将贺礼送到库房，安岚随那小厮进去后，一边盯着陈大录的背影，一边感慨地道了一句："今日的贺礼怕是能摆满一间屋。"

那小厮一听她这话，就知道她是头一次过来，即有些得意地道："何止今日，打三天前，就已经有客人送贺礼过来了，就一间屋哪能放得下，每年都得摆满两间屋。"

安岚面上露出惊叹，心里却隐隐有些担心，便问："如此之多，那若是有的客人送的是名贵香品，是不是也就一起堆在库房里？"

她当真是没想到这一点，之前未曾接触过这样的事情，自然不知道会是这等境况。安岚心里极是忐忑，若是如此，那她这几天的心思，怕是要白费了。

只是接下来，那小厮的一句话，顿时打消了她的顾虑。

"景公爱香，若是名贵香品，我们府的六爷会领着香师亲自查验，然后收入专门的存香房。"

安岚和金雀对看了一眼，两人都悄悄松了口气，随后金雀更觉自己前天晚上的行为着实可笑。眼界太窄，她看到的仅是自己眼前的那些事，以为这送礼，应该是会送到景公面前。哪里知道，不是什么人都有资格给景公当面送礼的，如她们这等身份的人送上的贺礼，自然是只经由景府管事的手，直接送到库房，连让景公看上一眼的机会都没有，更别提白广寒大香师了。

陈大录必是清楚这一点，所以才特意准备了名贵香品，如此，即便不能得景公看上一眼的殊荣，却至少能得景府六爷的亲自查看。

安岚心里也暗幸，这真是误打误撞。

小厮将她们带到景府的花园后，就欠身道："香院客人的宴席摆在西边的花厅，不过这会儿宴席还未开，几位可以先在园子里走一走，小的先行告退。"

同她们一块进来的那几位客人也都是香院的香使长，或是掌事，其年纪和资历都比安岚高出一大截，皆不将安岚放在眼里，谈话间也存着几分排挤。如此反倒合了安岚的意，她就怕这些人拉住她不放，脱不得身。

于是那小厮一走，安岚便示意金雀放慢脚步，不动声色地同那几人分开，然后找了景府里的几位仆从，大致打听清楚客人的宴席安排的地方。

"要找陈大录吗？"金雀一边跟着安岚这园子里转，一边问。

安岚点头，脸色略显凝重："若景府的人未及时发现那香的问题，怕是就弄巧成拙，我反倒帮了马贵闲一把。"

金雀一愣，脑子里迅速闪过她父亲和妹子以及祖母的脸，只是一会后，她就拉住安岚道："没关系的，若真如此，就当是天意吧，咱们别管了。"

安岚停下，看了金雀一眼，反握住她的手，冷静地道："不能半途而废，尽人事，即便是天意也能更改！"

金雀迟疑了一下，便跟上安岚。却不想，她们才往前走几步，一条不知从哪吹来的披帛落到她们脚下。安岚不慎就踩了上去，不等她抬脚，旁边就走出一女子，看到这一幕，即沉下脸，再看安岚的衣着打扮皆是一般，那女子便冷眉冷眼地走过来道："你知道这是谁的披帛，竟敢往上面踩！扒了你一身皮都赔不起！"

金雀顿时怒了，上下打量了那女子一眼，见对方虽穿得体面，但跟今日前来祝寿的那些客人一比，了不起也就是个得脸的丫鬟，于是就冷笑道："什么了不得的东西，既然那么金贵，怎么不锁在金库里每日三炷香地供着啊，丢到地上算怎么回事？还是景府的花园被圈成了谁家的库房了，专门拿来放这东西的！"

"你——"那女子没料到会有人敢这么跟她顶嘴，愣了一愣才打量着金雀道，"你是谁？"

金雀立起眉毛，不屑地看着她："你又是谁？"

安岚弯腰捡起那件披帛，歉意地笑道："刚刚一阵风忽然将它吹过来，我一时没留意就踩了上去，真是不好意思，幸好没弄脏，这披帛是这位姐姐的？"

那女子又将目光落到安岚身上，然后将安岚手里的披帛一把夺过去："谁说没弄脏，你以为你——"

只是不等她说完，又一个声音从旁边传来："入画，找到了吗？"

随着那声音一块过来的，是个年约十五六的姑娘，衣着华丽，妆容精致，倨傲的神态里透着几分不耐烦。

入画立即收起刚刚那份嚣张的气焰，换上一副小心翼翼的神情，拿着手里的披帛道："三姑娘，奴婢找到了，但是……但是她们却踩了姑娘的披帛！"

金雀顿时瞪圆了眼睛："是风忽然吹到我们脚下，我们不小心才踩了一点，本来也不知道是谁的东西，你却说得好像我们故意踩上去的一般，说这话也不怕天打雷劈吗！"

入画转头瞪着金雀道："落到你们脚下，你们不会捡起来吗，还故意踩上去！"

金雀眯了眯眼，打量着她道："你是听不懂人话还是怎么回事？难不成刚刚我们是在对牛弹琴！"

"你——"入画气得噎住，只是这会儿又不好发作，只得瞪着金雀不说话。

甄毓秀扫了金雀和安岚一眼就收回目光，微微抬起下巴，问向入画："她们是谁？"

入画欠身，小心道："回姑娘，奴婢刚刚也问了，她们却不说。"

金雀扬起眉毛，安岚面上露出浅笑："我是长香殿的香使长安岚，刚刚确实是不慎踩到姑娘的披帛，希望姑娘看在我无心的分上别介意。"

"长香殿的香使长？"甄毓秀听到这句话后，才又正眼看了看安岚，只是瞧着对方年纪似乎比自己还小，便问，"你是香殿的香使长，还是香院的香使长？"

安岚道："是香院的香使长。"

甄毓秀又打量了安岚几眼，面上露出不屑，然后似挑衅般地道："我若介意又如何？"

安岚不卑不亢地道:"姑娘若是觉得脏了,可以将这披帛交给我,我洗干净后再给姑娘送回去。"

甄毓秀一声冷哼,就看了自己的丫鬟一眼,入画即对安岚冷笑道:"这可是贵妃娘娘赏下的,这披帛可沾不得水,你竟想借这事跟我家姑娘套近乎,凭你也配!"

安岚面上浅笑依旧:"既是如此珍贵的东西,那姑娘就应该看好了才是,别随便一阵风就给吹走了,此物虽轻飘飘,但想必赏赐此物的人的心意是极重的。"

金雀故意笑出声,甄毓秀的脸色顿时难看起来,入画也是一怔,张了张嘴,可一时间却不知该怎么反驳安岚这句话,总觉得对方将她想说的话都给堵住了。她若再说下去,似乎就是在暗指甄毓秀不看重贵妃娘娘的心意。

甄毓秀上前一步,盯着安岚道:"你这话什么意思?你在骂我!"

安岚笑道:"姑娘多心了,我不过是好心提醒姑娘一句,姑娘若不领情便罢了,我还有事,就不陪姑娘多说了。"

她说着就要转身离去,甄毓秀即抬高声音喝道:"你站住!"

入画赶紧往前拦住她们的去路,安岚面上的笑容退去,金雀则皱起眉头。

却这会,丹阳郡主从前面走了过来,笑吟吟地看了她们一眼,然后对甄毓秀道:"怎么了?大老远的就听到你的声音,什么事又惹得你不快了?"

甄毓秀忙给丹阳郡主行礼,随后就示意入画将刚刚的事情说了,入画自当是添油加醋,只是金雀哪由得她胡说八道。于是极其简单的一件事,你一句我一句,说到最后差点吵了起来。

丹阳郡主便接过甄毓秀手里的披帛看了看,然后道:"确实是难得的东西,只是安岚也是无心,你就别恼了,我代她给你赔个不是。"

甄毓秀一愣,只是还不等她弄明白丹阳郡主怎么也认识安岚,就听到安岚在旁边道了一句:"郡主不可,安岚着实担当不起。"

甄毓秀瞟了安岚一眼,然后迟疑地看向丹阳郡主:"郡主,认识她?"

"自然是认识。"丹阳郡主将那条披帛散开看了看,然后笑着对甄毓秀道,"回去让丫鬟隔水蒸一下,用棉巾轻轻拭擦一遍,再放在熏笼上晾干,便又跟新的一样。还是你身边的人不会弄这个,那就交给我的丫鬟……"

"哪能麻烦郡主。"甄毓秀瞟了安岚一眼,撇了撇嘴道,"既然郡主都替你求情,那就算了。"

安岚看了她一眼,未言谢,只是笑了笑。

甄毓秀皱了皱眉,就拉着丹阳郡主道:"刚刚我才跟二哥说起郡主,听说他前两日见过郡主了,被我好一通埋怨,当时二哥也不知道告诉我一声。今日咱可得好好聊聊,那边还有两位李尚书家的姑娘,都说想认识郡主呢。"

"定是你又跟旁人胡乱编派我了。"丹阳郡主嗔了她一眼，将手里的披帛递给入画，然后又看向安岚，微微一笑，"每见你一次，你的身份就变一次，真不知下次再见你，又会是什么身份。"

安岚微微欠身："多谢郡主。"

丹阳郡主邀请道："宴席还未开，同我一块去那边说说话如何？"

甄毓秀立即道："那边已经没多余的位置了，再说，李尚书家的姑娘只想认识郡主。"

安岚又笑了笑，欠身道："我还有事，就不打扰郡主了。"

甄毓秀懒得看安岚，只顾拉着丹阳郡主道："她们怕是都等得急了，郡主快随我过去吧。"

"你还真是急性子。"丹阳郡主无奈地看了甄毓秀一眼，然后又对安岚道了一句，"我们应该还会再见的。"

丹阳郡主说完这句话，又笑了一笑，然后才随甄毓秀走了。

"这位丹阳郡主……"金雀看着她们离开的背影，微微皱起眉头。

安岚一边转身，一边问："怎么？"

"说不上来。"金雀摇摇头，"看着是个好人，但我总觉得她似乎对你特别注意。"

"是吗？"安岚回头看了一眼，她其实也有这种感觉，所以也一样觉得不解。

……

两人又转了好一会，终于看到陈大录的身影，并且她们瞧到陈大录时，正好有人过来在陈大录耳边说了几句什么，遂见陈大录的脸色微变，然后马上起身离席。

安岚跟金雀对视了一眼，即悄悄跟上。

"会有什么问题？"陈大录同他那结拜兄弟一边往景府库房的方向行去，一边道，"我当时仔细看过，还让刘香师当场试香，确实是极其名贵的香品，能有什么问题，难道刘香师骗了我！"

"按说应该不会，没准刘香师是看走了眼，我之前就怀疑那马贵闲从哪得的这等名贵香品，虽说百香堂有些年头了，但听说最近这些日子，马贵闲可是欠了一屁股债。这狗被逼急了都能跳墙，何况是人……"

"我操他姥姥的，姓马的要是敢阴老子，看老子不卸了他！"

这话，安岚和金雀跟在后面隐约听到一些，两人心里都是一喜，事情终于有了眉目。

不多会，陈大录就赶到库房这边，遂见六爷手里正拿着他那匣子香品，眉头微皱。陈大录心里顿时就咯噔了一下，忙堆着笑走过去，躬身道："六爷找我呢，是有什么吩咐？"

景府的六爷叫周达，是景公认的第六个干儿子，景公并没有让周达改姓景，但这些年周达早将自己当成景府的一份子，极其尽心帮景炎打理府内庶务，久而久之，大家便都习惯称他为六爷。

"这香,你拿回去吧。"周达合上香匣子,往桌上一放,面上并不见怒色,但仅一眼,就已经让陈大录吓得慌了神。

陈大录战战兢兢地走过去,小心翼翼地问:"六,六爷,是不喜欢这款香?"

看到这种以假乱真的香品,周达心里自然不快,面上的神色更加冷峻。陈大录只得求救地看向周达身边的香师,那香师想了想,便道:"这香是假的,除了外面包的那层,里头混的全是木渣子,陈老板怕是被人骗了。"

陈大录只觉脑袋轰的一声,彻底呆在那。

那香师瞧他这副模样,便又道:"陈老板是跟谁买的这些香?作假的手法虽粗糙,但外面那层香和得还算不错,一时辨不出也有可能。"

"是,是跟百香堂……"陈大录说到这,脑子忽然闪过一个模糊的影子,令他嘴里的话停了下来,心里跟着浮出很是莫名的感觉,但不等他去琢磨,那感觉就消失了。

"百香堂?"那香师看着陈大录摇头,"据说百香堂里的香早已经被人搬空了。"

"什么!"陈大录冷不丁地回过神,随后脸和脖子全都红了,也不知是因为愤怒还是因为羞愧。

"行了,出去了。"周达说着就摆了摆手,这等日子,他自是不会随便发火,但也不可能会给陈大录好脸色。

陈大录知道周达的脾性,不敢多说,只是扑通地跪下磕了个响头,然后才站起身,抱起自己那匣香乖乖地退了出去。

"马上给我打听姓马的现在在哪!"从周达那出来后,陈大录面上即露出狰狞的表情,"他是吃了熊心豹子胆,连老子的钱也敢骗!"

"是。"陈大录身边那兄弟知道今儿的事情大了,不敢这会儿触陈大录的霉头,应了一声,就赶紧往外去。

安岚和金雀远远看到陈大录抱着那个香匣出来后,便知道香的问题被发现了。

陈大录没有再去宴席那边,只是在二门处的小厅那等着,安岚和金雀也就在二门附近走动。幸得今日的客人着实多,一直有人来来往往,亦有不少认识的人会随时停下寒暄闲谈,所以也就没什么人注意她们两个为何一直在这徘徊。

约半个时辰后,陈大录派出去的那人回来了,喘着气跑到陈大录身边低声道:"找着了,就在东六角那家勾栏院里,那百香堂已经关门,果真是欠了一屁股的债,那天收了咱们的银子,怕是都被花出去了。我也已经通知了那帮兄弟,都在街那头等着呢。"

"走!"陈大录即起身,出了小厅后,往大门那看了看,就转身往侧门那走去。

安岚和金雀也跟着起身,悄悄尾随他们出去。

"会不会被他们认出咱们?"安岚吩咐车夫跟上陈大录的马车后,金雀有些担心地问了一句。

"不会。"安岚摇头,接着又道,"咱们不下车,只看着,定要亲眼看到马贵闲落得何种下场！"

金雀再不做声，沉默地坐在一旁，神色有些呆滞，还有些悲凉。

安岚也没再说什么，只是伸出胳膊揽住她的肩膀，陪她安静地坐着，等着接下来的那一幕。

他们从景府出来的时候，早上还明媚的天忽然就阴了下去，这会儿天上已聚集了灰沉沉的云层，风起了，空气里也多了几分水汽。

马贵闲从勾栏院出来的时候，虽看到天色变了，但丝毫不影响他的好心情。跟送他出来的老鸨打情骂俏了几句，就哼着小调上了马车。啧啧，今天真开心。

马贵闲越是回味，心里越美，若不是跟几个老主顾约好了谈买卖，他真恨不得现在又折回去。……正想着，马车忽然停住了，马贵闲差点又从车上滚下去。这已经是第几次了，他心头大怒，当即一声喝骂："狗奴才，怎么赶车的！"

却这一次，车夫没有回他的话，而是换了个阴恻恻的声音："马老板果真在车内，这就好！"

马贵闲一愣，心头莫名地一慌，赶紧掀开车帘，瞧清来人是陈大录后，遂松了口气："原来是陈老板，吓我一跳，陈老板这是……是有事？"

这地方本就有些偏，又因下雨的关系，街上愈发冷清了。

安岚和金雀的马车在不远处的路口停下，两人掀开车窗帘，远远看到陈大录的人将马贵闲从车厢内扯下来，强拉硬拽到旁边的小胡同里，马贵闲的车夫则被人打晕在车上。

金雀想下车去看，安岚抓住她："先等一等。"

乌云下压，街上的青石板被秋雨沾湿，胡同那边开始传来拳打脚踢的声音，却没有惨叫声，想是马贵闲的嘴巴被堵住了。

又过了一会，那些人似乎是打累了，殴打的声音停下。

整条街忽然间安静得有些诡异，秋雨愈发寒凉，金雀忽然开口，声音有些颤抖："我爹死那天，也是这样的日子，我祖母上吊那日，天也在下小雨。"

安岚揽住她的肩膀，低声道："恶有恶报，老天不报，我们替它报！"

片刻后，陈大录等人从那胡同里出来，纷纷上了马车，随后就离开那里。

"我去看看。"金雀说着就要下车，她定要亲眼看到那个人，究竟落得何等下场。

安岚这会没有阻止她，拿着伞，同金雀一块下车，然后握着金雀的手，一块往胡同那走去。两人的手此刻都很冰，但握在一起后，手心的温度相互传递，心里终不再那么害怕。

不多会便走到胡同口，遂见那胡同里躺着一个人，地上有一摊血。

人没死，但两条腿的脚筋都被挑断了。

雨丝冰冷，所以马贵闲痛晕过去没多久，就又醒了过来，只是此时他两手被绑住，嘴巴也被堵住，无法求救，只能等着有人发现他。

"我过去看看。"金雀在胡同口看了一会，就开口道。

安岚没有反对，要陪她走过去，金雀又道："不用陪我，你就在这等我。"

"金雀。"安岚有些担心。

"没关系的，我要跟他说几句话，不会很久。"金雀转头对安岚笑了一下。

安岚迟疑一会，终是点点头，将手里的伞放到金雀手里。

金雀过去了，安岚站在胡同口看着，落在脸上的雨丝极其冰冷，她却觉得心里藏着一团火。

只是跟着，她身上猛地一僵，有人自她身后，将一把伞撑到她头顶上。

安岚不敢回头，沉默了一会，才低声开口："公子全都知道了？"

景炎站在她身后，看着仅到自己肩膀高的小丫头，低声笑道："你可知道，世人眼中的香师，可不会做这样的事。"

安岚看着前方的金雀和马贵闲，看着被雨水洗淡的血迹，平静地道："世人是不是都喜欢像郡主那样高贵的人？我也是喜欢的，但我不是郡主，我也成不了郡主，我知道自己再怎么学，都是东施效颦。"

身后的人没有说话，片刻后，安岚回头："可是，长香殿的大香师，不应当都是一个样的，是不是？"

这不是问句，是陈述句。

她见过白广寒的孤高清冷，也见过百里翎的肆意风流。

那么不同的两个人，都能站在同样的高度，她为何要勉强自己去学别人。

景炎看着那双认真而黑亮的眼睛，忍不住抬手拨开她被雨水沾湿的刘海，微微扬起嘴角："我这一关你过了，小狐狸。"

第024章　名单·香炉·挑选

"白广寒大香师要挑侍香人，这是天枢殿的殿侍长派人给你送过来的香牌，据说共有三十二人入选。"陆云仙说着就拿出一个别致的香牌递给安岚，然后感叹，"当真是想不到，竟真让你求得这样的机会！"

安岚怔怔地接过那个香牌，半晌没出声。

至景公寿宴那日到现在，已经过去五天了，虽说那日景炎公子对她说了句通过考验的话。但此后，却什么事都没有发生，这几天一直很平静，一点消息都听不到。于是她的心从紧张到忐忑再到担忧，生怕此事出了什么意外，或是又有意想不到的情况发生。

那天，她将事情的全部经过原原本本地交代出去，然后又将马贵闲的房契交给景炎。陈大录到底是景府六爷的手下，而陈大录花大笔的银子从马贵闲那里买了香，她却将香品给换了，她的目的并非是骗钱，所以那房契她自然是不能要，也不敢要。

交出去时，她请景炎将房契交给陈大录，算是弥补她对他造成的损失，虽是亡羊补牢，却也比一点都不表示好。

而那天，景炎公子走之前对她说的话，此时还在耳边回响：细腻入微的情感，善于捕捉旁人的情绪，百炼成钢的内心，以及绝对的自信，都是这条路上不可缺少的，也是白广寒一直具备的东西。

"这是入选者的香牌，你需收好了，每一轮的淘汰者都要将香牌交还，此香牌你若能一直保留到最后，便是最终胜出者。"陆云仙看着安岚道，"白广寒大香师最终只选一位侍香人。"

安岚回过神，遂应下。

陆云仙又道："你别太有压力，能入选已是足够风光，即便最后不能被选中，日后多半也会进入香殿当差，比在这香院里强。"

安岚收好香牌后，笑了笑："还是香院好，我永远是源香院的人。"

陆云仙诧异地打量了安岚一眼，见安岚面上依旧含笑，但表情真诚，她一怔，片刻后才明白安岚的意思。后又思及景炎公子总对安岚另眼相待之事，如此看来，无论安岚能不能从这里出去，源香院对于天枢殿，都会是一个特殊的存在。再退一步讲，此事后，百里大香师也定会注意到源香院，日后她未尝没有露脸的机会，而这一切，都跟安岚撇不开关系。

于是陆云仙站起身，握住安岚的手，有些感慨地道："我就知道你是个重情义的，晓得饮水思源。你放心，日后你要缺什么尽管来找我，到底是源香院的人，怎么也不能丢了源香院的脸。"

"多谢掌事！"

……

与此同时，丹阳郡主也收到了天枢殿送出的香牌，因丹阳郡主暂居在宫内，故这个香牌是由赤芍亲自送过去。

"赤芍姐姐快坐。"赤芍进来后，丹阳郡主赶紧起身让座，并从丫鬟手里接过茶盏亲手递上，"我没备什么好茶，这是昨儿太后赏下的大红袍，据说是云山道长亲手炒制，我算是借花献佛了。"

身份高贵，才华过人，却从不自视过高，无论待谁，都面带笑容，大方得体，这就是丹阳郡主。

"郡主客气了。"赤芍欠身接过丹阳郡主递上的茶，轻轻放在旁边的几上，然后拿出那个香牌递给丹阳郡主，"共有三十二人入选，第一轮晋香会定于十日后，具体情况，晋香会前一日会另行通知。"

丹阳郡主接过那个香牌看了看，好奇地问一句："三十二人，都有谁？"

这也不是什么秘密，赤芍便又从旁边香使手里接过一份名单递给丹阳郡主，然后站起身："给郡主的东西已带到，就不打扰郡主了，郡主好好准备吧。"

"赤芍姐姐不多坐一会？"

"不了，我还有事。"面对丹阳郡主的挽留，赤芍面上甚至没什么笑意，道一声留步，就出去了。

丹阳郡主还是将她送出宫外，但一路上，丹阳郡主几次与其话说，赤芍都是一副木木的表情，回答也是不冷不热的，态度称得上是高傲。

回来后，丹阳郡主身边的丫鬟秀兰有些不忿地嘟哝一句："不过个香殿的奴才，竟就傲成那副模样，就连贵妃娘娘都不敢在郡主面前摆这副样子。"

"白广寒大香师挑选侍香人之前，她便是天枢殿里地位最高的侍香人。"丹阳郡主看着自个儿丫鬟摇了摇头，"也难为她了，还要亲自为大香师打理这等事。"

"郡主是太好脾气，依我看，郡主跟这么多人去争那个侍香人的位置，才叫委屈了郡主呢，也不知那白广寒大香师怎么想的，连崔大香师都已经认可了郡主，他居然……"

"住口！"丹阳郡主沉下脸，"这是你能说的话？"

丹阳郡主甚少有这冷言厉色的时候，秀兰瑟缩了一下，慌忙垂下脸："是奴婢口、口无遮拦，妄论大香师，请郡主责罚！"她说着，就先自己打了自个儿两个嘴巴。

丹阳郡主往旁看了一眼，面上的神色遂缓了几分："好了，进去再说，别在这里招人眼目。"

秀兰即停下手，也想起这里不是清河崔府，于是不敢再多嘴。

回了长秋阁，丹阳郡主先屏退厅内的宫女，然后才转身对兰儿道："你记住了，日后即便只在我面前，也不得说一句大香师的不是，甚至想都不能想！"

秀兰从未见过丹阳郡主这么严肃认真的表情，愣了一愣，才有些怔怔地应下。只是片刻后，终是忍不住问一句："郡主，为何，为何连想都不能想。"

"你不了解大香师究竟是一种什么样的人。"丹阳郡主走到茶几旁，看着赤芍一口都未碰的那盏茶，轻叹着道，"只要大香师想知道，无论你藏得有多深，大香师都能让你一五一十地全都说出来。并且，你将心里的话全说出来后，你还不自知。"

秀兰愣住，好一会后，才怔怔地道："这，这不就是神仙了吗？"

丹阳郡主又走出厅外，抬眼看向远处云雾缭绕的大雁山："既是上天选中的人，可不就是下凡的神仙。"

秀兰惊讶地将手放在胸口处："崔大香师也曾说过，郡主是上天选中的人！"

"那是我小时候崔姨哄着我玩的。"丹阳郡主轻轻摇头，就转身回了厅内，重新拿起那份名单仔细一看，随后一声轻叹，"果真，她也入选了。"

"郡主说的是谁？"

"源香院香使长，安岚。"丹阳郡主念出落在名单最后的那个名字，"真是个让人不得不在意的人呢。"

秀兰不解："郡主为何如此在意她？"

丹阳郡主却没有解释，崔氏嫡系女子的直觉是她们的秘密，连贴身丫鬟都不会告知。她们是旁人眼中完美的，令人艳羡的女子，一切行为举止，都不能让人挑出一丁点儿毛病。

……

长香殿，天玑殿，百里翎瞄了瞄天枢殿定下的晋香会名单："那小丫头不是我天玑殿下的人吗，白广寒怎么也有意思？"他说着就站起身往外去，却刚刚走到天枢殿门口，就看到景炎的马车也正往这过来。

景炎一下马车，就看到站在天枢殿殿门口的百里翎，那人依旧随意懒散，一头黑亮得连女子都嫉妒的长发，就只用一条发带随意扎在脑后，稍有凌乱，却丝毫不显邋遢。大雁山上的风一起，遂见他泛着流光的大袖翻飞，青丝狂舞，眉眼张扬，整个长安城的风流皆不及他一人。

景炎心里纳罕，这厮明明自小就在道观里修行，怎地就修出这么一个妖孽，还整日阴魂不散，每次过来都能看到他。

"正好，我也想找你。"待景炎上了台阶后，百里翎就笑眯眯地打量着景炎道，"怎么回事，你们兄弟俩究竟是谁惦记上我家的小丫头了？"

"什么？"景炎瞥了他一眼，就直接往殿内走。

"别跟我装。"百里翎跟着他进了殿内，抬手拍上景炎的肩膀，"那挺水灵又有点奇巧心思的小丫头，来来来，跟我说说，是你瞧上的，还是白广寒那厮瞧上的？那丫头怎么说也是我殿下的人，当日看在你的面没勉强她，怎么，这会儿连白广寒都跟着凑热闹来了。"

"胡说什么？"景炎一错身，就避开百里翎的手，"我今日事情多，没心思应付你。"

"不愿说？"百里翎眯了眯眼，眼底的兴致更浓了几分，"不愿说也要让你说。"

景炎正往前去，只是抬脚踩下去时，却发现天枢殿内光滑的地砖变成粗糙的大青石板，青石板上有雨水，雨水沾湿了他的靴子，随后他身上的袍摆也被沾湿，朱红色的衣料色泽渐渐变深变暗，雨丝风片，长街清冷，他回到了八月十五那日。

景炎撑着伞看了看天，只见乌云压顶，前面路口处有辆马车，是他一直注意的目标。再远之处是个小胡同，那里有隐隐约约的声音传来，他站在那想了一会，忽然一笑，就转身，便见他的马车也正停在旁边。

他应该一直站在那等，等前面的人下车，但他没有，而是上了车，闭上眼休息。

只是刚一坐下，马车却变成了怡心园的半月亭，铺着坐垫的车座变成了光洁的石墩，前面炉上的水已开，亭外的繁花似锦，茶香伴着花香，熏人如醉。

他手里还拿着茶筅，景炎看着潘潘然如堆云积雪的茶汤，沉吟片刻，就放下手中的茶筅，给自己倒了一杯茶，然后拿起那盏茶走到亭子边上，看着亭外灿烂妖娆的蔷薇。夏末了，这已是最后的花期，和风穿亭而过，花雨纷飞，怡心怡情，但这却是自极致繁华走向败落的开始。

他回到了第一次碰见那丫头的那日，他知道这是百里翎的昨日重现之境，答案在他心里，所以在大香师的暗示下，以香入境，他心中的场景即纷纷重现。

但其实……百里翎并没有认真，否则他入香境后不会依旧保持清明。

他是白广寒的同胞兄弟，是景府的唯一继承人，他手里握着长安城近半的产业，他可以影响天枢殿自上而下的庶务。

大香师之间有牵扯，也有忌讳，所以有些玩笑可以开，有些玩笑开不得，有些事可以做，有些事轻易不能碰。

景炎出了亭子，走到一簇开得最艳的蔷薇花前。

片刻后，花架后面传出轻笑："原来你这么早就碰到那小丫头了，我说呢，举世无双的景炎公子，怎么就对一个小香奴另眼相待！"

浓烈的繁花将那人的眉眼都染成桃色，衬得那张脸宛如妖孽，花枝自行退开，百里翎自后面大摇大摆地走出来。

景炎微笑，眉眼和煦："难得能见识百里大香师的香境，景某荣幸之至。"

"跟你开个小玩笑。"百里翎抬手要拍上他的肩膀，只是就在这时，景炎手里的那杯茶泼了出去。

百里翎的手顿时收回去，景炎往后一退，茶杯自他手中落下。

一声脆响，周围的景物应声而碎。

繁花如潮水般退去，他又回到天枢殿内，依旧站在原处，外面阳光明媚。

而他身后，百里翎又惊又怒："我就跟你开个玩笑，你你竟敢对我用……呕——白广寒那个无耻的东西，是他教你的！呕——你，你们兄弟俩都是混蛋！无耻的混蛋！"

"我最讨厌两种事，一是有人碰我的银子，二是有人偷我的想法。"景炎转过身，看着不停干呕的百里翎，悠然微笑，"失礼了，只是和大香师在一起，景某不得不防。"

"你——"百里翎眉眼周围泛出粉色，即便是怒极，竟也未损风流之态。

景炎好心劝道："快回去洗洗吧，这是十斤鱼腥草才提炼出的一滴鱼腥液，沾得久了，这味道就洗不掉了。"

百里翎抖着手指着景炎，最后终于忍受不了身上的味道，更不能忍受自己身上长久沾着这么恶心的味道，于是气愤地甩袖转身出去了。

百里翎离开后，赤芍有些担忧地走过来："景公子没事吧？"

百里大香师竟突然让景炎公子入了香境，这等事，往小了说是玩笑，往大了说……那可就不好说了，毕竟景炎公子是白广寒大香师的至亲，知晓白广寒大香师许多事。

景炎转了转手里装着鱼腥液的小瓷瓶，然后收好，淡淡一笑。

刚刚，在香境里，若让百里翎拍上他的肩膀，或许真的就是这个香境的结束，但也有可能是另一个香境的开始，他无法确定，也不会去赌那个万一的概率。

天玑殿，百里翎躺在热气腾腾，香气弥漫的浴池里，头靠在池边的玉枕上，慢慢闭上眼，候在旁边的侍香人这才敢将眼睛悄悄落在他身上。却片刻后，百里翎又睁开眼，目中泛出笑意。

如此说来，是景炎瞧中那小丫头的？

只是，为何呢，那像水一样温柔又像冰一样冷的男人，为何会对一个小姑娘感兴趣？百里翎拿过池边上的酒壶，举高了，酒水成线，倒入他仰头张开的嘴里。这一幕，香艳得令旁边的侍香人，无论男女都禁不住红了脸，百里翎却似全然不知。

长香殿的事，景炎从来不会直接插手，难道，又只是听白广寒的意思行事？

有什么被他忽略了吗？

白广寒啊白广寒，总是猜不透你心里究竟在想什么。

百里翎懒洋洋地晃着手里的酒壶，忽然就将壶里的酒整个倒入池中，那是二十年的陈酿，霎时，酒香随着升腾的雾气四下飞散，随后百里翎快意地哈哈大笑。

……

转眼，就过去九天，天气一日比一日冷，早上起来后都能看到院子花叶上的白霜。安岚将这一日的差事分派完后，就走出屋，看着前面的青山。

明天就是九月初一了，亦是晋香会的第一日。

但直至现在，她都没收到任何关于晋香会的消息。既名为晋香，便是一次一次往上晋级，三十二人，不知要通过几场考验。

正想着，就瞧着掌事身边的侍从往她这过来，安岚微怔，随后就下了台阶。

石松走进后，朝她施礼道："安香使长，掌事请您过去。"

刚刚分派院中的差事时，她才又陆云仙那出来，这会儿又叫她过去，若非是有突发之事，就应该是香殿那有消息下来了，于是安岚问道："何事？"

石松道："是香殿给安香使长递了话。"

安岚松了口气的同时，又有些紧张起来，不知明日究竟会是什么情况，遂马上往陆云仙那走去。

"准备一个香炉，明日巳时准时到寤寐林的曲台苑。"

却过去后，陆云仙只给了她这么一句话，安岚愣了愣，才问："香呢？"

陆云仙摇头："香殿的人就递了这么一句话过来，一个字都没多说。"

安岚沉默，心里略有几分茫然，难道是现场和香吗？只是和香都需要窖藏，时间上肯定是不允许，除非是只比单品香？若比单品香，却又未让她们准备香，如此，又该如何比？

陆云仙想了想便道："大香师亲自挑人，总会有意想不到的事，总之你就照着做便行。"

安岚只得点头，只是想了想，就问："明日，白广寒大香师也会过去吗？"

陆云仙摇头："这倒不清楚，不过既然是白广寒大香师要挑侍香人，那应该会到场。"

安岚心里的紧张又多了几分，她终究，是因为景炎公子点头，才得入选，她不敢去猜测，白广寒大香师心里会怎么想。

"不管他怎么想，我们先去挑香炉吧。"金雀知道这事后，显得比她还要高兴，中午休息时，即跑到她这，拉着她去库房，"只说让你准备香炉，那到底是要准备什么香炉，熏香炉，承香炉，印香炉，还是闻香炉？是要新的好还是旧的好？"

金雀看了架子上那一排用处不一的香炉，有些蒙了，安岚也微微蹙起眉头。

原来，第一轮的考试已经开始了吗？

熏香炉上有顶盖，炉壁有气孔，有利于泄火气和防止火灰的溢出，令香气盘旋回绕，使之持久，便于观烟，适用盘香，锥香，篆香等；承香炉没有炉盖，多用于能独立燃烧的香品，适于点线香，锥香，签香等；卧香炉炉身为长方形，造型各异，或有盖或无盖，适用于熏烧水平放置的线香；印香炉，炉口较大，炉深较浅，下面铺香灰，上面用模具打出印香，一样是或有盖或无盖。

天枢殿传下来的话，让准备一个香炉，其余的没有特别说明，明着看选择的余地很小，但再一想，其实选择余地很大。因为这句话完全可以理解成，虽说是让准备一个香炉，但并没有规定不能准备多个香炉。

但安岚直觉，这句话，更像是一个陷阱，若抱着侥幸的心态，到时怕是会马上被淘汰。不知道到时究竟会用什么香，也或者，明日根本不会用香……

作用不同，样式不一的香炉，只能挑一个。

"会不会，是要比谁挑的香炉好看？"金雀不确定地道，"这样的话，咱这香炉都是极普通的款式，材质也一般，源香院主要出的是香品不是香炉，肯定比不了她们那些镶宝嵌玉的！要不，要不请陆掌事去香器司那借一个？直接挑个博山炉！"

安岚摇头，但到底挑哪个，她一时也拿不定主意。

"这个行不行？"金雀琢磨了一会，就指着最大的那个古意青铜鼎炉，"这个又大又憨实，定能引起大香师的注意，而且地点既然是选在庭院中，这么大正好合适。"

安岚叹了口气："到时若要让熏烧香品，这么大的香炉，需要取多少香才行？"

金雀一愣，然后喃喃道："那，那就挑个小的？"

安岚沉默，白广寒大香师出此题，目的不可能是让这三十二人来碰运气这般儿戏，应该也不会就以一个香炉定胜负，重要的在明日的题目。或许，无论选何种香炉，都不会有错，但为以防万一，香炉的选择，还是不可马虎……

熏香炉适用于观烟，多用于室内，并且熏香炉不适点线香；承香炉虽适用于独立燃烧的香品，但也可以用香炭熏烧香品；卧香炉因造型特别，故适用范围小，印香炉亦一样。

相对来说，承香炉的适用范围更广。

片刻后，安岚走到放承香炉的那排架子前，只见架子上摆了十余个不同造型，不同材质的承香炉，蚰龙耳炉、冲耳炉、鱼耳炉、鬲式炉、钵盂炉……

最后，安岚走到鬲式炉跟前。

鬲式炉沉稳大气，雍容贵重，独秀于百器之林，历来为文人雅士推崇。

只是此时，眼前有两个鬲式炉，差不多大小，一个是铜的，一个是瓷的，铜的新，古朴洗练，瓷的旧，清淡雅致。

"要瓷的吗？"见安岚取下那个香炉后，金雀道，"铜的看起来更大气些呢。"

安岚看了一眼，摇头："太新了，没有韵味。"

"是吗。"金雀怔了怔，仔细比较了一下，似有所感，有些东西，是由时间沉淀出来，只能意会，不可言传。而品香，其实品的就是一种意境。香的生命非常短暂，即便是完全按照配方，也没有一种香能完全复制其昔日的风貌，因为和香的人不同，再加上选材的差异，以及环境不同、心境不同，故品出来的感悟，自然不会一样。

次日，安岚特意换了身素雅的衣着，让金雀给自己梳了个倭堕髻，依旧戴着那支碧玉簪子，发髻后面压着两支龙眼大小的白色珠花。

"太素了些。"金雀给她打扮好后，打量了一眼，就道，"好看是好看，但会不会让人小瞧了。"

安岚如今是香使长了，在穿戴上，香院里有固定的配额，虽样式都很旧，但好歹也是金钗银饰。

安岚往镜子里看了一眼，然后抱起那个玉瓷鬲式炉，转向金雀："这样如何？"

金雀一怔，才发觉安岚那身衣服的颜色，跟她手里的香炉，简直如出一辙，于是就开玩笑地道："这么一瞧，你倒像是那香炉的化身！"

安岚白了她一眼，将那香炉放在桌上，又小心拭擦了一遍。

金雀嘿嘿一笑，就从身上掏出一件饰物递给她："给你！"

安岚转头，见那是条裙压，主饰品是两朵玉莲花，玉质温润，雕工精湛，有一朵莲花的莲心是空的。

安岚接过仔细看了一眼，诧异道："怎么会有这个？"

虽不是上好的玉料，但这东西也便宜不了，光雕工就值二到三两银子。

"早想给你了，只是下面那些珠子我弄丢了几粒，在屋里翻个好久才找到。"金雀嘿嘿道，"你都当上香使长了，我总得给你祝贺一下，再说以后你要真离开源香院，咱们怕是就不能像现在这样常常见面了。"

安岚沉默许久，才问："这……花了多少钱？"

她知道金雀和她一样，两人都没什么积蓄，而且月例才刚涨，还没等拿到手呢，就又被扣了。

金雀撇了撇嘴，哼哼道："问这做什么，反正不是我偷来的。"

安岚即道："我不是这个意思！"

"好啦，给你你就拿着，又不是多值钱的东西。"金雀说着就夺过那条裙压，一边给安岚系在腰上，一边絮絮叨叨地道，"空心的这朵莲花，是那玉雕师傅雕到那的时候，玉料出黑点，我瞧着不好，就让他挖空了，本来想找块蜜蜡镶上的，不过那玉雕师傅说这样空着也好看，反正东西小，也瞧不出来。"

安岚垂下眼，怔怔看了一会，然后拿在手里轻轻摸着："真好看！"

"是吧，我也觉得适合你。"金雀说着就拍拍手道，"好了，走吧，我跟掌事说了，今天我陪你一块去。"

安岚包好香炉后，还想说些什么，金雀就拽了她一下："别磨蹭了，快走！"

安岚便将那些话放在心里，笑了笑："走吧。"

……

她们进了寤寐林走到曲台苑的时候，离巳时还差一刻钟，但三十二人当中，已经到了二十来位，丹阳郡主赫然在其中，而除丹阳郡主外，安岚还发现一个熟面孔——甄毓秀。

"她竟也被选入这里！"金雀也看到甄毓秀，诧异地抬了抬眉毛，低声道，"我之前打听过了，她姓甄，叫甄毓秀，是镇远公家的姑娘，据说甄家还出了位贵妃。你看她，还是跟那天一样，眼睛长在头顶上，除了丹阳郡主，谁都不搭理。"

正说着，就瞧着丹阳郡主往她们这看过来，安岚便往那微微一笑。

甄毓秀这会儿也看到安岚了，便哼了一声："又是她！"

丹阳郡主本是要过去跟安岚打招呼的，听了这话后，便看了甄毓秀一眼，笑道："还在为那披帛的事生气呢？"

甄毓秀一怔，随后面上微红，即道："怎么会，我又不是那么小气的人。"

"那你怎么一瞧着她，就一脸恼意，以前应当也没有过节。"丹阳郡主说着又道，"她是个不错的人，再说，又是长香殿的香使长，应该结交的。"

"又不是香殿的香使长，能有什么了不起。"甄毓秀皱了皱眉头，她也说不清为何就是不喜欢安岚。或许是她觉得安岚应该主动过来跟她说话，也或许是，她觉得丹阳郡主总帮着安岚说话，这样的区别对待，似乎降低了她的身份。

丹阳郡主笑了笑："我们去打声招呼。"

甄毓秀忙拉住她，诧异道："咱们是什么身份，无论如何，都应当是她过来跟咱们打招呼，怎么能我们巴巴地过去跟她套近乎！"

第025章 规则·问借·求佛

丹阳郡主没有试图去说服甄毓秀，只是理解地笑了笑，然后道："我去问她几句话。"

甄毓秀的意思并不能左右丹阳郡主的决定，但丹阳郡主极善解人意地给了甄毓秀个台阶下。她还是要过去跟安岚打声招呼，不过说词换成是问几句话，如此，甄毓秀不随她过去，也不会尴尬，大家面上都好看。

甄毓秀一怔，丹阳郡主已经转身，甄毓秀于是看向安岚，微微皱起眉头，跟在她旁边的入画看了自个儿主子一眼，悄声嘀咕："莫不是那位，有什么来头？"

"能有什么来头！"甄毓秀回过神，一声冷哼，"今日这里的，来头不小的大有人在，长香殿的香使长也不是独她一位。"

入画讪讪地笑了笑："丹阳郡主就是气性太好。"

"讨好这样一个小小的香使长，到底有失身份。"甄毓秀看见丹阳郡主过去后，跟安岚有说有笑的，心里愈加不舒服，又嘲讽着道，"那位叫安岚的也实在不懂分寸，郡主再怎么平易近人，那也是郡主，她倒好，郡主不过是待她亲和几分，她就真将自己当个人物了。"

入画即附和着道："可不是，也不知她是怎么入了晋香会的名单，奴婢听说，长香殿下面的那些香院，总有一些香奴香使什么的，整日里琢磨着怎么耍弄些不正当的手段上位，若真让这种人混进晋香会，当真是要糟蹋了这晋香会，日后若传出去，怕是还会连累别人。"

甄毓秀看着安岚一直面带微笑的脸，愈加觉得碍眼，便皱着眉头道："真是到哪都会有这等害群之马！"

入画仔细看了甄毓秀一眼，又往安岚那瞧了瞧，眼睛转了几转。只是就在这会儿，最后那几位入选者也过来了，因这几位的身份皆不俗，故一过来，就吸引了众人的目光。

安岚也往那看了一眼，她自是不认识那些人，但光从那几位的衣着就能看得出，要么是皇亲国戚，要么是世家大族出来的子弟。

丹阳郡主也往那看了一眼，便笑了笑，低声对安岚道："穿石青色长袍的那位是方家的四少爷，叫方玉辉，跟在他身边的那姑娘是他胞妹，叫方玉心，另外那位，我倒是不认得。"

"方家？"听到这个姓氏，安岚脑子里忽地闪过一个念头。

丹阳郡主看了她一眼："没错，就是那个方家。"

安岚目中微讶，金雀就站在她身边，自是没有落下丹阳郡主说的每一句话，便道："他们，难道跟方大香师同宗同族？"

她记得，摇光殿的大香师，似乎就是姓方。

丹阳郡主微笑，没有否认，自然就是肯定了这一点。

金雀甚是吃惊，张了张口，只是安岚给她递了一个眼神，让她别多说。

丹阳郡主却跟着轻轻一叹："这一次的晋香会，有意的人可不止方家。"

金雀听了这话，暗暗翻了个白眼，心里腹诽，你不也就是其中一个？

才说着，方玉心就看到丹阳郡主了，遂转头跟其兄长一声耳语，随后他们三人便往安岚这过来。那边的甄毓秀看到这一幕，面色微沉，她和方玉心也认识，本该是属于她的热闹，如今竟都移到那小香使长那边了。

她参与此次晋香会，本就不是为夺取那唯一的名额，不过是为能结交更多世家子弟，并跟丹阳郡主走得更近些。可眼下，这才开始，事情就完全违背了她的预想。

入画又瞧了瞧自己的主子几眼，然后小心翼翼地道："上个月方姑娘给姑娘回了信，又随信送了几样新奇的小玩意，姑娘还说要当面谢谢方姑娘，正好方姑娘也来了，丹阳郡主也在，姑娘这会过去说一声岂不正好。"

"让我过去那小香使长那边！"甄毓秀抬了抬眉，心里早有些犹豫了，但眉头却皱得更紧。

入画遂笑道："凭她那样，怎么算是她的地方？这可是寤寐林，姑娘这等身份的人进了寤寐林就是贵客，她说来也不过是伺候姑娘的人罢了。如今姑娘过去是跟方姑娘和丹阳郡主说话儿，跟那小香使长有什么干系？"

甄毓秀瞥了入画一眼，有些赞同地从鼻子里哼出一声，便往那走去，入画紧紧跟着。这时间倒也巧，方玉辉和方玉心以及另外一位少年同丹阳郡主才寒暄两句，就在丹阳郡主要为他们介绍安岚时，甄毓秀就过来了。

甄毓秀和方玉心是手帕交，这一见面，自然是要先说上几句。随后方玉心又转过脸问起崔家的几位长辈，因而丹阳郡主一时顾不上安岚，于是明明站在一块的几个人，明显瞧出安岚被人冷落在一旁。

对此安岚倒不在意，她本是香奴出身，这样的冷落对她来说根本是不痛不痒，更何况此时她更在意的，是他们都带了什么样的香炉过来。只是仔细看了一圈后，却发现大家都跟她一样，香炉是带过来了，但或是放在包裹里，或是装在匣子里，她顶多能看出大小和大致的形状。

究竟会怎么比试？不及她多想，天枢殿主持这轮晋香会的人就过来了，主持者是赤芍，而随赤芍一块进曲台苑的，还有十多位衣着华贵，气质不凡的客人。安岚在那些客人里找了找，没有发现白广寒的身影，也没有看到景炎，她怔了怔，忽然间说不出心里是什么感觉。

曲台苑是一个专门用来赏乐观舞的地方，两边是精致曲廊，中间留有极大空地。安岚等人进来曲台苑之前，曲廊里已经设了案几，案几上摆了许些精致瓜果和点心，赤芍领着那些客人进来后，便请他们入座。

安岚便又往那看了几眼，遂发现，那些客人当中，有不少正面带笑容地对他们这边的某些人颔首，随后跟旁边的人低声交谈，同时往这边示意。

金雀低声道："似乎是给有些人助威来的。"

安岚沉默，心里隐隐有些不安，她直觉，这些客人，怕不仅仅是观众这么简单。

果真，但赤芍道出这一轮的规则后，三十二位入选晋香会的人当中，有小部分人的脸色当即一变。金雀更是大吃一惊，差点就叫出来，好容易忍住后，却还是不忿地低声道："怎么能这样，若是这样的规则，还弄什么晋香会！"

赤芍道出的规则是，入选者自备香炉，天枢殿给他们准备香品，有线香，盘香，锥香，香饼，香粉，这些香品的配方都一样。入选者上前自己挑需要的香品，用自备的香炉点香焚烧，然后由前来的十六位客人挑，被挑中的，便能顺利晋级。

这样的规则，基本是没有打算要在这三十二位入选者当中，选出对香有真正理解的人。十六位客人，几乎已经摆明了各自为谁而来，这一轮晋香会，还未开始，结局就已经定下了。

而安岚最后一点侥幸心理，也在大家纷纷拿出自己准备的香炉的那一刻，彻底消失。

她选的是陶瓷的鬲式炉，样式自然是大方典雅，但是，这三十二人当中，起码有十位，是跟她一样，都选了鬲式炉，并且有七八位，连样式和陶瓷的颜色，都跟她选的香炉差不多。

曲廊里，那十六位客人，她一位也不认识，也没有人将目光投到她身上。

而这边，三十二位入选者当中，将有七八位用的香和香炉，都跟她几乎一模一样。

这样的规则，几乎完全限定了他们的能力，所谓的比试，已毫无意义。

不仅她，就是那七八位入选者也都意识到了跟她一样的问题，于是一个个的脸色都变了。

"这是天枢殿定的规则？"终有人，忍不住问了一句。

赤芍瞥了那人一眼，冷声道："没错。"

大家都有些吃惊，于是一时间谁都没有再说话。片刻后，遂有人欢喜，有人失落，亦有人已经放弃，很多人心里明白，原来这本就不是他们的战场。究竟由谁上场，根本不是由他们决定的，是由曲廊里那十六位贵客决定的。

而就在他们愣神的时候，寤寐林的香奴和侍者往这抬过来八张长桌，每桌四人，每个人自己选位置。

金雀面对此等境况，已不知该如何去解，事情那么突然，那么绝对，让人觉得空有一身本事，却无法施展。

为什么会这样，金雀想不明白，安岚也想不明白。

真的是白广寒大香师的意思吗？

丹阳郡主看了安岚一眼，迟疑了一下，终是什么都没说。甄毓秀则微微勾起嘴角，有些嘲讽地看向安岚，心里极是认可天枢殿定的这个规则，大香师的香殿，怎么可能是什么人想进就能进的。

入画亦是得意极了，那天在景府，因金雀和安岚呛了她几句，她心里一直记着。于是便趁着寤寐林的侍者摆长桌的时候，入画悄悄移动几步，走到安岚身边，微笑地道："安香使长……"

安岚垂下眼，手里抱着香炉侧身让开摆桌的侍者，却正好碰到入画。入画正要往旁避开，可就在这会，安岚的手一松，香炉遂落到地上。她站的地方，铺着许多鹅卵石，香炉正好就磕到一块鹅卵石上，即磕出一个大口子。

金雀啊的叫了一声，入画也愣住，大家纷纷往她们这看过来，金雀本就为安岚觉得委屈，这会儿再忍不住，指着入画道："你干吗要过来撞安岚，你想干什么！"

入画顿时有些蒙，慌忙道："我，我没有……"

"你没有你跑来我们这边做什么，你家姑娘又不在我们这！"金雀气红了眼，"我们跟你不熟，就为那天在景府的那点儿破事，你竟记恨到现在，这会儿冲过来安的什么心？"

入画可完全蒙了，若是暗中使手段下绊子，私下编派别人，她是拿手的。但是这么当着一众贵人的面，又是在寤寐林，突然被人连声斥责，她顿时有些招架不住。并且金雀说得也没错，此时她没站在甄毓秀身边，反走到安岚这，加上金雀又提景府那事……于是入画面上一阵红一阵白，有些结巴地道："我，我就是来问候一声，我刚刚没有碰到她，是，是她自己把香炉摔了的，不关我的事！"

金雀气呼呼地道："你这话谁能信！就只这么一个香炉……"

只是这会儿安岚轻轻拉了金雀一下，摇头道："别说了。"

甄毓秀沉下脸走过来，寒着声对入画道："给安香使长赔罪！"

入画一怔，然后看向安岚，张了张口，却不待她出声，安岚就对甄毓秀道："其实也不完全怪她，主要还是我没拿稳。"

甄毓秀依旧盯着入画，入画脸色微白，对着安岚垂下脸弯下腰道："是，是奴婢莽撞了。"

甄毓秀眼里依旧带着倨傲，但此时却微微欠身："是我对下人疏于管教，给安香使长造成麻烦，回去我会罚她跪上一天。"

金雀怔住，安岚心里亦是暗叹，这甄家真不简单，似甄毓秀这等骄傲的性子，在这等场合也能收住脾气，将姿态做个十足。说白了，这等事说不清谁对谁错，她是故意的又如何，大家看到的是入画莫名其妙地往她这冲过来。当然，这等事，也不会有人真的在意究竟是谁对谁错，那些人感兴趣的是她和甄毓秀对此事会表现出何种态度，真正的高下在此。

天枢殿的人，曲廊那边的贵人全都在看着，此时，无论是谁，再大的委屈，都得受着。

"入画姑娘也是无心，此罚未免太重，倒令我心生不安。"安岚也欠身，"刚刚金雀因情急，言语中若有冒犯，实属无心，还请甄姑娘莫怪。"

赤芍冷眼看着这一幕，没有任何表示，而曲廊那，十余位客人当中，有大半将目光落到安岚身上。女客这边，一位四十左右，衣着打扮甚是雍容华贵的妇人往旁问了一句："那小姑娘是瘗寐林的香使长？"

她是甄毓秀的姨母，户部尚书王大人的填房夫人姚氏，被问的是方家的一位姑奶奶，叫方嫒嫒，与姚氏是手帕交。方嫒嫒见姚氏这么一问，便笑了笑："以前不曾见过，是个新面孔，不过这丫头生得挺灵秀，倒有几分讨人喜欢。"

"三丫头也长进许多了。"姚氏笑了笑，她说的是甄毓秀，她这外甥女什么脾性，她心里清楚得很。在这等场合，晓得收敛脾气，展现大家闺秀的风度，着实令她有些意外。

方嫒嫒也点头道："而且甄丫头如今是愈发出落了，一点都瞧不出小时候的模样，当真是女大十八变。"

而女客对面那边的曲廊内，甄承运从丹阳郡主身上收回目光，落到安岚身上，轻轻摇头："这姑娘，怕是要退出晋香会了。"

坐在他身边的李砚问："何以见得？"

甄承运道："总不能拿个残破的香炉点香，不退出，还能如何？"

"这倒不一定。"李砚看着那一个个往长桌上摆出来的香炉，"九个一模一样的香炉，身边又几乎全是贵家子弟，谁能注意到她，这么一摔，倒让大家都看到她了，当真是不破不立。"

甄承运一愣，转头道："李兄的意思是，她是故意的？"

李砚呵呵一笑："若真如此，才叫有意思。"

"可是……"甄承运迟疑道，"这样她连能用的香炉都没有了，怎么点香，难不成天枢殿的人会因此让她另选香炉？"

"嗯，却不知接下来会如何。"李砚道出这句话时，安岚也正好问赤芍，能否另备香炉，赤芍面无表情地拒绝了她这个请求。那边的姚氏便摇了摇头道："可惜了，这姑娘也太不小心，就这么一个香炉，还没看住。"

方媛媛笑道："怕是看住了也没用，三十二人马上要筛下一半，能被挑中的那一半，有多少是早就被定下的。这丫头虽有几分灵秀，但今日前来的这些孩子，哪个不是灵气逼人，皆不比她差。"

姚氏也笑了："可不是，不过这姑娘吧，我瞧着倒有几分可心。"

方媛媛微诧，遂看了姚氏一眼："你又起什么心思。"

姚氏只笑不语，而甄承运那边，听到赤芍拒绝安岚的请求后，便对李砚道："若真是故意的，这姑娘算是搬起石头打自己的脚了。"

但甄承运的话才落，那边安岚又对赤芍道："若不是另备香炉，可否只在此借用？"

赤芍一怔，这个请求颇令她意外，是借用，不是另备，严格说来并不算违反此次晋香会的规则。再说这个意外，到底有甄毓秀一部分责任在，她若再拒绝安岚，倒显得她太过偏袒甄毓秀。

而听到安岚如此请求，丹阳郡主等人，以及曲廊里的贵客也都是一怔，包括金雀也有些诧异地看着安岚。三十二位入选者，每人都只备一个香炉，哪有人会将自己的香炉借给她，即便心里对此再不存希望，也不会做这样的蠢事。

故赤芍考虑了一下，便道："若有人愿意将自己的香炉借与你，那便可以，不过，给你们的时间不会做任何调整。"

入画有些担心地看甄毓秀一眼，甄毓秀却从鼻子里轻轻哼了一声，安岚若是打算着凭刚刚的事来找她借香炉，那就打错算盘了。当然，如果安岚真过来跟她开口，她也会借，甚至白送她一个都行，但是，绝不是此时此刻。

"多谢！"得了赤芍的答复后，安岚施了一礼，然后转身，却不是朝甄毓秀走去，也不是向任何一位手里有香炉的入选者走去，而是朝曲廊那走去。

许多人还不解，金雀一怔之后，遂明白过来，从摔香炉开始，安岚就已经有了主意，于是她心脏即跟着怦怦跳起来，同时暗暗捏紧拳头。眼下，这里的这些人，更多的是一种看热闹的心态，只有她清楚，安岚是抱着破釜沉舟的决心做最后的努力，她们的每一步，都走得不易。

丹阳郡主的眼睛一直追着安岚，目中有诧异，也有深思。

安岚走到女客这边，欠身施礼问安，然后指着其中一叠点心道："冒昧请求，这点心碟子，能否借我一用？"

那是个灰色的土陶碟子，造型古拙不规整，看起来更像是一块粗粗打造的小石盘，单看的话，丝毫不起眼，但用来放点心，又别有韵味。

方媛媛仔细打量了安岚一眼，发觉这丫头走近了一瞧，当真是五官精致，但又不是那等过分的，令女人感受到威胁的美丽。

姚氏遂问一句："你要用这个代替香炉？"

安岚点头："是，实属无奈之举，望夫人能借我一用。"

方媛媛笑着往两边看了一眼："这倒有意思，你拿去吧，让我们看看你准备怎么用。"

此举，令人想不注意她，想不将目光落到她身上都难。

甄毓秀隐约觉得入画是被算计了，即冷着脸瞪了入画一眼，丹阳郡主则是在心里暗叹：果真，她的直觉没有错，这个安岚不简单。

那边，李砚看了甄承运一眼："看到没有，这丫头一下从那三十二人当中跳了出来。"

甄承运感叹地点头："女人，果真不能小看，只是即便如此，也不一定就会有人选她的香。"

李砚笑了笑："说来，我还真有些期待，更何况这么水灵的姑娘。"

甄承运诧异："难道李兄一会儿会选她的香？"

李砚摇头一笑："你放心，你家妹子和丹阳郡主必定会入选的。"

甄承运面上微红："这我倒不担心。"

……

姚氏身边的丫鬟将点心移到另一个点心匣子里，就将那个碟子递给安岚，安岚接过，再次欠身言谢，然后捧着那个碟子回了长桌这边。

而此时，赤芍也已经让人将香品准备好，放在漆盘里，香奴捧着走过去，让她们选。安岚站在第三排最边上，还轮不到她，于是擦好碟子后，就转身走到院中的花木旁边，弯腰挑了几块石头，同时跟金雀低语几句，金雀即点头，就跑出去。

安岚这番举止，令甄毓秀越来越看不惯，于是悄悄跟旁边的人说了几句，那人想了想，就对赤芍道："赤侍香，任人在晋香会上进进出出，是不是不妥？"

安岚即道："只是去院门口摘几片叶子，因不敢擅自离席，所以才托金香使代劳。"

正说着，金雀就回来了，手里果真拿着几片细长的叶子。

赤芍看向安岚，安岚没有辩解，只是请求地看着赤芍。

这会儿，有客人笑着道了一句："可怜这般东拼西凑，无需过于苛刻了，若是做得不够好，也不会有人瞧得上。"

赤芍便收回目光，让人开始计时。

丹阳郡主准备的是博山炉，五寸大小，下有紫光檀底座，炉盖似群山外观，遍饰云气花纹，云中有仙鹤悠游，此香炉一摆出来，就几乎吸引了所有人的目光。

"这款香炉是丹阳郡主自己画了图，设了尺寸，然后请制作香炉的名家烧制的，名为博山仙游，既不逊皇家的华贵，又不拘泥于形式，当真是心思灵巧。"甄承运一边说，一边赞叹，"据说郡主画出这款香炉的时候，还不满十二岁，既有和香的天赋，又

懂得如何以形配神。这长安城内，即便是已经成名的香师，能将这两点做得恰到好处的，也是不多。"

李砚看着甄承运略有些痴迷了神色，暗笑一声呆小子，然后点头："确实难得。"

甄承运忽然问："李兄觉得白广寒大香师最后会选谁？"

李砚笑道："你想说是丹阳郡主？"

"难道李兄不这么认为？"甄承运是少年心性，一听李砚这样反问的语气，便道，"李兄要不要打个赌？"

"赌什么？"不及李砚回答，他们身后就传来一声含笑的询问。两人回头，便见来人是景炎公子，甄承运正要起身让座，景炎虚按了他一下，随后就有香奴在旁边加了一张椅子。另加的椅子自是不比原来的舒适，景炎也不介意，便在他们旁边坐下，然后笑道："两位刚刚在说什么，怎么倒起了赌兴？"

面对这张跟白广寒大香师一模一样的脸，甄承运的兴致明显比刚刚还要高，即道："我在跟李兄打赌，白广寒大香师最后会选谁，在我看来，丹阳郡主必将拔得头筹。"

景炎挑了挑眉，李砚便对景炎笑道："运哥儿就起了个头，我还未应，景公子就过来了。"

景炎便道："都起了赌局，如此说来李兄跟甄少爷的见解不同？"

李砚看了景炎一眼，摇头一笑："终究是白广寒大香师要挑人，景公子都不愿透露白广寒大香师的心思，我又怎么能猜得透？"

李砚比甄承运年长许多，有些事情，自然比他看得明白。

甄承运却没有多琢磨李砚的话，反兴致勃勃地对景炎道："景公子要不要也赌一赌，到时李兄若输了，就让李兄在这噿寐林里请酒吃。"

景炎笑了，没有应甄承运这个邀请，而是往园中看了一眼，然后问："已经开始了，我是不是错过了什么？"

李砚便知景炎是不愿参与这样的赌局，这也好理解，毕竟跟白广寒大香师的关系不一般，而大香师挑选侍香人不是小事，景炎公子为人虽豁达随和，却绝不会将这等事视作儿戏。

甄承运是个直肠子，听景炎这么一问，就道："确实错过了一场好戏，刚刚有位姑娘的香炉摔了，咦……她这是在做什么？"甄承运说着就往安岚那看过去，却看到安岚此时并没有着手点香，反而在摆弄刚刚金雀给她摘来的那几片叶子。

安岚选的是线香，但是挑好后，却放在一边。

只见她旁边的人，以及另外几桌的人，都已经开始，或熏点法，或篆香法，或曲水铺香法，或隔火熏香……每一位的动作都极其标准优雅，唯独她，跟旁人完全不一样，但奇怪的是，这么看着，倒也不突兀。因她面上的表情很认真，认真而专注，那样的神情和态度影响了旁人，令人慢慢收起那份要看玩笑的心。

"像是在编什么小玩意。"李砚仔细看了一会安岚的动作，然后又扫了一眼今日过来的这些客人，遂发现，有大半的人，时不时都会将目光放在那小姑娘身上。

不是最优秀，但此时却显得如此与众不同。

"好像是只蟋蟀？"一会后，安岚编好了，放在桌上时，甄承运忍不住站起身看了一眼，然后疑惑地道，"她编这个做什么？"

景炎没说什么，嘴角边噙着一丝笑，沉默地看着。

李砚也没再说话，目光在那三十二人之间扫了一圈，最后还是落在安岚身上，只是片刻后，又会往丹阳郡主那看几眼。

一个高贵大方，一个清俊灵秀，一个胸有成竹，一个随机应变。

这次的晋香会，当真是有意思。

当然，除了丹阳郡主和安岚外，还有好几位亦属令人过目难忘的良材美质。

且不论方家兄妹光彩照人，就是同方家一块前来的那位少年，亦是生得一副好相貌，只是看起来有些沉默。不过他一进来，李砚就注意到他，但奇怪的是，李砚发觉自己对这个少年没有丝毫印象，于是想了想，就往旁问一句："站在方玉辉右边那位少年郎，景公子可知是谁？"

景炎往那看了一眼，便道："是谢家刚接回来的孩子，叫谢蓝河。"

"谢家？"李砚一怔，"难不成是谢六爷的……"

景炎淡淡道："谢六爷风流成性，不过养在外头的孩子就这一位，也难得这孩子知道上进。"

李砚这边在谈论谢蓝河的时候，姚氏那边也提到了谢蓝河。

方媛媛看了看方玉辉和方玉心后，眼睛又在安岚身上停了一会，然后落到谢蓝河身上。她仔细打量了几眼，遂发现竟无法在那少年身上找出比自家侄儿逊色的地方，于是心中不禁生出几分爱怜，便对姚氏道："我听说，上个月谢六爷从外头接了个女人回府，似乎就是那孩子的生母。"

姚氏点头："养在外头十几年，据说谢夫人一直不肯点头让进门，如今却不知怎么就变了主意。"

方媛媛道："那孩子倒是叫人心疼，谢夫人素来严厉，他在那家里怕是要吃不少苦。不过，他若能入得大香师的眼，进了香殿，那就真真是翻身了。"

"但凡俊俏的少年郎，你都心疼，可惜是谢家子弟，不然让他去你那当差，有你疼着，定比在外头吃苦强。"姚氏低声打趣了她两句，然后才道，"你是白操心了，谢家也出了位大香师，依我看，这孩子即便入不了白广寒大香师的眼，多半也能跟长香殿结缘。"

方媛媛面上微红，即嗔了姚氏一眼。她是方家最奇特的女子，不到三十，就已嫁过三回。进过寒门，也入过侯府，只是几位良人都没能与她偕老就早早撒手而去，并且都没给她留下一儿一女。后来她似厌了一家大小吵吵闹闹的日子，也似怕了那一次又一次的生离死别,第三任丈夫死后,她就在娘家附近置办了一处宅子,立了女户过起自个儿的逍遥日子。

只是多年居寡,难免寂寞,故每每瞧着俊俏的少年郎,就会心生怜爱。

姚氏与她相交几十年,两人间的关系自是不一般,因此开得起这样的玩笑。

这会儿,院中已有人点好香,静候在一旁,赤芍那边的计时也将结束。约一半人都停下手里的动作后,丹阳郡主也将博山炉的盖子轻轻盖上,须臾间,遂见香烟袅袅,那仙鹤也随之添了几分灵动,再加上丹阳郡主那样的气派和容貌,当真是驾鹤乘紫烟,仙人自远来。

不多会,方玉辉和方玉心也完成了熏香的一系列动作,方媛媛便将目光落到安岚身上。刚刚她为编那个蟋蟀,花了不少时间,眼下赤芍的计时马上就要结束了,但大多数人却还瞧不出她究竟要做什么。

姚氏失笑:"这丫头,我都要为她着急了,难为她还沉得住气。"

方媛媛看了一会,又往两边扫了一眼,然后道:"你瞧,就是丹阳郡主都没能得到这么多关注。"

且说着,就见安岚将之前挑好的一块石头轻轻放在碟子的一边,随后从自己裙压上解下一个玉莲花的饰物,然后拿起那支线香。

甄承运已差不多看出个端倪来了,诧异道:"她这是……"

李砚心里暗叹,这姑娘果真心思奇巧,懂得应变,景炎则依旧微笑不语。

安岚将线香小心插到那朵莲花的花心处,然后将莲花摆在石头上,再点香。那造型,似孤岛,独峰,佛座,世外安然……最后,安岚将那只蟋蟀轻轻放在碟子的另一边,仔细摆好。

微风拂过,蟋蟀的两条长须微微摇动,似忽然活了一般。

有客人站了起来,遂发现那蟋蟀的造型和此时的动作,竟像是在叩首!

佛前一炷香,叩首千年愿。

这世间,即便是再低贱的生灵,也会有无法放下的执念。

不仅是那只蟋蟀忽然间有了灵魂,而是这样的香炉,本身就是一个香境。

没有任何解释,却能令观者心有所感,隐隐动容。

十多位客人纷纷从曲廊内出来,来回看了一遍,丹阳郡主毫无疑问入选,方玉辉,方玉心,谢蓝河等人也都相继被选中。

虽说很多人都为安岚的巧思暗叹,但多数人都没有忘自己是为谁而来。

很快,就有十四人入选了,最后只剩下姚氏和李砚没有做决定。

姚氏是为甄毓秀来的,李砚则是受了他表兄所托,他一位外甥也是此次晋香会的入选者之一。

姚氏走到甄毓秀跟前后,却迟疑了一下,转头看了安岚一眼。

甄毓秀几乎不敢相信地低声道:"姨母?"

金雀紧张得脸都红了,两手紧紧握在一起,安岚则一直微垂着眼,安静地站在那,长长的睫毛盖住眼中的情绪。

姚氏又往旁找了一下,看到李砚也在犹豫,便笑道:"李爵爷迟迟未作决定,是还拿不定主意吗?"

李砚朝姚氏施礼:"夫人呢?"

姚氏微微一笑,便将赤芍发的花笺放在甄毓秀的香炉旁边:"我是妇道人家,到底心软,想得多了头会疼,还是让爵爷苦恼吧。"

看到姚氏将手里的花笺交给甄毓秀后,金雀的脸立即白了,恨不得去谁手里抢一张花笺过来给安岚。

李砚笑了笑,看了他外甥一眼,然后走到安岚身边。金雀不敢相信地捂住嘴,安岚抬起眼,有些不解地看着眼前的男人。

"姑娘这份心思,着实难得,简单而不失灵巧。"李砚微笑地打量了安岚一眼,然后又看了看她临时摆弄出来的"香炉",接着问,"可有什么寓意?"

安岚怔了一会,垂下眼开口道:"求佛。"

又有风过,佛座上的香烟瞬间散乱,蟋蟀的长须微微晃动,似在回应她的这话。

"有意思!"李砚点头,就将手里的花笺放在安岚跟前。

金雀捂着嘴巴,眼角溢出泪,安岚亦是诧异地再次抬眼,这一次,却看到站在李砚身后的景炎。

第026章 抬首·请柬·狐狸

"李兄留步!"李砚出了曲台苑后,甄承运从后面追上来,"我和李兄一起走吧。"

李砚停下,待他走过来后笑了笑,什么也没说。甄承运到底沉不住气,走了几步,就忍不住开口:"李兄今日……难道不是为周家那孩子过来的?我记得他跟李兄还是表亲。刚刚,他像是要哭的样子,瞧着挺可怜的。"

李砚看了他一眼,才道:"周四郎虽是我外甥,不过资质普通,即便我这次给他行个方便,最终也入不得大香师的眼。"

甄承运诧异,只是想了想,又问:"那怎么就选了那位姑娘?"

李砚道:"怎么,你觉得她不够资格入选?"

"倒也不是。"甄承运摇头,随后笑了笑,"只是有些诧异,没想到李兄会临时改变主意。其实,若非丹阳郡主……或许我也会把花笺给她,仔细想想,她弄的那个还真有意思。日后我在庭院里也摆上一个那样的香炉,与友人喝酒吟诗时,也多番野趣。"

李砚哈哈一笑:"你若真有这主意,最好先跟长香殿的人打声招呼,虽说无伤大雅,但到底是那姑娘摆弄出来的。"

"这是自然。"甄承运说着就回头看了看,然后道,"刚刚还瞧着景公子也出来了,怎么这会却没看到他?"

"你若是要等景公子,那我就先回了。"李砚说着就直接往自己的马车走去。

甄承运忙又追上:"李兄今日怎么这么着急回去?"

李砚上了马车后,掀开车帘看了他一眼,笑道:"我是有家有室的人,自然不比你这么闲,不过你也老大不小了,别整日游手好闲,到时镇远公一考你,你又得躲到我那边。"

甄承运随他一块上了马车,然后有些无奈地道:"我准备报明年的春闱。"

李砚笑了笑:"待黄榜出来后,甄家就该给你议亲了。"

"算了,别说这个。"一提这事,甄承运就觉得有些烦,甄家虽也算是世家,但跟清河崔氏比起来,终是底蕴不足。他倾心丹阳郡主已久,但甄家若想结上这门亲,却不是件容易的事,长安城有多少世家大族都有意跟崔氏联姻,甄家不过是其中之一。若他明年能高中,或许还有几分可能,但那岂是嘴里说说这般简单的?

李砚理解地拍了拍他的肩膀,没再多说。只是马车跑开后,甄承运从车窗往外看了几眼寤寐林的美景,忽然又问一句:"李兄刚刚,当真是自己改变主意的?"

李砚扬了扬眉:"你怎么又问这个?"

甄承运嘿嘿一笑:"也没什么,就是觉得景炎公子似乎挺关注那位姑娘的,刚刚在曲廊内,景炎公子一直就看着那姑娘,而李兄又忽然改变主意,所以有点好奇。"

"你啊——"李砚看着他摇了摇头,然后道,"景公子即便真有此意,也绝不可能这么做。"

"为何?"甄承运诧异,如此说来,当真李砚自己改变主意的。

"景炎公子……"李砚想了想,似不知该怎么说,便又摇了摇头,"那位做事,从来是不留痕迹,更不会这么轻易欠我一个人情,他若真有意给谁行方便,何须等到那个时候?"

景炎确实没给过他任何暗示,当然,他也注意到景炎对安岚的关注,连甄承运都看出来了,他自然不可能没察觉。所以他更觉得那小姑娘有意思,亦有才情,他很想看看,日后会有什么变化。

……

此时,寤寐林内,丹阳郡主等人也已相继离开。

谢蓝河走之前，从安岚那经过时，停下，认真看了一会那个香炉，莲花佛座上的香还未燃尽，那只叩首的蟋蟀依旧虔诚，那么安静的绝望，那么无望的祈望，他面上的表情忽然恍惚了一瞬。

　　注意到自己前面有人停下，安岚不解地抬起眼，正好谢蓝河也看向她。

　　安岚有些怔住，那是个生得一双浅棕色的眼睛的俊雅少年，秋日的阳光穿过稀疏的枝叶，透过袅袅轻烟，落到他脸上，竟令那双眸子变了颜色，微微泛出一圈浅碧，异彩澄净，如似琉璃。

　　"蓝河？"已经走过去的方玉心转头，询问地喊了一声。

　　谢蓝河回过神，迟疑了一下，跟安岚微微颔首，然后转身离开。

　　金雀走过来，狐疑地瞅着他们离去的背影："怎么了？"

　　安岚摇头，将那朵玉莲花重新系好，随后就有寂寞林的侍者将她桌上的香炉，连同那只蟋蟀一起收走。安岚迟疑了一下，终是没说什么，然后收起那个被摔破的香炉，心里琢磨着，这香炉得值多少银子，她的积蓄似乎已经不够赔了。金雀此时却顾不得想那么多，这会儿她激动的心情还没完全平复，三十二人，只剩下十六人了，当真是一次比一次接近目标！

　　只是一会后，见安岚还是沉默，金雀就道："别担心，这次能过，下次也一定能过的！"

　　安岚轻轻弹了弹手里的香炉，叹道："希望下次别再出这种事了，赔不起。"

　　经她这么一说，金雀这才想起这事，不由一怔，面上的笑容也收了起来，然后有些小心翼翼地道："陆，陆掌事不会那么小气吧，真会让咱们赔吗？这香炉是已经用了好些年的旧东西了……"

　　却说到这，安岚忽然抬眼，便见景炎从前面走来。

　　金雀也往那看了一眼，就收住嘴里的话，待景炎走过来后，她行了一礼。然后瞧着景炎公子似乎有话要对安岚说，她便对安岚道了一句："我在前头等你。"

　　金雀走开后，景炎微笑道："今日表现得不错。"

　　安岚抱着那个残破的香炉，站在他面前沉默了一会，才抬起眼问："今日的规则，当真是天枢殿定的？当真是……白广寒大香师定的？"

　　景炎扬眉："自然是，谁敢擅自做主。"

　　安岚心里微沉，又问："那些客人，也是……白广寒大香师定的名单？"

　　"当然。"景炎看着安岚道，"有何不妥？"

　　安岚咬了咬唇，沉默了好一会，微垂下脸，低声道："我觉得，不公平！公子心里定是也清楚，那些客人都是为谁而来！"

　　景炎看着站在自己跟前的小姑娘，虽垂着脸，但此时，她浑身都带着委屈和倔强。只是安岚说出这句话后，心里忽然隐隐有些后悔，生怕这样指责的话，会惹恼了跟前的人。

　　于是就在她迟疑着是不是要说什么补救时，前面的人慢悠悠地道了一句："确实不公平。"

　　安岚遂抬起脸，便看到景炎依旧微笑地看着她："不过，这本就是一场既不公平也不会公正的较量。"

　　安岚怔住，有些茫然地站在那。

　　景炎接着道，声音依旧温和："不要指望有谁会帮你，这是你自己的战场，在战场上，没有公平可言，若抱有侥幸心理，很可能会尸骨无存。"

　　安岚脸色微白，景炎面带微笑，眼神温柔："害怕了吗？害怕了现在就能退出。"

　　安岚唇抿得紧紧的，许久，看着他摇头。

　　风过，叶落。

　　景炎抬手，将落到她发上的树叶轻轻拿起："在这样的较量中，依旧可以力压众人，拔得头筹，才是白广寒要选的人。唯有如此，才能让他无法忽略你，不得不看重你，不得不选你。"

　　安岚依旧没有开口，但苍白的脸色却比刚刚缓和了几分。

　　景炎上前一步，深幽的眼睛看着她，嘴角微扬，笑得像只狐狸："让他，不得不选你，是件很让人心动的事情，是不是。"

　　安岚看着那双深幽的眼睛，张了张嘴，却只道出一个"我"字后，又慢慢闭上，垂下眼，咬住唇。

　　让他，不得不看到她！

　　她觉得心脏的跳动都跟着快了几分。

　　秋日的阳光温柔的洒下，景炎看了她一会，忽然道："可以给你一个奖励。"

　　安岚不解地抬起眼，那表情，才是适合她这个年纪的天真。

　　景炎的声音里含着笑意："想要什么？算是祝贺你今天顺利通过考核。"

　　安岚有些受宠若惊，脑子瞬时变得呆滞，茫然地垂下眼，便看到手里的香炉，然后喃喃地开口："这，这个香炉，能不能……请香院，别让我赔……"

　　却开口后，似才意识到自己究竟在说什么，于是越说到后面声音越低，话没说完就已经满脸通红。

　　景炎琢磨了好一会才明白她的意思，再看她这难得的表情，不禁大笑。

　　安岚面红耳赤，恨不得找个洞钻进去。

　　她被扣一个月的月例，金雀则是被扣了三个月的月例，她往年的积蓄都用在婆婆的汤药上，金雀若有一点积蓄，估计也都用在给她准备的那条裙压上了。被她摔破的这个香炉，是香院里登记在册的东西，虽是普通，但那只是相对长香殿的香炉来说，放在外头，可就不普通了。所以，就这一个香炉，至少是香使一个月的月例才能赔得起。

　　似丹阳郡主用的那个博山仙游的香炉，是她不敢奢想的东西。

　　她刚刚也算过，之前丹阳郡主送她的那串沉香珠，若拿出去卖，倒也能得一笔银子，但她又舍不得。一是那串沉香珠的品质确实难得，她爱香，所以不舍得出手；二是，那终究是别人送的东西，就这么拿去卖银子，终有些不妥。

……

秋夜寒凉，月华清冷。

天枢殿内，烛火已歇，白广寒倚在寝殿前的露台上，手里拿着一个草编的蟋蟀。

皎洁的月光从檐外洒进来，落到他手上，便见月影下，一只蟋蟀在他手上微微抬首。

人的五感是相通的，焚香时，旁人首先看到的是香师的容貌，气质，动作，香炉的造型，香品的种类，最后才是香的味道。

安岚回去后，将晋香会上的经过告诉安婆婆，安婆婆想了想，就道："侍香人首先要先学会侍形，岚丫头，在成为香师之前，这些表象的东西很重要。若一开始就没有这个意识，那大香师的广袤世界，你无法体会得到。"

安岚坐在安婆婆身边，认真听着，不时点头。

"要知道，大香师心念一起，便能无中生有。"安婆婆说这话时，面上的神色有些惆然，"若原本就有的东西，都不知该如何去选择和准备，日后又怎么能做到无中生有，做到虚实变幻随心所欲。"

金雀听得怔然，一会后，不解道："婆婆，是怎么个无中生有？难不成真像神仙一样，能凭空变出金子来？"

安婆婆笑了，摇头道："并非这么浅白，不过若这么说，也不为过。"

金雀还是不明白，转头看向安岚，安岚沉默一会才道："是让人看到自己心中所想吗，若是渴求金子的人，大香师不仅可以让对方看到一座金山，还能让那人相信金山是真的，所以，真和假，虚和实，已经不重要了，看到的人觉得是真的那就是真的。"

"岚丫头说得有些接近了，梦有梦境，香有香境，在梦里，很多人并不知道自己在做梦。在大香师的香境中，一样能让入香境者分不清虚和实，大香师能满足人境者的渴求，或是诱惑或是引导，或是给人设下心魔或是让人摆脱心魔，甚至能让人沉浸在香境里永远走不出来……所以，大香师的香境，最不可缺的是奇巧的心思，若能做到万物皆香，自然可以无中生有。所以，岚丫头在晋香会上的表现是极好的……危机危机，危险之时，往往就是机会降临之际啊！"安婆婆一下子说了这么多，慢慢觉得有些累了，面上露出疲态，随后又咳嗽了几声。

安岚忙给安婆婆倒了杯水，服侍她喝下后，就道："婆婆休息一会吧，不用为我劳神了，我知道该怎么做。"

安婆婆喝了半杯水后，想了想，又道："岚丫头，你可知道，大香师其实还有另外一个名字。"

安岚一怔："另一个名字？"

安婆婆道:"心医。"

"新衣?"金雀茫然了。

安婆婆看了她一眼,接着道:"人病了有人医,禽兽病了有兽医,心病了要找谁?七情六欲伤到极致,心如死灰的人该怎么去救?要怎么去挖出别人藏在心里的事?香境是什么?人又怎么能无中生有?唯有心可以……触不到这些的,一辈子也只能是个普通的香师;只能触到一点皮毛的,多半是成了江湖骗子;而能触到真正规则的,在香境里呼风唤雨随心所欲,那便是大香师。"

从安婆婆那出来后,安岚长吁了口气,然后有些怔然地站在院中。

直到金雀走过来,轻轻叫了她一声后,她才回过神。

心脏跳得有些厉害,她抬手摸了摸自己的心口,然后抬头,看向远处的大雁山。

秋夜寒凉,月华清冷,远处的烛火已歇,却还可见殿宇的轮廓隐隐约约。

以前一直不明白,为何她能以香去感觉一些事,甚至能让别人失魂,马贵闲就是这么被她给算计的。原来,那是香境,即便只是皮毛,即便只能算是一些江湖骗术,但……似乎,能接近一些了,她似乎,真的可以触到他的世界!

意识到这一点,安岚觉得四肢竟止不住地微微颤抖,心里惶惶而不知所措。

如似在荒原中跋涉千里,于绝望中忽然看到人烟时的欢喜及恐惧。

如似蒙懂的孩子捧着娇贵的水晶球,生怕碎了裂了消失了不见了,紧张欢喜期待祈祷,不知如何是好。

那么渴求那么莽撞,咬牙前行时,因为卑微而总会心生胆怯,以至于连这样小小的惊喜也不敢表露,生怕最终会是梦一场。

……

晋香会结束的第二天,天枢殿就传话下来,第二轮晋香会定于五日后,也就是九月初七日,具体情况,依旧是第二轮晋香会开始的前一天再另行通知。

只是天枢殿的话刚刚传到,安岚就收到了一张外面香会的请柬,是方媛媛使人送过来的,方媛媛这次香会的主要客人,就是通过第一轮晋香会的十六位晋级者。

"我之前说的果真没错,只要入选白广寒大香师的晋香会,就已足够风光!"陆云仙翻开那张请柬看了看,目中露出几分艳羡,"这位方娘子举办的香会,据说是一座难求,如今却专为你们办一次香会,当真是难得。"

安岚问:"她也是位香师?"

陆云仙笑了笑,将那张请柬递还给安岚:"算不上是正经挂名的香师,但世人多爱香,特别是在这长安城内,有哪个贵人是不懂香的?无论懂得多懂得少,总是要知道一些。再说,这些贵人办的香会,不同于香师们的较量,多半是为社交,你们将会是她们日后的座上宾,更何况你们其中定有大香师的接班人。再过些日子,不只是她,别的贵人也都会找机会跟你们接触。"

"这样的香会，都会有什么人去？"安岚迟疑地问道，总不会就光请他们十几人。

"我跟这位方娘子没打过交道，只是听过她的名。"陆云仙想了想，就道，"不过这位方娘子算是极了不得的女人，本就是世家出身，又嫁过三任丈夫，第一任是个寒门士子，第二任是个盐商，第三次更是了不得，竟嫁入了侯府！"陆云仙说到这，连连啧声，目中没有一点儿嫉妒，只有羡慕和感叹，"如今她虽是出来自己立女户单过了，但平日里结交的可都是长安城的才子贵妇，所以她办的香会，自是勋贵云集。"

安岚听了这些话后，反有些犹豫了，以往出去寤寐林，虽也接触过贵人，但身份不一样。身为奴婢，只需做好奴婢的本分就不会遭到责罚，若偶尔能讨贵人的欢心，还有可能另外得些赏赐。而现在，她被正式邀请，这样的转变，令她有些茫然，一时间不知该不该去。

"别担心。"安婆婆知道这个事后，就对安岚道，"这个香会自当是要去的，你心里也清楚是不是？"

安岚沉默片刻，微微点头。

既然决定了要走那条路，那么这样的社交活动定是不可少的，而能受到邀请，是抬高身价最直接的办法。有些事情，不能等一切都落定后才做准备，她没有任何背景和拿得出手的身世。这些人脉关系，她得从零开始，自己一点一点去开拓，所以只要有机会，自然不能错过，并且越早越好。

安婆婆嘱咐道："好好拾掇拾掇，明儿见到那些贵人时，不必再如以前那样表现得谨小慎微，但也不能将骄傲写在脸上，坦然自若，温和谦虚最好。"

……

夜里，金雀过来安岚这边给，一边帮她挑选明日要穿的衣服，一边道："你这几件衣服瞧着都不大合适出去赴宴，香殿给你裁的那两套新的尺寸也弄错了，明儿定是改不出来的，要不去找掌事借件新的吧，别叫人瞧轻了。"

安岚拿起摆在床上的那几件衣服看了看，也有些为难。

她往上升的速度太快了，从香奴到香使长，就用了半个月时间。当香奴时，自然没什么像样的衣裳，当上香使的那半个月，很多应属香使的东西也没来得及享用，她又被提到香使长的位置上。接着天气就转凉了，香殿给她裁的新季衣裳因赶得太匆忙，尺寸弄错了，只得返工。

而且当上香使长后，她还被扣了一个月的月例，于是这一路下来，依旧是捉襟见肘，她怕是源香院有史以来最穷的香使长了。

安岚叹了口气，她即便没参加过香会，但也见过那等光景，当真是衣香鬓影，眼花缭乱。在那样的场合，她不求出挑，只盼别太寒酸到时令人侧目。

"掌事的衣裳，尺寸也不合适我。"安岚想了一会，便摇了摇头，然后指着一件月白折枝绿萼梅的窄袖衫儿道，"这件配那条芙蓉裙也不错。"

金雀道:"这裙子上次不是划了一个口?"

安岚拿起来看了看,便道:"绣朵花压着,也就瞧不出来了。"

金雀便赶紧去拿出针线篓,然后一边挑丝线,一边嘟哝地道:"以前我觉得香使长和香使都过得很是风光,身上穿的戴的都闪亮亮的,怎么到了咱们这,就不一样了呢?"

安岚坐在她身边笑道:"香使的月例也就比香奴多点儿……"

却才说到这,外头的小香奴就给安岚送了个匣子进来,安岚停下手中的活,不解道:"这是什么?"

小香奴欠身道:"是景公子送来的,说是给安香使长的东西。"

安岚诧异:"是什么?"

小香奴摇头:"送东西过来的人只说景公子交给安香使长的,别的都没说,人已经走了。"

金雀瞧着那匣子不小,而且雕工精致,朱漆油亮,就道:"先看看是什么。"

安岚想了想,便点头,那小香奴将匣子放下后,见没别的吩咐,就轻轻退了出去。随后安岚将手里的裙子放到一边,有些迟疑地看着那匣子一眼,挪到自己跟前,打开,却怔住了。

"是什么?"金雀伸长脖子瞅了一眼,也有些愣住。

打开后的匣子,里面分了大小不一的两个格,大格子那放着是件艾青色绣着荆棘花的衣裳,小格子里的是个精致小巧的铜质香炉。

"哦!"金雀惊讶地将那件衣服拿出来,抖开,是件簇新的交领襦裙,颜色样式做工极好,但又不会太抢眼,并且还配了相称的腰封。金雀赶紧站起身,拿到安岚跟前比着道:"这瞧着就适合你,快换上试试!"

安岚抓起一边的袖子摸了摸,有些发怔:"怎么会送这个过来?"

"别想那么多了,依我看,景公子也是知道明儿香会的事。"金雀说着就将安岚从座上拉起来,"你是他给推出来的,他哪会不知道你什么光景,我刚刚心里还犯嘀咕呢,没想到他还真给送来了,真是及时雨!快换上我看看!"

"你嘀咕什么?"安岚迟疑了一下,便拿到床边,一边换一边问。

金雀笑了笑,边给她整理腰封边道:"之前吧,我总担心他会坑你,咱们都是浮萍的命,真要被那等人坑了,当真是没处说理去。但我担心归担心,那会儿却又不敢说,生怕说错了让你错过机会。现在,我多少是放心了,这位景炎公子确实是有几分好心。我之前总觉得,似他们那等贵人,含惯了金汤匙,哪里会懂得咱们为五斗米折腰的苦楚,没想到这位景炎公子,却是明白咱们的难处的。"

安岚换好后,走到镜子前看了看,遂觉得这身衣裳再合身不过了。

烛光映照下,镜中的女子,未施脂粉,但明显比平日多了几分鲜亮的颜色,眸光似水,连她自己看着都觉得有些发怔。

　　金雀赞叹：“真好看，你就该穿成这样，待香殿的新衣裳下来后，以前那些半旧不新的都收起来吧。总不能香使长的穿戴连一般的香使都比不上，这香院里捧高踩低的人有的是。”

　　片刻后，安岚才从镜子里收回目光，爱惜地摸了摸身上的衣裳，然后有些不好意思地道：“下个月我的月例发了，也给你做一件这样的，挑个适合你的颜色。”

　　金雀哈哈一笑：“我是也很喜欢这样的好衣服，不过还不能跟你穿一样的，不着急，咱们如今还是先攒银子要紧。”

　　她们捉襟见肘怕了，平日里的衣裳有香院负责，怎么都能穿，喜欢的东西，得确保手里的银钱不荒的情况下才能考虑。安岚想了想，就点点头，然后将衣服脱下叠好。金雀已经拿起那个匣子里的那个小熏香炉，随后一声惊叹："这个好可爱！"说着就往她跟前一递，"你看，这上面是只小狐狸！做工也很好，很沉呢！"

　　熏香炉上的盖子是镂空的荆棘花草纹，中间却坐着一只小狐狸，造型逼真，形态可人，安岚接过来看了一看，一时有些怔住。

　　为什么是狐狸？

　　小狐狸？

　　他似乎这么叫过她！

　　……

　　第二日，安岚穿戴好后，便准备出去，这一趟金雀不能再同她一块过去。陆云仙可不会每次都给她行方便，再说这次香会，方媛媛只请安岚一人。于是金雀只送到门口，然后笑着道："听说厨房今日做炖羊肉，晚上你回来，咱们跟婆婆一块儿吃。"

　　天转了凉，正是贴秋膘的时候，所以香院这几日的伙食要比以往好上许多。

　　安岚笑着点点头，就转身上了车。

　　方媛媛住的地方是个带花园的宅子，曲苑回廊等都设计得很是精巧，虽没有瘄寐林的奢华气派，也不及景府的大气浩然，但行走其中，也别有一番意趣。

　　安岚到方园后，一下车，就瞧见方媛媛竟亲自站在门口迎接，倒将她吓一跳，忙走过去欠身施礼："可是我来晚了？"

　　"没有的事。"方媛媛笑着执起她的手，上下打量了一眼，"当真是好年华，一个赛一个的水灵剔透，真叫人羡慕。"

　　安岚微垂下眼："夫人太过奖了。"

　　方媛媛咯咯笑了起来，已过四十的女人了，那声音里却带着几分娇媚，并且丝毫不显矫揉造作："早不是什么夫人了，还是跟他们一样叫我方娘子吧，这般称呼显得亲切。"

　　"是。"安岚心里微微诧异，没想到方媛媛是这样的性格。只是她的话才落，身后就传过来一个嗤笑的声音:"你还是收敛着些,小心吓坏了这水晶肝样的人儿。"

安岚回头,便见来者是姚氏,其身边跟着的是甄毓秀,除此外,还有一位二十左右肤白貌美的年轻妇人。那妇人身上带着略有些刺鼻的香味,衣着装扮极其华丽,只见乌黑的发髻上戴着八宝金凤钗,两边簪着缠丝镶宝花钿,耳朵上垂着玛瑙珠子,脖子上挂着明珠璎珞圈,身上穿着大红底子百蝶穿花的衫儿,鲜亮亮明艳艳的,只是她眼里隐隐透着几分厌烦,但站在姚氏身边,却又是一副谨小慎微的模样。

安岚看了两眼就收回目光,然后给姚氏欠身行礼。

甄毓秀瞥了安岚一眼,就朝她扯了个微笑,只是皮笑肉不笑的,令人难以亲近。

"安香使长可没你说的那般矫情。"方媛媛哼了一句,然后就上前一步,给安岚介绍,"这位是户部尚书王大人的夫人,这位才是正经的夫人,也是甄姑娘的姨母。"

安岚再次行礼:"王夫人。"

甄毓秀暗暗撇嘴,姚氏却笑着点点头,也打量了安岚一眼,然后对方媛媛道:"进去吧,别站在门口吹冷风了,这就是你的待客之道。"

"瞧你,跟我还来劲了。"方媛媛说着就请她们往里走,进去后又给安岚介绍了姚氏身边的那位年轻妇人,安岚才知道原是这妇人是姚氏的大儿媳薛氏。只是这一次她看向那妇人时,又觉那妇人眼中的郁色更重了几分,甚至隐隐露出戾气。

薛氏似乎也察觉到安岚在打量她,就转过脸看向安岚,安岚即对她微微一笑。薛氏也笑了笑,勉强收起目中的情绪,这会儿甄毓秀问了方媛媛一句:"可都有谁过来了?"

方媛媛道:"晋香会的那些人都来了,你们俩算是晚的,除此外,还有甄家的少爷,李爵爷,方家的三爷和三奶奶,一会还有郑家的几位少奶奶可能也要到。"

安岚又发觉,方媛媛说出这句话时,薛氏的身体忽然就僵了一下。

同时,姚氏诧异道:"这来人倒真不少,难为你一个一个亲自迎进去的!"

"新来的客人我都亲迎,你是沾了安香使长的光。"方媛媛笑了一笑,说话间,就到了正堂,便见里头丹阳郡主等人都站起身,当真是衣香鬓影,香风袭袭,而这接着便是一阵相互见礼问好。

"还以为你不来了。"安岚的位置正好在丹阳郡主的旁边,故她坐下后,丹阳郡主就对她道了一句。

安岚笑了笑:"香院离这有点远,所以过来路上多花了点时间。"

丹阳郡主点点头,又道:"上次晋香会,你做的那个香炉,真是好。当时我有事走得匆忙,倒没来得及跟你好好聊聊。"

安岚低声道:"郡主谬赞了。"

丹阳郡主轻轻一笑:"其实也不只我觉得好,甄家的二少爷也极喜欢,听说他正打算请名师就着你做的那个香炉也做一个。"丹阳郡主说着,就给她示意了一下对面的甄承运。

安岚抬眼看过去，只是第一眼看到的，却是坐在甄承运旁边的俊雅少年谢蓝河。

第027章　花露·寻香·误入

那少年刚刚似也在打量她，见她看过来，便往这边微微颔首，然后才移开目光。坐在安岚另一边的是方玉心，她一直都有留意谢蓝河的举动，自然注意到谢蓝河的眼神和动作。

因谢蓝河的母亲和方玉心的母亲是旧识，所以谢蓝河在回谢府之前，方玉心就已经认识谢蓝河了。在方玉心的印象里，谢蓝河从未这么关注过一个陌生人，这令她心里生出些许异样的感觉，于是便看了看安岚，迟疑了一下，轻声道："安香使长这裙子真好看。"

安岚转头，便见方玉心面带着几分羞涩笑意地看着自己，她一怔，随后也微微一笑："方姑娘这身衣衫才叫好看，上头的花样儿很别致。"

她没想到方玉心会主动跟她说话，之前在寤寐林，方玉心过来跟丹阳郡主打招呼时，并没有跟她说话。并且后来方玉心又被甄毓秀给拉了过去，于是她也就没再留意这姑娘，只当方玉心和甄毓秀是同类人。

只是这会儿一瞧，却发觉方玉心跟她之前的印象有些不一样，这姑娘面上并没有甄毓秀那等高傲和盛气凌人的神色，反带着几分小心翼翼的羞涩，声音也极温柔，像是个水做的人儿。

被安岚这一夸，方玉心有些不好意思地道："是我自己描画的花样，安香使长若喜欢，我也给你描一副。"

却她们聊上的时候，坐在丹阳郡主另一边的甄毓秀即有些不满地往这看过去，她跟安岚的两次交集，都非常不愉快，这份厌恶是自一开始就有，后来也没能得到改观。因此她讨厌安岚，自然希望所有人都跟她一样排挤安岚，所以，当看到方玉心竟主动跟安岚说话，她心里的不快马上摆在脸上。

丹阳郡主看了她一眼，笑道："难道是今儿起来的早了，脸色不大好？"

甄毓秀皱了皱眉，收回目光，微微撇当嘴道："只是瞧着碍眼的东西，败坏了兴致。"

丹阳郡主是何等聪明，自然知道她指的是谁，亦知道她在不高兴什么，便低声笑道："这你也能吃醋。"

甄毓秀微微皱着眉头，眼睛瞟着那边道："玉心妹妹很单纯，不知道虚伪藏奸那一套，更比不得有些专爱耍弄心眼的小人，怕是会吃亏。郡主也应该多些小心，身边的丫鬟多嘱咐几句，免得跟我一样，不留意就被算计了。"

她们本就是坐在一块儿，甄毓秀这话也没有刻意压低，所以安岚和方玉心都听到这几句话。安岚却只当没听到，依旧神色自若，倒是方玉心，面上露出几分尴尬，然后有些歉意地对安岚笑了笑。想打听的事，也有些不知该怎么问出口了，便又往谢蓝河那看了一眼，却正好谢蓝河也往她们这边看过来。方玉心似做了亏心事般，赶紧垂下眼，幸好这会儿方媛媛开始命人将她最近收集的香品送进来，及时解了这份尴尬。

　　安岚看得出方玉心对自己一直是欲言又止，但她秉着多看少说的原则，没有追问，方玉心垂下眼后，她也移开眼睛，往门口看过去。

　　丫鬟们鱼贯而入后，方媛媛就笑着道："这是前些日子得的些新鲜的香露，所以请大家过来品鉴品鉴。"

　　每位丫鬟捧着的托盘上，都放着数个琉璃瓶子，瓶子里装着的液体，都是各种花或是药草提炼出来的。味道浓郁非常，香味自不同于平日里他们常接触的合香。姚氏手里拿着一瓶蔷薇花露闻了闻，然后道："这花露我也有，只是不如你这个的味道纯，是你蒸出来的？"

　　安岚也拿起一瓶蔷薇花露闻了闻，遂发觉刚刚在薛氏身上闻到的就是这个味道，不过薛氏身上的花香却比这逊色几分，姚氏说得倒没错。

　　"我可没这本事，你若喜欢，一会送你两瓶。"方媛媛说着，就看向李砚和方三爷，"李爵爷和方三爷觉得如何？"

　　李砚今日本是不打算过来的，只是因为跟方三爷有些交情，而方三爷出门时特意绕路去找他，将他也带了过来。说来方三爷原本也无意今日的香会，但方三奶奶很是期待，又硬是要他陪着一块。所以他们两位能过来，方媛媛也是有些诧异，故不敢冷落了。

　　李砚对这等香没什么研究，随意道了几句，就将手里的花露递给方三爷和方三奶奶。方三爷也只是笑了笑，没有多说，方三奶奶倒是挺有兴致，她平日最爱用的就是蔷薇花露，不仅抹在身上，每日还口服一勺，据说能养颜美容，所以此时见到方媛媛，如同见到知音。方三爷在旁一直表现得很是体贴，那夫妻恩爱的画面，简直羡煞旁人。

　　姚氏一边听方三奶奶侃侃而谈，一边转头对薛氏道："懂得比你还多。"

　　薛氏往方三奶奶那看了一眼，脸色有些不好，勉强笑了笑："我也就是随便玩玩，自然不比方家的奶奶，方家到底出了大香师。"

　　姚氏也往方三奶奶那看了一眼，随后道："也有些太得意了。"随后她又看向方媛媛，此时方媛媛跟方三奶奶聊得比谁都热络，令她觉得有些奇怪。其实，方媛媛和方三奶奶今日是第一次正式见面，可眼下的场面，任谁都觉得她们是多年好友。

　　薛氏没有应声，只是又往那边看了一眼，正好这会儿方三爷也抬眼，随意地往这边看了看，两人的目光对上，很快又分开，薛氏垂下眼，睫毛轻颤，似受了惊。

　　方三爷收回目光后，眼睛又看向自己的妻子，不时与之交流。

　　随着琉璃瓶子的盖被一一打开，各种花草的香气开始弥漫整个花厅，方媛媛笑着道：

"其实时下唐人更爱合香，想不到三奶奶却喜欢花露，看来今日当真是找到志同之人，日后应当多多往来才是。"

方三奶奶遂应下，姚氏似有些不耐烦了，便道："今日的香会，就是品这些香露？"

安岚放下最后一个琉璃瓶时，方媛媛瞋了方三奶奶一眼："自然不是，我准备了点新鲜的玩法。"

如今宫里盛行吃香，为今日的香会，方媛媛特意请了一位御厨过来，午宴专门设的是香宴。只是就这么简简单单品尝，未免有些没意思了，毕竟来赴宴的客人当中，这等宴席对他们来说，都不算新鲜。

因此方媛媛设了个小游戏——香在园中。

她将今日拿出来的这些，十数种不同的花露，每种都装在一到三个琉璃瓶子内，分别藏在园中，由客人前去寻。客人寻到多少香露，御厨就用多少香露烹饪香食，若是一瓶都没能寻到的话，那今日的香宴，就只能空着肚子喝酒了。

这游戏规则一道出，果真有好些客人觉得有趣，相互看了看，然后都笑了。

方媛媛的安排倒是新鲜，如此不仅所有客人都参与到香宴的流程中，还顺便考校御厨的厨艺，自然不同于一般的香宴。

"园中寻香，方娘子还真有雅兴。"丹阳郡主出了花厅后，就笑着道了一句，然后问安岚，"安香使长是自己寻，还是与我一块？听闻方园的景致极好，不过我未曾来过，若是有人一块游园观赏，也能多一番趣味。"

"这虽是个游戏，但也是要瞧最后谁能夺得头筹。既然都是晋香会的人，安香使长又有过人的才能。"甄毓秀走过来，皮笑肉不笑地打量着安岚道，"跟别人结伴，万一拖累了安香使长，如何了得？"

丹阳郡主看了甄毓秀一眼，嗤了一句："你这张嘴啊……"

安岚笑了笑："郡主若不介意我愚钝，我自是乐意有人结伴而行。"

甄毓秀即沉下脸，不悦地看着安岚。

正说着，方玉心也过来了，甄毓秀就拉着方玉心道："玉心妹妹与我一块去寻香？"

方玉心有些羞涩地道："咱们同郡主和安香使长一块走可好？我寻东西最笨了，总会害怕，跟你们在一块还能安心些。"

丹阳郡主温和地笑道："那自然是好的。"她说着就询问地看向安岚，安岚微笑，没有表示反对，也不可能会反对。这些人虽都是对手，但与她们结交，即便只是泛泛之交，也有利无弊。

甄毓秀黑着一张脸，跟在后面，盯着安岚的背影，恨得牙根直痒。

而她们往园中走去的时候，姚氏和方三奶奶她们也都出了花厅，方媛媛对方三奶奶开玩笑地道："他们虽是结伴寻香，但也是谁先找到算谁的，如此，倒是三奶奶占便宜了。一会方三爷寻得香，自当是给三奶奶双手捧上，依我看，这最终拔得头筹的，怕是三奶奶莫属了。"

方三爷在一旁摇头微笑，却也不反驳这话，如此，倒是明着承认了，这份恩爱和疼宠，当真是叫人艳羡。

方三奶奶脸色微红，但眉眼中却有得色："瞧你说的，今日的主角是那十六个孩子，我和三爷不过是来凑凑热闹罢了。"

薛氏站在姚氏身边，垂脸不语，方媛媛又同方三奶奶说了几句，然后就放她和方三爷走了，跟着李砚也被甄承运喊了过去，不多会，这花厅门口就只剩下方媛媛和姚氏以及薛氏。

姚氏对方媛媛道："我对你这园子熟悉得很，就不跟他们一块玩了，今日天气好，去亭子里坐坐吧。"她说着就看向薛氏，"你也去吧，不用在我跟前拘着。"

薛氏迟疑了一会，才应声，然后也往园中走去。

方媛媛看着薛氏的背影，微微扬眉，道了一句："你这儿媳妇，今日看起来心情似乎不怎么好。"

姚氏面上也露出几分不满："每天在我跟前都是这样，旁人不知道的，还以为我有多苛刻。"

薛氏的娘家地位不俗，王大少爷又不是姚氏所出，所以如今王家后院的关系非常紧张。此事方媛媛自是了解几分，因此她收回目光后，就看了姚氏一眼："所以你如今想物色个可心的人儿？说来大奶奶也入府也快两年了，一直不见消息，你心里是替他们着急了吧？"

姚氏随她一块下了台阶，然后瞥了她一眼，却是没有否认。

"那天我回去琢磨了一遍，才明白，好端端的，你怎么就关注起那小姑娘了。"方媛媛啧啧道，"如今想来，还真是合适，王大少爷是个眼高于顶的人，府里的丫鬟即便有瞧上的，估计过不了几天就腻了。若是外头买的吧，样样合适的并不好找，而且身份太低了也不行，压不过大奶奶。所以说，我这么一寻思，那丫头倒真是极合适的。年纪小，好调教，相貌自是不必说的，水灵灵的，还没有那妖里妖气的作态，再过几年想必会更好。而且是入选了白广寒大香师的晋香会，本身又是香院的香使长，这身份说高不高，说低也不低，贵在特别，还又懂香识字，能跟大少爷说到一块儿去。日后有你抬举，到时龙争虎斗，想必会极热闹。你说，我猜得对不对？"

两人入了亭子后，姚氏就横了她一眼："黑的白的都被你给说了，我还说什么说！"

方媛媛笑了，请姚氏坐下户，一边给她斟茶，一边道："不过，那丫头如今可是在白广寒大香师的晋香会呢，这若是能被选中……"

姚氏端起茶喝了一口，才慢悠悠地道："不说别人，就论清河崔氏的丹阳郡主，方家的兄妹俩，谢家的少爷这几位，你觉得那丫头有可能越得过他们？"姚氏说着就放下茶盏，接着道，"且不论这几位的出身和家世，单论他们在长香殿的背景，丹阳郡主身后站的是崔文君大香师；方家兄妹身后站的，是你们方家的方文建大香师；谢蓝河身后站的是谢云大香师。这还是明面上的，余下的那十几位里头，没准还有别的大香师安排的人在。其实对长香殿有所了解的人，心里都明白，这次的晋香会，是白广寒大香师在挑选结盟者，不然怎么可能这几位大香师都安排自家后辈参与进来。"

方媛媛笑了笑，叹道："所以说，那小丫头还不清楚，你就等着她落下来，然后接住。进不了香殿，能入尚书府，倒也是个不错的选择。"

姚氏笑着点头，随后才打量了方媛媛一眼："不过，你今日……似乎遇见知音了。我记得你跟方三爷虽是同宗同族，但你跟他那一支走得并不近，怎么今日这般热络？"

方媛媛一边斟茶，一边道："我以前养在祖母身边，自然不怎么跟他们往来，我有位堂妹，你可记得？"

姚氏想了想，就道："丹娘？你这么一提，我才想起，似乎有两年没见着她了。"

方媛媛放下茶壶，淡淡道："她死了。"

姚氏一愣，刚举茶的手遂放下，诧异道："怎么？"

方媛媛叹了口气，摇摇头："不知道，消息传到我这的时候，已经下葬了，说是得了急病。"

姚氏诧异，半晌无言，丹娘比她们小十岁，以前常常跟在她们身后玩，出嫁后，只要回长安这边，也定都会来找她。却不想，这突然就没了，姚氏只觉得心里有些怅然，一时间也忘了自己刚刚在问什么。

且说安岚这边，她们四人在园子里转了半圈后，就找到五个琉璃瓶子。丹阳郡主两个，安岚也有两个，甄毓秀一个，方玉心没有。

甄毓秀瞧着这不是办法，四个人在一块转，心里更紧张，既然防着别人，还要手眼皆快，于是就道："也转了好一会了，分开找吧！"

安岚依旧没有异议，方玉心亦是赞同，丹阳郡主想了想，便点头。

只是她们刚分开，就瞧着方三奶奶从前面走来，丹阳郡主笑道："三奶奶是从那边找过来的？如此，我就不去那边找了。"

方三奶奶笑道："我这人马虎，没准有漏掉的。"

方三奶奶其实生得一般，只是比较会打扮，三分颜色生生描出七分，不过，到底比不得天生丽质，但却难得的是方三爷待她一直就呵护有加，至少在旁人看来是这样。

丹阳郡主还是朝另一个方向去了，甄毓秀想了想，就选了方三奶奶过来的方向。方玉心迟疑一下，还是跟着甄毓秀走，甄毓秀心里有些不快，却没说什么。

安岚对方三奶奶点了点头，然后照着自己刚刚选的方向走去。

"她是个心里藏奸的，玉心妹妹以后还是少跟她接触为好。"甄毓秀走了一会后，忽然道了这么一句。

方玉心怔了怔，随后垂下脸羞涩地笑了笑："其实，安香使长看起来不似那种人。"

甄毓秀看了方玉心一眼，忍住心里的火气，却这会儿方玉心忽然瞧见谢蓝河的身影，就道："我还是去那边找吧。"她说着就快步走开了，甄毓秀愣了愣，转头，也看到蓝河的身影，于是心里一声冷哼。

安岚走了一小段路后，忽然闻到蔷薇露的味道，立即顺着那香味寻去。却走到院墙的拐角处时，忽然听到一男一女在院墙另一边低声说话，其实一个声音赫然是薛氏！

方三爷并非是那等让女人一眼惊艳的男人，论相貌，比不上景炎；论成熟稳重，比不上李砚；论朝气蓬勃，比不上甄承运。但他身上的儒雅气质，令人第一眼看到他时，不会特别注意他的相貌，只会让人觉得这男子似从书里走出来，很容易就能引起女人的注意。并且他待人向来和善，即便是面对初次见面的陌生人，也让人觉得他说的每一句话都是发自内心，令人不知不觉对他敞开心扉。

安岚迟疑了一下，打算避开，只是转身时，却忽然看到方三奶奶在离她不远处的假山那附近寻香，她这一过去，肯定会碰到方三奶奶了。偏这地方，就两个方向可走，若换另外一个方向，就会被薛氏和方三爷发现。

迟疑之下，她只好就站在那没动。

"若昀，我是为你好。"方三爷微微叹息，"都是我的错，不该对你动心，更不该让你动了心，如今趁着还来得及，我们，我们都悬崖勒马吧。"

薛氏脸色苍白，怔怔地看着他，目中透着疯狂的愤怒和嫉恨。好一会后，她才颤着声道："这就是，你要对我说的话！是你的，真心话？"

方三爷目中露出痛苦和不舍，含泪看着眼前的女人，许久之后，艰难地点了点头。

"你骗我！"薛氏冷笑，上前一步，"你骗我！"

方三爷侧过脸，脸色也有些惨白，两手微微颤抖："就当我是骗你的，我……你……"他说到后面，声音微微有些哽咽，似痛苦到极致，再说不下去般。

薛氏却是一声惨笑，声音里带着怨毒的嫉意："方任及，方任及，你还在骗我！"

方三爷转过脸，默默看着她，眼里藏着无限爱意。

薛氏怔怔地对上那目光，只觉得又爱又恨，当时，她就是爱上他看着自己时的这等眼神。那温柔的，压制的，却又如潮水一样的爱意，令她不知不觉间就沉沦进去。他就像是这天底下最好的情人，他所说的每一句话，所做的每一件事，都是发自内心，都是将她摆在第一位，若有不得已两人不得相见的时候，或是相见时要装作不相识的时候，他过后甚至会显得比她还要难过。

她似看到了往日缠绵时的浓浓情意，以及曾经的山盟海誓，那么真切，那么清晰，宛若才是昨日之事。

恨不相逢未嫁时……是她一直一直以来，藏在心里的话。

可是，她却发现，自己错了，看错了人，也付错了真心。

"宫里的那位娘娘，比我更美是不是！是她让你从此不再见我了是不是！"薛氏又往前一步，几乎贴到方三爷身上，抬起脸，看着他，如以前说情话时那般，低声道，"你是更爱她，还是她更能给你刺激？"

方三爷目中露出震惊："你，你怎么知道？"

薛氏冷笑："怎么，你怕了？"

她回想起自己知道这件事时的心情，震惊，不敢相信，以及愤怒。

方三爷沉默地看着她，许久，眼里的震惊退去，然后慢慢闭上眼道："如今，你也知道我是什么样的人了，这样也好……你日后，好好的……"

"哈！"薛氏笑了，是自嘲也是嘲讽，"都到现在了，你还想说这样的话来骗我！"

"我——"方三爷睁开眼，一声轻叹，"我该回去那边了，不然云华会找我的。"

云华是方三奶奶的闺名，薛氏震怒，死死盯着方三爷。

安岚往两边看了一眼，已不见方三奶奶的身影，她赶紧离开那，又怕避之不及，走了几步，就绕到一个假山后面藏起来。

方三爷转身时，薛氏不甘道："你就不怕，我去告发你的事！"

方三爷顿住，低声道："如果那样让你好过的话……"他话没说完，就走了，薛氏有些愣怔地站在那，满脸是泪。

从始到终，他都是情话绵绵！不知究竟哪句是真，哪句是假！

待薛氏也离开后，安岚才从假山后面出来，心有余悸。

听到了不该听到的事，还是这等不可告人的事，对两家都是丑闻，简直……安岚手紧紧握着手里的琉璃瓶子，站在那，轻轻吁了口气，将情绪稳下来，然后转身也离开那里。只是走了几步后，忽然发现旁边的花叶下，有什么在闪烁，她一怔，走过去，轻轻拨开那花叶，遂见那里放在一个五彩的琉璃瓶子。

这些藏在花园里的瓶子，瓶盖都没有拧紧，仔细去闻，会闻到淡淡的香味。

真有蔷薇露在这！

安岚怔了怔，拿起那个瓶子，心里莫名一惊，猛地回头，但后面谁都没有。

错觉吗？为何总觉得似乎忽略了什么。

她拿起那个瓶子沉吟了一会，又往周围看了一下，然后才离开。因刚刚耽搁了一些工夫，她回到园中时，这场寻香游戏已经结束，众人纷纷将自己所得拿出。安岚不是最多的，也不是最少的，没有过分引人注意，也没有令人侧目，表现得刚刚好。

方媛媛点过后，命人送去厨房，并请她们入亭内坐下。

安岚扫视了一眼，不见薛氏的身影，也没有看到方三爷，心里诧异。因她过来得晚，也不知道之前是不是发生过什么，想问，却又觉得不妥。正好这会儿，有人问出她心里的问题："似乎少了几个人？"

方媛媛笑道:"王大奶奶身子不适,去厢房休息了,一会香宴开席后,再过来。"

"方三爷和李爵爷呢?怎么也都不见影了?"姚氏扫了一圈,也问了一句,只是她话刚落,就瞧着方三爷和李爵爷从亭子外往这过来。

方三奶奶笑道:"三爷跟李爵爷有段日子没见了,刚刚两人在园中闲聊起来,连寻香的事都给忘了呢。"

安岚听了这话,不由一怔,方三奶奶这话,似乎是在说方三爷刚刚一直就跟李爵爷在一块!

正想着,方任及和李砚已经走到这边了,李砚朝方媛媛微微颔首,然后就往男客那边走去。方任及则朝方三奶奶这边过来,方三奶奶遂站起身,出了亭子。

安岚在亭子内,看着那对恩爱的夫妻,只觉得讶异。若非她刚刚听到那样的一番话,定会认为这男人眼里心里,就只有他妻子一人。因为那神色,看起来当真是没有丝毫的虚情假意在里头。

只是,她更加不解的是,刚刚,方任及究竟有没有一直跟李爵爷在一块儿?

之前,在假山后面,她拿到那个琉璃瓶子时,心头猛地惊了一下,那等异样的感觉,不知为何,令她很是介意。

只是,她出神的时候,花厅那就已经摆好香宴了。

于是一众人又起身往花厅走去,安岚眼睛在人群中找了找,依旧没有看到薛氏,但当他们行至花厅门口后,就看到薛氏也从另一边过来。

方园的隔壁,是一个私人的小宅院。

平日里那宅院是上了锁的,听说宅院的主人都回乡下去了,如今那院子里连个看园子的仆人都没有。但今日,也就在刚刚,那宅院的门忽然被打开,随后一位华服男子走了进去,一路往里,来到一处围墙附近。

方文建负手站在那围墙前面,沉吟许久,然后微微皱眉。

有人,窥视了他的香境!

会是谁?

白广寒?

他随即又否定这个答案,白广寒并不知道他来这里,即便真是白广寒,也不会留下那么明显的痕迹让他发现。

还是他多心了?

方文建看着那堵围墙,眼神似乎能穿透过去,直接看到方园的花厅。

第028章　传酒·身亡·怀疑

薛氏过来之前，又仔细描了眉眼，点了红唇，当真是脂浓粉艳。她本就相貌过人，这一收拾，更是艳冠群芳，那轻轻行来的姿态，将女人成熟妩媚的风情尽数展现，当即就令晋香会里的好几位少年都看直了眼。

然而安岚一看到薛氏，就觉得她有些不对劲，究竟哪不对劲，一时间又说不出来。似乎是觉得薛氏太美了，当然，薛氏本来就生得貌美，所以此时有惊艳的感觉，理应是件很正常的事情。但安岚却又觉得，似乎不是这样，因为那种美，明明是很赏心悦目，可看在她眼里，却隐隐有种瘆人的感觉。而且薛氏也在笑，也在同姚氏说话，行为举止没有任何异样，她却总觉得不对劲，就好似心里有个声音在提醒她这一点。

没有缘由，更趋向于一种直觉和本能，所以当她再仔细看时，却又怀疑刚刚是自己的错觉，薛氏此时看起来再正常不过了。

再看方三爷，方三爷也显得很正常，虽薛氏入席后，方三爷也同大家一样，往薛氏那看了一眼。但是那眼神跟之前在花厅的时候一样，并不像是两人刚刚有说过什么，于是安岚愈加诧异，难道，刚刚方三爷真的一直跟李爵爷在一块？那她之前在花园里，听到的究竟是谁的声音？可那明明是方三爷的声音，薛氏甚至还直接喊了方三爷的名字！

安岚忽然觉得脊背一阵发凉，于是一直挂在嘴角边的笑容也不觉收了起来，她想起自己之前在花园里，莫名地就是一惊。如此说来，无论是刚刚，还是现在，应该都不是错觉，定是她忽略了什么。

薛氏进了花厅后，第一眼就看向方任及，但那个时候方任及却没有看她，而是在同方三奶奶低语。直到入席后，方三爷自方三奶奶身旁离开，要走到男客那边时，才往她那看了一眼。

本来，薛氏渴求的是能从那一眼里得到一些安慰，哪怕方任及只表现出一丁点痛苦和不舍，对她来说，都是抚慰。可是，方任及那一眼太过平静，因为平静而显得无情，而他的无情使得她更加可悲，于是薛氏心里最后一根弦，在那一瞬，嘭地断了。

她坐下的时候，两手止不住地颤抖，脑海中不停闪现以往的一幕幕。再思及他表面痴情，实则风流，无情无义……怨恨和嫉妒吞噬着她，而内心的痛苦到极致时，反慢慢平静下去，面上重新露出笑容。

安岚一直在暗中留意，忽看到这一幕，心头莫名地就是一颤。

薛氏在笑，但那双眸子黑沉沉的，里头没有丝毫笑意。

却这会，方媛媛说话了，命丫鬟们上前斟酒，然后笑吟吟地道："这是加了玫瑰花露的酒，先敬大家一杯。今日这十六位晋香会的贵客，希望日后，都能成为方园的常客。"

十六人都成为方园的常客是不可能的，方媛媛本是世家出身，又一次比一次嫁得高，更重要的是，方家出了一位大香师。所以，如今能常出入方园的，都是非富即贵，长香殿的人，也不是谁都有资格成为这里的座上宾。

但今日方媛媛并没有特意请往日常进出这里的贵客，却也是有意为之。

眼下这十六人里，有身份高贵者如丹阳郡主；有出身高贵者如方玉辉，方玉心，谢蓝河等；除此外，还有数位官家子弟，以及虽家中不算富裕，亦无权无势，但也是出自书香门第；最后，才是如安岚等几位，来自长香殿下属香院里的香使长。

这些人，且不论各自本事如何，单就身份地位而言，他们的路，也都会各自不同。更何况，白广寒大香师最终，只从他们当中挑一人。

所以，方媛媛这句话，似在提醒他们，都是相互的对手，十六个人，只有一人能站到最后。

无论方媛媛是有意还是无意，总归她这句话落下的时候，十六人当中，起码有一半人面上的表情微变。能入选白广寒大香师的晋香会，又是顺利从最先的三十二人当中脱颖而出，说明他们都是有一定的背景，并且都对那个位置有期望。

所以，这样的提醒，就等于是往他们心上刺了一针。

安岚垂下眼，看着搁在自己跟前的那杯溢着花香的酒，随他们一块举起，轻轻啜了一口。她很少喝酒，这些年在源香院，只有春节的时候，香院才会让他们喝上一杯。香院里给她们喝的酒，自然比不上这里的顺滑馥郁，她的手指轻轻抚着精致的酒杯，她并不好这口，但还是很想从这十六人当中脱颖而出……

这顿香宴虽各怀心思，但因主人招待得好，加上每个人都尽力表现出自己最好的一面，所以也算是宾主尽欢。

并且为能热闹一番，宴席开到中途，特意加了一次传酒接龙的小游戏。这也是时下贵人们在宴中常玩的，便是丫鬟倒上一杯酒，第一位客人接了，先说一句诗词或是俚语，然后就将那杯酒传递给下一位，下一位客人若接不上，就得喝了那杯酒。

一开始是女客这边先玩，玩了一会后，男客那边也参与进来。于是最后，大家都想将酒传到让对方那桌，气氛慢慢就热络起来，同桌的相互间也不再那么客气，自己将酒传出去后，就品着香食看着他人乐。

只有安岚，心头总隐隐约约感到不安，但又不知道自己究竟在不安什么，她的眼睛随着那杯酒看过来看过去，都没察觉到有什么不对劲。

不过，还是有一点引起了她的注意，酒杯传到薛氏那后，下一位，正巧就是男客那边的方三爷来接。所以，好几次薛氏都故意刁难方三爷，愣是让方三爷喝了好几杯酒。当然，这样的行为自然是令女客这边喝彩，只是这座位，也不知是凑巧，还是有意……

安岚猜不出，但她心里的不安却是越来越重。

然而，这一席香宴，一直到结束，都没有出什么意外，只是大家因多喝了几杯而显得面上微红，兴致也比原先高了几分，相互间也都说得上话了。

"你今儿似乎有心事。"走出花厅时，丹阳郡主看着安岚笑道，"是担心下一轮的晋香会吗？"

安岚摇头，又道："郡主也要回去了？"

"接下来，应该是在下一轮的晋香会上见面了。"丹阳郡主点头，然后轻轻一叹，"其实，我是有些担心的。"

安岚诧异地看了丹阳郡主一眼，丹阳郡主笑了笑，又道："谁能猜得出大香师的心思呢，我虽是郡主，但论起来，并不比你有优势。"

安岚怔了怔，沉默下去，甄毓秀却从后面走过来，瞟了安岚一眼，仗着酒气哼了一声："我劝你还是从哪儿来回哪儿去，郡主不过是跟你客气两句，你不会就当真了吧！之前是算计我，下一次，怕是就要算计郡主了，你也就这么点伎俩……"

丹阳郡主立即拉了拉甄毓秀，低声制止她："好了，别说了，这等话是能浑说的吗，快给安香使长道歉。"

"道歉？我明天也是被她给骗了所以才给她道歉的。"甄毓秀在席上喝了不少酒，酒气将她平日里刁蛮性子都引了出来，"我说的可都是事实，那天的晋香会，她要不是故意使诈，哪里能被挑中，哪里能站在这里跟你我说话！应该是她给我道歉才对，一个小小的香使长，也敢算计我！究竟是谁给你的胆子，你下跪磕头认错都……"

安岚没有回嘴，只是神色淡淡地站在那，看着她。

甄毓秀被她那眼神看得火冒三丈，对方的不应不答不辩解，似乎是对她的羞辱，嘴里的声音更大了，引得正准备出来的客人都停住脚步，诧异又不解地往她们这边看。

丹阳郡主已经皱起眉头，幸好这会儿姚氏走过来，一声低喝："住口！成何体统！"

甄毓秀怔住，回头，瞧着是自己姨母，气焰不由就弱了几分，酒也跟着醒了三分，于是面上即露出不安来，但神色里却还带着不甘。方媛媛笑着走过来，柔声劝道："甄姑娘想必是多喝了几杯，瞧这小脸红的，不急着走，去我厢房里休息片刻。我让丫鬟给备了醒酒汤了，让她喝一碗，休息一会再走。"

最后一句是对姚氏说的，姚氏没有反对，方媛媛便让丫鬟扶着甄毓秀往休息的厢房那去了。随后姚氏才走到丹阳郡主和安岚身边，笑着道："让郡主见笑了，那丫头不能喝酒。"随后又执起安岚的手，轻轻拍着道，"你别介意。"

安岚摇头，眼睛却不由自主往姚氏身边的薛氏看了看，遂见她两颊的胭脂色更浓了，比起刚刚，简直是娇艳欲滴。并且，很明显的是，薛氏此时的眼神里藏着兴奋，以及隐隐的恐惧。

安岚愈发不解，但这终究是别人的事，她不会蠢到去询问。

宴席散了，各种告别，结伴出了方园，安岚正要上车时，一位丫鬟忽然急慌慌地从里跑出来，在方媛媛耳边道了一句。方媛媛脸色大变，随即命仆人将正准备离去的客人再次请进方园。

方三爷今日喝得也有些多，所以宴席散后，女客们陆陆续续走出花厅时，他还坐在席位上，旁边的客人因看他面色潮红，故也不催着他起身，只让他在那歇着。

方三奶奶走了过去，想要扶他，却不慎将他碟碗旁边那瓶香露打翻了，遂有浓郁的香气飞起，一时间竟盖过厅内的酒气。方三爷对方三奶奶微微摆手，意思是让他先歇一会再走，方三奶奶有些心疼，便出去请人送一碗醒酒汤过来。

却方三奶奶刚走到花厅门口的时候，方三爷忽然觉得眼前的光线亮了很多，他眯了眯眼，撑着沉重的脑袋，慢慢转过脖子，就看到一个身着华服的男子从花厅外走进来。屋外的白光落到那男子身上，令他深衣上的花纹浮起，化成点点碎金，聚散不定地飘浮在空中，围绕在那男子身旁。

方任及觉得自己眼花了，用力眨了眨眼，又甩了甩脑袋，再看，那人已经跨过花厅的门槛，走了进来。他一时看不清那人的容貌，也不知那人究竟是谁，但是，对方那身气派，却令他不由自主想从席位上站起身。但不知为何，他好像对身体失去的掌控力，想站起身，却怎么都站不起来。而更令他诧异的是，那男子明明就跟他妻子擦身而过，他妻子却似完全看不到那男子。而且，不仅他妻子，似花厅内所有人，都看不到那男子。

这样的人，他们怎么可能会看不到？

方任及怔怔地看着那人慢慢走近，待终于看清那人的脸，脑子当即一声轰鸣。

他虽只是方氏的旁支，但因他自小就同主家走得近，所以少时是在方氏族学里读书，还曾是那位方家的天之骄子，如今同样是方家的骄傲，长香殿的大香师方文建的同窗。

只是方文建年长他几岁，当年他刚入学时，方文建就已是名满长安的少年英才。而且方氏子弟入族学读书的极多，方文建自是不可能注意到他。但是后来，因为他常去给方老太爷请安的关系，所以两人不时会在方家碰面，久而久之，也就成了点头之交。

一晃就二十余年过去了，当年令他仰望的师兄，如今更是变得遥不可及。

"方，方师兄！"方任及有些呆滞地张口，又想站起身，可是，无论如何使劲，身体还是动不了。

方文建负手走到方任及跟前，居高临下地看着他："不用起身了，我过来，只是看在你是方家人的分上，让你死个明白。"

那是审判的声音，冰冷而无情。

自读书时起，方文建就是这样，说任何话，做任何事，都是以一种绝对的态度，完全没有商量的余地，强势且自傲，如他那张棱角分明的脸。

方任及愣住，似瞬间失去思考能力，但他的身体却做出最本能的反应。

那句话落下的瞬间，他全身都被冷汗打湿。

好一会，他才干哑着嗓音问："什，什么？"

方文建看着他，眼神凌厉："你跟丫鬟作乐，同薛氏偷情，没人会管你，但是，你把主意打到宫里的娘娘身上，做出危及方家之事，方家自然留你不得。"

方任及呆在那，目中露出惊恐，他，以为没有人知道。

方任及是个多情种，每个吸引他的女人，他付出的都是真心。无论是伺候人的丫鬟，还是宫里的娘娘，无论是他的妻子，还是别人的老婆，他都能与她们心心相印。他见不得她们难过，看不得她们受苦，明知道是不可，却无法拒绝她们的爱意，深宫寂寞，他只想给出自己的一点抚慰。

"方师兄，我——"方任及张口要解释，但却发现自己已经出不来声。

周围的景色如水般泛开，门口的光涌进来，化成书院石阶前的点点光斑，榕树如盖，阳光正好，那时他们都青春年少，琅琅书声如夏日的天空，干净碧蓝，万里无云。

年方十二的方任及抱着一匣子点心坐在书院的石桌前，因等得久了，渐渐犯困，就趴在那匣子上打起瞌睡。方文建走过来时，他睡得正香，口水都从嘴里淌到匣子上面。只是他自小就生得白净，性情又极温和，身子骨还没开始真正发育，看起来更像个小姑娘，所以此时这懒虫般的模样，瞧着反倒是可爱极了。

跟在方文建身边的书童就走过去摇了他一下，他迷迷糊糊地醒过来，看清来人后，眨了眨眼，赶紧站起身，擦了擦口水，然后不好意思地笑道："方师兄，这，这是我娘亲手做的糕点，娘说让我给师兄带来尝尝，多谢师兄平日的照应。"

方文建看着已经被沾了口水的点心匣子，微微皱眉，方任及顺着他的目光看过去，赶紧拿自己的袖子擦干净，然后学着方文建平日里的模样抱拳道："我，我就不打扰师兄读书了！"

他说完，就呵呵笑着溜开了，方文建转头看着那个身影，阳光洒下，奔跑的少年渐渐成长，十三，十五，二十，三十……小白兔一样的男人用那张纯良的面孔，在一位又一位贵妇之间周旋，最后终于招惹了最不该招惹的女人。

方文建得知后大怒，他既是方氏的骄傲，也是方氏的守护者。

天子也戴不起那顶帽子，皇家更忍受不了那样的丑闻，方家的几位后辈亦不能因此事而断了前程。

所以，在天子察觉之前，方任及必须死。

而这件事薛氏也知道，自然也不能留下，正好凑成一对苦命鸳鸯。

十二岁的方任及腾地从石桌上醒过来，左右看看，然后有些迷糊地揉了揉眼睛。他觉得自己似乎做了一个梦，很奇怪的梦，梦到自己长大了，还成了亲，还……想到这，他的脸一下子就红了，随后赶紧摇了摇头，再往前面看了看。方师兄怎么还没过来，榕树上的知了一直在叫，他又打了呵欠，再次趴在石桌上，慢慢闭上眼，嘴里还嘟囔了一声："师兄……"

夏日的暖风拂过，在石桌前回旋，阳光浮动，交织成少年方文建的模样。

他站在那里看了方任及一眼，石桌上小少年的身影慢慢淡去，方文建也跟着消失，书院的阳光正好，但那么漫长的夏天，也终究会过去。

方三奶奶捧着醒酒汤走到方三爷身边，却瞧着方三爷已经趴到桌上了，便笑了笑，将那碗醒酒汤放在桌上，然后伸手在方三爷肩膀上轻轻拍了拍，低声道："三爷，醒酒汤送来了，先喝一口。"

方三爷没有动静，方三奶奶便又叫了两声，却依旧如此。方三奶奶隐约有些不安，就命丫鬟过来扶方三爷，只是丫鬟刚一碰方三爷，方三爷就突然从座上倒了下去！

李砚才刚出花厅，听到里头的动静，便又回来看。

死了？

刚才还好端端的，怎么突然间就死了？

方三奶奶呆了一呆后，随即大哭，屋里的丫鬟全都傻了，李砚回神得快，遂命人去通知方媛媛，并交代定要悄悄说，不可声张。

安岚等人一头雾水地被再次请入方园，随即大门被关上，同时有人在门口守住，气氛令人隐隐觉得不安。不多会就有几个嬷嬷领着丫鬟过来请他们先去厢房歇息，丹阳郡主和安岚等人皆是一怔，就要问何故，却刚要张口时，他们就听到里头传来方三奶奶的哭声。

丹阳郡主先开口："可是里头出什么事了？是谁在哭？"

其中一个婆子摇头道："老奴也不知，郡主请先去厢房休息片刻，到时方娘子自会同郡主和各位贵客说明原因。"

方玉辉微微皱眉："好端端地请我们都回来，还特意关了门上了锁，里头又传出哭声，此事若不说出个缘由，我等就只能自己进去找方姨问个清楚了！"

方玉辉说得认真，那婆子面上露出为难之色，眼前几位，可都不是普通客人。特别是说话少年，这可是方家的人啊，可是方娘子交代过的，不可声张。幸好这会儿，方媛媛身边的丫鬟快步走过来，先给丹阳郡主施了一礼，然后低声道："方娘子是为着各位贵客好，所以才先留下各位。"

方玉辉即问："究竟出什么事了？"

那丫鬟顿了顿，才低声道："方三爷，中毒身亡了。"

这话一出，所有人心头都震了一下，个个都露出不可思议的神色。

"怎么，怎么可能！"方玉辉脸色微白，方三爷即便与他不亲，但好歹是他方家的人，这又是在方媛媛的院子，竟然会出这等事！方玉心抬手捂住嘴巴，有些惊恐地看着自己的兄长。

安岚一样是感到震惊，但同时心里又有几分茫然，随后似猛地想起什么，赶紧往周围找了找，结果没找到薛氏。薛氏呢？刚刚似乎没有一块出来，方三爷中毒，是谁下的毒？

安岚正要往那个方向猜时，花厅那突然跑进来个丫鬟，苍白着脸寻到姚氏身边，结结巴巴地道："夫夫夫人，大，大奶奶，不好了！"

宴席散后，薛氏去更衣时，丫鬟在外面久等不见有人出来，喊了几声，还是不见有人应，心里担忧，就进去看了看。结果这一看，竟看到薛氏不知什么时候，倒在地上，呼吸都停了。

方园这边陷入混乱的时候，方文建从围墙那转身离开，他的事情已经办完，接下来自有人善后。至于那位偷窥他香境的人，方文建坐上马车后，手支着脑袋靠在榻上，半阖着眼假寐，他直觉，他还会再次碰到那个人。

所以，他不着急。

……

除去方玉辉和方玉心外，安岚等人，包括丹阳郡主，都被客气地请到方园的侧厅暂且歇息。一开始，似乎是因为太过震惊了，所以倒没有人对此事有异议。只是，当大家都进了侧厅，等了一段时间后，还不见有人过来跟他们说清楚情况，渐渐有人生出不满。

"让我们都在这里等着，究竟是什么意思？"不知谁先开口嘟囔了一句，语气里带着明显的不满和烦躁。

似乎并非一个人这么想，因为随即就有人接着道："可不是，方三爷和王大奶奶出事，跟我们有什么关系，又不是我们毒死的！"

安岚心头微微发沉，她觉得，方娘子将他们留在这里，肯定有什么事是跟他们有关的。

"这都下午了呢，我若再不回去，我娘该着急了。"

"不行，我得去问清楚方娘子究竟想干什么！"一位蓝袍少年忽然站起身，然后朝谢蓝河道，"谢少爷去不去？你跟方家的人比较熟，你我一块儿去，或许更容易说话些！"

谢蓝河摇头，神色暗淡，似乎根本不关心这件事。

蓝袍少年脸色有些不善，但又不好指责什么，只是在转身后，嘴里嘀咕了一句："果真是私生的种。"

这话，旁边许多人都听到了，谢蓝河自然也听见了，于是站起身，在那蓝袍少年背后冷冷地问一句："你说什么？"

气氛一下僵住，所有人都停下来，看着他们俩。

蓝袍少年没想到谢蓝河会这么跟他说话，怔了怔，才转回身，有些嘲弄地看着谢蓝河道："怎么，难道我说得不对？你不就是谢家从外头领回来的私生子吗，听说你虽然是回谢家了，但是谢家族谱上却没有你的名字。不过是跟在方家兄妹身边的逸言献媚的奴仆罢了，也敢在我们面前摆少爷的款！我刚刚叫你一块儿，是看得起你，你……"

不等他说完，谢蓝河就已经扑过去狠狠往他脸上揍。

蓝袍少年一时被打得有点蒙，周围的人也有些傻了，他们平日里发生口角是常事，但没说两句话，就直接上手厮打在一块，却是没有见过的。

安岚也收回神思，有些讶异地看着眼前这一幕。

谢蓝河表面上看是个羸弱的少年，但打起架来，却似不要命一般。其实蓝袍少年的身材明显比谢蓝河占优势，但谢蓝河那股狠劲，简直像只狼犊子，蓝河少年渐渐招架不住，不由发出几声惨叫。丹阳郡主生怕事情闹大了不好收拾，赶紧让旁边的人过去拉开他们两个，于是大家才纷纷动手。

而刚刚将他们两位拉开后，方嫒嫒身边的丫鬟就走了进来，她似听到了里头的动静，所以走过来时有点儿喘，再进来后，瞧着眼前这一幕，不禁一怔。

但是，这些可都是颇有背景的主，她哪有资格去教训，于是只得当做什么事都没发生过，迟疑了一会才道："一会方娘子就过来了，各位请先别着急，且耐心等一等。"

"等什么等，把我们留着这里到底是什么意思？"蓝袍少年觉得输给谢蓝河很没面子，脾气就大了许多，语气更是蛮横，完全没有之前表现的那等彬彬有礼的模样。

那丫鬟欠身道："方娘子一会会跟大家解释的，此时方娘子那事情很多，实在脱不开身，还请各位见谅。"

蓝袍少年更加烦躁，回身转了两圈，不慎将旁边一个花几给碰翻了，发出好大的声响。那丫鬟赶紧过去扶起来，安岚正好在一旁，也伸手帮忙，那丫鬟感激地看了她一眼。跟着丹阳郡主就走过去，轻声问道："这位姐姐，方三爷和王大奶奶真的已经……"

那丫鬟轻轻点头，丹阳郡主又问："姐姐可清楚，究竟是怎么中的毒？"

那丫鬟赶紧摇头："一会儿方娘子会过来说的，奴婢还有事要忙，先行告退。"

那丫鬟离开后，丹阳郡主低声对安岚道："这么遮遮掩掩，怕是会与我们有些关系。"

安岚心头微惊，看了丹阳郡主一眼，丹阳郡主也看着她，神色略略凝重。

而此时，方嫒嫒这边，一时要顾着安慰姚氏，一时又要想着该怎么处理这等事。刚刚她让人将薛氏的尸身从净房里抬出来时，薛氏身上忽然掉下一块玉佩，正好被方三奶奶给看到了，并认出那是方三爷以前贴身戴的玉佩。

方三奶奶还记得，方三爷当时跟她说是不小心弄丢的，却怎么也想不到，竟会在这个时候忽然看到。

偷情？

这样的事，无论是王家还是方家，都绝不愿去沾，更何况是人死了后再揭出来，这对一个家族来说，简直就是噩梦。

因此，当李砚提议马上报官时，姚氏立马表示反对，方三奶奶亦是下意识地反对，官府的人一来，案情能不能查个水落石出且不论，但是家丑这件事，肯定是要往外传开了。

报官是肯定要报的，但方媛媛也不愿让官府的人这么早就过来，这毕竟是她的地方，这等事若捅出去，那她的方园以后哪还请得到客人！

李砚有些为难了，他略懂医术，刚刚一番仔细检查后，初步断定方三爷和方三奶奶都是中毒死的，毒就下到酒里。因为薛氏的座位连着方三爷的座位，并且当时传酒的时候，他们都看到薛氏总是针对方三爷，次次刁难，让他喝下她递上来的好几杯酒。

如此，最大的嫌疑应当是薛氏，但是，薛氏却也中了跟方三爷一样的毒。

那么，下毒的人究竟是谁？

除去薛氏，方媛媛和方三奶奶的嫌疑最大，方媛媛是宴会的主人，自然有机会做这个事。而方三奶奶是方三爷的正妻，并且很可能早就知道方三爷和薛氏之间的事，只是她一直以来都压抑着自己，装作不知情罢了。但是，这么长时间的压抑下，报复的方式自然就更加偏激。

究竟是谁？其实，谁都有嫌疑。

片刻后，方媛媛忽然道："或许，是那十几个孩子动了手脚，原本是要除去他们当中的谁，结果却不慎落到方三爷嘴里？"

此话，也不无道理。

第029章 安之·恶意·配合

此时，侧厅这边，方媛媛的贴身丫鬟出去后没多久，又有两丫鬟拿着涂抹外伤的药进来。因谢蓝河的狠劲，蓝袍少年脸上淤青了好几块，其中一边眼睛都肿了起来，上药的丫鬟只是轻轻一碰，他就疼得龇牙，马上一脚踹了出去。

那丫鬟不防，直接被踹到肚子上，即往地上一摔。

手里的药瓶落下，药粉撒了一地，另一位丫鬟的手跟着一抖，都不敢碰那蓝袍少年了，蓝袍少年更是生气，烦躁地将她推开。旁边的人，有人发怔地往后一退，有人看热闹地扬了扬嘴角，有人则是不屑地从鼻子里冷哼一声。

对下人动手，不是什么新鲜事，不过，在别人的宅院里对别人的下人动手，却是少见的。脾气谁都有，但是，能不能控制住自个儿的脾气，却不是每个人都能做得到的。之前无论是在晋香会还是在香宴上，这蓝袍少年都表现得彬彬有礼，俨然世家公子的做派，加上相貌亦生得不俗，所以在这十多个人里，也算是比较出挑的。

可谁想到，就这么一件小事，竟就暴露了本性。

丹阳郡主微微皱眉，冷眼看着蓝袍少年开口："你拿丫鬟出什么气！"

被踹到地上的丫鬟不敢哼声，安岚默不作声地走过去，弯下腰扶起她低声道："没事吧？"

那丫鬟含着泪感激地看了安岚一眼，然后摇了摇头，只是要站起身的时候，却咻地抽了口冷气。

安岚便道："去纱橱后面，给我看看。"

她也是当奴婢的，以前亦没少被打，而且很多时候，只要不是要命，无论被打得多重，都不能表现出来，否则就会被视作拿乔，没准会被打得更狠。

那丫鬟也不过是十三四岁的年纪，胆子本就小，这会儿觉得疼得厉害，心里也有些慌。另一位丫鬟年纪略大，见蓝袍少年差不多上好药了，便也过来扶住那受伤的丫鬟，然后对安岚道："多谢姑娘，奴婢给她看吧。"

安岚没说什么，将掉到地上，还剩半瓶的药瓶捡起来。谢蓝河也将自己手里那瓶药油拿过来，一同递给那丫鬟，并道了一句"谢谢"。

那丫鬟有些受宠若惊，呐呐应了一声，又对安岚道了谢，然后才扶着那受伤的丫鬟出去了。

安岚看着她们的背影，心中恻然，那背影，太像以前的她和金雀了。

蓝袍少年发作之后，回过神，心里也有些后悔。他当然知道，在这等场合和这等情况下，更要管住自己的脾气才行，可是，这话说得容易，做起来却不知有多难。十多年的习惯，哪可能说改就能改得了的？更何况，他心里也不认为自己有什么不对。连怎么伺候人都不懂，这样的丫鬟要着有什么用，给主人丢脸，也让客人笑话，若是在他家，他早就将那两丫鬟狠罚一顿。

因此，他对丹阳郡主的指责不以为意，只不过因为对方的身份到底比他高，背景也比他强，所以没有应声。而因丹阳郡主出声，旁边那几位等着看热闹的人也不自觉地收起嘴边的嘲笑，换上一脸正经的表情。

候在侧厅外面的是位老妈子，里面这一幕，包括刚刚的厮打和每个人的反应，都一丝不落地看在眼里。

蓝袍少年轻轻碰了碰自己的嘴角，即疼得眼泪差点掉下来，再看谢蓝河好好的一张脸，心里更加来气，恨不得马上就将自己受的罪十倍还给谢蓝河。只是他此时心里隐隐有些怕谢蓝河,而眼前这些人,虽说有几位平日里跟他都有些交情,但在这个时候,他们肯定不会帮着自己。

真是可恨,总有一天要讨回这个便宜!

蓝袍少年盯着谢蓝河恶狠狠地想着,然后又要叫谢蓝河一声,只是他刚一张口,方玉辉和方玉心就回来了,并且跟着他们一块过来的还有方媛媛和李砚。

安岚都没想到,甚至是花厅里的所有人都没想到,方玉辉和方玉心会带回来一个让人心慌的决定——证明自己的清白。

有人觉得这事简直是可笑至极,可是,看着方媛媛和李砚那张认真的脸,他们怎么也笑不出来。

"不是不信任各位,而是在找出真凶之前,大家还是都留在方园比较好。"方媛媛扫视着厅里,这些晋香会的小客人,"只要能证明自己是清白的,我便让他回去,待此事过后,再去道歉。"

方玉辉和方玉心两人的脸色都不怎么好,这句话,一样是包括他们俩的。说起来,他们也不知好端端的,怎么就到了现在这境况。方玉心甚至有些羡慕甄毓秀,也就甄毓秀因醉酒的关系,刚刚被扶到厢房歇下后,就一直没有人去提她,倒让她避开了这糟心的事。

有人开口:"这,这太不像话了,这要怎么证明!"

李砚接着道:"方三爷和王大奶奶都是中毒身亡的,毒是下在酒里,而那些酒,则都是从女客这一桌传过去的。"

李砚的话才落,马上就有一位红衣服的女子道:"第,第一个接酒杯的不是我!"

"也不是我!"

"不是我……"

每个人都在急于撇清自己的时候,丹阳郡主却道了一句:"此事不合理,我们为何要毒死王大奶奶和方三爷?"

方任及到底是李砚多年之交,今日突然丧命,他又在场,自然要管一管。

于是李砚看向丹阳郡主,微微欠身:"郡主说得没错,所以,方娘子怀疑是方三爷和王大奶奶是误服下毒酒。"

丹阳郡主一怔,当即就明白李砚的意思,这话是说,很可能是他们这些人当中,因妒忌而生出歹毒的心思,只是却不慎毒错了人!

就在丹阳郡主发怔的时候,安岚问了一句:"那酒里下的,是什么毒?"

李砚打量了安岚一眼,摇头:"如今还未确定。"

既然要证明,自然是需要一番时间的,而且眼下这些孩子脑里心里都蒙着,一下子也想不出个有用的办法来。李砚陪着方媛媛交代完此事后,就出去了,只是刚走出门口,方玉辉就跟着出来提醒一句:"李爵爷,长香殿下一轮的晋香会是四天后。"

方媛媛回头看着自己的侄儿，随后又扫视了一下侧厅里的人，面色微冷地道："方园并非是要强留大家，若真有不愿留下的，自当可以现在就回去。但此事报官后，为查得水落石出，怕是官府那边还会让人去一个一个盘查，到时，没准会闹得更大，毕竟方三爷和王大奶奶的身份不一般。各位留在这里，想清楚怎么说，待官府的人过来后，也好一五一十地说出来。"

还有一点，方媛媛没有明着说出来，那便是，眼下若有人着急着要回去，那么自然就是嫌疑最大的哪一位。晋香会这十六人当中，虽有不少脾气不好的，但却没有一位是蠢的，自然能听得明白这样的意思。于是，方媛媛的话落下后，厅内反更安静了，就连蓝袍少年也都收住了将要出口的话。

方媛媛便收回目光，感激地对李砚点点头，然后又快步往花厅那走去。

方三爷的事，她刚刚本是要通知方家的，但姚氏和方三奶奶却忽然起了争执。方三奶奶似因受不住这样的刺激，愣怔过后，就想大闹，姚氏自然不肯。于是花厅那的混乱，可比侧厅这边还要严重，方媛媛希望尽快找到一个新的矛盾点，引开方三奶奶和姚氏的注意力，不然，她的方园真要被掀了。

而方媛媛留下那些话离开后，侧厅里的人纷纷看向方玉辉和方玉心兄妹俩，方玉辉却没搭理那些眼神。方玉心倒是先看向谢蓝河，随即就发现谢蓝河脸上的淤青，就赶紧走过去："这，这是怎么了？"

谢蓝河摇头，方玉辉看了看他，又看了看那蓝袍少年，便大概明白了怎么回事。只是此时他实在没有心思去管这些，便没说什么，走到一张圈椅旁边，撩袍坐下，面带沉思。

方玉心一直在谢蓝河跟前嘘寒问暖，丹阳郡主则走到方玉辉身边，低声道："你若有什么知道的，就说出来吧，也免得大家心里发慌。"

方玉辉抬起脸，看着丹阳郡主，再又往厅内扫了一圈，目中露出一丝嘲讽，就道："有什么好说的，只要找到真正有嫌疑的人，大家自然就是清白的。"

蓝袍少年本是已垂下眼，此时听到这句话，即抬起眼，紧接着，好些人面上也都隐隐露出异样。

方媛媛并没有限制他们只能待着侧厅内，片刻后，就开始有人陆陆续续地出去了。人心浮动，侧厅里的气氛压抑得让人想发疯，每个人都在跟旁边的人低声交谈，唯独安岚一直默默坐在一旁。

丹阳郡主看了她一眼，迟疑了一下，便走过去问："你心里有主意了？"

"怎么会。"安岚摇头，"既来之则安之。"

侧厅内，没有出去的人，多半都抱着这样的想法。

但是，这样的想法，却在长香殿的消息送过来后，被彻底打破。

"酒里的毒,有一味是附子。"李砚同方媛媛一边走,一边低声道。刚刚安岚问了,但他没有说,是不想打草惊蛇。眼下这件事,有人不想闹大,有人想往大了闹,总归,最多只能压一天。明天,若是再不报官,让官府的人接手,那么王家和方家的人就都会过来。所以,方媛媛希望今日之内,能看出点端倪,到时她也好应对。

方媛媛心里一惊,之前在花厅品香时,丫鬟们送上来的琉璃瓶当中,虽没有附子,但是花厅内盛香的匣子里,却有几个琉璃瓶里装的就是附子。当时她从匣子里拿出另外几瓶花露时,姚氏还特意问她为何不都取出来,她还笑着道了一句那里装着是浓缩的附子,不怕的话,也可以拿去。

刚刚知道方三爷出事后,她马上去查了花厅内的香匣子,里面的琉璃瓶子一个不少,当时还放了心。眼下听李砚这么一说,她忽然想到,刚刚检查时,并没有看那些琉璃瓶里的东西还剩多少……

晋香会的那些孩子,个个都懂得调香,自然清楚附子的毒性。

会是谁偷拿了?

方媛媛和李砚都想到这个,但两人都没有再说话,待他们走远后,拐角处走出两个身影,都是刚刚从侧厅里出来的人。两人对视了一眼,迟疑了片刻,其中一位试探地低声道:"园中寻香的时候,似乎有人特意往花厅那边走。"

另一位即道:"好像是,我也看到了,你可看清是谁了?"

"是个女的,不过肯定不是丹阳郡主,瞧着也不像是另外那几位世家出身的姑娘。"

"高门大户出来的女子,大都心地纯良。"

"长香殿汇集百草,香院里的人,对那些东西了解得更多。"

……

两人越说越具体,最后达成共识,并商议着再去找几位对此事有共识的人。

而这会儿,天枢殿的话也送了进来,赤芍并未进方园,只是站在外面转述白广寒的意思。第二轮晋香会的时间提前,定于明日上午,地点依旧选在寤寐林,题目是调香,这次需要他们准备自己最拿手的香品。

方园的人将天枢殿的意思送到侧厅时,侧厅里的人都站起身,有人忍不住问道:"怎么忽然提前了?!"

有人着急道:"我,这怎么办?"

有人不安地道:"这怎么来得及。"

几乎所有人,都后悔参加今日的香会,沾上这等人命之事,眼下又没个解决的好法子。据说长香殿选人,除去才情外,最看重的就是名声,此事若是影响了自己的前途……

方园离寤寐林很远,必须明日一早就得动身,这动身之前,还得准备香品。时间很紧,若继续在这里耗下去,明日怕是根本赶不及去寤寐林。他们都清楚大香师晋香会的规矩,无论是谁，无论何种原因，只要迟到，就等于是自动退出。

大家心里都很着急，可是，这么多人，却没有谁敢第一个提出要离开。

"请方姨尽快报官吧。"方玉辉说着就站起身，"我去说。"

只是，这样的话，就等于所有人身上依旧带着命案的嫌疑，而且，刚刚李爵爷表露出来的那个意思让人极是介意。下毒者并非是针对方三爷和薛氏，而是针对这些人当中的其中一人，或是几人。

而且，这等怀疑并非没有理由，他们都是竞争对手，仅凭这一点，就足够让人怀疑了。也或许，李砚的意思，正好触到了某些人心里的想法。所以，虽有人赞同方玉辉的决定，但还是有更多人倾向于能马上揪出下毒者，洗清自己的嫌疑。

"等一下。"方玉辉将要出去的时候，刚刚出去的那几个人纷纷往前几步，阻止他出去。

方玉辉不解，询问地看着他们。

蓝袍少年刚刚也出去了一会，本是去解手的，却半途碰到两鬼鬼祟祟的家伙。于是这会儿，他忽然走到安岚跟前，打量着她道："有件事，我想问其中一位，问清楚后，我们再一块去寻方娘子。"

安岚有些莫名，方玉辉亦是不解，便道："什么事？"

蓝袍少年冷哼一声，刚刚他踹了那丫鬟一脚后，安岚故意装好心去扶一个丫鬟，反衬他性情暴躁，令他心里极是介意。刚刚那么多人，也没谁屈尊去扶那小丫鬟，偏她就做了，还当着他的面，这不是故意让他下不来台是什么？虽说这丫头生得漂亮，但是，除非他心情好，否则绝不会行怜香惜玉那一套。

蓝袍少年看着安岚道："之前在园中寻香的时候，你都在哪转悠呢？"

安岚一怔，迟疑地看了他一会，才道："方少爷为何问这个？"

蓝袍少年皱眉，语气有些不耐烦："问你你就回答，哪来那么多话！"

他眼中的戾气很重，安岚微微皱眉："方少爷似乎误会了，今日你我都是方园的客人。"

言下之意是，在这里，他还没资格命令她。

方玉辉也有些看不起蓝袍少年这副颐指气使的做派，便喊了那少年一声，语气里带着几分制止之意："易阳！"

蓝袍少年姓陆，表字易阳，跟方玉辉不算知交，但平日里也都有往来。

陆易阳略收了收面上的怒色，耷拉着眼看着安岚："那个时候，你悄悄去了花厅是不是？"

安岚微怔，不明白陆易阳忽然跟自己说这些莫名其妙的话究竟是何意，但她直觉绝非好事，于是便道："既是园中寻香，我去花厅做什么？方少爷到底想说什么？"

"当时安岚姑娘确实是与我一块儿在园中寻香。"丹阳郡主也不明白陆易阳为何说这些话，但还是开口证明安岚说的是事实。

陆易阳却哼了一声："但是，丹阳郡主却比她提前结束寻香，而她，则几乎是最后一位交出香露的，并且当时还是一个人匆匆赶到亭子，是与不是？"

丹阳郡主一怔，这会安岚隐隐猜到陆易阳究竟想做什么了，刚刚李爵爷说方三爷和王大奶奶是中毒身亡的，方玉辉又说，只要找出下毒的嫌疑人，别的人自当就是清白的。

陆易阳特意跟她提起花厅，她忽然记起来，当时在花厅品香时，方娘子曾说过，那匣子里放着几瓶附子。附子有毒，方三爷和王大奶奶都是中毒死的，而他们这些人对于附子的毒性多少都有了解……

她之所以是最后一位回到交香露的亭子那，是因为当时在院墙那忽然碰到王大奶奶和方三爷。那个时间里，她身边没有别的人，没有人能证明她那段时间究竟在哪。

安岚心里翻起惊涛骇浪，她抬眼看着周围的人，忽然明白了。

为什么偏偏挑中她，因为天生的阶级不一样，所以更容易让人马上做出选择。

安岚暗暗咬牙，一脸平静地道："因为想多寻几瓶香，所以多用了些时间，有何不可？"

陆易阳笑了，却突然牵扯到脸上的伤，于是那笑容即僵住，随后就收起面上的笑，又哼一声："是没什么不可，不过，你之所以会多耽搁了时间，却不是因为寻香，而是你回了花厅一趟。"

安岚皱眉，眸子浓暗，面色如常："香在园中，我回花厅做什么？方少爷反复这么说，究竟是何意？"

陆易阳有些得意地道："你别不承认，这话可不是我随便说说的，是有人看到你回了花厅。"

他这话一落，果真就有人三四个人站出来道："没错，我们都看到了。"

安岚藏在袖中的手微微发抖，他们真是打的好算盘，只要她的嫌疑更大一些，那么到时他们要求离开，顾忌自当就少许多。而她有了这样的嫌疑，方娘子必不会放她走了，如此，他们更是无形中除掉她这个对手。

安岚正要开口，陆易阳却赶在她前面道："行了，现在就到方娘子那说去，这事也关系到大家是不是清白的，最好都一块过去。"

只是，不等他们动身，谢蓝河忽然开口："你们几位，是什么时候看到安岚姑娘去花厅的？"

那几个人愣了愣，其中一人迟疑了一会，就道："当然，是在她回亭子之前。"

另外几人即点头："没错，就是那个时候。"

谢蓝河又问："之前，之前多久？"

丹阳郡主也不笨，隐约猜出陆易阳是什么意思，迟疑了一下，便也跟着道："其实安岚姑娘并未耽搁多长，同我们分开后没多会，也回了亭子交香露。"

方玉心见谢蓝河为安岚说话，而且丹阳郡主都开口了，便跟着点头。

那几个人似没想到会有人为安岚说话，心里有些没底，便迟疑着道："之前，之前一刻来钟。"

谢蓝河便将他们的话重复一遍："在安岚姑娘回亭子交上香露约一刻钟之前，你们都看到她去了花厅？"

几个人面面相觑了一会，然后纷纷道："没错！"

陆易阳直觉谢蓝河忽然插嘴没安好心，只是一开始，琢磨不出他究竟是什么意思，就没说话。但脑子转了一圈后，他心里忽然道一声"坏了"，只是没来得及开口阻止，那些人就都已经点头。

谢蓝河马上接着道："我记得在安岚姑娘回亭子之前，你们几位早就已经回到亭子那边，并且时间正好超过一刻钟。因为你们回了亭子后，方娘子才点了一炷伴月香，香烧完后，安岚姑娘才回亭子。"

丹阳郡主有些讶异地看了谢蓝河一眼，外表如青竹般俊挺的少年，心思却那么细腻。刚刚若非亲眼所见，很难想象，这样一位少年，与人厮打时竟会那么狠。

安岚原是要开口的，听谢蓝河这么说后，心里稍安，于是收住嘴里的话，暂时选择沉默。

刚刚着急着点头的那几人，顿时有些蒙了，面面相觑了一会，其中一位便有些心虚地道："我，我记错了，我是早在一刻钟之前就看到她往花厅那去的，有，有两刻钟。"

另一位接着附和："没错，你突然这么一问，谁能记得那么准的。"

"可不是，再说，当时又没特意去看漏壶，记错了时间也正常。"

"没错没错……"

谢蓝河眼里露出嘲讽，而此时，安岚忽然开口："花厅离寻香的园子有段距离，如此说来，你们当时并没有在院子里寻香，而是一直都在注意花厅？这倒是奇怪了，当时明明都是去园中寻香的，怎么你们却反走到花厅那徘徊，难不成花厅里有什么东西，更加吸引你们？不然，怎么花厅那有谁进出，都被你们看到了？"

她这话的陷阱，可比他们高明多了，完全就是拿他们自己的话坑害他们。

这下，就是傻子都听得出来安岚是什么意思，想诬陷我，你们一个一个都逃不了，且看最后遭殃的会是谁。

陆易阳的脸色当即就变了，恶狠狠地盯着谢蓝河，他们都已经商量好了，只要众口一致，那丫头想赖都赖不掉。此事是给所有人都争取有利时间，他是为自己着想，但同时也是为大家着想，却不料中途杀出个程咬金！

"还去方娘子那说吗？"谢蓝河看着陆易阳道，"虽不明白陆少爷之前说的，此事为何与大家的清白有关，但既然是如此重要，自然不能多耽搁。"

方玉心还想不明白这里头的弯弯绕绕，但听谢蓝河都这么说了，便也跟着道："的确是不能多耽搁了，哥哥，郡主，我们也去吧。"

丹阳郡主有些复杂地看了安岚一眼，却没有出声。

方玉辉也是个心思剔透的人，稍稍一琢磨，就明白了陆易阳和那几人是什么心思，他有些诧异，但更多的是不屑。这份不屑并非是因为同情安岚，而是因为他心里还有骄傲，在他看来，用这等手段证明自己是清白的，本身就是对他的一种侮辱，因而他也没吱声，只是冷眼看着。

他们这样的态度极大地刺激了陆易阳，陆易阳遂道："当然是要去说的！"

只是他走到门口时，刚刚跟他一块帮腔的那几个人却迟疑了，几个人你看看我，我瞅瞅你，竟都不怎么敢挪步。陆易阳回头一看，脸都黑了，气得骂了一句："都是窝囊废！"

这话可捅了马蜂窝了，这些人当中，虽确实有胆小怕事的，也有捧高踩低的，但无论他们性格如何，却也都是被人捧着哄着长大的。个个在家里可都是少爷小姐，进门有人伺候，出门有人给脸。如今又被选入大香师的晋香会，更是顺利晋升一级，要说他们是各自家里的天之骄子都不为过。

而说起来，陆易阳的背景也不比他们高多少，刚刚还被丹阳郡主指责了一声，眼下方玉辉看起来似乎也没有要站在陆易阳那边，所以，当"窝囊废"这三字从陆易阳嘴里蹦出来时，那几个帮腔的都毛了。

有人当即就嘲讽道："你威风，刚刚怎么被人打得都还不了手？"

"瞧那一脸的伤，自己丢人不知道。"

"若是我，早就回家待着去了。"

"还有脸说别人！"

陆易阳有些不敢相信地看着那些人，好一会后才道："好，好好，说你们窝囊小爷还真没说错。那么好的主意是谁想出来的，又是谁来找我的？！"

这话一出，那几位顿时收住嘴里的话，面上纷纷露出忐忑之色，有人忍不住开口道："你胡说什么！"

"怎么，敢做不敢承认，不是窝囊废是什么！"陆易阳被彻底激怒了，"没本事做好，又没胆子承认，小爷还真耻于跟你们这样的人为伍！"

侧厅内，有人忽然哭了，哭的还是个书生模样的少年。他也不是大哭，就是低低抽噎，然后不时拿袖子擦擦眼睛。安岚往少年书生那看了一眼，目中没有同情，只有几分羡慕，身上穿得那么好，又这么轻易就能哭出来，多半是自小就在呵护中长大，根本没经历过什么挫折，所以眼下一个嫌疑的帽子，就已经令他无法承受。

而除那少年书生外，还有几位，也是脸色苍白，面上盛满了担忧和惊惧。他们虽没有哭，但看起来却也不比那位抽噎的少年书生好上多少。

紧张不安的情绪在他们脸上表现得越来越明显，纵观侧厅内所有人，眼下还能淡定自若的，竟不到一半。而可以机警应对某些刁难的，则更是凤毛麟角，所以，丹阳郡主再次看向安岚，迟疑了一会，才道："时候不早了，你想回去吗？"

安岚看了看外头的天色，沉吟片刻，便点点头。

丹阳郡主又道："我也打算回去，这里的事，还是就交给官府查办吧。"

安岚再次点头，只是将出去时，她忽然道一句："郡主也会担心？"

丹阳郡主一怔，想了想，便道："担不担心，跟我是不是郡主并无多大关系。"

安岚笑了笑，就往厅外走去，只是行了几步后，似忽然想起什么，就停下转过身，朝谢蓝河屈膝施了一礼："多谢你刚刚为我说话。"

谢蓝河侧身避开，他不是特意为她说话，不过是因为陆易阳刚刚说他是私生种，所以才会针对陆易阳。

方玉心则是愣住，看了看谢蓝河，又看了看安岚，心里隐隐生出几分不安。

方玉辉瞥了自己的妹子一眼，又打量了一下安岚和谢蓝河，没有任何表态。

晋香会的最终结果还未出来，每个人命运的走向，此时还不能下定论。谢蓝河若能进入长香殿，便能配得起他妹子，若不能，那他妹子自是要另觅良缘。

……

此时花厅那边，方三奶奶已经哭得眼睛都肿了，却还是没能将自己的丈夫哭得活过来。

姚氏更是觉得糟心，儿媳私下里的事，她一直不知道，今日突然知道了，人却也没了。她甚至比方三奶奶更想揪出下毒的人，因为无论如何，王家都担不起自家儿媳同别的男人殉情这个事。

只是眼下，她想跟方三奶奶商议这件事该如何办，方三奶奶却一点都不配合，有时间就哭，令她烦不胜烦！

第030章　自救·晋级·良才

只是安岚和丹阳郡主刚刚走出侧厅，陆易阳也跟着冲出去。若只是安岚提出要离开，他绝对是乐见其成，但加上丹阳郡主，而且还是丹阳郡主先提出，并同安岚结伴出去，那这事反而对安岚有利了。依丹阳郡主的身份地位，没有人敢随便将命案嫌疑扣在丹阳郡主头上，加上刚刚丹阳郡主还为安岚说话，那么，到时大家的态度多半也会有所转变，如此，他前前后后这些亏岂不是白吃了！那日后他还怎么出去见人！

人争一口气佛争一炷香，他宁愿今日就耗在这里，也绝不会让这些人没事一样走出方园。

……

方媛媛重新检查了一下琉璃瓶里的附子，发现其中一瓶当真少了一半的量。

眼下方三爷和薛氏的尸体就放在花厅的屏风后面，方媛媛手里正捏着一个琉璃瓶沉思时，李砚从屏风后面走出来，告诉她一个新的发现：薛氏中毒的量，远比方三爷多。

方媛媛眉头紧蹙，事情越来越棘手，此事，她也脱不得干系了。只是，究竟是谁偷了琉璃瓶里的附子？迟疑了片刻，她终是将此事说与李砚和姚氏还有方三奶奶听。

方三奶奶似受到的刺激过大，刚刚吵着要报官要方家的人过来做主，这会儿眼神却变得有些呆滞，听了方媛媛这么一说后，基本没什么反应。方媛媛让丫鬟扶她去厢房休息，她却又不答应。

姚氏也有些没主意，刚刚她已经让人去尚书府通报消息了，但因为方园离尚书府有段距离，这一来一回，也得小半天时间。而且这几日王大少爷外出会友，而王尚书这个时候正在朝中，眼下也只能让府里的大管家先赶过来。

李砚沉吟一会，便问："知道被偷的时间吗？"

方媛媛道："应当是在园中寻香的时候，只有那个时候，花厅里没人。"

"难道真有人……"李砚迟疑着开口。却话还没说话，外面突然插进来一句话："把人都叫过来直接问可不就清楚了！"

李砚和方媛媛等人循声转头，便瞧着一位脸上带彩的蓝袍少年从花厅外大喇喇地走进来，面上带着几分不耐烦："据我所知，有个人的嫌疑极大。"

陆易阳说出这句话的时候，正好丹阳郡主和安岚也走到花厅门口，而她们身后还有方玉辉兄妹及谢蓝河等人。自丹阳郡主和安岚从侧厅出来没多久，里头的人也都纷纷跟上，所以，这会儿花厅门口一下子围了十多人，加上跟过来的丫鬟婆子等，足有二十来人了。

陆易阳抢先一步说出这句话，丹阳郡主倒不好再提离开的话，便沉默地站在一旁。花厅里的气氛有些诡异，方三奶奶眼珠子动了动，然后抬眼看向他们，空洞的目光在那些年轻的孩子身上慢慢扫过。

方媛媛询问地看了一下李砚，李砚微微领首，他本也是想看看晋香会的人是什么反应，现在既然都过来这边了，那就照他们的意思办也不无不可。总之，这些个小祖宗，谁都不好将他们全部得罪了。

陆易阳有些得意地看了看安岚，又瞥了丹阳郡主一眼，再往谢蓝河那看过去，嘴角挂上冷笑。这一次，陆易阳没有开口质问安岚，也没有故意针对谁，而是如大家一样，依着顺序，当众说出寻香的那段时间，自己都在哪个地方，目击者都有谁。

这事并不复杂，又因是当天发生的事，所以大家都记得很清楚，故而用不了多长时间就问得差不多了。

方园的花园不算大，今日过来的人也不算少，所以很少有人能单独行动，同时还没有任何人看到。寻香的那段时间，方玉心和丹阳郡主分开后，就同谢蓝河以及方玉辉走在一块。丹阳郡主虽是没有特意跟别人同行，但和甄毓秀不远不近地在一个地方转悠。别的人也都三三两两，基本相互都看得见。

于是说到最后，还是只有安岚走到院墙附近，听到薛氏和方三爷说话的那段时间，没有任何人能证明她就在那里。而且，当她如实说出自己当时就在院墙那头寻香时，即有人指出，那个地方离花厅很近，顺着那条路就能直接走到花厅。

这下，不用别人出来帮腔了，仅凭这么几句话，重大嫌疑再次落到安岚身上。

陆易阳冷哼一声，开口道："看来，这事差不多明了了。"

安岚垂着眼站在那，也不知是不是太害怕了，所以一直不做声。

此时，所有人都不知不觉地跟她保持着一定的距离，她的旁边留出很明显的一块空地，冷冷的地砖倒映着周围连成一片的香衣丽影，只有中间那个影子，孤单得突兀。

方媛媛沉吟一会，又跟李砚和姚氏对视了一眼，然后才开口："你好好想想，当时有谁在你旁边吗？"

安岚摇头，姚氏开始皱眉，方媛媛顿了顿，才叹道："虽说眼下还不能下定论，但是人命关天，只能先留……"

只是不等方媛媛说完，安岚忽然抬眼道了一句："为何只问我们，懂得调香的，并非只有我们这十几人。"

方媛媛一怔，李砚便道："确实应该都说清楚。"

他说着，就先道出自己当时的行踪，寻香的时候，他基本都是跟方三爷走一块，前后也有几位晋香会的孩子，自是没有嫌疑。姚氏则是一直跟方媛媛在亭子里闲聊，旁边还候着几位丫鬟。至于方三奶奶，轮到她说的时候，她想了想，才道她一开始是在花园的一株花架下面转，找到两瓶香露后，就换了地方，路上还遇到丹阳郡主等人。

安岚即问："我记得三奶奶是往东去的。"

方三奶奶点头："后面那瓶香露，我就是在东边那个路口寻到的。"

安岚赶紧道："当时我就在那附近，三奶奶可有看到我？"

方三奶奶看了她一眼，停了好一会，就在旁边的人稍稍提起心的时候，她轻轻摇了摇头。

陆易阳松了口气，心情瞬间转好，旁的人则纷纷看向安岚，眼里有同情，有幸灾乐祸，也有因终于能证明事不关己，然后明显松了口气之色。谁都清楚，安岚这下真的有麻烦了，起码官府过来查清案情之前，她不能离开方园。

方媛媛正要接着开口，安岚却又道："方娘子可有当初修建园子时留下的图纸？"

方媛媛一怔:"有是有,不过你为何问这个?"

"敢请方娘子取出图纸一观。"安岚说着就施了一礼,满脸诚恳地道,"事关我是不是真的没有去过花厅,所以,请方娘子取出图纸,以便大家都能看得明白。"

方媛媛迟疑了一下,然后似忽然想到什么,遂打量了安岚一眼,却也不做声,转头往旁边吩咐一句。片刻后,就有丫鬟将花园的施工图拿过来,方娘子命人打开。

那是一张画得极其详细的施工图,几乎就是一个同等比例的小花园浓缩在图纸上。

安岚道了谢后,就抬手,点向图纸上的某个地方,表明当时她就在那里。

方媛媛点头,安岚接着将手指移向前,然后停下,抬眼问方三奶奶:"后来,三奶奶就是在这个地方寻香的是吗?"

方三奶奶仔细看了一眼,又问了方媛媛一声,也点了点头。

于是,安岚再次移动手指,在第三个地方停下:"这里是花厅。"

方媛媛再次点头:"没错。"

丹阳郡主这么一看,就已经明白了,心里默了默,然后抬眼看向安岚。方玉辉和谢蓝河也从那图纸上抬起眼,看着直到此时,依旧不慌不忙的安岚,眼里露出几分感叹。一个才十三四岁的小姑娘,面对这等情况,竟能表现得像个三四十岁的人那么冷静。冷静且心细,每一句话都说得那么平静,因为平静,所以显得胸有成竹。

"当时我同郡主等人分开后,便往这个方向走,最后是停在这边,接着,方三奶奶也是往跟我一样的方向走,但是只停在前面这个地方。"安岚接着一边拿手指在图纸上轻轻划着,一边道,"从我这个地方到花厅,一共有两条路可走,一条是经过方三奶奶最后寻香的地方;另一条,则是会经过园中的凉亭。"

说到这,大家差不多都明白了,而安岚也从图纸上抬起脸,接着道:"刚刚方三奶奶已经说了,当时她并未看到任何人,那么,请问方娘子和王夫人,那个时候,两位可有看到我往花厅去的身影?"

方媛媛对自家园子了如指掌,所以早在安岚提出要图纸时,她就猜出安岚的意思了,因此这会儿心里不由暗叹,然后轻轻摇头。

"多谢三奶奶和方娘子为我作证。"安岚再次施礼。

她无法证明自己当时就在院墙那,所以只能去证明,她当时确实没有去过花厅。

李砚有些诧异,随后微微点头。

陆易阳怔了好一会才反应过来,安岚这一通下来,说的究竟是什么,于是他的脸色马上就变了。无独有偶,此时方三奶奶也微微变了脸色。

安岚用方三奶奶证明了自己没有去过花厅,那么,此事其实也反过来证明,当时方三奶奶完全有机会去一趟花厅。

姚氏琢磨了好一会才想明白这其中的弯弯绕绕,即站起身看着方三奶奶道:"难道是你？是不是你！"

方三奶奶因刚刚哭的关系，面上妆容已有些花了，刚刚有丫鬟给她递了沾湿的棉巾，她背着身稍稍拭去面上的脂粉，所以此时整张脸白得有些吓人。忽然听到姚氏这般质问，方三奶奶先是呆了一呆，然后拿手绢捂着脸再次哭出声，边哭边断断续续地道："三爷，三爷你怎么，就丢下我走了……让我这般受人，欺辱……这叫我，以后可怎么活啊……"

姚氏的脸色难看极了，方媛媛一看这情形，忙过去安慰几句，然后就示意丹阳郡主等人先出去。

出了花厅后，方媛媛才轻轻叹了口气，垂首欠身道："今日之事，委屈各位了。"站她旁边的丹阳郡主等人忙侧身，方媛媛抬起脸，接着道："各位适才说的话，我已命人一一记下，日后将送于官府，眼下各位皆可自行离去。"

这话一落，大家忽有一瞬的茫然，好些人甚至是愣住了。

丹阳郡主往花厅内看了一看，方三奶奶还在哭，只是哭声小了许多，姚氏已重新坐下。安岚也往花厅里看，但她看的却不是方三奶奶等人，而是看向厅内的屏风。

刚刚，李爵爷说在园中寻香时，他一直跟方三爷走一块，并且前后还有几位晋香会的人作证。如此说来，她当时在院墙那的所见所闻，都是假的？不，也不全是假的，王夫人证明薛氏确实去了园中寻香，薛氏身边的丫鬟亦证明，薛氏当时有往那个方向走……

凉秋的冷风拂过，园中的幽香袭来，安岚忽地打了个寒战。

今日，这里究竟是谁的战场？他们这些人，又在其中扮演着什么样的角色？

走吗？

十几个人面面相觑，就连陆易阳也有些茫然，似憋了全身力气，结果却一拳打在棉花上。

两条人命，丢得这么古怪，越想越令人觉得惶惶不安。

走吧！

无论如何，这样的命案，谁都不愿沾上，能早点离开自然是要早点离开的，更何况他们还需要为明天的晋香会准备香品。至于这件命案的结果，日后再打听不迟。

可是，当他们走出方园的时候，却看到赤芍就站在方园门口，并且看起来似乎是专门等他们。

安岚一怔，心里顿时生出几分异样，丹阳郡主等人也是微诧，随后纷纷行礼，赤芍回礼，然后才道："第二轮晋香会的结果已经出来，通过者是——"她声音微顿，眼睛从十六人身上一一扫过，目光在某几位脸上稍微停留，"丹阳郡主，方玉辉，方玉心，谢蓝河，甄毓秀，以及，安岚。"

秋风卷着枯叶在地上回旋，赤芍面无表情，声音冷漠，一板一眼地念出这六个人的名字后，就接着道："第三轮晋香会定于三日后，地点在天枢殿，为期十五天。请各位回去安排好时间，只要晋香会开始，中途就不得退出，否则视为弃权。"

所有人都愣住，似不明白赤芍刚刚究竟在说什么。

事情突然得让他们不知该如何反应，好一会后，丹阳郡主才开口道："第二轮晋香会不是明日才开始的吗？怎么……就结束了？"

陆易阳也极为不忿地道："没错，怎么说结束就结束了，而且这个结果又是怎么来的？"

赤芍冷木着脸道："这是白广寒大香师的决定，大香师无需向你们做任何解释。"

陆易阳被噎了一下，气得握紧双拳，满脸紫胀，连眼睛都有些红了。

虽然不敢对大香师有任何不敬，但他终究是个心高气傲的少年，无论如何都不能就这么默认了失败，于是咬着牙忍了又忍，还是忍不住开口："我，只是想知道为何他们能被选中，我却不行，我又差在哪了！"

那些未被选中者都跟着点头，就连丹阳郡主和方玉辉等几位被选中的，也都想知道这究竟是怎么一回事。第二轮晋香会是什么时候就开始了，又是什么时候结束的？评判的标准是什么？

然而，面对这么多急切，不忿，疑惑的目光，赤芍依旧不为所动，完全没有要为他们解疑的意思。只是，就在她转身时，一位香殿的侍女忽然走到她旁边，在她耳边低声道了几句。

赤芍一怔，随后微微颔首，神态瞬间变得恭敬，再无刚才的高高在上。

安岚往那位香殿侍女过来的方向看过去，那里停着一辆不甚起眼的马车，车厢朴实无华，唯拉车的马极惹人注目，阳光下，通身皮毛光亮，绝非普通人家能养得起。

她不由握紧双手，心里无端生出几分紧张，那车里，难道是白广寒大香师？

不然谁能让赤芍改变主意！

丹阳郡主和谢蓝河及方玉辉等人，也都顺着安岚的目光往那看过去，大家心里都有同一个疑问。

而就在这会，赤芍转回身，眼睛再次扫过他们："进入香殿后，不是从此就过上有人伺候，与世隔绝的好日子，特别是身为大香师身边的侍香人，更是需要亲自为大香师打理许多庶务。如此，能入选者，需无论在待人接物，还是在面对突发事情时，都能沉稳冷静，不卑不亢，并且心思细腻，任何时候都能做出最有利决定的人。"

陆易阳愣住，张了张嘴，只是声音却卡在喉咙里。

赤芍接着道："未能入选者，或者性情暴躁，易冲动；或者受人左右，人云亦云；或者心思不正，处事不公；或者胆小怯懦，遇事慌张。这几点，但凡沾了一样，都不够资格进入天枢殿。"

陆易阳面上一阵儿红一阵儿白，他当然知道，这几句话中，自己沾了哪一点。

可是，他依旧不服，于是赤芍的话音刚落，他就抬手指着谢蓝河他们道："那他们呢？你又怎么知道他们不会这样，难道就只凭在方园那短短的时间，便能断定他们日后遇到任何事都不会有这些情绪？"

面对这样的质疑，赤芍依旧木着一张脸，平铺直叙地道："他们几位，在面对此命案时，无一表现出惊惶失措或烦躁不安的情绪。除此外，你们几位意欲将嫌疑的要点推到安岚身上时，谢蓝河当即指出你们时间上的差错，说明其心思细，反应快；丹阳郡主，方玉辉和方玉心虽无特别的表现，但是处事大方，观察入微，没有因起突发情况而乱了手脚；至于安岚，在第二次面临质疑时，依旧不见惊惶失措，反而愈加冷静，用事实来说服别人证明自己，可谓心思细腻，临危不乱。"

陆易阳哑住，无法反驳。

安岚和丹阳郡主等人心里却都是一惊，赤芍刚刚分明没有进方园，可是她刚刚说的那些话，却似她当时就在场一般。

难不成，方园里早就有天枢殿安排的人？他们自进入方园的那一刻起，每个人的一举一动一言一行，都被人监视着？

有种不寒而栗的感觉自心里升起，难道说……今天的命案，也跟天枢殿有关？

只是这个想法一出来，安岚马上就否掉了。

可是，她心里还是有疑问，要开口时，陆易阳又是一声质问："那甄毓秀呢？她甚至这个时候都在方园里睡觉，连脸都没露，她又凭什么能被选中？"

赤芍道："今日甄毓秀没有任何表现，本身就是一种表现，更何况，第一次晋香会时，甄毓秀的表现并不俗。侍香人是俗人，为大香师处理俗事，与达官贵人打交道时，无论心里怎么想，面上的样子都不能做得难看。"

陆易阳大声道："我不服！"

赤芍道："在运气面前，每个人都不服，但不服并不能让运气站到你那边。"

"我——"陆易阳还想说什么，可是他却发觉自己再无话可说。

公平吗？似乎公平，又似乎不公平！

苛刻吗？当然是苛刻的，苛刻到你甚至不知自己什么时候已经被踢出局。

无论何时何地何事，都不能放松，都不能掉以轻心，都要竭尽所能地努力！

有人忍不住低声抽泣起来，这是从未有过的委屈，以为终于洗脱命案嫌疑，可以回去好好准备香品，明日开始参加新一轮的晋香会。却不想，期待的心情还来不及建立，就被突然告知，所有的一切都已经结束，你被淘汰了！

赤芍没有看是谁在哭，也不关心，解释清楚后，就看向丹阳郡主这边："三日后上午，我在天枢殿门口恭候各位。"

她说完，就要转身，安岚忽然开口："请等一下。"

赤芍站住，看向安岚，等她出声。

安岚顿了顿,才道:"我只是想知道,今日的晋香会,是,是早有准备的吗?是何时开始的?难道是我们进入方园的那一刻起?"

方玉辉和谢蓝河等人都看了安岚一眼,他们也有这个疑问,但因心里有所顾忌,所以没有开口。

赤芍站在那,打量了安岚好一会,才道:"今日的晋香会是白广寒大香师临时起意决定的,从你们被再次请入方园的那一刻起,第二轮晋香会就已经开始了。"

赤芍走了,不远处的那辆马车也离开了,车内的人自始至终都没有露面。

随后,王家的人来了,方家的人也来了,衙府的人也跟着赶到,方园陷入前所未有的热闹和混乱……

傍晚时分,事情也终于有了个结果,方三爷和薛氏的尸体终于被分别运走,方媛媛亲自送李砚出去。

"今日幸亏有爵爷在,不然这事还真不知该怎么办才好。"送到门口后,方媛媛又郑重行了一礼。

李砚回礼,温声道:"其实没有帮上什么忙。"

方媛媛道:"若非爵爷在,方园今日怕是要被掀翻,本该正式道谢的,只是今儿天已不早,我不好再留爵爷,只能改日。"

"不用如此客气。"李砚说着就看了看方园的大门,接着道,"其实,今日即便我不在,在方娘子的经营下,方园依旧是方园。"

方娘子心里微异,李砚笑了笑,就告辞,然后转身上了马车离去。

伺候方娘子的老嬷嬷上前一步,看着李砚离去的马车,低声道:"李爵爷是不是察觉到什么了?"

方媛媛摇头:"不知道,其实,我一直看不透他。"

老嬷嬷道:"今日,多亏他在,才不会闹得太难看,会不会是……某一位的意思?"

方媛媛沉吟一会,便道:"不用猜了,少知道一些也没什么不好。"

老嬷嬷点点头,便不再往下说,方媛媛又问:"那婆子呢?"

她问的是之前,丹阳郡主等人在侧厅时,一直候在侧厅外面,后来又跟着去了花厅的那位婆子。

此时方媛媛的话才落,一位穿着藏青色长身褙子,头发梳得一丝不苟的婆子就从门里面走出来,正是方媛媛说的那位。

那婆子跨出门槛后,就对方媛媛道:"这两日打扰娘子了。"

方媛媛道:"不敢,您老稍等,我让人给您备马车。"

"老婆子这两条腿还能走,就不再麻烦娘子了。"那婆子摇头,随后就下了台阶,直接走了。

方媛媛看着那个被夕阳拉得长长的背影,心里悄悄松了口气,办了这么多年的香会,从没有哪一次的香会这么令她胆战心惊。没几个人知道,今日的香会,并非她本意,而是方文建大香师的意思。就连香会要请什么人,也是方文建大香师给她定好的,但原因,却一句都未告诉她。

她自是不敢不听,可没想到的是,香会的请柬才发出去,那位婆子就找上门来,并道明是白广寒大香师的意思。既然这个香会请的客人主要是大香师晋香会里的人,那么白广寒想了解他们每一位在香会上的表现,也是合情合理。方媛媛不能拒绝,也不敢拒绝,所以,那婆子昨日就已经进了方园。

方媛媛不知道,今日的这件命案,究竟跟谁有关,也不愿去想,总归,眼下事情有个结果就行。活到这把年纪,又经历了那么多事,她很清楚,不是每件事都需要刨根究底地追查真相。

"这一天,总算是过去了。"方媛媛站在门口,感慨了一声,然后便转身进去了,方园的大门在她身后缓缓关上。

两天后,安岚去寤寐林时,才从一位客人嘴里得知,衙府关于方园那件命案查出的结果。原来,方三爷风流成性,在外头跟他有首尾的妇人不少,王大奶奶薛氏就是其中一位。据说两人勾搭已多年,方三奶奶其实早就知道,但面上一直装作不知。直到在方园的香会上看到薛氏,又瞧着薛氏频频跟方三爷眉来眼去,一下子唤醒了她多年的嫉火,让她失去了理智。又正好知道方媛媛这里有附子,于是就寻得机会偷了一点,悄悄放在薛氏的酒水里。

至于方三爷的死因,最后是从薛氏的贴身丫鬟那问了出来。

原来方三爷已经有好一段时间没有再去找薛氏,薛氏几次暗中邀约,他也未去赴约。方三爷的态度令薛氏感到绝望,几次跟自己的贴身丫鬟透露,若再让她这么等下去,她宁愿拉着他一起死!

所以,薛氏在给方三爷下毒的同时,自己也一起喝了加了毒的酒水,再加上方三奶奶给她下的毒,所以最后薛氏中毒的量,明显比方三爷多。

这些天,这件殉情的风流韵事,已成为好些贵人之间的谈资。

因此,几天后,宫里一位娘娘忽然得急病没了的消息传出时,反倒没什么人去注意了。

金雀知道这件事后,连连咋舌,同安岚走到寤寐林里时,还忍不住道了一句:"你说,这算不算是,牡丹花下死,做鬼也风流?"

安岚瞅了她一眼,正要让她别乱说,却不及开口,身后却忽然传来一声佛号:"阿弥陀佛,女施主小小年纪,还是莫说这等话为妥。"

金雀和安岚皆是一愣,两人回头,就看到她们身后不知何时来了位模样整齐的和尚,只见他身上穿着件洗得发白的棉袍,手里拿着串佛珠。年纪看着不大,估摸着有二十出头,身材高大,眼神干净,不,应该是整个人看着都很干净。

若是在别的地方,看到这和尚,她们都不会觉得奇怪,但是在寤寐林这染了万丈红尘的风流之地,突然看到个干干净净的和尚,两人都有些愣神。

"你是谁?"金雀上上下下打量了他一眼后,好奇地问道。

那和尚双手合十:"小僧净尘。"

"你真是和尚?"金雀大为诧异,"和尚也来这个地方?"

净尘似有些不习惯被金雀这般大喇喇地盯着看,话还说得这般直白不客气,面上顿时露出一丝赧色:"小僧心中有佛,无论是在空门还是在红尘,都一样是修行。"

"哦——"金雀恍然大悟地点点头,其实她也不知道她到底是恍悟什么,只是打量着净尘的眼睛一直没有移开。

安岚瞧出对方不俗,且不论那干净出尘的气质,仅看他如此身份,如此衣着打扮,却能顺利进出寤寐林,就能知道,要么是此人身份不一般,要么是寤寐林里某位香师的重要客人。于是回过神后,就施了一礼:"这位师父有礼,我们刚刚若有莽撞之处,望师父莫怪。"

净尘也回了一礼:"这位女施主有礼,不怪,不怪。"

金雀扑哧一笑,安岚即看了她一眼,金雀便正了脸色,也行一礼。

净尘又给她回了一礼:"阿弥陀佛,两位女施主都是心灵澄澈之人,实在难得难得。"

金雀又偷偷笑了一下,不过这会儿倒没出声,也不再随便开口。

她不是没有眼力,不过是生性要比安岚活泼些,又瞧着这和尚是个好脾气的,所以刚刚才会多嘴说那几句。

安岚再道:"净尘师父是来会友的?可需要我们带路?"

净尘双手合十:"多谢女施主好意,小僧还认得路,就不麻烦女施主了。"

"师父请。"安岚便拉着金雀给让开路,净尘颔首致谢,然后施施然地往前去了。

目送他离开后,金雀才悄悄道:"你猜,他是真和尚还是假和尚?"

安岚嗔了她一眼:"可别随便瞎说,真的假的在这里没那么重要。"

"也是,不过,你说他究竟是什么人?穿成这样居然也能进来!"金雀点点头,随后又道,"咦,他走的那条道,不是半月亭的方向吗?"

安岚也往那看过去,心里微顿,却没说什么。

金雀恍悟:"原来是景公子的客人。"

……

净尘在景炎对面坐下后,有些不自在地看了看周围,然后道:"每次都来这边,你就不能换个地方。"

景炎笑,看了他一眼:"你换身衣服不就行了。"

净尘闻言便摸了摸自己光溜溜的脑袋:"你又不是不知道,我长不出头发,换别的衣服更不合适。"

景炎不以为意，一边给他斟茶，一边道："你还会在意那些。"

净尘又"阿弥陀佛"了一声，然后才道："我刚刚碰到那两个小姑娘了。"

景炎微笑，一边给他斟茶，一边道："如何？"

净尘点头："良材美质。"

景炎端起茶，品着茶香："哪位？"

净尘道："你看中的那位。"

景炎看了他一眼："这次留多长时间？"

听到这话，净尘一声长叹，满腹委屈："小僧这次是被赶下山的，师父不再收留小僧了。"

景炎笑，有些不怀好意："行了，我收留你。"

净尘一脸淡然："不劳烦施主了。"

……

与此同时，皇宫内，丹阳郡主忙走出殿外，快步迎上前面过来的那位贵妇，然后稳住身，恭恭敬敬行了一礼后，才道："母亲过来怎么不告诉我一声，我好出去接您。"

清耀夫人上下打量了丹阳郡主一眼，满意地笑道："知道你明儿就要去长香殿了，不想折腾你。"

丹阳郡主忙道："这怎么是折腾呢？母亲来长安，女儿却没去接，若让人知道了，岂不是丹阳不孝。"

清耀夫人道："是我不让他们声张的，听说太后已经歇下了，我先去你那坐一会，你把晋香会的事都说与我听。"

第031章　心事·抽签·便车

"如此说来，那位叫安岚的香使长，不是个简单的？"听完丹阳郡主这些日子经历的人和事后，清耀夫人想了想，又道："那么，你心里有什么打算？"

"其实女儿对她还是不大了解，只是总会不得不关注她，并觉得她在'香'上的造诣，应当不浅，不然不会被选入晋香会，而且还顺利通过两轮考核。"

清耀夫人沉默了一会，才缓缓开口："这天下，这世间，在'香'上有所造诣的人不多，但也不少，重要的是，能不能走进长香殿。如今，你既然有所介意，她又是你的对手而非你的盟友,那么,现在要看的,是你心里的打算。"

丹阳郡主微怔:"母亲……"

此时已是中午,明晃晃的阳光从纱窗外透进来,将清耀夫人那张明艳的脸衬得更加迷人。她一共生了三个女儿,长女远嫁西南王,次女嫁的也是清河世族,眼下就剩这个幺女了。

丹阳郡主继承了清耀夫人的美貌,又自小有才名,而且每一朝的后妃,至少有一位是出自清河崔氏。所以,丹阳郡主本是最有资格入宫的,但她不愿,清耀夫人也舍不得将三个女儿都当成政治筹码。而且,丹阳郡主若真能入长香殿,若干年后成为另一位大香师,对清河崔氏来说,亦是好事一桩,因此清耀夫人便遂了她的意。

清耀夫人道:"我知道你心底纯善,有些事明明可以做,但却不愿做,我可以给你安排……"

"母亲,万万不可!"丹阳郡主吓一跳,慌忙开口,"我知道母亲关心我,但,但事情还不至于如此,再说,我,我若真技不如人,那即便侥幸拜了大香师为师,最终怕是也成不了大事。"

"糊涂!"清耀夫人低喝,"你真当凡事都如你所想那般?往日是我太护着你了,没让你去看那些龌龊事,所以你心里才总想着要正大光明。要知道,如今你选了这条路,我便再不能如以前那般,时时在你身边,替你打点一切。"

丹阳郡主微垂下脸,其实,她不是不知道,她只是不愿也变成那样,所以她才不愿入宫。

清耀夫人看着沉默的闺女,片刻后,终是软了口气:"飞飞啊,你需知,你若真不愿让老太爷给你安排婚姻大事,你眼下就要将一切挡在你面前的障碍彻底扫清。"

崔飞飞是丹阳郡主的闺名,郡主的封号,是她十岁那年受封的。当时族里人人都以为她将是未来的皇后,所以她自小享受到的尊荣与嫉妒,是旁人无法想象的。而也因此,当她表示要进长香殿时,族里还因此掀起一场风波,幸得崔文君大香师的一句话传下来,族中的长老才做出让步,给了她这么个机会。

"有些事,别人不知道,你心里需清楚。"清耀夫人接着道,"外人眼中,你既是身份高贵的郡主,又有亲姑姑是长香殿的大香师,怕是都以为你进长香殿是十拿九稳的事,左右都会是大香师的继承人。"

丹阳郡主点头,神色淡然,面上甚至还带着一丝微笑:"我明白的,母亲,姑姑若真有意选我当她的继承人,在我七岁那年,就应该带我来长安了。"

"你明白就好。"清耀夫人想了想,就轻轻叹了口气,"这么多年过去了,你甚至都表明了这个意愿,她却还是没有那个意思,我才知道,原来她还在等那孩子回去。你父亲说,她那性子,自小就倔,这么多年都没有改变主意,怕是以后也很难改变。"

丹阳郡主再次点头,清耀夫人又道:"方家那位少爷方玉辉,有方文建大香师看着,而谢家那位养在外头的少爷，之所以能被接回去认祖归宗，也是因为谢云大香师开口的关系。由此可见，他们最后即便没能被白广寒大香师看中，也都有退路，但你没有。飞飞，你必须得到白广寒大香师的认可才行，不然，你要么回清河由老太爷为你重新挑选夫家，要么正式入宫。"

除非被大香师选中成为继承人，婚姻一事才有可能自主，嫁或不嫁，都不会有人说闲话。否则，父母之命媒妁之言，以及家族中的种种桎梏，她永远也逃不掉。

丹阳郡主脸色有些苍白，片刻后才道："我知道母亲关心我，但是……若我一开始就占着便利耍手段，日后，我怕自己会永远止步于此。所以，请母亲别插手这件事，我会让白广寒大香师选我的！"

"我自是知道你有真才实学，连你姑姑都认可了，若非为那孩子，你姑姑定会让你继承她的衣钵。"清耀夫人说着就轻轻一叹，"好吧，我答应你，只要他们没有人出手，我也不会插手此事，但若有人敢动什么歪心思，我也定不会客气。"

"多谢母亲！"丹阳郡主站起身行礼。

清耀夫人摆了摆手，让她坐下："真是个傻丫头，我这么为你着想，别人是盼都盼不来，你却往外推。"

丹阳郡主微笑，然后看了看时间，便道："太后应当要起来了，我陪母亲一块过去给太后请安吧。"

清耀夫人点头，便站起身，略整了整身上的衣服，然后扶着丹阳郡主的手走出房间，嘴里慢悠悠地道："好些年没过来了，这里看着似还跟以前一样，只是人不同了。"

……

明天就要开始第三轮晋香会了，这一夜，许多人都难以入眠。

且说那日赤芍等在方园外，传达了白广寒的意思后，当天晚上，这个消息就传到方文建大香师耳朵里。方文建即明白，白广寒既是在借此事考验晋香会那些孩子，同时也在告诉他，他利用晋香会的人来布局清理族中事务的事，白广寒心里都清楚，所以将计就计，谁也不占谁的便宜。

真是一点亏都不愿吃的男人！

片刻后，方文建一声冷哼，走出殿外，往天枢殿的方向看过去。

只是，当时，那个偷窥他香境的人究竟是谁？

若是白广寒，他倒不担心，七位大香师，谁心里没有一本账？

但，他很清楚，那个人不会是白广寒。

明天应该会见到吧，还真令人有些期待了。

方文建站在露台上沉吟许久，直到觉得夜里的风有些刺骨了，才转身，只是就在他将进去时，突然发现天权殿那边的灯比往日亮了许多。他遂站住，微微讶异地抬了抬眉，他也回来了？是白广寒的意思？

此时，源香院这边，金雀正一边给安岚收拾包裹，一边道："怎么这一次要那么长时间，半个月呢，还是在那香殿里！"

"前两次的考核，说起来都跟香没多大关系，这一次，应该就是要考和香的本事了，十五天时间，正好足够窨藏。"安岚说到这，就抬起脸道，"这半个月，婆婆就麻烦你多照看些。"

金雀白了她一眼："这还用得着你交代？"

安岚笑了笑："如今陆掌事越来越看重你，你心里留意些，有机会就多办几件差，资历够了，以后的路也就越走越宽。"

说到这，金雀托腮想了一会，然后轻轻叹了口气。

安岚叠衣服的动作一顿，就抬眼问道："怎么了？"

金雀摇头："也没什么，有时候就是觉得，有些羡慕你。"

安岚一怔，随后有些不安地看着金雀，金雀噗地笑了，扯过她的衣服三两下帮她叠好，然后道："我是羡慕你一直知道自己想要什么，虽然困难，但是能这么一直坚持走下去，似乎也是件挺幸福的事儿。我却不知道自己到底想要什么，有吃有穿后，就整天傻乐，但有时心里又觉得空落落的，总觉得自己似乎也应该找点事情做才对，特别是一想到以后你若是不在这里了，那我说个知心话的人都没有，到时可怎么办呢。"

听她这么一说，安岚便坐到她身边："你别着急，咱们如今也才刚刚在这香院里有一席之地，其实还没有真正站稳脚呢。日后有的是机会，时间也长着，先安稳下来，再好好想想，总比兵荒马乱时被逼着走一步看一步好。"

金雀点头："我也是这么想的，而且不管怎么说，也得先等你这事落定了再想别的。"

安岚道："你要有什么想法，定要跟我说。"

"那当然，我可憋不住话的！"

夜深了，微微跳动的烛光照暖了这个冷秋，两人说着说着，便在一张床上睡下了。

翌日，安岚醒来后，见外头天已亮，又发现金雀在自己床上，还张开四肢霸占了她大半张床，她怔了一怔，随后猛地坐起身。昨晚聊得太晚，不知不觉睡着了。

今天是要去长香殿的，她却起得这么晚！

安岚惊得脸都白了，慌忙下床，因她的动静，金雀也醒了过来，然后有些迷迷糊糊地坐起身，正要问她怎么睡这边了，却将开口时，就想起今天是什么日子，于是也吓得从床上滚下去。

金雀连滚带爬地起来，唤外头的香奴去备洗漱的东西，然后有些手忙脚乱地帮安岚换衣服："都怪我，昨儿拉着你说得那么晚，还，还来得及吗？"

安岚已经从刚起来时的慌乱中回过神，重新恢复冷静，一边穿衣服，一边道："有些赶，一会走快些就行，没事。"

金雀给她穿好衣服后，正好香奴们端洗漱的热水和棉巾等物进来，她便又服侍她洗漱："要不请掌事给准备辆马车吧，从正殿大门那条道走要快一些。"

安岚擦了擦脸后，摇头道："我还不够资格，掌事也不会给开这个先例，别慌了，快帮我梳个简单点的头发。"

片刻后，安岚穿戴整齐，金雀给她收拾好包裹，然后就跟着她出了房间："不早了，你快去吧，婆婆那边我一会去说就行，别再耽搁了。"

安岚接过金雀递过来的包裹，看了看天色，就点点头，去跟陆云仙说了一声，也没再惊动谁，就直接出了源香院，往长香殿急步走去。刚刚她说得轻巧，实际上心里还是有些慌，从源香院到长香殿，以她的脚程最快也要小半个时辰，而眼下离赤芍给他们定的时间，仅仅就剩半个时辰了。

之前赤芍就交代过，这一次，天枢殿不许他们带贴身伺候的人。所以，这会儿她拎着包裹一路小跑，不多时就气喘吁吁起来，不得不稍微停下歇口气，然后再继续。也幸好如今已是深秋，虽觉得累，但却没多难受，反觉得身上舒畅了许多。

这一次，她不再是以香奴的身份，不再是领差前来。

这一次，她是安岚，她在一步一步往那个地方走去。

这一次，他会看到她，会知道她的名字，还将会记得她！

……

约半个时辰后，金雀回安岚的房间找她昨晚掉落的珠花时，忽然看到桌上摆着那个狐狸香炉。她心里猛地一惊，昨晚安岚还说要把这香炉也带过去，刚刚慌忙之中居然落下了！

她二话不说，找块帕子就将那香炉包起来，然后跑出去，只是不想却在院门口碰到陆云仙。

"慌慌张张的，是要去哪？"陆云仙诧异，随后瞟了一眼她抱在怀里的东西，眉头微皱，"你这抱的是什么？"

金雀不得不停下："掌事，安，安香使长的香炉忘了拿了，我得给她送过去！"

陆云仙一怔，然后皱眉道："这等事她也能忘，她都走多久了，你这送过去还能赶得及？"

"赶得及的，她，她不是要在那留十五天吗，据说时间不到是不能离开。"金雀满脸着急地道，"掌事，我给她送过去马上就回来，一刻都不会耽误的！"

陆云仙却道："今日香殿那边并无差事下来，你这么贸然过去，没准连门都进不去。"

金雀一怔，随后乞求地看着陆云仙："这到底是安香使长的香炉，万一真要用得上，岂不……"

"也是她太不小心，这样的东西都能落下！"陆云仙皱眉摇头，"不是我不帮你，而是天枢殿我也没办法，源香院并非归属天枢殿，我的香牌在天枢殿用不了，你即便是去了也进不去。"

金雀咬了咬牙，就道："那，那还是得给她送过去，到时求人通报一声，或是请人送进去应该也是可以的。"

陆云仙看着那张天真的脸摇了摇头，只是这事，她倒也不好拦着，便道："下午之前回来。"

"多谢掌事！"金雀欠了欠身，就要往外走，陆云仙却又叫住她。

金雀疑惑地站住，陆云仙掏出自己的香牌递给她："虽这个在天枢殿起不了什么作用，还是拿着以防万一，若是别人刁难了，你也好道明身份。"

金雀一怔，满心感激地接过来，这一次，她是真心诚意地道谢。

比起王掌事，陆云仙真的是好太多了。

只是还不等她感慨完，陆云仙又道一句："扣你半天工钱。"

金雀正往外走去，听了这话，差点摔一跤。

随后她疾步走，一边破罐子破摔地想着，扣吧扣吧，反正都扣三个月了，也不差这半天！

安岚几乎是踩着点赶到天枢殿门口，她是最后一个到的，并且那会儿赤芍已经让人点上计时的线香，她赶到时，那炷香只剩下不到半寸。

安岚盯着那炷香，喘着粗气，差点当场虚脱。

六人当中，就数她最狼狈，赤芍微微皱眉地看了她一眼，却没说什么。人都到齐了，时间也刚刚好，便都领着他们往里走。

安岚还没缓过气，很识趣地默默跟在他们身后，瞧着倒像个小丫鬟。

丹阳郡主回头看了一眼，特意放慢脚步，待她走过来后，低声关心一句："没事吧？"

安岚摇头，勉强缓了几口气后，然后道："让郡主见笑了。"

丹阳郡主摇头："哪里的话，总归能赶得及就好，以后，我还想请你多关照。"

说起来，他们六人，也就安岚和丹阳郡主出入过长香殿，所以一路走到天枢殿阶前时，每个人眼里的神色都不同。

许是因之前见识过，所以安岚和丹阳郡主相对平静很多。方玉辉刚刚走进时，眼里即露出几分微讶，但他很快就掩饰过去；方玉心面上的惊异和感叹都很明显，并且没有刻意掩饰；甄毓秀则是难掩激动，双颊甚至因激动而有些潮红；与他们都不同的是谢蓝河，他自进来就没有往两边观看，眼睛一直就往下垂着，似这里的一切丝毫没有引起他的兴趣一般。

因谢蓝河这会儿就走到安岚左侧，所以安岚不免多瞧了他两眼，自是注意到他与人不同的反应。后来，谢蓝河告诉她，当时不是不想看，只是那时候的他，还不知道自己到底能不能进入这里。对于没有把握的东西，他向来懂得自控，在没有能力之前，他不想生出太多的欲望，从而扰乱心境。

"先抽签。"入了天枢殿的前厅后,赤芍就示意他们走到那早准备好的签筒跟前,"未来十五天,你们六人分三组,由抽签决定。"

听到这个要求,六人都有些不解,方玉辉先开口问:"请问,为何要分组?"

"大香师身边的侍香人不是为自己做事,而是一心一意为大香师打理俗事,平日里自是少不了要与别人打交道,这其中就包括天枢殿的人。遇事时为求自保,栽赃陷害者不要;六神无主,拖累同伴者不要;只会寻求庇护,甩手等待者不要;习惯一意孤行,不与人合作者不要。"

这几个冷冰冰的"不要"在空旷华美的大厅回旋,无人敢再多言,在赤芍的示意下,每个人都上前,在侍女早准备好的签条里抓了一根。

赤芍道:"上下句对上的便是一组。"

这话一落,六人相互看了一眼,然后都迫不及待地打开自己的签条。

安岚悄悄深呼吸了一下,慢慢打开那张洒金的花笺纸,随后便见一个一个俊秀潇洒的字体落入眼中:沉水良材食柏珍。

她抬起眼,迟疑了一下,轻轻念出这句,她知道下一句是"博山炉暖玉楼春",但不知道是谁抽到这句,于是往丹阳郡主那看了一眼,她见过丹阳郡主的博山炉。

只是,走到她面前的却是谢蓝河。

安岚一怔,谢蓝河将自己的签条递给她看。

少年的手干净而修长,一样的洒金花笺纸上,同样的字迹写下:博山炉暖玉楼春。

赤芍命人过去,将他俩的名字记下。

安岚回过神后,就对谢蓝河施了一礼,谢蓝河郑重回礼。

而那边,方玉心抽到的是"沉烟细细临黄卷"对上了丹阳郡主的"凝在香烟最上头"。两人相视一笑,方玉心松了口气,有些害羞地道:"郡主姐姐可千万不要嫌我笨。"

丹阳郡主笑道:"怎么会,你我应该是相互帮助才是。"

方玉辉看着自己手里那张写着"长空月浸星河影"的签条,微微蹙眉,不知是不满意这句诗词,还是不满意与他一组的人,但他掩饰得很好,眼里的情绪并没有流露出来。

甄毓秀抽到的是"鹦鹉惊寒频唤人"她一时记不起这对的是哪句,但是看到丹阳郡主和方玉心是一组,谢蓝河跟安岚是另外一组,那么她自然就是跟方玉辉是一组了。

对于这个结果,甄毓秀异常满意,心情丝毫不亚于刚刚进入长香殿时的激动。

方家的门第很高,方玉辉又生得一表人才,简直就是她梦中的佳婿人选,这些年她同方玉心交好,多少也是存着这样的心思。所以,当知道自己跟方玉辉是一组后,她面上当即一红,悄悄打量了方玉辉一眼,然后走过去欠身道:"往后,还请方三哥多多指教。"

方玉辉作揖:"指教不敢,甄姑娘多礼了。"

……

差不多与此同时,金雀抱着香炉冲出源香院,跑了一小段路,来到岔路口时,忽然瞧着后面来了辆马车。这一条路，往前就是通向长香殿，金雀迟疑了一会，跺了跺脚，就肥着胆子转身去拦车。

那辆马车不显奢华，不仅不显奢华，反还透着一股寒酸，挂在车上的帘子是洗得发白的粗棉布，车厢上的油漆已经剥落了好些，拉车的马看起来老得快掉牙了。无论怎么看，那辆马车前前后后都写着一个大大的"穷"字，与能出入长香殿的马车简直是天地之差。

这样的马车走上这条路，多少透着一股不正常的超强自信，很诡异。但是，就是这样的寒酸，看在金雀眼里，无端添了几分亲切，也令她鼓足了勇气。

于是，当她追着那辆马车跑了几步后，那辆马车也终于如愿在她前面停下了。

金雀抱着香炉跑过去，先对车夫露出一个感激的笑，然后对着车厢深鞠："敢，敢问车中主人，可是前往长香殿？"

那车夫代主人回答："没错，姑娘为何拦车？"

金雀咧开嘴笑了，随后就有些急切地请求道："我，我有很着急的事也要上长香殿，大爷能否带我一程？"

"这个……"那车夫迟疑地看了车厢一眼。

"阿弥陀佛，姑娘若不介意小僧的车马迟钝，小僧很愿意送姑娘一程。"车夫的迟疑声还未落下，车厢内就传出一声佛号，随后车帘被掀起，露出一个相貌整齐的光脑袋。

"是你！"金雀一声惊喜，再不客气，自来熟地将手里的香炉往马车上一放，然后自己跟着就爬了上去。

车夫很是诧异，但见自个儿主子并没反对，便没说什么，待金雀上车坐稳后，就又开始赶车。

金雀小心抱着那个香炉坐在净尘对面，又是感激又是讶异地道："真是太好了，想不到能在这里遇到净尘师父你，你怎么也去长香殿？"

很少跟这样活泼的姑娘坐一块儿，净尘有些腼腆地笑了笑："小僧有几年没下山了，如今下山来，便过来看看几位老朋友。"

"原来如此！"金雀点了点，随后好心提醒道，"不过净尘师父坐这样的马车上去，怕是不容易进长香殿。我倒知道长香殿有个后门，一会长香殿那些人若是不让净尘师父你进去，你可以绕到后门，给几个银子，那看门的管事也就放你进去了。"

净尘双手合十："多谢姑娘提醒，小僧记下了。"

金雀大度地摆摆手："你用马车送我，我告诉你这个也是应该的，不用谢，不过你是要去哪个香殿吗？若是去香殿的话，从后门进去后，每个香殿还有各自的殿门，这个我也不知……"只是金雀说到这，忽然想起净尘是去会友的，便拍了拍自己的额头道，"嗳，我忘了，净尘师父既然是去会友，到了香殿门口自然就能进去，倒不用再担心。"

这小姑娘，当真是少有的天真爽朗，净尘有些好奇地打量着金雀："姑娘又是为何事去长香殿？还这般急？"

"哦，我是去送东西的。"金雀说着就拍了拍手里的香炉，然后看着净尘道，"长香殿的白广寒大香师你知道吧？"

净尘点头："如雷贯耳。"

金雀有些骄傲地道："白大香师要挑选侍香人了，我们香院的香使长被选入了白大香师的晋香会，还顺利通过了前两轮的筛选，今儿开始第三轮筛选了，只是今儿她忘了带香炉了，这不，我就给她送去。"

净尘再次点头，双手合十："阿弥陀佛。"

金雀讶异地上下打量他，有些不满地嘀咕道："你念这个做什么？"

净尘面上微赧："小僧习惯了。"

金雀想了想，面上就露出几分同情，然后理解地点点头："刚刚下山来，一定很不习惯吧？"

净尘一怔，金雀又道："没事没事，反正你是世外之人，不用在意别人的目光。"

净尘微微一笑："姑娘真是个心地纯善之人。"

金雀呵呵一乐，然后一本正经地道："我不算好人，是你对我好，愿意让我上马车，我才会提醒你的。你刚刚下山，不知道人心险恶，以后可别以为每个人都跟我一样，不然会吃亏的。"

净尘又是一怔，面上微赧，眼里露出笑意："多谢姑娘，小僧记下了。"

正说着，马车就停下了，金雀掀开帘子往外一看，便道："到了！"她说着就赶紧跳下去，然后回头道，"多谢净尘师父了，我走后面的小门，您若是从这进不去，记得也走后面的小门，我还有急事，先走一步。"

净尘点头："姑娘且去忙吧。"

金雀跑了几步，又停下回头道："净尘师父，你一下山就做了善事，佛祖会看到的！"她说完就抱着香炉急急忙忙跑了，净尘愣了一愣，然后又双手合十："阿弥陀佛。"

车夫将马车停在长香殿门口后，看门的管事出来一看，瞧清那车夫和那辆落魄马车后，慌忙命人将殿门打开。

……

因为要在这里留半个月时间，所以抽签分组后，赤芍领着他们去住处。

长香殿的客房很多，但赤芍并没有给她们安排单独的房间，只是男女分开，丹阳郡主，安岚，方玉心，甄毓秀同住一大屋，方玉辉和谢蓝河同住另一屋。

房间自然是好的，莫说里头桌椅的用料和雕工，就摆在桌上那套简单的茶具，都是官制的汝窑。方玉心拿起来一个茶杯看了一眼，认出她之前在宫里见过的同样的一套，于是就轻轻放了下去。除此外，更让人惊叹的是多宝阁上的香木和奇石，以及香几上的博山炉，那些东西，就是丹阳郡主看了，也不由暗暗吃惊，当真是富甲天下，贵不可言。

甄毓秀对这样的房间倒没什么意见，不仅没有意见，而且还非常满意。论起来，她的闺房，连这里的一角都比不上，但美中不足的是，竟要四个人同住一屋。她愿意和丹阳郡主多亲近，也愿意跟方玉心再亲密些，无论怎么说，这两人都能对她的未来起到不可忽视的作用，但安岚算什么呢？她想着就往安岚那看了一眼，眼里露出浓浓的厌恶，一个阴险狡诈，只凭耍弄手段往上攀爬的小人，还特别会在旁人面前扮无辜！简直是倒胃口！

安岚因为一直关心分组以后的安排，没有留心房间里的摆设，随赤芍进了房间后就直接将手里的包裹放在最靠近门的那张床上。其实房间里四张床的摆设都差不多，光线全都有照顾到，但是安岚的这个动作看在甄毓秀眼里，就是先拣好的挑，令她很是气愤。

甄毓秀心里哼了一声，就走过去道："我想和玉心妹妹靠一起，你跟我换一下吧。"

安岚正打算解开包裹，只是手一摸后，突然想起她竟忘了拿香炉过来，脸色当即一变。而这被看在甄毓秀和丹阳郡主等人眼里，都当她是不愿，方玉心便道："我和郡主姐姐换吧，这样便也跟你靠一块。"

丹阳郡主即笑了笑："正好我也想睡你那个地儿。"

两人的包裹都还没打开，于是说着就直接换了位置。安岚这才回过神，看了她们一眼，她本就不在意睡哪个地方，但她们既然已经换了，便没再说什么。

怎么办？香炉竟忘带了，虽说天枢殿没有让她们都准备香炉，但是刚刚她看到，不仅丹阳郡主她们有准备香炉，方玉辉和谢蓝河也都有带着，似乎只有她没有！

甄毓秀一声冷哼，鄙夷地看了她一眼，扭头走开了。

赤芍站在门外，冷眼看着这一幕。

待她们收拾得差不多后，有侍女过来说白大香师回来了，赤芍便进去让她们都别收拾了，随她去见大香师。

安岚心里顿时咯噔一下，睫毛忽地一颤，心跳骤然加快。丹阳郡主也随之停下手里的动作，方玉心因跟她是一组，所以不由自主就去配合，丹阳郡主才挪步，她就赶紧走过去。

甄毓秀瞥了安岚一眼，便也跟丹阳郡主站一块。

一屋四个，却有人第一天就被孤立了，此事无论对谁，都是个不小的心理压力，但赤芍却注意到，对这等情况，安岚似乎完全无动于衷。也不知是真的不放在心上，还是她的心理已经强大到可以无视这样的事情。

安岚是第一个走出去了，甄毓秀的不满几乎能从眼里溢出来，当即撇了撇嘴道："简直是目中无人，郡主还在这呢，她当她是谁啊！"

丹阳郡主赶紧道："别这么说，进了长香殿，我们就都是一样的身份了，没有什么郡主。"

"人生来本就不一样，日后也不可能是一样。"甄毓秀盯着安岚的背影，毫不客气道，

"也就郡主宽厚,不与人计较,倒叫一些人长了气焰。"

方玉心胆儿小,生怕惹恼了赤芍,就悄悄拉了拉甄毓秀的衣服,低声道:"别说了。"

甄毓秀撇了撇嘴,安岚没搭理她的话,她一个人说着也没意思。而且安岚这般沉得住气,任她怎么冷嘲热讽,竟能忍着一句不回,令她很是不甘。只是这会,又一个侍女从前面走过来,来到赤芍身边后,正要开口,却看到安岚后,那侍女面上一诧:"咦,你不是——"

她叫蓝靛,之前百里翎命人叫安岚上来香殿一见时,她就是那个在旁伺候的侍女,因当时百里翎开口要安岚去香殿当差,所以她对安岚的印象很深。

赤芍微微皱眉:"怎么了?"

蓝靛这才从安岚身上收回目光,看向赤芍小心道:"殿门口那来了个香院的小香使,似乎要找天枢殿里的谁,结果不慎冲撞了玉衡殿的明侍香,明侍香故意要威风,正在门口掌嘴呢。"

长香殿的大香师之间,在外人看来,并没有什么矛盾,但只有殿里头的人才清楚。几个香殿之间一直存在着竞争关系,久而久之,自然少不了会有矛盾。而有了矛盾,最明显的体现便是各个香殿的下人之间充满了火药味。

玉衡殿是崔文君大香师的主殿,明侍香在玉衡殿的身份,相当于赤芍在天枢殿的身份,都是不好轻易得罪的人。

不及赤芍开口,安岚即问:"那位香使叫什么?"

这个时候,能有香院的香使赶到这边,她直觉,除了金雀,不会有第二人。

蓝靛看了她一眼:"这我倒不知道。"

安岚有些急切地看向赤芍:"赤芍侍香,我能不能出去看看,我猜那小香奴很可能是来找我的!"

赤芍一脸淡然:"我现在要带你们去见大香师,你不愿去?"

第032章 出气·压力·穿越

赤芍在看她,丹阳郡主,方玉心和甄毓秀在看她,从东面的客房那走出来的方玉辉和谢蓝河也在看她。

大家似乎都在等着她做出决定,相对之前甄毓秀的那点儿冷嘲热讽,眼下的安静才是真正的压力。安岚面色微白,她没有想到,才刚进天枢殿,就会面临这样的选择,不知是有意还是无意，这一刻的赤芍，似乎很有耐心。

然而，安岚却清楚，她没有时间拖延。

无论殿外那人是不是金雀，她都必须去确认。长香殿，七年她都等了，不差这一刻，即便此举会给白广寒大香师留下不好的印象，但其实，早在茶楼会面马贵闲时，她就已给他留下不堪的一幕……

"我想先去看一眼。"安岚看着赤芍说出这句话时，觉得自己的声音似在发颤。

赤芍闻言后，打量了她一眼，却没说什么，转身就往正殿走去。丹阳郡主等人怔了一下，然后忙跟上，甄毓秀走到安岚旁边时，正要接着嘲讽，却不及开口，安岚已经直接越过她，快步往殿外走去。

谢蓝河看着安岚几乎是在奔跑的背影，脚步不由微微一顿，山瀑飞溅，气势恢弘的天枢殿内，所有人的行为举止都带着几分矜持。这里的人，无论是行走还是言谈，都不见慌忙，更别谈在此疾走飞奔。

所以，此时的她看起来那么突兀，那么格格不入。

就好似他初入谢府时，无论在旁人眼里，还是在他心里，他和那个地方的人完全是生活在两个世界。

衣食住行，皆不一样，言谈举止，也都不同。

还有，他们关心的和他在意的，亦从来就不在一条线上。

天枢殿占地不知几何，虽说客房并未设在最里面，但从客房到殿门口，也要好长好长的一段路。安岚一路往外跑，殿内很多人都诧异地停下，看着或是从眼前，或是从旁边奔跑而过的身影，纷纷打听："那，那是谁？"

"怎么在此奔跑？"

"出什么事了吗？"

"赤芍侍香若是看到了，可不得了。"

"看不清，好像是个生面孔。"

"不会是晋香会那几个孩子吧。"

"多半是，不过她跑什么？"

"去看看！"

"嘘，别让赤芍侍香看到了。"

……

金雀捂着脸看着眼前盛气凌人的女子，暗咬着牙，低下头，一句都不敢辩解。

浅明皱着眉头看着跪在自己跟前的小香使，往旁打了个眼色，旁边的侍女遂开口道："你既不是香殿的人，又不是前来办差，就敢在这里横冲直闯，你把香殿当成什么了！"

金雀眼里含着泪，低声道："是，是我错了。"

"你以为，一句你错了，就能将此事揭过去。"那侍女声音里带着几分尖锐，"这些香粉被你弄撒了大半，就你这条小命都赔不起！"

金雀咬了咬牙，终是忍住没有辩解，她在香院生活那么久，就算生性再怎么莽撞，进了这样的地方后，也会变得十足的小心谨慎。再说这么宽阔的地方，她怎么可能会跟别人撞到一块？分明是这一行人忽然瞧见她，拦住了问她是要去哪，办什么事后，就装好心给她领到这边。结果刚走到天枢殿门口，给她领路的那名女子就突地一个趔趄，她好心去扶，谁想那女子用托盘一挡，便见托盘上的香盛一翻，里面的香粉即撒了出去，风一吹，四处飘散。

她才一愣，对方另一位女子却已经走过来，不由分说就给了她一个耳光。

若是在香院，她定会为自己辩解几句，但是在这里，她马上下跪认错。

她不是傻子，虽不明白他们为何故意这么做，但能感觉得出来，这些人在借她找茬。

"你是来天枢殿找人的？"浅明忽然开口，再次确认。

金雀刚刚已经道明此事，眼下自然不能否认，于是点头。

浅明又问："找谁？"

金雀迟疑了一会，才道："一，一个朋友。"

她刚刚为了能进去香殿，并没有告诉他们，她来找安岚，只说来天枢殿找人，又给他们看了陆云仙给她的香牌以示身份。

"朋友？"浅明追问，"一个香院的小香使还能跟天枢殿的人交上朋友，真叫人称奇，你倒说说，是谁？"

金雀咬唇，没有开口。

这些人心怀不轨，她不确定说出安岚，会不会给安岚带来麻烦，于是决定绝不吐一个字。

"不说？"浅明一声冷哼，"不敢说？看来是有见不得人的勾当了！"

金雀霍然抬脸，浅明冷笑着道："赤芍那么严明的人，若是知道了这等事，不知会是什么表情呢。"

旁边的侍女便道："已经让人传消息进去了，想是已经知道。"

"知道就好。"浅明低声道了一句，然后又看着金雀道，"掌嘴二十！"

金雀一愣，旁边的侍女替浅明说完下面的话："你来天枢殿找谁，做什么勾当，那都是赤芍要操心的事，我们管不着，不过你打翻了明侍香的香粉，需得有个交代，就二十个耳光，算是便宜你了。"

金雀转头看向天枢殿的大门，再又看了看抱着怀里的香炉，想着昨晚上的促膝长谈，狠狠咬了咬唇，就将怀里的香炉小心放在地上，然后自己掴起耳光。这样的事，她也算驾轻就熟了，前些年，可没少被拣香场的婆子罚，并且罚得比这还要狠，但为什么，这一次，却比以往任何一次都觉得难受呢？

金雀想不明白，并且，也不等她想明白时，就有人一声低喝："住手！"

那声音似乎太着急了，于是显得有些气短。

金雀一怔，转头，就看到安岚一脸急切地朝她跑过来，然后一把拉下她的手，再将她从地上拽起来，才气喘吁吁地问："你在做什么？"

浅明也是一怔，打量了安岚好几眼，确定自己没有见过这个人，但是天枢殿的人，她也并非全都认得，便往旁问了几句，结果得到的答案都是摇头。于是她确定，这小丫头也就是天枢殿里不起眼的角色，因此愈加起了轻视之心。

前段时间，赤芍揪住玉衡殿一个侍女的错，借题发挥，让人当众打了那侍女十个耳光。她听说后，只觉那十个耳光是打在自己脸上般，气得好几天吃不下饭，偏天枢殿的人又都小心谨慎，没有一个撞到她手上。今天，意外碰到这么一个莽撞的小香使，还是来天枢殿找人的，当即让她生出一个主意。

既然暂时抓不着天枢殿的人，那就先抓这个小香使出口气，总归都是跟天枢殿有关的。再说，一个香院的小香使而已，她为难一番，又占着理，任谁也说不出什么来。

"没事，我就是把这个给你送来，你怎么出来了。"金雀呆了一呆，然后赶紧将那个香炉拿起来放在安岚手中，吁了一口气，嘴角边扯出一个笑，"快回去吧，别耽搁了正事，我这就走了。"

"走？"旁边那侍女嗤笑，"说是掌嘴二十，这才掌嘴四次，还剩下十六次，难不成要我代劳才行？"

安岚即将金雀往后一拉，自己站在她前面，朝浅明行了一礼："敢问这位姐姐，金雀她是犯了什么错，为何要如此责罚？"

浅明微微蹙眉，这小丫头，看起来跟那位不太一样，那眼神太过平静，平静得令人不敢忽视。

"她犯的错可大了！"那侍女说着就拿起那个香盛在安岚面前打开，"看到没有，刚刚就因她撞了明侍香一下，结果这一半的香粉被她给撞没了！这叫我们怎么回去交代！"

安岚看了金雀一眼，金雀轻轻摇头。

安岚便道："姐姐肯定是误会了，金雀不会这么不小心的。"

浅明缓缓开口："难不成，你想说，我冤枉她了？"

金雀一看浅明那脸色，心里一惊，安岚才刚进来这里，还一无所有，最是不能得罪人的，于是忙拉住安岚，然后对浅明赔着小心道："不是不是，确实是我的错，是我的错，我这就掌嘴！"

"金雀！"安岚转头。

"你快回去吧，几个耳光我还能受不住吗，没那么金贵的。"金雀推了她一下，然后就要往自己脸上掴掌。

只是她才一抬手，就被安岚给抓住了："这么大地方，你还能走路不小心撞到别人身上？不是你的错，你受什么罚！再说你是源香院的人，在这里，真要罚，也是天玑殿的殿侍长说了算！"

浅明怔住，随后愈加恼怒，这小丫头竟在她面前暗指她越俎代庖！

"呵——好一张巧嘴！"浅明怒极反笑，打量着安岚道，"我倒不知，赤芍手下有这么位伶俐的小侍女，你叫什么名，是赤芍让你出来的？"

安岚转过身，再次行礼，不卑不亢地道："姐姐误会了，我还不是天枢殿的侍女，也不是赤芍侍香命我出来的，我是源香院的香使长安岚，今日进天枢殿参与晋香会。金雀是给我送香炉过来，刚刚她若是有哪里得罪了各位姐姐，我代她向各位姐姐道歉，还请姐姐们大人大量，不跟她计较。"

浅明又是一怔，脸色愈加不好，旁边那侍女亦是皱眉，就伸手扯了一下安岚手里的那个香炉包裹。却不想这一扯，竟就将包裹给扯散了，香炉的盖子遂掉了出去，咣当咣当地往地上连连翻滚，最后滚到一双绣着云纹的白靴前停下。

安岚顺着那香炉盖子看过去，遂大惊，是什么时候，来了这么些人？

这么空旷的地方，只要有人从附近走过，都无法让人忽略，但眼下，包括侍者，共有五人，并且已经走得这近了，可她之前竟一点感觉都没有！

他们就像是突然从天而降，远处的山瀑将阳光折射出七彩的光，仙境一样的地方，却也成了衬托他们的背景。

浅明脸色一变，慌忙深揖，跟在她旁边的侍女更是将头和身子垂得低低的，刚刚趾高气扬的神色尽数收起。

安岚愣在当场，怔怔地看着那人，他长发垂泻，宽大的袖袍翻飞，完美的五官宛若精致的冰雕，面上的线条在阳光下愈加分明。白广寒垂目，往地上看了一眼，他身边的侍者即弯腰将那个香炉盖子捡起来，恭敬地递给他。却不等他伸手，旁边的百里翎就给夺了过去，左右看了看，然后打量着安岚，狭长的凤目里带着戏谑："一般香炉多饰以瑞兽，或麒麟或貔貅或狮子，你这个却弄只小狐狸，倒有几分别致。"

安岚小心又忐忑地站在那，愣了好一会才回过神，然后慌忙行礼。

百里翎长眉一挑，风流自眼角眉梢间泄出。他又瞄了两眼那香炉盖子，忽然看到一个熟悉的符号，不由一怔，赶紧再仔细一看，瞧出那个符号果真是个"炎"字，遂有些讶异地看着安岚问："这香炉，是景炎给你的？"

安岚无端生出几分窘迫，垂着脸轻轻点头。

百里翎"呵"地一笑，就将那香炉盖子往旁一递，睐着眼对白广寒道："是景炎那小子送出去的东西。"

白广寒瞥了他一眼："你若喜欢，便找他去。"他说着就要往天枢殿走去，百里翎却抬手按住他的肩膀，笑眯眯地道："别总这么无趣，难得景炎公子送出这么个东西，你就不多看几眼。"

白广寒肩膀错开，抬手，大袖一挥，毫不客气地将往他身上靠的百里翎推开，百里翎便往后一退，就撞到净尘身上。

百里翎哈哈一笑，便转身顺势往旁一倚，然后瞟着净尘道："看到没有，他还是这个死样子！你是不是每次看到他都想揍他一顿？"

净尘没有推开百里翎，依旧站得笔直，并双手合十："阿弥陀佛，小僧从不曾有过这等想法。"

百里翎笑道："别念了，你又不是和尚，整日将这几个字挂在嘴上，小心佛祖找你算账。"

净尘一脸正经地道："佛祖心中留。"

金雀睁大了眼睛，她没想到净尘说的老朋友，竟是大香师！

只是她想了一想，那天净尘去瘄寐林，似乎也是去见景炎公子的，如此说来，他能认识长香殿的大香师也不奇怪。

"丫头，景炎公子为何送你这个？"百里翎伸出手指，朝安岚勾了勾，让她上前来。

安岚走过去，接过那个香炉盖子，小心看了白广寒一眼，然后有些心虚地低声道："回百里大香师，景公子应当是祝贺我通过第一轮晋香会的考核，所以送我这个香炉。"

净尘闻言便往白广寒那看了一眼，百里翎眼里的兴致更浓了，笑眯眯地道："那小子，难怪之前要跟我说那些话。"他说着就又打量了安岚几眼，再看了看她身后的金雀，便问，"在这干什么呢？这个时候你不是应该在天枢殿里？"

安岚将香炉盖好，双手捧着道："回大香师，因我忘了带香炉，金雀给我送来。"

"嗯——"百里翎将声音拖得很长，然后看向浅明等人，依旧笑眯眯地道，"崔大香师的人叫我家的小丫头做什么呢？"

浅明额上冒出虚汗，她在长香殿当了五六年的差，多少知道这几位大香师的性情。百里大香师看起来脾气最好，脸上总是挂着迷人的微笑，好似随时都要赏赐下人一样，但其实，他严惩下人时，面上也一样是带着醉人的笑，让人根本分不清，他究竟什么时候心情好，什么时候心情不好。

浅明小心谨慎地开口："回，回百里大香师，奴婢只是停下和安香使长打声招呼，没别的事。"

金雀垂下脸，咬了咬唇，忍住没开口。

安岚亦是沉默，算是默认了浅明的话。

"托盘上放的是什么，我看看。"百里翎嘴角边噙着笑，也对浅明勾了勾手指。

浅明心里微有些忐忑，但不敢违背大香师的话，从侍女手里接过放着香盛的托盘，走到百里翎跟前，垂下脸，举起双手，将托盘递到百里翎跟前。

百里翎拿起那个香盛打开看了看，微微挑眉，随后嘴角一扬。

此时正好一阵大风刮过,他便将拿着香盛的手一斜,遂见大风带走香盛里的香粉。浅明的脸一白,却一句都不敢多说,只眼睁睁地看着。她也不知道百里翎是什么时候走到这的,故亦不清楚,她和安岚的对话,百里大香师究竟听去了多少,安岚暗指她越俎代庖,是不是已经被百里大香师听到了?

她有些后怕,若早知道安岚认识百里大香师,她刚刚绝不会不给面子。

香盛里的香粉整个撒出去后,百里翎才将那香盛扔到香盘里,依旧笑眯眯地道:"行了,走吧。"

"是。"浅明将头垂得低低的。

瞧着浅明他们离开后,百里翎马上向白广寒邀功:"怎么样?感谢我吧!"

白广寒瞥了他一眼,就抬步往天枢殿的大门走去,只是他要上台阶时,却顿住,回头看了安岚一眼。

安岚慌忙站稳了,整个人瞬间觉得局促,心里亦是多了几分紧张。

"你过来。"白广寒忽然开口。

安岚一怔,竟有些呆住,金雀赶紧推了她一下,并悄声道:"快去,我就先回去了。"

安岚转头看了金雀一眼,金雀朝她点点头,她目中露出感激,然后就抱着那个香炉快步走到白广寒身边。百里翎双手交叉抱着胸前,微微挑眉,净尘则只在一旁浅笑,并不多做表示。

白广寒没有多言,安岚走过来后,他便直接上台阶。

安岚跟在他身后三步远处,看着那颀长挺拔的背影,然后垂下眼,抱着香炉的手不禁又紧了几分。

百里翎也往前走了几步,却发现净尘没有跟上,回头,便看到净尘在跟另外一个小丫头在说话。他顿时大感新奇,不过倒也没有凑过去,而是站在那饶有兴致地看着,直到那小丫头转身离去,净尘走过来时,他才有些不怀好意地道:"这又是哪的小丫头?"

净尘双手合十:"阿弥陀佛,都是小僧的有缘之人。"

百里翎哈哈大笑,就不再问了,看着前面道:"有意思的事要开始了,是他让你下山来的吧?不过你那天权殿也该好好规整一下了,空了这么久,不知道还能不能住人。"

净尘道:"小僧对住所向来没有要求,况且殿内一直有人负责打扫。"

他们本就离开白广寒不远,说话也没有特别要避着谁,因此安岚自然将他们说的每一句话都听了进去,随后心里暗暗吃惊。天权殿?照百里大香师这意思,难道这位净尘师父也是位大香师?

此时,赤芍领着丹阳郡主等人进了长香殿的正殿,却发现白广寒大香师并不在厅内。她心头一怔,略一沉吟,就让丹阳郡主等人在里头候着,然后转身出去。

"就我们这几个人多好。"赤芍出去后,甄毓秀即道了一句。

方玉心没有接口,丹阳郡主微微摇头,却也没说什么,坐在对面的方玉辉无动于衷,谢蓝河则是皱了皱眉头，浅棕色的眸子露出几分讥讽。

不多会，赤芍回到正厅门口，等了片刻，终于瞧着那个身影。

她眼里即露出笑意，一直面无表情的脸上也跟着焕发出几分光彩，只是当她看到跟在白广寒身后的那个影子时，不禁一愣。

厅内，甄毓秀还想多说几句安岚的不好，加深大家的印象，只是不等她说呢，就感觉厅里的光线忽地一暗，跟着又是一亮，她转头，顿时呆住。她不是没见过美男子，且不说之前，就只论眼下，坐在她对面的那两男子，方玉辉本就生得一表人才，谢蓝河也是难得的俊秀清雅，这样的两人，无论在哪，都是光彩夺目，是不少闺中少女意属的对象。

但此时，那个男人走进来的那一瞬，这厅内所有的光彩，竟一下子都被那个男人给夺了去。她不由自主地站起身，怔怔地看着那个身影，只是还来不及紧张，安岚突然间就撞入她的视线！

甄毓秀大诧，可依旧没有给她惊讶的时间，百里翎就走了进来，接着是净尘。

三个男人，各有特色，各自争辉。

安岚进来后，即往旁边一退，规规矩矩站好。

甄毓秀难掩眼中的嫉妒和不解，暗暗咬牙，安岚不是出去殿外了吗？怎么会跟大香师一块过来？丹阳郡主也有些复杂地看了安岚一眼，她每次，都让自己感到意外。

白广寒走到主座那，转身坐下，然后缓缓扫视了他们一眼。

他看起来并不似百里翎那么闲散，但姿态悠然，举手投足间就带着令人自惭形秽的贵气，宛若真正的世外之人，俗世的枷锁在他身上不起作用。面对这样的人，连丹阳郡主也不禁添了几分拘谨和忐忑，方玉辉亦表现出从所未有的恭敬。

白广寒看向他们时，每个人都微微垂下眼，除了安岚。

许是这份念想存在心里太久了，许是之前的每一次都太过匆匆，所以，这一次，她抬眼直直地看着他，紧张地抿着唇，漆黑的眸子里盛着的，都是认真。

于是白广寒的目光落在她脸上时，停下了。

两人目光的对视，其实只是片刻，安岚原是想仔细看他，由眼前的这张脸，穿越时光，看向过去的自己，看向当年那个改变了她一生的人。只是，她看着看着，不知不觉间，就被那双淡漠的眸子给吸引过去，忽然间动弹不得，随后有暗香飘飘悠悠地从她鼻间拂过，旁边的人消失了，殿内的景物也跟着淡去……

她突然打了个哆嗦，从昏迷中醒来，抬头一看，原来是下雨了。

好冷，好痛，她，是要死了吗？

她不知自己究竟做错了什么，只知道这些天，好多人都不见了，今天也轮到她了吗？她不该偷偷上来的，他们骗她，娘根本不在这里。

她要死了吗？是不是死了，就能看到娘？他们都说，人死后会走奈何桥，走过奈何桥后，就可以投胎转世了，娘会在桥上等她吗？不，还是不要等了，他们说，要是错过了好胎，就又是被人打骂的下人命，好痛，真的好痛，她马上就要死了吧，死了，就能去投胎了……她，不想生来就被人打骂呢。

雨还在下，不大，但是很冷，彻骨的阴寒。

她有些艰难地转过脸，茫然地看着阴沉沉的天，看着上面飘下来的雨丝，很漂亮，像过年时娘给她吃的龙须细面，这么多龙须细面，应该能吃好久吧。

可是，好痛啊，真的好痛！

她的嘴巴被堵住了，连喊都喊不出来。

脸上湿漉漉的，她不知道是雨水还是泪水，能不能快点死，死了就不痛了！

她要闭上眼的时候，周围忽然传来微微的嘈杂声，随后似有白光照过来，她再次艰难地抬眼。

于是，看过那一眼后，此生再忘不了。

她从没见过那么高贵，那么漂亮的人，是天神下凡吗？

她看过去的时候，他也在看她，然后他开口了，她当时甚至没有意识到他究竟说了什么，只知道他开口后，落在她身上的棍棒就停下了，随后他又看了她一眼，才走开。

就那一句话，就那一眼，便保住了她的性命，甚至还有人给她上了药。

后来，她才知道，他是长香殿的大香师，他是白广寒。

雨停了，风拂过，她忽地又打了个激灵，然后猛地醒过来，才发现自己还站在香殿的大厅内。

可是不等她回过神，就听到丹阳郡主等人异口同声地应了一声"是"。

她既茫然，又有些恐慌地转头看向两边，但没人知道她刚刚经历了什么，丹阳郡主不解地看了她一眼，不明白她怎么忽然这么失态。方玉心面上也带着几分诧异，甄毓秀目中却露出几分嘲讽和幸灾乐祸，心里暗道：就这样的举止，也配跟他们争大香师身边的位置，简直是侮辱他们。

方玉辉也注意到安岚的异样，但他并不在意，看了一眼后就收回目光，谢蓝河则探究地看着安岚，然后微微蹙眉。

赤芍道："如此，你们就回去准备吧，自己安排好时间，将需要的香品列出来。"

众人再次应声，然后再次向白广寒行礼，这才轻轻退了出去。

安岚着急了，她什么都不知道呢，究竟要做什么，但看着赤芍那张面无表情的脸，并且又是在白广寒面前，她无论如何都问不出口。于是再次往主座上看了一眼，咬了咬唇，转身跟着退出去。

百里翎歪着椅子上，眯着眼看着安岚的背影消失在门口后，就转过脸，看向白广寒喷喷道："你刚刚玩什么把戏呢，瞧你，将我家小丫头弄迷糊了，刚刚赤芍说的什么，我家小丫头定是一个字都没听进去。"

白广寒瞥了他一眼:"你还赖在我这做什么。"

"好个没良心的人!"百里翎坐直起来,"请我帮忙的是你,赶我走的也是你,如今还当着我的面欺负我家小丫头,你们兄弟俩打的什么主意?什么便宜都被你们给占了,还翻脸不认人!"

白广寒站起身,准备回自己的寝殿:"你要为她撑腰?"

百里翎也起身,还伸了个懒腰,然后走到白广寒跟前,手放在他肩膀上,下巴靠过去,眼波妩媚:"那当然,谢云和方文建那小子都弄了个人进来,崔文君也没闲着,小丫头虽是被景公子提上来的,但好歹是我的人,要是有人欺负她,不是打我的脸?当然,广寒先生要是愿意先给我颗甜枣,那被广寒先生打一下我也甘愿。"

白广寒没说什么,只是抬手,百里翎一声嗤笑,在白广寒抓住他手腕之前退开,并直接退到净尘身边,笑着将手搭在净尘肩膀上,一言一行都极是放荡不羁:"光头,你看没看他刚刚给那小丫头弄了个什么香境?"

净尘双手合十:"阿弥陀佛,小僧没有偷窥的习惯。"

百里翎便打了个呵欠,摆了摆手道:"真是无趣,行了,我走了。"

……

安岚出了大厅后,就想去找丹阳郡主问一问刚刚赤芍到底说了什么,只是她追着走几步,想了想,又停下了。甄毓秀虎视眈眈地在一旁,她这会儿去问,怕是不会顺利。

正踌躇的时候,就听到有人在后面叫了她一声:"安岚姑娘。"

安岚转头,看到谢蓝河从后面走过来,她诧异,回身行礼。

谢蓝河打量了她一眼,然后问:"你有什么想法?"

安岚一怔,迟疑着道:"什么想法?"

谢蓝河又打量了她一眼,眼里带着几分狐疑,少年的眸色浅淡,似透明的琉璃,清澈而美好。安岚有些紧张,片刻后,谢蓝河才道:"你刚刚,是不是什么都没听到?"

当时她茫然又慌张的表情,全数落入他眼中,他没想到,似她这样的人,竟会在那个时候走神,跟她在方园时的表现完全不一样。

安岚顿了顿,就垂下眼,有些愧疚地点点头,然后再次行礼:"还请谢少爷跟我说一说,赤芍侍香都说了什么,要准备什么香品?"

谢蓝河探究地看着她,似在分辨她这话的真假,安岚便抬眼,坦然地对上他的眼睛。谢蓝河一怔,这样一双漆黑如墨的眸子,令他稍感窘迫,于是便移开目光,开口道:"我表字长流,你我既是一组,日后你便直接叫我的表字,我不是什么少爷。"

……

白广寒出了大厅后,百里翎便告辞,潇洒离去,随后净尘也道:"如此,小僧就先回去准备了。"

白广寒点头，净尘转身前，迟疑片刻，又道："百里大香师……"

白广寒道："无妨，我有分寸。"

"阿弥陀佛。"净尘又宣了一声佛号，然后才离开。

白广寒进了自己的寝殿后，走到露台上，往前看去。

下面，不远处的走廊那，两个年少的身影站在一块，不知在说着什么。

那是什么时候的事？

原来，他曾救过她！

是七年前吗，白广寒垂眼，眸色深幽，七年前……

第033章　结盟·条件·相似

每组的两人，协作和出一款最适合他们自己的合香。

所需香品由天枢殿的藏香楼提供，十五天后，将出窖的合香进行评比。合香获得大香师的认可后，再从两人当中选出最优秀的一位，若合香无法获得大香师的认可，则两人都会被淘汰。

简单而言，便是两人必须合作，但最终两人当中只能一位入选。

合作过程中，若有谁暗藏私心，则很可能，最后两人都落选。

安岚听完后，许久没说话。

谢蓝河也沉默了一会，才又开口："我分析过了。"

安岚抬眼，询问地看着他，谢蓝河往前看了一眼，远处的山瀑下，水汽氤氲，天枢殿的美景宛若仙境，但此时他的心情并不轻松惬意。

"方姑娘主要是陪其兄长过来，她虽也有制香之才，但性情柔弱，无争斗之心，志向亦不在此；而且方姑娘与丹阳郡主有私交，故方姑娘在丹阳郡主面前，应当会主动退避。方少爷自小才华过人，志向高远，是认定了要入长香殿，方家对此事也极其看重；至于甄姑娘，能走到这一步，一半是靠运气，一半是靠家世，但甄家无法跟方家比，甄姑娘若能想明白，定会主动配合方少爷，由此送出一份人情。"

安岚心里一叹，就着谢蓝河的话接着道："方姑娘和甄姑娘都是能主动放弃这个位置的人，所以，只有你我这一组，很可能会两败俱伤。"

谢蓝河沉默，他就是看出她不会放弃，所以才特意过来同她说这样一番话。

天枢殿给出的条件太苛刻，他们两人若针锋相对，那最终的结局，极可能就是两人都被淘汰。丹阳郡主的才名他自回谢府后，就频频听闻，方家的四少爷方玉辉，他更是不敢小觑，在如此强大的对手面前，他不愿还要时时防着身边会不会突然刺出一把冷刀。

"姑娘可愿与我击掌为盟？"谢蓝河首先抬起手，掌心向前，看着安岚道，"同心协力，各凭本事，互不生怨。"

少年的声音如他的眸子一样清澈，神情执着而坦荡，安岚看着对着自己的手掌，沉默片刻，也抬手，掌心向前。随着"啪"的一声落下，两人相视一笑，秋日的阳光穿云而过，落在他们的脸庞上，年轻的光彩比远处的彩虹还要耀眼夺目。

……

傍晚，玉衡殿内，崔文君自宫里回来后，就听说了白天之事。

浅明跪在寝殿内，不敢有丝毫隐瞒，一五一十地全都道了出来，只是略去自己和赤芍之间的矛盾不说。

崔文君是个看起来既貌美又温柔的女人，面上的肌肤吹弹可破，那双手更是柔若无骨，洁白滑腻。单看她的脸，顶多是花信年华，但若看她的眼睛，便会注意到，那双眼里盛着成熟女人独有的迷人风韵。

"还有个和尚？"崔文君一边将自己的双手浸泡在加了香药的牛乳里，一边问，"是个什么样的和尚？"

浅明不知崔文君为何单单问起那个和尚，也不敢多想，就小心翼翼地道："是个，是个高高大大，看着很年轻很干净的和尚。"

崔文君轻轻抚着自己的手："嗯，相貌生得如何？"

浅明垂着脸如实回道："相貌很英俊，虽比不上白大香师，但剑眉星目，也是少见的。"

"是他，果真回来了。"-崔文君垂下眼，看着自己的手，低声道。

浅明不解抬起眼，见崔文君并未动怒，就大着胆子问："崔先生知道那和尚是谁？"

在长香殿内，侍香人因是跟在大香师身边学习，所以侍香人多是称大香师为先生。

崔文君淡淡道："他不是和尚，他是天权殿的净尘大香师。"

"啊！"浅明愣住，净尘大香师的名号她是知道的，但是她在长香殿当差数年，一直未曾见过净尘大香师，只听说净尘大香师并不住在长香殿内。怎么都没想到，白天时看到的那个和尚，竟会是天权殿的大香师！

她记得，当时那和尚，不，净尘大香师，似乎还走过去跟那小香使说了几句话。浅明脸色微白，怎么会这样，不过是下面香院上来的两个小丫头罢了，怎么都认识香殿里的大香师！

崔文君揉搓着自己的双手，良久后，才抬眼，微转过脸，看了浅明一眼："百里翎将你的香粉给撒了？"

浅明慌忙垂下脸，低声道："当时正好有阵大风……"

"你出去吧。"崔文君算着时间差不多了，便将手从牛乳了拿出开，交给旁边的侍女清洗拭擦和按摩，她则往后一靠，阖眼休憩，声音柔柔地道，"去刑院领罚。"

　　浅明浑身一颤，却不敢求饶，磕头应了一声，然后才起来，躬着身，小心翼翼地退出去。

　　侍女将润肤膏抹在崔文君的双手上，再用干净的丝绸仔细包住，然后轻轻退了出去。崔文君倚在美人靠上，看着香炉飞起的袅袅青烟，想着刚刚听说的事，陷入沉思。

　　却也没安静多会儿，一阵激烈的琵琶声打乱了她的回忆，她微微抬眼，目中露出不悦。只是沉吟了一会，她站起身，解开手上的丝绸，唤侍女进来为她梳了个发髻，然后抬步往天璇殿走去。

　　……

　　安岚回客房时，发觉甄毓秀不在屋里，丹阳郡主瞧着她后，微微一笑："甄姑娘找方少爷商议和香的事去了。"

　　安岚点头，此时方玉心就坐在丹阳郡主的床上，正在看丹阳郡主手里的一本小册子，她估计那多半是香谱。

　　丹阳郡主又问："刚刚在大厅时，瞧你脸色不大好，没事吧？"

　　安岚摇头："多谢郡主关心，我没事。"

　　"没事就好，你也要出去？"

　　"嗯，回来拿点东西，这就去和谢少爷商议香品的事，不打扰郡主和方姑娘了。"

　　待安岚出去后，方玉心才看着丹阳郡主，有些不解地道："郡主似乎对安岚姑娘很是客气。"

　　丹阳郡主道："到底是长香殿的人，我客气一些也是应当。"

　　方玉心叹道："郡主真是我见过的人当中，最温柔最漂亮，并且最有才情的。"

　　"嘴巴这么甜。"丹阳郡主手里拿着一张花笺在方玉心鼻子上轻轻一拍。

　　温柔又漂亮吗？她见过更温柔更漂亮的女人，她小时候一直想要讨得对方的欢心，盼她能多看自己一眼，却似乎，一直不见多大成效。丹阳郡主一边翻着手里的册子，一边思忖，白天时姑未在香殿，不知这会儿可回来了，她明日该去问安。

　　只是就在这会，甄毓秀忽然沉着一张脸从外进来，气闷地往床上一坐，一句话不说。方玉心和丹阳郡主不解地对视了一眼后，就小心问道："甄姐姐，可是出什么事了？"

　　"没有！"甄毓秀皱着眉头道了一句，也不看方玉心。

　　方玉心便站起身，走到甄毓秀旁边坐下："甄姐姐刚刚是去找我哥哥，可是我哥哥给姐姐气受了？"

　　甄毓秀这才看了方玉心一眼，咬了咬唇道："方少爷才华过人，我不过是个蠢货，哪敢生什么气。"

　　方玉心心里明白了，忙道："哥哥就是个直脾气，自小又极少跟女孩儿相处，向来不懂得说好听的话。哥哥若说了什么不中听的，甄姐姐千万别往心里去，其实我哥哥的心是极好的，一会我跟哥哥好好说说去。"

甄毓秀这才缓了脸色，然后拉着方玉心的手轻轻一叹："方少爷若是有你一半善解人意就好了，我也是想多帮些忙，虽不慎写错了香品，但我终究没有坏心，方少爷指出来，我改了就是，何须跟我说那么重的话。"

方玉心没有详细问，只是连连安慰，然后又许诺一会就去跟方玉辉好好说说，定不叫甄姐姐再受委屈。甄毓秀听了这么多贴心的话，脸上总算好看了些，随后又表示自己其实也没那么小气，只是不想拖了方少爷的后腿云云。

丹阳郡主面带微笑的在一旁听着，偶尔应上一两句，目光却不时落在方玉心脸上，心里不由多了几分警惕。

安岚和谢蓝河只是在庭院的一个小凉亭里见面，旁边走廊总不时会有侍女经过，所以倒不用担心避嫌。

因为赤芍所说的条件里，有一个条件是，选出最适合他们自己的香。

两人商议了半天，都摸不透什么头绪，加上双方都不怎么了解，最后安岚想到他们抽到的那两句诗词：沉水良材食柏珍，博山炉暖玉楼春。

谢蓝河眼睛一亮，觉得这或许就是大香师给的暗示，安岚亦觉得有可能。

半个时辰后，他们终于定了一款和香方子，那是一张有名的古香方，香方里罗列的大部分都是极名贵的香品。

"会不会太奢侈了？"写好所需要的香品后，安岚迟疑地道了一句。

"总归是天枢殿提供，无需担心。"谢蓝河吹干墨迹，接着道，"走吧，趁天色还早，去藏香楼。"

天枢殿藏香楼的正厅内挂着一幅莲花菩萨闻香图，画幅很大，画上的菩萨衣袂翩跹，神态悠然，座下莲花如玉，香烟如云。每位进入藏香楼的人，都是先看到那幅画，然后才看向坐在画下的藏香楼掌事。

那是个三十多岁的男人，天庭饱满，下颔圆润，面若敷粉，眉眼细长，看起来竟跟那画里的菩萨有三分相似，据说他自进了天枢殿的藏香楼后，就给自己改了个极有意境的名儿——莲月。

莲月来回打量了安岚和谢蓝河好一会，才让身边的侍者去接过谢蓝河递过来的香品单，然后一派悠然地垂下眼，漫不经心地扫了一扫，跟着就"呵呵"地笑了两声。

那笑声似带着几分讶异，又似带着些许不屑，或许还带了点嘲讽。谢蓝河和安岚心里生出几分忐忑，两人悄悄对视了一眼，都在对方眼里看到担忧。他们，会不会将这事想得太简单了，虽赤芍说香品由天枢殿提供，但是，他们一下就要这么多名贵香品，心里还是有些发虚。或许在别人眼里，他们是在趁机占便宜，到底，那些香品都是他们平日里消费不起的，于是两人脸上开始微微发烫。

莲月先是一个一个念出单上的那些香品名，每念一个香品名，谢蓝河和安岚心里的不自在就多一分。莲月念完后，两人还不及松口气，莲月又接着道："沉檀龙麝，一下子就占了三样，而且要的还都是圣品，嗯——"

安岚垂下眼，心沉了下去，谢蓝河已做好准备听莲月说香楼里没有这些香之类的话，却不想，莲月拖了个"嗯"的尾音后，就又笑了一笑，抬眼看着他们，慈眉善目地道："虽都是极难得的名贵香品，但对天枢殿来说不算什么，要多少有多少。"

谢蓝河和安岚皆是一怔，两人都有些愣怔地抬起眼，莲月已经命旁边的香奴去取香了。

等待的时间其实没多久，但对安岚和谢蓝河来说，此时即便只是一呼一吸的时间，都显得无比漫长。莲月微笑地打量着他们俩，两人这么站在一块，瞧着极像画上的金童玉女，让人看着就舒服。于是莲月请他们坐，安岚和谢蓝河客气地道谢，然后表示他们站着就好。

莲月将目光停在谢蓝河身上："谢云大香师可好？"

谢蓝河抬眼，随后又垂下眼，掩去眼中的神色："晚辈两个月前见谢大香师，依旧风姿卓绝。"

莲月便打量着他道："两个月前？这么说，谢少爷入晋香会之前，没有去拜访谢云大香师？"

谢蓝河依旧垂目："大香师喜清净，晚辈不敢擅自叨扰。"

莲月又是"呵呵呵"地笑了起来，他的笑声很特别，就是很清晰的"呵呵"声，并且笑的时候，圆润的脸上皆是一团客气，但安岚的心却没来由地一跳。

正好这会儿，香奴将他们要的香品用玳瑁饰片黑漆托盘盛着送了出来，轻轻搁在莲月旁边的桌上。莲月将托盘里的香盛一一打开，亲自查看了一番后，就让安岚和谢蓝河过来，看看是否中意。

怎么可能会不中意？天枢殿里的香品若是不中意，整个唐国怕是都找不到能让他们中意的香品了。

两人看过后，面上甚至露出几分惶恐，然后同时对着莲月深揖。

莲月虚扶了他们一下："既然谢少爷和安岚姑娘满意，那么就请在这上面按个手印，然后这些香品就能拿走了。"

莲月说着，就将一张已写满字的洒金蜜香纸递到他们跟前，谢蓝河不解地接过那张蜜香纸，却在看完纸张上的内容后，即有些不敢相信地抬起眼："这是——"

莲月依旧是那副慈眉善目的样子："不着急，等这一轮的晋香会结束后再付清也是可以的。"

谢蓝河的手微僵，安岚接过他手里的那张纸一看，也是一惊，但同时心里又生出几分了然的感觉。是啊，她就知道，事情怎么会那么顺利，太过顺利了，反会让她更加不安呢。这么些年，她已经习惯，要得到一些，就必须付出一些，不舍不得，但舍了也不一定会有所得。

只是，这上面要的东西，实在太昂贵了，简直十倍于他们所要的那些香品的价值。她不过是个小小的香使长，是绝无可能付得起这笔账的，至于谢蓝河，她想着就转头看了一眼，但瞧着谢蓝河此时的表情后，她便知道，谢蓝河也付不起。

良久，谢蓝河才开口："赤芍侍香说，我们需要的香品，由天枢殿提供。"

"没错，你们需要的香品确实是由天枢殿的藏香楼提供。"莲月说着就轻轻抚摸了一下那些香盛，慢悠悠地道，"但藏香楼从建楼之初，就定下规矩，除大香师及大香师亲自指定的人外，任何人都不能无偿从藏香楼内拿走任何东西，即便只是一缕香烟。"

谢蓝河呼吸有些沉，他垂下眼睑，掩住目中的愤怒。

莲月要的也是一些稀缺的名贵香品，甚至比他列出的那些香品更加稀缺，更加难求，因此，也就更加昂贵。所以，他不可能付得起，他如今不过是空挂着一个谢家的姓氏。除这个姓外，他什么都没有，甚至原本拥有的都被剥夺了。

或许，他赢得这次晋香会后，回去求一求谢六爷，谢六爷便会替他付了这笔账。

但是，他能去求那个男人吗？他能去求谢家的人吗？他可以对任何人下跪磕头，他也不愿对谢家人，特别是谢六爷，他的生身父亲，哪怕微微低一低头。

谢蓝河的表情已经很明显了，莲月也不恼，依旧笑得和气，并且还好心提醒道："谢云大香师的藏香楼里，可不缺这些东西，既然谢少爷已经两个月没有见过谢云大香师了，如今又到了长香殿，理应去拜访一下。听说这几日谢云大香师都在长香殿，谢少爷瞅了空过去，多半能见上一面。"

谢蓝河的脸色有些难看，久久没有开口，安岚看了他两眼，见他虽低着头垂着眼，但面上的窘迫依旧那么明显，明显得让人甚至不忍再看下去。

安岚悄悄收回目光，沉吟一会，就抬起脸，欠身问了一句："请问莲月掌事，一定要以香换香吗？"

莲月这才看向安岚，打量了她两眼后，才有些无奈地道："两位要得太多，在下也极是苦恼，在下若提别的条件，怕是两位的时间不够。所以只能以香换香，这已是很照顾两位了，若非是白大香师晋香会的人，如何能在我这里有这样的优待？"

安岚眼睛一亮，忙问："别的条件是什么条件？"

谢蓝河也抬起眼，莲月有些好笑地看着他们，但这一次他却没有笑，而是认真地想了想，然后吐出两个字："劳力。"

安岚再问："需要做什么？"

莲月道："大雁山上有很多不知名的香草，只是如今这里的人一个个又懒又笨，走点山路就喊累，炮制香药就出错，白白糟蹋许多好香，真是心疼死人。"

安岚抑住心里的激动，示意了一下自己手里的蜜香纸，接着问："若是将这些换成劳力……"

莲月又呵呵呵地笑了："摘采香草且不论，就说这炮制香药的功夫，做得好和做得不好，是天壤之别，所以这时间，是你定，也是我定。不过，若是换这些的话，即便是做得最好，也得半个月时间。"

安岚一顿，就看了谢蓝河一眼，正好谢蓝河也看向她。

他们，都感觉得到对方身上，有跟自己很相似的东西，于是，仅是眼神的交流，就达成了共识。

安岚又开口："请莲月掌事见谅，我们考虑得不够成熟，现在想改一下香方，所以那香品单子……"

莲月似猜到她会这么说，笑眯眯地将谢蓝河的那张香品单子夹在手里递回去，安岚赶紧接住，同谢蓝河再次深揖，表示歉意和感谢。

……

之前，为着"沉水良材食柏珍，博山炉暖玉楼春"这句诗词，两人尽往名贵香品上挑，谢蓝河最后挑出的那张古方并没有问题，若能和香成功，定不会逊色。但事实证明，那款香方并不适合他们，这个结论多少让谢蓝河心里不是滋味。

"谢少爷，你看看。"安岚琢磨片刻，写好新的香方后，就往谢蓝河跟前一推。她和谢蓝河最大的不同在于，谢蓝河更加熟悉名贵的香品和香方，她则对一些不起眼的香，甚至还称不上香的植草，但经过特别炮制和糅合后，依旧能散发出迷人独特香味的东西更加了解。

那些年，谢蓝河在那间清冷的宅院内，陪他母亲一块品谢六爷偶尔让人送过来的名贵香品时，安岚正在源香院的各个角落里，摘花拔草，一次又一次地玩着她能感觉到的所有味道。

两人讨论了小半个时辰，中和双方的见解，最后定下新的香方时，谢蓝河看着那张沉静的侧脸，迟疑了一会，便道："安岚姑娘，你……"

安岚写完最后一个字，抬起脸，询问地看着谢蓝河。

谢蓝河沉默地看了她一会，才道："方四少爷和丹阳郡主能担负得起他们想要的任何香品。"

安岚没想到他会说这个，便垂下眼，看着修改后的香方："是呢，真有些羡慕。"

谢蓝河也看着那张香方："安岚姑娘觉得，这个，能比得过他们的香？能获得大香师的认可？"

他在制香上一样有过人之处，不然谢云大香师不会开口让谢府的人接他回去，只是，他目前所擅长的，和安岚所擅长的，并不一样。即便他也觉得这张香方极妙，但同时，他心里也很清楚，这是一个很大的冒险。

安岚闻言，沉默了一会，才道："婆婆说过，聚天地纯阳之气而生者为香，香本就没有高低贵贱之分，所以，应当没有一开始就有比不过的道理，若我们齐心协力，大香师定会认可的。"

末了，安岚又补充一句："婆婆是我们香院里的婆婆。"

谢蓝河一怔，看着那张安静中透着倔强的眼睛，有那么一瞬，他觉得自己似乎是在照镜子，于是开口道："人却有高低贵贱之分。"

夕阳下，少年浅淡的眸子清澈澄净，里头清楚地倒映出她的影子。

安岚轻轻摇头："是人的身份地位有高低贵贱之分，在长香殿里，香使是高，香奴是低；香师是贵，香使是贱。而我，以前曾是香奴呢，现在，我已是香使长了，以后，我又会在哪个位置？"

谢蓝河有些震惊，不是震惊于安岚的这番话，而是震惊于她这番话所表达出的想法，竟跟他一直以来所想的，不谋而合。

年轻的身体里，都藏着一颗不安分的心。

安岚和谢蓝河将那张新改的香品单子递给莲月后，莲月呵呵一笑："两位既然要用劳力来换，这样的香品，我也不多做为难，明日一早，上山采五斤熏草，晚上去香房炮制香药。若是认真，只一日一夜便可，若是有丝毫差错，那么……"

安岚忙道："您放心，我们定会极认真的！"

谢蓝河也点头。

莲月打量着他们，笑眯眯地道："那就回去吧，明天会有人带你们上山。"

两人道过谢后，从藏香楼出来，都长吁了口气。

"回去吧。"谢蓝河说，语气已不复来时的客气。

安岚点头："明天需早点起来。"

谢蓝河也点头，两人回去的路上，碰到方玉辉和甄毓秀往这边过来。

于是双方都停下，方玉辉跟谢蓝河打招呼后，朝安岚微微颔首，他的言行举止都极有教养，身上带着一种与生俱来的优越感。单单看他或许不明显，但跟谢蓝河站在一块后，旁人就会注意到，这少年眉眼间带着分明的傲气，看人时，即便是平视，眼睛也是以一种俯视的姿态微微朝下。

甄毓秀见他们两手空空，便对安岚道："怎么，这是白跑一趟了？"

安岚笑了笑，只摇头，却不回答。

甄毓秀看着她微微皱眉，只是这会儿方玉辉已经抬步，她便懒得再搭理安岚，赶紧跟上。谢蓝河回头看了他们一眼，低声道："我说得没错，甄姑娘会主动配合方四少爷的。"

安岚也往那看了一眼，却没有说什么。

方四少爷那样的人，应当是眼高过顶，加上又有真才实学，或许根本不屑甄姑娘的配合。甄姑娘若是跟不上方四少爷的脚步，那么甄姑娘自以为是的配合，或者在方四少爷眼里，反而是拖累也不定。

……

果真，当莲月将同安岚和谢蓝河说过的话，跟他们也说了一遍，然后再将他列出来的那张单子递给他们。甄毓秀愣了好一会才回过神，转头，便看到方玉辉微沉的脸。

她一直很想在方玉辉面前表现一番，于是认为现在就是个机会，因而抬起下巴，鼓起勇气，有些轻蔑地看着莲月道："我们来藏香楼取香，可是大香师的意思，莲掌事竟想借此机会中饱私囊，难道就不怕我们告诉大香师！"

方玉辉的脸色当即一变，想阻止，已经来不及了。

"呵呵呵……"莲月笑了起来，并且笑的时间还有些长。

甄毓秀有些莫名其妙地看着莲月，然后又转头不解地看了看方玉辉，却看到方玉辉此时的表情后，她忽然觉得，自己很可能，是说错话了。

可是，她说错什么了？她刚刚说的那些话并没有错啊。

赤芍是在白大香师面前说，他们需要的香品由天枢殿的藏香楼提供，那这可不就是白大香师的意思？眼下这藏香楼里的掌事既敢狮子大张口，那可不就是打算趁机谋取私利？而且他的胃口也实在太大了，那些东西，她看着都咋舌，就算能付得起，也不能这么傻乎乎地照付。再说，方四少爷可不是普通身份，她说的那两句话绝对是有分量的。

"那就请两位去找大香师评评理吧。"莲月笑完后，站起身看着他们说了这么一句，便让人就请他们出去。

方玉辉忙道："莲掌事请留步，在下并非是这个意思。"

只是莲月已经转身，头也不回地走了。

方玉辉的脸沉了下去，甄毓秀一看这情形，即有些心慌和不安，但更多的是不解："怎，怎么，他这就走了，那我们……"

"甄姑娘！"方玉辉转头看了甄毓秀一眼，神色极其认真。

甄毓秀有些慌，忙看向方玉辉，没来由的就是一阵心虚，于是面上讪讪的。

方玉辉道："甄姑娘此心实属难得，只是，这长香殿毕竟不是普通地方，我们行事，还是小心谨慎为上。"

甄毓秀顿时满脸通红，已意识到自己刚刚那通话起到反作用了，再看方玉辉因表情认真而更显英俊的容貌，心脏跳得愈快了，有些结巴地道："是，那，那现在怎么办？"

方玉辉很后悔为何不找个借口，就自己过来取香，带她一块过来，果真是坏事。他刚刚之所以会犹豫，不是因为觉得莲月的条件过分，更不是为此为难，而是在想谢蓝河他们到底要了什么香，为何谢蓝河和安岚从这里出来的时候，两手空空。

"先回去吧，此事我来想办法，甄姑娘是金枝玉叶，本就不该为这等事费心。"

方玉辉出来藏香楼后，礼貌又客气地道。

甄毓秀心里愧疚，就道："我去找赤芍侍香说明此事。"

方玉辉忍住心里的烦躁："甄姑娘莫要如此，这等小事，不该去麻烦赤芍侍香，先回去吧，明日再说。"

"可是……"甄毓秀还是觉得不安，"要不，我去找那位莲月掌事赔礼道歉！"

方玉辉摇头："甄姑娘容我想一晚，也正好趁这个时间再考虑一下，那张香方是否还需要改一改。"

甄毓秀终于点头，满是愧疚地欠身行礼："都是我不好，拖累了方四哥。"

方玉辉敛去面上的不耐烦，揖手回礼："甄姑娘言重了。"

总算将甄毓秀送走后，方玉辉皱着眉头叹了口气，想了想，就再次返回藏香楼。

方玉辉主动加了条件，不多会，如愿拿着自己需要的香品从藏香楼里出来，然后快步离开那里。

而他才走，丹阳郡主和方玉心也来到藏香楼，一样是遇到这个问题。

方玉心瞧着莲月给开出的单子，禁不住咋舌，悄悄跟丹阳郡主道："郡主，要不要先考虑考虑？"

莲月笑眯眯看着，没有阻止她们商量。

丹阳郡主善解人意地一笑："方妹妹若为难，我可以全都……"

"我不是这个意思。"方玉心面上一红，忙道，"我，我只是觉得，郡主何不直接求到崔大香师那。"

丹阳郡主摇头止住她的话，然后对莲月微微欠身，应下那些条件，同时按压了手印，方玉心也只好在那上面按下自己的手印。

只是待丹阳郡主拿着香品出了藏香楼后，方玉心还是忍不住问："其实，郡主直接去找崔大香师，不是免得事后再付这么多名贵香品。郡主，我，我并不是说不舍得的意思，而是……"

丹阳郡主微笑道："我明白方妹妹的意思，只是这明明是白大香师的晋香会，赤芍侍香又已明言天枢殿的藏香楼可以提供香品，我却直接求到崔大香师面前，保不准白大香师会不会对此有看法。再说，你又如何知道，别的香殿的藏香楼，不会有这等事？"

方玉心怔然，好一会后才叹道："还是郡主思虑周到，我完全没想到这些。"

丹阳郡主看了她一眼："方妹妹只是不愿去想而已。"

方玉心有些不好意思地笑了："是呢，在家，娘也总说我爱犯懒，直肠子，不愿动心思。"

丹阳郡主道："女孩儿家这样也没什么不好。"

方玉心微微皱了皱鼻子，忽然想起安岚和谢蓝河："啊，不知安岚姑娘如何了？"

丹阳郡主脚步微顿，是呢，她也想知道。

第034章　被咬·合作·披衣

　　清晨的大雁山，是湿气最重的时候，即便是在长香殿内，那雾气也几乎是触手可及。
　　百里翎随意披了件罩衣，抱着胳膊站在门口，看着天边那抹淡淡的霞光，然后就往天玑殿的后山走去。
　　路上遇到他的侍女，几乎都是红着脸向他行礼，待他走过后，才恍惚回过神，按住那颗乱跳的心。
　　这个男人，不仅生得眉眼风流，其放荡不羁的行为举止完全是从骨子里透出来。即便只是一个漫不经心的眼波，都能让人心动加快，但轻抿的薄唇，却又令人不敢生出丝毫亵渎之心。
　　他兴起时，可以上山下海寻异香，只为讨佳人片刻欢心；他薄情时，旁人为他或是倾家荡产，或是苦守十年，也换不得他回眸一顾。
　　净尘已经习惯每天早上固定的时间起来做早课，果然，百里翎顺着后山那条青石板路走到天权殿这边时，就看到薄薄的雾气中，香殿的飞檐下，袅袅的香烟旁，盘腿坐着一个安静又虔诚的影子。
　　百里翎笑，眉眼飞扬，大摇大摆地走过去，撩袍往香炉的另一边坐下，曲起一条腿，姿态惬意而懒散。
　　净尘做完功课后，睁开眼，双手合十："阿弥陀佛，百里大香师，你又来小僧处做什么？"
　　百里翎斜着眼打量他，笑眯眯地道："白广寒这是雁过拔毛啊，当真是不客气，崔文君和方文建估计要被恶心到了！"他说完就哈哈大笑，随后又道，"不过谢家那小子，真不知他到底是有骨气还是傻，便宜了谢云那厮，结果却要让我家小丫头跟着一块吃苦头。"
　　净尘道："此事广寒先生自有盘算，你我无需为此费心。"
　　百里翎微微眯眼，忽然靠过去，鼻子几乎要贴在净尘的脸上。净尘浓黑的眉毛颤了颤，又双手合十念了一声"阿弥陀佛"，然后一本正经地道："小僧不好男色，百里大香师就莫要逗小僧了。"
　　百里翎一怔，随后大笑，就将手搭在净尘肩膀上道："不好男色那就是好女色了，好好好，你在寺里吃斋念佛那么多年，如今出来也该正经开开荤了。莫担心，白广寒那厮不管你，哥哥管你，今儿就给你安排。"
　　净尘满脸通红："小僧不是这个意思！"
　　百里翎又是一通乱笑，笑得媚色横飞，净尘有些受不了他，就要起身走开。百里

293

翎却拽住他，慢慢收了笑，忽然问出一句："白广寒，为什么这么着急找继承人？"

净尘一愣，就看了百里翎一眼，百里翎又道："虽说大香师的继承人不好寻，但依他如今这个年纪，就这么正儿八经大张旗鼓地找继承人，此事别说是我，但凡关注长香殿的人，心里怕是都会有这样的疑问。"

……

藏香楼的香奴将安岚和谢蓝河带到大雁山上一处野草丛生的山谷湿地，交代他们务必天黑之前回去，然后就转身走开了。

安岚放下竹筐，蹲下在那野草丛里仔细找了找，又在附近转了一圈后，就看向谢蓝河道："想不到都这个季节了，这地方还有这么多熏草，我们开始吧，快的话，可能半天时间就够了。"

谢蓝河点头，没有多言，将袖子往上一卷，然后弯下腰……

熏草又名零陵香，多生长在山谷湿地中，叶子像麻叶，七月中旬开花，气味像蘼芜，香飘十步以外。九到十月间，将植株连根拔起，去净根上泥沙，烘干或阴干，以茎叶嫩绿、灰绿色、干燥、香气浓、无泥沙者为佳。

这种采香的活，安岚小时候就做惯了，几乎每株熏草都是被她连根拔起，没多会，她的竹筐里就装了一小半了。她转头往谢蓝河那看了一眼，见谢蓝河的竹筐里也已装了跟她差不多量的熏草，她很高兴，照这速度，估计用不了半天就能采满五斤。

只是当她要收回目光时，忽然发现谢蓝河拔出来的熏草，根茎干已断，却还是往竹筐里扔。她怔了一下，就起身走过去，在他旁边蹲下。谢蓝河停下手里的动作，不解地看了她一眼，目光中带着几分焦虑和恼怒。

安岚伸出手抓住一株熏草，另一手拿根枯枝往旁边轻轻戳着，开口道："我七岁的时候，就跟着香农去山谷里采香，那时候什么都不懂，更不知道什么巧劲，每次都将熏草的根茎拔断，因此挨了好多责骂。来收香的人检查得非常严格，断了根茎的熏草，价格就要低好多。大家都是靠这个吃饭的，伤了一株，就是少了一株的钱，所以谁都不敢不小心。"

她说着，就已经将一株熏草完整的拔出来，瞧着无比轻松。谢蓝河面上微烫，他刚刚每拔一株熏草，都要费好大力气，手臂还多次被旁边的野草和枯枝划到。

"主要是把劲用在手腕上，一开始手指不能用蛮力，注意弹性，周围的土仔细松一松，就能拔出来。"安岚没有问他清楚了没有，拔了一株后，又接着拔下一株，一边做一边解说。

谢蓝河一开始还觉得有些不自在和不好意思，却看到安岚如此坦然的神色后，便照着她说的学了起来。他虽自小就被养在外面，但除了遭人白眼外，到底没真正吃过什么苦，特别是在吃穿用上，谢六爷从没短过他母子二人。因此，似这样的粗活，他别说做过，是连见都没见过。所以完全没想到，就是拔几棵植草而已，里头竟有这么多门道。

几次之后，谢蓝河也拔出一株完整的熏草，当下就笑了起来，还有些得意地将那株熏草递到安岚跟前晃了晃："怎么样！"

安岚也笑了："谢少爷聪明，我一开始可是学了好些天才掌握这巧劲的。"

谢蓝河面上又露出几分赧色："别夸我了，你那时候不是年纪还小吗。"

安岚又笑了笑，就往旁一指："那我去那边了。"

谢蓝河点头，安岚便站起身，只是她才刚走出两步，谢蓝河突然叫住她："安岚姑娘！"

她一怔，回头，就瞧见谢蓝河手里拿着那株熏草朝她扑过来！

那一瞬，很短，但她脑子里却冒出很多念头。

这是在大雁山上，虽是个相对平缓的山坡处，但到底是在山上。此时离她不远之处就是个陡坡，若是不小心摔下去，能不能保住性命不敢说，但肯定是不能再继续留在晋香会了。

每组有两人，即便顺利获得大香师的认可，最终也只能一人晋级。

而前提条件又是两人必须合作，那么，若是有一人因客观原因不能再参与晋香会，那最终的晋级者，自然就是能留下的那位……

那一瞬，她没有看到那双琉璃般的眸子里透出的惊惧和焦急，只是将事情往极坏的方向去想。所以，当游到她脚旁的那条蛇突然回头，往谢蓝河手臂上咬了一口后，她才知道到底发生了什么事。

安岚赶紧侧身，扬起手里的棍子去打那条蛇，那蛇受了惊，很快就钻进草丛逃走了。安岚白着脸回头，赶紧扔下竹筐去扶谢蓝河："咬，咬到了？咬到哪了？我看看！"

将他的袖子往上一推，便看到他小臂上那个伤口，白皙的手臂，衬这那点儿血珠，无比刺眼。她心里一慌，就低下头，就着那伤口帮他吸出里面的血。

这是他们常用的土法子，身为香奴的那么些年，她和金雀还有香院里的香奴没少上山入林干活，若谁被蛇咬了，第一个想到的就是马上将伤口的血吸出去。在他们眼里，所谓的男女大防，在更实际的东西面前，比如生命比如生病，狗屁都不是。

谢蓝河有些蒙住，少女柔软的唇触在他的手臂上，令他浑身僵硬，直到安岚吐了两口血后，他才回过神，有些结巴地道："安，安安岚姑娘，你，你知道那是什么蛇？是有剧毒吗？"

安岚觉得差不多后，才抬起脸，拿袖子擦了擦嘴，有些感激，又有些愧疚地道："我们都叫那种蛇花灰，有毒，但不是会要命的毒。"

一听是有毒，谢蓝河的脸色也有些白了，忙问："什么毒？"

"被咬后会发烧，少则一个晚上，多则三个晚上。"安岚说着就往两边找了找，扶着他道，"谢少爷，你先在那石头上歇一歇，我给你找点儿草药敷一下，能解一些毒。"

谢蓝河有些怔怔地坐下，然后垂下脸，看着自己的胳膊，一时间脑子有些乱。

发烧的话，那他这几天怕是就什么都不能做了，到时，即便和出来的香受到大香师的认可，他也不会被选中。

安岚找到药草后，摘下来放进嘴里嚼碎了，跑回来，敷在谢蓝河的伤口上，再拿出自己的手绢给包好，然后看着他道："没事的，我以前被咬过，我们香院里好些人也被咬过，都只是发点儿烧就好了。有人给大夫看过，大夫也说没事儿，这不是剧毒。"

谢蓝河垂下眼苦笑，没说什么，如今说什么都没用了。

安岚站在他跟前，有些愧疚地道："你且忍一忍，这事我们谁都别说出去，香殿的人应该不会知道。昨儿莲月掌事也说了，今晚我们要在香房里炮制香药，如此你就不用回去，那方四少爷也不会知道这个事，待过了今晚，应该就没什么事了"

谢蓝河一怔，抬起脸。

安岚又道："多谢你救了我，不然被咬的就是我了。"

很快，谢蓝河就觉得身上乏力，特别是被咬的那只胳膊，连抬起来都有些困难。他本还想再拔些熏草的，只是依他这情况，是不可能如愿的。

"谢少爷，就交给我吧，我做得很快的，你看，现在这差不多快两斤了。"安岚掂了掂手里的竹筐，"我保证太阳落山之前就采足五斤的熏草，你别担心，真的！"

谢蓝河没说话，只看着竹筐里的熏草出神。

安岚有些难过，更为自己刚刚那一瞬的想法感到羞愧。她垂下眼，深吸了一口气，忍住心里有些火辣辣的感觉，然后将早上带来的菜馍馍放在谢蓝河跟前："快中午了，你先吃点东西垫垫肚子，我给你找点水去。"

谢蓝河想叫住她，她却已经拿着盛水的碗转身跑了。

大雁山上的水源很多，天枢殿又是依着山瀑而建，所以根本不用找，只抬眼看过去，就能瞧到旁边不远处的崖壁那，有山泉潺潺而下。

谢蓝河有些乏力地靠在石头上，看着那姑娘捧着一碗水小心翼翼地走回来，心头有些怔然。他从未接触过这样胆大心细的女子，手臂上那柔软的触感似乎还在，令他有些不自在，于是不由又抬手往伤口那摸了摸，却摸到一方手绢。他便垂下眼看了看那手绢，这手绢跟方玉心及丹阳郡主等人常用的不一样，很普通，花纹普通料子也普通，颜色还有些暗，看得出是用很长时间了。

谢蓝河目光再往下，落到自己的腰带上，宝蓝色的缎子，因用的时间长了，颜色已经褪成淡蓝色，这也不是什么好料，所以缎子上的光泽也已经发暗。其实自被接回谢府后，他的衣饰等一应平日里用得上的东西，渐渐都换了新的，但是，以前用过的好些东西，他还是一直留着。

那些年，谢六爷虽然没短过他们母子吃穿，但也不是多富裕，红颜未老恩先断，若非因为生了他，多少也算是谢家的一条血脉，谢六爷哪可能还会记得他娘。所以，那些年他们母子的生活，虽没冷着也没饿着，却也依旧拮据。特别是他娘总是精神不足，晚上需要熏香才能睡得好，那些香药又不便宜，于是日子过得越发捉襟见肘。

安岚捧着那碗水走到谢蓝河身边，见他还是那副出神的模样，踌躇了一下，才小心翼翼地道："谢少爷，你喝水。"

少女有些忐忑的声音让他回过神，他才抬眼，那碗水就已经递到他跟前。

"不用管我了，你去采熏草吧。"谢蓝河接过那碗水，顿了顿，又道，"你……你不用觉得愧疚，我是个男人，都看到你要被蛇咬了，定是不能眼睁睁看着的。"

像是要证明自己就是个男人，少年说这话时的表情郑重而认真。安岚一怔，心头万般滋味，更觉自己适才的想法实在是难堪，于是躲避地垂下眼微微点头，然后转身拎起旁边的竹筐。

……

太阳落山之前，安岚终于采满了两筐的熏草，她反复掂了掂，觉得这两筐加起来，起码有七八斤了。于是就准备下山，谢蓝河此时身上已经开始发烫，整个人也有些昏沉沉的。她便将那两筐熏草摞起来，打算一起背下去，只是还不等她绑紧，其中一筐略重些的就被谢蓝河给接了过去。

"走吧。"谢蓝河也不多说，将竹筐往自己身上一背，就往回走，只是他的脚步却明显有些虚浮。安岚忙过去搀住他的胳膊道："我，我虽看起来个子小，但还是有力气的，这点东西不算什么，背得动的。"

谢蓝河看了她一眼，见她额上都是细细的汗。眼下已是深秋了，虽今日阳光很好，但他坐那都觉得冷，她却出了汗，脸上还红通通的。这里虽有不少熏草，但野草也很多，还有很多山石夹缝，光来回找就费劲，更别提不停站起来又蹲下去，再小心翼翼地连根拔出。这活儿只干一会不费劲，但连续干上一天，就知道不容易了。

谢蓝河没理安岚的话，不过下山时倒让她扶着自己，只是待要回到天枢殿时，他就让她放手，然后小心放下袖子，并理了理身上的衣服，就若无其事地走进去。

"嗯……还不错，勉勉强强算合格。"莲月仔细检查过后，抬起眼打量着他们俩，目光在谢蓝河身上停下，"谢少爷脸色看起来不太好啊。"

不等谢蓝河开口，安岚就道："这些大部分都是谢少爷采的，下山时谢少爷又帮我背了这筐熏草，所以累着了。"

谢蓝河张了张口，又闭上，并垂下眼。

莲月呵呵笑了："这般相互扶持，倒是难得。"他说完，就领着他们去专门炮制香药的香房，然后道："这架子上的香，还有今天你们采的这些熏草，明早之前炮制好，记住了，一点儿差错都不能有。"

莲月说完，就飘然离去，安岚瞧着他走远后，赶紧回身将快要倒下去的谢蓝河扶到屋里唯一一张躺椅上坐下："你先歇一会，若有人来了我叫你。"她说完，就出去连打了几盆水进来，倒入一个大盆，然后将熏草倒在那大盆水里。

随后她在香房里找了几条干净的，专门用来过滤的纱棉布，浸了清水后拧干，小心放在谢蓝河额头上。接着又在香房里到处翻了翻，找到几个盛香药丸的小匣子，其中一味香药有清热解毒的功效。这些都是极其普通的香药，那几个匣子也是随意搁在架子上，都积了灰，怕是很长时间没人碰了。安岚迟疑了一下，就拿出一粒香药走到谢蓝河身边，让他含着。

谢蓝河也认得这东西，接过后就道："别管我了，你快忙吧，一个晚上很快会过去的，我歇一会也帮你。"

正说着，就听到外头有脚步声传来，安岚一惊，忙给他打了个眼色。谢蓝河即将那丸香药往嘴里一塞，又将额上的湿棉巾拿下来，才站起身，就瞧着一个香奴拎着食盒走了进来。

原来是给他们送晚饭，那香奴说这是莲月给交代的，安岚和谢蓝河甚是诧异，忙欠身道谢。

……

熏草的炮制相对简单，洗干净后，烘干时注意火候和时间就行。

但今晚除了这些熏草外，还有一些莲月留在香房里的檀香，要由他们来完成最后一道工序的炮制。

几乎所有的香在采下来后，都需要根据配伍的要求来进行炮制，然后才能用。未被炮制的香一般称为"生香"，生香要么是具有一定的毒副作用，要么是功效没有完全发挥，所以和香不仅在香料配伍方面十分考究，对于香料的炮制也是极其严格，不及则功效难求，太过则性味反失。炮制得当与否，直接影响着香的质量。

香药的炮制，以顺应阴阳之法为本，提其正气，去其阴邪。重阳者去其燥气，重寒者则去其阴气，取之中和为贵。

檀香多产于湿热地区，香气淳厚，但檀香天生躁火气重。所以配香之前，都是对檀香进行炮制，使其火气消失，香气更加纯正。

跟谢蓝河商议了几句，又草草吃了点晚饭后，安岚就起身去仔细查看了那些檀香，再拿起几片嗅了嗅，然后轻轻点头，心里暗叹长香殿的炮制手法当真是炉火纯青，还差最后一道工序，但这些檀香已足够淳厚，闻之沁人心脾。

前面，这些檀香已经经过清茶淋洒和浸泡，晾干后又用酒和蜂蜜照合适的比例煎沸浸匀，密封后再次阴干，现在，就差最后一道炒制的工序了。

安岚先检查了灶上的锅，确定没什么问题后，就开始生火，一开始要先用大火炒，接着换中火，最后用小火。虽这翻炒的时间都有个数，但若绝对照着那个约定成俗的时间来炒制的话，最后炮制出来的檀香一定会有所欠缺。因为，每种香的产地不一样，摘采的时间不一样，香药本身的品质不一样。而且在炮制的过程中，天气的变化，时辰的不同，空气里的湿度等种种原因加在一起，就决定了每一次香药的炮制，都需要师傅根据实际情况加以调整，才能炮制出最好的香药。

火生好后，安岚把手放在锅上面试了试温度，然后将一部分檀香倒进锅里。

谢蓝河勉强咽下半碗饭，又休息了一小会后，稍微觉得好了些。

屋内醇香弥漫，他睁开眼，看着灶火旁那个忙碌的身影，片刻后，就挣扎着从躺椅上坐起身，走过去，拿个小凳子在安岚身边坐下。

安岚没有特意去计算时间，只是凭着香气去感觉，她在源香院时，这些活儿都有做过，并不陌生。她感觉差不多了，准备换中火，却不及蹲下，就被谢蓝河吓一跳。

"我帮你。"谢蓝河看明白她的意思，说着就将几根烧得正旺的柴火拿出来埋在灰里，红通通的火光映在少年的脸上，令那双浅淡的眸子添了几分妖异的红光。

安岚忙道："谢少爷，你，你得去躺着，我能行的。"

"看着香。"谢蓝河调好灶火后，就抬起脸看了她一眼，然后又垂下眼，看着灶火，有些闷闷地道，"这叫我如何坐得住。"

安岚迟疑了一下，就道："那你可别逞强。"

谢蓝河点点头，默默看着灶火，听着锅铲翻动的声音，闻着淳厚的香气，看着少女的裙摆在他面前微微晃动。火光映着他的脸，纤长的睫毛不时扑闪，沉静得温柔。

不多会，安岚微微转头，他便会意，勉力又将炉灶里的柴火抽出一些熄灭，只留一点儿小火。安岚有些担心地看了他一眼，却没说什么，用心翻炒着锅里的檀香。

屋里的香气愈加浓郁了，谢蓝河抬眼，看到安岚脸颊红润，表情认真而专注。他觉得脑袋越发沉了，但心里依旧下意识着算着时间，然后慢慢移开目光，看向锅内。似香气具化了般，随着她不急不缓地翻炒，遂有紫色气体从锅里飘起，他昏昏沉沉间，暗自点头，安岚则微微扬起嘴角。

用了半个多时辰，试炒的这锅檀香，没有出丝毫差错。

安岚仔细检查后，拿给谢蓝河看，谢蓝河心里放心的同时还有些感慨，这姑娘，在香上的造诣，果真不容小觑，可叹他如今身体不行……

"谢公子，你去躺椅上歇一会吧。"安岚将炒好的檀香放好后，回过身走到他身边，"我知道你放不下心，只是你如今身体这样，真不宜再硬扛着，万一明儿加重了可怎么好。您若出了什么事，我着实担待不起的，到那时我可不敢再隐瞒。"

谢蓝河想了想，勉力站起身，安岚松了口气，忙伸手去扶他。

"檀香你炒制完后，叫我一声，我换你。"谢蓝河回到躺椅上后，就道，"你白天已经累一整天，也不能再熬一晚，别的不说，万一炮制熏草时出了点差错，就前功尽弃了。"

"我知道。"安岚应声，让他躺下后，又将刚刚准备的那条湿棉巾放在他额头上。

谢蓝河再支撑不下去，迷迷糊糊地看了她一眼，就闭上眼睛。

安岚有些忐忑地站在躺椅旁看了一会，随后咬了咬唇，转身往向炉灶那走去。

夜很静，香很纯，淡紫色的薄烟不时从锅里升起，她在炉灶边一站就是一个多时辰。将最后一份檀香炒制好后，她回头看了谢蓝河一眼，见他睡得沉，便小心试了试他额上的温度，再又摸了摸自己的额头，然后将他额上的棉巾又浸了一下清水，拧干，放回他额上。

熏草在吃晚饭的时候已经洗干净了，炒制檀香的这段时间，也已经沥干水分，现在就剩烘干的这道工序。

将刚刚的火炭移到另一边的窖灶里后，安岚打了个呵欠，觉得有些困了，于是用冷水沾了棉巾拧干，用力擦了擦脸，瞬时清醒许多。她又往谢蓝河那看了一眼，然后在屋里找了找，瞧着角落那挂着件单衣。她便走过去取下来，也不知是谁的，有些脏了，不过因是放在香房里，所以这衣服上除了香药的味道外，倒没别的难闻气味。

她拿过来，轻轻盖在谢蓝河身上，然后才走到窖灶旁，开始烘干熏草。

七八斤的熏草，还是要分几次来才行，这个过程倒不似炒制檀香那么复杂，但是需要很专心，因为火候若过了，最后炮制出来的熏草，品质肯定是要下降的，严重的甚至不能用。

月朗星稀，长香殿今夜多人未眠。

天枢殿的香房有很多，白天安岚和谢蓝河上山采熏草时，丹阳郡主和方玉辉两组人，已经开始配香药了。因香品准备得齐全，而且大部分还都是已经炮制好的，需要根据自己的香方特别炮制的香品也就那么一两种。所以差不多天黑之前，他们都已配好香药，开始窖藏。

天黑后，丹阳郡主和方玉心都回了客房，不多会，甄毓秀也回来了，双方相互打听了一下对方那边的情况，都很是顺利。方玉心却不时往安岚的床位那看过去，总是一副心不在焉的样子，丹阳郡主便道："也不知安岚姑娘和谢少爷那边如何了。"

"听说付不起香品，便上山采香草去，回来后，莲月掌事又让他们炮制香药，估摸着这会儿还忙着呢。"甄毓秀说着就是一声嗤笑，然后摇了摇头，"真是，原就不该是她待的地方，何必逞强，叫人笑话。"

方玉心轻轻咬了咬唇，有些不赞同地低声道："这怎么是逞强呢？"

甄毓秀看了方玉心一眼，晓得她这是在为谢蓝河说话，便笑着走过去坐在她身边，亲热地道："我是说，定是安岚逞强，结果却拖累了谢少爷，不然依谢少爷的能耐，怎么可能会付不起那点儿香品。"

方玉心面上微红，转头瞧了瞧桌上的漏壶："都这个点了，也不知他们用晚饭了没，莫不是今晚要通宵炮制香药，这样身体如何吃得消？"

丹阳郡主则道："咱们两组，莲月掌事给出的条件都差不多，若依那样的条件，他们这一日一夜，能换得下来吗？"

方玉心一怔，心里更加担忧了，甄毓秀则是暗喜，换不下来才好呢，如此也好叫安岚早点儿收拾东西回去，省得在这碍她的眼堵她的心。

丹阳郡主说出那句话后，就沉默下去，心里细细思索。

天枢殿只给十五天时间，如今已过去两天了，一般的合香，窖藏的时间差不多要十二天，如此，安岚和谢蓝河就只剩下一到两天的时间炮制香药和配香。这么一算的话，他们从藏香楼那要的香品，就只是用今日的劳动力来换。

就一天时间，究竟换的什么香品？

他们又会和出什么样的香来？

……

安岚将约六七成的熏草烘干后，觉得实在是困得不行了，再这么硬撑下去，最后这点熏草怕是很难把控火候，她看了看时间，算着时间足够，便打算坐下歇一会。

到底是个小姑娘，累了一整天，又全神贯注地熬到下半夜，并且大部分时间都是站着的，身体实在吃不消了。于是她靠着桌子一坐，不小心就打起盹来，然后不知不觉间就趴在桌上睡了过去。

安岚睡过去没多久，谢蓝河因一直是一个姿势靠在躺椅上，身体不自觉地翻了个身，随后醒了过来。

睁开眼后，他蒙神了好一会，然后惊得坐起身，就发现自己身上多了件罩衣。他一怔，再往前一看，便见角落处的大桌旁，安岚正趴在那睡觉。

他揉了揉依旧发涨昏沉的脑门，片刻后，拿起那件罩衣从躺椅上起来，走到安岚身边，将那件罩衣轻轻盖在安岚身上。

这好像是他第一次这么近距离地看一个姑娘的睡颜，虽只有半张脸。

谢蓝河站在那发怔了片刻才转身，走到窖灶那，却看到旁边已经烘干好的熏草，他又是一怔，拿起一小撮闻了闻，随后又转头往安岚那看了看。

谢蓝河开始烘干最后那点熏草的时候，并不知道，此时，外头有好几双眼睛都在注意着他们这香房里的一举一动。

莲月看了一会后，什么也没说，就同赤芍一块转身走了。

白广寒的寝殿内一片安静，赤芍没敢进去扰到大香师的睡眠，只等着明日如实汇报。

而此时的天玑殿那边，百里翎听说了香房里的事后，顿时笑了起来，叹道："真是个傻得可爱的孩子，白广寒这是捡到宝贝了吗？啧啧，还真叫我有些舍不得了！"

……

天将亮的时候，安岚猛地惊醒，慌忙站起身，甚至将椅子都撞翻了。

"小心。"她还不及转头，旁边就传过来一个略有些沙哑的声音。

"谢，谢少爷！"安岚扶着桌子，"熏草……"

谢蓝河将那一小簸箕的熏草放在她跟前的桌子上："你放心，已经都烘好了。"

安岚怔了怔，抬手往簸箕上拨了拨，然后有些呆愣地问："你起来了？你……现在，现在是什么时候了？"

"再过一会天就亮了。"谢蓝河说着就往躺椅那指了指，"安岚姑娘去那躺一会吧，这会儿得多歇歇。天亮后，就要开始配香了，还得再忙一日。"

"我……"安岚摸了摸自己的额头，"我刚刚是睡着了。"

"嗯，你是太累了。"谢蓝河看着那单薄的声音，有些愧疚地道，"檀香炮制完后，你该叫醒我的，幸得我没睡踏实。"

"对不住。"安岚喃喃道，很是不好意思，幸好他醒过来了，不然这事非要被她给弄砸了不可。

"不是，其实是我拖累了安岚姑娘。"谢蓝河摇头，然后抱拳施了一礼。

安岚这才注意到，他看起来似乎没那么糟糕了，便问："你，已经好了吗？"

谢蓝河点点头："安岚姑娘说得没错，就只烧了一晚，眼下感觉比昨晚好多了。"

安岚松了口气："好了就好，若是今儿还烧的话，就真不知该怎么瞒着了。"

谢蓝河微微一笑："安岚姑娘去那躺一会吧，我去外头醒醒神。"

第035章　窖香・出窖・差距

天亮后，赤芍走到白广寒的寝殿这边时，不经意地抬头，便瞧着天边的微光下，天枢殿那卧着异兽的飞檐如似神之手画下最为浓重的一笔，巍峨高远的殿宇饱含着张扬的气势，华美的线条宛若天宫的剪影。

她相信，每个上来长香殿的人，此时抬头看到这一幕，心灵都会受到震撼。

那震撼，却不是因为那些巍峨的殿宇和巨大的飞檐，而是因为，此时，站在殿宇最高处的那个人。

最高处，自然风最大。

他双手抱在胸前，身体有些随意地靠在露台的石柱上，任凛冽的寒风扬起他的长发和衣袍，她看不清他面上的表情，只看得到他侧脸完美的线条，以及飞扬的长发画出风的痕迹。

广寒先生什么时候起来的？天才微微亮！

赤芍有些诧异，并且白广寒大香师此时正看的，是香房那边的方向。

她不敢多想，往旁交代两句，就快步走上去。

上了露台后，依旧不敢走得太近，约半丈距离时，她就停下，垂着脸将昨晚看到的事一五一十地说出来。

白广寒听完后，没什么表示，依旧看着那个方向。

赤芍等了一会，见没有别的吩咐，就又轻轻退了出去。

那姑娘，究竟有何特别之处？为何能得大香师如此看重？

赤芍走远后，终是忍不住抬脸回头看了白广寒一眼，然而此时朝阳已现，他正好沐浴在最初那道破云而出的霞光中，风未止，于是那一瞬，他看起来似要羽化飞仙而去。

……

"谢少爷，你歇一会吧，只差印成模子了。"安岚抬手随意拨了拨垂下来的发丝，接着道，"你虽退烧了，但身体还未完全好，还是应该多歇息的。"

已经快中午了，他们却还不曾真正歇过，这半天时间，两人几乎都拼着一股劲在坚持。就连用早饭的时候，他们也都是一边往嘴里塞吃的，一边整理要用的香品。

谢蓝河正擦着用来窖香的瓷坛，听了这话，就抬起眼看了看安岚："你是姑娘家，你都不歇，我歇什么？"

"我自小做惯了这等活，熬上一两宿是常有的事。"安岚说着就看了看谢蓝河那双白净的手，低声道，"谢少爷应该是没做过这等活，硬撑的话，身体可是会吃不消的。"

谢蓝河又看了她一眼，不得不承认，她是个非常好看的姑娘。胆大心细，不矫揉造作，沉默的时候多，但不沉闷，有心计，但不失真诚。

谢蓝河将坛子擦干净后，往桌上一推，然后有些自嘲地笑了笑："安岚姑娘是不是觉得，我明明有捷径可走却不走，反跟这自讨苦吃。"

安岚一怔，抬起眼："我未曾这么想过。"

谢蓝河垂下眼，看着自己的双手："比起安岚姑娘，我确实应该感到惭愧。"

安岚手里的动作停下，有些怔然地看着他。

片刻后，谢蓝河才抬起眼，淡淡一笑，俊秀的脸有些苍白，但目中却带着光彩和希望："快将模子印好，如此就只等着出窖了。"

一刻钟后，他们便将印成精致模子的新合香放入坛子里，用蜡纸封住器口，拿到专门窖藏香品的静室，放入地下的窖内。

从静室内出来后，安岚和谢蓝河都长长松了口气，随后相视一笑。

只是，笑过后，两人都想起，当日赤芍宣布的那个条件，他们，最终只有一人能留下。扪心自问，他们都不敢说自己比对方更优秀。

"回去好好休息。"短暂的沉默后，谢蓝河轻轻道出这么一句。

安岚点头，同他一块去莲月那道谢，然后才一起离开了这里。

男女客房是分开的，一个在东一个在西。

各自往回走时，谢蓝河走了几步，就停下，回身道："安岚姑娘。"

安岚回头，此时阳光正好，但照在她脸上，却令她的脸色看起来白得有些透明。

谢蓝河沉默地看了她良久，才开口："互不相怨。"

安岚一怔，随后认真点头。

谢蓝河又道："无论结果如何，日后只要你我还走这条路，就……就多多交流，可好？"

这一次，安岚却沉默得有些久，谢蓝河唇抿得紧紧的，莫名地有些紧张。

她是他，第一位真正意义上，为同一个目标，相互扶持过来的人，并且，两人还又是对手，于是更加难得。虽是女子，但依旧可见忠肝义胆，若她是男的，他定会拉着她结拜兄弟，即便不结拜，他也要将这样的人认作兄弟。

但她却是个姑娘家，他深感可惜，却又不甘就这么作别，更不愿等到结果下来后，两人心里相互生怨，暗叹不公。

安岚沉默，是因为，她若落选，怕是就很难走这条路了。

香使长虽也跟香打交道，虽也需要会配香，但是跟香师们所走的路是完全不一样的。香使长，往上是掌事，再往上还有可能进入香殿，成为殿侍，甚至是殿侍长。一个精于香之道，一个则是要精于俗事庶务。

这些，谢蓝河并不清楚，他即便在某些方面与她有些相似，但终究是个被保护得很好的少年。在他被大香师点名，被接回谢府的那一刻起，即便他在心理上还不能完全适应，但他的身份地位已确确实实有了很大的转变。

就算他不能被选入香殿，凭着谢府的能耐，他想走香师这条路，想必不会是什么难事。她却不同，她若想走香师这条路，就只有这个选择。

只是，第一次有人向她表达这样的意愿，于是，沉默一会后，安岚还是点头，在阳光下露出一个纯粹的笑容："好。"

谢蓝河微怔，随后心里一松，也跟着笑了起来。

阳光下，还一无所有的少男少女相视而笑，于蒙懂中完成一生的誓言。

这样的时刻，日后无论什么时候回想起来，都很美。

……

安岚回去时，正好丹阳郡主等人用完午膳回来，三人瞧着她后，都愣了一愣。

方玉心先开口："安岚姑娘，已经和好香了吗？"

安岚点头，往床上一坐，身体触到柔软的被褥，被强压了一日一夜的疲惫顿时涌上来，于是有些无力地道："失礼了，我先歇一会。"

见她马上要躺下了，方玉心忙追着问："长流哥哥也回去了？"

"嗯，方姑娘若找谢少爷，还是等明日吧。"安岚说着就打了个呵欠，脱了鞋，然后上床掀开被子躺下了。

方玉心见安岚累成这样，想起谢蓝河，不禁感到万般心疼，只是眼下又不好意思马上转身过去找她哥哥。

甄毓秀瞟了安岚一眼，有些不屑地哼一声："邋里邋遢的，真是晦气！"

丹阳郡主微微皱眉，看了她一眼："安岚姑娘已经歇息了，在屋里就都少说些话。"

甄毓秀眉头微蹙，却不敢反驳丹阳郡主的话，只得默默转身走到自己的床边坐下。

丹阳郡主和方玉心也都各自找地方坐下，方玉心依旧在发愣出神，丹阳郡主则随手抽出一本自己带过来的书轻轻翻着。

一会儿后，甄毓秀觉得坐不住，就悄悄拉了拉方玉心，问她要不要出去走走。

方玉心迟疑了一下就站起身，然后询问地看向丹阳郡主，丹阳郡主只是摇头，于是方玉心便同甄毓秀一块出去了。

两人在客房附近溜达了一圈后，方玉心就说要去更衣，甄毓秀只当她找借口去看谢蓝河，也不点破，还一脸理解地道："那我先回去了，走这么一会儿，还怪累的。"

待甄毓秀离开后，方玉心却不是往谢蓝河那过去，而是走向窖藏香品的静室。

十几天的窖藏时间，这当中，是允许窖香的人不时过来查看的。

所以，方玉心过来后，很顺利就进去了。

静室内放着数十个除了大小不一样外，几乎都一模一样的坛子，每个坛子下面都放着一块小木牌，上面记录着香名和放入的时间。方玉心挨个看着，她是跟丹阳郡主一块将香放在坛子里，并一起拿过来放在这里的，她记得那个位置。

不一会，就找到了那个坛子，她心中一喜，拿起那块牌子仔细看了看。确认无误后，又往门那看了看，然后拔出发上的金钗，将坛子上面的蜡纸轻轻剔开。

手有点儿抖，心脏跳得厉害，额上甚至出了汗。

她紧抿着唇，几乎是一口气将那蜡纸剔开，看到里头的香丸时，才抚着胸口松了口气，没有弄错。将金钗插回发上后，她就从袖子里拿出一个小瓷瓶，拧开盖子，将瓷瓶里的东西都倒进坛子里面。随后又将那张蜡纸仔细恢复原样，并拿出火折子，把周围的蜡重新熔化，再次封死坛子。

全弄好后，她觉得手脚都有些发软，怔怔地看着那个坛子，心里连说了几个对不住。

已经进来好一阵，不好停留太长时间，只是转身前，她忍不住又回头看了看那一排排坛子。安岚那组的香也在其中，只是她不知道他们的香名是什么，不过若对上今天的时间……方玉心迟疑了一下，终是收回目光，离开那里。

回到客房时，甄毓秀已经躺在床上了，丹阳郡主还坐在椅子上看书。她进屋时，丹阳郡主还抬起脸对她微微一笑，方玉心却有些不敢看丹阳郡主的眼睛，眼神闪烁了一下："郡主怎么不休息？"

"睡不着。"丹阳郡主说着就轻轻一叹，"心里一直挂念着那些香，还想着找你一块去看看，只是甄姑娘都回来了，却不见你回来。"

"我，我去哥哥那儿了。"方玉心心口猛地一跳，强忍住心里的慌张，垂下眼道，"都已经窖藏起来了，有什么可看的，且安心等上十余天。"

"说得也是。"丹阳郡主笑了笑，就又垂下眼继续看书。

方玉心不敢再多说，打算也去床上躺下，避免自己露出马脚。

只是她刚在自个儿床上坐下，丹阳郡主又抬起脸看向她，并叫了她一声："方妹妹？"

方玉心心口狂跳："郡主什么事？"

丹阳郡主打量了她一眼，笑道："你紧张什么，你这是也要歇息了吗？"

"我没紧张啊。"方玉心忙否认，随后又道，"是，有些累了。"

丹阳郡主却一直打量着她，方玉心越发心虚，既想观察丹阳郡主的眼神，但同时又不敢看丹阳郡主，于是眼睛往两边看了看，就抬起手摸了摸自己的脸："郡主看什么？我脸上有脏东西不成？"

"方妹妹果真是个迷糊的。"丹阳郡主看着她笑，"这都要睡下了，还不知道卸钗环。"

方玉心一愣，随后松了口气，就站起身，有些不好意思地笑道："我忘了，以往在家，都是丫鬟们帮忙，如今却没想那么多，让郡主见笑了。"

她说着就走到梳妆台前，将发上的金钗等物都卸了，然后才回到床上躺下。

只是躺下，并没有真正入睡。

一会后，丹阳郡主也合上书，轻轻打了个呵欠，然后站起身，走到梳妆台旁，也卸下发上的钗环。只是当她将自己那支紫水晶发簪放到台面上时，眼角的余光扫过方玉心放在一旁的那支金钗，她眼神顿了顿，就落到那支金钗上面。

方家姑娘身上戴的首饰都是顶好的，因为是闺中姑娘戴的东西，所以那金钗看起来其实并不怎么起眼，但是金子是纯的，不掺杂丝毫别的东西，所以看起来黄灿灿的，极是抢眼。

只是，那钗尾……却似沾了点什么东西，瞧着没有钗头那么亮。

那金钗其实就放在丹阳郡主跟前，但她却没有抬手去拿，而是很认真地看了一会，然后才放下自己手里的钗环，站起身，走到自己的床边躺下。

她什么都没问，也什么都没说，只是在心里微微叹了口气。

方玉心并不知道丹阳郡主刚刚在看她的金钗，这会儿瞧着丹阳郡主躺下后，终于松了口气，然后也闭上眼睛。

……

方文建听身旁的人说完这件事后，严肃的面容露出几分冷嘲："方家那几个女人，把孩子都养成了蠢物，将长香殿当成大宅门里的后院，如此无知的做派，白遭人笑话。"

纳兰侍香欠身道："方姑娘也是一片苦心，方四少爷应该不知道此事。"

方文建微微皱眉，却不再说什么，只是看着天枢殿的方向长久不语。

而玉衡殿这边，崔文君听了此事后，却没有任何表态，依旧摆弄着屋里那盆山茶花。

浅明侍香心里有些着急，她也是崔氏出身，并且还是丹阳郡主那一脉，当年进入长香殿之前，又承过清耀夫人的恩情，这些年，她家里也没少得清耀夫人的扶持，所以，她自然是偏向丹阳郡主这边的。

"先生，这对丹阳郡主太不公平了，是不是……"

"公平？"崔文君似听到什么好笑的话，嘴角弯起一个漂亮的弧度，"若是在乎公平，不如让她趁早回去，也省得丢了崔氏的脸。"

浅明愣住，崔文君看了她一眼，淡淡道："行了，你下去吧。"

"是。"浅明不敢再多嘴，欠身退了出去。

崔文君剪下一朵茶花，放在旁边的盘子里，手指在杯子里蘸了点清水，轻轻弹在那朵花上，遂有幽香浮起，殿内的景物全坠入迷雾中。

公平，好个天真的想法。

七殿大香师，有哪一位是靠着公平二字，最终走到这里的？

……

十五天时间，从一开始的紧张，到后来的期待，以及他们不时出去在香殿里走动熟悉，不知不觉间，就这么过去了。

明天一早就开始评比他们配出来的合香了，于是前一天上午，几个人便都来到静室内。

谢蓝河对着坛子的小木牌找到自己的东西，正要去搬，旁边却伸出一只手按在那坛子上面，阻止他的动作。谢蓝河不解地转过脸，安岚把手放下，不动声色地将邻近的两个木牌子换了位置，然后将手放在旁边的那个坛子上，低声道："是这个。"

谢蓝河微怔，随后恍悟，往丹阳郡主和方玉辉那看了一眼，然后低声道："安岚姑娘果真谨慎。"

安岚含糊地道："其实是我小心眼罢了。"

谢蓝河摇头，只是这等场合，不宜多说这等事，他抱着坛子就往外走。只是刚走到门口，突然听到后面传来一阵惊呼："怎么会这样？"

安岚转头，就看到方玉心站在一个已经打开蜡纸的坛子前，一脸的不敢相信。

有怪异的臭味弥漫！

安岚诧异，同谢蓝河对看了一眼，就不约而同地往回走。

丹阳郡主配的合香，窖藏出来，竟是臭的！这简直是不可思议！

"郡主，这，这怎么办？！"方玉心有些六神无主，丹阳郡主则有些发怔地看着那坛香。

方玉辉也走过来，诧异之下，就拿出一个香丸仔细嗅了嗅，随即脸色一变，就看了方玉心一眼，方玉心似不敢看他，一直就垂着眼。

"啊，这可怎么好？！"甄毓秀这会儿也走过来，有些可惜，同时又有些幸灾乐祸地道，"晋香会的品评马上就要开始了呢。"

丹阳郡主叹了口气，然后将那坛子盖上，就转开身，往一边走去。

方玉心等人都以为她是受不了这个打击，要离开这里，安岚却总觉得，似丹阳郡主这样的人，不会这么简单就认输。

果真，丹阳郡主往门那走去，却不是为了出屋，而是从那绕到第三排的坛子那，弯下腰，在最底层拿出一个才手掌大小的小瓷罐。

方玉心初始还不解，但很快即明白其中意思，于是脸唰地就白了。

丹阳郡主拿着那个小瓷罐回来，对方玉心道："之前剩了一些香，我便装到这小罐子里，一起送到这窖藏，希望这个里头的香能没事。"她说着就自己动手掀开盖子，撕开上面的蜡纸，然后垂下脸。

非常矜贵的甜香，安岚已闻到，心里即是一声赞叹。

"万幸，没有坏。"丹阳郡主将手里的小瓷罐子递到方玉心跟前，若无其事地道，"你闻闻，一会焚烧起来后，味道会更好。"

方玉心顿了好一会儿，才笑了起来："真是太好了！"

甄毓秀没想那么多，当即就道："还好郡主另外有准备。"

方玉心笑得有些勉强，谢蓝河又看了安岚一眼，然后示意她出去。

"安岚姑娘，你想得太周到了。"谢蓝河打开坛子后，看着手里的香，有些感慨地道。

而那边，丹阳郡主等人也出去后，方玉辉就管丹阳郡主借了方玉心。

"你做的？"走到一处无人的地方后，方玉辉看着自己的妹子，严厉地问出这句话。

方玉心咬了咬唇，片刻后才道："只有郡主能威胁到哥哥，可我真没想到郡主的心会藏得那么深，我，没能帮到哥哥……"

"糊涂！"方玉辉忍不住低声呵斥，"你当这里是什么地方！"

"哥，哥哥！"方玉辉从未这么严厉地呵斥过她，方玉心心头一慌，"我，我知道做错了，可是郡主应当也不会觉得就是我做的，到底我跟她是一组……"

方玉辉摇头："五妹妹，这里是长香殿，是大香师居住的地方。"

方玉心怔然，片刻后，脸色忽地一白："哥哥的意思是，大香师们会，会知道？"

方玉辉沉默片刻，才低声道："总之，别在大香师眼皮底下做这等事。"

方玉心脸色惨白，她是为帮她哥哥，但若那件事从一开始就被大香师们知道的话，她自己不要紧，就怕会连累了她哥哥，让大香师将哥哥看低了！

方玉辉瞧着方玉心这般神色，心里一软，他这妹子向来就胆子小，却为了他去做这等事，于是抬手拍了拍她的肩膀："不过你也不算白做这些功夫，丹阳郡主确实不简单。"

提到这个，方玉心垂下脸："我真没想到，郡主还会另外准备，我甚至都不知道郡主到底是什么时候准备的。"

丹阳郡主暗中留了一罐香，不仅是给自己留了条路，同时也隐隐指出，那坛香出问题是方玉心做了手脚。谁都知道，方玉心和方玉辉是亲兄妹，方家将这一对兄妹送入晋香会，就是抱着一定要入长香殿的决心。但是，大香师身边的名额只有一个，方玉辉真正要面对的对手并不在这一轮。所以，方玉心为其兄提前除去劲敌，从而在窖藏的合香里动什么手脚，自然不难理解。

在竞争的过程中，想尽一切办法除去对手，本就不是少见之事。个中高手，需做得不被人发现，并且还能达到最终目的。显然，方玉心的手段拙劣了些，虽已经得手，但这得手的结果，和她真正想要的结果，完全是南辕北辙。而此事，大香师究竟知道不道，他们都不敢确认，但是丹阳郡主心里已经清楚，他们却是明白的。

方玉心回了客房后，本是有些不知该如何面对丹阳郡主，却不想丹阳郡主待她依旧如之前一般，根本不提窖香的事。倒是甄毓秀，完全没往别的地方去想，只觉得连丹阳郡主配出来的香也会出差错，实在叫人称奇，又暗叹丹阳郡主运气好，想得周到，没有将配好的合香全放在一个坛子里。于是甄毓秀一时安慰她们，一时又叹好好的一坛香，怎么就变臭了呢，究竟是哪出了问题。惹得方玉心一阵儿尴尬，丹阳郡主也只是摇头，甄毓秀便撇了撇嘴，只当她们不愿示弱，也就不再自讨没趣。

那天，从始至终，安岚都默默看着，没有插一句嘴。

甄毓秀自当是不理她的，方玉心因心头沉甸甸的关系，也没有与她说话，倒是丹阳郡主探究地往她那看了几眼。

这一日，相安无事地过去了，晚上几个人各怀心思地早早睡下。

翌日一早，几个人在香殿侍女的服侍下梳洗毕，便开始为今日的斗香挑选衣裳。

斗香，向来斗的不仅仅是香。

但凡是参与过斗香会的人，心里都明白这一点。

所以，这一天选什么衣服首饰，就显得尤为重要。

衣服是早就挑好了，各自换上，从屏风后面出来后，相互打量了一眼，方玉心由衷赞地了句："郡主这身衣服真好看，也就郡主能压得住这样颜色！"

胭脂红的曲裾，似天边升起的一缕霞光，将她整张脸衬得愈加明艳动人。通身衣裳都没有时下贵女们喜欢用的花纹，唯衣缘处用猩红的丝线绣出简单的纹饰，看着简单，却丝毫不显不单调。

"方妹妹过誉了。"丹阳郡主微微一笑，走到镜子前看了看，便将发上的金钗拿下来，只在耳朵上挂了一对红宝石坠儿。

方玉心看得有些怔住，蓦然间，生出自惭形秽之感，甚至有些不愿承认的嫉妒。

有的人根本不需金钗珠玉装扮，因其本身，就是一颗光彩夺目的宝石。

甄毓秀目中也露出又羡又嫉之色，她自知不能跟郡主比，也不好跟方玉心较出个高下，于是就想从另外那位身上找回她的优越感。

正想着，转过头，就瞧着安岚从屏风后面出来。

甄毓秀上下打量了一眼，从鼻子里发出一声嗤笑，然后故意好心地道："安岚姑娘是不是没准备几套衣服，不如在我这挑件去穿。"

丹阳郡主闻言回头，看到安岚的装扮后，也是微怔。

同样是束腰襦裙，但她身上穿着的，却更似丫鬟的衣着。茶白色的上裳，艾青色的裙子，外加一件豆青色的贴身比甲，衣裳上没有什么显眼纹饰。几乎每个府里的丫鬟，都有这一类的装扮，特别是那颜色。

唐国的风气极是开放，对百姓的衣着打扮以及颜色的使用，管理得很是宽松。不似前朝，事事规矩严明，即便是颜色，也被划出分明的等级。虽前朝灭亡至今已过去近百年，但是，那影响了整整一个朝代，并且深入民间的东西，如今虽不再具有原先的意义，但其所形成的习惯和潜入深处的意识，并没有完全消失。

青色，在前朝时，曾是被视为最低贱的颜色；与此相反，红色，向来是最为高贵的颜色。所以，一直到今，许多人家的奴仆，身上的衣裳，也多是以青色为主色调。

安岚没有回应甄毓秀的话，走到妆台前，打开自己的首饰匣子，挑出那支碧玉簪子插在发上，然后才打量了一眼镜子里的自己，再又从镜子里看了看旁边的丹阳郡主。

这么站在一块儿，连她都觉得自己瞧着像是丹阳郡主的丫鬟。

她垂下眼，心里说不上难过，但这怎么也不会是件值得开心的事情，差距就在那里，如此明白，想不去正视都难。

这世间就是有那么一种人，不仅出身好，还很聪明，并且一样很努力，很刻苦，很有毅力，甚至还很正直善良！

"很适合你。"丹阳郡主也看着镜子里的安岚，由衷地道出这句话，不带丝毫恶意。

甄毓秀便不再说什么，直到都出了房间后，她才跟方玉心嘀咕一句："要我穿成这样，都不好意思出门。"

方玉心怔了怔，低声道："其实，安岚姑娘穿这样挺好看的。"

甄毓秀撇了撇嘴，就是因为安岚穿成这样还那么好看，她才觉得不忿。今日她也特意挑了衣裳换上，比不上丹阳郡主也就罢了，但跟安岚比，自己明明胜她不知多少，却不知为何，却感觉不到欣喜和快意。

……

天枢殿前殿正厅内，已经摆好香席。

他们过去时，白广寒还未到，在各自的位置坐下，并等了半刻钟后，才瞧着殿外有白光晃过。

他踏入殿之前，殿中之人已纷纷起身。

除去白广寒外，百里翎也过来，随后净尘也跟着进了大厅。

"崔文君、谢云还有方文建不过来？"入座后，百里翎就往旁问了一句。赤芍低声回道："未听说那三位大香师要过来。"

"这么沉得住气，难不成以为今日他们都能晋级。"百里翎一边说，一边打量座下那几个孩子，然后转头看了净尘一眼，"你觉得如何？"

净尘认真答道："小僧没有预知之能。"

白广寒没搭理他们的口水话，往旁看了一眼，赤芍会意，就让他们开始。

第一个出来的是丹阳郡主那组，两人起身行礼后，便由丹阳郡主走到中间那张香案前坐下。

按说，第一位出来的，多多少少都会有些紧张，但是，在丹阳郡主身上，却丝毫看不到这样的情绪。就好似，她天生就适合处在众人时时关注的目光中，并且此时她的每一个动作，都已不仅仅是准确到位那么简单，而是如行云流水般的赏心悦目。

她的呼吸同她的动作形成一种奇异的互动，竟令旁人都随着她呼吸的频率来调整自己的呼吸。安岚恍惚之后猛然醒过神，随后心里暗暗吃惊，她是第一次看到丹阳郡主试香。之前只是隐隐觉得不简单，眼下才真真确确地感觉到，丹阳郡主，远比她以为的要优秀得多。至少，她还无法做到，仅凭前面这些动作，就能让人失神，香还未至，就已经品到其味。

烧炭，理灰，开炭孔，埋炭，梳炭，压灰，清扫，打香筋……置香，执炉。

用品香炉品香，其香味自然不同用火直接焚香木那么霸道，这样的香需将品香炉托起，双臂抬高，放置鼻前，才能品得出其中的妙处。

此时，丹阳郡主的品香还未传到安岚这边，但她已经闻得到自丹阳郡主手中传来的幽幽甜香。如似满园桃花骤然盛放，春风拂面，温柔的触感令人的心都跟着变得柔软起来。只是片刻后，春雨突至，桃花纷纷落下，霎时铺满一地，之前温软的甜香因雨水的关系，多了凛冽的味道。地上的花泥散发出越来越浓烈的香味，似不甘的灵魂，令人心跳加速。随即雨停，风再次拂过，浓香散去，只余淡淡幽香，树上还有一朵桃花沉寂盛放，余香幽远……

安岚只觉得整个人都受到震动，有些怔然地将品香炉递还给赤芍，原来，这就是丹阳郡主的香！

第036章　抱负·破茧·不见

众人传香细品将结束时，丹阳郡主又开始摆香炉，她这次没有放隔火片，拿香箸夹起一块比米粒儿大不了多少的香，直接放在香灰上。没一会，遂见一股青烟"嗖"地冒出来，此时品香炉被赤芍放回香案上，于是那一缕空灵飘渺的香烟，正好落入所有人眼中。

然更奇的是，那香烟将消散时，竟隐隐变了颜色，在香烟最上头凝出一缕淡淡的红雾，那突然而至的香，既似雨过天晴后破云而出的霞光，又似女子靥上醉人的胭脂，足有惊世之美。

安岚从呆怔到痴迷，座上的百里翎也微微坐直了身子，打量着丹阳郡主道："此香何名？"

丹阳郡主起身，郑重行礼："回大香师，此香名霞飞。"

安岚恍惚回神，霞飞？霞飞！

最后那缕红色的轻烟，可不就是这天地间的一缕霞光？

百里翎笑了，品了一会，评了一句："倒也应情应景应人。"

彤日东升，霞光万丈，当真是应了丹阳郡主的出身；满园桃花，甜香袅袅，历经风雨依旧傲然盛放，可不应了她既有锦心绣口，又有不屈的信念，总有一日，要飞向九天！

净尘也微微点头，只有白广寒没有任何表示，依旧是没有表情的表情，却不同于赤芍的木愣。因为光是那身气韵，就叫人矮了三分，即便是天潢贵胄在他面前，也不敢生出丝毫轻慢之念，同时还忍不住倾心，任是无情也动人，指的便是他。

接下来是方玉辉这组了，有丹阳郡主珠玉在前，他面上神色略有凝重。

方玉心虽对自己兄长很有信心，但是丹阳郡主的优秀，也远远超出她的预料。此时，她甚至很难对丹阳郡主露出一个笑容。在丹阳郡主面前，她的淘汰是必然的，唯可惜，她没能为自己的兄长除去这样一个巨大的威胁。

方玉辉，虽相貌英俊，但少年老成，再加上自小就以方文建大香师为毕生榜样和追求的目标。所以，即便是平时，他面上也总带着几分严肃，因而此时此刻，他显得比平日还要严肃认真，令旁观的人也不由生出几分紧张。

"这小子，还真有几分神似方文建，就连动作都像。"百里翎微微眯眼，跟白广寒低语，白广寒却没任何表示。百里翎颇觉无趣，幸好这会儿方玉辉已经行礼毕，在香案前坐下。

不同于丹阳郡主行云流水般的华贵优美，方文建的每一个动作似都蕴含着一股力量，但并不显粗鲁。长香殿的大香师，行为举止，神色气质多半出尘文雅，宛若谪仙，谈笑间自显风流。但其中，也有两位不太一样，方文建大香师就是其中一位。不同于白广寒的孤高清冷，方文建的不苟言笑给人的感觉更多是严肃，相较另外几位大香师，他显得太过严肃认真，于是在百里翎眼里，方文建那样的人更加无趣。

所以，这位少年起身行礼，清灰焚香时，百里翎便往旁一歪，斜着眼角往那看。

安岚不敢忽视任何一位对手，更何况，她对这位方四少爷，一点都不了解。即便是在长香殿这半个月，也不曾有过任何实质性的接触，碰面不过是点头而已。

这样的人，会配出怎样的一种香？

那是风的味道，不是温柔的春风，而是凛冽的疾风，没有花的柔香，但有草木的清香和山石的醇香以及阳光的暖香，风越来越疾，香越来越浓，无数清冽的味道在每个人的味觉神经上炸开，令人恍惚间宛若身处山崖绝壁，略往下一探，瞬间惊出一身冷汗。足够高了吗？足够险了吗？展眼看去，风景足够绝美了吗？

不，不够！

当然不够，有人以霞光出世，他如何能仅甘于一山之高。

香味随疾风而走，来得快，去得也快，恍恍惚惚间，似乎什么都品到了，又似什么都没品出来，惊叹中又有种什么都抓不住摸不着的空落落之感。

突然，杂香退去，取而代之的是一线更加清冽更加纯正的尾香。

众人心头皆为之一振，来了！

那一瞬而至的尾香，似飞入九霄的雄鹰，如一柄利剑，猛然间就往人的心脏直直地刺过来！

安岚身上微僵，再次缓过神后，抬眼，却看向谢蓝河，两人皆从对方眼里看到了沉重。

丹阳郡主和方玉辉，那样的眼光和目标，那样赤裸又自信的展现，令他们震撼的同时，心里禁不住微黯。

甄毓秀无比骄傲，即便几位大香师都在座，她也忍不住一脸痴迷地看着方玉辉。她在香上的造诣即便比不上丹阳郡主等人，也是自小就接触这些东西，即便和香的本事没多大，但品香能力总是有的。

百里翎手一手支着脑袋，依旧闲散，但面上并无任何轻视之色。

"此香何名？"他又问。

方玉辉起身行礼："回大香师，此香名鹰唳。"

鹰唳！

安岚又是一震，以声喻香，喻人，喻抱负，当真是绝了！

"真是初生牛犊不怕虎。"百里翎打量了方文建一会，然后笑了，转向白广寒，"如何？"

白广寒微微点头，安岚没有放过白广寒的任何动作，刚刚，丹阳郡主最后起身行礼回答香名时，他也是如这般微微点头。安岚弄不清他这会儿点头是什么意思，就过关了呢，还是仅是单纯地觉得不错？

安岚琢磨不透这其中的关键，而且也没有时间给她琢磨。

因为轮到她这一组了。

她和谢蓝河又对看了一眼，多么相似的两个人，无论之前受到怎样的震撼，当轮到自己时，无论如何都会将旁的心思收起，披上战袍。

百里翎坐直起来，嘴角边噙着几分笑意，连那双风流妩媚的眼睛里也带上几分亲切。

313

他没有说话，但全身上下都在表达一个意思：小丫头，给我争气些！

安岚和谢蓝河行礼后，跪坐在香案前。

一个负责品香炉，一个负责熏炉，两人分工明确，配合融洽。

品香炉传递出去时，安岚垂下眼，一边看着谢蓝河修长的手指慢条斯理地侍弄着那香炉，一边等待着宣判。

只是，当座上的人接过品香炉时，她还是忍不住抬起眼，乌黑的眸子里充满了紧张和希冀。

白广寒面上的表情并没有丝毫变化，修长的手指托着豆青色的品香炉，宽大的袖袍垂下，晃动间，折射出浅淡的华光。他头微低，愈显长眉入鬓，眉下眼睑微垂，盖住寒潭般的眸子。

香，幽幽四溢，有舒心的凉意。

盛夏，溪边，杂草丛生，青绿澄净，繁茂丰润的色彩吸引了无数低微的生命。

蚊蝇毛虫，雀鸟鼠兔，或是争地产卵或是争食育子，低贱而短暂的生命也有各自的热闹。

酷暑，片片草叶下面，结出颗颗粒粒饱满的茧蛹。

夏雨，狂风，草叶被扯得不住摇摆，无数茧蛹被雨水冲刷掉到泥地里，再顺着雨水聚积起来的细流飘入溪中，或被溪水吞没，或顺流而下，再不见踪影。

充满水汽的香，明明有滋润脾肺的功效，却入了心后，令人胆战。

危险让人如此措手不及，无力承受。

雨停，日出，彩虹穿越天际。

被狂风暴雨肆虐的草地，挂满了无数水珠，在阳光下，如璀璨的宝石，令人目眩神迷。

因这场暴雨，那批茧蛹几乎全群覆没，面对环境的残酷，仅靠自己生存，就是这么残酷。雨后的香，干净而迷人，是生命被清洗后，挥洒出最鲜嫩的味道。

只是，即便是在最严酷的地方，幸运偶尔也会降临。

最后两颗茧蛹岌岌可危地挂在两片草叶下面，成了最后的幸存者。

按捺不住激动的人跑出来观看天边的彩虹，一双又一双，或大或小的脚在那青嫩嫩的草地上或跑或跳。从那两颗茧蛹附近踩过去，两颗茧蛹无数次跟死神擦肩而过，于是，无尽的危险变成了无尽的幸运。只是那幸运又似在高空走钢丝一般，下面没有防护网，身上没有保护绳，只要一丝偏差，就死无葬身之地！

原本并没有靠在一起的两颗茧蛹，因周围这一次次的踩踏，两株草都往旁边一歪，让那两个茧蛹靠在了一起。

清爽的香，须臾间添了几许温暖，令人莫名地想流泪。

天亮了又暗，人来了又走，雀鸟蛇鼠不时从那两颗相互偎依的蛹旁边经过，却都因为草叶的覆盖，而忽略了它们。

香味温暖而悠长，感动逐渐归于平静，因为那就是命。幸或不幸，都难以说清，但抗争在冥冥之中早已注定，此生难逃。

日子一天一天地过去，天边再次露出晨曦时，草叶下面的那两颗茧蛹，其中一颗似微微动了一动，随后，另一颗也跟着动了。

开始了，两颗蛹壳上忽然间都出现细微的裂纹。

香，依旧没有任何惊艳的地方，但是，却能触到内心最柔软之处。

生命，破茧而出，瞬间让人热泪盈眶！

青草依旧，汨汨溪流带走最后一片余香……

满室沉静，没有震动，只有沁人心房的感动。

此时，还有谁会在乎，那焚香的人衣着是否光彩夺目，这世间，有什么能比生命最原本的面貌，更加令人敬畏心惊。

白广寒，闻香、品香、听香过后，静默片刻，才慢慢抬眼，看向香案后面的那两人，开口："此香何名？"

两人起身行礼，同声道："回大香师，此香名破茧。"

破茧，别人已霞光出世，鹰击长空，他们才刚刚破茧。破茧后，是成蛾，还是成蝶，是展翅，还是陨落，犹未可知，因为他们，仅仅是破茧。

她破开了源香院朝不保夕之茧，他破开了遭人白目低人一等之茧。

"阿弥陀佛。"净尘双手合十，闭目宣了一声佛号。

百里翎一双美目打量着他俩，然后瞥了白广寒一眼，忽然道了一句："你真是难得的好运，却是可惜了。"

难得一下子找到这么几位优秀的孩子，却可惜，只能从里头挑一位。

只能挑一位，自然是要挑最优秀的那一位，那么，谁才是最优秀的呢？

安岚说出香名的时候，期待着白广寒也如之前两次那般，微微点头。

可是，最后她看到的却是白广寒转头，朝赤芍点了点头。

安岚垂下眼，有些难过，更多的是不安。

谢蓝河也咬了咬牙，然后在赤芍的示意下，静默地转身，回了自己的位置。

安岚重新坐下后，依旧垂着脸，既紧张，又害怕，甚至不敢看向对面的谢蓝河。因为，接下来就要宣布结果了，谁入围，谁落选，都将得到明确的答案。

那边，谢蓝河也一样没有看她，但是，他知道她此时在想什么，如她，也清楚此时他心里在想什么。

"那么普通的几种香品，竟能和出这么让人感动的香味。"丹阳郡主一声低叹，"你和谢少爷，都很了不起。"

安岚怔了怔，转头看向丹阳郡主，好一会后才反应过来对方在说什么，于是有些愣愣地道："郡主的霞飞，也很是让人震撼。"

丹阳郡主微微一笑，坦然地受了这句话，而此时赤芍已经走过来，她便不再说什么。

"获得大香师认可的合香有……"赤芍环视了他们一眼，但凡被她扫视过的人，心脏都不由自主地提起来，就连丹阳郡主和方玉辉也不由握了握手心。

"霞飞。"

丹阳郡主长吁了口气，微微闭了闭眼，然后起身朝座上的大香师行礼。

方玉心心里激动的同时，又有些沉重，因为这个结果将代表着，他哥哥接下来要面对这么一位强劲的对手。

"鹰唳。"

方玉辉松开握紧的双拳，面上露出文雅的微笑，起身行礼。甄毓秀则激动得行礼时，差点碰到前面的案几。

赤芍道出这两个香名后，因呼吸的关系，略停了一停，也仅仅是短短的片刻，但就这短短的片刻，就足够让安岚汗湿浃背。

"还有……"赤芍终于开口，"破茧。"

那一瞬，安岚有些茫然地抬起脸，正好就看到那双寒潭般的眸子。只是这一次，那眸子似不复之前的冷漠疏离，似带了一点点，一点点……

丹阳郡主忽然推了她一下，她猛地回过神，才发觉自己竟一直呆坐着。而谢蓝河已经起身要行礼了，却因她慢了一拍，不得不先站着，并有些尴尬地往她这看了一眼。

安岚一慌，忙起身，有些手忙脚乱地给座上的大香师行礼。

百里翎打量着她，笑眯眯地道："小丫头慌什么，才这会儿就慌了，接下来可怎么办呢。"

安岚面上微红，见谢蓝河也坐下了，她便也退回自己的地方。

三种合香都获得认可了，那么接下来，就是真正决定谁走谁留的事情了。

安岚终于鼓起勇气，往谢蓝河那看了一眼，正好谢蓝河也看向她。

两人的目光对上时，各自脑海里都浮出那句话：各凭本事，互不相怨。

安岚轻微点头，谢蓝河也微微颔首。

但是，接下来的事情，又再次出乎他们的意料。

几位侍女捧着笔墨，在赤芍的示意下，一一摆在他们跟前的案几上。

每人都有一张花笺纸，一支笔，一碟墨。

大家都不解地看过去时，赤芍缓缓开口："每组的人，将自己认为能继续留在晋香会的人写在纸上，呈上来便可。"

所有人都怔住，大厅内静默了好一会，没有人敢提笔，也不知该如何提笔。大家都被赤芍这句话弄蒙了，方玉辉终忍不住问："难道，这一轮的结果，就是由我们自己定？"

"没错。"赤芍看了他一眼，然后环视了一圈，接着道，"从此刻起，所有人都不得出声,亦不能有眼神的交流,否则视为主动退出晋香会。"

若是,大家都写自己,那岂不是全都能留下?

几乎所有人心里都在想着这句话,不过,不等他们问出来,赤芍就又道了一句:"答案与事实不符者,视为欺骗。"

大香师就在场,并且不只一位,而是三位。

欺骗大香师,会有什么后果,不用想也知道。都只是十几岁的孩子,若真担上这样的罪名,往后怕是别再想有好日子过了。比起进晋香会,这样的后果更加令人恐惧,没有人能承担得起。

所以,这就是要逼着他们扪心自问。

既不可妄自菲薄,也不可自视过高。

方玉心轻轻叹了口气,第一个提笔;甄毓秀迟疑了一下,用眼角的余光往方玉辉那看了一眼,虽只看到他放在案几上的那双手,却还是觉得心情愉悦,于是微微一笑,也跟着提笔;接着,方玉辉提笔,丹阳郡主提笔……最后,就剩下安岚和谢蓝河木愣地坐在案几前,两人都垂着脸,看着眼前那张空白的花笺纸。

谁能留下,竟让他们自己决定,还不能有失偏颇。

方玉心和甄毓秀先后写好,放下笔,然后将那张花笺纸交给旁边的侍女,随后丹阳郡主和方玉辉也送上自己的答案。

两组的答案都没有分歧,赤芍直接宣布:"留下者,丹阳郡主,方玉辉。"

没有任何意外的答案,然后,所有人都看向安岚和谢蓝河。

安岚只觉得那支笔有千斤重,却不得不提起,落字。

对面,谢蓝河亦是艰难地提笔。

片刻后,侍女将两人的答案送到赤芍跟前,赤芍一看,愣了愣,就转身送到白广寒跟前,请他过目。

白广寒扫了一眼,百里翎也凑过去瞄了瞄,然后呵地一笑,就看向安岚和谢蓝河,凤目微眯:"这倒是奇,是你们之前就商量好的,还是心有灵犀?"

安岚和谢蓝河皆是一怔,遂抬起眼看向对方,百里大香师此话之意,他们写下的答案是一样!初始两人目中都露出诧异,只是随即就化为感激,最后心有戚戚。

两人的神色皆落入座上之人眼中,不言而喻,他们是不约而同写下同样的答案。

丹阳郡主和方玉辉等人亦是面露不解,那两人究竟写了什么,能让大香师这般在意。

"你们可知,此结果无效。"白广寒终于开口,语气沉缓,不愠不怒,但那声音里却带着三分凉意。

安岚脸色微白,与谢蓝河同时站起身,面上有忐忑,但并无愧色。

赤芍面无表情地道:"自诩聪明的人,长香殿不会留。"

安岚猛地抬起脸，看向座上那人。

白广寒没有做最后的表态，安岚垂下眼，咬了咬唇，然后又抬起眼，看着白广寒道："奴婢不敢将这款香的功劳全归为己有，若无谢少爷，此香无法配得出来，破茧既得大香师认可，就是证明，奴婢和谢少爷都有资格留在晋香会。"

谢蓝河接着道："安岚姑娘并无虚言，在下虽不敢妄自菲薄，却也不敢自认比安岚姑娘更加优秀。破茧的香方是安岚姑娘先提出，在下提出疑问，香品经过多次调整，君臣佐辅的用量亦几经修改，炮制各有分工。安岚姑娘有巧思，擅于细微处做画龙点睛之笔，在下擅于整体的调配，避免浪费时间和香品。没有安岚姑娘，破茧，凭在下一人之力，定无法做到。所以，在下才会在花笺纸上同时写下两人的名字。"

丹阳郡主吃了一惊，方玉辉微微挑眉，看向谢蓝河，随后又看了看安岚，琢磨片刻，亦觉得这真是最好的答案。只是，他往自个儿妹子那看了一眼，却见方玉心一脸震惊地看着谢蓝河，目中暗含泪光，他眉头一蹙，心里轻轻一叹。

甄毓秀则是诧异的同时，嘴角边忍不住带起一丝幸灾乐祸的笑，呵，竟敢在大香师面前自作聪明，简直不知死活！

安岚和谢蓝河说完后，都低头垂手站在那，等着最后的宣判。

百里翎看了白广寒一眼，很识趣地没有开口，他也想知道，白广寒对此事会怎么表态。这俩孩子，呵呵……还真是鲜少看到，有人敢给大香师出题。

两人都留下，也没什么不可，但是，多少有点大香师被牵着鼻子走的感觉。

那俩孩子谁更优秀，眼下或许不好轻易下定论，但身为大香师，肯定清楚，自己真正需要的人是谁。最优秀，不等于最合适，只要具备条件，那么后天的欠缺，大香师完全可以一手培养。

白广寒会怎么选呢？百里翎倍感兴趣。

"既如此……"白广寒来回扫了他们一眼，开口道，"明日，你们再比一场。"

安岚和谢蓝河同时抬起脸，怔了一怔，随后按捺住心里的激动，垂首恭恭敬敬地应下。

甄毓秀有些不甘地咬了咬唇，心里暗恨地盯着安岚，怎么什么事到了她那，都有例外！

丹阳郡主心里也不禁生出几声唏嘘，当真是次次意外，让人想不注意都难。

赤芍遂宣布，下一次晋香会，也就是最后一次晋香会，定于三天后，地点是寤寐林的铜雀台。这一次，需自己准备乱香，并于巳时整到铜雀台。

丹阳郡主和方玉辉皆应下，方玉心和甄毓秀垂下眼，心里略有几分酸涩。安岚和谢蓝河则有些尴尬地站在那，应也不是，不应也不是，于是，就在他们踌躇的时候，大香师们已经起身离席，出了大厅，飘然远去。

安岚轻轻吁了口气，这才看向谢蓝河，片刻后，露出一个微笑。

那是没有背负任何东西的笑容，因为他们都为自己争取了一个机会，这一次，才是真正的没有负担，并且对对手抱有极大的尊敬。

谢蓝河走到安岚面前，认真道："那么，明天见了。"

安岚点头："嗯。"

谢蓝河又打量了她一眼，忽然道："多谢安岚姑娘。"

有些莫名的道谢，安岚心里却明白，他是在谢她认可了他，其实，她又何尝不是充满感激。在那个时候，能获得身为对手的承认，那种感觉，有种道不明的激动。

于是，她也欠身道："多谢谢少爷。"

方玉心已经走出厅外了，却因那两人还留在厅里说话，所以频频回头。

方玉辉便道了一句："你无需去在意这样的事。"

方玉心一怔，忙收回目光，面上微红，眼中却带着几分固执和倔强。

……

安岚回到长香殿的客房时，就看到丹阳郡主等人正在鼓捣包裹，并且每个人都显得有些手忙脚乱，即便是丹阳郡主，也是将自己那包裹里的东西弄得一团糟。

安岚有些反应不过来他们在做什么，站在门口迟疑了一下才问："你们，这是在做什么？"

丹阳郡主先回头，瞧着是她后，便笑了笑："准备回去了，原是想留下来看你和谢少爷斗香后再离开的，只是长香殿却不允。"

安岚这才明白，她们是在收拾自己的东西，只是这越收拾越乱的本事，她还是第一次见到。她正犹豫着是不是要过去帮忙时，方玉心忽然转身，看着她道："安岚姑娘，明天的斗香，你和谢少爷，谁会赢？"

安岚一怔，片刻后才道："我也不知道。"

甄毓秀顿时一声嗤笑："依我看啊，谢少爷多半会让着她，谁叫她惯会装模作样，等闲的都会被她骗了。"

安岚微微皱眉，看着甄毓秀道："甄姑娘这是在侮辱谢少爷？"

甄毓秀霍然转头："你说什么！"

安岚坦然地看着她："甄姑娘以后说话还是注意点场合，既然大香师都认可了，甄姑娘却还当着我的面说这等话，贬低我不要紧，但否认大香师的决定引起的后果，却不是谁都能承担得起的。"

"你这是在教训我！"甄毓秀面上一阵儿红一阵儿白，只是声音却不自觉地降低了许多。方玉心忙拉住她道："别在这吵，长香殿的侍女可都在外头呢，赤芍侍香也才刚刚走，怕是都没走多远。"

"哼！"甄毓秀恨恨地瞪了安岚一眼，然后抬起下巴转过身。

方玉心便朝安岚笑了笑，然后就往外去，从安岚身边经过时，特意给她打个眼神，请她借一步说话。

安岚迟疑了一会，方玉心出去后，她才转身。

方玉心一直没开口，直到走到一处没人的地方后，才停下转身，对着安岚郑重地行了一礼。安岚一愣，忙避开："方姑娘，你这是？"

方玉心抬起眼看着安岚，认真道："我想求安岚姑娘一件事。"

安岚又是一愣："什么？"

方玉心迟疑了一会，终于鼓起勇气开口："明天的斗香，请让长流哥哥赢了吧，我一定会重谢安岚姑娘的。"

安岚诧异地看着方玉心，对方在她眼里，一直是个极其娇弱的存在，并且眼泪很多，时不时就掉几滴，好在脾气并不遭人厌，平日里很安静，比她还要安静。

良久后，安岚才开口："是谢少爷请你来求我的？"

方玉心忙摇头："当然不是！长流哥哥怎么可能会求我这等事！"

安岚又道："那么，就是方姑娘觉得，谢少爷一定会输？"

方玉心一怔，再次摇头："也不是，我一直是相信长流哥哥定会赢的。"

安岚没有在意她话里的无礼，想了想，接着问："那么，为什么？"

只是，方玉心的勇气似乎用完了，沉默了好一会后，就欠身道："是我太着急了，关心则乱，还请安岚姑娘忘了这件事吧。"

安岚没有应声，站在那看着方玉心的背影。

方玉心走了几步后，还是停下，回头看了安岚一眼："因为，方家最讲究门当户对。"

安岚愣了一愣，有些诧异地打量着方玉心，这才意识道，方玉心原来在考虑自个儿的亲事。是了，大唐虽不似前朝那么规矩森严，女子到十八九才嫁人的很多，甚是过了二十后才出阁的也有，都不是什么新鲜事。但是，大多数女子，一样是十三四岁就开始议亲了，日后要嫁的人，多半是在这几年定下来，所以，方玉心自然会紧张。

安岚到底没有答应，方玉心似也没有因此而怪她，走之前，还特意握了握安岚的手，留给她一个歉意的微笑。

那一夜，安岚躺在床上，想着白天里的事。

次日，她按捺住有些慌的情绪，耐心等到差不多到点时，才去往天枢殿的大厅。只是，当她走到那边大厅门前，抬步走进去后，却发觉里头空荡荡的。

她茫然地等了好一会，直到之前定好的时间已经过去，却还是没看到一个人影。

为什么？

出什么事了？